CB036716

OBRAS DE JORGE DE SENA

OBRAS DE JORGE DE SENA

TÍTULOS PUBLICADOS

OS GRÃO-CAPITÃES
(contos)
ANTIGAS E NOVAS ANDANÇAS DO DEMÓNIO
(contos)
GÉNESIS
(contos)
O FÍSICO PRODIGIOSO
(novela)
SINAIS DE FOGO
(romance)
80 POEMAS DE EMILY DICKINSON
(tradução e apresentação)
LÍRICAS PORTUGUESAS
(selecção, prefácios e notas)
TRINTA ANOS DE POESIA
(antologia poética)
DIALÉCTICAS TEÓRICAS DA LITERATURA
(ensaios)
DIALÉCTICAS APLICADAS DA LITERATURA
(ensaios)
OS SONETOS DE CAMÕES E O SONETO QUINHENTISTA PENINSULAR
(ensaio)
A ESTRUTURA DE «OS LUSÍADAS»
(ensaios)
TRINTA ANOS DE CAMÕES
(ensaios)
UMA CANÇÃO DE CAMÕES
(ensaio)
FERNANDO PESSOA & C.ª HETERÓNIMA
(ensaios)
ESTUDOS DE LITERATURA PORTUGUESA — I
(ensaios)
ESTUDOS SOBRE O VOCABULÁRIO DE «OS LUSÍADAS»
(ensaios)
O REINO DA ESTUPIDEZ — I
(ensaios)
O INDESEJADO (ANTÓNIO REI)
(teatro)
INGLATERRA REVISITADA
(duas palestras e seis cartas de Londres)
SOBRE O ROMANCE
(ingleses, norte-americanos e outros)
ESTUDOS DE LITERATURA PORTUGUESA — II
(ensaios)
ESTUDOS DE LITERATURA PORTUGUESA — III
(ensaios)
POESIA — I
(poesia)
ESTUDOS DE LITERATURA E CULTURA BRASILEIRA
(ensaios)

ESTUDOS DE CULTURA E LITERATURA BRASILEIRA

© Mécia de Sena e Edições 70

Capa de Edições 70

Todos os direitos reservados para a língua portuguesa
por Edições 70, Lda., Lisboa — PORTUGAL

EDIÇÕES 70, LDA. — Av. Elias Garcia, 81 r/c — 1000 LISBOA
Telefs. 76 27 20 / 76 27 92 / 76 28 54
Telegramas: SETENTA
Telex: 64489 TEXTOS P

Esta obra está protegida pela Lei. Não pode ser reproduzida,
no todo ou em parte, qualquer que seja o modo utilizado,
incluindo fotocópia e xerocópia, sem prévia autorização do Editor.
Qualquer transgressão à Lei dos Direitos de Autor será passível
de procedimento judicial.

JORGE DE SENA

ESTUDOS DE CULTURA E LITERATURA BRASILEIRA

edições 70

EM FORMA DE PREFÁCIO

Quando era criança e já devorava livros, havia em estante de família livros brasileiros, publicados em Portugal no séc. XIX. Mas um primeiro contacto com a literatura brasileira, menos romântica e mais moderna, tive-o quando adolescente cheguei ao Brasil, e nele estive, cadete de Marinha, por escassas semanas em Santos e em São Paulo. Foi isto nos fins do ano de 1937, princípio de 1938, quando eu já escrevia, com alguma consciência, desde 1936. Nesses anos 30 e nos 40, a literatura brasileira moderna, e muito especial a poesia, teve para os poetas portugueses uma importância enorme, e poetas como Manuel Bandeira, Carlos Drummond de Andrade, Cecília Meireles, Murilo Mendes, Jorge de Lima, Ribeiro Couto, etc. eram a imagem complementar de uma modernidade que, em Portugal, se manifestara quase só em Pessoa, Sá-Carneiro e Almada-Negreiros, cujas obras, até aos fins dos anos 30 e princípios de 40, eram mais mitológicas e menos acessíveis do que as daqueles poetas brasileiros. Não quer isto dizer que tivessem sido, os poetas, discípulos deles: os prosadores realistas portugueses dos anos 30, 40 e 50 deveram muito mais ao romance dito nordestino do que nós àqueles. Todavia, eles foram um exemplo de libertação poética, na nossa própria língua, de um valor inestimável. Nos vinte anos que decorreram até 1959, e foram a minha vida literária directamente vivida em Portugal, o meu contacto com a literatura brasileira (e é de justiça recordar o papel que em divulgar o melhor dela teve nesse tempo o escritor José Osório de Oliveira) não fez senão ampliar-se, quer em livros que recebia quer no convívio pessoal com os intelectuais brasileiros que passavam ou se demoravam em Portugal. Assim, quando fiquei em 1959 no Brasil, não era eu apenas um escritor português que no país se fixava, mas uma pessoa que durante duas décadas se fizera uma informação do Brasil então pouco comum em Portugal. Durante seis anos, vivi no Brasil, aonde tomei como ponto de honra não me envolver na vida literária brasileira a não ser como crítico (e, de uma maneira geral, até hoje, o Brasil ignorou sempre o escritor que eu era), e preferindo divulgar a literatura portuguesa. Mas envolvi-me totalmente na vida brasileira, sem no entanto deixar de ter em mim, como até agora e sempre, a viva circunstância de ser um escritor português.

Em 1962 requeria a cidadania brasileira que me foi concedida em 1963 e que conservo. Quer isto dizer que, em 1962, eu considerava que um regresso a Portugal estava fora de causa. Em 1965, deixei o Brasil pelos Estados Unidos, aonde vim ensinar não só literatura portuguesa, mas também a brasileira que me havia sido tão cara por décadas. E desde então as tenho ensinado a ambas. Tudo isto criou curiosamente uma situação que é típica das contradições luso-brasileiras. Em Portugal, a crítica e outra gente, após trinta e tantos anos de uma contínua actividade minha portuguesa, não se atrevem a desclassificar-me como português. Mas, sendo o escritor português que sou, usam a minha cidadania brasileira como um obstáculo intransponível para variadas coisas como prémios, etc. No Brasil, porque continuei sempre a ser, o escritor português que não podia deixar de ser, sistematicamente se ignorou e ignora que eu seja um cidadão brasileiro. Se eu fosse estrangeiro de outra origem, talvez isto se não ignorasse tanto, mas sou «português», qualidade mais do que suspeita para lá de almoços oficiais que sempre combati, de um lado e do outro do Atlântico. No Brasil, quanto um estrangeiro escreva de Brasil, é entesourado e aclamado. Há mesmo muito medíocre que tem feito carreira universitária neste mundo, apoiado apenas nessa circunstância. Mas, em geral, que os portugueses amem ou estimem desinteressadamente o Brasil, e fora do nível oficial em que se permutam comendas e benesses, eis o que não pode ser reconhecido, porque vai contra a tese anti-portuguesa em que as oligarquias brasileiras sempre basearam a sua exploração de milhões...

....

Este escrito que datará dos fins de 1974, bem poderá ter sido intencionalmente destinado a prefácio da colectânia de estudos brasileiros que Jorge de Sena tanto desejou publicar. Acrescentemos-lhe apenas alguns esclarecimentos, uns de carácter pessoal, outros de carácter organizativo.

Cremos poder dizer, sem receio de exagero, que o Brasil proporcionou a Jorge de Sena os seus anos de máxima produtividade. A sensação de sentir-se, pela primeira vez na vida, cidadão livre e profissionalmente plenamente realizado permitiu-lhe um ritmo de trabalho absolutamente espantoso, se examinarmos o que nesses anos publicou, do mesmo passo que a sua intensa acti-

vidade política lhe deu um sentido de participação mais real do que a não menor actividade, mas frustradamente clandestina, lhe dera em Portugal. E quer por essa participação, quer pela quase febril actividade literária e até social, pode dizer-se que Jorge de Sena conheceu ou foi amigo (ou na realidade não) de toda a gente do mundo das letras, das artes, da política e do teatro, muitos dos quais, é certo, já conhecera em Portugal, ou com eles mantivera relações epistolares por vezes de anos.

Diz Jorge de Sena que a cidadania brasileira lhe custou prémios e outras regalias ou reconhecimentos pátrios. Não vou alongar-me nessas considerações, mas, para que não pareça alusão sem fundamento, não posso deixar de mencionar como exemplo que essa foi a razão com a qual o seu nome foi afastado do prémio do Diário de Notícias, em 1969, proposto que fora por Augusto de Castro. Esse prémio foi parar não pelos mesmos mas por outros não menos ínvios caminhos (e era a segunda vez — a outra fora o prémio Almeida Garrett, no Porto), às mãos de Miguel Torga.

Mas não sabia ainda, nem podia saber Jorge de Sena quando isto escreveu, que por essa mesma razão, em 1977, veria ao seu nome ser negado o apoio oficial para o Nobel. É verdade que, da única vez que Jorge de Sena participou de um júri de um grande prémio, em 1972, como membro do comité do Prémio Internacional de Books Abroad, propôs Carlos Drummond de Andrade! Mas aí entrava uma real admiração de par com um desejo de justiça para a língua portuguesa. Quem maior poeta estava vivo? E havia também, seja dito, uma tentação irresistível: a de testar a ignorância universal e a efectividade ainda actual da «black legend», ao propor um escritor de língua portuguesa, para mais do folclórico Brasil.

Esta colectânea contém 48 estudos, resenhas ou crónicas que sobre o Brasil ou a propósito do Brasil Jorge de Sena escreveu, e cremos que nada ficou de fora. Alguns deles são comunicações a congressos ou colóquios que, porque obrigavam a panoramas gerais como ponto de partida, por vezes, num ou noutro passo, se repetem. Mas talvez não seja sequer um inconveniente porque há verdades difíceis de ouvir e outras não menos difíceis de aceitar — funcionando umas e outras igualmente, mas em sentido reciprocamente inverso, para as duas margens do Atlântico.

Na realidade todas estas comunicações, crónicas, etc. eram parte do titânico esforço que Jorge de Sena se impusera para fazer conhecer e respeitar o Brasil e a sua cultura. É que se a ignorância do Brasil para lá do samba é grande em Portugal, ela é, nos Estados Unidos, absolutamente astronómica, e, mesmo as pessoas que alguma vez o visitaram e até descobriram que a capital não era afinal Buenos Aires e se não falava lá uma «espécie de espanhol», não se deram conta do seu incrível potencial económico e humano nem da sua grande literatura — limitaram-se a pasmar da paisagem e das mulatas, com o que, diga-se e doa a quem doer, muito alegram os próprios brasileiros que, com tal, infelizmente e de um modo geral, se contentam. Vejam pois no que lhes parecer duro ou demasiado rigoroso, uma exigência de puro amor, dedicação e gratidão imensa.

Estes estudos foram agrupados por temas ou géneros e dentro desses agrupamentos, que teriam sempre de ser arbitrários, colocados por ordem cronológica, mesmo quando apenas temos uma data provável ou aproximada. Estão todos na íntegra e apenas foi uniformizada a ortografia e actualizada, quando necessário, mas respeitando nas alterações aquilo que foram sempre rigorosas preferências do Autor. Há, insisto, algumas repetições que não podiam ser evitadas pela natureza e oportunidade dos escritos, mas esse facto mais claro tornará o que foi a incansável actividade de Jorge de Sena, quer no Brasil, quer nos Estados Unidos, para expandir o conhecimento das culturas portuguesa e brasileira e exigir o respeito que ambas merecem.

Em dois ou três casos foram corrigidas gralhas do texto original que, por insignificantes, não estão assinaladas. E nos verbetes do Grande Dicionário *... mantivemos os asteriscos, código de chamada para outros verbetes, para dar uma ideia do grandioso plano de realização e colaboração que pressupunham.*

Todos os textos têm ficha bibliográfica acrescida de outras notas que me pareceram relevantes, no fim do volume.

Cabe-me agradecer a Joaquim-Francisco Coelho, a quem, em 1978, eu entregara a organização deste livro que devolveu às minhas mãos — é possível que ele tenha intuído quanto me seria grato organizá-lo, como meio de ser parte da homenagem ao Brasil, que espero todos vejam nele. Oxalá tenha eu estado à altura da sua confiança. E, além de agradecer a todos que me ajudaram na busca de textos e informações, entre os quais destaco Pedro da Silveira, quero expressar agradecimento a António Silva Carvalho pela sua preciosa ajuda.

Finalmente permito-me dedicar esta obra ao nosso querido Comandante, General João Sarmento Pimentel, vivo exemplo de dignidade e honestidade, companheiro magnífico dos nossos inesquecíveis anos de Brasil, e a todos aqueles que lutam por um Brasil melhor e mais totalmente e justamente amado e respeitado.

Santa Barbara — 20/9/80 e 10/7/86

Jorge de Sena/Mécia de Sena

NOTA BREVE A TRÊS ANTOLOGIAS

Em tempo relativamente escasso, foram publicadas, entre nós três antologias brasileiras.

Não sei quem me disse, ou onde teria lido, viver-se, agora, no século das antologias. De certo modo assim é. Porque nesta hora tão séria, em que o consumo de humanidade é tão grande, todos queremos dar e receber o disponível; todos queremos, principalmente, ir buscá-la a quantos, pior ou melhor, a representaram ou representam. Mas, por outro lado, uma antologia é sempre uma evasão. Foge-se de um só, do domínio de uma só personalidade, para o maior número. E procura-se, numa época ou num povo, aquela unidade e aquela paz que, mesmo a terem existido num indivíduo, talvez por isso nos não bastam nem consolam já.

Neste particular caso brasileiro (particular, porque nos toca de perto, e por mais nada, pois a grandeza do Brasil não nos permite usar, noutro sentido esta palavra), nós, portugueses, procuramo-nos, um pouco, a nós próprios. Mas, ao lermos os brasileiros, ficamos — confessemo-lo — algo desconcertados. E, contudo, saber-nos-ia a artifício, se assim não fosse. Veja-se como nos soa falso, a nós também, aquele parnasianismo brasileiro que plantava templos gregos nas montanhas de cada Estado, graças a uma estranha procuração para chorar o puramente exterior da civilização grega — procuração essa que a poesia portuguesa, em qualquer época, se recusaria a passar. Se a passaria para a Grécia interior, não vem ao acaso. De resto, o crescimento esplendoroso de uma nação nova e forte, como é o Brasil, transforma tudo num titânico presente. E o Prometeu de além-mar, ainda que seja o mesmo, cheira tanto a terra, que lhe é impossível falar grego ou coisa parecida. Mas, por um prodigioso dom da ubiquidade, que raros povos possuem, e

13

que nós possuímos ainda em maior grau do que, nas horas de contemplação, julgamos possuir, esse Prometeu que além-mar fala português, e até o ensina áqueles que, no seu seio, tentam fazer ou refazer uma vida. Ora disse eu que, ao lermos os bra-brasileiros, nós desconcertámos. Posso agora acrescentar: por vezes, encantamo-nos e achamos graça a um folclore de circunstância, a palavras esquisitas que não entendemos, a quanto de exótico nos aparece, sem nos perguntarmos se aquilo não corresponde a qualquer parcela muito humana, vertida, na medida do possível, para o «corpo sonoro» da língua do «ão», à volta do qual se define um mundo maior que o 5.º Império dos sebastianistas.

Veio tudo isto a propósito de três antologias: uma — «As melhores poesias brasileiras» — seleccionada pelo poeta Alberto de Serpa; as outras duas — «Contos brasileiros» e «Pequena antologia da poesia moderna brasileira» — organizadas por José Osório de Oliveira.

É bastante fácil, ou, pelo menos, de efeito garantido, criticar antologias. Diz-se que falta fulano ou cicrano (às vezes fazem falta, de facto), que devia estar isto em vez de aquilo, e passa-se por senhor de um conhecimento mais vasto que o do compilador da antologia.

Ora tal como uma biografia qualquer, será sempre diferente, conforme o biógrafo que a retoma, assim não há antologias a que não possam pôr-se defeitos. E, no fundo, como em face de uma biografia honestamente escrita, é bem mais importante por em relevo as virtudes.

Se no Brasil nos procuramos; se essa procura vai ao ponto de, no louvável anseio de novas formas de expressão literária, alguns dos nossos romancistas chegarem a confundir o Portugal de lá com o Brasil de cá — a principal virtude de uma antologia é por as pessoas nos seus lugares, embora nunca se possa escapar à geografia... E isto de geografia tem, para portugueses, seu quê de tributo; contribuimos para ela, outrora, como ninguém, e, não obstante,fazemos, às vezes, por esquecê-la. Direi que das antologias de José Osório de Oliveira ressalta o seu profundo conhecimento do Brasil? Que a sua «pequena antologia» enferma de ser demasiado pequena? E que está patente, na de Alberto de Serpa, mais que um conhecimento profundo, o puro êxtase do poeta perante uma literatura inteira? Que esse volume de antologia geral tem o grande mérito de recordar, aos descobridores apressados, que o Brasil, embora novo, não nasceu ontem? Que o volume dos contos mostra, a esses mesmos apressados, que já vinha de longe a entrada do Brasil na literatura brasileira, e apenas não chegara à linguagem do próprio escritor, ou o escritor, quando citadino, não chegara ainda à porta da rua?

José Osório de Oliveira diz, no prefácio aos contos, que, ao organizar o volume, viu, mais nitidamente do que nunca, serem características da literatura brasileira a tristeza e a infância. Assim teria de ser a expressão de um povo jovem em face da natureza. Em cada dia se perde, no país imenso, uma parcela de infância. E essa tristeza é a descoberta do mundo, feita por um adolescente precoce. «De cá, desta beira de terra a dar no Atlântico, nós só devemos dizer as palavras para quem vai e nos é querido: Boa viagem!» afirma Alberto de Serpa, ao encerrar a singela resenha que antecede a sua escolha.

Fiquemos por aqui. Para que não nos possa ser dito o que diz Rachel de Queiroz, a autora do admirável *Não jures pela lua inconstante* — «Ele era assim: estragava os momentos melhores, estragava tudo, falando de versos, falando de livros, falando em cousas escritas, quando já soara há muito a hora das cousas mudas, quando, longamente preparado pela solidão a dois, pelo ambiente todo, pelas próprias palavras dele, eu esperava em vão.»

I

SOBRE CECILIA MEIRELES,
C. DRUMMOND DE ANDRADE, ETC.

MAR ABSOLUTO

Cecília Meireles atingiu já, dos dois lados do Atlântico, aquela consagração que transforma os «defeitos» em «características». Goza, perante a crítica, da imunidade que advém aos poetas, quando os críticos se convencem de que, por mais que se lhes diga, eles não têm conserto, e os antigos «defeitos» são apenas elementos de grandeza... Assim, se, dantes, o escasso material poético de Cecília *(Sou entre flor e núvem, | estrêla e mar.)* os levava a lamentar a invariância, dos acessórios formais da sua inspiração, hoje, muito respeitosa e prudentemente aceitam, com um suspiro resignado, a monotonia de um livro tão extenso como o *Mar absoluto,* em que os poemas se sucedem, sucedem, sucedem, com as mesmas imagens, a mesma aparente abstracção *(sempre o mesmo resultado: direcção e êxtase),* a mesma feminina secura *(Sêde assim — qualquer coisa| | serena, isenta, fiel.),* que fizeram de Cecília um dos maiores poetas da língua portuguesa. E, no entanto, a variedade métrica e rítmica é enorme: os versos vão das duas ou três sílabas até a uma liberdade longa e cadenciada; os poemas, sempre estroficamente livres, multiplicam-se, desde a emocionante e desataviada *Elegia* final até à imitação não-arcaizante de alguns tipos de cantares medievais.

Descontado o virtuosismo evidente dos modernistas brasileiros (um Mário de Andrade, um Manuel Bandeira, um Ribeiro Couto, etc.), e que Cecília, da mesma geração, também possui, o puro lirismo, por si só, não explica esta coexistência de pobreza e riqueza. De facto, poucas expressões literárias haverá · tão sempre identicamente resolvidas e tão pobres de significado, como a dos líricos puros, embora seja costume tomar-se por significado a percepção vaga, e vagamente transmitida, de qualquer mistério criado pela indecisão do pensamento. Claro que, neste

19

passo, líricos puros são aqueles poetas que, em despersonalização mesmo quando subjectivos, anotam ou descrevem a situação relativa dos homens e das coisas. Porque, neste lirismo, não há, poematicamente, discriminação de personalidade, esta última apenas presente na maneira de encobrir, com *histórias vãs de circunstâncias, coisas de desespero ou de meiguice,* o silêncio natural das essências despojadas. Veja-se, por exemplo, quão fantasmático é o mundo de Pascoais, cujo paganismo não consentiu as transformações finais de sombra em espírito e deste em coisa nenhuma. Fantasmático e não fantástico — muitos fantasmas e pouca fantasia. Não é por acaso que estou chamando a atenção para Pascoais. Trata-se de um grande poeta que se governou sempre com meia dúzia de fráguas (no saudosismo, as *pedras* têm, em geral, de rimar com *águas*) e fontes, e um sol e uma lua que não é certo brilharem de noite ou de dia. Acontece, porém, o seguinte: No silêncio do poeta panteísta, fica palpitando uma transmutação constante. No silêncio do lírico puro, reconhece-se a consciência de um lugar onde, como diz Cecília, *nada mais precisa explicação.* E daqui resulta, necessariamente, a nadificação da poesia — *aboli bibelot d'inanité sonore,* qual o *ptyx* de Mallarmé, se não houver um pensamento decidido e decisivo.

Esse silêncio masculino do não-ser, que culmina no suicídio de um Antero (sejam quais forem as causas imediatas), não é, porém, semelhante ao silêncio vegetativo da mulher, silêncio do ser em gestação, e não da cissiparidade de fantasmas. *Moro no ventre da noite: | Sou a jamais nascida* — fragmento de um poema intitulado «Mulher adormecida». Nunca um poeta cuja posição intelectual fôsse antropológica diria isto sem angústia. Uma coisa é o terror sagrado perante algo que se reconhece e admite como superior ou diferente; e outra a angústia perante o que se supõe exceder ou contrariar as próprias virtualidades. Dificilmente seria antropológica a atitude poética de uma poetisa que diz —

Levai-me aonde quiserdes! — aprendi com as primaveras
a deixar-me cortar e a voltar sempre inteira.

Devemos reconhecer que, postas de parte as hipóteses de transformar o poeta em pretexto de polémica ou de ensaio, a crítica é tentada, se lhe cai um lírico nas unhas, a glosar em prosa as sugestões do verso. E compreende-se que assim seja, uma vez que a poesia lírica é indecomponível e indeterminável, e só a imaginação pode, com seriedade, jogar com ela. Ainda há pouco, a propósito de um poeta como Drummond de Andrade, antípoda de Cecília, eu me referia às dificuldades para a crítica em afirmar algo sem correr o risco imediato de ser desmentido na página seguinte. Cecília não desmentiria asserção nenhuma, mas, lírico de uma serenidade superior,

Ela mesma pararia, ouvindo-se descrever, atónita.

EM LOUVOR DE CECÍLIA MEIRELES

Disse há alguns anos um prosador português que a nossa língua se havia passado com armas e bagagens para o Brasil: o Brasil de Manuel Bandeira e Cecília Meireles, o de Drummond de Andrade e Graciliano Ramos. Acrescentava ele que só haviam ficado, do lado de cá, umas palavras para poemas. Eu não creio que isto seja inteiramente assim, ou não poderia senão em verso, assinalar a visita à terra portuguesa de um dos maiores poetas da língua que nessa terra se criou. Mas a verdade é que, mesmo para um momento assim, os versos se não improvisam; e, improvisados, poderiam não dizer senão com *graciosidade efémera* um facto que desejaria o não fosse. Porque esteve entre nós um dos maiores poetas da língua portuguesa, poeta numa linguagem que os ventos do Brasil depuraram de uma idade falsa, para permitir a expressão de quanta delicadeza ainda não fora dita, de quanta subtileza ainda não atingira a sublime e austera simplicidade. Nem a todos é dado saber quão nossa contemporânea pode ser a grandeza. E a muito poucos é grato reconhecê-la, quando fala melhor do que nós uma mesma língua e vive connosco a mesma época.

Não precisa Cecília Meireles que lhe digam como é grande, porque só o não saberia se o não fosse. Mas precisamos nós assinar conjuntamente uma alegria profunda, que sentimos e nos vem da honra insigne de sermos seus contemporâneos. Um grande poeta é algo raro, para que não seja importante registar que, em dado momento, respirou o mesmo ar que nós, comeu o mesmo pão, bebeu da nossa água. Seremos daqui em diante menos abstractos nos seus versos; se lá estaríamos sempre, como toda a humanidade está na muito grande poesia, poderemos encontrar-nos sempre lá mais pessoalmente, mais aqueles seres insubstituíveis que somos para tão poucos e às vezes nem para nós próprios.

Irmã de um Fernando Pessoa, de um Rilke, de um Yeats, *como eles filha moderna do simbolismo antigo,* é Cecília Meireles daqueles poetas para quem o lirismo é simultaneamente um cântico e um sortilégio: um cântico em louvor dos deuses mortos, um sortilégio pelo qual os mesmos deuses ressuscitam. A poesia de Cecília Meireles é daquelas que invertem, pois, as relações temporais: todo o efémero se fixa em momentânea eternidade, e todo o perene flui na música que o sustenta e cria. Daí que pareça intemporal, distante, alheia, abstracta, uma poesia tão presa ao próprio momento musical que é sua razão de ser, uma poesia em que todas as poesias ressoam. Não é de resto ocasional que um dos primeiros senão o primeiro livro de Cecília se tenha chamado «poema dos poemas».

Em vão se procurará na poesia de Cecília Meireles uma filosofia, uma ética, um programa de acção. A sua poesia não descreve, não anota, não analisa nem aconselha. E em vão no entanto se desejaria reduzir uma tão afinada densidade àquilo que se pretendeu chamar poesia pura, à ilusória vivência linguística de não estarmos presentes no nosso próprio mundo. Que filosofia, que ética, que programa de acção, que imaginária pureza, poderá em seus versos ter um extraordinário poeta? A menos que se consuma em reduzir-se a certa filosofia, a certa ética, a certo programa, terá todos e não terá nenhum. E da pureza terá apenas aquela última obediência à dignidade humana, à fidelidade ao seu ser de testemunha, obediência pela qual tudo se torna puro, ou pela qual se vê, nós vemos, que nada há que o não seja.

Tão femininamente o tem dito Cecília Meireles, que a sua poesia transcende a diferença entre o que somos e o que quereríamos ser, de que alguns querem que a poesia só nasça, como transcende a voz restrita de uma feminilidade que costume comover-se em verso. Uma melancolia sem abandono, uma aceitação sem renúncia, uma contenção sem secura, um alheamento de quanto é humanamente imediato, um púdico saber de que tudo escuta atentamente a própria atenção do poeta — eis qualidades típicas da segurança feminina, capaz de adormecer serenamente à sombra da árvore do bem e do mal, sem angústia, sem mágoa, e também sem outra alegria que não seja a de acordar tranquilamente. Eis qualidades da poesia de Cecília Meireles, que Cecília compartilha com Safo, com Louise Labbé, com Emily Dickinson, com Edith Sitwell, naquele plano em que *toda a grande poesia é andrógina,* como tudo o que se empenhe mais em conhecer-se, que em conhecer uma alteridade cuja invenção é o próprio pecado original.

Saudemos em Cecília Meireles um dos raros poetas da língua portuguesa cuja expressão nos permite atingir a consciência destes planos; e saudemos a gentil graciosidade com que nos transporta a eles, sem terror, sem espanto, e sem dúvidas cruéis. Perdoem-me que a não cite, para bem vincar que de um grande poeta nenhum poema ou verso deve ser destacado para significar o poeta, pois que não pode significar senão aquilo que literalmente significa e é nós próprios. Antes, reproduzirei o improviso de Manuel Bandeira — um dos raros que conquistou autêntico direito ao improviso — e que é um retrato de Cecília, tão completo como o poderá ser o seu rosto interpretado.

Cecília, és libérrima e exacta
Como a concha,
Mas a concha è excessiva matéria,
E a matéria mata.

Cecília, és tão forte e tão frágil
Como a onda ao termo da luta.
Mas a onda é água que afoga:
Tu, não, és enxuta.

Cecília, és, como o ar,
Diáfana, diáfana.
Mas o ar tem limites:
Tu, quem te pode limitar?

Definição:
Concha, mas de orelha;
Agua, mas de lágrima;
Ar com sentimento.
— Brisa, viração
Da asa de uma abelha.

CECÍLIA MEIRELES, OU OS PUROS ESPÍRITOS

De Shelley disse Ortega y Gasset que a sua imensa viagem lírica fôra feita com apenas uma pequena «valise» contendo alguns ventos, umas nuvens, e outros poucos aderêços metafóricos. Tendo tido como mulher uma vida muito diversa da que, como homem sem inibições, teve Shelley; tendo vivido quase o dobro do que ele viveu; não partilhando o radicalismo político de que Shelley fez a sua vida e a sua poesia; recusando-se ao desbordamento visionário e retórico com que Shelley multiplica as suas estrofes; e senhora de uma poesia distantemente fria, como a de Shelley apaixonadamente não é — Cecília Meireles, cuja morte nem por há muito esperada deixou de nos ferir a todos, pertence no entanto à mesma família que ele: a dos poetas que fazem da sua experiência da vida e da sua capacidade de meditação espiritual sobre o destino uma estrita e continuada vivência abstracta, em que a intelectualização das emoções se cifra numa rarefeita paisagem linguística da vida, de que a pessoa lírica do poeta é apenas a circunstância oculta que comanda o estilo, ainda quando, como em Shelley sim e em Cecília não, os acontecimentos e as experiências individuais sejam tema ou ponto de partida para a criação. A ideia que geralmente se tem de poetas assim não coincide de modo algum com a realidade da maioria deles. Supõe-se, em geral, que um tal abstraccionismo lírico, com a sua inevitável limitação expressional, vai de par com uma obra breve, contida, epigramática, como, por exemplo, a de Camilo Pessanha: a obra do poeta que escreve raros versos de uma delicadeza infinita que poucas vezes na vida se nos cristaliza. E o contrário é que é a verdade. Líricos da íntima meditação abstracta como Camões, como Shelley, como Cecília Meireles, são poetas de obra muito vasta, na medida em que viveram (no tempo e na intensidade, ou no tempo ou na intensidade) o suficiente para superarem o dom da generalização abstracta das limitadas experiências, que é, muito mais do que se considera em crítica literária, o fogo de ilusão dos poetas jovens. A juventude, quando encontra o caminho da expressão poética (e, muitas vezes, o equívoco não resiste à maturidade, sobretudo onde e quando falte o suporte sócio-cultural que compense a falta de uma mentalidade adulta), muitas vezes faz, de uma pretensa espontaneidade juvenil, a transfiguração abstracta e generalizada de pequenas e comuns experiências que o jovem tende a supor mais raras do que o são. Todo o jovem se imagina um génio incompreendido, a quem o destino oferece, na sua solidão, as mais particulares e peculiares das experiências. E, porque a capacidade de abstrair-se da verdadeira realidade leva o jovem a confundir o que há de pessoal em tudo, com o que é abstracção generalizada da experiência humana, é ele capaz de criar e de manter, na expressão poética, um mundo de vivências que, por a todos nós nos terem sido, como ilusão, comuns, parecem constituir aquela mesma suma sabedoria de que se faz a grande poesia do mundo. Caso típico de uma grandeza que assenta precisamente neste equívoco é o de António Nobre. Mas, se a superação que referimos é acompanhada por um extremo cepticismo vital, por um complexo mórbido de modéstia (em que o jovem poeta, longe de amadurecer, se refugia no espanto doloroso de ser uma pessoa como as outras que faz, todavia, coisas que as outras pessoas não fazem — e isto sucederá tanto mais quanto limitado for o mundo espiritual do poeta e mais elevado o grau da sua refinada sensibilidade), então o poeta, se raramente se encontra com a poesia, mais raramente se encontrará com ela. Também disto é típico um Camilo Pessanha, pois que levava o cepticismo ao ponto de não escrever os versos que fazia, nem de publicá-los. Aqueles, porém, que ultrapassam tais dificuldades (e o carinho de um círculo de amigos, o reconhecimento das elites, um status social seguro em que a actividade poética não seja uma doença vergonhosa, contribuem, muitas vezes decisivamente, para que a maturidade autêntica sobrevenha) transformam o seu próprio mundo interior e verbal numa experiência que aprenderam a impor às suas intuições poéticas (no sentido do apetite de formalizar aqueles instantes em que a acumulação do que se viveu é transformável numa consciencialização específica), e não há então mais nada que os detenha no caminho de, repetidamente, serem eles mesmos, tal como aceitaram que verbalmente poderiam sê-lo. É por isso que esses poetas da abstracção lírica parecem sempre tão iguais a si mesmos, e é tão insignificativo querer analisá-los e compreendê-los tematicamente. Os temas, como tal, são muito poucos, tão poucos como a bagagem metafórica. E tanto os temas como as metáforas devem ser compreendidos, não pelo que parecem ser, mas como *pretextos* que o poeta usa, um instrumental convencional (uma cifra pessoal), para fixar o que não é dizível, o que não é verbalizável, o que não é imaginável, por estar aquém ou além da forma e do signo. Disto é Cecília Meireles um dos mais altos exemplos na poesia de língua portuguesa.

Não sem razão os estudos e artigos que sobre a poesia de Cecília Meireles têm sido escritos pouco ou nada dizem dessa poesia, ainda quando penetrantemente compreendam ou glosem uma personalidade tão aparentemente estranha às tradições líricas da língua portuguesa. É que, se quisermos fazer paradoxo, Cecília Meireles, mesmo quando evoca ou narra de pessoas concretas, *não está dizendo nada*. E, onde e quando toda uma tradição literária escondeu o nada com efusões sentimentais, é muito difícil, sem perplexidade, e sem o constrangimento que se sente a crítica ter toda ante a poesia de Cecília Meireles, reconhecer e aceitar que, a frio, sem sentimentalidade, se faça do nada uma estrutura e uma linguagem. O grande erro está em depender-se tanto, para a compreensão destas coisas, de uma concepção ultra-romântica da criação poética, pela qual as emoções do poeta não valem esteticamente, mas sim pela piedade que nos causam — como se a poesia fosse, ou tivesse de ser, a confissão pública que os românticos deixaram de ir fazer na igreja. E esse grande erro não foi suficientemente corrigido pela chamada impassibilidade parnasiana, para a qual as emoções do poeta só indirectamente intervêm, porque tal «impassibilidade», entendida à letra, era equívoco muito maior e até afim daquele outro. E assim é, porque, onde o romântico se fazia pessoalmente mais interessante que a sua poesia, o parnasiano, ao fingir omitir-se (e a omissão foi, quantas vezes, substituída por um erotismo pretensamente «ardente» que compensava a ausência de vivências íntimas que eram proibidas pela estética da escola), não criava poesia em si mesma, mas uma substituição descritiva do mundo exterior. Isto é, com a sua pretensa independência artística, o parnasianismo era imensamente afim do racionalismo a-poético dos árcades setecentistas que haviam suprimido, e ridicularizado (embora repetindo-a para outros fins sobretudo morais e sócio-políticos), a *ciência barroca* de impor-se à realidade comum uma outra realidade específica que era o *objecto estético*. E este objecto estético não era apenas uma representação formal da realidade; era, sim, e simultaneamente, a imposição à realidade de uma significação *analógica* e a criação de um objecto significante sobreposto à realidade e acrescentado a ela. Isto, na derrocada de valores, que caracterizou o fim do século XIX, veio a refazê-lo o Simbolismo. Não é inoportuno lembrar que este Simbolismo, as sobrevivências do Romantismo fantástico, o Naturalismo, e o Impressionismo foram contemporâneos, concomitantes, e complementares, e que, a princípio, irmanados no mesmo desdém pela subjectividade romântica, simbolismo e parnasianismo não foram opostos. A reacção contra o materialismo utilitarista que marcara o liberalismo do século XIX manifestou-se diversamente em todas aquelas orientações, e também na filosofia geral e política, desde a transformação do materialismo em dialéctica revolucionária até a um renovo de interesse pelos místicos do fim da Idade Média, que repercutiu na poética dos simbolistas. Seria simplista — e demasiado a crítica o tem feito — insistir numa necessária «espiritualidade» dos simbolistas. Nos que vieram a ser reconhecidos como patriarcas do simbolismo (e que não pertenceram a nenhuma «escola» simbolista), Mallarmé, Verlaine, Lautréamont, Rimbaud, e Laforgue (que se evadiu, pela originalidade, ao simbolismo «escolar»), o espiritualismo tem raízes muito diversas, e não se crê hoje que ele tenha sido, em alguns deles, o que alguma crítica interesseira pretendeu que ele fosse, mesmo admitindo-se que são espiritualistas um Rimbaud ou um Lautréamont, e aceitando-se, confundidamente, como espiritualismo o idealismo de Mallarmé. E mesmo a escola simbolista, nas inúmeras metástases que alastraram na Europa e nas Américas, teve esse espiritualismo muito misturado com o ceptismo e o epicurismo esteticistas, que tinham contribuído para o seu arsenal ideológico. Mas o esteticismo deixou-se fascinar, às vezes com muito pouca espiritualidade real e muito gosto pelo espectáculo e os mistérios dogmáticos, por um renascimento do catolicismo. E, no simbolismo, muita espiritualidade é apenas adesão literária à religião tradicional: foi-o, por exemplo, no próprio Verlaine ou, no Brasil, em Alphonsus de Guimaraens. Todavia, essa espiritualidade, ou caía literariamente num aparente circunstancialismo (com grande abuso de sinos, hóstias, capas de asperges, etc., que foram detestável mobília dos simbolistas, no sincretismo literário-cultural a que «espiritualmente» se dedicaram), ou, aliada ao intelectualismo abstraccionante, caminharia progressivamente na senda da criação de objectos estéticos que representassem e fixassem as vivências ambíguas e inarticuladas de uma sociedade refinada que, mantendo intactas as suas estruturas, perdera qualquer confiança nelas. Foi o que fez o post-simbolismo internacional, de que Cecília Meireles foi um dos últimos grandes representantes: essa família de grandes poetas, muito diversos uns dos outros, que, ou evoluíram para o Modernismo (de que foram então os criadores), ou foram tidos, por confusão de contemporaneidade, como os modernistas que não eram (sobretudo nos países onde o simbolismo não se destacara suficientemente de outras correntes). No primeiro caso estão um Manuel Bandeira ou um Fernando Pessoa, no segundo um Stefan George ou um Rainer Maria Rilke. É essa diferença a que separa Cecília Meireles, que continuou post-simbolista, e Carlos Drummond de Andrade, que veio a ser um dos maiores expoentes do modernismo.

A morte de Cecília Meireles é a morte de uma poesia já impossível, que só subsistia, e subsiste, na persistência admirável de poetas como ela. Uma poesia da confiança romântica e simbolista no poeta como vate (não para profetizar, mas para captar e dar expressão ao indizível) que, contraditoriamente, intelectualiza uma linguagem em cuja legitimidade não acredita. Uma criação obstinada de objectos estéticos que são infinitas variações sobre o silêncio, e a apresentação formal desses objectos como se fossem expressão. Uma extrema musicalidade que, semanticamente, não significa, já que essa música é reflexo de uma altitude em que o calor humano não existe. Um abstraccionismo lírico que se recusa a visionar o mundo como significação, e que constantemente propõe uma linguagem pessoal como analogia para ele. Uma emotividade que permanece ansiosamente indecisa entre um panteísmo mágico e uma atomização total da realidade. E, no fundo, uma terrível serenidade perante a morte — sempre presente na poesia de Cecília Meireles —, como os barrocos tiveram, mas em que se observa que só a expressão poética acaba sendo o espírito em que o poeta crê. Dir-se-ia, uma poesia destas, a de um paganismo sem deuses, já que o poeta não reconhece, na verdade, outra imagem que não a sua mesma — um Narciso que, em vez de debruçar-se para as águas, quisesse teimosamente espelhar-se no tempo. Um tempo que, para tal, é congelado numa sucessão de intemporalidades momentâneas que são os poemas. E os poemas sendo um contraditório exercício do intelecto funcionando num total vazio. E este vazio apenas preenchido pela presença do poeta, não como ser humano, mas como ente dotado da arte de transformar o nada em metáfora. E as metáforas são, assim, a única legitimidade da existência.

Será isto, além da dificuldade que já referimos, o que torna tão distante a poesia de Cecília Meireles. E inquietante também. Porque mergulhar nos seus versos é um pouco como cair lentamente num poço sem fundo, de paredes a preto e branco, vindo dos pesadelos da adolescência. E, então, a poesia ou é um devaneio mundano de elegâncias refinadas e abstractas, após o qual podemos, sem preocupações, voltar a falar com os amigos, ou é uma aventura terrível e sem fim, em que se sacrifica todo o convívio humano, para ficarmos, em belos versos,

31

à espera da morte. A menos que, subitamente, da repetição continuada de uma atitude poética, brote como que uma linfa estranha, como que uma atmosfera para além das palavras, e que não é propriamente humanidade, mas uma inventada harmonia dos mundos.

Eu tive, para com Cecília Meireles, uma dívida de gratidão. Há vinte anos, quando eu era um jovem poeta português de quem a crítica não falava (ou porque me achava difícil, ou que não valia a pena, e o resultado era o mesmo), ela incluiu poemas meus, na sua antologia «Poetas Novos de Portugal». Tenho observado que esse livro meritório (e que pouca gente, em Portugal, estaria então em condições de organizar com tão grande lucidez e tanta equidade) é, vinte anos passados, ainda a única fonte, no Brasil, e para muita gente, de conhecimento da poesia moderna portuguesa. Mais tarde, critiquei-lhe livros (em artigos que, como os de outros mais, não são mencionados na bibliografia da obra completa de Cecília, na edição Aguilar, o que não teria importância, se não redundasse em ignorância do prestígio e da influência de que ela gozou em Portugal, onde foi sempre equiparada a grandes nomes como Pessoa ou Rilke, quando talvez o Brasil não reconhecesse todo, nela, o grande poeta que tinha). E tive a honra de saudá-la numa sessão pública em Lisboa, quando, em 1951, por ocasião de visita sua, os poetas portugueses a homenagearam. Pouco oficial que a sessão era, Cecília não compareceu. Duas vezes pois a saúdo ante a sua ausência — o lugar que deixou vazio entre os vivos, e o que não ocupou entre os que a admiravam. Cecília Meireles é suficientemente um grande poeta para não precisar das piedades hipócritas dos que, quando a hora chega, têm por hábito social e do sentimentalismo canonizar os mortos. Isso é bom para os mortos que precisam das lágrimas, verdadeiras ou falsas, dos vivos, para sobreviverem. Porque, como eu dizia há treze anos na alocução da homenagem, «não precisa Cecília Meireles que lhe digam como é grande, porque só o não saberia, se o não fosse». E não se chora a morte de um poeta da grandeza de Cecília, como quem lamenta a perda de um parente ou de um amigo. O parente e o amigo nada têm senão nós. E de uma Cecília ficam os versos — tudo o que, passada a vida individual, em verdade importa. Versos de uma pureza e de uma densidade raras na língua portuguesa. Versos de uma poesia impossível no mundo de hoje, em que a expressão poética é chamada a algo mais que ser responsável apenas perante si mesma.

ALGUMAS PALAVRAS

É para mim uma grande e comovida honra receber na Universidade da Califórnia, em Santa Barbara, como Chefe do Departamento de Espanhol e Português, a grande actriz brasileira Maria Fernanda, como ela mesma e como filha do grande poeta Cecília Meireles. Maria Fernanda veio aos Estados Unidos promover entre aqueles que não conhecem a língua Portuguesa ou a grandeza das literaturas com ela escritas, a tradução inglesa da poesia de uma mulher, sua mãe, acerca de quem não dizemos que é o maior poeta feminino do Brasil, uma vez que ela é um dos maiores poetas do Brasil, um dos maiores da língua portuguesa, e, mais, sem dúvida um dos grandes poetas deste mundo em qualquer tempo, lugar ou língua. Dando as boas-vindas àquela que se tornou uma glória dos palcos brasileiros, e felicitando-nos pela apresentação que fará da poesia e personalidade de sua mãe, senti que teria de começar por dizer isto mesmo, uma vez que Maria Fernanda, com todo o seu orgulho de brasileira e filha, poderia discretamente deixar de afirmar estas verdades àcerca de Cecília Meireles, que nasceu em 1901 e morreu em 1954.

Antes de explicar porque é que esta honra é tão comovente para mim, deixem-me acrescentar alguns factos para vossa informação, embora arriscando dizer algo que muitos de vós provavelmente saberão já. No Brasil, fala-se e escreve-se em Português. Esta língua é não só a língua de Portugal, a mãe-pátria, mas com toda a probabilidade continuará a ser (como de facto é) a língua de novos países e territórios pelo mundo fora, que eram os componentes do último Império (dos velhos, que a história dos novos é outra coisa), como o Brasil o foi também. Essa língua é portanto uma das principais seis ou sete línguas do mundo de hoje. E ainda que literaturas e poetas se não meçam pelo tamanho dos seus países ou pelo número das pessoas que lhe falam a língua, o Português não é uma pequena curiosidade linguística deste mundo mas uma imensa realidade bem simbolizada pelo Brasil, um gigante que é em área e população metade da América do Sul, e em área igual aos Estados Unidos, excluído o Alasca. Separado de Portugal em 1822, o Brasil era já realmente um país, e não apenas uma colónia em busca da sua identidade e das suas fronteiras, tal como aconteceu com muitos dos territórios do império Espanhol. Por meados e fins desse século, o Brasil tinha já uma florescente literatura suficientemente forte para produzir um dos maiores novelistas de todos os tempos: Machado de Assis. Um século após a independência, um grupo de jovens escritores e artistas proclamaram em São Paulo, durante a famosa Semana da Arte Moderna, a chegada da nova arte e da nova literatura de Avant-Garde, proclamando portanto, digamos, oficialmente mas contra tudo o que era oficial nas artes e nas letras, uma nova era que fermentava por todo o Brasil. Cecília Meireles e amigos seus no Rio de Janeiro não eram contra o Modernismo, mas eram em favor de menos interesse pelo regionalismo e pelo folclore superficial; ou eram contra a iconoclastia pelo gosto de ser-se iconoclasta, não sendo, de forma alguma, menos modernos do que os outros. Quer em Portugal quer no Brasil, desde os anos trinta que toda a gente de bom senso e gosto, envolvida no movimento moderno a reconhecia como um dos grandes mestres, e a sua estatura mais cresceu com o tempo. Cecília preferiu uma poesia de pura transparência e abstracção, na qual não desaparecem todos os sofrimentos da vida mas são transformados em símbolos universais. O seu grupo, o da revista *Festa,* do Rio, clamava a universalidade brasileira, de um modo moderno, exactamente como décadas antes Machado de Assis marcara de uma vez combatendo a obsessão brasileira com o pinturesco.

Quando eu cheguei ao Brasil em 1959, para lá ficar, a primeira peça que vi foi na Bahia, *Um eléctrico chamado Desejo,* com Maria Fernanda a fazer Blanche Dubois, e então e posteriormente, no Rio, tivemos a oportunidade de falar acerca de sua mãe para quem tenho uma grande dívida. Na realidade, vivendo no meu Portugal nativo, eu tinha muito jovem e desconhecido publicado um primeiro livro de poemas em 1942. Dois anos após Cecília Meireles publicou no Rio de Janeiro a sua antologia da moderna Poesia Portuguesa, que era realmente a primeira de todas a aparecer em qualquer parte. Sem saber quem eu era, e sem resenhas acerca do meu livro que fora de um modo geral ignorado por demasiado moderno e absurdo, ela *descobrira-me* e incluiu alguns dos meus primeiros poemas na selecção.

34

Fazendo-o, permitam-me o orgulho que me vem do seu reconhecimento, ela deu lugar a um dos dois poetas da língua Portuguesa, um o grande Murilo Mendes, brasileiro da mesma geração, e eu, (um escritor português que é cidadão brasileiro), que receberam o Prémio Internacional Etna-Taormina. Se menciono estes factos é para marcar que o Prémio Nobel teve décadas para descobrir Cecília, mas, esgaravatando pela América do Sul encontrou apenas — e que me perdoem os Hispanistas Americanos — Gabriela Mistral. E até hoje, a Academia Sueca ainda não descobriu a Língua Portuguesa e o largo número de escritores de ambos os lados do Atlântico. Nós, os que falamos português, consolemo-nos pensando que compartimos o mesmo esquecimento com pequenos países como a China.

Mais de uma vez escrevi sobre Cecília. Duas vezes quero aqui lembrar. Quando ela foi a Portugal, em 1951, e todos os poetas e escritores de qualidade e respeitável nome se juntaram para a homenagear, e que palavras minhas foram lidas. Foi nessa altura que, depois de muitos anos e cartas e livros cruzando o Atlântico, a conheci pessoalmente. Outra ocasião foi quando ela morreu, no ano anterior àquele em que deixei o Brasil para vir para os Estados Unidos, e escrevi acerca dela outra homenagem.

Hoje é a sua poesia imortal, a sua imagem, a sua voz, o que sua filha nos traz. Uma mulher que transcendeu quaisquer diferenças de sexo, sendo mais do que ninguém a pura distância e grandeza de uma autêntica deusa. Um poeta que ultrapassou todas as dificuldades da expressão pessoal para nos dizer o que está para além das palavras. E um ser humano extremamente complexo e aterradoramente simples. Acerca disto, sua filha a quem damos as boas-vindas, por certo que sabe melhor que ninguém e para vós evocará uma das pessoas mais extraordinárias que jamais conheci, e um dos maiores poetas que podereis ler.

CARLOS DRUMMOND DE ANDRADE

Carlos Drummond de Andrade nasceu em Itabira, Minas Gerais, em 1902. O seu primeiro livro — «Alguma poesia» — publicado em 1930, não passou desapercebido, e, a propósito dele, afirmou o crítico Eduardo Frieiro: «Digamos simplesmente que C. D. A. é um poeta moderno e dos mais representativos. (...) Há nos seus poemas, não construidos, isentos de literatura, um lirismo íntimo, recalcado, que se alimenta das pequenas coisas da vida e tira de tudo um motivo de irónico desencanto». Falava-se, então, muito de «poesia indirecta», e nada aparentemente mais indirecto que essa poesia refugiando-se na narração de um caso ou de um momento, jogando humildemente com uma ideia fixa. Pouco depois da publicação do segundo livro, «Brejo das almas» (1934), em que a ironia já não inibe, antes enforma o lirismo, o poeta vem para o Rio de Janeiro, chamado a ocupar o cargo de chefe do gabinete do Ministério da Educação e Saúde, cargo que abandonou recentemente. E no Rio, onde vive, tem publicado: o admirável «Sentimento do mundo» (1940), que inclui a célebre ode a Manuel Bandeira; «Poesias» (os três livros anteriores, mais «José») — (1942); «Confissões de Minas» (1944) e «O gerente» — novela (1945). Nestes dois últimos volumes, nomeadamente o primeiro, esse homem seco e triste, metido consigo, de boca apertada, óculos fortes e fronte alta, revela-se um prosador de primeira plana. O seu último livro é «A Rosa do Povo», aparecido há seis meses. Hoje, a sua poesia é tão naturalmente construída como há dezasseis anos o não era. Mas «isenta de literatura» é que ficará para sempre.

UMA ARTE POÉTICA

a propósito de *Procura da Poesia*

Este poema, um dos cinquenta e tantos que constituem o magnífico último livro de Carlos Drummond de Andrade, é uma completa *arte poética*. Na sua forma concisa, define exactamente a «procura da poesia», e quase pode dizer-se que só tem par nas páginas célebres do Rilke dos «Cadernos de M. L. Brigge».

São opostas, no entanto complementares, as recomendações do brasileiro de Minas Gerais e do europeu nascido em Praga.

Enquanto este último procurou captar o que de humano subsistia em coisas que estiveram próximas, Drummond aconselha: «não tires poesia das coisas» e, noutro passo, comenta: «Que tristes são as coisas, consideradas sem ênfase».

Neste comentário está contida a essência dramática da sua criação poética: a crise terrível da poesia que perdeu a ênfase, da poesia que se envergonha até do luxo de ser bandeira, mesmo de papel, perante a miséria do mundo presente.

Poema, diz mais do que digam dele. E além disso, Carlos Drummond, embora a si próprio chame «...poeta brasileiro, não dos maiores porém dos mais expostos à galhofa», é um dos maiores poetas brasileiros.

As suas palavras teriam, portanto, a audição reservada à «autoridade» que os adjectivos conferem, ainda que realmente Drummond não fosse considerado, entre nós, com conhecimento de causa, o grande poeta que é.

Porque em Portugal os adjectivos chegam sempre primeiro que as provas dadas; e até, nas letras como nos estudos, quem se «porta bem» é dispensado das provas finais...

A ROSA DO POVO

Por Carlos Drummond de Andrade

Esta «*Rosa do Povo*» (Ó Eluard! *La Rose publique!*... —estes vocativos são tão bonitos, não são? — com eles podem encher-se páginas e páginas a fingir de crítica) é um grande livro de poesia. De facto, aqui e ali, vê-se que, por intermédio de Eluard, igualmente ascético em matéria de música, Drummond renovou a sua expressão. Mas...

Estes poetas são meus. (...)
                              Furto a Vinicius
sua mais límpida elegia. Bebo em Murilo.
Que Neruda me dê sua gravata
chamejante. Me perco em Apollinaire. Adeus, Maiacovsky.
São todos meus irmãos, não são jornais
nem deslizar de lancha entre camélias:
é toda a minha vida que joguei.

Isto é: quando o poeta sabe que toda a sua vida está jogada no caminho que aceitou, e este último na possibilidade de expressão que encontrar em si próprio — todos os outros poetas são seus irmãos; não pode haver, perante eles, sentimento de propriedade nem da própria nem da alheia expressão, e quanto os outros tenham dito é a esperança do que conseguirá dizer. Daqui resultará uma originalidade superior, que se não rebuscou fugindo aos mais, nem os traiu na sua confiança de publicadores de versos.

Em presença de um poeta como Carlos Drummond, a atitude de um crítico, que não seja poeta só nas horas vagas, é de contínua e sobressaltada admiração. Que a admiração, de poeta para poeta, não se suspende apenas das perfeições, mas das imperfeições paradoxais e imprevistas. Tudo menos o seu tão pessoal sentimento do mundo é imprevisto na poesia de Drummond. É também imprevista, imprevista e caprichosa, a poesia de um Manuel Bandeira, embora no fundo, muito afim da tradição portuguesa, mesmo quando evoca, nativistamente, o Recife da sua infância. Mas o que em Bandeira é plena liberdade formal, capacidade de passar de um «cantar de amor», imitação perfeita, a «Mozart no céu», em Drummond é plena consciência crítica. De Bandeira, nunca se sabe que poema virá, ainda que se saiba, de antemão, qual a ironia terna, o misto de resignação e esperança de que será feito. Num poema de Drummond, ou os versos, subitamente cortados, dão lugar a outros, ou na sequência poética se intercala uma sugestão sem complacências para com nenhum dos tabus da própria decência quotidiana.

> Poeta do finito e da matéria
> cantor sem piedade, sim, sem frágeis lágrimas,
> boca tão seca, mas ardor tão casto.

— eis o que, de facto, ele é: impiedoso e, no entanto, sensível àquela intransmissível ciência da vida, que o mundo perde com qualquer morte. Só assim poderia atingir a extrema dignidade do epicédio a seu pai («Como um presente») ou a Mário de Andrade («Mário de Andrade desce aos infernos»), o poeta que confessa:

> ignoro profundamente a natureza humana
> e acho que não devia falar nessas coisas.

Estes dois versos são do poema «América» («Esta solidão da América... Ermo e cidade grande se espreitando»). E que distância vai da América de Walt Whitman a esta de Drummond de Andrade! O mundo percorreu quase um século de desilusões e esperanças, de alterações político-semânticas das palavras. Depois, o bardo norte-americano viveu detestando aquela secura que Ribeiro Couto sintetizou admiravelmente («nem catequese, nem filhos mestiços»), e que não houve no Brasil; e só uma voz moderna — a de Carl Sandburg — se aparenta com a de Drummond de Andrade, no circunstancial, no anedótico, sarcástico e contido.

Há quem pergunte, aliás sinceramente, se a poesia resistirá a certas imagens, que ferem, não já o gosto, mas aquela discreção mínima, filha da repugnância pela imundície, e que faz com que, nos milhares de obras que se têm escrito, haja milhares de situações e de sequências impossíveis e, no entanto, aceites, porque a humanidade gosta de perfumar-se e angelizar-se, esquecer a escravidão da sua existência física. Esta palavra «escravidão» é, aqui empregada, uma concessão a esse gosto comum. Resistirá, por exemplo, a poesia à aparição do piolho? E porque não? Não é «Les chercheuses de poux» uma das mais belas poesias de Rimbaud? Mas é simbolista... e escrita em francês. Sejamos francos. Não anda pelo menos 70 % da humanidade coberta deles? Uma das mais enternecedoras paisagens das nossas aldeias ou dos nossos bairros pitorescos não é o espectáculo de uma mãe, sentada à porta do seu lar, com a cabeça do filho no regaço, e catando-o meticulosa e carinhosamente, enquanto os passarinhos adejam nos telhados próximos? Sejamos coerentes: a poesia não pode nem deve ser capa de misérias, apregoam. Pois não o será de nenhuma. A não ser que o poeta, realmente, só veja das misérias aquelas que os tratados teóricos de economia lhe apontam como tal. Mas a miséria do homem é de toda a parte e de todos os tempos, não é verdade? Pois toda a poesia a tem ignorado. Lá se vai o último refúgio!... e

> alguns achando bárbaro o espectáculo
> prefeririam (os delicados) morrer.
> Chegou um tempo em que não adianta morrer.
> Chegou um tempo em que a vida é uma ordem.
> A vida apenas, sem mistificação.

> (in *Sentimento do mundo*)

Ou seja, no que respeita à poesia — a

> vida: captada em sua forma irredutível
> já sem ornato ou comentário melódico.

A arte ou a poesia não são refúgio contra qualquer espécie de verdade. São elas próprias a verdade. Se não há outra, a culpa não lhes pertence.

Para mais, a nossa época não me parece tão propícia ao idílio, como querem crer inúmeros poetas. Até, agora por momentos Drummond de Andrade:

> ....
> Irmãos, cantai esse mundo
> que não verei mas virá
> um dia, daqui a mil anos
> talvez mais... não tenho pressa.
> Um mundo enfim ordenado
> ....
> sem leis e regulamentos (etc.)

43

Quem acredita hoje, que, no futuro, haja um mundo «sem leis e regulamentos»? Então julga o poeta que a estrutura jurídica vai acabar como, em Roma, começou o direito do Dr. Assis? — por não existir? Estes milénios de história não chegam para o desiludir? Quer mais um? Não vê que a tendência inexorável do mundo para a multiplicação das liberdades colectivas apenas engendrará, constantemente, uma ainda mais extensa discriminação de liberdades individuais, a pulverização da liberdade individual em milhentas liberdadezinhas, cujo exercício será codificado, uma por uma?

Faça o poeta, se o entusiasmo o acomete, os versos da sua esperança provisória. Mas não os misture com os outros, aqueles em que denuncia a pícara tragédia do momento presente como «A flor e a náusea» ou «Anoitecer», ou aqueles «Versos à boca da noite», que atingem uma gravidade elegíaca notável em qualquer literatura.

Não — entre a «Divina Comédia» e o «Paraíso perdido», o poeta tem direito de escolha. Mas entre o «Paraíso perdido» e o «Paraíso reconquistado» a cada esquina da história, o poeta tem o dever de jogar pelo seguro — e seguro, seguro, só a certeza de que

fica sempre um pouco de tudo.
Às vezes um botão. Às vezes um rato.

Da riqueza deste livro, dificilmente se pode dar uma ideia. Porque, na sua complexidade, há respostas para todas as «safadezas» dos críticos, e desmentidos para todas as afirmações, mesmo laudatórias, que eles caiam na asneira de fazer.

COM ERICO VERISSIMO — Entrevista

Erico Veríssimo, na sua casa de Porto Alegre, a capital do Rio Grande do Sul, seu Estado natal, revê e ultima a terceira parte da sua obra magna: *O Tempo e o Vento*. A casa do pai de Clarissa — na vida real e na criação literária — é ampla e moderna, num dos bairros residenciais mais calmos da capital gaúcha, longe dos arranha-céus que se erguem na belíssima margem do Guaíba. No seu escritório, ao lado de um janelão cuja luz as trepadeiras tamisam, ou nas sombras agradáveis do pátio lageado, Veríssimo compulsa as pastas em que estão contidas as partes do seu livro, para introduzir-lhes uma precisão de pormenor, uma alteração de diálogo, qualquer elucidação exigida pelos desenvolvimentos ulteriores e pela sua consciência de artista extremamente cuidadoso e lúcido na construção e na harmonia de uma obra. E vai compondo os últimos capítulos, ou preenchendo lacunas que a estrutura complexa do livro obrigava a deixar para o fim; e, também, lendo e tirando notas de montanhas de memórias, livros de história contemporânea, de filosofia moderna, etc., já que a terceira parte de *O Tempo e o Vento* será, transpostamente, uma visão da história e da evolução da sociedade brasileira, nas décadas cruciais que terminaram em 1945, ano que é o eixo desta monumental terceira parte, no qual se intercalam os «flash-backs».

A responsabilidade que pesa sobre Erico Veríssimo é enorme: trata-se de levar à conclusão uma obra de imensas proporções, que o colocou na primeira fila do romance contemporâneo, e trata-se de apresentar aos leitores — e o problema é sobretudo brasileiro — uma época que toda a gente viveu, da qual muitos protagonistas estão vivos, e acerca da qual as paixões e preconceitos políticos — partidários ou regionalistas — ainda se degladiam.

45

Mas enganar-se-ia quem supusesse que, em tais exigências e tal consciência histórica, as personagens de Veríssimo ficarão constrangidas. É precisamente a liberdade delas que o força a voltar atrás para corrigir um ângulo de visão que elas mostraram ser outro. E é precisamente o rigor das informações — ou pelo menos a existência delas como testemunhos — o que garante ao autor, numa obra tão vasta, a liberdade de não fazer história, mas *ficção*.

Passando uns excelentes dias de férias, em sua casa, na intimidade do artista e de uma família encantadora de simplicidade, como ele, tive ocasião de observá-lo no seu trabalho. Veríssimo levanta-se muito cedo, dedica-se à sua obra ou aos estudos até perto da hora do almoço, e sai então, regra geral, a dar um pequeno passeio a pé. Depois do almoço frugal, repousa lendo. À tarde, ou desce à cidade, ou trabalha e lê. À noite, amigos seus aparecem para uma conversa sossegada, em que a literatura não predomina. Veríssimo, de resto, apesar das solicitações de toda a ordem a que, pelo seu prestígio nacional e internacional, está sujeito, não participa da vida (ou da intriga) literária, quer à escala «federal» (que se concentra no Rio ou em São Paulo), quer à escala «regional». Interessado e atento, Veríssimo prefere meditar a sua obra, conviver serenamente com os amigos, ouvir da melhor música no seu excelente «Hi-Fi». Foi expressamente para os leitores do Boletim de *Livros do Brasil* que tivemos a conversa seguinte:

— Erico, quando pensa concluir o seu trabalho?

— Se tudo correr bem, como espero, terei todo o livro pronto até Junho próximo. Esta terceira parte será dividida em três volumes de aproximadamente 300 páginas cada um. Creio que o primeiro deles poderá ser lançado em Julho deste ano.

— Que significado atribui a *O Tempo e o Vento*?

— É o livro que sempre desejei e temi escrever. É a história da minha terra e da minha gente através de duzentos anos. É um pouco a história da minha vida e da minha geração (nesta última parte) embora não se trate duma autobiografia. Espero que ele ajude o leitor a compreender o que nós, brasileiros do extremo Sul, somos hoje em dia... e, se possível, por quê.

— Quais são os seus planos de escritor, uma vez liberto da edificação dessa obra magna?

— Tenciono continuar a escrever romances... mas curtos. E também algumas obras de divulgação, como uma História da Arte, uma Geografia Humana, etc. Sim, e voltarei a escrever para crianças.

— Escreverá mais livros de viagens? Há países que lhe despertem a curiosidade, ou que deseje visitar de novo?

— Claro. Gosto muito de escrever sobre países e povos. Pretendo escrever um pequeno livro de impressões de viagem, ilustrado com fotografias em cores que eu próprio tirei. Nessa obra falarei de Portugal, Espanha, Itália, França, Alemanha, Holanda e Inglaterra. Devo confessar, porém, que de todos os países que visitei apenas dois me deixaram uma saudade irremediável: Portugal e a Itália. Voltar a visitá-los é agora o meu grande sonho.

— Quer dizer algumas palavras para os seus tão numerosos admiradores em Portugal, e, em especial, para os leitores do Boletim Bibliográfico *L B L*?

— Algumas palavras? Para dizer da minha gratidão e da minha simpatia pelos meus amigos portugueses, eu precisaria dum livro inteiro. Passei em Portugal vinte dias inesquecíveis. Creio que essa viagem foi o ponto mais alto e mais belo da minha carreira de escritor. Estou convencido de que todo o brasileiro devia visitar Portugal, como parte importantíssima de sua educação cívica. Quero por meio deste Boletim — ao qual desejo vida longa e sucesso — mandar um cordial abraço aos meus leitores e amigos portugueses, que espero rever um dia. E que o meu caro Jorge de Sena seja, através desta breve entrevista, o transmissor do muito afectuoso abraço que mando ao meu editor em Portugal, o meu prezado amigo Souza-Pinto.

Porto Alegre, Janeiro de 1961.

MEMÓRIA DE RIBEIRO COUTO

A morte de Ribeiro Couto, quando estava prestes a regressar ao Brasil, onde, ao fim de tantos anos de separação de uma amizade feita quando ele estivera em Portugal, nos encontraríamos ambos, foi para mim um grande desgosto. Não posso dizer que ele tenha sido meu particular amigo. Se eu pudesse dizê-lo, por certo que várias centenas de pessoas, por esse mundo fora, se achariam com justa causa no direito de dizer o mesmo. Com causa mais ou menos mortuária, sabe-se o que acontece nestas ocasiões. Não vi os epicédios que terão sido publicados em Portugal, onde ele era tão estimado. Mas, pelos que apareceram no Brasil (onde, ó paradoxos da vida literária, não era tão estimado e admirado quanto em Portugal), posso bem concluir que, também neste caso, tenho razão. Ribeiro Couto era aliás, por excelência, o homem cordial, aquele que é amigo de infância de toda a gente, e de quem toda a gente julga que é *o* amigo de infância. Isto que em Portugal engana muito, não é tão enganador no Brasil, já que os brasileiros, ao cultivarem *in loco* a cordialidade, sabem, com fria lucidez às vezes chocante, sentir e fazer sentir onde começam e acabam os limites dela. Não foi, portanto, Ribeiro Couto meu amigo de infância, como mesmo cordialmente o foi de outros, até porque havia entre nós uma grande diferença de idade, e porque nunca fui atreito à idolatria «paterna» pelos mais velhos que, condescendendo em olharem para mim, me substituíssem a imagem paternal que me tivesse faltado na vida. Esta imagem — diga-se de passagem — para mim funcionou tão pouco e tão mal, que jamais pretendi nem permiti que houvesse, no meu espírito, imitações do que já fôra tão desastradamente imitado pela realidade. Mas, se Couto não foi meu particular amigo, era um poeta que admiro, uma personalidade cheia de aspectos humanamente raros, um camarada de encantador e solícito convívio. Os últimos anos da sua vida, com a cegueira que o perseguia, com a frustração de o terem esquecido anos e anos numa embaixada balcânica, depreende-se das suas cartas — às vezes apelos discretamente patéticos — que foram muito amargos, tanto mais que, na sua pátria, de cuja política literária a sua carreira afinal perdida o exilou tantos anos, só raros, e muito raramente, o destacavam como o grande escritor que ele foi.

Eu recebi de Ribeiro Couto, por três vezes, especiais favores (um de ordem política, que não é oportuno recordar aqui) que, embora resultantes do nosso convívio naqueles celebrados jantares dos dias 13 de cada mês, instituídos por ele (e que não foi possível continuar depois que ele partiu de Lisboa), o retratam na sua generosidade, no seu gosto de estimular, e no prazer muito seu de ser útil das maneiras mais irónicas e sem quebra das praxes diplomáticas das embaixadas e da vida... Foi em casa dele, por convite dele, que eu li pela primeira vez, a um público restrito, em Março de 1946, a minha peça *O Indesejado,* então inédita. E a ele devi a edição do meu segundo livro de poemas, *Coroa da Terra,* que por isso mesmo lhe dediquei. Sei que ele não aceitou nunca, sem desgosto, que, no primeiro volume (1961) dos meus poemas completos, essa dedicatória tenha desaparecido, arrastada na desaparição de todas as outras, uma vez que dedicatórias, a menos que um texto dependa especificamente delas, não fazem sentido numa edição definitiva. Mas a história daquela edição primeira é divertida e significativa, e merece ser contada.

Estava eu no Porto, estudante que ainda era lá nesse tempo, creio que por 1944, quando Ribeiro Couto foi fazer uma conferência no Clube Fenianos, sobre os Portugueses no Brasil, que está publicada. No fim da conferência, lida com muito êxito ante um auditório compacto, ficámos conversando com ele vários amigos e conhecidos, que a direcção do clube levou para dentro, ao inevitável «porto de honra» das grandes ocasiões. Couto sabia (e conhecia diversos dos poemas) que eu tinha pronto para publicação, e sem editor nem dinheiro, o segundo livro. Num grupo em volta dele, estávamos, entre outras pessoas, eu e um dos membros da família Lello, detentora daquela catedral gótica «modern-style», que todos sabemos. A certa altura, após diversos protestos de admiração e dedicação, que dessa personalidade estava extraindo, Couto diz, com aquela sem-cerimónia de «tu» que ele usava em Portugal com refinamentos expressivos e que no Brasil é apenas flutuação entre a segunda e a terceira pessoas nas conversas de maior inti-

midade ou de menor respeito (e precisamente para marcá-los):
— Ó Lello, mas tu és capaz de fazer uma coisa que eu te peça? —.
— V. Excia manda, V. Excia manda! —. — Mas, pensa bem,
se eu te pedir, aqui diante deste pessoal, tu fazes mesmo? —.
A resposta veio firme e risonha: — É só pedir —. — Bem, então
tu vais editar aqui os versos do Jorge de Sena —. E, enquanto
se fazia um círculo de inquietação perplexa, que era também
minha, e o snr. Lello me olhava de relance e apertava os lábios
num sorriso pêco, Ribeiro Couto, com os seus olhos de goraz
brilhando de ironia por trás dos óculos, mantinha um dedo
espetado no estômago do interlocutor. E o snr. Lello, emper-
tigando-se numa abertura de sorriso amarelo, declarou: — Sim
senhor, edito —. E editou.

O drama que foi o cumprimento da promessa, por parte
de uma casa editora que, em matéria de escritores, só conhecia
defuntos rendosos ou múmias do jornalismo tripeiro, teve fases
muito curiosas que são apenas das memórias de que extraio
o incidente. Mas um dos factos é de referir, e foi a dificuldade
de convencerem-se de que um escritor vivo não estava disposto
a seguir o exemplo dos defuntos que não viam provas, porque
não é coisa que defuntos vejam e de que protestem... Quando
o livro ficou pronto enfim, com uma capa horrenda que eu
nunca vira, e recebi o primeiro exemplar, não o guardei para
mim e fui levá-lo a Ribeiro Couto, à embaixada onde ele era
então o encarregado de negócios. Ouvi um diplomático discurso tendente a forçar-me a pedir desculpa aos Lellos — agora
que o livro estava publicado — da troca de impropérios implícita nas «fases curiosas» que mencionei. Ouvi silenciosamente,
sem dizer sim nem não. Falou alto, contando histórias da sua
experiência literária, enchendo o salão da embaixada com a
sua enorme presença, para dominar o poeta pelintra e moço:
— Vem o jóvem poeta, do alto, com as asas de anjo, e quer rèfôr-
mar ô mundo! Não, meu filho, é preciso dar com a bàrriga nô
chão! —. Dar com a barriga no chão, como ele dizia, era então,
nos meus vinte e tantos anos, uma dolorosa experiência de muitos; e surdamente me indignei com aquele triunfador, entre os
dourados do salão da Rua António Maria Cardoso, procurando
reduzir-me à «realidade da vida», que me parecia conhecer muito
melhor do que ele.

Hoje creio que Ribeiro Couto não foi um triunfador, mas
um homem extremamente solitário e dividido, que se iludia a
si mesmo com os frutos da cordialidade mundana, e degustava
os pequenos triunfos sobre as pessoas e as coisas com um desespero infantil. Predecessor do modernismo brasileiro que o considerou sempre pouco moderno; demasiado modernista para
atrair os amadores da poesia parnasiano-sentimental da tra-

dição próxima no Brasil; português demais, pela cultura e pela expressão poética, do que é permitido a brasileiros; guloso de cosmopolitismo, de consagrações, reuniões, correspondências (o ficheiro dele, a este respeito era de uma meticulosidade assombrosa: todos tinham uma ficha, com o registo, por datas, das cartas recebidas ou enviadas e dos livros oferecidos e retribuídos), mais do que se admite correntemente a um escritor que não use a literatura como uma forma de triunfo diplomático; homem de muitos amigos e conhecidos, e sem quase ninguém com quem desabafar o seu pudor de menino abandonado — Couto, no seu fardão da Academia, na sua pompa de embaixador, recebendo prémios internacionais de poesia, comendo em pique-nique com o Presidente Tito, ou, no Restaurante do Rato, em Lisboa, amigo pessoal de todos os criados, não triunfou. E o melhor da sua poesia e da sua criação literária, tão refinadas, tão complexas no estilo correntio e simples, nada tem da arte mundana dos diplomatas-letrados que ganham prémios e vão parar às Academias. Há, por trás de muita superficialidade elegante da sua obra, de muito convencionalismo sentimental, uma nota plangente de melancolia, de solidão, de amor desinteressado das pequenas coisas perdidas e irreversíveis, e uma segurança de artista lúcido, com que ele enriqueceu a nossa língua literária e a nossa humanidade poética. E isso era, sob as complacências e as vaidades, o Ribeiro Couto autêntico.

Precisamente esse Couto autêntico, escondendo-se na voz do poeta-encarregado de negócios, fôra o que concluira aquela nossa conversa. Aludindo ao poema de Manuel Bandeira, *Os Sapos,* ele encerrara assim a sua luta contra o meu silêncio (fitando-me com os seus olhos de aquário, uma das mãos espalmada sobre o ventre, a outra de indicador levantado): — Este Sena... este Sena... tão calmo... tão sossegado... tão educado... E tem turbilhões lá dentro... É o perau profundo, com a saparia coaxando... Não soltes a saparia, hein?...

E tudo está nisto: soltar ou não soltar a saparia, ser ou não ser, sem glória nem fé, como diz Bandeira, o sapo cururu da beira do rio. Porque (quanto é curioso isto) é este sapo, símbolo da solidão, quem no poema aludido está no perau profundo, e não a saparia ignara, cujo coaxar mal deixa que se ouça a voz do solitário cantor. No lapso de Couto, *também* os outros sapos estavam no perau profundo. E ele — que foi a vida toda um sapo cururu dulcíssimo — identificava-se com eles, e desejava amestrá-los, para meu benefício, num grupo orfeónico da cordialidade humana.

Contava ele regressar ao Brasil para revelar-se inteiramente numa velhice triste e nobre? O destino não lho permitiu. E morreu num hotel de Paris, entre as bagagens imensas de até nisso frustrado filho pródigo. Pouco a pouco, agora, na história literária, sumida a memória do homem profissionalmente cordial, começará emergindo o poeta da outra cordialidade, o da ternura e da melancolia, da ironia doce e da brandura viril, que ele foi, muito grande, da língua portuguesa.

Araraquara, São Paulo, Junho de 1963.

11

«CARTAS» E CRÓNICAS

CULTURA LUSITANA — DIVAGAÇÃO PRIMEIRA

Não goza hoje a literatura brasileira, em Portugal, da falsa popularidade que tanto a serviu há alguns anos. As relações culturais luso-brasileiras, descontada a troca de comissões e consagrações académicas, sempre abrilhantada pelas filarmónicas jornalísticas, sofrem de um langor muito próximo do desinteresse mútuo. Noutros tempos, em que a literatura portuguesa fazia no Brasil vista de Europa de língua idêntica, enquanto a literatura brasileira artificialmente fingia de Parnaso dos trópicos, havia, de parte a parte, um convívio pretensamente aristocrático, de meia dúzia de gatos-pingados, em ambas as margens do Atlântico, «cantando os louvores da língua lusitana». Depois, com o advento editorial do movimento modernista brasileiro, ou mais exactamente, dos romancistas subsequentes da «realidade brasileira», a literatura do Brasil gozou, entre nós, de um prestígio, a que, se não era alheia a sedução do pitoresco local, também o não era, para maiores massas leitoras, sedentas e não dessedentadas pela produção lisboeta, a novidade de métodos literários só então conhecidos no seu justo valor por poucos intelectuais, contáveis pelos dedos, familiarizados directamente com a evolução de certas literaturas estrangeiras, nomeadamente a norte-americana. As dificuldades, ainda não por completo anuladas, que ao intercâmbio trouxeram a guerra e o após-guerra, e então crescentes a par com a difusão do livro brasileiro, contribuíram para fixar, em meia dúzia de nomes mais ilustres, a partilha do renome disponível na memória do público português. Por outro lado, o contacto disperso e ocasional da maioria dos nossos «soi-disant» intelectuais com a expressão livresca e jornalística da actividade brasileira, esse contacto e a verificação provinciana de que o Brasil era um complexo de regiões diversas, exigindo, para estudo correcto, um maior esforço de compreensão, uma maior soma de conhecimentos, um mais justo aprofundar da música deixada, em ouvidos de entre Tejo e Douro, por um estilo misto de telegrafismo e ultra-romantismo, o qual aparentemente constituía o suporte das elegias épicas ao café, ao cacau, à borracha, ao que, enfim, se arranjava em matéria de economia política literata — tudo isso criou aquele estado de desinteresse que o português, perdida a tradição honesta da cultura clássica, e inadaptado ele ainda ao rigor científico da vida moderna, desenvolve sempre, à semelhança da raposa da fábula, perante o que requeira mais seriedade que a citação fácil e brilhante dos «chavões». Porque o Brasil não era *só* o Bandeira, o Couto, o Jorge de Lima, a Cecília, o Drummond, o Lins do Rego, o Veríssimo, o Graciliano, o Jorge Amado, o Mário de Andrade, o Álvaro Lins e mais meia dúzia de outros que mandavam livros para cá. A sociologia brasileira não era *só* o Gilberto Freyre. E dada a miscegenação social, que agrava, em vez de a atenuar, a oposição de classes fortemente diferenciadas pelo gigantismo dos meios de produção e comércio, dada a violência de crises económicas, naturalmente primárias, porque o desenvolvimento industrial, tumultuoso num país rico e presa do capitalismo, as faz incidir na quase totalidade das massas trabalhadoras — que inglório uma pessoa dedicar-se a tão vasto estudo de mundo novo e estrangeiro, onde a vida económica irrompe na vida cultural, fornecendo a trama romanesca e tramando os críticos literários, cuja economia política não pode, assim, permanecer entre abstracta e literária!... Em vista disso e da vida nacional e internacional, deixámos disfarçadamente cair o Brasil. E a verdade é que houve, e há, neste facto malfadadamente alimentado pela suspensão angustiosa da consciência portuguesa e universal, um doloroso contrasenso. Para um povo, como o nosso, cujas virtualidades culturais nunca ao longo dos séculos se organizaram em cultura; para um povo, cujos intelectuais, dignos desse nome, são forçados, por imperativo da mentalidade crítica, não a refundir pontos de vista — condição da vida cultural — mas a elaborá-los directamente a partir de fontes mal investigadas; povo que, não obstante, se prolongou no mundo em massas que constituem, de facto, uma imensa contribuição potencial para o futuro humano: — impõe-se, menos que uma meditação do destino português num ambiente brasileiro, a integração do pensamento num ambiente de comunidade, visto que é na medida em que criam e conspurcam lugares comuns, que os povos se entendem. Todos admitimos hoje que apenas por dois sectores o entendimento é possível: em extensão, entendem-se as massas, no plano dos seus interesses fundamentais e das suas necessidades; e em profundidade, podem entender-se as intelectuais, no plano da compreensão inteligente e sensível desses mesmos interesses e necessidades. Eu desejaria acentuar que ainda por um terceiro sector da vida o entendimento é possível; acentuar que o «apenas» escrito anteriormente pretende significar um respeito por esse terceiro sector, retirá-lo do linguajar corrente. Sim: também no plano que chamaríamos religioso, de fé religiosa ou laica no destino do homem, de indefectível esperança, para além dos perigos e de angústias, na liberdade humana, o entendimento existe e é já um silêncio de amor pela vida. Convém, todavia e por isso, que sejam os poetas a principiar a não citar esse terceiro sector. Anda o demónio tão descaradamente a explorá-lo por essa imprensa estulta, que a nós compete só falar dos outros, chamados materiais, em que tão castamente não falam os materialistas do espírito... Nada sofre assim a poesia, porque adquire possibilidades de contacto com a realidade, que não tem buscado nas literaturas portuguesa e brasileira, onde quase todos os melhores estados poéticos se hão caracterizado por um infeliz sonhar à margem e sobre a vida. E é perigoso, muito perigoso para a consciência mais profunda, que os poetas se alimentem de ambrósia imaginosa, sem a digestão prévia, difícil, consciente, daquilo a que Goethe — e não Ortega y Gasset — chamava «circunstância», e para a qual nem a própria obra, pacientemente concebida e dolorosamente parida, deve constituir bicarbonato.

Perdoem-me ter sido tão pouco académico na exposição dos problemas; que haja divagado, talvez em demasia, a propósito do universal que espreita em tudo. E perdoem-me, principalmente, que haja sido, neste artigo, tão pouco poeta à portuguesa. É que a poesia chega de facto quando menos se espera; mas é preciso esperá-la, e nós, portugueses e brasileiros, só na aparência acertamos, tantas vezes quantas insinua a presunção literária, com a exacta hora do comboio. Se eu fosse um retórico de tradição, agora diria sibilinamente que não admira... Há o mar de permeio, não é verdade?

CULTURA LUSITANA — DIVAGAÇÃO SEGUNDA

Ouço dizer, a quem do Brasil chega com notícias do espírito, que o Brasil curiosamente se interessa por quanto em Portugal se publica. Dizer «o Brasil» será talvez excessivo; mais comedido e exacto será registar que alguns intelectuais brasileiros e alguns daquela chusma que em toda a parte por de intelectuais se toma, uns e outros observam o que de nós se lhes depara. Mas deve ser muito pouco. Sempre nas relações internacionais da cultura, ainda quando língua mesma as favoreça, há lacunas estranhas, celebridades de acaso, um misto de atraso e vanguarda sobre o próprio panorama da literatura buscada. Sintomáticos são, por exemplo, os desencontros entre a Inglaterra e a América. E depois, se é certo que raro virá a ser imagem de uma época a que essa época de si própria teve — quantas obras, que nos exprimirão a futuros olhos, nós desprezamos, desconhecemos, ou elas mesmas não estão ainda escritas —, se é certo, além disso, que a literatura portuguesa é tradicionalmente pobre de obras nesse sentido expressivas — quão grande nos surge, assim, um Cesário Verde, que se viveu a si e ao seu ambiente —, se é certo... Deixemos, porém, o certo pelo duvidoso, e reparemos na crise de apatia e ganância, ambas bem-aventuradas, dos nossos editores, que ou não publicam, ou, se publicam, não difundem. E nós próprios, que ficamos sempre à espera que nos mandem livros, para então mandarmos os nossos... Deve, portanto, ser muito pouco, irregular e vário, o que de nós atinge o Brasil. E esse pouco, dado o estilo que a força, chamável eufemisticamente das circunstâncias, em nós torna sibilino, alusivo, hipócrita, de uma cautela em que se perde quanto livremente poderia ser o encanto do sugerir com graça, poderá esse pouco ser justamente entendido lá onde, num país de literatões, nós temos tido fama de literatinhos?

Não há dúvida de que, no Brasil, se não existe propriamente uma ciência literária, como em Portugal não existe, se desenvolveu uma consciência literata, que em Portugal só alguns raros chegam a possuir. Nos dois países, claro que esvoaçam génios feitos à pressa nas asas de quem lhas fez, absolutamente alheios a tão fúteis coisas; e que, aliás como por toda a parte, um escritor se desonra em público, se, nesse mesmo sítio (o público, hem?), disser que o é. Mas, no entanto, o «background» de historicismo literário, esmiuçado com rara elevação até ao mais insignificante pormenor — e tão característico do Novo Mundo — confere a tudo isso uma qualquer segurança que nos falta. Não é que na Europa e particularmente em Portugal a produção historicista não seja numerosa. Tem, porém, outro carácter, mais seduzida pela anedota inautêntica que pela autenticidade e o interesse psicológico da investigação. A falta de consciência da literatura como agente cultural, a ausência de discernimento entre essa possível acção e as possibilidades subversivas da literatura — as quais nenhuma possui mais que latentes, sendo um dever intelectual como tal supô-las e superá-las —, e ainda as pequenas e mesquinhas questões intelectuais de um país menos pequeno que pequeniforme, eis algo de quanto nos impede a propagação de uma cultura dispersa, dispersiva, em que os regionalismos, quase individuais, ao Brasil serão inapreensíveis. Que os críticos portugueses façam artigos divulgatórios não contribuirá para esclarecer as relações luso-brasileiras, pois que, além de raros em Portugal os críticos, mais raros são deles os que sabem falar dos outros. E francamente, gritar com brilho tribunício os anseios de um povo, cujo maior anseio é que gritem por ele, não me parece eficaz para coisa alguma. Será activo, culturalmente progressivo, o trapezista de circo, sem rede, a 50 metros de altura? E é que, para pior, é discutível a realidade do circo e do trapézio... Quer queiramos quer não, só um processo é viável. E divulgar em Portugal um Castro Alves, um Gonçalves Dias, um Machado de Assis, tem a vantagem de aos apressados lembrar que há brasileiros há muito. Não necessita o Brasil de exposição idêntica do nosso passado, que conhece em vários pontos bem melhor que nós. E do nosso presente, que vimos ser difícil conseguir expôr com objectividade nossa, que, ao mesmo tempo, seja objectiva além-Atlântico, só resultará verdadeiramente vivo o que não for ostentação de cultura, de ideais, de intenções, mesmo até de obras. O que, portanto, for compreensão discreta e sofredora da realidade actual. Ao contrário do que comummente se crê, esta última não nos ultrapassa: ultrapassa-nos a ficção com que no-la encobrem.

62

BRASIL — 1960

Ao encerrar-se o «ano literário», os «colunistas» foram, no Brasil, unânimes no seu balanço do finado 1960: não houvera nenhuma obra extraordinária, como um *Grande Sertão: Veredas,* de Guimarães Rosa, acerca do qual, sem pôr-lhe em causa a categoria, as opiniões ainda se dividem; nem aparecera nenhum livro decisivo para a cultura, como *Formação da Literatura Brasileira* de António Cândido de Mello e Sousa, obra excepcional que ninguém em Portugal poderá desconhecer. Só por estas razões seria injusto considerar mediano ou medíocre um ano literário. Obras mestras na história de uma literatura e de uma língua, como o romance de Guimarães Rosa, não aparecem todos os anos. Obras miliares para a compreensão de uma cultura, em que a solidez erudita, a massa de informações diversas, o rigor do método, o bom gosto literário, a elegância da exposição, se aliem harmoniosamente, neste caso para mostrar de que modo a literatura brasileira só pouco a pouco se autonomiza da portuguesa (o que desencadeou uma tempestade de clamores, por parte dos que não se libertaram do complexo autonomista), também obras dessas não aparecem todos os dias, e esta, de António Cândido, foi lançada nos fins de 1959. Na verdade, porém, o ano de 1960, prolífero nos mais variados géneros, não viu surgir nenhuma obra que, por enquanto, assuma o carácter de um significado especialíssimo. E o grande êxito de livraria continua a ser Jorge Amado.

O ano de 1960 continuou a exibir uma grande massa editorial de memórias, crónicas, ensaísmo mais ou menos lírico, etc. em que a literatura brasileira é, de hoje em dia, muito pródiga. Continuou a exibir a habitual produção poética, em que não há perigo que a veia lírica lusitana venha a esgotar-se. E continuou a vasta apresentação de estudos literários, críticos, históricos, etc. que constituem aqui um imponente pano de fundo, que, embora às vezes ralo na matéria ou no significado dela, não tem em Portugal correspondente público. Desde a *História Geral da Civilização Brasileira,* monumental, dirigida pelo grande crítico e ensaísta Sérgio Buarque de Holanda — cujas *Raízes do Brasil* foram e são uma obra indispensável da cultura luso--brasileira e cuja *Visão do Paraíso,* recentemente publicada, é uma notável e apaixonante explicação do mito americano —, e que iniciou publicação, até ao belo *Diário* de Roberto Alvim Corrêa (o Corrêa editor célebre, que foi, da França, amigo de Valéry e de Gide, e hoje professor da Universidade do Rio de Janeiro) ou à excelente série antológica, que prossegue publicação, e é o *Panorama da Poesia Brasileira,* a flora crítico-literária foi bastante exuberante. No campo da ficção, *O Retrato,* de Osvaldo Peralva, *Café na Cama* de Marcos Rey, e *Raiz Amarga,* de Maria de Lourdes Teixeira, acompanharam de perto a Gabriela e a Carolina, e são, com algumas audácias, obras de mérito. Mas, nesse modo ofensivo, o especialista ainda é o teatrólogo Nelson Rodrigues, grande figura da dramaturgia brasileira, cujo *Asfalto Selvagem* está tendo o merecido êxito popular entre os adolescentes e os tímidos... *Terra de Caruaru,* de José Condé, *João Classe Média,* de Macedo Dantas, *A Procissão e os Porcos,* de Jorge Medauar, são excelente literatura. Mas *Laços de Família,* de Clarisse Lispector foram, se era necessário, a consagração de um grande escritor. E, entre a crónica e a ficção, não devemos esquecer *Breves Memórias de Alexandre Apollonios,* de José Paulo Moreira da Fonseca, e *Sete-Estrelo* do cearense Milton Dias. Mas as grandes figuras da ficção continuam a ser os nomes celebrados: Jorge Amado, Aníbal Machado (cujas *Histórias Reunidas,* aparecidas em 1959, contém algumas obras--primas da língua portuguesa), Erico Veríssimo, Octávio de Faria, Cyro dos Anjos, Guimarães Rosa, e outros mais, de que se aguardam, com curiosidade e reverência, os próximos partos... Em 1960, o teatro brasileiro, que atravessa uma esperançosa renascença, teve uma grande revelação: *O Pagador de Promessas,* de Dias Gomes, peça que transporta para a Bahia, sem pitorescos de folclorismo, os caminhos abertos por Ariano Suassuna e Gianfrancesco Guarnieri, embora sem possuir o vigor poético do primeiro, nem a maestria teatral do segundo. É, todavia, uma esplêndida peça, corajosa e forte, que, montada num espectáculo excelente, empolgou todos os prémios: melhor peça, melhores interpretações, melhor direcção, etc., etc. Só o supracitado livro de António Cândido ganhou mais prémios!

Enfim, não podemos afinal queixar-nos do ano de 1960, no qual se realizou no Recife o 1.º Congresso da Crítica, se inaugurou Brasília, o Sr. Jânio Quadros ganhou as eleições presidenciais para grande angústia de amigos e inimigos, e morreram em desastres de viação mais pessoas que em desastres aéreos, o que é um insulto aos pergaminhos daquele aeroporto carioca, «Santos Dumont», onde, conforme os acasos, a gente sai a pé para o centro da cidade, tão comodamente, ou, não menos comodamente, sai — via Guanabara — desta para a melhor... Mas quem inventou esta locução «a melhor» nunca pousara, manifestamente, na «Cidade Maravilhosa» do Rio de Janeiro, onde, apesar de Brasília, continuam a fazer-se e a desfazer-se as reputações — todas as reputações, inclusivé as literárias...

Assis, São Paulo, Janeiro de 1961

PRIMEIRA CARTA DO BRASIL

Portugal não faz uma ideia clara do que seja a actividade intelectual e literária do Brasil. Com uma imensidade territorial que, hoje, uma extensa e intensa rede aérea procura pôr à escala dos modernos contactos humanos, e com uma estrutura política federalista que é de difícil compreensão, na sua realidade e nas suas consequências, para o português de tradição centralista, o Brasil tem, na sua vida espiritual, características muito diversas das que mesmo o intelectual português que de leitura o conhece e admira é capaz de supor. Sem dúvida que os grandes núcleos culturais — universidades, editoriais, atracção dos escritores para os fortes centros urbanos — são as prodigiosas metrópoles: Rio de Janeiro e São Paulo. Mas custará a crer em Portugal o fenómeno seguinte: que se possa ser mesmo um escritor paulista respeitado e admirado em S. Paulo, e ser-se completamente ignorado ou muito subestimado no Rio de Janeiro. Com a transferência da capital da Federação para Brasília, é provável que a situação se modifique, até porque foi o peso político-económico do Estado de S. Paulo um dos factores decisivos na remodelação política do Brasil, que, até certo ponto, as últimas eleições presidenciais representaram. Há sintomas de que o eixo principal do país passará a ser S. Paulo-Brasília, e de que o Rio de Janeiro, hoje capital do novo Estado da Guanabara (que é quase só a cidade e subúrbios), deixará de ser o luzeiro ofuscante onde se fazem e desfazem as reputações *nacionais,* para continuar a ser, apenas, a «Cidade Maravilhosa» aonde se manterá — ao contrário de S. Paulo, em que isso se perdeu já — a graça do convívio, do «bate-papo», sem o que a literatura e as actividades correlatas passam a ser um *struggle--for-life* impiedoso e efémero, apenas equilibrado pela actividade das universidades que, no Brasil, participam da vida pública e da vida intelectual, numa escala que, em Portugal, também se não concebe.

Portanto, até agora, o Brasil é um vasto acervo de núcleos regionais de cultura, dos quais, às vezes, se destacam elementos que, idos para o Rio ou para S. Paulo (ou lá editados), ascendem a uma consagração nacional. Mas sobretudo Rio — onde inúmero escritor «carioca» não nasceu afinal. É evidente que, salvo uma ou outra excepção, os escritores levam para os grandes centros as suas experiências peculiares das regiões onde nasceram e se criaram; e é com essas experiências que fazem a sua arte e a sua celebridade. Raros são os que se tornam escritores dessas cidades a que foram atraídos. Por outro lado, se a produção de romances e de contos (o conto no Brasil é um género largamente cultivado) é enorme, muito grande e prestigiosa é, também, a produção de *não-ficção,* isto é, o ensaio mais ou menos lírico que não chega a ser conto, a crónica. Um Ruben Braga, um Fernando Sabino (apesar do romance *Encontro Marcado,* que Livros do Brasil apresentaram em Portugal) são autores lidos em todos os pontos do Brasil, porque colaboram em magazines de difusão nacional e popular. As enormes tiragens desses magazines, o número deles, a superficialidade da grande massa do público, propiciam o desenvolvimento do género, que tem cultores numerosos em toda a imprensa nacional. Mas, mesmo neste caso da imprensa, é preciso saber que só poderosíssimos jornais diários saem as fronteiras dos seus Estados de origem. Se o «Estado de S. Paulo» é lido, embora não copiosamente, desde Pelotas ao Acre, grandes jornais do Rio chegam apenas em dezenas de exemplares aos pontos principais do resto do território; e raros são os que se dirigem a outro público que não o do Estado ou da cidade para que se publicam.

Hoje, o hábito, excessivamente generalizado até, dos Festivais, dos lançamentos, com uisque e tarde de autógrafos, realizados e repetidos em diversos pontos do país (que nunca são mais que a linha costeira... e imensa, formada por Recife, Bahía, Rio, S. Paulo, Porto Alegre) procura, graças ao avião, levar os autores a outros locais que não aqueles em que são pessoalmente conhecidos. E o curioso é que, tão grande sendo o Brasil, a vida intelectual ainda assenta, dadas estas imensidades e regionalidades descritas, no conhecimento pessoal, na relação pessoal, na interdependência de interesses pessoais pessoalmente firmados e estabelecidos.

É, de resto, essa uma das sujeições mais típicas da vida brasileira, e uma das mais estranhas para o europeu. Sem dúvida que o brasileiro é muito sensível ao autêntico valor intelectual, e o reconhece, em público ou em privado, com uma espontaneidade que à mesquinhez europeia ou portuguesa parece ingenuidade. Mas, no contacto pessoal e no direito de acesso ao renome público, apenas subtis e discretíssimas provas de consideração distinguem o grande escritor de um plumitivo que adquiriu, pela sua capacidade de imiscuir-se e de influir, alguma simpatia ou algum poder. Num país onde se mata com facilidade, se chora o morto com discreção e se esquece o morto com rapidez, o reconhecimento do direito de cada um a tratar, sem escrúpulos, da sua vida é quase ilimitado; e mais facilmente se perdoa que uma pessoa, com o mais amigo dos sorrisos, atropele o outro, do que, com a mais firme lhaneza, se oponha a que o outro o atropele. Isto dá às relações humanas uma peculiar forma de «makebelieve», em que a cordialidade aparente e o desprezo profundo podem entrar na mais variável das proporções. Mas dá-lhes também um carácter de facilidade e de confiança a longo prazo, paradoxal e até comovente. Para resolver um caso, «dá-se sempre um jeito»; e, quando o europeu já imagina que o seu caso foi esquecido, o jeito foi dado...

Mas que nada disto nos iluda acerca da capacidade brasileira para o ponderoso trabalho intelectual. No Brasil, os estudos sociológicos, culturais, literários, a par do mais pedante aventureirismo que se dissimula na informação copiosa em catadupas de notas, possuem uma solidez de informação e de estrutura, que deixa a perder de vista o improviso brilhante em que se confina tanto, mercê das mais variadas circunstâncias, a intelectualidade portuguesa. E, se a literatice sob todos os aspectos pode ser uma actividade próspera, o contacto raro perdido com as regiões de origem dá aos escritores uma penetração social na vida popular e no destino da terra, que é uma das grandes forças da literatura brasileira, desde o imediatismo lírico de um Jorge Amado à excepcional aventura linguística de Guimarães Rosa. Todavia, aquela penetração não resulta, na quase totalidade dos casos, de os autores serem oriundos do «povo». Esse é, e foi, um dos grande equívocos da interpretação portuguesa da literatura brasileira. Quase todos os escritores, de entre os grandes, são oriundos da aristocracia terratenente. E o contacto com o povo foi-lhes dado, como nos tempos coloniais e esclavagistas, pelo convívio feudal no terreiro do engenho, da fazenda, do «sítio», com a peonagem miúda que aos seus maiores servia. Isto é particularmente verdade para os escritores do Nordeste — «ciclos da cana do açúcar e do cacau» —, para os de Minas ou de S. Paulo — descendentes da «nobreza» proprietária, com as suas velhas casas senhoriais nos vales que parecem transmontanos. A tremenda imigração alienígena (isto é, todos os povos menos o brasileiro de Minas ou do Nordeste, e o português de Portugal) — italianos, sírios, japoneses — que está transformando os Estados de S. Paulo e do Paraná de uma maneira ainda imprevisível para os destinos luso-brasileiros, só agora começa a produzir os seus frutos, lançando na vida intelectual elementos oriundos de uma pequena burguesia urbana e mercantil, e ampliando a constituição de uma grande burguesia citadina e financeira, anteriormente confinada aos magnates «quatrocentões» do café.

Com setenta milhões de habitantes pelo último censo, ao que se supõe, dos quais cerca de um sétimo se concentra nos grandes aglomerados urbanos da ou próximos da costa, o Brasil, a industrializar-se vertiginosamente, está passando por um processo de transformação, cujas indecisões e hesitações a sua literatura actual — ensimesmada e reticente — peculiarmente reflecte. Com as suas setenta faculdades de filosofia, onde se acotovelam professores dos mais prestigiosos aos mais medíocres; com as obras gigantescas de barragens e de estradas, que modificarão as condições de vida em áreas imensas de sertão (e o sertão brasileiro não é, como suporão as imaginações mal informadas, a não menos imensa floresta amazónica); com o desequilíbrio total entre o expansionismo económico-financeiro de S. Paulo e a miséria extrema das populações nordestinas; com uma língua portuguesa que vai desde o quinhentismo opulento falado pelo mais humilde cearense ou maranhense até ao espanholismo do Rio Grande do Sul, passando pelo vigor e o colorido da Bahia, em que a Europa, a Ásia e a África criaram uma civilização sincrética que resume as andanças portuguesas; com uma politização caótica, mas intensa, das massas; com... Enfim, que ao menos em Portugal se saiba quão desmesurado é o Brasil, e quão apesar de tudo, a sua literatura, tão variada, tão regional, e tão rica de grande figuras, é pequena ainda para representá-lo. A menos que tenhamos da literatura um conceito mais amplo que o do literato do Chiado permutando o seu versinho com o poeta de Copacabana...

Assis (S. Paulo) — Janeiro 1961.

SEGUNDA CARTA DO BRASIL

Os Estados Unidos da América gostam de considerar-se um *melting pot,* isto é, um cadinho onde tudo se derrete e se mistura para dar origem a uma nova liga metálica. Que se diria do Brasil? E é esse outro dos tremendos equívocos das relações luso-brasileiras. Hoje, para muitos brasileiros, Portugal *não é* o berço dos antepassados, mas apenas o país de que provieram a civilização em que se integram e a língua que falam. Para os descendentes de alemães, de italianos, de sírios e de japoneses — e estas colónias levaram tempo a miscegenar-se, a romperem as barreiras e os preconceitos sociais que encontraram e que em si mesmos desenvolveram —, filhos e netos de homens que se abrasileiraram socialmente *antes* de se miscegenarem com o fundo étnico luso-brasileiro (o que, em certas zonas, para algumas dessas «colónias», só agora começa a realizar-se) Portugal não é, pois, a terra dos avós, uma paisagem e uma cultura que tragam no sangue ou que conservem nos laços de família. Mas não é, também, aquele país transatlântico de cujo domínio colonial o Brasil se libertou, nutrindo sempre, em relação à Mãe-Pátria, uma atitude ambígua, repartida entre o sentimentalismo passadista e o desejo de uma autonomia desafiadoramente e desconfiadamente proclamada que foi sempre, com variantes diversas, a dos «quatrocentões», isto é, dos brasileiros de raiz, longinquamente descendentes dos primeiros portugueses.

Por outro lado, o «melting pot» brasileiro oferece aspectos de complexidade antropológica e social impensáveis em Portugal, e largamente superados nos Estados Unidos. No Brasil, *coexistem* todas as eras «históricas», desde a pré-história à mais refinada e tecnicista civilização contemporânea. A distribuição geográfica desses desfasamentos não é simples, nem coincide exactamente com as regiões culturais do Brasil, tal como a sociologia moderna as tem definido. Neste país imenso, há de tudo, às vezes quase lado a lado; ou esse «lado a lado» só muito recentemente se afastou. O avanço da civilização urbana moderna para o interior do Brasil variou imenso de região para região. Se Minas Gerais foi no séc. XVIII, culturalmente, um centro à altura das exigências europeias do espírito do tempo, e uma velha civilização urbana se manteve, apesar do declínio da mineração, nas cidadezinhas vetustas do Sul e Centro do Estado, ainda há trinta anos quase todo o interior do Estado de São Paulo era sertão de índios, quando, por trás destes, em Mato Grosso, vastas zonas de feudalismo agrário se intercalavam já, como hoje, entre as tribos refugiadas nas selvas ou nos pantanais imensos. A idade da pedra polida, as idades dos metais, os núcleos urbanos incipientes, o feudalismo agrário e terratenente, as migrações de grupos vivendo da pecuária, a aristocracia mercantilista, a sociedade patriarcal e esclavagista, os grandes aglomerados urbanos e proletários da revolução industrial, a mata virgem, as savanas incomensuráveis, a floresta equatorial da Amazónia (que se estende por três Estados: Amazonas, Pará, Maranhão, e ainda hoje a ex-capital esplendorosa da borracha, Manaus, só é atingível de avião ou pela difícil subida fluvial da maior bacia hidrográfica do mundo), tudo isto coexiste num país imenso, em que a noção das distâncias se vai perdendo, não porque esteja desbravado totalmente, mas porque o homem, graças à técnica, salta por cima do que ainda o não está. Todos estes estádios de desenvolvimento histórico-social, todas estas fases da humanização geográfica, não só coexistem, como podem coexistir ignorando-se mutuamente. Com as devidas diferenças, o norte-americano da Virgínia sabe que o norte-americano de Chicago ou do Texas existe e vive da mesma forma que ele. No Brasil, não. O proletário de São Paulo e o ameríndio caçador de cabeças da Alta Amazónia não fazem mutuamente parte da mesma vida social que se processa em eras diferentes, em zonas diferentes; da mesma forma que, numa cidade como o Rio de Janeiro, as favelas, que marinharam pelos morros que repartem a cidade, e estão assim no centro dela, podem constituir, para o cidadão carioca, uma entidade mítica e misteriosa que desce ao povoado pelo Carnaval.

Tudo isto, porém, é unido por um estilo de vida peculiar e pela língua. O estilo de vida varia evidentemente muito com as «idades» históricas, com as classes sociais, com a localização geográfica. Mas, tirando alguns enclaves sobremaneira típicos, como a cidade da Bahia e seus arrabaldes, com uma cozinha de pólvora afro-asiática, ou os enclaves germânicos de Blumenau e Joinville no Estado de Santa Catarina (onde as casas têm telhados a pino, à espera de uma neve que está nos Alpes, e nos prados verdejantes pastam vaquinhas), ou, ao longo da extensa costa, algumas cidades ribeirinhas que comem peixe, o Brasil inteiro alimenta-se de arroz e feijão e carne seca, numa monotonia irracional em que as verduras e os legumes só agora começam a penetrar. Nessa monotonia, em que a cozinha portuguesa se dissolveu, a cozinha italiana, sobretudo, e em menor escala a síria, alargaram, principalmente nas urbes do Centro e do Sul, o seu domínio. O Norte e o Nordeste, ou o Estado peculiar que é o Rio Grande do Sul (um outro mundo que os leitores portugueses conhecem através de Erico Veríssimo), mantiveram-se, sob este aspecto, porque mais brasileiros, mais portugueses, tal como certas zonas de Minas. O resto fala português, estuda literatura portuguesa, mas Portugal não passa, para esse resto, como aliás para todos, daquela história que é estudada, só em função do Brasil, desde Pedro Álvares Cabral à Proclamação da Independência, história ilustrada muito melancolicamente pela colónia portuguesa que se abrasileira mais rapidamente que as outras, mantendo com o país de origem laços que não são culturais (mesmo no mais amplo sentido do termo, ao contrário dos sírios que, quase todos cristãos ortodoxos ou arménios, trouxeram as suas igrejas e os seus bispos, ou dos japoneses que trouxeram o seu budismo), mas familiares, ao nível da aldeia, com a qual italianos, alemães, sírios e japoneses depressa perdem o contacto. Este abrasileiramento dos portugueses que, culturalmente, só praticam o ritual do bacalhau cozido (com azeite preciosamente importado das aldeias natais), não equilibra, de forma alguma, um Portugal tornado matéria de veneração convencional, de eruditismo literário, assente num vácuo que a «ilusão americana», denunciada por aquele Eduardo Prado, amigo de Eça de Queiroz, largamente contribuiu para criar.

Com efeito, o tipo de civilização que se constituiu no Brasil não tem, desde a origem, nada de comum com a civilização norte-americana. O Brasil está na América como poderia ter sido em Angola, se a distância geográfica e transatlântica, as condições da terra, o primitivismo dos íncolas, não tivessem propiciado o desenvolvimento de uma colonização que a África, roteiro do mercantilismo, não conheceu efectivamente antes do séc. XIX. A americanização do Brasil não resultou de uma uniformidade continental necessária, mas da hegemonia hemisférica da primeira nação que conquistou a sua autonomia política. E a República do Brasil, com a sua constituição federal moldada pela dos Estados Unidos, foi ainda uma manifestação daquela atitude ambígua em relação à Mãe-Pátria, acima descrita, quando a Dinastia e a sociedade agrário-patriarcal eram ainda um prolongamento europeu dos tempos coloniais. Não se julgue, de resto, e isto em Portugal é bastante ignorado, que o nacionalismo brasileiro começou na Inconfidência Mineira do Tiradentes e dos poetas arcádicos. Já o Padre Vieira, no apogeu político-social da Bahia colonial, tinha consciência dos problemas que ele suscitava. E esse nacionalismo resultava naturalmente da formação de uma sociedade peculiar, muito diferenciada, no estilo de vida e nos interesses, da sociedade metropolitana. O «mundo que o português criou», imaginado por Gilberto Freyre, e que tanto lisonjeia a vaidade portuguesa e o sentimentalismo imperialista do Brasil, *é e não é* uma realidade. Tornou-se uma realidade, sim, através dos tempos, mas uma realidade que não sente Portugal como uma condição necessária da sua existência cultural autónoma. E não é uma realidade portuguesa, na medida em que Portugal não colabora — ou perdeu oportunidade de colaborar — na orientação e na consolidação dela. A tal ponto isto é verdade, que os brasileiros estão sendo, e cada vez mais, chamados a ensinar língua e literatura *portuguesa,* nas universidades americanas, e nas que estão brotando por toda a África que se transforma. Não acordemos, nós os portugueses para este estado de coisas, e não tarda que, definitivamente empalhados, sejamos objectos de museu, descritos por pessoas que têm tanto de comum connosco como o coronel Nasser é descendente de Ramsés II.

Assis, Março de 1961.

TERCEIRA CARTA DO BRASIL

Eu não sou um linguista, coisa que aliás não há em Portugal; escritor português, não sou filólogo nem gramático, senão na medida em que, para mim, uma linguagem é um organismo vivo que tenho de conhecer em suas realizações e virtualidades, para melhor nela exprimir-me. Neste sentido, os deveres que me reconheço para com a língua que falo, tais como os direitos de possuidor nato dela que me são reconhecidos, não se distinguem, senão em grau e na exigência de criação de um *estilo,* dos que assistem a quantos outros, aquém ou além Atlântico, não sendo escritores, a falam ou a escrevem. E poderia acontecer que, não tendo o Brasil ocupado nunca lugar especial nas minhas cogitações políticas, nem nas minhas preocupações culturais, eu encarasse a questão da língua portuguesa apenas como um problema de apuramento e de rigorismo, o que é a posição hoje mais difundida, em Portugal, entre quantos, escritores ou não-escritores, pela língua se interessam (pois que, lá como cá, há «escritores» que não sabem escrever, nem se inquietam com tal deficiência). Mas acontece, porém, que o Brasil ocupou, desde sempre, naquelas minhas cogitações e preocupações, um lugar de primeira plana; e que, portanto, me não é indiferente o destino da língua portuguesa no Brasil, que esse destino me importa primacialmente, e que o considero vital para Portugal, e não apenas do ponto de vista do escritor que vê, na diferenciação linguística, uma ameaça à sua difusão na própria língua em que se escreve.

Do Amazonas ao Rio Grande do Sul, fala-se e escreve-se a língua portuguesa. E, se é certo que, no resto da América Latina, desde o Sul dos Estados Unidos anglo-saxónicos até ao Cabo Horn, a língua espanhola não foi um factor de unidade política, isso deve-se ao facto de os estabelecimentos espanhóis se terem iniciado muito dispersamente, sem uma colonização efectiva que só mais tarde se processou, e de o castelhano não ser a língua de uma unidade política, mas a língua de uma *supremacia* política de Castela sobre as outras regiões linguísticas da Espanha, que igualmente exportaram os seus nacionais.

A língua portuguesa em Portugal, muito mais variada de região para região de um pequeno país, do que a vêem de longe os estudiosos brasileiros, ou de perto a codificam e anotam os gramáticos e os dicionaristas portugueses, é todavia uma língua única, salvo a existência, em pequeninos núcleos, de enclaves dialectais, como o mirandês ou o barranquenho, que estão em vias de desaparição ante uma rede rodoviária e uma radiodifusão que lhes roubaram o isolamento de que se mantinham. Em Portugal, só no seu período arcaico de diferenciação linguística, sécs. XII e XIII, a língua portuguesa foi a língua de uma *supremacia* e de uma *ocupação,* quando, atingindo Portugal no fim daquele último século, a fisionomia territorial que tem hoje, ela foi, no processo da «Reconquista» da Península Ibérica aos Mouros e aos Berberes, um dos instrumentos de integração de novas populações. Mas é preciso não esquecer que esse avanço territorial foi acompanhado de um povoamento sistemático, e que, civilizacionalmente, ao fim de cinco séculos (do séc. VIII ao séc. XIII) de «Reconquista» singularmente lenta, a Ibéria cristã e a muçulmana, com os moçárabes (cristãos em território mouro) e os mudejares (muçulmanos em território cristão), constituíam de certo modo uma unidade ou «intimidade» cultural, de cujas características participavam, aliás, na época, as regiões mediterrânicas ou as do Leste Europeu. Transportada para o Brasil, quando, havia quatro séculos (desde a independência em meados do séc. XII às primeiras décadas do séc. XVI), era a língua de uma vontade de independência política em face dos outros reinos ibéricos (a «unidade» espanhola, sempre precária, só se consuma nos fins do séc. XV, às vésperas da descoberta do Brasil), a língua portuguesa não possuía, no seu espírito peculiar, o centralismo político e artificial da língua castelhana, e tinha atingido, precisamente então, a personalidade adulta que se consubstancia em Camões, termo final de toda uma primeira fase de formação de uma língua autóctone, diferenciada e consciente. É bem significativo que, tão culturalmente ligados à Espanha, através da qual, embora menos do que por muito tempo se supôs que quase exclusivamente teria sido, recebiam os influxos da Europa, e escrevendo também em castelhano, os grandes escritores do sécs. XVI e XVII, de Gil Vicente a um D. Francisco Manuel de Melo, tenham sido, como foram, os mais portugueses dos escritores, a tal ponto a língua se tornara, para lá dos factores culturais, uma realidade *nacional*.

No Brasil, a língua portuguesa viu-se em face de uma realidade nova. Não tão nova, todavia, quanto por vezes se supõe. Portugal descobriu o Brasil, e iniciou a sua colonização, um século depois de haver-se lançado na expansão ultramarina, e, portanto, experimentado já, ainda que quase sempre litoraneamente, nas regiões tropicais e no trato — violento ou não — com populações indígenas vivendo primitivamente, em organizações tribais. Capturar, ou negociar com os chefes locais, a mão-de-obra escrava não era uma novidade económico-social, desde que o Infante D. Henrique, um século antes, a introduzira para uso de um país que, aburguesando-se no mercantilismo urbano, ou municipalizando-se na fixação dos colonos internos, se vira forçado a modificar, antes dos outros Estados europeus, uma estrutura feudal que a exiguidade do território e das áreas cultiváveis, ou a mesquinhez do comércio interno ou de trânsito terrestre, não haviam consentido a escala apreciável. A ulterior expansão portuguesa no Oriente vai processar-se em paralelo com o desenvolvimento açucareiro do Brasil, e é patente a que ponto a capital do Brasil de então, a Bahia, se tornará um símbolo, pela sua magnificência, da amplitude e da peculiaridade civilizacional de uma exploração apoiada no domínio dos mares, e em que América, África, Ásia e Europa cruzam as suas influências, como talvez ainda se veria na Lisboa que o terramoto de 1755 destruiu.

A ocupação territorial do Brasil, assente numa importação de populações portuguesas linguisticamente estabilizadas, na evangelização e escravização do indígena ameríndio, e na mão-de-obra africana escrava que depressa se sucederá àquela numa escala portentosa [1], permitirá, à língua portuguesa, uma difusão em que ela, ao mesmo tempo, pela distância da mãe-pátria, guardará características arcaizantes [2]; pela aportação migra-

---

[1] Mais fácil de obter, em comércio regular, que a do ameríndio, na larga escala exigida pela indústria açucareira ou, mais tarde, pela mineração, é interessante notar que, na primeira metade do séc. XIX, quando o Brasil era já uma «nação», e até à abolição da escravatura, a importação de escravos africanos, cerca de 750 mil, é mais de duas vezes superior à dos Estados Unidos no mesmo período, e para uma população branca muito menor. Cf. Celso Furtado — *Formação Económica do Brasil,* Ed. Fundo de Cultura, Rio de Janeiro, 2.ª edição, 1959, págs. 141-2.

[2] É o que muito justamente aponta Sousa da Silveira no seu parecer sobre «Denominação do Idioma Nacional do Brasil», publicado em apên-

tória de grandes massas rurais portuguesas, desprovidas de formação ou de enquadramento cultural, elevará, ao nível do falar corrente e geral, modismos das regiões campesinas que principalmente forneceram os contingentes migratórios (³); pela imensa migração negra forçada, e instalada numa dialéctica feudal de casa-grande e senzala, adquirirá menos uma amplificação africana do vocabulário do que uma simplificação negróide, na língua falada, da regência pronominal e das concordâncias (⁴); e pela muito maior diferenciação social entre as classes dominantes — que quase até à Revolução Modernista *lusitanizam* estilisticamente — e as classes populares, cria uma situação dicotómica entre *língua culta* e *língua popular* quase inexistente, com ímpeto social, no Portugal de origem, e na clivagem entre as quais irromperá muito analogamente ao que sucedeu com o latim do Baixo Império ante as invasões dos «bárbaros» germânicos, o impetuoso afluxo, a partir de meados do século passado, de migrações rácica e culturalmente alheias ao complexo inicial luso-brasileiro. É do maior interesse notar que muitas das transformações que o latim sofreu no processo de formação das línguas novi-latinas encontram o seu paralelo nas que se observam na língua falada do Brasil. Nesses processos foi sempre a língua culta que cedeu o passo à popular, falada pelo maior número, sobretudo em zonas cuja alfabetização é reduzida ou nula. E temos de reconhecer que, até hoje, a língua portuguesa (que, no Brasil e em Portugal, é usada, como sempre foi, por uma percentagem esmagadora de analfabetos ou de semialfabetizados) tem sido uma língua de mandarins e de senhores feudais que, escrevendo-a «direito», a falam, com o seu servo da gleba ou com a escrava com quem dormem, tal qual como estes a falam.

Até aqui, nada de novo, e a língua, evoluindo e transformando-se continua a funcionar nos esquemas de vitalidade e de unificação política, característicos da problemática tradicio-

---

dice às suas magistrais *Lições de Português*. Cit. da 6.ª Edição, 1960. A minha longa experiência pessoal de corrector das alterações introduzidas por tipógrafos ou revisores portugueses em textos de escritores brasileiros modernos confirma que os termos achados abstrusos ou empregados em acepções insólitas são, na esmagadora maioria, arcaismos. E o mesmo se dá com certas peculiaridades sintácticas.

(³) Inúmeros modismos minhotos, durienses ou da Beira-Litoral, se tornaram património geral da língua falada no Brasil.

(⁴) A simplificação da concordância é também de regra no inglês falado dos EE. UU. — *They was*, por exemplo, em vez de *They were*.

78

nal. Assim como o latim culto e o latim vulgar unificam o mundo romano, assim o português unifica o mundo luso-brasileiro. Mas, depois disto... outros fenómenos se estão dando, particularmente visíveis, no Brasil, no Estado de S. Paulo. Não são já a adopção de termos novos, quando a ignorância do idioma foi buscar palavras desnecessárias, nem o desvio semântico por analogia auditiva com outras línguas, nem a simplificação das regências e concordâncias que, no falar do baixo povo, tem contrapartida no português falado pelos negros incultos de Angola e de Moçambique. Tudo isso são afinal, no domínio linguístico, problemas de alfabetização que o aculturamento desenvolverá harmoniosamente (5). O que se verifica é mais grave: uma pobreza total de vocabulário e da flexão e das regências. Tudo é «negócio». E tudo é *para* (dizer, fazer, falar, pedir, dar, etc.). E verifica-se, na expressão verbal, uma completa inadequação para a mais ligeira complexidade de pensamento. O uso de um sinónimo, em vez da *palavra habitual,* deixa logo os interlocutores perplexos, mesmo se são educados. Há, por outro lado, uma espécie de «latim bárbaro», uma «diplomática» de fórmulas vazias de sentido, que se cultiva ornamentalmente na oratória pública, mas não tem qualquer relação profunda com a vida quotidiana. E isto porquê? Porque uma comunidade social se forma vertiginosamente com sírios, italianos, alemães, judeus da Europa Central e japoneses. É óbvio que todos são e serão Brasil. Mas que Brasil? Se uma cultura luso-brasileira não está suficientemente apta, pelos seus instrumentos, para nacionalizar linguisticamente essas populações, pois que sempre foi menos uma alta-cultura generalizada e poderosa do que uma arcaizante relação agrário-mercantilista entre serventuários de uma estrutura estatal, como evitará um empobrecimento linguístico que não é equilibrado por achegas importantes ao património cultural (6)?

---

(5) Também fenómeno que uma superior aculturação diluirá é o esforço constante, no Brasil, da parte de numerosos e às vezes influentes elementos, para a acentuação de divergências linguísticas entre Portugal e o Brasil, que chegam, por exemplo, ao requinte de dizer-se *oliva* em vez de *azeitona,* ou à pedantaria de não escrever *hospital* mas *nosocómio...* Esta mentalidade, que é reflexo de um receio imenso — e politicamente sem qualquer sentido hoje — de, como é dito, o Brasil ser «recolonizado culturalmente» por Portugal, igualmente contribui muito para a apropriação ciosa do ensino da Língua e da Literatura Portuguesa.

(6) Pela emigração sírio-libanesa, o Brasil estaria equipado, como Portugal nunca esteve, para desenvolver estudos árabes. Existem? A cultura

Quando, precisamente com Guimarães Rosa, as virtualidades potenciais da língua culta e da língua popular portuguesas se fundem numa síntese magnificente, em que o português atinge uma independência artística como desde o classicismo quinhentista e o barroco subsequente não tivera, é pelo menos paradoxal que essa imaginação de um grande artista encontre o seu pólo numa tão confrangedora pobreza verbal. E ficamo-nos cismando. No momento de desaparecerem as estruturas que fizeram as grandezas e as misérias do mundo luso-brasileiro, que será um fenómeno daqueles, em literatura? O último requinte alexandrino de uma cultura peculiar? Ou a garantia de uma vitalidade e de uma pujança que não vão perder-se?

italiana ou alemã, se bem que ocupem lugar mais preponderante que em Portugal, não desempenham papel tão decisivo como a norte-americana (que elimina a inglesa, mais sensível em Portugal) ou a francesa. E os emigrantes japoneses não trouxeram da pátria uma compreensão do Oriente que apenas conservam nos restaurantes e nas quinquilharias, para uso dos apaixonados do exótico; e os filhos deles não sabem já falar japonês. Isto significa, menos que a dissolução num *melting-pot* luso-tropical, à Gilberto Freyre, a formação de um *vácuo* cultural, em que as peculiaridades mutuamente se anulam e àquela famigerada luso-tropicalidade...

QUARTA CARTA DO BRASIL

A presença da Literatura Portuguesa no Brasil é um problema da mais alta importância para Portugal, um problema que se coloca diversamente, segundo os planos em que for encarado: o do ensino dela ou o da difusão dela, já que, sem dúvida, nunca o ensino dela tendeu a ser tão difundido, e nunca a ignorância dela terá sido maior, apesar da sólida e vasta erudição de uma escassa minoria. Em Portugal, não se tem a mínima noção disto, e a maior parte dos intelectuais portugueses que visitam o Brasil deixa-se sempre iludir pela errada impressão que uma breve estadia lhes dá: ou, ao nível universitário, profere as suas lições, rodeada do interesse e do carinho de meia dúzia de ouvintes e de estudiosos, esquecida de que a universidade brasileira *não é* só uma universidade portuguesa que fosse mais rica e mais aberta; ou, ao nível do convívio cultural entre escritores, esquece-se de reparar que a gentileza da maioria — e essa gentileza é notável — não significa, como em Portugal, um divórcio entre a actividade intelectual e o academismo de uma letrada universidade à espera que os escritores morram ou se tenham formado por ela. Se aprofundassem a verdadeira situação, repariariam que a posição de privilégio, que os enebria, se evola com a partida, sem deixar rasto. Ou o único rasto que deixa são os laços pessoais criados, a lançarem as bases de, ano a ano, se repetir a mesma viagem agradável... mas estéril ou, o que é pior, contraproducente. O português, com o seu provincianismo de campanário, escandaliza profundamente o brasileiro, quando este é esclarecido, ou confirma-o no seu desdém pelo «reinol» quando os interesses vários em jogo se apoderam dessa oportunidade para mais uma vez verificar que Portugal não importa ou, se importa, é prejudicial a sua influência, que deve ser eliminada ou inteiramente «nacionalizada».

Os universitários portugueses, obstinados sempre no eruditismo, ou na leviandade em relação à literatura moderna (o que resulta do divórcio existente em Portugal, entre a universidade e a literatura viva, que vai ao ponto de ser dicotómica a vida daqueles elementos, alguns excelentes, que tem um pé numa e outro na outra), chegam ao Brasil, peroram de Camões e de Vieira, e não se dão conta de que, quanto mais se falar no Brasil, da literatura portuguesa anterior a 1822, cada vez mais se cava o abismo entre as duas culturas, já que a pessoa vem trazer novas achegas àquela atitude de interesse e de erudição — que tão ilusoriamente comove os portugueses e que tende, naturalmente, a absorver toda essa literatura portuguesa, *não como portuguesa, mas como ante-brasileira.* Pois dada a difusão dos estudos filológicos no Brasil, e dado o conceito irreversivelmente *evolutivo* que o Brasil tem de si próprio, tudo isso vem reforçar a convicção, aliás justa de que Portugal existiu para fazer o Brasil... Quando esses universitários chegam, e peroram, por exemplo, do Romantismo português (para não falarmos, por exemplo, dos Inconfidentes Mineiros, que já são estudados aqui no Brasil como se a Arcádia Lusitana não tivesse existido), a questão complica-se muitíssimo. A literatura brasileira procura — e é natural e corresponde à verdade isso — compreender-se como um esforço e uma realização de autonomia espiritual; e a tal ponto é assim, que um crítico brasileiro que se atreva a não minimizar as relações dos românticos brasileiros com Portugal, corre o grave risco de ser acusado, em clamores, de traidor à pátria. E o português que o faça, o menos que lhe acontece é ser considerado retrógrado, tacanho, e... sabotador, por espírito colonialista, da autonomia espiritual do Brasil. Os universitários portugueses não falam nunca, ou quase nunca, da literatura moderna. Raro isso lhes é solicitado, por várias razões: primeiro, os brasileiros sabem que não entendem dela; segundo, os brasileiros estão interessados em encorporar no *ante-brasileirismo* da literatura portuguesa as últimas aquisições da erudição; terceiro, importa-lhes demonstrar que, no Brasil, o estudo da literatura portuguesa é uma actividade autónoma, na qual os portugueses entram ao mesmo título que os lusófilos de outras nacionalidades, como estudiosos dela e *não* como portugueses.

Os escritores portugueses que vêm ao Brasil — e o caso não é diverso com os que escrevem para cá — funcionam em idênticas premissas de campanário. Não despiram, à saída de Portugal ou ao desembarcarem no Brasil, aquela mesquinharia torpe que caracteriza a vida intelectual portuguesa, toda baseada no desdém, no amiguismo e, sobretudo nas verrinas de grupo. O brasileiro, em geral, e dada a ausência manifesta da literatura portuguesa viva, interessa-se por esta muito relativamente; e tem, além disso, uma desconfiança secular por tudo o que cheire ao espírito oficial do «Reino». A sua curiosidade é ecléctica, benevolente, mas sincera. Uma curiosidade que se sente traída, quando verifica que o escritor não é capaz de situar-se naquele plano de *cultura* e de *imparcialidade* crítica, que é, infelizmente para os portugueses, o dos brasileiros que podem interessar-se pela literatura viva. E, traída a curiosidade, o brasileiro instala-se comodamente na convicção de que, depois da geração de 70, a última que fulgurou no Brasil, o facto de Portugal ter produzido um Fernando Pessoa é um feliz acaso europeu que não implica nem garante, por forma alguma, uma literatura portuguesa no século XX (o que, até certo ponto, é uma grande verdade).

A literatura portuguesa, no Brasil, não tem difusão popular. Camões é lido nos liceus, e Herculano, e Júlio Diniz, tal como em Portugal, reafirmando o aluno secundário na ilusão de que a literatura portuguesa é (como também é para o aluno secundário português) um manancial de chatos escrevendo uma linguagem obsoleta, *ante-brasileira;* e, quando o aluno prossegue estudos superiores de letras — e dá literatura portuguesa em todos eles — o panorama não se modifica. Mas, aqui, um outro fenómeno muito importante intervém. A expansão do ensino superior no Brasil, feita desordenadamente por vezes, ou irresponsavelmente (já que as faculdades particulares, muitas delas *sem nível,* dão também títulos de doutor e fazem concursos de cátedra), é uma realidade gigantesca. O Brasil tem hoje, entre faculdades nacionais (as que dependem do Governo Federal), faculdades estaduais (as que dependem dos governos Estaduais, o que não significa 2.ª classe em relação às anteriores, mas apenas *status* administrativo, já que, por exemplo, a Universidade de São Paulo, uma das mais importantes das Américas, é estadual), faculdades laicas independentes (como, por exemplo, as sustentadas pela Fundação Makenzie), faculdades católicas, faculdades pertencentes a ordens religiosas, e até faculdades municipais (que as há), uma infinidade de escolas de ensino superior, entre as quais cerca de 70 faculdades de Letras. O que significa que terá de haver, às vezes recrutadas das maneiras mais precipitadas pelas exigências do serviço, cerca de 70 pessoas ensinando Literatura Portuguesa... São estas pessoas e mais alguns dos seus alunos quem, no Brasil, além de uma escassa e dispersa minoria de intelectuais, consome Literatura Portuguesa? Puro engano. Para a maioria, como não pode deixar de ser, a Literatura Portuguesa é uma carreira garantida pelas exigências do programa *mínimo* federal, a que todas as instituições têm se submeter-se para que os seus graus sejam reconhecidos. De modo que, e parece um paradoxo, quanto mais o estudo da Literatura Portuguesa se difunde, tanto mais, no actual estado de coisas, as probabilidades de sua ignorância, e de anquilosamento, são maiores. E, à medida que passar o tempo, com a fixação de interesses criados que mutuamente se protegerão, cada vez mais a presença de portugueses que não falem de Portugal como entidade pretérita será incómoda, se não mantiverem uma neutralidade benevolente... Pois será agradável que alguém pasme de se estudar Antero... de Figueiredo, em vez de Raul Brandão? A péssima qualidade dos manuais portugueses existentes, com uma única excepção para o de A. J. Saraiva e Óscar Lopes, é, em grande parte, responsável por este estado de coisas, com o seu conservantismo, o seu confusionismo de medíocres ante a transformação que o modernismo operou na nossa literatura. De mão dada, os autores de manuais e os eruditos contribuem decisivamente para uma confusão de mau gosto, em que a incompetência e a leviandade encontram informações «seguras» para se exercerem impunemente já que os livros, as obras em si mesmas, não chegam cá, e só uma grande e firme boa vontade consegue assegurar-se de um exemplar delas, muitas vezes para figurar ao lado de outros numa biblioteca que ninguém lê.

Isto não é pessimismo, mas a pura realidade dos factos. Sem dúvida que os próprios brasileiros, com o seu feitio crítico (que é preciso não confundir com a liberdade de criticá-los, a qual exige, da parte de portugueses, infindas cautelas), são os primeiros a reconhecer a gravidade deste estado de coisas, para a qual Portugal contribui conspicuamente com o seu absentismo. Há, por toda a parte onde interesses criados não constituem uma barreira hostil, um apaixonado anseio de que isto se modifique, e a consciência de que, sem a colaboração de Portugal, não poderá modificar-se.

Os estudos portugueses de literatura (e não de filologia) no Brasil, à escala universitária, pode dizer-se que datam do magistério de Fidelino de Figueiredo, cuja fixação em S. Paulo criou uma tradição que é praticamente a única existente: todos foram seus discípulos, ou discípulos dos seus discípulos. Foi um papel de enorme alcance bastante desconhecido em Portugal. Mas, como natural seria, se criou as bases de uma visão superior da literatura portuguesa, tende agora a perpetuar o divórcio entre o Portugal de ontem e o de hoje, porque esse magistério foi efectuado quando em Portugal se impunha, como condição de vitalidade da literatura, a cisão com a atitude espiritual anterior ao «modernismo», e não foi seguido, logo, após a ausência de Mestre Fidelino, pela presença de alguém para quem a literatura dos anos 20, 30 e 40 fosse uma realidade tão viva como a das décadas anteriores o fora para ele. Os que vieram depois, chegaram tarde de mais para estarem sós. Impõe-se, novamente, que Portugal corresponda ao desejo que o Brasil tem de manter-se mais europeu do que americano, com um pé português nas suas origens, o que para Portugal é um problema vital. Nada disso pode, porém ser feito sem intelectuais, sem institutos, sem editoriais. E o primeiro passo seria que Portugal abatesse as barreiras ortográficas, que a tanto brasileiro servem para que a língua não pareça a mesma... Mas isso é uma outra questão.

Assis, 24-6-61.

CRÓNICA DO BRASIL

O final do mês de Julho — e os largos dias que o antecederam — foi dominado pelo 2.º Congresso Brasileiro de Crítica e História Literária, que se realizou em Assis, cidade do Estado de S. Paulo, e pelo Festival do Escritor Brasileiro, que, pela segunda vez, se bem que com inusitado ruído publicitário, se efectuou no Rio de Janeiro. Houve quem visse, nestas duas manifestações, uma rivalidade. Mas seria absurdo imaginar que a houvesse entre uma reunião de críticos e de historiadores da Literatura, vindos de todos os pontos do Brasil, e uma festa popular, onde em barraquinhas havia figuras eminentes como o ex-presidente Juscelino, o futebolista Pelé, seios e nádegas célebres da televisão e do teatro ligeiro, estrelas de cinema, cantores da rádio, vendendo ao público que não compra livros os seus próprios autógrafos e os dos escritores seus afilhados. O Brasil inteiro riu com a briga entre Jorge Amado, um dos promotores do Festival, e Carolina de Jesus, a negra favelada cujo diário corre mundo, por causa dos números de exemplares que cada um poderia vender na sua barraca. E o grande golpe publicitário do Festival, conta-se que foi o autógrafo que Juscelino apôs, distraidamente, num exemplar da *Arte de Furtar* que lhe foi estendido na confusão... Dizia-se que o próprio Presidente Jânio venderia livros; mas, cautelosamente, o Presidente absteve-se, sem dúvida para evitar, nesse campo, a competição dos que lutam pelos seus autógrafos. Mas, se no Rio de Janeiro se venderam muitos livros, em Assis discutiram-se numerosas teses e relatórios; e as actas do Congresso marcarão uma data, quando publicadas em breve, nos anais da intelectualidade brasileira.

As candidaturas de Universidades desejosas de promoverem o próximo Congresso foram várias; as da Bahia e da Paraíba, ambas federais, foram votadas pela sessão plenária que, por esmagadora maioria, decidiu que o 3.º Congresso se realize, em 1962, em João Pessoa, capital do Estado de Paraíba, no Nordeste, e dedicado à memória de José Lins do Rego. Foi ainda reiterada a oferta da Universidade Federal do Ceará, já apresentada no Recife no 1.º Congresso, para que o Congresso de 1963 se reúna na capital cearense, Fortaleza. Tudo isto demonstra o enorme interesse que tais conclaves estão despertando; e deve acentuar-se que se as teses e as discussões, se processam com a melhor elevação, nada têm tido de académicas: prova seria que o Congresso de Assis discutiu a … poesia concreta.

Mas, se os Congressos e os Festivais podem representar aqueles dois pólos extremos entre os quais se move a actividade intelectual — do balanço crítico ao balanço comercial —, é evidente que, sem autores e sem obras, nem uns nem outros seriam possíveis. O Congresso de Assis reuniu mais de uma centena de críticos; no Festival do Rio de Janeiro, havia, ao que dizem os jornais, mais de quatrocentos escritores. Se a estes números, acrescentarmos aqueles elementos que igualmente detestam Congressos e Festivais, a que não comparecem, ou aqueles que, dispersos pela imensidão do Brasil, estimariam comparecer, mas ninguém se lembrou de convidar, temos que o número de escritores e críticos — provável — assumiria proporções assustadoras, se o Brasil não tivesse 60 milhões de habitantes, é certo que com elevada percentagem de iletrados, o que, para o exercício das letras, nunca foi um óbice.

Será, porém, que esta aparente plétora de literatura e de cultura não corresponde a uma realidade social? A transformação sócio-política que o Brasil atravessa, e que não haverá forças que possam deter, é, sem dúvida, algo à altura da qual a maior parte da literatura que se escreve não está. A maior parte dessa literatura é um exercício galante, erudito, aplicado ou improvisado. Mas a parte restante é um esforço imenso para a criação de uma actualizada consciência nacional em todos os campos da cultura, de que em Portugal não se faz a mínima ideia.

É certo que as edições de autores brasileiros vão modificando a visão portuguesa de um Brasil romanesco largamente dominado pelos primarismos talentosos dos nordestinos do modernismo. Os romances e contos de Guimarães Rosa só na aparência pertencem a essa linhagem, à qual de todo não pertencem os contos de Lygia Fagundes Teles, os romances de Cyro dos Anjos e de Erico Veríssimo. E Graciliano Ramos, grande escritor, hoje se vê que foi mais um admirável artista e uma poderosa personalidade do que os notáveis contadores que Lins do Rego era e Jorge Amado continua sendo. Mas a ficção brasileira de hoje ultrapassou definitivamente esse estádio rapsódico. Guimarães Rosa — *Sagarana* não é um nome gentílico, mas uma palavra derivada de *saga* — ou Clarisse Lispector são expoentes de uma ficção predominantemente simbólica que visa à descoberta de um Brasil interior. E não é diversa a intenção de Erico Veríssimo, quando, no 3.º volume de *O Tempo e o Vento* (que serão três ponderosos volumes), se prepara para, à luz do seu Rio Grande do Sul, interpretar o Brasil. De resto, o Brasil literário, se não é a chusma de pequenos escritores que nasceram no Brasil ou dele escreveram, e a erudição desenterra, estuda e edita furiosamente, também não é aquilo que em Portugal se imagina nascido com o modernismo, apenas precedido de Alencar, Machado de Assis, Euclides e alguns Bilacs parnasianos. Ignora-se, por exemplo, que o realismo e o naturalismo deram ao Brasil autores de segunda ordem excelentes, como Portugal os não tem; e que o romance romântico conseguiu no Brasil uma realização variada que, em Portugal, são possuiu. Para compreender os modernos devidamente, necessário é conhecer essa gente, da mesma forma que se não imagina a importância tutelar — aceite ou combatida — que é a de Machado de Assis. E, no momento em que escrevo esta crónica, Machado de Assis e a sua época acabam de perder, num estúpido atropelamento no Rio de Janeiro, um dos seus mais finos críticos: Brito Broca. Ao falar desta perda de um excelente camarada cumpre-me não escrever mais. Espírito de vasta cultura, estudioso da literatura brasileira, um dos secretários da *Revista do Livro,* Brito Broca é um vulto notável, e cumpre-me que esta crónica algo irónica seja dedicada à memória do autor de *A Vida Literária em 1900*.

Araraquara, 22/8/61.

CARTA DO BRASIL — BALANÇO DE 1961

Neste último dia do ano — ano que foi no Brasil politicamente agitado, mas brasileiramente resolvido — é possível fazer um balanço literário... Quase só agora, não só porque algumas das obras maiores esperaram Dezembro para aparecer, como porque dir-se-ia não terem sido propícios às letras dias tão inquietamente ocupados com ameaças ou estentóricas controvérsias políticas sobre a amizade dos «States»... E, no entanto, 1961 foi propício. Cinco grandes nomes da ficção brasileira publicaram cinco grandes obras: Jorge Amado, *Velhos Marinheiros;* Octávio de Faria, *Retrato da Morte;* José Geraldo Vieira, *Terreno Baldio;* Clarisse Lispector, *A Maçã no Escuro;* e apareceram enfim dois tomos de *O Arquipélago,* que em três tomos será a 3.ª parte do monumental *O Tempo e o Vento,* de Erico Veríssimo. Isto bastaria para um ano não ser mau... Mas autores com obras que haviam sido bem recebidas, como Herberto Sales e Moacyr Lopes, publicaram *Além dos Marimbus* e *Chão de Mínimos Amantes,* livros notáveis. Osman Lins, dramaturgo nordestino, lançou um curioso romance; *O Fiel e a Pedra.* Dinah Silveira de Queiroz e Amando Fontes tiveram romances antigos reeditados em volumes conjuntos. A reedição de *O chamado do mar,* de James Amado, confirmou os méritos desse irmão de Jorge, que tem tudo o que ao mais célebre falta, menos o dom de falar ao grande público. A reedição de *Irmão Juazeiro* de Francisco Julião, mostrou que o grande líder camponês é um excelente romancista «comprometido». E isto é apenas a nata de uma torrente de ficção, que parece desmentir, pela profusa fertilidade, as lágrimas dos editores quanto à crise do livro. O teatro brasileiro foi menos profusamente feliz, mas contou no seu activo duas grandes peças: *A Escada,* de Jorge Andrade, e *A Semente,* de Gianfrancesco Guarnieri, lançadas ambas em

São Paulo que é, mais do que o Rio, a capital teatral. Quanto à poesia, citemos *Ramo de Rumos,* de Paulo Bonfim, *Ode Fragmentária,* de Hilda Hilst, os *Poemas Reunidos,* excelentes e políticos, de José Paulo Paes. O grande acontecimento cultural, como é sabido, foi o 2.º Congresso da Crítica, em Assis. E o grande escândalo foi a promoção de Eça de Queiroz, efectivamente, e com alguns cortes, arranjos e fotografias, àquela categoria de autor pornográfico, que as almas bem-pensantes sempre lhe atribuiram. Fora disso, ex-escritores eminentes, como os snrs. Carlos Lacerda, Augusto Frederico Schemidt e Gustavo Corção, continuaram, através da imprensa ou do verbo inflamado, salvando a pátria todos os dias, com uma insistência tanto mais comovente, quanto a dita cuja imperturbavelmente se fecha numa recusa a ser salva por aquelas vias... que passam, infelizmente, pelos escritórios da Light e do monopólio de umas areiazinhas monazíticas e preciosas. A oratória política perdeu o desenvolvimentismo do Snr. Kubitscek e o historicismo do Snr. Quadros, e não se pode dizer que tenha ganho muito com o parlamentarismo. Mas não avancemos por estas áreas perigosas, e refugiemo-nos na ficção por onde começámos.

J. G. Vieira e Otávio de Faria pertencem ao número daqueles escritores que, através dos anos, vão acumulando honestamente ponderosos tomos de ficção. Um e outro trouxeram à ficção brasileira aquele carácter urbano e complexamente civilizado, de que o regionalismo nordestino, ainda em muito uso, o desviou, precisamente quando as transformações sociais do Brasil teriam permitido que São Paulo tivesse sido o centro malogrado pela morte precoce de Alcântara Machado — do romance urbano, que vai sendo agora. São ambos romancistas de problemática moral e social, muito mais do que contadores de histórias. Disto, continua incorrigível mestre Jorge Amado (agora académico e excomungado pelos amigos políticos que promoveram a sua celebridade universal), como se comprova pelas duas novelas de *Velhos Marinheiros,* embora, em minha opinião e segundo a minha preferência, esse mestrado já pertencesse a Erico Veríssimo, antes ainda de *O Tempo e o Vento,* com a vantagem de ser um homem que sabia o valor das palavras e conhecia as dimensões do romance moderno.

O Tempo e o Vento, cuja publicação agora se conclui, provou que esse educado contador de histórias era também um grande romancista. A crítica brasileira foi, muito mais que a portuguesa, lenta em reconhecer isto. Mesmo agora o reconhece apenas sucumbindo ao peso da dignidade da obra; mas isso explica-se claramente: Veríssimo era gaúcho, e não quis, como os nordestinos fizeram, tornar-se carioca, no tempo em que o Rio era o centro priveligiado do analfabetismo triunfante. Sabia escrever, quando a moda era não saber; e, hoje que essa moda passou a ponto de os que não sabem já fazerem gracinhas formais, continua a compor solidamente uma obra em que a História e a imaginação se dão as mãos numa visão realista, quando a moda vai para as abstrusidades psicologísticas escritas em estilo opaco.

Clarisse Lispector, russa de nascimento e brasileira de opção, é o chefe de fila dessa tendência em que outros escritores notáveis, como Lúcio Cardoso, autor da grande *Crónica da Casa Assassinada,* se distinguem. Não é uma linhagem de invenção simbólico-verbal, como a de Guimarães Rosa; mas é comum a ambas uma predominância do alheamento à realidade imediata e concreta que, por demasiado ameaçadora, parece assustar os escritores do Brasil, agora que o folclorismo regionalista já deu o que tinha a dar como ilusão de modernismo.

É por isso que dá gosto a ficção de Herberto Sales, que se afirmara em *Cascalho,* ou de Moacyr C. Lopes, o marinheiro cearense que se estreou retumbantemente com *Maria de Cada Porto;* ou mesmo o quase panfleto de Francisco Julião, que os defensores do Trono e do Altar dão como o Fidel do Brasil, que ele não é.

A reedição de *Os Corumbas* e *Rua do Biriri,* de Amando Fontes, um dos homens do Nordeste, que, passado o tempo do maior êxito, emudeceu, é oportuníssima. Pode agora ver-se quais as virtudes e as limitações de uma obra que, como poucas, o neo-realismo aclamou de cócoras. Sentimentalismo, reportagem apressada, ausência de estilo e de estrutura — tudo está lá na mesma. Mas há, como então se não via, um sabor de reaccionarismo de pequena província que é documentalmente precioso e finamente dado... Ironias do destino. *Floradas na Serra,* que foi um grande êxito de juvenil estreia, e *Margarida La Rocque* são as reeditadas obras de Dinah Silveira de Queiroz, um dos mais influentes membros desse poderoso clã paulista de Silveiras, que domina por vários lados as letras brasileiras. Dinah foi um dos exemplos, há anos, de um retorno amável ao espírito de *Inocência,* de Taunay, que igualmente tentou, em *Pureza,* Lins do Rego, e, em *Cabocla,* Ribeiro Couto. Em *Margarida La Rocque,* Dinah visou o ingresso no aerópago do grande Cornélio Pena, de Lúcio Cardoso, de Clarisse Lispector, e não sem êxito.

Foi isto 1961: nenhuma estreia clamorosa, reaparições ou reafirmações do maior interesse, o mesmo ar de expectativa dos anos anteriores. Mas, francamente, com o que fica aí acima descrito, não transferir a expectativa para o próximo ano é, de facto, ser-se exigente não já do Brasil, mas da lua.

Araraquara, 31/12/961

Nota — Este escrito está manuscrito e não tenho qualquer referência de ter sido publicado.

QUINTA CARTA DO BRASIL

Eu invejo sinceramente os escritores-turistas, aqueles que são capazes de visitar um país que nunca viram e de que quase nunca ouviram senão generalidades, cuja língua não falam, cuja população não contactam, de cujos problemas não inquirem, e que, no entanto, regressados de uma estadia de quinze dias nos hotéis de luxo — iguais em todo o mundo, e com o mesmo «pudim caramel» — e de vários sobrevoos por entre as nuvens que cobrem um país de escala continental, opinam com ligeireza encantadora e com deliciosa ou ponderosa irresponsabilidade. E os leitores de boa-fé acreditam.

No caso do Brasil, estes leitores não têm muito por onde acreditar, sobretudo no que a portugueses respeita. Em Portugal, pouco ou nada se sabe, de não-mitológico, acerca do Brasil. E diga-se de passagem que há a desculpa de o Brasil ser coisa mitológica (e não digo mítica) para muitos brasileiros. Não é caso para menos: um país imenso, com milhões de habitantes de todos os níveis civilizacionais e todas as origens possíveis, com terríveis dificuldades económicas e sociais e uma prodigiosa riqueza, etc., etc., que não é fácil conhecer e muito menos compreender. Acontece, porém, que esse mastodonte político fala a língua portuguesa. E que, «como expressão da língua nacional na área europeia», a literatura portuguesa passou a ser, na remodelação audaciosa do ensino brasileiro, uma das matérias principais em todo o curso secundário, e será estudada, agora, obrigatoriamente, em dois ou três anos de todos os Cursos Superiores de Letras.

Se se pensar que a reforma do ensino superior coloca a maior ênfase na formação de professores secundários de Português, e que as faculdades de Letras devem neste momento rondar a centena em todo o Brasil, e que catedráticos efectivos de Literatura Portuguesa haverá duas dúzias (se houver), veja-se a magnitude do problema de nacionalização linguística a cuja solução o Brasil se lançou, e que não pode ser indiferente a Portugal. Mas o Brasil não é, como os Estados Unidos da América são, um país que fale uma língua europeia cujos nacionais quase não existem nele. No Brasil há portugueses, constituindo maciças colónias que, por si sós, entrariam em alto lugar numa lista das maiores cidades portuguesas...

Mas o pior de tudo isto é que o Brasil ignora tudo de Portugal. Onde Portugal exactamente seja, é matéria muito vaga para alunos mesmo de universidade. Qual seja a nossa História... — uma boa aluna há pouco me dizia que Portugal se separara, pela primeira vez, da Espanha, em 1640. Onde seja a Beira ou seja Trás-os-Montes... — ainda há pouco um filho de portugueses me dizia que os pais eram transmontanos... de Penacova. O que não impede que um filho de italianos, discursando comovidamente num banquete português, fale dos *nossos antepassados comuns* que vieram nas caravelas de Cabral!... Mas não impede também que numa reunião de conselho universitário, um pacífico e muito culto e correcto professor de latim, ao ouvir blague minha, com que eu, para concluir a discussão de que o latim não devia permanecer no curso de «germânicas», declarei que era inconveniente como língua de um império esclavagista, me ripostou, afogueado, que um português — colonialista por nacionalidade — não tinha o direito de dizer aquilo... Como se o Brasil, ao proclamar a independência, tivesse também proclamado a abolição da escravatura! (1)

Não cabe aqui historiar as relações luso-brasileiras, desde 1822, quando o Brasil se separou. Estas relações não foram ainda estudadas com um mínimo de coordenação sistemática, para que delas se possam tirar as lições políticas que se impõem e são hoje da maior urgência e interesse para Portugal: muito maior que para o Brasil. As falácias académicas, as viagens triunfais, os «antepassados comuns», o império da língua portuguesa, tudo isso tem feito esquecer as verdadeiras realidades que sempre ficam e persistem, depois que passaram os cortejos, se apagaram as luzes da sala académica, se lavaram os pratos dos banquetes, os jornais vão para o lixo ou para o sono ama-

---

(1) A abolição total só foi proclamada sessenta e seis anos depois.

relento das hemerotecas. Essas verdades são várias, duras, e pode dizer-se que ninguém teve a coragem de revelá-las, ou estava capacitado para isso. Não estou passando a mim mesmo atestado de competência única, nem de coragem especialíssima. Mas quem me conhece não me negará alguma coisa de uma e de outra. E a razão de podê-las ter é bem simples (e é a mesma que me obriga a certas e delicadas reservas): eu vivo no Brasil vai para quatro anos, amo o Brasil, tenho-o percorrido de ponta a ponta, tenho estudado dele e de nós o que não estudara ainda, e não faço parte da «colónia» portuguesa, mas dos quadros do funcionalismo brasileiro, entre brasileiros. Não criei, portanto, a mentalidade peculiar aos portugueses que se fixam no Brasil: um saudosismo do Portugal que não conheciam, e que, depois de ricos, visitam como turistas; e um medo cauteloso de que se saiba que o Brasil os não estima (por razões complexas que analisaremos), porque acha que eles não vieram para ser brasileiros, mas para enriquecer à custa dos brasileiros (o que já não é verdade). As relações de Portugal com o Brasil, no plano diplomático, raro corresponderam — quando as houve efectivamente — aos sorrisos da retórica. E, embora a situação seja muito variável de região para região do Brasil, não é da propaganda política de hoje que os brasileiros temam tanto —· como parecem temer, por absurdo que pareça — que Portugal os colonize outra vez... Trata-se de sentimento mais profundo, que aproveita todas as oportunidades, mesmo sem querer, para hostilizar os portugueses: de um complexo herdado da propaganda burguesa da Independência, que apresenta os portugueses como impiedosos exploradores de que, tradicionalmente, desde Pedro Álvares Cabral, os brasileiros são vítimas. Como se o extermínio quase sistemático dos índios brasileiros tivesse alguma vez sido uma empresa da Coroa de Portugal, e não dos colonos que fizeram o Brasil nestes quatrocentos anos... Ou como se, a crer-se nas ideologias remanescentes do nativismo romântico, os Tupis, os Guaranis, os Bororos, etc., tivessem alguma vez sido Astecas ou Incas destruídos pela crueldade *hispânica* dos portugueses, e o Brasil fosse, apesar disso, um México ou um Paraguai, onde uma população ainda hoje índia é dominada por oligarquias de origem espanhola (ou até alemã, como é o caso daquele último país)... O português, no Brasil, e sobretudo no Estado de São Paulo, onde a emigração portuguesa, e até «brasileira», foi largamente ultrapassada por italianos, sírios, alemães, polacos, japoneses, etc., que constituem a grande massa da população do Estado, é o «portuga» — epíteto que não é afectuoso, senão nos sorrisos com que seja referido amavelmente. E isto porque, ao nativismo romântico veio somar-se o desejo de nacionalização brasileira de todos esses emigrantes para os quais Portugal (como aliás tudo que não seja a aldeia de que vieram) não existe; e não pode, *nem deve,* existir como ancestralidade da pátria que adquiriram.

Este estado de coisas, tão grave, não é remediado pela «colónia» portuguesa que, como todo o bom comerciante mediano, faz o possível por passar despercebida. O nível cultural do português que emigra é baixíssimo; e ele emigra para conquistar as oportunidades que o país não deu ou não pôde dar-lhe. Daqui resulta que, salvo os negros da favela carioca, que vivem de ar e vento, ninguém, no Brasil, começa tão baixo na escala social, nem trabalha tão cegamente, tão sacrificadamente, para fazer fortuna. O português é o padeiro, o dono da taberna da esquina. E é proverbial que não se interessa por coisa alguma que não seja trabalhar até à exaustão, para comprar um bar noutra esquina, onde porá como gerente um primo da mulher, que veio da aldeia para isso mesmo. As suas actividades culturais são diminutas; e não é por ele que o brasileiro fica sabendo que Portugal existe há oitocentos anos, é uma nação gloriosa, tem uma literatura e uma música que não é exactamente o Francisco José ou a D. Amália. Quando as actividades culturais sobem de ponto, aí temos as sessões em estilo e nível da Casa da Comarca de Alguidares de Baixo. Se sobem um pouco mais, há uma sessão no Gabinete Português de Leitura, anualmente, no Rio, para se dizer que Camões é o Poeta da Raça...

As outras colónias «estrangeiras» têm tudo, embora o nível cultural raro seja melhor (geralmente, a emigração germânica ou eslava é qualificada); e têm sobretudo a vantagem incomparável de não terem descoberto o Brasil, o que parece ter sido o nosso maior pecado.

Se o foi, temos que remir-nos dele. O esforço a fazer é imenso. No Brasil existem portugueses, mas não existem a nossa História, as nossas características étnicas e geográficas, os nossos costumes (ou apenas nos suspiros e no ritual com que os portugueses de dinheiro se reúnem para comer bacalhau de Portugal, com azeite de Portugal), a nossa cultura. Nem, na verdade, a nossa língua. O português que vem para o Brasil como emigrante dá ao brasileiro a impressão que os portugueses falam todos à moda do Minho; e o brasileiro não conhece tanto o seu próprio Brasil que saiba que, como não é igual a língua que se fala em Moimenta da Beira e a que se fala em Lisboa, também o não é a que se fala no Ceará e a que se fala em São Paulo. E isto, apesar de, sem dúvida, o estudo da língua pátria, no Brasil, ser feito com uma extensão e uma profundidade (de teoria gramatical e de gramática histórica), impensáveis em Portugal. Há, porém, um abismo entre a realidade e os critérios historicistas e normativos com que a língua foi, em Portugal e no Brasil, estudada: e só a difusão de critérios linguísticos pode salvar-nos da criação de línguas míticas, artificiais, que nunca ninguém falou nem escreveu, ou das falsas suposições de que aspectos regionais de uma língua possam ser características gerais de linguagem nacional.

Sem dúvida que a hostilidade aos portugueses oculta um fascínio apaixonado e perplexo por um povo que descobriu o mundo, criou um império linguístico... e, pelos seus elementos mais evidentes, é tão analfabeto. Por isso mesmo, não pode Portugal distrair-se de que a sua cultura é antepassada deste país, mas está ausente dele, como se o nosso fosse uma Roma extinta, de que apenas sobram campónios e banqueiros. Não se imagine, porém, que o problema é difícil de resolver apenas pela sua magnitude ou pela sua premência, e que são medidas oficiais que podem contribuir para melhorar a situação. O que dissemos, claramente mostra que, independentemente de razões actuais da política, o caminho oficial não seria visto com bons olhos e complicaria tudo. E não se suponha que uma importação maciça de intelectuais portugueses, se os houvesse, não desencadearia uma onda de protestos. Não há nenhum dos intelectuais que no Brasil defendem Portugal com honra e inteira iniciativa pessoal, sem protecção alguma que não a dos brasileiros esclarecidos, que não tenha sido, pelo menos uma vez, atacado... por ser português.

Mas há coisas que podem imediatamente ser feitas. Porque não organiza a Fundação Gulbenkian, de acordo com o Grémio dos Livreiros, tantas bibliotecas portuguesas, de clássicos e modernos, quantas as escolas superiores do Brasil? Porque não as oferece? Porque não edita, no Brasil, livros documentais sobre a paisagem e o povo de Portugal? Porque não subsidia a fundação de um instituto, junto de cada faculdade onde haja estudos portugueses? Eis uma obra gigantesca, bem fácil de executar para quem é *Mr. Five per cent*. Os amigos verdadeiros de Portugal são, no Brasil, uma legião que vive dispersa e no desespero de não encontrar um livro, e de, quando o encontra, não ter dinheiro para comprá-lo. Porque a Fundação não se dirige a todas as entidades brasileiras, oficiais, particulares, individuais, num vasto inquérito sobre os meios como poderia contribuir para transformar radicalmente esta situação de que depende o esplendor cultural de Portugal? Porque não subsidia, extra-oficialmente, a criação de institutos de cultura, destinados aos portugueses, em todos os centros onde o número deles os justifique? Porque não encara a possibilidade de programas radiofónicos nas imensas redes deste país? Tudo isto seria acolhido com os maiores aplausos. E, ainda quando a Fundação ficasse pobre, setenta milhões de brasileiros são, sem dúvida, um investimento rentável. E quem sabe? Talvez os brasileiros se dediquem a colonizar Portugal (e não apenas as suas praias...), perdendo, de uma vez para sempre, complexos indignos das grandes virtudes que possuem, e da grandeza de um país extraordinário que eles conheceriam melhor, se conhecessem melhor Portugal do que julgam conhecer os portugueses.

TENNESSEE WILLIAMS E ARARAQUARA

O escritor norte-americano Tennessee Williams, de seu verdadeiro nome Thomas Lanier Williams, está marginando os cinquenta anos, pois nasceu em Columbus, Estado de Mississipi, aos 26 de Março de 1912. E, em menos de vinte anos, ascendeu à categoria de o maior e o mais peculiar dramaturgo dos Estados Unidos, título que dos vivos e activos, só Arthur Miller estará em condições de disputar-lhe, quando o grande Eugene O'Neill faleceu, em 1953 e os maiores dramaturgos ou comediógrafos posteriores — já mortos, como Maxwell Anderson e Robert Sherwood, ou ainda mais ou menos vivos, como Thornton Wilder, Lillian Helman, Clifford Odets, William Saroyan não ascenderam, com todo o valor de muitas das peças deles, àquela categoria, a que não parece que os mais jovens que Tennesse — Robert Anderson, W. Gibson, William Inge — prometam ascender. Porque Tennessee Williams é, por princípio, um autor proibido em Portugal (¹) e não aconteceu que eu visse, das vezes em que andei pela Europa, nenhuma peça dele, só depois que cheguei ao Brasil pude apreciar no palco o que até então, só vira à leitura, no «cineminha» interior, como diria Mário de Andrade. E sucessivamente vi: *A Streetcar named Desire,* em Salvador, *Summer and Smoke* (O Anjo de Pedra), no Rio e *The Glass Menagerie* (À Margem da Vida), em Araraquara. Estas três peças, não por esta ordem, foram os três primeiros êxitos teatrais de Tennessee Williams, respectivamente em 1947, em 1948 e em 1945; e a produção dele, após *The Rose*

(¹) Só Maria Della Costa conseguiu, uma vez, vencer os terrores moralísticos da censura e representar *A Rosa Tatuada,* que não vi.

Tattoo (A Rosa Tatuada), que é de 1951, vai-se tornando cada vez mais complicada de símbolos, de obsessões, de irrealidade dramática. Sob este aspecto, *The Glass Menagerie,* apesar do recurso ao narrador que é, na acção narrada, uma das personagens principais (e, das quatro que a peça tem, só uma não é principal, apesar de ser decisiva para essa acção), não deixa de, na estrutura ou complicações ocultas ou subentendidas, ser a peça mais simples, mais directa, mais comovidamente humana de Tennessee Williams. Como disse, eu vim ver este sujeito, ou as peças dele, nos palcos do Brasil, após quinze anos quase ininterruptos de ser crítico de teatro e de, com grupos experimentais de que sairam alguns dos jovens actores portugueses de mérito, ter sido um dos que tentou desesperadamente insuflar nova vida ao teatro português que não podia tê-la, como nenhum teatro pode, sem o ar da liberdade. Se entro no pormenor autobiográfico de uma luta que, por inglória, não menos era necessária e produziu alguns frutos, é apenas para melhor acentuar a responsabilidade que deliberadamente assumo ao dizer o que vai seguir-se. Pois é verdade. Aquela «marginalidade» simbólica de T. Williams que o acaso das denominações apôs no Brasil à sua primeira peça de êxito vim assistir a ela, em Araraquara, posta em cena pelo TECA. Fui crítico teatral, sou dramaturgo (proibido), conheço por dentro o que é fazer teatro do nada, admiro Tennessee Williams (embora o não ache um grande e imortal dramaturgo, como O'Neill, o fundador do teatro norte-americano, eu creio que é). E, descontando na Bahia a presença neurótica de Maria Fernanda encarnando Blanche DuBois, sem que a gente soubesse bem qual delas, a actriz ou a personagem encarnava a outra; descontando o desempenho admirável de Natália Timberg, que vi no *Anjo de Pedra;* e descontando a massa de recursos que a Escola da Bahia e o TBC, no Ginásio, possuiam — eu não creio que me tenham servido um Tennessee Williams mais intimamente compreendido e mais dignamente realizado do que o TECA, me serviu. Sem dúvida que, na Bahia, havia escolaridade petulante e que, no Rio, havia profissionalismo; e que, em Araraquara houve sobretudo intuição fina e improvisação inteligente, suprindo ambas o que a inexperiência de alguns actores, por si sós, não conseguiria suprir. Mas isso mesmo é que torna admiráveis as realizações de um grupo distante dos grandes centros, dispondo apenas de um teatro em ruínas, e inventando tudo: cenários, luzes, actores, e público. Eu não sei se Araraquara — autoridades e população — tomaram clara consciência do que isto significa e do que pode significar. Mas quero crer que é impossível que a não tenham tomado. Outras cidades maiores choram a falta de salas de teatro, a falta de companhias, a falta de entusiasmo das empresas. E dariam tudo para que não faltasse nada. Aqui, há o núcleo inicial com que tudo realizar: um velho teatro, com um palco espantoso de possibilidades; directores competentes, mais merecedores que muito torna-viagem, de bolsas de estudo, para aperfeiçoarem os seus conhecimentos apenas, porquanto o talento não se improvisa nem se aperfeiçoa; excelente material humano de que se façam actores; uma Faculdade nova, interessada em apoiar todas as livres manifestações de cultura; e elementos da cidade, dedicadamente votados ao prestígio e à difusão dessas manifestações. A qualidade do Teatro é, em qualquer parte, o mais certo sinal do índice de civilização. Se Araraquara pode ter, e tem, com que se faça e firme elevadamente esse índice, o TECA não poderá deixar de contar entre as mais importantes iniciativas locais. E que ele é capaz de projectar-se fora do Estado de S. Paulo não pode ninguém ignorar. Mas os prémios recebidos não devem servir apenas de retórica glória cívica. Essa justa satisfação bairrista deve consubstanciar-se em apoio, em carinho e em voto de confiança do público. E para começar, pelo respeitoso restauro de uma bela sala antiga, em que tocou piano Guiomar Novais.

III

SOBRE MANUEL BANDEIRA

«MANUEL BANDEIRA» POR A. CASAIS MONTEIRO *

Adolfo Casais Monteiro publicou, em volume, seguido de uma antologia, o estudo da obra poética de Manuel Bandeira, já anteriormente aparecido na *Revista de Portugal* (da direcção de Vitorino Nemésio). A quem não conheça a obra do grande poeta brasileiro, este cuidado e belo estudo serve bem de introdução; e também a quem a conheça, mas não à luz da evolução poética portuguesa — dentro da qual Bandeira representa, de certo modo, uma consequência inevitável e inadiável, por onde desabrochou a descoberta latente que era, para os escritores brasileiros, o próprio Brasil.

É que Bandeira não é só o «S. João Baptista do modernismo brasileiro», nem o «parnasiano aguado», que foi — ironia das coisas — por ter sentido profundamente a voz de António Nobre. Mas Casais Monteiro, que tão a par e passo (digamos, mesmo: tão poema a poema) segue, no seu estudo, a libertação gradual de Manuel Bandeira, com ser o poeta que é: um poeta sofrendo a consciência crítica de uma época, e não um poeta para quem a época já seja um dado da consciência (para quem essa consciência é ainda transcendente, e não já imanente), não podia, de facto, ir mais além do que foi. À sua inteligência nada escapou, na obra de Bandeira, de quanto era resultado do profundo sentido dela. Escapou-lhe, no entanto, creio, este último; e a sua interpretação do genial e significativo «Vou-me embora p'ra Pasárgada» é exactamente contrária da que se me afigura verdadeira.

Estas coisas do tempo não diminuem a penetração crítica possível; pelo contrário, são elas que concedem toda a que é

---

* Edição «Inquérito» (Cadernos Culturais). Lisboa, 1944.

possível. Um poeta, ao longo do tempo, por muito que evolua — e mesmo que ultrapasse gerações seguintes quanto ao significado da sua própria obra — será sempre um instante determinado da vida poética a que pertence. Poderá ser campo do que, mais tarde, com enternecimento, será considerada uma antecipação prodigiosa. Essa antecipação raras vezes é, em si mesma, de ordem poética. E, quando o é, ou corresponde, de facto, a um grau de alta poesia — a expressão de uma constante do homem — ou não é mais do que um paralelismo de situações na condição da criação poética.

Um poeta é também um crítico, na medida em que o seu critério poético procura exprimir complementaridades da sua própria poesia. Não complementos de essência, mas da expressão desta. Isto é, quando sente necessidade de revelar o que, com a sua poesia, formará um conjunto harmónico — necessidade de criar um fundo, e um fundo é sempre uma justificação. Será o poeta, nestas condições, um crítico que necessita, pelo menos de falar... para calar-se, mal se avizinha a renovação do estado poético, em que a expressão de novo chama a si a atenção crítica. Porque todos os poetas são críticos, instintivamente, para seu próprio uso, sem o que seria impossível qualquer criação.

O caso do «sobre-realismo» é o da identificação desse instinto crítico com o desejo da expressão gratuita de um libertário estímulo não temático; estímulo que se cristaliza na rebelião contra a limitação lógica da linguagem, seja qual for esta última de que se trate.

Acentuemos já, neste ponto, que o caso de Bandeira é diferente: o poeta brasileiro, mesmo *sobre-realisticamente,* serve-se da linguagem. É que chegou àquela elevada vivência poética na qual tanto faz um objecto, como outro — a própria coisa, e não a palavra, como os sobre-realistas. Porém, para Casais Monteiro — poeta do valor humano do tempo, e em cuja poesia, não obstante as aparências, as coisas estão sempre presentes, mas como as estradas de Espanha no «Quixote» — para ele, poemas como «A Virgem Maria», conquanto lhe tragam profundíssima emoção, «não têm sentido, significação, não há possibilidade de explicá-los». E porquê?

Não que um poema não possa explicar-se, tanto mais interminavelmente quanto menos for feito sobre definições alheias a ele próprio. Um poema é sempre um sacrifício: sempre outros caminhos, dentro dele, tiveram de ser sacrificados e abandonados, para o poema se ir formando e terminar. O espaço poético tem inúmeras dimensões; a linguagem não. E só em poemas sucessivos pode ser dado o resto, que «ficou maior», como o «monstruoso animal» do «Nocturno da Rua da Lapa».

Não sabe isto Casais Monteiro? Sabe; e de que maneira o provam, que mais não seja, aquele misterioso «Canto da nossa agonia», que se aprofunda e adensa entre duas leituras afastadas, ou, mesmo, a ironia latente nas penetrantes considerações que antecedem este volume.

Mas, por isso, lhe é tão grato não cometer agora esse sacrifício que é a essência natural da sua poesia, e de cuja observação ela resulta — quanto a de outros resulta — não da observação, mas da experiência de tal sacrifício: a missão poética de Casais é pesar, constantemente, o novelo das Parcas.

Daí que, bem vendo estar, em certas poesias da «Estrela da Manhã», «a imaginação em contacto directo com as forças descoordenadoras do mais anárquico que há no homem», afirme que «o ir-se embora para Pasárgada significa ingressar na vida comum, abandonar-se, ser livre», esquecendo-se de que ingressar na vida comum e ser livre são termos contraditórios; esquecendo-se de que, em *Pasárgada,*

> *...a existência é uma aventura*
> *De tal modo inconsequente*
> *Que Joana a Louca de Espanha*
> *Rainha e falsa demente*
> *Vem a ser contraparente*
> *Da nora que nunca tive*

e esquecendo-se de que Manuel Bandeira, num poema incluído na antologia, diz:

> *Este sabia que a vida é uma agitação feroz e sem finalidade*
> *Que a vida é traição*
> *E saudava a matéria que passava*
> *Liberta para sempre da alma extinta.*

Ora o Bandeira que escreveu o «Poema de Finados», um dos mais terríveis da língua portuguesa, verdadeiro epitáfio de tudo o que se não chegou a ser, ou não se podia vir a ser; aquele em quem — como admiravelmente Casais sublinha — «numa atmosfera rarefeita (...) o soluço de Nobre (...) tem a serenidade de um cepticismo que a vida deixou como resíduo de todas as ilusões perdidas»; esse Bandeira recusa-se, de facto, «a pôr nela (na poesia) a serenidade e a gravidade da vida», porque, ao querer ir para Pasárgada, quer libertar-se de tudo o que é limitação, de tudo o que é organização, de tudo o que, no homem, é o impossível social, individual, temporal; de tudo, afinal, que é «vida comum», condição comum da humanidade. «Abandonar-se»? Sim, mas à liberdade suprema, de que o homem, quando se resigna a ser, aniquila, instantaneamente, o pouco que ainda possui.

Anárquica, a poesia de Bandeira? Sim, mas da mais sublime: a que pode negar e consolar; a que pode brincar e confiar; a que, apesar de se contentar com o «Beco», exclama:

> *Passaste por mim*
> *Tão alheio a tudo*
> *Que nem pressentiste*
> *Marinheiro triste*
> *A onda viril*
> *De fraterno afecto*
> *Em que te envolvi.*

Casais Monteiro escreveu um livro admirável sobre um grande poeta; um pequeno estudo que ficará como dos melhores que um poeta terá ganho entre nós — onde os poetas que lemos vão muito para baixo ou ficam demasiado em cima. Apenas a sua nostalgia da forma aparente («a poesia (...) necessidade de corporizar em formas belas...») se inebriou com a versatilidade *aparente* de Bandeira; e apenas a dolorosa contradição entre a vida e a existência, que faz — ver-se-á um dia — a grandeza da sua obra, o impediu de concluir a favor da anarquia impossível. E, no entanto, é esta que, como uma consequência directa da poesia portuguesa, ou melhor: como consequência e como fonte constante do nosso lirismo resignado e combativo, estua na poesia de Manuel Bandeira.

DA POESIA MAIOR E MENOR a propósito de Manuel Bandeira

Creio que pela primeira vez me ocupo um pouco longamente, embora com as limitações de profundidade adequadas a um breve escrito, deste Manuel Bandeira que tanto admiro, amigo distante que não conheço e tanto estimo (1). Cumpre-me agradecer esta oportunidade, que me foi dada, de manifestar algumas das razões dessa minha admiração. E o poeta, por sua vez, que me perdoe o pouco que afinal digo dele e o muito que o sacrifico a imperativos de elucidação crítica que me pareceram exigir inadiável esclarecimento.

Manuel Bandeira é, para mim, como que um mestre; ou, mais do que isso, a sua poesia é como aquele banho lustral, tão raro, do qual, nas horas amargas da vida ou nos instantes mais vacilantes da poesia, saímos reanimados, reconstruídos, e no entanto admiravelmente simplificados. De todas as grandes figuras dos primeiros grupos de modernistas brasileiros — um Mário de Andrade, um Ribeiro Couto, um Jorge de Lima, uma Cecília Meireles, etc. — é ele talvez o que oferece à poesia de língua portuguesa um mais puro exemplo de total libertação poética: por — como disse Adolfo Casais Monteiro, no excelente ensaio que lhe dedicou — «não ter uma forma determinada, não estar preso a nenhum preconceito, inclusive ao de ser modernista». Mas não só isto, quer-me parecer. Eu creio que Manuel Bandeira exemplifica, como raros, o supremo equilíbrio da autêntica libertação: aquela que é, ao mesmo tempo, esclarecida consciência, dramática angústia, terno e delicado sentimento, aguda

---

(1) Tive depois o gosto de conhecê-lo, quando, em 1957, nos encontrámos ambos em Londres.

ciência dos meios de expressão e dos valores da linguagem, perfeita disponibilidade da imaginação criadora, e, acima de tudo, humor, sentido irónico da insignificância da poesia, da humildade do poeta, da pequenez grandiosa da condição humana. Não me permite o poeta Manuel Bandeira que lhe chame «grande», pois diz algures, a propósito da aplicação deste adjectivo, que «grande é o Dante»; e algumas vezes, em poemas, a si próprio se intitula «poeta menor». Eu desejaria que ficasse esclarecida precisamente esta questão da grandeza, que julgo de tão relevante significado para apreciar-se devidamente uma obra como a de Manuel Bandeira e, aliás, toda e qualquer poesia.

Nós não temos dúvidas acerca da grandeza de Homero, de Ésquilo, de Virgílio, de Dante, de Camões, de Shakespeare, de Goethe, por exemplo. É uma grandeza um pouco por demais garantida pelo prestígio histórico, mas que em princípio aceitamos de facto. Mas nós consideramos também grandes um Horácio, um Ronsard, um Góngora, um Bernardim, um Wordsworth, um Hölderlin, um Keats, um Rimbaud, um Pascoaes, um Rilke, um Pessoa. E são ainda grandes para nós um Lorca, um Apollinaire, um António Nobre. Vai longa a enumeração e um pouco atabalhoada, o que apresenta vantagens. É que tivemos, assim, de tudo: poetas de obra incerta, rescrita e refeita por gerações sucessivas; poetas de alta cultura filosófica ou largos voos metafísicos; poetas de segura cultura literária e firme conhecimento das suas próprias personalidades poéticas. Não tivemos, é certo, «poetas» do género papagaio ou do género canário, espécies extremamente apreciadas à sobremesa do repasto social. Quer dizer que tratamos exclusivamente de poetas, e não daquelas pessoas que têm o dom de comover-se e aos outros em verso, quando os outros e elas próprias estão, social e culinariamente falando, bem comidos e bem bebidos. Limitámos imenso o nosso campo de exame. Porque a poesia não é algo que subsista fora do poeta, fora daquilo que ele exactamente escreve. Dizer-se da poesia que é algo ideal que o poeta capta ou rememora, que é algo de imaterial que uma qualquer vida exótica corporiza, é nem mais nem menos do que transformar, para uso de consoladas imaginações literatas, o deus do panteísmo em literatura. A poesia é, diferentemente, uma *especialização* humana, especialização efectuada no sentido contrário desses idealismos em que a personalidade se dissolve e a linguagem perde o significado. Uma especialização como qualquer outra, ou melhor, uma certa educação, uma vocação que se aprofunda. Eu tenho muita pena dos poetas que nasceram feitos, com os clássicos todos à sua cabeceira, ou, o que não sei se será pior, com as poesias das revistas e páginas literárias na memória dócil. Porque não são nem nunca serão verdadeiros poetas, embora sofram bastante algumas dores que os verdadeiros até sofrerão menos: por exemplo, as dores da métrica e da rima, as dores de não ter nada que dizer, apesar do anseio rítmico aos pulinhos no coraçãozinho comovido. É precisamente neste ponto que se insere a revolução modernista em poesia. Sem dúvida que, hoje, o modernismo perdeu, até certo ponto, e quase diria infelizmente, muita da sua virulência inicial. Alguns dos seus corifeus mais eminentes até nos aparecem defendendo como que um acomodamento, e muita gente confunde esse acomodamento com uma natural e aguda noção de continuidade, que caracterizou, por sob as mais ferozes iconoclastias, todos os grandes vultos do modernismo. Na verdade, o modernismo fez mais do que renovar a expressão poética, torná-la preocupadamente original e originária, tão liberta quanto possível de moldes e convenções literárias. Se apenas tivesse feito isto — que, com um Mário de Andrade ou um Bandeira, já anteriormente um Pessoa, um Sá-Carneiro, um Almada, haviam feito entre nós —, não nos chocaria que acabasse em acomodamento. Teria sido só mais uma escola literária, mais um grupo que abria caminho, triunfava e se instalava. O modernismo, porém, trouxe consigo, no encalço de alguns arautos filosóficos, uma *deslocação* decisiva da atenção poética. O exemplo vivo que é a obra dos seus maiores não mais consentirá que, sem uma terrível consciência de culpa, a poesia seja amável e inconsequente, um jogo de passatempo, uma diversão de espíritos ociosos. A poesia, por acção do modernismo, passou a ser uma coisa séria — e, graças ao espírito crítico que o modernismo desenvolveu, toda a poesia do passado reassumiu, *como sentido da poesia,* um valor que, para os seus contemporâneos, nunca teria talvez efectivamente. Com efeito, a poesia, independentemente da *arte* mais ou menos apreciada do autor, valera sempre por tudo o que nela o não era. Ainda hoje nos fascina, pela superior realização, muito poesia dessa. E ainda hoje há quem, laboriosamente, faça extractos filosóficos dos grandes poetas, que muito tempo foram considerados grandes na razão directa da densidade ou peso desse extracto. Mas eu tenho para mim que, no seu fôro íntimo, esses destiladores filosóficos de matéria poética não poderão deixar de nutrir uma sensação de vazio, não poderão deixar de sentir-se roubados... Porque, como reflectiria o filósofo Banana, se os poetas fossem efectivamente filósofos, não escreveriam versos mas filosofia. Muitos há que a escreveram, da melhor, em verso ou prosa. Mas os seus sistemas, se assim se pode dizer, são ao mesmo tempo menos e mais do que filosofia. Menos, porque não aspiram à abstracção sem a qual o pensamento filosófico não chega a ser; e mais, porque tendem para um sentimento do concreto sem o qual o pensamento poético não existe. Esse «mais» é precisamente o *salto* da poesia, o salto sobre o abismo à beira de que a filosofia tece as suas considerações. Com efeito, o pensamento filosófico prepara o espírito para o reconhecimento e a criação do concreto. Mas é a poesia quem de facto o reconhece e cria, não no que sugere, não no que diz, não na música com que sugere e diz, mas especificamente, objectivamente, num corpo formal que é o poema. Por isso se pode dizer de certos poetas, como um Camões, que atingiram o âmago da vivência dialéctica; ou de outros, como um Bandeira, que a sua poesia é a própria existência da poesia em liberdade. Eu creio que isto foi uma conquista do modernismo — e a prova, entre nós, por exemplo e recente, está em que um poeta tão antiquado, tão contrário na aparência ao espírito moderno, tão estimado e aclamado, como Teixeira de Pascoaes, só nos nossos dias e através desse espírito atingiu a consagração e a categoria que apenas em *flatus vocis* lhe havia sido concedida. Porque a poesia será tudo, menos um *flatus vocis,* uma apetência de palavrear.

E eis-nos em presença, enfim, da questão da grandeza. Há duas classes de dados às Musas, como já estabelecemos. Digamos agora que são os poetas de verdade e da verdade, e os poetas de salão (salão de fados, salão de boa sociedade, salão radiofónico, salão de Academia...). Os poetas de verdade, ou poetas «tout court», ainda quando tenham nascido em salões ou os frequentem com decência, são outra gente, uma gente estranhíssima, porque têm o dom, que a si próprios foram dolorosamente criando, de serem originalissimamente como toda a gente. Os de salão são inteiramente diferentes de toda a gente, precisamente porque são diferentes como toda a gente mesquinhamente o é: daí a extrema banalidade e mediocridade de tudo quanto dizem, a impressionante semelhança que têm uns com os outros. Nos poetas de verdade, há pelo contrário infinitas variedades, cada uma por cada maneira de ser como toda a gente, maneiras maiores, maneiras menores, modos inumeráveis, a ponto de não haver dois que exactamente se pareçam um com o outro, ainda quando haja em ambos um ar de família.

Não têm estes modos maiores ou menores nada que ver com a universalidade, a popularidade, a facilidade, outros critérios que no momento não importam. Têm, sim, que ver com a *extensão* da experiência humana contida na expressão poética, segundo a vastidão e o número de domínios da vivência humana que, naquela expressão, vêm a ser complexamente compreendidos. *Poesia Maior,* no seu mais rico sentido, implica visionarismo, uma revisão total de todos os valores, ainda daqueles que o poeta como homem social aceite. E a poesia vai sendo menor quanto menos visionário é o poeta, quanto menos grupos de valores religiosos, políticos, sociais, morais, psicológicos, filosóficos, ou da mera e primária experiência vital, são postos em causa nos seus versos. Mas, no seu restrito âmbito, pode um poeta ser muito grande — pela profundeza da sua inteligência poética, pela riqueza da sua vibração humana. E não nos enganemos, também, com as pompas da expressão, que podem muitas vezes ser ornamento e embelezamento do mais banal lugar comum da *literatura* e nem sequer da *vida*. Permitam-me que exemplifique com dois poemas, um de Eugénio de Castro (poeta que, desde já o afirmo, admiro), e outro de Manuel Bandeira.

Diz Eugénio de Castro, na sua

Epígrafe

Murmúrio de água na clepsidra gotejante,
Lentas gotas de som no relógio da torre,
Fio de areia na ampulheta vigilante,
Leve sombra azulando a pedra do quadrante,
Assim se escoa a hora, assim se vive e morre...

Homem, que fazes tu? Para quê tanta lida,
Tão doidas ambições, tanto ódio e tanta ameaça?
Procuremos somente a Beleza, que a vida
É um punhado infantil de areia ressequida,
Um som de água ou de bronze e uma sombra que passa...

É sem dúvida um belo poema, admiravelmente resolvido verso a verso, com elegância. Mas... que humanidade palpita nestes versos? Infelizmente, quase nenhuma. É apenas uma glosa do velho tema da inanidade das ambições humanas perante a divina majestade de uma Beleza (qual?...) unanimemente reconhecida como tal.

Consideremos agora este poema de Manuel Bandeira:

Irene no Céu

Irene preta
Irene boa
Irene sempre de bom humor.
Imagino Irene entrando no céu:
— Licença, meu branco!
E São Pedro, bonachão:
— Entra, Irene. Você não precisa pedir licença.

115

A expressão é inteiramente desnuda, rebuscadamente prosaica no sincopado ritmo, na vulgaridade da expressão, e não evoca em nós ressonâncias de uma literária cultura clássica, pelo arcaizante da imagística (com efeito, relógios de sol, ampulhetas, relógios de torre, já há bastante tempo que não contam o *nosso* tempo...). Mas atentem comigo na riqueza humana que esta poesia implica e contém.

O poeta rememora quem é evidentemente uma velha criada preta: a Irene. E Irene não é evocada, mas invocada, chamada em presença pela magia do nome, à maneira de António Nobre. É todo um passado de «sobrado» do Recife, de menino bem nascido, de infância longínqua e de entrevista vida doméstica, que a Irene servia, preta, boa, sempre de bom humor. Seguida e obliquamente, o poeta retrata os modos de Irene, para quem São Pedro não podia deixar de ser bonachão. E o poema respira uma saudade imensa daquela pessoa admirável, repositório de infância, que foi Irene, mas respira igualmente uma imensa saudade da própria infância do poeta, saudade que está patente na ternura do retrato. E São Pedro responde bonachão a Irene. E esta e São Pedro simbolizam a vida de um Brasil ainda meio português, meio colonial, o cristianismo familiar e simples de uma sociedade agrária e patriarcal, que ainda subsiste no espírito da fala brasileira e no carácter cordial de uma psicologia que a americanização e a evolução social não transmutaram inteiramente. Sob este aspecto, eis um breve poema, quase uma brincadeira, que *vale,* em riqueza humana e em significação cultural, como os ponderosos tomos da *Casa Grande e Senzala,* de Gilberto Freyre. É esta precisamente a natureza e essência da poesia de verdade. Grande poesia esta? Indubitavelmente grande, já que tanta riqueza contém. Não, porém, como Manuel Bandeira tão modestamente o diria, *poesia maior.*

A poesia maior não se limita a evocar ou invocar, não se limita a *reconhecer.* Qual a veneramos num Dante ou num Camões, penetra a essência de si própria, ou seja, penetra aquilo mesmo que ela está sendo em função do ser do poeta e do seu tempo, para transformar-se *noutra* poesia. Que *outra* poesia? Uma expressão em que toda a emoção originária se transfigurou, e outro mundo surge prenhe de significados. Mas esses poetas que *mediatizam* o próprio mundo são raros, quase não faz sentido dizer que são glória da humanidade, pois transcendem a sociedade que os criou, a pátria que os formou, a língua que renovaram — e a glória deles é algo de extrema e sublimemente pessoal. O grande poeta menor, qual um Manuel Bandeira o é, pelo contrário pertence intimamente à sociedade que pinta, à pátria que o viu nascer, à linguagem que honrou e repôs em novas formas. É, sem dúvida, uma glória dessa língua e da civilização que ela representa. E, se os poetas maiores são também indispensáveis à compreensão daquilo que transcenderam (e sem um verdadeiro estudo histórico não se pode saber o que de facto eles transcenderam), o efémero é neles perfeitamento efémero, um simples ponto de partida, enquanto o efémero é para os outros, os menores, uma matéria essencial do seu pensamento poético: o ambiente, os jeitos, as falas, os modos, um infinito de pequenas coisas de que se fez e faz a vida de cada um, de todos nós, de um povo, de uma época. É neles que se guarda a multiplicidade e a insignificância, aquilo que foi insubstituivelmente típico, inultrapassavelmente individual, o que foi uma vez só e não volta mais. A poesia maior, que é a da aventura da existência humana, essa, noutro tom, noutra voz, noutra matéria, volta. A poesia menor, a grande poesia menor — o encanto de D. Dinis, de Bernardim, de António Nobre —, essa, não volta mais. E teremos sempre de ir nós até ela, para conhecer a multiplicidade humilde da vida, os mundos risonhos, dolorosos, tristes, que a própria sucessão dos grandes mundos em si mesma contém — para vermos, de olhos marejados de lágrimas, a profundidade imensa e comovida que uma visão da vida ou um sentimento do mundo são susceptíveis de nos comunicar.

A poesia publicada de Manuel Bandeira representa mais de quarenta anos de actividade poética, de dedicação à poesia, ou de, como ele chamou à sua autobiografia «Itinerário de Pasárgada» (livro admirável na sua luminosa modéstia, pela consciência, pelo saber literário, pela simplicidade da exposição sem ornamentos, livro que todos os aspirantes a poetas e todos os críticos de poesia deviam respeitosamente ler e meditar).

Desde *A Cinza das Horas,* publicado em 1917, até à 6.ª edição aumentada das *Poesias Completas,* recentemente publicada, se vai tecendo a imagem de um poeta extraordinário, que tem passado gradualmente e simultaneamente por todas as experiências poéticas do nosso século, para, na diversidade dos temas, no insólito dos factos que na aparência suscitam o poema, na fantasia despreconceituosamente livre, no domínio seguro de uma linguagem rica e ao mesmo tempo depurada, ser sempre mais variadamente igual a si mesmo e mais subtilmente fiel à revelação de uma humanidade comum a todos os homens. Admirável tradutor de poetas e antologista do mais fino gosto, Manuel Bandeira representa, na sua personalidade e na sua obra, a condição ecuménica da poesia, ou seja, a mais difícil vida posta com naturalidade ao alcance de todos os olhos e todos os corações. Tenho feito, com a poesia de Bandeira, as mais várias experiências: e não há quem, por oposta que seja a sua mentalidade, ou diferente o seu convívio com a poesia, se lhe não renda, não sinta em si próprio, como disse magistralmente o grande Carlos Drummond de Andrade, na ode que há vinte anos dedicou ao «cinquentenário do poeta brasileiro:

> (...) pungente, inefável poesia / ferindo as almas, sob a aparência balsâmica, / queimando as almas, fogo celeste, ao visitá-las; / é o fenómeno poético, de que te constituiste o misterioso portador / e que vem trazer--nos na aurora o sopro quente dos mundos, das amadas exuberantes e das situações exemplares que não suspeitávamos.

É isto mesmo: uma pungente e inefável poesia, que, sob a aparência balsâmica, vem queimar as almas para a mais pura aceitação, para a meditação deslumbrada à beira das situações exemplares que não suspeitávamos...

Mas ouçamos a própria voz do poeta dizendo os seus versos, graças a um precioso disco que amigavelmente dele recebi (²). Comentemos alguns desses poemas.

A *Evocação do Recife,* poema datado de 1925, foi publicado no volume *Libertinagem,* de 1930, como *Profundamente,* que é uma espécie de comentário àquela «evocação». Poema perfeitamente típico da transformação que a técnica de António Nobre sofreu através da sensibilidade de um «só» que venceu asceticamente a doença e a «self-pity», a *Evocação* é um dos mais prestigiosos e celebrados poemas do modernismo brasileiro, quando este se abriu no simbolismo decadentista à descoberta e à vivência poéticas da quotidiana realidade do Brasil e da vida social dos poetas. Assim como, em Portugal, um Pessoa, um Sá-Carneiro, um Almada, partiram, em 1915 e diversamente, do esteticismo inglês, do simbolismo francês e do literário nacionalismo português, à descoberta da realidade íntima do próprio poeta *como* poeta — a única coisa que, neste país de descobridores, ficara literalmente por descobrir em afirmativa consciência... —, assim os brasileiros partiram da literatura parnasiana

---

(²) Seguiu-se a audição do disco «LPP 001-vol. I — Manuel Bandeira», sendo comentados os diversos grupos de poemas da gravação: 1 — Evocação do Recife; Profundamente; Nocturno do Morro do Encanto; 2 — Vulgívaga; Último poema; Vou-me embora p'ra Pasárgada; Poema só para Jaime Ovale. 3 — Arte de Amar; Última Canção do Beco; Momento num Café; Tema e Voltas; Consoada. A outra face do disco é dedicada a Carlos Drummond de Andrade.

e decadentista, do purismo lusitanizante, ao encontro da vida que os rodeava, que palpitava neles próprios e que, antes de literatura, fôra e era a sua vida e a sua linguagem de todos os dias, à descoberta em suma, como então se dizia, da «realidade brasileira». Claro que não se tratava efectivamente de uma realidade desde sempre e para toda a eternidade. Cada qual tem, intelectualmente, a realidade do seu tempo e da sua classe, para não irmos até afirmar que a da sua cultura e da sua idiossincrasia. E uma realidade social é, além disso, e num país em formação, a mais mutável das realidades. Mas havia de facto um abismo entre a literatura brasileira, então toda grega e mediterrânica ou apenas convencionalmente erótica, e a realidade viva das matas e desertos, das cheias e das secas, dos sobrados de província, dos negros, do café e do cacau. E foi, pode dizer-se, a poesia de homens como Manuel Bandeira e Jorge de Lima (ambos vindos do parnasianismo e do decadentismo) que desencadeou o movimento de consciencialização social, etnográfica, até folclórica, que hoje viceja poderosa e cientificamente no Brasil. Bandeira, como aliás Jorge de Lima, nada repudiou da sua obra anterior. É mesmo difícil falar-se em obra anterior — apesar da rutura polémica que *Libertinagem* de certo modo representa —, porquanto Bandeira encorporou à sua expressão renovada todos os elementos do seu simbolismo decadentista, um pouco à Verlaine, à Samain, à Regnier, à Laforgue, à António Nobre (no qual estava estuante o fermento da paixão directa, ainda que nele algo superficial e «folclórica», pela paisagem humana da pátria).

O *Nocturno do Morro do Encanto,* datado de Janeiro de 1953, foi incorporado a *Opus 10,* a última colectânea do poeta, na 6.ª edição das Poesias Completas. É um magnífico exemplo da suprema dignidade e da depuração linguística a que chegou o sentimentalismo de quem começara por dizer, e tão belamente, que fazia versos «como quem morre». É um soneto de perfeita construção e admirável elegância formal até um tanto rebuscada. Eis a condensação moderna de uma derradeira atmosfera de simbolismo intimista.

Vulgívaga pertence ao livro *Carnaval,* de 1919. Documenta, porém, uma das mais importantes características de Bandeira: o seu destemor da crueza dos temas e da expressão, o seu gosto, entre cínico e inocente, de chamar às coisas pelo seu nome, envolvendo-as na capa do monólogo irónico, desculpando-se na personalidade inventada que o poema em si mesmo simboliza.

O *Último Poema* e o célebre — e como há mais de doze anos (3) escrevi: «genial» — *Vou-me embora p'ra Pasárgada* são, do grande livro que é *Libertinagem* no corpo da obra do poeta. *Último Poema*, um dos mais belos e incisivos de Manuel Bandeira, é uma das mais felizes expressões de outra sua característica: a concentração decisiva, a subtileza pungente (obtidas por enumeração paralelística), a ciência de que o poema é ele próprio uma vida inteira, concluída sobre si mesma, como «a paixão dos suicidas que se matam sem explicação». Quanto a *Vou-me embora p'ra Pasárgada*, que tenho por um dos poemas mais desgarradoramente belos da língua portuguesa, é uma obra prima de equilíbrio, em que o descabelado das correlações estabelecidas entre a fantasia e a realidade, o lógico e o ilógico, a experiência pessoal do poeta e a consciência profunda da vida em geral, acentua asperamente, graças a um ritmo irresistível, a nostalgia da impossível liberdade, que é alimento do espírito insaciável do homem que, como humano e insatisfeito, não tem nunca, salvo seja, a mulher que quer na cama que há-de escolher...

Seria alongar demasiadamente chamar a atenção para a soberba densidade expressiva, para a *disponibilidade* de um poeta que se não fechou nunca nas suas convicções de homem ou de artista, mas só na sua experiência de estar vivo e humano e de amar dedicadamente a própria poesia e a dos outros.

Como poucas, a poesia de Manuel Bandeira é a tal ponto a transfiguração, ou, como ele diz, o «alumbramento», que desnecessário se torna apontar o que o seu convívio tão claramente revela: lição de humildade, lição de espontaneidade segura da sua inspiração e dos seus limites, lição de profunda atenção ao mais insignificante da vida, para daí extrair, com discreção e ternura, o esplendor de ter vivido de olhos serenamente abertos. Eis o que, muito palidamente, se poderia dizer de uma obra gloriosa, em que toda a poesia portuguesa se areja e renova ao contacto do lirismo universal — uma obra que bem exemplifica o magnífico acerto do grande Wordsworth:

«In spite of difference of soil and climate, of language and manners, of laws and customs; in spite of things silently gone out of mind, and things violently destroyed; the Poet binds together by passion and knowledge the vast empire of human society, as it is spread over the whole earth, and over all time».

Paixão e Sabedoria — os sinais distintivos de toda a grande poesia, maior ou menor.

---

(3) in *Litoral* n.º 1.

LONDRES E DOIS GRANDES POETAS

Não recordo agora se é Raul Brandão quem conta, naquelas suas belas e venenosas «memórias», de uma visita de Junqueiro, creio que a Batalha Reis, em Londres, durante a qual ambos dissertaram infinitamente, por infinitas ruas, como se Londres não existisse. Não interessa muito, em qualquer caso, o sobre que Junqueiro dissertasse; e não foi de resto bem o que sucedeu comigo. Mas, quando à chegada do meu «boat--train» a St. Pancras, o poeta Alberto de Lacerda me apareceu e me falou, sem dúvida que Londres, apesar do gosto imenso de a rever, passou provisoriamente a um segundo plano, à categoria de esplêndido cenário. De facto, o encontro de dois grandes e autênticos poetas é um acontecimento raro, e mal eu imaginava que vinha a Inglaterra para participar nele.

Não, leitores precipitados e malévolos, não é de mim e de Alberto de Lacerda que eu falo. Quero referir-me a Dame Edith Sitwell e a Manuel Bandeira.

Eu partira de Portugal desolado por desencontrar-me do segundo, que se dizia estar a chegar para o Colóquio mais ou menos luso-brasileiro e sobremodo jurídico e etnográfico: perdia a oportunidade de conhecer um dos poetas vivos que mais admiro, de abraçar enfim um amigo por correspondência escassa e dispersa ao longo do tempo. E não trazia comigo a certeza de Dame Edith não ter partido já para o castelo de Itália. Qual não foi, pois, a minha surpresa ao saber que Manuel Bandeira ainda estava em Londres, de onde iria para a Holanda em viagem de regresso ao Brasil. E Edith Sitwell, celebrando os seus setenta anos, não partira ainda, e combinara que nos encontrássemos todos.

Poucas vezes, raras vezes, as grandes figuras poéticas correspondem, em pessoa, no convívio, ao melhor dos seus versos.

121

Algumas tenho conhecido, das melhores, que capricham em apresentar-se através daquela tacanhez ou estreiteza que precisamente impede que a sua obra alinhe entre as dos sem dúvida grandes para flutuarem naquele limbo dos que só são grandes às vezes, porque as suas personalidades são demasiado fabricadas, demasiado «literárias», demasiado «romanescas», para serem de facto aquela quintessência, aquela flor apurada da «dificuldade de ser», de que tão definitivamente escreveu o grande Cocteau.

Ao rever em Edith Sitwell o ácido poeta burlesco de «Façade» e a magnificente sibila dos cânticos dos últimos anos, transparecendo simultaneamente na sua efígie pálida de Isabel I no túmulo de Westminster, como na bizarria requintada da indumentária audaciosa e rica, com que tem, durante décadas indómitas, irritado todos os filisteus anglo-saxónicos (de todas as cores e classes); ao vê-la apertar um pouco os olhos claros e os lábios finos, para falar de poetas que morreram e foram seus grandes amigos, como um Yeats ou um Dylan Thomas; ao ouvi-la dizer, com vigiada ironia, como hoje os citam e os tratam por tu aqueles que nunca puderam entendê-los (falávamos da dificuldade de um e de outro, da quase intraduzibilidade, e ela apontava que, se a dificuldade de Yeats é sobremodo proveniente de uma inspiração ideologicamente complexa, a de Dylan resulta dos modismos, dos regionalismos, da alusividade desbragada de uma poesia linguisticamente esfusiante de imaginação, e portanto inacessível, mesmo em tradução, a quem não possua um mínimo de convívio com a língua inglesa) — enfim, mais uma vez revia, na sua tão elaborada simplicidade, na sua tão fantasiosa franqueza, o poeta admirável, cujos «collected poems», mais uma vez, e completíssimos agora, editados, são, aos setenta anos, a coroação gloriosa de uma extraordinária carreira de poeta. Mas voltarei, oportunamente, a falar deles. Porque eu quero falar de Manuel Bandeira.

Aos setenta anos já mais que passados, a figura fragilíssima, de vida ao longo dos anos suspensa por um fio de infinitos cuidados e sageza de viver, do poeta genial de «Vou-me embora p'ra Pasárgada» é bem mais subtil, mais de um encanto de «grand seigneur» que poderia imaginar-se em seus retratos. Todas as inflexões elípticas e discretas que fazem a magia dos seus versos, a segura consciência do «fabbro» eminente, a franca dignidade, humilde «quantum satis», de quem conhece a sua própria grandeza, tudo isso vibra na sua voz, na sua simpatia humana, na firmeza certeira das suas observações, no seu á-vontade de hiper-civilizado, fruto admirável de Europa como só o Brasil poderia produzir.

Recordarei sempre o abraço antigo com que me recebeu na sala do seu hotel, onde o Lacerda me levou. Os chás que tomámos, por trás do Museu Britânico ou da Wallace Collection, onde o levámos — em pequenas casas de chá, tão domésticas e simpáticas, como as há dispersas por Londres, e não para uso apenas das senhoras cretinas e ricas que, em Inglaterra, ou são mais duquesamente cretinas ou menos provincianamente ricas do que em Portugal. E lembrarei como uma honra insigne que foi pelo meu braço que ele viu a Westminster Abey — aquele, como uma vez chamei mosteiro da Batalha com o cemitério dos Prazeres lá dentro — capela a capela, túmulo a túmulo, divertindo-se ele com a minha mania da História, que me faz conhecer tanto ilustre defunto... Mas o tradutor da «Maria Stuart» de Schiller, o poeta por excelência da língua portuguesa (que ele cita, amorosamente, em verso e prosa, com uma cultura de envergonhar qualquer pedante português), tudo via com uma curiosidade infinitamente sábia e juvenil, o mesmo ar meditativo com que olhou um esquecido retrato da Queen of Scots que lhe descobri na Wallace Collection...

Como dois poetas que se reconhecem por autênticos, e que nada temem da imensa sombra um do outro (por isso mesmo...), Edith Sitwell e Manuel Bandeira conversaram... Não ouvi, nem perguntei de quê. A eles competirá falar desse breve encontro, em que dois poetas máximos de duas grandes línguas poéticas se defrontaram atentamente. Mas, quando Bandeira se despediu agradecendo numa vénia, o seu volume dos «collected poems», sem gaguejar, sem tropeçar nos móveis, como um grande senhor em sua casa, senti uma nostalgia finíssima do que Portugal não é.

Não falemos porém, senão de dois grandes poetas.

O MANUEL BANDEIRA QUE EU CONHECI

E QUE ADMIRO

Escrever-se sobre um grande poeta que recentemente tenha deixado o número dos vivos, e tal fazer (ainda que com uma firme admiração de décadas e uma sólida ternura pela figura humana que ele tenha sido) com a maior franqueza que a proximidade permite e que o respeito autoriza, eis o que é, como se diz, um bico de obra. Com efeito, personalidades eminentes, sobretudo depois que morreram, descobre-se que tinham um número imenso de intimíssimos amigos e devotados admiradores, de que muitas vezes nem eles próprios, imersos numa grandeza da qual esses amigos e admiradores, por modestos e respeitosos, não ousavam aproximar-se, faziam muita ideia. E estas hostes, se alguém que não eles se atreve a falar daquele sujeito insigne, sagrada propriedade deles, levantam um clamor dos diabos. O caso torna-se um pouco pior quando, como é o que se passa com Manuel Bandeira, a personalidade em questão possuía uma consumada arte de ser íntimo e manter todos à distância; era o mais candidamente que se possa imaginar de uma bondade e de uma delicadeza inimagináveis que, todavia, iam de par com uma infantil ou adolescente dureza de cristal, como a que resplende na sua poesia; e, a sua vida inteira, soube ser aceito, impondo-se a si mesmo e à sua obra, nos seus próprios termos e ponto final. Assim sendo, como por certo muitos reconhecem que ele era, ao falar dele, a menos que se não diga nada, ou se diga que era muito grande e o admirávamos muitíssimo, arrisca-se a gente a ser posto em não sei quantas listas negras, além daquela em que já está. Já não seria a primeira vez em que eu, por ser franco em louvar defuntos recentes, fui perseguido por bandos ferozes de viúvas que ainda hoje me não perdoam, todas rabialçadas como escorpiões, e aproveitando a ocasião para serem, coitadas e coitados, um pouco públicas. Por isso, ao aceitar escrever, aqui e agora, sobre Manuel Bandeira, sei os perigos que corro. Mas, ponderando bem as coisas, eu sou já um caso perdido em ambos os lados do Atlântico que falam ainda o português que eu escrevo, e por isso *alea iacta est*. Mais ou menos silêncio, mais ou menos punhalada... — parafraseando Fernando Pessoa, o amanhã é dos honestos de hoje.

Para a minha geração portuguesa, é de supor que o Brasil não sabe, ou não lhe importa saber, que Manuel Bandeira foi um dos mestres maiores de poesia moderna, como muitos outros brasileiros o foram também, tanto de poesia, como de ficção ou de crítica. Por exemplo, quem, era eu um adolescente, primeiro me falou do Proust que fui ler? Um homem chamado então Tristão de Ataíde. Quem primeiro me ensinou, e a outros que aprenderam ou não a lição, que a poesia escrita em português podia ao mesmo tempo ser libérrima e disciplinada, intelectual e puramente sensível, e embebida de uma profunda humanidade sem limites no espaço e no tempo da vida, como o tão grande Pessoa — homem sem amor — não nos podia dar? Bandeira, e logo ao lado dele, Carlos Drummond de Andrade. A ambos, como a outros, tive a honra de conhecer.

Como e porque aconteceu isto? Algum milagre estranho? Nada disso. Sempre os escritores brasileiros foram lidíssimos em Portugal, ainda que o Brasil fosse longamente ignorado a todos os níveis do ensino pelas autoridades oficiais. Quando eu era criança li, em Lisboa, como qualquer menino brasileiro de então, o José de Alencar que havia em bibliotecas da família. E é de notar que eu — ao contrário de tantos outros milhares de portugueses — não tinha e não tenho, que eu saiba, mais parentes no Brasil do que, agora, eu mesmo e aqueles meus filhos que são brasileiros-natos, e que não estamos vivendo lá. Mais tarde, no desenvolver-se e divulgar-se do Modernismo, dada a peculiar situação portuguesa, o Brasil desempenhou um decisivo papel (tão decisivo, que, ao estabelecer-se o chamado néo-realismo português, com a sua ênfase num engajamento sócio-político, nas primeiras edições de muito romance ou novela, os camponeses do lusitano Alentejo falam como bahianos, menos porque houvesse coincidências linguísticas a que um meticuloso realismo obrigasse, do que pela simples circunstância de falarem assim as personagens de Jorge Amado, um modelo como a literatura portuguesa não tinha, e de mais fácil imitação do que um Graciliano Ramos). Além das observações parentéticas acima, bom exemplo de forte presença da literatura brasileira dos anos 30 em Portugal, há que acentuar como, se por um lado os romancistas brasileiros ofereciam um interesse pelo social que muito crítico português de então julgava que era tudo esquerdismo e não era, e, ainda que atingidos por uma ou outra proibição da censura, circulavam livremente ou eram mesmo editados e reeditados em Portugal (enquanto os portugueses eram vigiados muito mais de perto), os poetas modernos do Brasil vieram então preencher um vácuo maior do que as histórias literárias podem fazer crer, no que a ecos modernos ressoavam no «Jardim da Europa à beira-mar plantado».

Há que ter presente que, se o Modernismo português começa a agitar-se nos anos que imediatamente precedem ou sucedem à República proclamada em 1910, e isto sobretudo no campo das artes plásticas, Mário de Sá-Carneiro publica em 1914 a sua breve mas decisiva colectânea de poemas, *Dispersão,* e a sua novela *A Confissão de Lúcio,* e em 1915 se dá a explosão da revista *ORPHEU,* dois números apenas, o primeiro dirigido por Ronald de Carvalho e por Luís de Montalvor (de intenção luso-brasileira, mas mais post-simbolista que vanguardista como os dois organizadores o eram), e o segundo, mais decididamente vanguardista, organizado por Fernando Pessoa e por Mário de Sá-Carneiro. Este suicidou-se em 1916, e não tomou parte no segundo escândalo da Vanguarda, o número único de *Portugal Futurista,* em 1917, aonde emerge, ao lado de Fernando Pessoa, a outra grande figura do Modernismo português: Almada Negreiros, pintor, poeta, romancista, e pioneiro de escritas automáticas e *streams-of-consciousness.* Mas, nos anos 20, quando precisamente no Brasil eclode publicamente o Modernismo (esse novo «tempo» da literatura universal, todavia formado de muito complexas heranças ou iconoclastias, entre as quais avultam dois pólos complementares: o post-simbolismo que se transforma, e o vanguardismo que o desafia) para florescer nos anos 30 e 40 e depois, sucedia que, em Portugal o movimento modernista era, nas suas maiores figuras ou nas quase invisíveis revistas em que se publicavam, algo que só raros conheciam, e pouquíssimos sequer aceitavam que existisse. Pessoa morreu em 1935, deixando disperso aqui e ali mais do que o suficiente para ser reconhecido como dos maiores poetas deste mundo: mas esses dispersos só primeiro foram reunidos, por Casais Monteiro, numa antologia em 1942. Os poemas que Sá-Carneiro deixara a Pessoa para serem publicados só sairam em volume, *Indícios de Ouro,* em 1937, e só dois anos depois apareceu uma reedição da *Dispersão* de 1914 (*A Confissão de Lúcio,* essa só voltou a ser editada em 1945; e as novelas que Sá-Carneiro publicara em 1915, *Céu em Fogo,* ninguém voltou a vê-las até... 1966). Aquela antologia preparada por Casais Monteiro desencadeou a publicação, nesse mesmo ano, do 1.º volume das obras poéticas de Fernando Pessoa, edição que ainda se não pode considerar terminada, pelos inéditos ou fragmentos inumeráveis que ele deixou.

Almada Negreiros, pelo seu lado, com uma ou outra eventual publicação ou aventura pelo estilo do desafio vanguardista, prosseguiu a sua obra: mas deixou que ela fosse ensombrada pelo seu prestígio de pintor. Em 1927, em Coimbra, foi fundada a revista *presença* que durou até 1949. E é à tríade dos que vieram a formar a sua direcção, José Régio, João Gaspar Simões, Adolfo Casais Monteiro, decisivas figuras do chamado Segundo Modernismo português, e das mais importantes neste século, que se deveu a imposição crítica daquele Primeiro Modernismo, ou do Modernismo *tout-court,* aspecto de que Pessoa e os seus amigos nunca cuidaram, ao invés do que fizeram, propagando-se pelo Brasil, os seus equivalentes brasileiros. Quem, pois, em Portugal, naqueles anos 20 e 30 em que Sá-Carneiro desaparecera antes de tanta gente haver nascido (como é o caso do autor destas linhas), e Fernando Pessoa e Almada se guardavam para aquelas raras aparições publicadas, ao velho estilo de 1915-17, em forma de insólito e irónico artigo ou conferência, calculado para irritar ou desorientar a pacóvia maioria, e quando as revistas de vanguarda, efémeras, ou a *presença,* não-efémera, todas eram uma coisa semi-clandestina, que as livrarias não expunham e de que a grande imprensa não falava, quem, repito, naqueles anos, e fora de um restrito círculo de iniciados, *vira* a raríssima *ORPHEU* e a mais que raríssima *Portugal Futurista,* ou andara por bibliotecas em busca de todas essas e outras revistas modernistas quase invisíveis, quando não já ignoradas e esquecidas? Muito poucos, há que convir. E, em verdade, foi o magistério crítico de Gaspar Simões, Régio, Casais Monteiro, e um que outro da mesma geração, quando por meados dos anos 30 começaram a atingir o grande público, ou a ser reconhecidos eles mesmos como escritores (o que, para a grande imprensa, aconteceu primeiro para Régio, nascido em 1901, do que para Pessoa que nascera em 1888, esse ano extraordinário para a poesia universal em que nasceram também T. S. Eliot e Ungaretti), o que, para a maioria, divulgou ou deu a conhecer que o Modernismo existira e alterara para sempre o rosto da literatura no Ocidente, desde as Américas à Russia. Em 1934, um ano antes de morrer, Fernando Pessoa deixara que lhe dessem um prémio de poesia do Secretariado da Propaganda de Salazar (sendo ele anti-salazarista, mas porque António Ferro, seu amigo dos tempos do *ORPHEU,* e o Goebells benigno de Salazar, o queria premiar, ao mesmo tempo ajudando a impôr a arte moderna que ele estimava e desejava conquistar para o regime, contra o qual sempre a esmagadora maioria de escritores e artistas se opusera, opunha, e continuaria a opôr-se). Esse prémio, dado em circunstâncias algo ridículas para o júri, foi conferido, em segunda classe imposta por Ferro, a *Mensagem,* o único livro de poemas em português, que Pessoa publicou em vida sua (na juventude, publicara folhetos de poesia em inglês, que nem os seus amigos portugueses de então sabiam ler). Tão infeliz circunstância, em que Pessoa se deixou envolver pelo seu gosto da contraditória ironia, e para em todo o caso ver-se publicamente imposto (ainda que fingisse por carta o contrário, ao justificar-se ante os seus mais jovens admiradores modernistas), teve desastrosas consequências. A crítica «oficial», daí em diante, proclamou sempre que o Fernando Pessoa verdadeiro era aquele, patriótico e nacionalista, e que o mais da sua obra era coisa secundária, brincadeiras de um gracioso incurável, excepto a sua poesia *ortónima* que mantinha as formas tradicionais, na aparência. E a crítica modernista passou a clamar, necessariamente, que tudo o mais era importantíssimo e fundamental (como na verdade é, incluindo a poesia ortónima), mas que a *Mensagem* era coisa secundária, não merecedora de idêntica atenção (o que não é verdade, mas não podia sê-lo naquele tempo). Isto, juntamente com a demora em ser divulgada a obra dos primeiros e grandes fundadores do Modernismo português, teve muito curiosas consequências, em que o Brasil (para não falarmos da literatura de outros países) necessariamente representaria um importante papel. Mas, antes de prosseguirmos, acrescentemos neste ponto duas breves observações, uma sabida mas não sublinhada, e outra ignorada de todo o mundo, ambas referentes ao Brasil. A publicação, em 1942, do 1.º volume da obra poética de Pessoa, contendo poesia sua «ortónima», teve enorme repercussão tanto em Portugal como no Brasil: raro é o poeta, mesmo dos maiores, que não reflecte, nesses anos 40, em suas obras, o impacto da *revelação* — e isto, curiosamente, é até mais verdade com os mais velhos do que com os mais novos. O outro ponto a observar diz respeito ao grande e tão influente Mário de Andrade. Não será sabido de muitos que, em certa ocasião, não muito antes de a morte o levar em 1945, Mário terá organizado um pouco o seu espólio e a sua estátua jacente para a posteridade. E, também, para pôr alguma ordem na super-lotada biblioteca do seu refúgio paulistano, decidiu oferecer numerosos livros à Biblioteca Pública de Araraquara, cidade do interior paulista a que o ligavam laços de família. É interessante saber-se que, entre esses livros (que há uns quinze anos estavam ainda separados do fundo geral da biblioteca referida fechados num quarto), existiam quase todas as raridades acima apontadas do Modernismo português de 1914-17. O que, não menos por haver ido enriquecer aquela cidade, juntamente com muitas outras coisas, mostra que o chefe de fila do Modernismo brasileiro conheceu em tempo delas aquilo cujo lançamento oficial, numa revista feita para provocar escândalo em Lisboa e arredores, fora inicialmente responsabilidade de um poeta do Brasil, que ao Modernismo da sua pátria viria a aderir, e de um poeta português que no Brasil vivera (e veio depois a ser o director da editorial que iniciou a publicação das obras completas de Fernando Pessoa, encargo que, aliás, a ele por editor que era, fora dado pelos herdeiros do poeta, por morte deste). Há todo um estudo por fazer das interpenetrações dos Modernismos português e brasileiro, para lá de mitologias que em nada diminuem o carácter específico de cada um, sobretudo as obsessões de independência de alguma crítica brasileira, desprovidas de sentido em relação a uma época que, como outras na periodologia cultural do nosso mundo, foi extremamente uma «internacional» de escritores e artistas que não encontravam nos seus próprios países a fraternidade e a audiência que outros pares podiam dar-lhes, ou aquela ajuda de saber-se que outros estão experimentando o que nós mesmos buscámos experimentar.

Em muitos aspectos, os dois Modernismos são radicalmente diversos. No Brasil, uma das intenções principais era a «descoberta» do Brasil, ou melhor dito hoje, a descoberta e a escrita do Brasil quotidiano e familiar que estava dentro da experiência de cada um, opostamente ao Brasil do regionalismo esteticista do *Fin-de-Siècle,* ou a uma literatura urbana superficial e elegante, o célebre «sorriso da sociedade». E essa «descoberta» (que, em muitos casos, foi um artifício que resultou triunfalmente, apesar do limitado conhecimento do Brasil, que quase todos possuíam além da área familiar do seu Estado) foi de par com a proclamação de uma independência linguístico-estilística em relação à disciplina gramatical «lusitana». O Modernismo português, reagindo contra o que era a dissolução vaga da realidade em saudade, preconizada pelo grande Pascoaes e os seus seguidores, ou contra o nacionalismo literário carregado de conotações agrárias alheias ao carácter urbano e lisboeta que o movimento assumiu, ou, também e ainda mais, um regionalismo de raiz naturalista, que tudo junto dominava a literatura portuguesa de então, sob a benção — convém acentuar — daquele mesmo «sorriso da sociedade» praticado em Portugal pelos compadres e amigos dos que o sorriam no Brasil, o Modernismo português estaria interessado em tudo, menos em «descobrir Portugal», a não ser num plano de total mitologia, como Pessoa, por décadas, foi construindo na sua *Mensagem.* De Portugal, entre o Minho e Vila Real de Santo António, estavam eles fartos até às orelhas. O que eles necessitavam de fazer era redescobrir a própria personalidade profunda enquanto poetas, ainda que, como sucedeu mais ou menos em toda a parte (mas nunca tão extensamente e tão dramaticamente como nas esquizofrenias poéticas de Sá-Carneiro e de Pessoa), isso devesse significar a dissolução completa da personalidade, da psicologia e da criação estética tradicionais. O que, obviamente, está implícito no Modernismo brasileiro, ou os escritores nunca teriam ultrapassado o superficial pitoresco do coloquial, para descerem aos seus infernos privados, como todos os maiores fizeram. Mas o caminho é todavia muito diverso. Por outro lado, o *caso da língua,* há que analisá-lo do lado português (aclarando possivelmente o lado brasileiro). A tirania do gramatiquismo académico, do pernosticismo da frase, da rareza do vocábulo, etc., que no Brasil se supõe um morbo lusitano a sacudir, não menos os modernistas portugueses o sentiam, já que essas tendências mais ou menos parnasiano-esteticistas haviam dominado e dominavam em Portugal, se bem que, e este é curioso ponto, não tão firmemente como no Brasil, aonde (tal como sucedera com os Árcades de 700, que se queriam, e alguns ou todos foram, superiores aos colegas lusitanos, vivessem eles, brasileiros, em Lisboa ou em Minas, para que se visse que o Brasil em nada ficava atrás da mãe-pátria em educação e refinamento) o parnasianismo atingira um comando poético dos ritmos e das estruturas da língua, algo difícil de encontrar semelhantemente, pela mesma época e depois, em Portugal, nesses termos parnasiano-esteticistas. O parnasianismo, porém, jamais assumira em Portugal, a não ser naqueles aspectos esteticistas acima referidos, a tirania com que dominava o Brasil, inclusivamente confundindo saber retórico e formal com profundidade filosófica: aqui está, a meu lado, uma curiosidade que há pouco encontrei num sebo de Lisboa, numa visita à Europa, e é o romance de Almachio Diniz, *A Serpente,* editado na mesma Lisboa em 1913, dedicado ao *Poeta-Filósofo...* Alberto de Oliveira. Tais confusões de domínio da língua ou das referências clássicas, índicas, sabemos lá que mais, em segunda mão literária ou enciclopédica, com pensamento, eram comuns ao Brasil e a Portugal. E a rebelião dos modernistas portugueses, se bem que não tão declaradamente (não havia uma questão de «identidade», como no Brasil), também atacou tudo isso, e nas próprias obras: ninguém nota hoje, ao ler Fernando Pessoa e os seus heterónimos, em ambas as margens do Atlântico, quantas revoluções sintácticas e sintagmáticas, etc., ele introduziu, que se tornaram património da fala corrente; as acrobacias gramaticais de Sá-Carneiro ainda hoje afligem muito professor ilustre que, na melhor das intenções, as explica erradamente; e o tremendo coloquialismo e a corrente de consciência do Almada de 1917 não tiveram o impacto que poderiam ter tido, porque ele nunca os reeditou (só postumamente, tendo ele morrido em 1970, e nesse mesmo ano apareceram) do *Portugal Futurista* ou de raríssima edição independente.

131

Uma diferença, todavia, há nos ataques dos modernistas aos donos da literatura no tempo em que eles saíam juvenilmente à liça. É que, se o Brasil dominava o parnasianismo-esteticismo, esta combinação ou o parnasianismo inicial nunca tiveram funda penetração em Portugal, ainda que um dos pais do parnasianismo nos dois países, o brasileiro Gonçalves Crespo, admirável poeta, vivesse a sua vida inteira em Portugal, respeitado e admirado pelos grandes que o contavam como um deles. Em Portugal, o magistério de Antero, de Gomes Leal, de João de Deus, de Guerra Junqueiro, e muitos outros da chamada Geração de 70 (incluindo o próprio Eça de Queiroz, inventor, com Antero, da mistificação chamada Carlos Fradique Mendes que lançou em português o «satanismo», em 1869, e que havia de acompanhá-lo a vida inteira como um *alter-ego* ou uma espécie de heterónimo), criou uma complexa mistura de prolongado realismo romântico, pré-simbolismo, baudelairianismo, naturalismo, sátira social, etc., que, se por um lado com o seu imenso prestígio e qualidade, não permitiu um pleno desenvolvimento do parnasianismo, criou por outro (apesar de geniais antecipações como Cesário Verde que aquela gente de 70 não fez esforço algum para entender) uma atmosfera mais propiciatória ao simbolismo, nos anos 80 e 90 do século, do que foi possível no Brasil, aonde o simbolismo, se bem que amplamente difundido pelo país, ficou na sombra dos monstros sagrados do parnasianismo. Claro que, pessoalmente, e por certo positivismo ou anti-positivismo que os unia e dividia, os sobreviventes de 70 rechaçaram, com alguma ironia, o simbolismo que, revolucionando a prosa portuguesa, o jovem Eça, ao imitar Baudelaire, ao estrear-se, nos seus primeiros folhetins em 1866 (ainda hoje por reunir completamente nas póstumas *Prosas Bárbaras*), havia sido quem, como ao veneno do impressionismo estilístico, abrira a porta, bem como à do símbolo que, pelo seu lado em poesia, Antero, nos seus sonetos, elevaria da mediocridade romântica à ambiguidade do simbolismo futuro (poderia dizer-se que ele, na sua grandeza, foi o que se pôde arranjar de Baudelaire, ainda que, estilisticamente, isso pertença também ao Eça que, tantos anos depois, acharia que António Nobre era um rapaz simpático que não se deveria tomar a sério). O simbolismo nos leva aos modernos (e Manuel Bandeira que tanto admirou António Nobre e tanto teve, na personalidade, em comum com ele, é daí que vem para a Vanguarda a que deu milagres que ela não produziu em nenhuma outra parte ou criatura).

O simbolismo português logo se dividiu em duas correntes formais que eram, na verdade, as personalidades de dois poetas: António Nobre e Eugénio de Castro. Ou seja o simbolismo intimista, individualista, adolescentemente fantasista e doridamente ensimesmado (e Nobre foi para a língua portuguesa, mais tarde, o que Laforgue foi para a França e para o modernismo anglo--saxónico por via de Eliot, e poder-se-ia estudar, como ainda não se fez, a que ponto Nobre foi laforguiano ou só paralelo a ele, sem que isso diminua a sua estatura); e o simbolismo espectacular, rico de vocábulos, imagens, ritmos inesperados, etc., afim daquilo que, chamado com tanta infelicidade «modernismo», ainda continua a ser a praga poética das letras hispânicas. Não sem razão tanto Rubén Darío como Eugénio de Castro partilharam a mesma glória internacional, e não pode negar-se a extraordinária maestria de ambos, nem a influência que tiveram (nem as afinidades que os unem). Uma e outra das duas linhas simbolistas reagiam contra o que achavam ser a vulgaridade impessoal do naturalismo, e a pobreza do romantismo que não acabava de morrer. Outros poetas simbolistas de alta qualidade, na mesma geração, ninguém os conheceu então: é o caso de Camilo Pessanha, um dos grandes, que só Fernando Pessoa e Sá-Carneiro vieram a admirar; o do louco Ângelo de Lima, cujos poemas foram parte do escândalo de *ORPHEU* com as suas invenções linguísticas; e não pode dizer-se que a grandeza de poeta, dramaturgo e contista de um António Patrício tenha sido devidamente reconhecida. Mas novamente aqui houve atrasos trágicos que as histórias literárias mal registam: a obra de Ângelo de Lima só foi coligida em volume, em 1971; a de Pessanha, que o havia sido escassamente, mas salvadoramente para muito disperso não impresso, em 1920, *Clepsidra,* só voltou a ser reeditada mais amplamente em 1945; as «poesias» de Patrício só apareceram coligidas em 1942; e a lista podia continuar. Isto é: o que sucedera com os modernistas, sucedera já com os seus antecessores simbolistas, à excepção de Castro e de Nobre, reeditados com largo sucesso, para diversas hostes de leitores. É interessantíssimo notar que as exuberâncias de Eugénio de Castro, levadas ao paroxismo, dão um dos momentos mais interessantes do «Tempo de *ORPHEU*», como Alfredo Guisado, um deles, chamou aos seus poemas da época; e que esse paroxismo do sumptuoso e do magnificente serve a Sá-Carneiro, juntamente com o coloquial e o infantil de António Nobre, para ultrapassar toda essa mobília de luxos simbolistas, e transformá-la em expressão da tragédia de ser dois. Quer tudo isto indicar qual era o panorama que os predecessores e os fundadores do Modernismo português ofereciam ou (pela rareza das edições ou das revistas) mal podiam dar, nos anos 30 e prinícpios de 40, a quem pelo Modernismo se apaixonasse. O Brasil, através da auto·proclamada Geração de 1945, pôde dar-se ao luxo de fazer o processo de um Modernismo que continuou vivo e são até hoje nas suas sobreviventes figuras, porque estas e os que já morreram haviam

133

estado presentes, publicando-se, desde antes do lançamento do Modernismo ou de até vários deles se haverem transformado em modernos. Em Portugal, o chamado Primeiro Modernismo, como mesmo o Simbolismo que o precedera, eram mitologias invisíveis ou quase, proclamadas pelos homens da *presença,* e é por esse tempo que precisamente fazem a sua entrada solene, esquecida que havia sido, e só não de uns quantos fiéis, a simbólica escandaleira de 1914-17. Acrescente-se que a *presença,* tão moderna na sua divulgação crítica, não o era tanto, ou não o era toda, no que se refere aos próprios presencistas nas suas obras que, todavia, eram moderníssimas em face da literatura de carácter oitocentesco que continuava a ser escrita e aclamada em Portugal (como continuou a sê-lo por certa crítica marxista suspeitosa de tudo o que fosse «moderno» e «vanguarda», e que por isso mesmo atacou o chamado esteticismo da *presença,* no fim dos anos 30 e nos anos 40, chegando mesmo a negar grandeza a Fernando Pessoa). Compreende-se perfeitamente que, neste panorama, a literatura brasileira moderna, aliás divulgada em Portugal pela crítica de *presencistas* e de personalidades afins, e sobretudo pelo pioneiro e devotado trabalho do crítico José Osório de Oliveira, viesse preencher um vácuo enorme, complementando o espaço espectral ocupado por tanta gente grande e mal conhecida. Por isso, nesses anos finais de 30 e primeiros de 40, para muitos de nós um Bandeira foi tão importante, ou quase, como um Pessoa, ou como os Eliots e outros que muito poucos de nós sabiam ler em inglês, escapando à tirania francesa de tão radicada tradição luso-brasileira (ainda que lêssemos também os franceses, é claro).

E um Bandeira não nos trazia apenas a desenvoltura, o humor, o epigramatismo irónico, ou o sentimentalismo que se ria de si mesmo mas não deixava de sentir-se sem vergonha, em suma, as *«piruetas extraordinárias»* daquelas *«melodias jamais ouvidas nas linhas suplementares da pauta»,* com algum acompanhamento de harmonias que nos eram conhecidas mas sabiam a limpidíssimo gosto de uma *cinza das horas* intimistas de algum simbolismo que se fazia sabiamente *post* de si mesmo. Não trazia também, e ao contrário do que possa supor-se para ele e o êxito dos brasileiros em Portugal, o sabor do exótico e do trópico, que, deve reconhecer-se, contribuiu alguma coisa para o sucesso deles no próprio Brasil tão vasto, que toda a gente podia ser exótica no Rio de Janeiro, incluindo os próprios cariocas, enquanto o Trópico de Capricórnio passava cautelosamente por São Paulo, tratando de não comprometer-se com nenhum dos dois Andrades rivais. Se, sem dúvida, um Brasil vivo e palpitante de realidade imediata (que, nos romances, era algo «histérica» já, mas disso nem a crítica brasileira se dava conta, como ainda em alguns casos não deu) era parte do nosso renovado interesse pelo Brasil, havia em muitos de nós uma repugnância por folclores e gracinhas regionalistas, fartos do nacionalismo literário que transformara António Nobre para os seus usos pre-fascistas, ou de republicanismo esteticista que criava constantemente mais *Malhadinhas* e mais *Terras do Demo,* por muito bons que os Aquilinos fossem.

O que Bandeira nos dava era, em português, como que uma síntese extremamente pessoal de como se fizera grande parte da poesia moderna e como continuava no acto de fazer-se. Visto que ele não era, como os portugueses, um inédito ou um disperso, mas um poeta vivo que se revelava continuamente, ao nível da grandeza, e não expulsava das suas poesias completas, como um pecado da mocidade, os passos do seu caminho. Eu li-o primeiro nas *Poesias Escolhidas* de 1937, edição de que mais tarde algum coleccionador mais cleptómano ou algum poeta mais entusiástico (a não ser que em necessidade de negociar obras raras) aliviou a minha biblioteca. Foi pelo tempo de, em singela revista de estudantes, em 1939, eu me estrear como poeta e ensaísta. Em 1942, publiquei o meu primeiro livro de poemas, *Perseguição,* que não escapou em 1944 a Cecília Meireles (que recebera é claro, um exemplar), quando preparou *Poetas Novos de Portugal,* notável antologia que popularizou no Brasil a poesia moderna portuguesa, e foi a primeira, tanto lá como em Portugal, a incluir poetas mais jovens que os defuntos e ausentes de quem Camões já havia sido o provedor oriental. Nesse mesmo ano de 1942, me estreei como crítico de livros, sempre eventual, sem coluna regular e fixa que nunca quis ter. Em 1943, nos «Cadernos Culturais» da Editorial Inquérito, de Lisboa, que eram extremamente acessíveis e tinham uma difusão enorme para além da mera *elite* (passe a palavra hoje tão odiada, até porque as élites são gente disfarçada, acabada de chegar dos subúrbios da sociedade e das letras, à conquista do triunfo burguês) dos que se interessavam por modernismos, Adolfo Casais Monteiro publicou o seu *Manuel Bandeira — estudo da sua obra poética, seguido de uma antologia,* que foi sem dúvida um dos primeiros estudos de fôlego jamais dedicados ao poeta, e que creio dever ser, ainda hoje, considerado peça fundamental da bibliografia «bandeiriana». Para o grande público, o estudo era novo. Não o era para os que seguiam a vida literária, pois aparecera, anos antes, na *Revista de Portugal,* dirigida por Vitorino Nemésio, revista onde o Brasil e a crítica dele (como em muitos casos, nesse tempo, os escritores brasileiros não recebiam na sua pátria — e, em 1959, ao chegar ao Brasil, defrontei-me com hostes de estudantes de universidade, que ainda não tinham passado a companhias mais audaciosas que *as pombas* inevitavelmente de Raimundo Correia) ocupou um grande lugar. Porque Bandeira era importante, e o estudo sobre ele também, porque eu admirava aquele e estimava o autor deste, e porque tudo isto era aceite e reconhecido por Carlos Queiroz (aquele admirável e malogrado poeta ligado ao grupo da *presença,* e que, na adolescência e na juventude, como em algo da sua poesia, havia sido o filho espiritual e dilecto de Fernando Pessoa, por ser sobrinho da senhora que ele namorou longos anos, sem nela ter feito o filho que nunca teve, porque não casou com ela, e porque, naqueles tempos, pessoas da alta classe social burguesa que era a dela e a de Pessoa não faziam dessas coisas pré-maritalmente), C. Q., conversando comigo sobre o caso, convidou-me a criticar o livro para o 1.º número da sua revista *Litoral,* que saiu datado de Lisboa, Junho de 1944. Este artigo, com várias incipiências juvenis, mas aonde me parece que, com sobejo fundamento, se contraditam interpretações de Casais Monteiro, em especial a do crucial poema *Vou-me embora p'ra Pasárgada,* sem deixar de sublinhar-se o grande valor do ensaio, não creio tê-lo visto nunca em bibliografias de Manuel Bandeira. Este agradeceu-me a intervenção crítica — e foi da sua parte, se bem me lembro, o seu primeiro contacto, com a 3.ª edição das *Poesias Completas,* a da Americ-Edit, desse mesmo ano, que é a edição mais antiga que possuo (não nesse exemplar mas num outro mais tarde readquirido, por ter sido também incluído nas tentações daquele não sei quem que sabia de livros e os viu na minha biblioteca). Em 1946, publicou-se o meu segundo livro de poemas, que, como de costume, enviei a Manuel Bandeira no ano seguinte. Dele recebi a 2.ª ed. de *Poesias Escolhidas,* a Pongetti de 1948, agradecendo «os belos poemas de *Coroa da Terra».* Daí em diante, o nosso contacto, em troca de livros ou de alguma que outra carta, ainda que intermitente, foi constante. Um dia, com dedicatória de Junho de 1954, recebi o tão belo e tão complexo (por sob a singela superfície) *Itinerário de Pasárgada,* livro que, pelo uso que depois fiz dele, teria curiosas consequências. Em 1956, fazia Manuel Bandeira setenta anos. Tal acontecimento não podia deixar-se passar em branca nuvem. E, por isso, foi organizada, no Centro Nacional de Cultura, em Lisboa (organização mais ou menos de origem monarquista, mas que já era, na verdade, uma das capas para as actividades anti-salazaristas que tanto se intensificara nos anos 50), uma sessão de homenagem, em que proferi uma conferência ilustrada com a própria voz de Manuel Bandeira. É que ela me chegara exactamente a tempo no disco dele e de Carlos Drummond de Andrade que ambos me dedicaram no Rio a 6 de Abril daquele ano, e que voou de lá para ser ouvido na conferência proferida a 25 de Abril. Esta conferência — *Da Poesia Maior e Menor — A Propósito de Manuel Bandeira* — foi publicada na revista *Cidade Nova* (número de Fevereiro de 1957, que efectivamente saiu em Junho), que Manuel Bandeira recebeu. O texto foi depois recolhido ao meu volume de ensaios, *O Poeta é um Fingidor,* publicado em Lisboa, em 1961, quando havia quase dois anos que eu vivia no Brasil. Nem um nem outro destes itens bibliográficos aparece em bibliografia de Bandeira. Mas, agora, cumpre regressar de 1961 a 1957, porque neste ano, por extraordinária coincidência, e quando não sonhava que dois anos depois estaria fixado no Brasil, conheci Manuel Bandeira pessoalmente na Europa — em Londres, aonde na sua viagem europeia daquele ano, calhámos ao mesmo tempo. Eu estivera no Brasil, fugazmente, em rapaz, em 1937-38, e por sinal que trouxera de lá alguma literatura moderna acabada de aparecer. Mas havia-me já resignado, como tantos outros, vinte anos depois, a ser um exilado no próprio Portugal, ainda que, ingenuamente, pensássemos alguns que, graças às nossas maquinações, o Salazar & Ca. não iam durar, como duraram quase outros vinte. E viajar ao Brasil — quando não se era parte da internacional das academias, nem da luso-brasilidade universitária que então se passeava governamentalmente entre as duas margens do Atlântico, mantendo a boa doutrina de que isso de modernistas era gente de desconfiar, tal como faziam os viajantes académicos, eternamente e permanentemente os mesmos de parte a parte — era coisa fora das possibilidades do simples mortal, desprotegido da sorte ou de governos com que não pactuasse. Os brasileiros que passavam por Portugal e valia a pena serem conhecidos, conheci-os então todos ou quase todos. Mas quem iria alguma vez ver o Manuel Bandeira em Portugal, esse caranguejo de génio da costa da Avenida Beira-Mar carioca? E, no entanto, em 1957, e quando Bandeira preparava o espírito para o grande salto, a coisa esteve a ponto de acontecer.

Mas voltemos ao *Itinerário de Pasárgada,* ao uso que dele fiz naquela minha conferência de 1956, e como Manuel Bandeira a isso reagiu. Naquele livro, ele, rejeitando que lhe chamem o «grande» que era, diz que, ora essa, «grande é o Dante». E eu, ao falar dele, estabeleço a distinção entre *poesia maior* e *poesia menor,* afirmando que se pode ser menor e ser grande ao mesmo tempo, uma vez que «maiores» (e necessariamente grandes) são efectivamente os Dantes, mas que se pode não ter uma magna visão do universo e do destino da humanidade, e consequentemente em fôlego e em visão não ser-se «maior», e sim «menor», mas compensando aquela falta de escala com um sentimento profundo, uma observação arguta e iluminada, etc., que fazem *grande* um poeta *menor*. Pelo que o ser-se maior ou menor não era, sem mais, achar que uns eram maiores do que os outros. Ao mesmo tempo marcando a distinção óbvia de que um grande Bandeira não é um Shakespeare, um Camões, um Dante, um Milton, e outros que tais (distinção que, em termos que o diminuíam, o próprio Bandeira acentuara para uso dos seus admiradores). Uma coisa, porém, é o que, mesmo com a mais honesta modéstia, os melhores poetas dizem — lúcidos como são —, e um tanto outra aquilo que podem sentir como seres humanos comuns, dotados de alguma vaidade e hiper-sensibilidade, quando nós lhe pegamos na palavra, mesmo para louvá-los. Numa das conversas de Londres, que se seguiram à alegria do primeiro encontro, o meu escrito que Bandeira recebera, pouco antes de deixar o Brasil, nas páginas daquela revista aonde primeiro acabara de sair, veio a talho de foice. E eu *senti*, sem que ele mo dissesse, nos gratos comentários que me fez, que ele *não tinha gostado* daquelas subtilezas de ser «menor», ainda que «grande» sem dúvida. Há que pensar que, em 1957, Manuel Bandeira era uma justa glória andante, e habituado a sê-lo, e que passara os setenta anos. Mas, quando em 1961, estando eu no Brasil, e recebendo ele (como eu também) aquele meu volume de ensaios, em que se arquivava a conferência de 1956, prontamente me obsequiou com a *Antologia Poética* da Editora do Autor, acabada de sair, dedicando-ma em termos expressivamente afectuosos; e conversando comigo no Rio insistiu muito, com aquele ar que ele tinha de dizer coisas que desejava bem marcadas, sem fitar mais que o espaço, e numa voz mais do que aparentemente desaplicada, em como ele gostava de *tudo* naquele voluminho de ensaios, e do meu estudinho também. É que por certo não queria que, no meu espírito, quedasse alguma suspeita imprópria quanto ao que não chegara a ser dito em Londres quatro anos antes; ou aceitara e compreendera a minha intenção; ou que, porque realmente me estimasse, não desejava entre nós nenhuma sombra que jamais houvera.

Em Londres, antes das repetidas vezes de convívio carioca, havia sido que eu o conheci sob várias facetas. O menino mimalho e caprichoso; o homem cultíssimo e curioso; o poeta conhecedor deste mundo e do outro, se reduzido a escrita poética; o tuberculoso profissional, cioso de cuidar-se e temeroso de a saúde sofrer de uma pontinha de ar, mas que acabou por enterrar todos os seus contemporâneos; o grande senhor que dava audiência, e o homem simples, jocoso e ameno; e o «Manuel» que toda a gente adorava e toda a gente servia sem que ele jamais saísse daquela solidão em que entrara tão jovem para nela ficar até à morte, com a vida cheia de tudo que era o nada mesmo da vida. Tudo isto, mais tarde, no Brasil, durante os seis anos que lá vivi, se aprofundou e enriqueceu. Mas há histórias londrinas para contar ou referir, e que cumpre inserir no «corpus» da imagem de Manuel Bandeira, antes que lhe tirem as vísceras da alma, para o embalsamarem para a posteridade. Claro que eu — o autor destas linhas — sou firme partidário de que a vida de um escritor não tem nada ou pouco que vêr com a sua obra, não só porque o «eu» que escreve não é o mesmo que o «eu» que vive, mas porque as obras devem estudar-se, saborear-se, e entender-se em si e por si mesmas. Tudo isso é uma grande verdade, mas há que pôr algumas reservas da prudência à prática de tais verdades, antes que os delírios contemporâneos (sejam eles os de estruturalismo desvairado que é, no fundo, barthesianamente, um ódio mal disfarçado à criação literária; ou os de uma sociologia literária que é ainda e sempre aquele «ódio teológico» com que os reformadores do mundo, desde criatura com tão impecáveis credenciais intelectuais e humanas como Platão, sempre têm desconfiadamente perseguido os «poetas», ainda quando um Platão, em prosa ou verso, fosse um deles ele mesmo e dos maiores) transformem tão grandes verdades em vácuas mentiras, e a crítica, perdida no meio de tanta ciência de si mesma, regresse apavorada àqueles tempos não-universitários em que uns senhores e umas senhoras de cultura e bom gosto diziam de sua justiça acerca do prazer da leitura. O que, diga-se de passagem, superiormente sabido em poéticas, linguagens poéticas, mudanças de código (como hoje se diria) entre elas, e todos os poetas grandes e pequenos, maiores e menores deste mundo e do outro — que ele tinha estudado e lido, ao contrário do costume actual que mais manda ler a crítica do que as obras mesmas —, era, com algum historicismo tradicional a que ninguém escapa mesmo fingindo o contrário, a atitude crítica do próprio Manuel Bandeira, qual se não poderia, a um homem nascido em 1886, pedir que outra fosse. A sua *Literatura Hispano-Americana,* primeiro publicada em 1949, e cuja reedição, em 1960, dele recebi no Rio, patenteia — notas de aula, que eram, dos seus cursos na então Universidade do Brasil — um conhecimento extenso e profundo, muito agudo, daquele complexo de literaturas, a que, antes e naqueles tempos, no Brasil e no resto do mundo, muito poucos prestavam atenção de qualquer espécie, excepção feita às poetisas hispano-americanas (e às recitadoras que tiveram a sua contraparte brasílica, Deus nos livre) que singravam triunfalmente os mares da fama, em 1.ª classe, levando atrás delas dúzias de malas, e em cima delas as peles opulentas que o trópico não requeria (assim um par dessas senhoras invadiu a casa de Cecília Meireles, à fé do que ouvi a Maria Fernanda, filha dessa Cecília que não existia, nem escrevia nem viajava assim, porque, como Bandeira em 1945 dela disse lapidarmente em verso, era «*Con-*

cha, mas de orelha; | *Água, mas de lágrimas;* | *Ar com sentimento.*
— *Brisa, viração* | *Da asa de uma abelha.*»). A vida é uma coisa,
e a privada sobretudo; e a criação poética outra — reatando o
nosso ponto e linha. Mas o caso é que há poetas — e sempre
os houve — que fazem a sua criação sobre alusões directas ou
indirectas à sua própria experiência (o que qualquer erudito
de antigos ou nem mesmo muito antigos textos sabe que é um
quebra-cabeças sem saída, se a gente não tem maneira de saber
de que é que o sujeito queria falar e todos então percebiam)
vital ou até intimamente linguística. E se criam a si mesmos e
à sua obra, dialecticamente, como obras de arte independentes
e totalmente complementares — o que, mais do que se recorda
ou pensa, foi e é o segredo *clássico* de todos os grandes modernos. Por certo, entre os grandes monstros sagrados do século XX
(que são muitíssimos), e ainda quando o vasto mundo (aquele
mesmo que rimava com Raimundo não solucionava nada para
Drummond) o ignore como um dos grandes Picassos da palavra,
é esse o caso de Manuel Bandeira. A gente não precisa, ainda
que seja conveniente, visitar o Recife da infância dele, porque
já não está lá; nem a Lapa do Rio, porque mudou muito, etc.
Mas há umas que outras coisas factuais, ou de reacção ao factual
quotidiano, que precisamos de ter sabido ou conhecido, ou visto
no homem mesmo, para que a sua poesia nos dê, ainda mais profundamente, a tremenda lição de humanidade transformada em
linguagem e vice-versa, e sintetizada no tão terrível e tão doce
verso: «*Bendita a morte, que é o fim de todos os milagres*».
Serei indiscreto ao dizer que Manuel Bandeira, viajando
para a Europa, com a sua saúde precária e na idade que já tinha
em 1957, não ia só? Acompanhava-o uma dilecta amiga, por
certo uma daquelas personagens femininas que sucessivamente
povoaram a sua solidão e a sua poesia, e que, segredo de um
homem excepcional no trato humano, todas ou quase todas,
enquanto viveram, tiveram de aceitar a amizade que as anteriores mantinham com ele, a ponto de se encontrarem, frente
a frente, amavelmente, para um chá que a algumas delas e algum
poeta mais jovem o próprio Manuel Bandeira servia, naquele
apartamento da Avenida Beira-Mar, que — mesmo que desa-
pareça — ficará suspenso no ar, cheio e completo, como o entres-
sonhado por Malte Laurids Brigge. E não era, de maneira alguma,
a superioridade indiferente do sultão, rodeado de odaliscas sub-
missas mas já aposentadas: era uma digníssima e já serenada
humanidade orquestrada, como se nada fosse, por aquele mágico
do ritmo, artista acabado em fazer coexistir com ele tudo o que
tivesse sido parte da sua vida, visto que a tudo, ainda que passado, ele ficara e ficava fiel, dentro de si mesmo, alquimicamente
transformando tudo em absolutas essencialidades poéticas, em

que ninguém ou nada se tornava abstracto, mas, ao revés, adquiria um carácter *concreto* que jamais tivera antes (coisa, paisagem, ou relação humana que fossem). E isto foi o que lhe permitiu — parece jogo de palavras e não é — escrever, quando decidiu brincar (em todos os sentidos da palavra) com o «concretismo», alguns dos mais belos e conseguidos poemas que esse método de escrita produziu (como aliás sucedeu com outros grandes como Drummond ou Murilo, por razões diversas que não nos cabe estudar aqui). E uma manhã londrina, íamos Bandeira, sua amiga, o poeta Alberto de Lacerda então funcionário da BBC londrina, e eu, de visita solene à National Gallery, uma vez que Lacerda e eu nos havíamos proposto repartir ou juntar os nossos tempos livres para levar o Poeta aos mais importantes lugares selectos da capital britânica. Subitamente, do meio das pombas não de Raimundo Correia mas de Trafalgar Square, emergiu o inevitável fotógrafo que, sendo um grupo com ar turístico, finge tirar um retrato que só depois que a gente aceita é na verdade tirado. Bandeira explodiu numa cólera homérica, ante aquele assalto, que o não era, à sua *privacy*. E foi preciso acalmá-lo, enxotando-se o homem que nos tivera dado uma recordação do momento, mas o assustara, como se ele não fosse o homem habituado às ruas já perigosas do Rio de Janeiro, mas o menino apanhado de surpresa no seu *«primeiro alumbramento»*, espreitando *«uma moça nuinha no banho»,* ou a moça espreitada, se tivesse visto o mesmo menino em estado — que esplêndido eufemismo — de primeiro alumbramento.

De uma outra vez estávamos no pequeno hotel, se bem me lembro, de Kensigton, quando chegou o recado, por mensageiro, de que o ilustre Stephen Spender (poucos poetas e escritores, supostos tão ilustres como os seus grandes companheiros de geração, têm sabido sobreviver melhor à própria mediocridade do que este habilidoso dos *bas-fonds* da literatura e da política, à custa de haver escrito um par de poemas memoráveis, e de haver servido os senhores do mundo), sabedor de que Bandeira estava em Londres, e porque dava um *party* em sua casa, convidava o confrade brasileiro a partilhar dos *drinks* dos seus visitantes. Não muito antes, Spender havia estado no Brasil, e fôra lá recebido nos meios literários com clangores de trombetas; e, ao que parece, Manuel Bandeira, vinte e três anos mais velho do que ele, e membro excepcional daquela geração de Eliots à sombra dos quais Spender se fizera, havia gentilmente condescendido em «receber» cariocamente aquele embaixador da poesia inglesa. Sendo Bandeira quem era, e havendo chegado a Londres, quem lhe devia uma visita, nos termos mais elementares da grata cortesia, era obviamente o próprio Spender. E assim reagiu, muito serenamente, mas com tremenda firmeza, Manuel Bandeira, dizendo ao mensageiro (que por certo não terá repetido tão duro recado ao Stephen): — Diga a ele que, quando ele esteve no Brasil eu o recebi muito bem, do que me não deve nada. Mas eu sou mais velho do que ele quase vinte e cinco anos, tenho na poesia de língua portuguesa uma posição que ele não tem na de língua inglesa, cheguei a Londres, e se quer me ver estou aqui no hotel —. E não se falou mais em Spenders. Esta anedota não representa, de modo algum, um Bandeira vaidoso e vão, fazendo de prima-dona lá onde ninguém sabia quem ele era. Mas muito simplesmente um grande poeta pondo no seu lugar, e no devido respeito por ele mesmo e por sua língua, quem, fosse ele quem fosse, a tal respeito faltasse do alto do snobismo britânico.

De uma outra vez, porém, reagiu a um convite de maneira inteiramente oposta. E foi quando a grande Edith Sitwell desejou conhecê-lo (e ele não desdenhava de conhecer quem era um grande poeta, uma grande senhora, e da sua idade, apenas mais nova do que ele alguns meses). Dessa vez, Bandeira deslocou-se ao clube londrino, daqueles reservados e na verdade pensões de família para os eleitos da sociedade, em que ela habitava, quando estava em Londres. Eu contei este encontro dos dois monstros sagrados, a delicada dança de elefantes brancos que dançaram, um diante do outro, nessa ocasião memorável de entendimento e refinada coexistência profunda. Foi em artigo publicado, logo depois, em Portugal, e que se extraviou dos meus artigos dispersos pelo que não posso citar com exactidão o que tem seu interesse, tratando-se do encontro de dois poetas muito grandes, que não foi nem banal, nem mundano, nem uma competição de grandezas, e sim um perfeito encontro de dois eminentes cidadãos do mundo da poesia, e daqueles que haviam, cada qual por seu lado, contribuído decisivamente pelo exemplo e pela acção, para a criação, desenvolvimento e prestígio do Modernismo.

Numa manhã londrina que recordo dourada das vagas brumas outonais, levei-o a visitar a Abadia de Westminster, catedral imensamente gótica, que foi panteão de reis, o tem sido de homens ilustres, e, nos séculos XVII e XVIII, o foi também de quem tinha dinheiro para comprar lá o lugar para um túmulo pomposo. Em tempos recentes, além de toda a tumulação multitudinária que a acima descrita acumulação implica, ainda há o gosto britânico pelos cenotáfios ou só as placas de homenagem, recordando, no «panteão», outros insignes que ali não jazem (como por exemplo é o caso agora do grande Byron que, chorado pelo mundo inteiro e pela Inglaterra também, tendo morrido naquela Missolonghi grega que tornou célebre por isso mesmo, não foi autorizado a entrar na abadia, para fins sepulcrais, «satânica e viciosa» criatura, ateu e tudo, que teria sido — e recentemente, como muitos outros, lá tem a sua lapidezinha). Tudo isto faz da enorme catedral uma coisa estranhíssima, inteiramente diversa do que a gente pensa de uma catedral antiga e jazigo de reis, e quando muito também de alguns sujeitos mais ou menos génios reconhecidos nas artes todas, desde a de escrever versos à de matar gente em batalhas. Porque aquela tumularia e jazigaria atravanca tudo, cobre as paredes e o chão, e dá ideia de que se tentou o impossível para meter, dentro de uma grande estrutura gótica, um cemitério burguês. Mas o interesse artístico do edifício e de muito deste material funéreo, mais o histórico ou sentimental de ver aonde jazem tantos criaturos de quem a gente leu, ou a quem leu, tornam a abadia ponto obrigatório. Está ela cerca de outro obrigatório ponto de visita que são as imensas Casas do Parlamento, também imensamente góticas, e que toda a gente conhece das fotografias turísticas de Londres. Só que o gótico delas é a mesma imitação delirante do antigo, que, no século XIX e ainda mais tarde, tem criado pelo mundo alguns mastodontes arquitectónicos completamente falsos, muitas vezes sem conexão alguma com o lugar aonde os puseram, como é o conspícuo caso da catedral de São Paulo, na capital idem, lá onde o gótico que houve só pode ser uma variedade de *O Guarani* de Alencar, que nem na Idade-Média se passa. Para não mencionarmos a multidão de igrejas e igrejinhas de todos os credos que cobrem a América do Norte com o seu gótico de armarinho. Posta esta esclarecedora digressão, e antes de, conscienciosamente, eu ter guiado Manuel Bandeira por entre os labirínticos caminhos da Abadia, para ele não perder tempo encalhado, nem se cansar (suma preocupação sua de todos os momentos), ante marmóreas absurdidades imortalizando criaturas ignotas, estávamos nós à beira do meio-fio, preparando a travessia até às gigantescas naves. E, de súbito, o trânsito parou, meia dúzia de gatos mais curiosos pararam ali na beira aonde estávamos, e, com o solene aparato de outras eras, com coches e tudo e muitas cavalarias, a Rainha do Reino Unido, vulgo Inglaterra (e a Escócia e Gales que não nos ouçam) passou para, suponho eu, ir inaugurar o ano académico dos parlamentares, ou coisa parecida que acontecia naqueles monstros pseudo-góticos às margens do Tamisa. Bandeira ficou contente, achou graça à coincidência; e escreveu uma crónica — *Eu vi a Rainha* — consignando o acontecimento em conjunto com alusão à minha ciceronizagem (de *cicerone,* e não directamente de Cícero) histórico-artística, a qual lhe fez declarar que eu tenho uma *memória de anjo*. A qual memória ainda um pouco que conservo, embora não possa, por modéstia e consciência gostosa das minhas impurezas, aceitar que seja de anjo. A crónica é muito graciosa, mas por certo não direi, só por eu vir nela, que é daquelas suas obras primas do género, que ele muitas vezes soube criar. E não a refiro para referir-me; mas porque ela reflecte o apurado e informado gosto culto com que Manuel Bandeira percorreu a Abadia, o encantamento do menino nascido ainda no tempo do Imperador, o Senhor D. Pedro II, ante ver passar uma rainha reinante de verdade, com pompas de antiqualha, e, se mo permitem, o ter fundido tudo numa prosa que não contém nada daquele pseudo-orgulho anti-europeu do falso pan-americanismo que incita e explora o isolacionismo cultural das Américas, para que os donos delas melhor as arrasem e devorem. Disso, tão profundamente brasileiro que era, tão ciente de Américas como também era, não sofria Manuel Bandeira.

Já antes da partida dele para a Europa, ao embarcar-se no paquete cuja travessia lhe inspirou tão magníficos versos, estava eu ainda em Portugal, e em Lisboa e mais partes anexas se sabia que Bandeira preparava viagem ao velho continente. O entusiasmo era enorme (e outros grandes brasileiros que lá foram, ou lá estiveram em décadas recentes, sabem como isso é verdade, e nem sequer a disseram toda em suas memórias, se as escreveram), a movimentação preparatória também — eu, que acompanhei Erico Veríssimo na sua peregrinação lusitana, por cidades e vilas do país, com gentes à entrada das povoações ou ladeando as ruas, para aplaudi-lo, como nem sempre acontece a Chefes de Estado, sei, como ele soube, o que isso é. Mas o entusiasmo e a movimentação, como geralmente sucedia naqueles tempos de Salazar, eram duplos e antagónicos. De um lado moviam-se criaturas que eram mandatários do Governo, e queriam enrolar o poeta oficialmente, isolando-o de contactos mefíticos, e capitalizando a sua presença que significaria como que uma benção por parte de um glorioso nome do Brasil. Do outro lado, moviam-se os da «oposição», que não era que quisessem a benção do poeta, porque dela faziam parte todos aqueles que, de uma maneira ou de outra, a haviam já recebido pelo correio alguma vez, e todos quantos o admiravam sem reservas (mas não queriam que o governo salazarista tomasse conta dele). Esta situação aterrorizou o poeta que se viu, com a sua precária saúde (explicação que ele dava para tudo, e também a si mesmo), esquartejado em público pela portugalhada; e incapaz de resistir e flutuar, com a dignidade que era a sua e ele não queria manchada ou comprometida. Apenas referindo como temia a falta de calma e de sossego, pelas numerosas e inevitáveis homenagens e banqueteações, que a visita acarretaria, era o que ele, hesitante, dissera em carta, por exemplo, a meu sogro, homem da sua geração quase, e seu amigo, o compositor e folclorista

Armando Leça, personalidade a-política. Isso e o mais me dizia a mim, em Londres, discutindo o assunto — e eu recebera de muita gente «oposicionista» a incumbência de convencê-lo, ainda que, no caso, eu não admitisse exploração alguma do velho ilustre, e realmente quisesse significar o quanto o admirávamos, como ele aliás bem sabia. E, nas suas andanças europeias, acabou por não ir, como ficou óbvio que não iria, quando nos falámos pela última vez em Londres, mal sabendo eu — ou ele — que, dois anos depois, quem estaria no Brasil era eu mesmo. É certo que, não indo a Portugal (de cuja liberdade então inexistente ele falou tão oportunamente naquele poeminha, dirigido ao General Craveiro Lopes, quando o presidente português visitou o Brasil, para grande gáudio dos salazaristas), ele não sancionava com a sua presença e uma inescapável glorificação pública a sua fama e o seu prestígio portugueses, e não adicionava essas parcelas ao não-anti-portuguesismo que era a sua atitude (no Rio, era fácil encontrá-lo, pela tarde, na Livraria Livros de Portugal, farejando as magras novidades que chegavam ao Brasil). E assim procedendo, do mesmo passo que se poupava a lusos incómodos, não corria os riscos que tão longamente perseguiram ou ainda perseguem Cecília Meireles ou Ribeiro Couto, e até Murilo Mendes, suspeitos de excessivas e impróprias simpatias portuguesas. Não menciono os romancistas, tão editados em Portugal, mas exemplo crucial para o caso: por anos e anos, ao registarem em seus livros as diversas edições estrangeiras de que eles eram objecto, não mencionavam uma única das numerosíssimas que os livros tinham em Portugal (o que menos indicaria lusofilia deles do que colonização cultural de Portugal pelo Brasil, ponto de ponderar seriamente). Nem pela cabeça me passou ou passa que Bandeira tivesse ponderado esses riscos, acima dos quais a sua unânime glória já pairava; mas não é de excluir que, nos seus desejos de paz e respeito, algo andasse no subconsciente de um poeta que nunca tirou dos seus poemas completos as homenagens esplêndidas a poetas portugueses, como Camões ou António Nobre, um o máximo Padre da língua, e outro aquele jovem tuberculoso que não viveu oitenta anos e pico, era só dezanove anos mais velho que Bandeira, e que foi, para os simbolistas e post-simbolistas portugueses e brasileiros, a personificação mesma da *cinza das horas* breves da vida humana.

Porque me alarguei tanto em referir anedotas ou simples circunstâncias de quando conheci e primeiro, em Londres, convivi com Manuel Bandeira, em lugar de explorar os seis anos durante os quais, com pontual regularidade, estando primeiro no Rio aonde não sabia se ficaria, ou lá indo depois que me fixei em São Paulo, tantas vezes e tão diversamente o vi? Por me parecer que tais anedotas iluminam obliquamente o homem que, coitado, ainda conservava no bolso a caixinha de prata para escarrar, desde aqueles tempos em que um tuberculoso era um pestífero mais condenado à morte que todos nós, que não escaparemos à visita da *iniludível,* mas nem todos teremos, como ele tinha, sempre pronta para a ocasião, «*A mesa posta, | Com cada coisa em seu lugar*». E as primeiras impressões que recebemos de uma pessoa que já conhecíamos mas não havíamos visto são decisivas, principalmente quando tantos, mesmo dos maiores, nos enganam com a sua presença e o seu comportamento externos. Manuel Bandeira era, porém, exactamente ele mesmo, sem representar de «poeta», e mantendo naturalmente certa ambiguidade entre o «eu» que escrevera do mais belo da língua portuguesa, e o «eu» que havia dentro desse outro, e o «eu» que ele e o seu tempo se haviam feito, e a vida havia esculpido naquela face cheia, de traços marcados e também suaves, em que os óculos serviam para tudo.

Em 1959, ao ser convidado pelo Brasil a tomar parte no Colóquio Internacional de Estudos Luso-Brasileiros, que então se realizaria na Bahia, a possibilidade de sair do país era-me mais do que conveniente: e, se factível, a de quedar-me no Brasil. Para ser franco, se muitas vezes desejei viver noutra parte ideal que não o Portugal aonde nasci, nunca tentara a sério a aventura, pela numerosa família a transferir. Todavia, naquele ano perigoso de 1959, o convite caía do céu; e eu nunca mais voltara — e como, sem os governos a pagarem-me o bilhete? — àquele Brasil que visitara uns vinte anos antes, e sempre ocupara particular espaço no campo dos meus interesses. Fui à Bahia; e, com vários outros convidados, trazido ao Rio de Janeiro, para passeio e conferências na Universidade do Brasil. Já então vários contactos e hipóteses se haviam estabelecido, por parte de amigos (ou nem sequer ainda) brasileiros e portugueses do Brasil, para conseguir-se um modo de ganhar a vida, lá ficando. Durante um tempo, vivi no Rio, no Leme, ocupando o apartamento de Raquel Moacyr e Adolfo Casais Monteiro, o qual estava então na Bahia, em cuja universidade ensinava; e, entretanto, optei por ser professor da Faculdade de Filosofia, Ciências e Letras de Assis, que se iniciava e desenvolvia como nova experiência de orgânica universitária, em lugar de ficar no Rio meio como jornalista e meio como professor, ou de aceitar a amiga e insistente oferta, entre outras, da Universidade do Ceará. No Rio, brasileiros espantavam-se com a minha loucura de ir enterrar-me no sertão, lá onde as cobras passeariam na rua. Devo dizer que, se bem que não tenha penetrado a selva amazónica, nunca vi serpente não-humana no Brasil, a não ser no Butantã de São Paulo, ao contrário da ideia que, por exemplo, norte-americanos (cobertos de cascaveis ao pé de grandes cidades) fazem das brasílicas plagas, compartilhada por alguns citadinos brasileiros sem experiência da roça ou da fazenda, ou já esquecidos dessas coisas tão folclóricas e sobretudo tão patriarcais para quem as possui. Chegado ao Rio, uma das primeiras coisas que tratei de fazer foi telefonar a Bandeira, para ir visitá-lo: e ele deu-me minuciosas instruções desnecessárias no que se referia a encontrar o seu apartamento, mas altamente necessárias para enfrentar os caprichos insólitos do elevador do prédio. Com efeito, como quantos subiram ou desceram nele para visitar o «Manuel» por certo recordarão com risonha tranquilidade ou ainda angustiado terror, esse elevador era uma peste sem remissão. Vinha quando queria, ia quando lhe apetecia, e, o que é pior, só parava no lugar certo se para tal estava disposto, ou se a gente o enganava com o segredo comunicado por Manuel Bandeira, e com a maior destreza praticado pelo poeta, afinal tão sabido em caprichos da alma humana como nos de elevadores supostamente serviçais. Ao passar-se pelo andar, a gente entalava no fecho da porta um cartão qualquer, e o desgraçado parava mesmo. Quando a gente se ia embora, Bandeira ele mesmo saía a parar o maldito para embarcarmos e descermos. Durante mais de um mês que estive então no Rio, várias vezes o visitei, ou nos encontrávamos em lugares que ele designava, para um «bate-papo». E logo nos primeiros tempos, ele fez questão de me oferecer um jantar formal que a gentilíssima senhora que eu conhecera em Londres deu no apartamento dela. Por sinal que, esse belo apartamento de Copacabana tinha à frente uma daquelas imensas gaiolas de mini-apartamentos, aonde mal cabiam duas pessoas, e nos quais viviam, como suponho que ainda hoje vivem, muitos que dão o que não têm para viverem naquele centro do mundo. Cada janela iluminada naquela noite que estava quentíssima era uma criatura de qualquer sexo, movendo-se na sua cela. E nós e um par de convidados tomávamos refrescantes bebidas preliminares na varanda, em frente daquele mar de formigas assando ao calor que fazia. Por isso, grande parte delas, e sem preocupar-se com o prédio em frente aonde estávamos nós, andava em pêlo no espaço que lhe competia. Eu, que vinha das então recatadas e hipócritas Europas, e só por acaso na Inglaterra, olhando para a vizinhança que nunca corre as cortinas, havia visto, assim sem mais, alguma impropriedade pública, estava para a minha vida, e apontei aquilo a Bandeira. Ele ficou-se olhando, numa diversão imensa, que ao mesmo tempo era uma naturalíssima aceitação de tudo. E viemos para dentro jantar.

Arrostara eu com aquele elevador que parecia ter-me especial embirração, um dia, e Bandeira preparava-se para o que ia ser e foi parte — ou tudo, ou o final, não recordo já — da filmagem daquele esplêndido e tão comovente documentário sobre ele que Joaquim Pedro de Melo Franco de Andrade estava fazendo. O cineasta, muito jovem então, estava com um assistente, e acertavam ou iam filmando o que só muito depois vi, numa das Bienais de São Paulo, juntamente com outro documentário de Joaquim Pedro, este sobre Gilberto Freyre, em que esta figura ilustre, a quem por chiste chamavam o Papa de Apipucos, aparecia, e os dois documentos cinematográficos eram como o dia e a noite: aqueles dois nordestinos, um era a solidão e a austeridade de um viver-se de quase nada, o outro era a naturalidade oposta do grande senhor como de engenho, vivendo em grande estilo. Não sei que é feito desses filmes, que não voltei a ver. Recentemente, em Los Angeles, o escritor Fernando Sabino apresentou vários documentários, mas não o de Bandeira, que, todavia, no catálogo dessa colecção figura. Sabino, cujo *O Encontro Marcado,* com a presença dele, muitos anos antes eu lancei em Lisboa, como director literário da editorial Livros do Brasil (eu, o director chamado a repor na pristina prosa dos originais as obras revistas para edição portuguesa, como o foram, sem que a prática voltasse a repetir-se), disse-me que o filme, comprado pela firma que ele representava, tivera de ser «arranjado», se bem entendi o que ele me explicou. A pergunta que eu fizera acerca do filme tem para mim, e para as relações de Bandeira comigo, alguma importância, se bem que eu não tenha nenhuma para a imortalidade dele. É que, sem nada dizer nem sublinhar, Bandeira pegou de um livro que, em algumas cenas do filme, ele levava na mão. E esse livro era a minha colectânea de ensaios *Da Poesia Portuguesa,* publicada em 1959, se é que não foi, por incerteza da minha memória não-angélica, outra, *O Poeta é um Fingidor,* de 1961, em que está a minha conferência sobre Bandeira. No que a este respeita a circunstância não vale pelo autor que eu era. Mas parece-me não ser indiferente ao conhecimento de tão grande homem e poeta notar-se que ele ou escolheu um livro que tratava, na visível capa, de «poesia portuguesa», ou outro que proclamava o verso famoso (e tão incompreendido) de Fernando Pessoa. Não sei se essa sequência sobrevive no arranjo que, segundo parece, foi feito na película. E, é claro, quem não reconheceria num relance a capa de um seu livro, tendo-a visto na mão do filmado, durante a filmagem? Depois, mencionei, gratamente e surpresamente, o facto a Bandeira; e ele limitou-se a fitar-me por detrás dos seus óculos, e com a boca sem abrir-se num sorriso.

Sempre que eu ia ao Rio, e durante os meus anos de Brasil tal viagem era muito frequente, ou porque eu ia fazer pesquisas na Biblioteca Nacional, ou ia tomar parte em reuniões de uma comissão do Ministério da Educação, ou estava de passagem entre São Paulo e o tanto Brasil que percorri, nos encontrávamos várias vezes, ou em casa dele, ou em livrarias de onde depois íamos andando por Ruas do Ouvidor ou Avenidas Rios Brancos, indiferentes mas não desatentos à humanidade que se acotovelava ou nos acotovelava. Bandeira, sem fazer esforço algum de esgueirar-se por entre a multidão que se cruzava em sentido contrário, ia andando sempre, e continuando esparsamente uma conversa impossível. Impossível por várias razões: não só a de não ser fácil que nos ouvíssemos ou não perdessemos o fio dos nossos discursos no novelo urbano das ruidosas ruas, como pelo simples facto de que ele era surdíssimo e o ia sendo cada vez mais. Mesmo lado a lado, na calma isolada do seu apartamento, ou na relativa de um canto de livraria ou de café ou salão de chá, Bandeira não ouvia metade do que a gente lhe dizia, deduzia um mínimo indispensável, relacionava isso e o que entendia dos outros com o que lhe aprazia dizer, e conversava por conta própria. Se às vezes a gente discordava do que ele afirmava (e, na sua afabilidade, havia uma grande rigidez de opiniões, para não falarmos de que essa rigidez, nos últimos anos da sua vida, se endurecia sobretudo politicamente), Bandeira não dominava alguma irritação menos dirigida contra o interlocutor do que contra o facto de este, subitamente, ousar não se enquadrar no papel que ele lhe distribuíra. Mas isto dizia respeito só ao plano das opiniões e juízos, que jamais ao das pessoas mesmas ou às vidas delas. Claro que, ao falar-se com Manuel Bandeira, não passava pela cabeça das pessoas contraditá-lo: eu disse acima «discordava», o que ainda é excessivo, porque, na verdade, nunca se ia além de uma breve e quase inarticulada indicação de discordância. De resto, a menos que de alguma política se tratasse, não havia razões para tal: o conhecimento, a compreensão, a informação, a segurança de gosto, no que se referia ao literário e sobretudo ao poético no tempo e no espaço, eram nele quase infalíveis — e é de dizer «quase», porque ele tinha uma que outra embirração a certas obras e autores — e principalmente imensas. E, por outro lado, quando não se era de idade próxima da dele, se não fora mais ou menos seu relativamente íntimo por décadas, ou se não é (como eu nunca fui) daqueles mais jovens que sabem tomar de assalto alguns dos patriarcas e instalarem-se-lhe na aceitação benevolente, creio que discordar de Bandeira não passaria pela cabeça de ninguém. A surdez complicava as coisas, e creio aliás que ele se treinara a usar dela com suma e consumada arte. E duvido bastante de que mesmo os amigos velhos ousassem muito (aí estão correspondências para prová-lo) opôr-se a quem, desde tão cedo, e com tão desarmante simplicidade, se colocara na posição de menino frágil, angelicamente caprichoso, e divinalmente gracioso e sério, assim como o meio termo entre todas as representações do Amor todo poderoso, desde o inocente bambino cupidíneo, passando pelo anjo que brande a seta para penetrar Santa Teresa (como ela conta e Bernini representou), até ao Eros Thanatos que se esconde na resignação tão humana com que o poeta, durante a vida inteira, se preparou para a morte que o conhecia tão bem e tinha tanto respeito, que, tendo-o primeiro visitado quando ele tinha apenas dezoito anos, só realmente o levou sessenta e quatro anos depois. Este convívio do poeta e da morte é perfeitamente excepcional, pois que poderíamos dizer que coincide exactamente com a inteira vida de Bandeira enquanto poeta: desde que ao terminar a adolescência o poeta sai da sua crisálida, até ao momento final. E por certo contribui para explicar o homem e o poeta que ele foi: tão liberto da vida e tão amante dela, tão rigoroso da expressão quanto audacioso em inventá-la, e tão sabedor de que o tudo e o nada são talmente a mesma coisa, que tanto faz ouvir os outros como não ouvi-los, uma vez que nos cumpre ouvir mais dentro deles do que eles mesmos.

Escrevo este memorial trinta e três anos depois de pela primeira vez ter escrito sobre um dos poetas que mais admiro, poeta que, curiosa coincidência, era trinta e três anos mais velho do que eu. Tal prosa é escrita exactamente vinte anos depois que o conheci pessoalmente, e doze de que o vi pela última vez. Eu sei que estas numerologias fazem rir os «espíritos fortes», entre os quais eu próprio me conto. Mas igualmente fazem tremer os espíritos incertos do que haja ou não haja e como, entre os quais também me conto. Manuel Bandeira nem riria nem ficaria temeroso: sorriria apenas, ou fitaria, sem sorrir, por detrás dos óculos que só lhe serviam para ver as coisas e as pessoas mais imediatas e praticamente necessárias à solidão da vida. Por isso, prefiro terminar este texto publicando nele três poemas inéditos sobre Manuel Bandeira. O primeiro, escrito em 1956 aos seus setenta anos, mandei-lho de Lisboa. O segundo, escrito em 1961 no Brasil, mostrei-lho, e faltei depois à promessa de lhe remeter ou dar uma cópia. Não publiquei nunca um ou outro, por me parecer então algo ridículo, a menos que em conjunto harmónico de vários poetas, celebrar aniversários do poeta, quando Carlos Drummond de Andrade saudara definitivamente tais efemérides «emanuélicas» com a sua magnificente ode ao seu 50.º aniversário. O terceiro e último, escrito na América em 1969, foi-o nas circunstâncias que o próprio poema refere, e à morte dele. Guardara os três poemas para a colectânea dos meus estudos sobre a literatura brasileira, aonde eles ficariam bem de apêndice aos dois estudos que lhe dediquei. Uma vez, porém, que me é pedido agora que fale dele (e em tais coincidências de magos números), parece-me desculpável e — mais — devido que os insira aqui. Pouco me importa o que se pense deles como poemas de um poeta da literatura portuguesa, que o Brasil, por mão e pena dos especialistas respectivas, têm feito todos os esforços por ignorar como escritor. Importa apenas que são homenagem a um dos maiores poetas da língua portuguesa neste século, e a um dos maiores que o Modernismo produziu em qualquer língua. E estou certo, como outros não podem estar, de que estas modestas flores celebratórias ou funéreas são gratas a Manuel Bandeira lá onde ele foi ser um dos mais moços dos anjos. E se não há aonde o tenha ido ser, tudo — cá e lá — é a injustiça que estamos fartos de saber.

Nos Setenta Anos do Poeta Manuel Bandeira

A tua voz, ó poeta, não pode envelhecer,
se envelhecer é não sentir as graças da linguagem
ou recordar não quanto se recorda mas
quanto de nós é recordar a vida,
como se humanos fôramos sozinhos
sem outros que viveram, que sofreram, que
escreveram versos quais os teus resumem.

Porque é de nós esse dizer do mundo
em que não há quem não reviva em verso
a vida que perdeu nos versos que ideou.
Toda a poesia a ti concorre, toda,
e tu, singelo e humilde, sábio e juvenil,
a pegas delicado em teu fervor sem mácula,
e a ressuscitas nova, em português, eterna.

Do poço fundo de silêncio e sombras,
da noite ambígua de monstruosas trevas,
do claro dia que hesitante cai,
da beira-mar tão triste que daí contemplas,
a minha voz sozinha te dirijo,
para que a vejas, a recebas, nessa
alegria de estar vivo e ouvir
a música pensada, a música secreta,
no coração que se abre às vozes e aos sentidos,
a tudo o que de humano passa e fica em ti.

E deixa-me dizer-te, meu Amigo e Mestre,
um obrigado simples, sem pensamento ou forma,
um obrigado apenas, porque existes,
e porque não foste embora p'ra Pasárgada,
e a deste contigo francamente a todos nós.

(19/4/56)

Nos Setenta e Cinco Anos do Poeta

Em teu último poema, tu dizias
da morte, que não é milagre algum,
e antes o fim de todos os milagres.

Olháva-la nos olhos, com coragem
de quem muito viveu com as palavras.

De um milagre, porém, porque escrevias,
tu te esqueceste, poeta de Pasárgada,
e que a morte nada contra ele pode.

Porque escrever é morte, mas o escrito,
se o foi por ti, Manuel, não morre mais.

(15/5/61)

Morte de Manuel Bandeira

Só hoje, depois de muitas aulas de um curso
sobre a poesia dele, folheando poemas seus,
tive subitamente consciência da sua morte,
há mais de um ano, longe, apenas notícia.
Não é essa coisa eventual de notar-se, consabido pasmo
(e a frustração do que jamais vai repetir-se),
que não mais torno a vê-lo e à sua humanidade,
à sua gentileza firme de menino egoísta,
e à surdez com que em verdade não ouvia ninguém
senão a vida e a morte. No fim de contas,
há centenares de poetas que nunca conheci, que admiro,
e que nem sequer estou certo de valer a pena
havê-los conhecido: seriam suportáveis,
humanamente suportáveis, o Dante ou o Camões?
Não: o que de súbito encontro é um vazio
maior. Morreu. Não dirá mais nada,

nada sentirá que nos revele. Os poetas
morrem como toda a gente. A poesia deles
fica, e morrerá mais tarde, como tudo
morre. Mas que um que está connosco
morra inda que velho, e não seja mais
quem escreverá, se ainda escrever: se cale —
— e a gente saiba pelas notícias como se calou —
é a morte, a pavorosa, a estúpida, a grosseira.
O fim de todos os milagres, que ele bendisse.
O horror de descobrir-se no que fica
quanto morreu quem fez o que ficou.

(22/11/69)

Santa Barbara, California, Setembro de 1977.

IV

PREFÁCIOS, RESENHAS, VERBETES E OUTROS

UMA ANTOLOGIA DA POESIA BRASILEIRA MODERNA, OU DA TÉCNICA ASSOCIATIVA DA CELEBRIDADE

Há, na cidade de S. Paulo do Brasil, uma organização estranha, chamada Clube de Poesia. O Clube — e eu transcrevo de uma notícia redigida na origem — «constitui-se de cinquenta sócios efectivos, além de alguns sócios honorários e correspondentes», e nasceu da realização de uma tese aprovada num congresso, também de poesia, que houvera antes. Eu não sou o que se pode dizer uma pessoa contrária ao espírito associativo; e até acho perfeitamente dentro do espírito dos tempos que vamos vivendo, esta efervescência poética, que se derrama em congressos, associações internacionais, e até clubes, onde uma pessoa poderá beber descansadamente, longe do profano vulgo, uma cerveja entre as leituras de dois poemas, ou vice-versa. É naturalíssimo que, numa época em que as pessoas ainda anseiam, anacronicamente, por notabilizar-se, se vejam forçadas, ante a ascensão das massas numerosas e anónimas, a recorrer associativamente à celebridade, já que, individualmente, ninguém é hoje reconhecidamente célebre senão para os especialistas de igual matéria. Temos, pois, que a poesia se propõe ser pelo menos uma especialidade associativa. Eu concordo que o seja; entendo mesmo não ser possível julgá-la tecnicamente sem um mínimo de consciência profissional (o que, evidentemente, não proclama o exclusivo, para os poetas, do estudo da poesia, mas aconselha a conveniência e aponta a vantagem de eles não deixarem ao cuidado dos outros uma experiência ou a explicação de uma experiência que lhes é própria). O que, no supracitado clube me faz espécie, é principalmente aquilo de «se constituir» de cinquenta sócios efectivos, que me cheira a limitação pedantemente académica, ainda quando esses cinquenta fossem, no acto da «constituição» e por consenso mútuo, os cinquenta maiores de todos. Quanto ao mais, tem uma associação possi-

157

bilidades cooperativas de acção e representação, que, no mundo actual, multiplicam, neste caso por 50, as possibilidades individuais.

E, assim, o Clube de Poesia de S. Paulo meteu ombros a uma meritória tarefa: a de editar, com o patrocínio oficial do Município paulistano, uma antologia da poesia brasileira moderna que, em que nos pese pelos defeitos que lhe encontremos, será por muito tempo um utilíssimo livro. Utilíssimo a todos os títulos: como instrumento de informação, como exemplo das predilecções da chamada geração de 1945 e como repositório dos sócios do Clube, no qual, quero sinceramente crer, se encontrarão arrolados efectivamente, honorariamente ou correspondentemente todos os poetas modernos de mérito e do Brasil.

Precedida por um confuso ensaio do Snr. Carlos Burlamaqui Kopke, membro do Conselho Directivo do Clube e organizador da antologia, esta pretende dar um panorama da moderna poesia brasileira, desde 1922 a 1947, ou seja incluir todos os poetas de renome, desde Manuel Bandeira (nascido em 1886) a Lêdo Ivo (nascido em 1924), num total de 63 poetas, representados por cerca de 170 poemas ([1]). Isto corresponde, nos 25 anos cobertos pela antologia, à aparição de 2,52 poetas por ano, e a uma representação de 2,7 poemas por cabeça. O primeiro destes números garante, dentro de 20 anos, a renovação total dos efectivos do Clube; o segundo permite verificar, pelas suas representações com um número de poemas superior ao arredondamento para 3, quais os poetas considerados ainda ilustres ou já mais que esperançosos. São eles: com 9 poemas, só Manuel Bandeira; com 8, Mário de Andrade e Múrilo Mendes; com 7, Carlos Drummond de Andrade; com 6, Cassiano Ricardo, Cecília Meireles e Vinícius de Morais; com 5, Augusto Frederico Schmidt e Jorge de Lima; com 4, Bueno de Rivera, Dante Milano, Domingos Carvalho da Silva, Geraldo Vidigal, João Cabral de Melo Neto, Lêdo Ivo e Péricles Eugénio da Silva Ramos. Figuram, com menos poemas, alguns poetas tidos por notáveis ou extremamente significativos, como Raul Bopp, Ribeiro Couto e Emílio Moura. E são omitidos Adalgisa Nery, Eduardo Guimaraens, e a delicadíssima Oneyda Alvarenga de *A menina bôba,* entre outros.

Optou o organizador do volume pela sobreposição de dois critérios: o de ordenação cronológica, segundo a data da primeira publicação, ainda que avulsa, dos poemas escolhidos, e

---

([1]) Américo Facó (1885-1952) parece-me um simbolista retardado, que só o critério cronológico levou a incluir no volume.

158

o da dupla classificação dos poetas por gerações (de 22, de 30 e de 45) e por especialidades (tendência nacionalista, regionalista, etc.; tendência universalista, espiritualista, etc.; tendências várias). Da sobreposição dos critérios resultaram três partes para o livro. A 1.ª parte (1922-29), dedicada ao advento do modernismo, inclui 29 poetas diferentes, nas várias tendências, e corresponde sensivelmente a 4 poetas por ano. A 2.ª parte (1930-44), durante a qual é mantida a representação de vários da anterior, regista, no entanto, uma média mais baixa: 3 poetas por ano. Quanto à 3.ª parte (1945-47), em que avultam 26 poetas, teremos de registar, esquematicamente, a aparição de 9 poetas por ano, o que sempre dará uma ideia estatística da esperançosa proliferação poética do País irmão, sobretudo se notarmos que, a 9 páginas por ano nas partes anteriores, correspondem agora 25 páginas — sinal certo e matemático de que, ao número das pessoas, se acrescenta a garantia do volume e qualidade da produção mais recente, comparativamente à anterior. Porque eu não quero suspeitar da existência oculta de um critério de actualidade, numa antologia imparcialmente dedicada ao «conhecimento científico e metodológico da obra poética». Com efeito, que culpa têm os mais jovens poetas notáveis de se acharem a si próprios notáveis, quando muitos deles, como um Domingos Carvalho da Silva, o são de facto? Que culpa têm de pertencer ao Clube ou mesmo à direcção dele, senão a que lhes advém naturalmente do facto de ser de Poesia o Clube? E não concluamos estas considerações sem registar que o volume foi enriquecido com as efígies dos poetas incluídos, e com utilíssimas, ainda que necessariamente resumidas, notas bio-bibliográficas. E sem frisar que a escolha dos poemas de cada poeta, apesar da distribuição complicada daqueles pelas partes e sub-partes do livro, é de uma maneira geral feliz para os poetas que, é claro, tiveram representação compatível com essa felicidade.

TROVAS DE MUITO AMOR

PARA UM AMADO SENHOR — HILDA HILST

Na fluência subtil destas palavras simples, que parece imitar, porque a recria, uma tradição portuguesa de expressão e de sentimento poético, a qual não existe, há uma íntima actualidade, uma lúcida vivência, sem as quais a recriação de uma linguagem não teria sentido. A musicalidade erótica, o amor que se compraz de si mesmo, a feminina displicência da maior dedicação, o metro curto e ondulante, a pausa irónica ou dorida, uma virilidade que raciocina don-juanescamente sobre o próprio desejo, uma volúpia sentimental, uma substituição da satisfação amorosa pela meditação poética, diz-se de tudo isto, ou se poderá dizer que se pretendeu sempre mais ou menos afirmá-lo, que são características do lirismo português, um lirismo sem mais paisagens que as da alma, sem outros horizontes, mesmo ocultos, que os do corpo. Mas será assim?

Também uma veemência apaixonada, uma epidérmica rememoração de desejos frustrados, um gosto doloroso do desencontro, uma futilidade sexual (ao mesmo tempo astuciosa e modesta), uma petulância que alterna com desbragamento cínico, poderíamos dizer que eram características de uma linguagem amorosa portuguesa, desde os cantares de amor e de amigo até os mais recentes poetas, passando pelo Cancioneiro Geral, Camões, Garrett, João de Deus, Florbela Espanca, António Botto e, se a poesia, para efeitos de amor, for entendida em sentido mais lato, Mariana Alcoforado.

Em todos os que (que não a Alcoforado...) em português e em verso falaram de amor, poderemos encontrar uma diversidade enorme de todos os aspectos que enumeramos, variando com os tempos e as situações vitais, já que o amor, na poesia um ideal tão alto, é tão na vida gesto que se aprende, sensação que se apura, sentimento que se educa, relação que se sujeita.

Se, em Portugal, essa diversidade enorme nos ilude com uma tradição, é porque, da malícia das quadras populares às estrofes celestes da *Elegia de Amor* de Teixeira de Pascoaes, dos requintes intelectuais dos Cancioneiros e de Camões aos ardores erótico-místicos de um José Régio, a língua poética evoluiu muito pouco como a sociedade educada que a usou, e se deu nela um afinamento por demora e por uso, que molda o próprio jeito de sentir, as mesmas preferências do dizer.

E assim, quando em português de amor se fala, de ambos os lados do Atlântico, e ainda que uma Alsácia exista em nosso sangue como é o caso de Hilda Hilst, perdidas na fluência subtil as ciências das culturas de outras línguas, delidas na vivência lúcida as aparências literárias, fica uma limpidez murmurada, uma dilacerante discreção, uma altivez langorosa, que são dos limites da língua que falamos, e parecem tanto mais literatura e identificação rememorada, quanto mais sincera e mais desprevenida é a criação poética.

Eu não sei se, entre tão graves preocupações de charadismo barroco e tão filosóficas contemplações das palavras em publicitário relevo, que me parecem os pólos entre os quais quase todos os poetas brasileiros — mesmos os maiores — se sentem constrangidos e esquecidos (pelo menos em verso) de que há mundo e dores do mundo fora da competência literária, não sei, ia dizendo, se será distinguível e aceitável este outro esquecimento, escandaloso por certo, que é trovar de amor com elegância, com a mais tocante singeleza, com serena reflexão, com inteligência, e sobretudo com uma ciência poética de sofrido amor, que, essa sim, é rara na língua portuguesa, na qual tantos têm cantado do que não entendem e chorado do que lhes não doeu.

Porque, e nestas trovas bem patente está, a poesia é entendimento, é convocação de atmosfera, é uma dor risonha, é dom do amor. Como diz Hilda Hilst na Trova XV:

> Deu-me o amor este dom:
> O de dizer em poesia.

162

PREFÁCIO A UM LIVRO NÃO PUBLICADO

— CARLOS ALDROVANDI

Uma vez, Manuel Bandeira organizou uma bela antologia de poetas brasileiros que chamou de «bissextos», isto é, poetas que pareciam ocasionais, em contraposição àqueles que diríamos profissionais, porque publicam livros, porque participam da vida literária, ou nela e por ela viveram desde a juventude. Mas — e sabia-o Bandeira melhor do que ninguém, porque é um arguto observador da vida e da poesia — a questão de ser-se bissexto é muito mais subtil e complexa. Salvo casos muito excepcionais de reconhecimento e de veneração públicas, ou casos muito mundanos de exibicionismo, que encontram, aqueles, um êxito expectante e continuado, ou buscam, estes, o aplauso da vulgaridade, quem na verdade não é bissexto, ou quem não corre o risco de vir a sê-lo nos juízos críticos do futuro?

Não temos hoje da poesia uma concepção romântica, pela qual é poeta o homem que, na vida, ostensivamente de poeta se fantasia. A criação poética afigura-se-nos hoje ser uma disposição de espírito, para fixar em rítmica linguagem, a evocação comovida de certos momentos privilegiados, ou para, com essa linguagem, dar-lhes alguma perenidade e um sentido. Por certo que tal disposição pode exteriormente ser vivida e realizada como literatura, e aquele que a tem tornar-se, ainda que poeta, um escritor. Mas, também por certo, acontecerá que, muitas mais vezes do que se supõe, outros não menos cultivarão esse desejo de segurar em formas a vida que se nos escapa, de tornar a possuir, mesmo em palavras, as coisas que perdemos ou de conquistar, com elas, as que desejaríamos ter tido. Apenas guardam para si essa vivência íntima que, quantas vezes, daria deles, uma imagem profunda muito diversa da que, na vida pública, assumem.

163

Fazer poemas é um acto de coragem, porque nem todos têm a segurança interior de voltarem àquilo que passou. Publicá-los é uma coragem maior, porque sempre a poesia revela que um homem é, no fundo do seu ser, menos duro, menos forte, mais delicado, do que a vida quotidiana autoriza que se seja. E isto é verdade mesmo para os que, mundanamente, escolhem um êxito a todo o custo, pagando o preço de serem estimados por aquilo que não podem deixar de saber que é o menos deles próprios. Um jovem que faz versos publica-os porque tem desejo de afirmar-se como um ente singular, capaz de coisas que outros não chegam a sentir. O homem mais velho que, em si mesmo, cede a publicá-los é porque enfim preferiu completar a imagem que a sua vida lhe criou, com o espectáculo de uma interioridade que o mostre tão humano como ele próprio gostaria de poder ser em todos os momentos. E isto não é a publicação eventual de um poema o que satisfaz, mas a de um livro. Sempre uma hora chega, ou quase sempre, em que não nos contentamos de ser mais bissextos, e recorremos a um objecto, «uma pedra no caminho», para ganharmos um pouco daquela fixidez sem a qual tudo na vida humana é um pouco como o ano bissexto que recorre sempre para outros. A poesia que publicamos, com a sua natureza de apenas palavras que passam, ainda é, mais que as obras materiais e que a acção pessoal, o que mais se deseja como perenidade do nosso nome. Talvez porque o nosso nome seja de palavras, só a palavra organiza o sentido profundo que desejamos para a realidade que somos.

Eu sou, aliás, um pouco responsável por este livro. Uma das mais curiosas coisas humanas é que os homens vivem não segundo o tempo que viveram, mas segundo as circunstâncias. E, perante um hipotético livro que reúna poemas feitos em várias ocasiões, um homem comporta-se sempre como o jovem que menos pede ao crítico experimentado que lhe diga se o que ele fez tem valor, do que o confirme na confiança que, mesmo que o crítico lha contrarie, tem em si próprio. Foi o que sucedeu comigo e com o autor deste livro, a quem me ligam laços de amizade e da melhor camaradagem universitária, além da consideração que me merece como organizador e administrador, sempre vivamente interessado na solução dos problemas em que se debate o nosso ensino universitário. Mas, num dia em que conversávamos sobre esses problemas, subitamente ele se transformou no jovem poeta que, «por acaso», tira do bolso alguns poemas e, com um sorriso entre audaz e tímido, os apresenta a juízo. Eu disse que gostava dos poemas. O poeta ficou desconfiado de que eu estava sendo mundanamente gentil. Não estava; e a prova disso é este prefácio.

164

Há, na mansão da poesia, muitos compartimentos: salões imensos onde cabem os mundos, salas menores onde cabe apenas uma vida vivida intensamente, pequenínos cubículos preparados para encontros de amor. E há também outras salas ornamentadas custosamente, onde alguns poetas dão recepção à vida. Mas há ainda outros compartimentos não menos dignos (os indignos são pavilhões no jardim, onde alguns poetas oferecem chá das cinco às damas desempregadas): salas que são janelas e varandas abertas para a distância, onde, contemplando-a, um homem se isola de todos e de si mesmo, para melhor rememorar o sonho que não viveu, a doce experiência que uma vez teve, as paisagens que ficaram gravadas no seu coração.

Essa contemplação não se faz com largos ritmos, com pomposas retóricas, com desenhos nítidos: é um murmurar delicado e discreto, de reticentes metáforas, de evanescentes imagens, que se cristalizam em torno de uma memória, de uma evocação, ou se congregam, vindas dos cantos do tempo e do espaço, para realizarem-nas em palavras. Numa poesia assim, o ritmo assume peculiar importância, já que, sem a incantação que ele constitui, a cristalização não se daria. É precisamente um dos grandes perigos de uma poesia destas, que o ritmo não unifique as impressões dispersas, ou se substitua a elas, dissolvendo-as numa música silenciosa (e foi o que fez a falta de estrutura de tanto simbolismo). É o que, creio, aproxima esta poesia de Carlos Aldrovandi, menos de uma tradição luso-brasileira, que do modernismo espanhol e hispano-americano, no que ele teve de anti-retórico, de não-discursivo, de atento ao vago, ao subtil, ao inexpresso, e de contrário à expressão romântica, embora nem sempre ao sentimentalismo. Não que uma atenção ao vago, ao subtil, ao inexpresso, não tenha sido uma das principais características do romantismo. Mas o que dela (e deste com ela) se encontra naquele modernismo não busca, como o romantismo, simbolizar os grandes mistérios ou tidos como tais, mas sim o contrário deles: o efémero, o transitório, o ocasional, o momentâneo, o fugidio, que no entanto deixam uma marca indelével na sensibilidade, e cuja permanência é mais misteriosa afinal que os grandes enigmas da vida.

Que um poeta profundamente conhecedor da América espanhola, seja mais afim do que nela é mais raro em poesia — o gosto da simplicidade, da sugestividade, da reticência —, e não das expansões retóricas e sentimentais, sempre algo tonitruantes e vazias, que são o que ela teimosamente mantém de romantismo e de algum simbolismo menor, eis o que é uma prova de apurada sensibilidade que, se quisesse, também encontraria, em nossa tradição formalística, uma pretensa amplidão de tom, que muitas vezes — e para os ingénuos sempre — passa por ser poesia. Teve, é certo, o pre-modernismo brasileiro muita poesia evanescente e vaga, de um inarticulado que visava à sugestão de coisas e sensações inexprimíveis. Mas, na aparente simplicidade dessa poesia, escondia-se muito requinte esteticista; e os poetas queriam, sobretudo, indicar que deviam ser entendidos não pelo que não chegavam a dizer, mas como seres delicadamente excepcionais, isolados num mundo de grosseira materialidade indigna de tão refinadas almas... É o que também não encontramos nestes poemas de Carlos Aldrovandi. A melancolia que há neles, ou a pungência que alguns possuem, não são filhas de ilusões dessas, que levam a buscar-se o que não é da vida humana, o que ela não tem culpa alguma de não poder dar-nos. Pelo contrário, são, nestes poemas, expressão de que a vida nos dá ou pode dar muita coisa preciosa, muitos momentos admiráveis — apenas somos nós que os não descobrimos senão depois, ou não somos humanamente capazes de retê-los, de torná-los um pouco menos efémeros do que poderiam ter sido. Daí um sentimento de saudade, que, ao mesmo tempo, procura reconstituir o que passou, mas se recusa, pela discreção e pela reticência, a transformar o passado (ou mesmo o presente a cuja fuga assistimos) num sonho maior do que ele foi. É esta ciência serena da justa medida, e simultaneamente da luta entre o desejo de realizar, pelo poema, o que foi, e o gosto lúcido de conservá-lo nos limites do fugidio e do efémero, que são a sua essência, o que dá peculiar sabor a esta poesia, e lhe garante autenticidade. Talvez por isso mesmo é ela tão subtilmente rítmica, nas suas repetições paralelísticas, na sua alusividade, no seu tom de contraditória e melancólica alegria.

Alegria, sim. Por estranho que pareça. A possível alegria, o possível prazer, ansioso e desiludido, de viver, de fruir a vida. Não é com gritos, nem com clamores, que esse prazer será mais sentido; e, às vezes, uma frase que se não conclui, um intervalo que se abre entre dois versos, dizem muito mais que discursos mais completos, imagens mais brilhantes, ou evocações mais nítidas. Porque, se há poetas que dizem, se há poetas que sugerem, se há poetas que analisam, se há poetas que constroem metaforicamente toda uma visão da realidade, outros há também que a esta não substituem uma ideia de si mesmos, nem um objecto — o poema — que seja mais «real» do que ela. Mas, por uma alternância de frases e de pausas, ou por uma sequência de ritmos análogos, procuram fixar uma relação entre a realidade e si mesmos. Nem são menos poetas por isso, nem o poema que escrevam é, por isso, menos poema. Apenas não pretendem ser mais poetas que a realidade consente, nem visam a que o poema seja mais do que ela foi. Esse sentido que buscam confunde-se com a própria realidade evocada, do mesmo modo que a evocação se identifica com o próprio poema. E é assim que estes poemas se estruturam.

E estruturam-se sempre ou quase sempre como algo que a evocação poética torna presente e actual. O poeta fala à sua amada, a uma sombra fugidia, diz de uma história que ia contar e esqueceu, evoca extensões marinhas, ilhas perdidas, uma manhã de inverno, uma flor. Tudo isto, mesmo quando todo o espírito do poema nos informa que pertence ao passado, o poema torna presente: «quisera, querida...», «as sombras... invadem», «criatura que sofre», «Hoje, um passado de sombras...», «sono... tive as mãos tão cheias...», «a rosa... recolhe-se...», «vi teus olhos...», «sombra que passou...», «desejo perdido... imagem que se funde», «para te dizer como és...», «esvaem-se as horas...», «a criança brinca...», «meu coração bate tranquilo...», «está em teus olhos um mistério...», «não quero fitar o mundo...», «surges...», etc. Estes versos ou fragmentos de versos de quase cada um dos poemas mostram a que ponto eles visam um momento, a actualização desse momento, e a sua fixação num presente sempre actual que dessa actualização será sempre presente. Os seres são evocados no que tiveram de momentâneo e de fugidio, mas o poema, ao evocá-los como se tivesse sido o próprio diálogo íntimo entre esses seres e o poeta, prende-os, com sua fugacidade, em palavras — muito singelas, muito murmuradas, muito sonhadoras — de que todavia não poderão escapar para evolarem-se. Com isto, encontramo-nos perante o que a poesia tem de mais elementar e mais primitivo, desde os tempos imemoriais em que os homens primeiro tiveram consciência de criá-la e de servirem-se dela. Para quê? Exactamente para encantar as coisas e os seres, para prendê-los a si mesmos, e não só a si mesmos mas também ao instante em que estiveram com eles. Uma poesia devaneadora e discreta, feita de evocações e de diálogos com sombras mudas, brota assim das raízes mais profundas e mais antigas da poesia — desse desejo de dominar as coisas e os seres, de reter o tempo que se esvai e passa. Porque, se as coisas e também os seres são connosco apenas por instantes, se o escaparem-se a nós é a própria essência da vida, que conhecemos no tempo precisamente porque as coisas e os seres se escapam definindo o tempo, é a palavra, e mais do que ela, o ritmo, o que pode segurá-las, retê-las, obrigá-las a ficar connosco, ainda quando não sejam mais do que uma memória evocada, esse, como diz o poeta, «canto da hora primeira / de todas as coisas». Que as coisas e os seres afinal não ficam, mas sim por eles a poesia que os recria, sabe o poeta, ou não seria poeta de verdade. Essa recriação é como aquela «história bonita que quisera contar» à sua amada, e que ficasse gravada, «o tempo não destruísse jamais» — e que, em vão, lhe não vem à memória.

Este lembrar que não lembra, porque, se lembrasse, essa história não seria a verdade, constitui uma das mais puras ciências de que a poesia não se substitui à vida, mas é uma vida renovada e prolongada. A poesia, ao mesmo tempo que encanta as coisas para que fiquem no presente, é essa ciência de que não são elas quem fica, mas uma imagem delas — o que elas na realidade foram, ou poderiam ter sido, é o que a poesia autêntica se recusa a inventar, é a história bonita que a memória se nega a recordar, porque sabe que ela, como tal, não existiu. Por isso, ao evocar saudosamente as coisas como se foram presentes, não chega a descrevê-las, mas, associando sentimentos, sensações e breves impressões, lhes fala, *como* se elas efectivamente estivessem presentes. Isto é, simultaneamente, muito antigo, como vimos, e muito moderno, porque a poesia moderna se caracteriza por uma tácita e implícita recusa a usar das palavras pelo gosto delas, mas sim pelo gosto do que elas recriam. No coro tão variado da poesia brasileira de hoje, em que persistem laivos românticos e simbolistas, em que muito modernismo se tornou académico e até parnasiano de si mesmo, e em que as vanguardas procuram dar às palavras uma importância que elas só podem ter se continuarmos a acreditar em virtudes mágicas que elas não possuem (porque a magia delas está em as despojarmos disso), só pode ser benvinda esta voz que se consubstancia neste punhado de poemas de Carlos Aldrovandi, e que, sem preocupar-se com artes poéticas, directamente nos fala de momentos de poesia.

Araraquara, Junho de 1965.

PEQUENO DICIONÁRIO DE LITERATURA BRASILEIRA

biográfico, crítico e bibliográfico, organizado e dirigido por
José Paulo Paes e Massaud Moisés[*]

Organizado e dirigido por J. P. Paes, assessor literário da Editôra Cultrix de São Paulo, e pelo Prof. Massaud Moisés que diversas edições e obras escolares tem publicado através dela, aquela editora lançou a obra em epígrafe, cujo interesse e valor merece especial referência. Os 28 colaboradores que aqueles dois directores congregaram à sua volta são, na quase totalidade, universitários e paulistas, ou ligados intimamente à vida cultural de São Paulo. As dificuldades de organizar-se qualquer obra colectiva, no mundo luso-brasileiro, são notórias, dada a falta de tradição de trabalhos de equipa, sobretudo nos estudos literários, a menos que o organizador se subordine às circunstâncias e aos críticos dispostos a escrever quando Deus manda. E isso, se por um lado explica a concentração paulista de colaboradores ao alcance da pressão organizadora, por outro lado deu ao *Pequeno Dicionário* alguma da unidade de orientação que efectivamente possui, já que a maioria dos colaboradores pertence a uma mesma atmosfera de formação e de experiência cultural. Seria, porém, um erro depreender-se destas observações que os colaboradores e os directores não souberam conseguir um alto nível de imparcialidade, como diremos?, supra-estadual, o que, muito mais do que se supõe, constitui um triunfo na vida literária do Brasil, onde os núcleos estaduais de cultura, sobretudo nos maiores ou mais típicos Estados tende a sobrevalorizar-se e a esquecer muitos valores de outras regiões. Este dicionário, que se quis *pequeno,* e modesto no seu levantamento histórico-crítico, vem todavia preencher uma grande

---

[*] Editôra Cultrix, São Paulo, 1967.

lacuna, colocando ao alcance do professor ou do estudante numerosos dados e informações que estão dispersos ou não-sistematizados. É, para o brasileiro e para o estrangeiro interessado por literatura brasileira, um elemento de trabalho que só é de desejar que encontre o largo público que merece. E constitui o complemento indispensável da *Pequena Bibliografia Crítica da Literatura Brasileira,* de Otto Maria Carpeaux, aliás um dos colaboradores do dicionário. É sabido como as histórias literárias do Brasil têm sobretudo valor histórico (Sílvio Romero e José Veríssimo), nem sequer o possuem como é o caso de Ronald de Carvalho, restringem-se a épocas formativas como acontece com a magnífica *Formação da Literatura Brasileira* de António Cândido (no fundo uma remeditação, em termos modernos, do que os precursores, como Romero ou Veríssimo, haviam teorizado), ou tendem para a monumentalidade em que generalização e minúcia se contradizem constantemente, como se verifica em *A Literatura no Brasil,* dirigida por Afrânio Coutinho (cuja sequência de prefácios constitui uma tentativa de dar unidade e historicidade ao conjunto), ou são manuais elementares, dirigidos a fins didácticos imediatos, e que recuam academicamente ante a literatura das últimas décadas (como é o caso da melhor de todas, a de Soares Amora), isto para não falarmos da multidão de pequenas obras mais ou menos comerciais que se distinguem sobretudo pela mediocridade vaidosa e satisfeita. A literatura brasileira não tem, infelizmente, ao alcance dos estudantes, um manual de nível superior e actualizado, como o que António José Saraiva e Óscar Lopes prepararam para a literatura portuguesa. A própria série editada pela Cultrix, no conjunto do «Roteiro das Grandes Literaturas» ressente-se de uma grande desigualdade entre os 6 volumes que, de autorias diversas, a constituem. Por isso, em forma de dicionário, este empreendimento da Cultrix preenche efectivamente uma lacuna.

Diga-se desde já que a realização excedeu, em muito, o nível dos modestos propósitos. Muitos artigos contêm mais revisão crítica e menos «chauvinismo» provincial do que seria habitual que sucedesse, e alguns, sobretudo os assinados por Péricles Eugénio da Silva Ramos e pelo próprio José Paulo Paes, caracterizam-se por um notável equilíbrio entre a concisão informativa e o valor das informações e observações neles concentradas. Outros artigos são realmente fracos, como os do falecido João Pacheco.

Há todavia alguma desproporção entre a representação concedida a autores do passado (sobrevivência do tempo em que a cultura brasileira imaginava criar-se uma literatura pela acumulação de nomes de quem alguma vez tivesse publicado um verso mesmo medíocre) e a atribuída a escritores mais recentes. Também as bibliografias de que os críticos se servem ainda, precisam ser passadas ao pente fino do juízo estético e não de história cultural, e da certeza e confiança de que a literatura brasileira não necessita de amontoar medíocres e desenterrar mortos para apresentar-se como uma grande literatura viva que efectivamente é, com grandes escritores de categoria universal, ou numerosos autores de interesse mais restrito mas de apurada arte de conceber e escrever.

Algumas lacunas nos verbetes desejaríamos apontar. Quando diversos críticos figuram no dicionário com artigo próprio, não parece justo que figuras da escala de Sérgio Buarque de Holanda, Andrade Murici, Luis da Câmara Cascudo, várias vezes citados, o não tenham. O mesmo se diria de personalidades importantes na história das ideias no Brasil como Vicente Licínio Cardoso, Afonso Arinos de Mello Franco (o do *Conceito de civilização brasileira*), Fernando Azevedo, João Cruz Costa, Manuel Bonfim, Artur Ramos, etc. E como é admissível a ausência de artigo especial para Agripino Grieco, com todos os seus defeitos e limitações? As poetisas também não foram bem servidas: será justo esquecer Gilka Machado, Adalgisa Nery, Oneyda Alvarenga? Na ficção, parece que Rodrigo de Mello Franco de Andrade autor de um dos grandes livros de contos do Modernismo *(Velórios)*, Telmo Vergara (cujo *Cadeiras na calçada* fez época, como é o caso de *Vovô Morungaba* de Galeão Coutinho, outro dos esquecidos), Darcy Azambuja, Luis Jardim, ou Gustavo Corção (por antipático que se tenha tornado na vida brasileira), mereceriam pelo menos um breve verbete individual. E não é João Clímaco Bezerra um dos escritores interessantes do Ceará, ao mesmo título que Fran Martins que não foi esquecido? Como se admite que, no que ao teatro respeita, se Nelson Rodrigues e Ariano Suassuna têm artigos especiais, Jorge Andrade o não tenha, e o não tenham também críticos de grande influência no teatro moderno brasileiro como Décio de Almeida Prado ou Sábato Magaldi? E como se concebe que, no artigo sobre Teatro, não haja referência ao papel desempenhado por directores e encenadores na criação do teatro brasileiro moderno, ou ao que foi o significado do Teatro Brasileiro de Comédia? E, no artigo sobre História Literária, se continuam a arquivar-se as tolices mal informadas de Bouterwek, Ferdinand Denis e Ferdinand Wolf, porque foram das primeiras de «estrangeiros», porque esquecer Schlichtherst, para o qual já em 1963 um ensaio de Brito Broca chamava a atenção? O próprio Brito Broca, autor de um livro fundamental como é *A vida literária no Brasil — 1900*, mereceria referência individual. E será justo esquecer que o português José Osório de Oliveira, ao tempo em que a historiografia literária era representada por Ronald de Carvalho e por Afrânio Peixoto mais os preconceitos académicos de ambos, terá sido o primeiro a prestar historiograficamente justiça ao Modernismo, e a dar da literatura brasileira uma visão sociológica que fracassou inteiramente no seu contemporâneo brasileiro Nelson Werneck Sodré? A *História Breve da Literatura Brasileira* de Osório de Oliveira tinha direito (não será assim, Wilson Martins?) a uma grata referência até pelo ponto de vista brasileiro de que está escrita, o que não será o caso da meritória história composta recentemente por P.A. Jannini, para uso do público italiano, e que no entanto não é passada em silêncio.

Ainda, à guisa de conclusão, umas breves notas. Se Magalhães de Azeredo tem verbete especial, nele deviam ser mencionados os seus contos de *Alma Primitiva* (1872). Seria interessante, também, que Péricles Eugénio, nos seus artigos sobre versificação, admiráveis a muitos títulos pela clareza técnica, não ignorasse que na língua portuguesa a primeira tentativa para libertar o verso dos acentos qualitativos terá sido, num retorno à imitação clássica da quantidade (que foi um dos ideais do Renascimento), a de Fr. António de Portalegre no seu *Auto da Paixão* (1547)*. E o estudo de Santos Mota, publicado na *Biblos* em 1928, mostrar-lhe ia a que ponto os versos irregulares de Camões são compromissos com a metrificação clássica, ou versos rigorosamente «clássicos» na sua equivalência quantitativa. Aliás, é o que sucede com a maior parte do verso livre dos modernos, na língua portuguesa, como temos verificado, e Péricles Eugénio quase intuiu nas suas excelentes observações.

Que o merecido êxito deste útil e precioso dicionário provoque em breve uma reedição em que as suas qualidades ainda melhor se apurem, são os votos que fazemos, ao recomendá-lo vivamente a quantos se interessam pela literatura brasileira ou vivem dela.

---

* A obra, cujo título exacto é *Meditação da inocentíssima morte e paixão de Nosso Senhor,* foi primeiro publicada em Coimbra, 1547, anonimamente, por «um frade de S. Francisco», que os bibliógrafos identificam como o Fr. António de Portalegre. No ano seguinte, foi reeditada; e teve, sempre em Coimbra, nesse mesmo ano, uma edição em castelhano (traduzida pelo próprio autor). Esta versão, por sua vez, foi reeditada em 1581. É obra muito rara, e menos conhecida, do que deveria sê-lo, dos estudiosos. Temos em preparação um comentário dela.

SOUSÂNDRADE: VIDA E OBRA *

Este livro do Prof. Frederick G. Williams, tese doutoral que tive o gosto de dirigir na Universidade de Wisconsin, aonde ele foi um dos brilhantes alunos de quem tive a sorte de ser professor, nos anos em que lá ensinei, creio que, na nova forma que o autor lhe dá para publicação, ficará por muito tempo como um trabalho básico e uma obra de consulta sobre Sousândrade, não só pelos aspectos críticos analisados, mas pela vastíssima informação pela primeira vez coligida, ou descoberta e apresentada. Em culturas como as de língua portuguesa, em que, apesar dos esforços de vários críticos e estudiosos, nas décadas mais recentes, ainda o que domina, na crítica literária, é mais o ensaismo e o articulismo do que a investigação primária, e mais a reelaboração do que outros disseram do que a verificação textual e documental, obras como esta são serviços inestimáveis que, para sermos irónicos, nos fazem correr o risco de novas vagas de ensaismos e articulismos baseadas nelas, quando acaso não contribuem, paradoxalmente, para matar o entusiasmo pelo herói da estória, uma vez que é também das nossas tradições literárias o preferir-se, mesmo em crítica, a imaginação às realidades.

Antes de prosseguirmos nestas considerações introdutórias que nos foram solicitadas pelo autor, e a que com prazer acedi, devo acrescentar que, para lá de — segundo lembro — ter apresentado Sousândrade a Williams, e de ter guiado com os meus conselhos a organização da tese, acompanhando o entusiasmo com que ele se dedicava à pesquisa do poeta cuja personalidade o atraíra, a minha intervenção ou participação não foi além disso,

---

* Ed. Sioge, 1976.

e não reclamo para mim senão as deficiências que acaso a obra possa ter — e creio que não tem — por culpa dos meus próprios conselhos ou por falta deles: as qualidades do livro, como da investigação que ele representa, pertencem inteiramente ao seu autor.

Bastará olhar com atenção a bibliografia coligida no volume, para verificar se que muito pouco foi escrito amplamente sobre Sousândrade, quer em sua vida, quer até à ressurreição proclamada por Augusto e Heroldo de Campos, nos seus artigos do *Correio Paulistano* em 1960-61, prolongados pela *Re-Visão* de 1964, e o voluminho de Nossos Clássicos Agir, em 1966 (excepção feita dos ensaios pioneiros de Fausto Cunha, em 1954-56). Praticamente esquecido como um extravagante de província (ainda que esta fosse a «Atenas brasileira»), Sousândrade emergiu subitamente como um caso fascinante, o que indubitavelmente ele é. Mas, sobre esses anos 60 da «re-visão», já passaram outros mais: e parece possível que esse caso fascinante (largamente criado primeiro por Augusto e Haroldo de Campos com as suas inteligentes montagens de textos) comece a ser julgado menos apaixonadamente, dentro da perspectiva de uma obra muito vasta, longamente inacessível, e que, se realmente lida no seu conjunto, apresenta enormes diferenças de nível, quer nos poemas mais breves, quer na ambiciosa empresa de uma vida, que *O Guesa* constituiu. Nos seus melhores momentos, Sousândrade é capaz de inventar uma linguagem nova (que ele desenvolve da retórica romântica, distorcendo-a vocabular e sintacticamente), e ser um dos poetas mais interessantes e originais do século XIX brasileiro; nos seus momentos menos felizes, que são muitos, ou a velha retórica leva a melhor, ou o que temos são descuidadas e desconexas criações que não é serviço ao valor do poeta supor que sejam pesquisas de linguagem, antecipadoras de qualquer Vanguarda. Por certo que essa como que «deterioração» da língua literária convencional se acentua em Sousândrade ao longo da sua obra, o que aponta para a criação ou rebusca de uma «escrita» pessoal (em sentido muito diverso do que os modernistas farão, ao aproximar a língua escrita da língua falada), condensada e elíptica. Mas persiste lado a lado com temáticas romântico-sentimentais, ou com o visionarismo literário da tradição romântica. Por isso, enquadrar Sousândrade no seu tempo (de que ele se desenquadra por tantos aspectos da sua personalidade e da sua obra, quando por tantos outros é um romântico da sua geração), qual discretamente Williams tenta fazer, é favor prestado ao poeta cuja originalidade melhor se avalia em comparação com os seus contemporâneos e compatriotas, do que em comparação com um futuro vanguardista ainda não sonhado — o facto de Sousândrade sentir que seria lido décadas depois, apenas prova que ele se sabia «diferente». Outro favor que este livro contém, por exemplo, é o minucioso sumário de *O Guesa* (incluindo os textos finais, perdidos e reencontrados). Porque não devemos esquecer quanto este poema, em que uma visão mitológica pan-americana se funde com a autobiografia, *não é,* a não ser na impressão causada por passos isoladas, uma criação simbolista ou post--simbolista, em que a «estória» seja pretexto ou em verdade não existe, em face da transfiguração simbólica ou a temática da linguagem. *O Guesa,* com todas as suas irregularidades e derivações de uma obra composta ao longo de anos, e em que uma autobiografia vai sendo inserida, não é, como hoje se dirá, uma *obra aberta,* em que a criação de um fluxo linguístico sobreleva o esquema narrativo (que, no caso, é o da épica «pessoal» romântica), ou a «mensagem» ideológica que o poeta deseja ilustrar: tanto o esquema, ainda que divagante, como a «mensagem», são preocupações estruturais do poeta. Este, se em muito da sua obra se entrega aos motivos líricos do seu tempo, era, todavia, um homem com fundas preocupações sociais e políticas. Com todas as suas ideias etnológico-literárias sobre o índio sul-americano, o seu indianismo, como bem aponta Williams, antecipa o indigenismo hispano-americano, na medida em que, para lá das mitologias usadas no poema, ele rejeita a idealização romântica e busca uma visão realística da condição dos índios (ainda que compensada pelo pan-americanismo idealizado em que aquelas mitologias se integram). Na sua obra e na sua posição pessoal, igualmente o poeta antecipa uma atenção ao problema da escravatura. E o seu republicanismo fervoroso continuamente transparece na sua epopeia, do mesmo passo que o seu fascínio pelos Estados Unidos que, simultaneamente, o atraem como democracia republicana e o repelem pela corrupção a que assistira (Sousândrade viveu nos Estados Unidos uma época de famosos escândalos, cujas referências constituem grande parte do material do hoje célebre episódio, «O Inferno de Wall-Street»).

Assim, muito curiosamente, um poeta que sobretudo nos interessa hoje pelas suas «invenções» que muita crítica contemporânea desejaria poder analisar em si e por si mesmas, é também um poeta em que grande parte dessas invenções depende de alusões autobiográficas directas, ou de referências a acontecimentos do tempo (muitos deles inteiramente alheios à cultura e ao tempo do Brasil). E um poeta que sobretudo vale pelas fulgurantes experimentações criadoras (em que se diria que uma decomposição da personalidade afasicamente vai criando o que ora é desconexão e descuido, ora é brilhante realização) é também uma personalidade que necessita de ser estudada numa história das ideias no Brasil, e cujas obsessões ideológicas permeiam o mais da sua obra.

Ressuscitado que foi, em boa hora, por inteligentes críticos (e, entre eles, cumpre não esquecer Luis Costa Lima, que participou da «re-visão»), Sousândrade tem já seu lugar garantido no panteão dos poetas brasileiros, entre os melhores. Ler integralmente *O Guesa,* é uma outra questão — devemos todos francamente confessá-lo. Mas há quem tenha chegado à imortalidade com monumentos ainda mais ilegíveis na sua totalidade, e com menos passos que valham entre o melhor de uma época. Que este livro, dando-nos tanto do homem e informando-nos tanto do artista contribua para uma nova «re-visão» do ilustre maranhense, é o desejo de quem, não tendo feito mais que suscitá-lo, se honra de subscrever estas linhas.

Santa Barbara, Califórnia, Agosto de 1975

MANUEL CAETANO DE ALMEIDA E ALBUQUERQUE

Esquecido poeta brasileiro dos fins do século XVIII e primeiro terço do XIX, nasceu em Recife, Pernambuco, em 1753, e na mesma cidade foi sepultado em 1834. A fonte das notícias sobre esta personalidade é a obra de António Joaquim de Melo (v. *Bibl.*) que o conheceu pessoalmente, e à qual ulteriores bibliógrafos e historiadores pouco de novo trouxeram, quando apenas não se limitaram a misturar o que Melo informava, por certo que com clareza não exemplar. Foi assim que o poeta acabou como tendo tido cargos ou escrevendo obras, que foram só de seu pai ou de seu sogro. Da mesma forma, tudo o que dele resta como escritor, salvo notícias duvidosas de obras perdidas ou nunca procuradas, é o que o mesmo Melo publica: 4 sonetos, 4 liras, 1 décima, 1 anacreôntica, 1 fragmento de um ditirambo escrito em 1788, duas quadras soltas. A décima, que há quem julgue ter sido Sacramento Blake quem publicou, figura também em Melo, e teve alguma fama como a «Oração Universal do Cristianismo» que é o título seu na primeira publicação; e, na realidade, tem apenas o interesse de, numa forma tradicional, ser declaração do cristianismo algo pietista e humanitarista, peculiar à época, lá onde o ateísmo não pôde ou não soube exprimir-se: «*Dai-me, Deus, Fé, Esperança, | Caridade, e humildade; | Nas penas conformidade; | Contrição, perseverança. | Se tanto meu rogo alcança, | E na vossa graça existo; | O que suplico, além disto, | E para os Filhos de Adão | Graça igual; pois todos são | Meus Irmãos em Jesus Cristo.*» De família aristocrática pernambucana, sucedeu a seu pai no cargo de escrivão proprietário da provedoria dos defuntos e ausentes, capelas e resíduos das comarcas de Pernambuco e Alagoas, mas não foi familiar do Santo Ofício, que seu pai e seu sogro haviam sido. Foi capitão do chamado regimento dos nobres, em Pernambuco, corpo miliciano. Seu sogro, militar, nobre, alto funcionário, é quem, segundo Melo, foi o autor da *Nobiliarquia Pernambucana,* inédita, que dicionaristas e bibliógrafos atribuem ao genro. Melo, além das poesias que publica, dá notícia de «não poucos versos licenciosos» que ainda circulavam no seu tempo, apesar da destruição que o autor teria feito deles, na velhice, quando se voltava, em décima que terá sido a sua última composição, para as virtudes teologais e etc. Manuel Caetano teria sido também autor de um entremez em prosa, *Justiça da Ilha dos Lagartos,* e de uma tragédia em verso, esta em 1813. Como poeta, Manuel Caetano situa-se um pouco acima da mediocridade absoluta, dentro de um estilo que continua, muito de perto, o dos árcades lusitanos, sobretudo na linha de Correia Garção. Como cidadão, é ele um brasileiro típico da sua época e também da mentalidade libertária da sua região: em 1817, aderiu à Revolução Pernambucana (contra o centralismo da Corte Portuguesa estabelecida no Rio de Janeiro, e em favor de um regime republicano e liberal), o que lhe valeu quatro anos de cadeia até 1821, quando a proclamação do constitucionalismo em Portugal e no Brasil resultou em a Relação da Bahia julgar nulo o seu processo. Regressado a Recife e ao exercício do seu cargo, não tomou parte na revolução pernambucana e separatista de 1824, para a proclamação da *Confederação do Equador,* contra o centralismo imperial de D. Pedro I (IV de Portugal) e a sua concepção do constitucionalismo como uma «carta» outorgada (concepção que, em Portugal e no Brasil, servia as classes que ascendiam como os oligarcas dos novos regimes conservadores, em contra do espírito mais radical dos partidários das constituições escritas e votadas por cortes constituintes), talvez devido à sua idade, mas provavelmente por realismo político e por aderência a formas de governo consentâneas com a tradição senhorial e administrativa do meio social e familiar a que pertencia (o que um dos seus sonetos, satirizando os que proclamam «Republicas de peta», precisamente retratará). Tendo casado em 1780 numa família pernambucana e de altos funcionários civis ou militares, como a sua, teve o poeta dezoito filhos e filhas, alguns dos quais foram figuras de relevo na vida pública de Pernambuco. Manuel Caetano é, assim, uma curiosa personalidade de um período muito mal ou muito preconceituosamente estudado, qual seja o que marca nitidamente a aparição declarada de um espírito separatista no Brasil, em relação a Portugal, sem que o anti-portuguesismo seja cultural, mas só político. Lamentavelmente, tal período é ignorado em Portugal (cuja história, desde o século XVII, não se pode fazer sem a do Brasil), porque essas personalidades foram «patriotas» brasileiros, e é distorcido no Brasil igualmente pelos «lusófilos» e pelos «nacionalistas», por razões opostas.

Bibliografia:

António Joaquim de Melo, *Biografias de alguns poetas e homens ilustres da Província de Pernambuco,* Tomo I, Recife, 1856 (com todas as suas limitações fundamentais, e em cujo apêndice as poesias são impressas; Francisco Augusto Pereira da Costa, *Dicionário Biográfico de Pernambucanos Célebres,* Recife, 1882; Inocêncio e Brito Aranha, *Dicionário Bibliográfico Português,* vol. XVI, Lisboa, 1893; Augusto Sacramento Blake, *Dicionário Bibliográfico Brasileiro,* 6.º vol., Rio de Janeiro, 1900; Artur Mota, *História da Literatura Brasileira,* São Paulo, 1930; Liberato Bittencourt, *Nova História da Literatura Brasileira,* Primeira Parte, 1.º vol., Rio de Janeiro, 1942; J. Galante de Sousa, *O Teatro no Brasil,* Tomo II, Rio de Janeiro, 1960. Todos estes autores mais ou menos se resumem sucessivamente e ao primeiro. As histórias da literatura brasileira, ou trabalhos colectivos de igual espírito, esqueceram Manuel Caetano — Sílvio Romero é quem o menciona (*H. L. B.,* 3.ª ed. aum., vol. II, Rio de Janeiro, 1943), numa longa lista de «nomes obscuros» que lhe não merecem atenção. É de notar que Blake contesta a autoria de Manuel Caetano para uma obra, *Breve Notícia dos Estabelecimentos Diamantinos de Serro Frio,* que outros lhe atribuíram, e chamando a atenção para o facto de a obra ter sido impressa no Rio, em 1825, e não em 1889, como tem sido dito.

MANUEL INÁCIO DA SILVA ALVARENGA

Nasceu em Vila Rica (hoje Ouro Preto), Minas Gerais, Brasil, filho de um modesto músico e de uma mulher de cor, em 1749 (porque, na devassa adiante referida, se declarou de quarenta e seis anos de idade, c. 1795). Foi fazer estudos preparatórios no Rio de Janeiro, de onde embarcou para Portugal, aparecendo matriculado na universidade de Coimbra em 1773, de que saiu formado em Cânones em 1776. Protegido por Basílio da Gama *, ter-se-á relacionado nos círculos que apoiavam ou adulavam o Marquês de Pombal que os Árcades estimavam, e um seu poemeto, *O Desertor das Letras,* de sátira à universidade (e precursor assim de *O Reino da Estupidez,* de outro brasileiro, Francisco de Melo Franco *), e em apoio da reforma pombalina de 1772, foi impresso em 1774 a expensas do Marquês. Esta obra é precedida de um curioso «Discurso sobre o poema herói-cómico». Em 1777, Alvarenga regressou ao Brasil, tendo-se estabelecido, supõe-se que como advogado, na sua região natal, de onde foi para o Rio de Janeiro, em 1782, provido professor de Retórica e de Poética. No Rio, onde viveu o resto da sua vida, foi um dos fundadores e membro influente da Sociedade Literária *, organizada em 1786 e que desempenhou papel de relevo na cultura do Brasil da época, contribuindo para lhe imprimir uma orientação liberal, simpatizante das ideias «ilustradas» e «francesas». Perseguidas estas ideias em Portugal e seus territórios, o vice-rei do Brasil era particularmente suspeitoso delas, sobretudo depois da Inconfidência Mineira *, em 1789, cujos réus foram julgados no Rio de Janeiro em 1792. Uma devassa iniciada em 1794, à Sociedade Literária, culminou na prisão dos membros dela nesse ano, entre eles Silva Alvarenga que ficou preso até 1797, quando foi posto em liberdade, sem ter sido julgado, por mercê de D. Maria I. Em 1799, a colecção das suas poesias amorosas, *Glaura,* foi publicada em Lisboa, e é principalmente por este livro que Alvarenga conserva o seu prestígio de ter sido um dos mais refinados poetas do Rococó *, em língua portuguesa. Advogando, e ensinando a sua retórica e a sua poética, o poeta viveu até 1 de Novembro de 1814. Morreu, sempre solteiro, no Rio de Janeiro, tendo assistido ainda à chegada do Príncipe Regente D. João (depois D. João VI), em 1808, às reformas que marcaram favoravelmente a presença da Corte no Brasil, e colaborado em *O Patriota* * (1812-13), a mais importante das primeiras revistas brasileiras, depois que a imprensa fora autorizada enfim no país. A crítica dos poetas brasileiros do século XVIII, como a de todos os escritores do Brasil no período colonial *, oferece grandes dificuldades, dado o pendor nacionalista da maior parte dos críticos brasileiros que se têm ocupado deles, e a estranha contrapartida da crítica portuguesa a abandoná-los ou não atentar neles por «brasileiros». Valorizados porque nasceram no Brasil, ou porque se envolveram ou foram envolvidos em movimentos separatistas (como é o caso dos Inconfidentes), ou pela temática «brasileira» ou as referências ao ambiente ou à paisagem do Brasil, e rarissimamente enquadrados na época correspondente da literatura portuguesa, a cuja tradição, ou a cujos movimentos ideológicos, estavam necessariamente ligados, escasseiam deles os estudos objectivos — estéticos e histórico--culturais — que possam situá-los na ambiguidade que, depois dos meados do século XVIII (quando numerosos brasileiros governam o império português em Lisboa, ou aí são figuras de relevo na vida cultural), não poderá deixar de ter sido, e foi, a de muitos deles (por ex., alguns dos mais brasileiramente interessantes desses escritores setecentistas viveram a vida toda em Portugal, integrados na sua vida política, e um Gonzaga *, que poucos anos viveu no Brasil, era português de nascimento). Reciprocamente, escasseiam também os estudos actualizados sobre escritores tão valiosos, e historicamente tão importantes, como grande parte dos «Árcades» portugueses (para usar-se uma expressão consagrada em ambas as margens do Atlântico, e que é aliás vaga para designar gente que nem toda foi o que se entende pelo termo), ou sobre as bases culturais de que partiram. Na história literária do Brasil, Silva Alvarenga faz grupo geracional com Gonzaga e Alvarenga Peixoto *, ambos «inconfidentes mineiros» que ele não foi, enquanto o foi Cláudio Manuel da Costa * que geracionalmente está junto de Santa Rita Durão *, mais velhos e ambos ainda marcados pela herança barroca, enquanto este último, brasileiro no assunto da sua epopeia, viveu em Portugal, como também Basílio da Gama e o gracioso Caldas Barbosa * que são, os dois, geracionalmente um outro grupo. Considerado no conjunto da literatura de língua portuguesa do tempo, Alvarenga fica junto com Nicolau Tolentino *, J. Anastácio da Cunha *, e a Marquesa de Alorna * que têm sido chamados «dissidentes» da Arcádia ou «pré-românticos», designação esta algo absurda para poetas que apenas representam o Rococó já liberto de sobrevivências barrocas e dominado pelo sentimentalismo * da segunda metade do século XVIII europeu — de que, num retorno ao classicismo, veio a ser último expoente Bocage, enquanto Filinto Elísio prolonga a tradição do arcadismo classicizante, prosaico e pouco sentimental. Assim, os rondós e os madrigais de um Silva Alvarenga que desprezou o soneto aparecem no mesmo plano das liras de Gonzaga que o não cultivou também, ou dos poemas sentimentais de J. A. da Cunha, ou mesmo das odes de Filinto. Poeta esteticamente muito lúcido, dotado de grande domínio da linguagem e do ritmo, preocupado doutrinariamente com a «naturalidade» da dicção e dos ambientes, Silva Alvarenga introduziu elementos da paisagem brasileira na sua poesia lírica — como igualmente fez Cruz e Silva *, um dos fundadores da Arcádia Lusitana *, e depois um dos juízes que julgou os homens da Inconfidência Mineira, mas que, por esta posição de juiz e não de vítima, nunca recebeu o reconhecimento «brasileiro» que tem sido concedido a Gonzaga, português como ele. Os rondós e os madrigais da *Glaura* chegaram a ser muito prezados, e mesmo equiparados em qualidade poética à *Marília de Dirceu,* com que por vezes podem competir na elegância rítmica e expressiva, mas a que são nitidamente inferiores pelo convencionalismo da dicção e do sentimento (pois que Gonzaga sabe perfeitamente ironizar das próprias convenções que usa). Tem sido repetido que Silva Alvarenga colheu de Metastasio (1698-1782), o célebre poeta e libretista italiano, a forma do rondó * heptassilábico que praticou no seguinte esquema: uma quadra *abcd* (em que *a, b,* e *c* são rimas internas dos versos seguintes) que abre e fecha o poema e que é repetida cada duas quadras intercaladas que rimam *effd* (em que *e* por vezes é rima interna do último verso, cuja rima final é a do último verso do estribilho). Quanto aos madrigais, breves composições em uma estrofe de cerca de dez versos hexassílabos e decassílabos em proporções e combinações variadas, com esquemas diversos de rima (de certo modo análogas a uma estrofe de canção petrarquista), a crítica não tem apontado, para Silva Alvarenga, que o madrigal *, aliás pouco cultivado por poetas portugueses das épocas clássicas, havia sido uma forma renovada e colocada em alta estima pelo Maneirismo * italiano, após uma primeira aparição no Norte da Itália no século XIV, e que, em conexão com a música, foi parte, até ao segundo quartel do século XVII, de uma esplêndida prática musical em que avultam, na Europa, os nomes de

Willaert, Orlando di Lasso, Monteverdi, Gesualdo, Byrd, etc. O Rococó repôs o madrigal em glória, e é desta tendência que Silva Alvarenga foi, na língua portuguesa, o representante maior. Convém, a este respeito, acentuar que os rondós e os madrigais de Alvarenga são de uma musicalidade notável, especialmente os primeiros (como justamente apontou António Cândido) que podem ser aproximados dos poemas de Caldas Barbosa tão cantados nos serões lisboetas do tempo, ainda que não possuam a flutuação métrica nem o coloquialismo popularizante com que Caldas Barbosa prenuncia o Romantismo *.

Obras:

O Desertor das Letras, 1774; *Glaura,* Lisboa, 1799, ed. Afonso Arinos de Melo Franco, Rio de Janeiro, 1944; *Obras Poéticas,* ed. Joaquim Norberto de Sousa e Silva, Rio de Janeiro, 1864, que continua a ser para a obra completa a única.

Bibliografia:

Não há estudo de fôlego sobre Silva Alvarenga, e a base biográfica continua a ser a «Notícia» de J. Norberto na ed. supracitada. Depois da morte do poeta e do êxito de *Glaura,* o prestígio de que ele fora objecto foi primeiro ressuscitado por Francisco Adolfo de Varnhagen * no seu *Florilégio da Poesia Brasileira,* 1850-53, antologia que fez época; são importantes, por reflectirem juízos brasileiros sobre o poeta na época em que os historiadores e críticos do Brasil se ocupavam em construir historicamente uma «literatura brasileira», Sílvio Romero, *História da Literatura Brasileira,* 1888, Manuel de Oliveira Lima, *Aspectos da Literatura Colonial Brasileira,* 1896, e José Veríssimo, *História da Literatura Brasileira,* 1916, especialmente pela finura crítica os dois últimos; modernamente, além do estudo de Afonso Arinos de Melo Franco na reed. supracitada, o mais importante é o de António Cândido, em *Formação da Literatura Brasileira — Momentos Decisivos,* São Paulo, 1959, cujo espírito reaparece mais resumidamente na nota biográfico-crítica sobre o poeta, em António Cândido e J. Aderaldo Castello, *Presença da Literatura Brasileira,* 3.ª ed., São Paulo, 1968.

DOMINGOS CALDAS BARBOSA

Poeta do Brasil colonial, que viveu mais de metade da sua vida em Lisboa, onde morreu. Não se sabe ao certo quando nasceu, mas antes de 1740 (data que, em algumas notícias, perdeu o ponto de interrogação com que as anteriores a davam, em conformidade com o tradicional descuido luso-brasileiro em matérias de pesquisa), visto que, segundo algumas informações, tinha mais de sessenta anos, ao falecer no palácio dos condes de Pombeiro, à Bemposta, a 9 de Novembro de 1800. Também se não sabe o nome do pai, menos ainda o da mãe, escrava negra daquele, o qual era um português que, de Angola, foi para o Brasil com ela, ou ao Brasil regressava. Um sobrinho do poeta, escrevendo muito tempo depois da morte dele, não cuidou de dar-nos essas informações, mas informa que o poeta teria nascido na viagem. O facto de ele se dizer brasileiro, e de amigos seus lisboetas, como os inimigos, o tratarem de tal, e ainda a circunstância de num poema referir o Rio como sua pátria, tem levado a repetir-se, com Varnhagen, que ele era carioca — apenas «pátria», para os Árcades * e mais família, não era só o lugar em que se nascia, mas o lugar que adoptávamos como tal, ou em que alguém se criara, o que é o caso de C. B. (e, se ele nascera no mar, não tinha outro). Um bibliógrafo dá-o, sem qualquer documentação, por nascido na Bahía. E carioca foi na sua infância, pois no Rio frequentou o Colégio dos Jesuítas, e aí deu início às suas actividades poéticas juvenis que, por 1758, fizeram que o Capitão-General Gomes Freire de Andrade (que, anos depois, J. Basílio da Gama * celebraria no seu poema épico *O Uruguai*), castigando-lhe a veia satírica, o mandasse desterrado para a Colónia do Sacramento (parte do Uruguai, que havia sido colonizada pelos portugueses, e era e ainda foi por décadas território do Brasil), a servir no exército. De lá voltou em 1762 ao Rio, pediu baixa, e partiu para Portugal, à aventura, por certo já com a viola debaixo do braço. Se ia frequentar a universidade, a expensas do pai, se a não frequentou por o pai falecer, se ia só tentar fortuna, é incerto. Em 1768 estaria em Coimbra, e por esse tempo lhe terá morrido o pai. Valeu-lhe a protecção, encontrada em Barcelos, de José de Vasconcelos e Sousa, conde de Pombeiro e depois marquês de Belas, e de seu irmão, o depois conde de Figueiró — e comensal dos Pombeiros ficou até ao fim da vida. Os dois irmãos Vasconcelos e Sousa, filhos do marquês de Castelo Melhor, tinham nos antepassados governadores do Brasil, e a colónia e os seus naturais nada teriam para eles do muito exótico que os historiadores brasileiros gostam de dar como explicação dos sucessos de Caldas Barbosa — e isto tanto mais quanto o século XVIII português pulula de brasileiros que até foram ministros de Estado em Lisboa. Nada se conhece da produção literária de C. B., antes de 1773, quando em Sintra completa uma singela quadra iniciada por Basílio da Gama, e de 1775, quando é (com meia dúzia de odes e sonetos péssimos, mas do quilate da produção dos mais colaboradores) um dos poetas a celebrar em verso a inauguração da estátua de D. José I, no Terreiro do Paço — o que seria uma maneira de, quiçá pela mão de Basílio, muito familiar do Marquês de Pombal, fazer-se notar dos grandes para o ganho de prebenda. Foi sol de pouca dura, pois que o rei morreu dois anos depois, e a «Viradeira» chegou — não sem que C. B. tivesse tempo de, em 59 oitavas lamentáveis, a *Lebreida,* cantar uma caçada de Sua Majestade. Havia sido já feito sócio da Arcádia Romana *, com o pseudónimo de Lereno Selinuntino (de que a primeira parte veio a guardar, largando a alusão douta a uma cidade da Sicília que não era para ele chamada), quando, em 1777, em Lisboa, publica *A Doença,* em quatro cantos (em que figura o verso que dá o Rio por sua «pátria»), e um epitalâmio celebrando o casamento do conde da Calheta, filho do seu protector. Terá tomado ordens, feitos por certo os estudos respectivos por esses anos, e, em 1787, pleiteia um benefício eclesiástico, antes ou depois de ser, como foi, capelão da Casa da Suplicação. Um crítico brasileiro viu, no padre-cantor-ao-violão (falta de que o poeta se desculpa ao pedir em verso o seu benefício ao poderoso arcebispo de Tessalónica, inquisidor-mor e confessor da rainha D. Maria I), aquela «simbiose do sagrado e do profano, que era muito do Brasil-Colónia e de que o próprio Gregório de Matos * dava» (= dera, pois que G. de M. viveu no século XVII) «o exemplo», esquecendo que poetas eclesiásticos ou gozadores de benefícios são legião nos séculos XVII e XVIII, por toda a Europa e, também necessariamente, nas colónias respectivas (aonde Gregório teve o seu, e Barbosa não). Tendo acompanhado as desabridas lutas entre os poetas da antiga Arcádia Lusitana * e o grupo de Filinto Elísio *, Caldas Barbosa decidiu-se a fundar, sob a égide dos seus protectores, a *Nova Arcádia,* o que sucedeu em 1790, sendo Bocage * um dos vinte sócios. Que estes tenham aceitado sê-lo, desmente a visão habitual da crítica brasileira acerca do desprezo com que os outros poetas tratariam o mulato violeiro. Bocage afastou-se do grupo, e atacou violentamente C. B. num soneto célebre («neto da rainha Ginga», «orangotango», etc.). Os insultos choveram entre a Nova Arcádia e Elmano — menos, ao contrário do que julgam os críticos que só leram ou viram referir o soneto de Bocage, por um radicado racismo ou anti-brasileirismo lusitano, que pelo hábito arcádico do insulto desbragado que não recuava em servir-se das armas mais sujas (ainda que seja possível supor que a preponderância que, no século XVIII, os brasileiros assumem na vida portuguesa, e que está por estudar devidamente, tenha desencadeado alguma animosidade específica, que está igualmente por investigar e que, todavia, não seria diversa, se os açorianos ou os algarvios tivessem preponderância semelhante). Entre 1790 e 1795, escreve C. B. várias peças originais ou adaptadas («dramas joco-sérios», «farsa dramática», etc.) que, parece, se representaram no Teatro do Salitre e em S. Carlos. Estão publicadas, e até hoje não mereceram a atenção, quer dos historiadores do teatro português, quer dos do brasileiro, apesar do interesse que teriam para elo de ligação entre o *entremez,* a comédia burguesa do século XVIII, e as farsas de Almeida Garrett e do brasileiro Martins Pena (muito mais, estas, na tradição setecentista que no gosto romântico que a miopia da crítica teima em ver nelas). Em 1792, recordando-se da coincidência, na sua pessoa, do padre e do poeta, C. B. publicou, em verso, uma *Recapitulação dos Sucessos Principais da Escritura Sagrada,* a que o Portugal devoto correspondeu a ponto de, no ano seguinte, o poeta lançar uma reedição aumentada (outra, em 1819, ainda prolongava este êxito), tal como, mais tarde, o cruzamento de patriotismo brasílico e de devoção católica (muito peculiar à atmosfera conservadora do Segundo Império brasileiro) fez que a produção do vate da Escritura tivesse reedição carioca (1865). Em 1793, C. B. é um dos colaboradores do *Almanaque das Musas* *, como, entre outros, Curvo Semedo *, e José Agostinho de Macedo *. Mas, durante todos estes anos lisboetas, o maior dos seus triunfos não viera destas tentativas a poeta sério e douto nos refinamentos neo-clássicos — e sim da popularidade extrema das *modinhas* que escrevia e cantava à viola, e cuja música se perdeu. Também a maioria da crítica não tem entendido que uma das razões dos ataques a C. B., em que ele é ridicularizado pelo êxito que tinha nos salões com essas cantigas, vem do antagonismo que os poetas pretensiosamente cultos, que eram os «árcades» (novos, velhos, dissidentes, etc.), sentiam na presença do sucesso de algo que eles consideravam vulgar e indigno (pois que o populismo deles, se não recuava ante a grosseria, como o aulicismo deles não recuava ante a mais sabuja louvaminha, não admitia que a poesia não fosse «arte» e como tal considerada). Há notícias do desagrado das pessoas cultas perante a imoralidade (!) das cantigas do Caldas — no que se deve entender a preocupação de a poesia ser para fins de elevação moral e didáctica, e não para entretenimento ou deleite, que é a ficção principal da crítica burguesa de raiz neo-clássica. O grave Ribeiro dos-Santos * via a «meiguice do Brasil» e a «moleza americana» a envenenar «a fantasia dos moços e o coração das damas», se bem que reconhecesse «a facilidade da sua veia, a riqueza das suas invenções, a variedade dos motivos que toma para os seus cantos, e o pico e graça com que os remata». Era sempre, como ainda hoje, o medo lusitano da volúpia e do erotismo gracioso, e que, quando não se oculta nesta seriedade repressiva, se dá largas, insinceramente, na idealização barata ou na chalaça grossa. O pobre Caldas, cantador de salão, era um perigo para a integridade da família portuguesa — e o Brasil entrava nisto como Pilatos no credo, apenas pela circunstância de o autor se ter criado num ambiente que se desenvolvera um pouco fora da repressividade que, a partir dos meados do século XVI, impõe a Portugal uma conspícua sisudez. Esta, porém, encontrava no Caldas, e na difusão de costumes brasileiros, que o possibilitava, a sua catársis, ao nível que lhe era acessível e irritava os doutos — a modinha, que terá sido precursora do fado lisboeta (cujo êxito mundano continua a reflectir uma mesma atitude). C. B. só no fim da vida publicou em volume as letras dos seus sucessos (que, quem sabe, alguns datariam já da juventude), ao fim de mais de trinta anos de cantá-los: é o 1.º tomo da *Viola de Lereno,* em fascículos, em 1798 (2.ª ed., também de Lisboa, em 1806, 3.ª ed., Bahia, 1813, 4.ª ed., Lisboa, 1819). Um 2.º tomo saiu póstumo, Lisboa, 1826. A popularidade lusitana de C. B. estendeu-se ao Brasil: Sílvio Romero e, mais tarde, Câmara Cascudo testemunham terem ouvido modinhas suas cantadas pelo povo. Mas foi mais uma memorização que se dissolvia na tradição que um êxito vivo, pois que a *Viola de Lereno* só veio a ser reeditada, e não para o povo que cantasse as modinhas, em 1944, no Rio de Janeiro. A menos que — e a questão não foi posta — C. B. tenha muitas vezes usado como suas algumas cantigas que fossem populares no Brasil da sua infância e juventude, ou tivesse elaborado sobre elas, visto que nunca se pôs a hipótese, nem é de pôr, que ele, por golpe de génio, tenha criado a modinha. Musicalmente, se observarmos as composições, é evidente que nem tudo era cantado em ritmo de meiguice e dengue: há-as que são «marchas», talvez precursoras das «marchas de rancho» e das «marchinhas» carnavalescas ou mesmo imitando a cadência marcial. Outras, com refrão que se prestaria a uníssono coral da assistência, não são por certo antepassadas de todas as formas de fado. De modo que a crítica de Ribeiro dos Santos e dos conspícuos por certo se referia às letras que são sentimentais e sensuais, com uma doçura rítmica perfeitamente adequada ao tratamento musical como canção graciosa e dolente — as que, precisamente, pela obsessão da «brasilidade», a crítica brasileira tem tido em mente, e que António Cândido, com o seu agudo cepticismo sociológico, caracteriza como correspondentes aos «traços afectivos correntemente associados ao brasileiro na psicologia popular: dengue, negação, quebranto, derretimento». E demite-o, em poucas frases incisivas, como «modinheiro sem relevo criador», que teria tido a virtude de amplificar, no ambiente do Rococó lisboeta, as tendências melódicas do Arcadismo *. O primeiro grande historiador da literatura brasileira, Sílvio Romero, com o seu populismo positivista e a sua teoria do mestiço como ideal étnico do Brasil (esta bem mais por desafio às ideias racistas que então começavam a ser teorizadas, que por reconhecimento de uma vasta realidade étnico-social que só tangencialmente tocava as altas classes, tal como hoje sucede com as massas migratórias europeias e do Próximo Oriente em sua origem recente, as quais Romero não chegou a conhecer), não havia sido da mesma opinião. Para ele, nem a popularidade portuguesa, incontestável e originária, do poeta significava alguma coisa, a comparar com a glória de as cantigas de Lereno correrem «de boca em boca, nas classes plebeias, truncadas ou ampliadas», e louva a sua qualidade de «alma simples, pouco apta às vilezas da sociedade em que vivia» (e a que, infelizmente para o crítico, ele se adaptou tão bem, a ponto de fazer parte da mobília dos Vasconcelos e Sousa). Pelo que se deveria considerar que as cantigas que se popularizem são, sem dúvida, a mais alta poesia — clara demagogia populista de raiz romântica. José Veríssimo, cuja actividade de historiador literário teve expressamente a intenção de corrigir, de um ponto de vista estético, os exageros de Sílvio, recusa a C. B. qualquer superioridade (e sobretudo a mais alta que aquele lhe dava) e comenta, asperamente, que «é com C. B. que expressamente se revela na poesia brasileira, a musa popular brasileira na sua inspiração dengosamente erótica e no seu estilo baboso». Entre estes dois juízos, a crítica brasileira — para lá do mero patrioteirismo da «brasilidade» — tem oscilado. E tem usado, em geral, o escape de afirmar: «aqui há poesia verdadeira. Boa e simples. O papagaio brasileiro» (nome que o poeta se dera a si mesmo, negando ser um cisne do Tamisa) «teima em não querer morrer» (F. de Assis Barbosa, no prefácio à edição oficial que reeditava o poeta após um século de abandono editorial), ou de relevar a «meiguice brasileira» já referida por Ribeiro dos Santos (S. Buarque de Holanda), ou de acentuar que, nas suas cantigas, aparecem construções sintácticas e usos vocabulares do Brasil. A verdade é que C. B., nas suas cantigas predominantemente em quadra heptassilábica (embora os versos de quatro e de cinco sílabas também tenham relativa presença), consegue uma real fluência expressiva que contrasta com o artificialismo erudito ou coloquial dos Árcades, e, nos momentos mais felizes, uma graciosa emoção sentimental. Mas o seu mau gosto — em que não tem sido notado a que ponto entram jogos verbais que seriam hábitos e sobrevivências barrocas de salão ou de câmara das damas e criadas — não tem limites na infantilidade, no descuido expressional, na superficialidade gratuita, na graça forçada (e certa dessa infantilidade encontra-se em jogos poéticos da Época Barroca). C. B. não é inteiramente um caso a ser salvo pelo nacionalismo literário brasileiro, por seus giros coloquiais, por celebrar o Amor Brasileiro, etc.: é um poeta menor com interesse (independentemente do histórico-musical dos seus lunduns e modinhas, e do folclórico da sua difusão popular que cremos exagerada pela paixão etnográfica), e, na sua relativa mediocridade, quase um milagre no seu tempo, apenas porque os seus contemporâneos, naquele fim de época em que Gonzaga * foi admirável e Bocage fez (e ainda faz) figura de grande poeta, eram esmagadoramente insípidos e destituídos de autêntica veia lírica. Do ponto de vista histórico-literário C. B. deve ser visto como aquilo que realmente foi: não um poeta do Brasil, mas um brasileiro em Portugal, cantando à moda da sua terra para receber o milho — e terá sido por isso que ele, com fina ironia, se chamou a si mesmo «papagaio», aludindo à sua condição de preso pelo pé às vantagens que aceitara. Seria, porém, lamentável ver, neste seu nacionalismo *regional,* um nacionalismo político de mais altos voos e que parte da sua geração brasileira havia já manifestado (como é o caso de Alvarenga Peixoto * que curiosamente aparece a colaborar no *Almanaque das Musas oferecido ao génio português,* ao tempo em que morria exilado em Angola, como indiciado na Inconfidência Mineira *). O papagaio era papagaio de facto, até porque explorou as suas peculiaridades para bem viver aonde, jovem, fora em busca de fortuna e se deixou ficar. No que, acentue-se, a sua vida não foi muito diversa (com a viola a mais) do que fizeram outros brasileiros e poetas do seu tempo, e dos que trouxeram os motivos brasileiros para a poesia, como Basílio da Gama ou Santa Rita Durão *. Não será com complexos portugueses ou brasileiros que a crítica poderá jamais compreender esta gente que é anterior (fiéis ou inconfidentes) à invenção do nacionalismo romântico e sua aplicação política. Por outro lado, uma outra confusão crítica poderá obnubilar o interesse que, mais socialmente que esteticamente, C. B. possa ter, como exemplo de «cantador» popular promovido pelo sucesso nas classes aristocráticas e burguesas. Os críticos no Brasil, actualmente, tendem a confundir o cantador ou improvisador sertanejo (que pertence à etnografia, ao estudo da cultura popular, etc.), com o artista ligeiro, popularizado primeiro pela rádio e depois pela televisão, e que é um fenómeno sócio-cultural urbano que a agitação política do Brasil em décadas recentes viu como uma possibilidade de a «arte» atingir as massas populares. C. B. está longe dos primeiros (ainda que possa imitá-los, na linha dos «seresteiros» mais ou menos domésticos), porque é um homem culto (e o ser, conquanto mulato, um filho legitimado de seu pai dava-lhe «status» social definido, na sociedade que frequentava e em que possuía, além disso, graus eclesiásticos), e, sem conotações políticas, está mais próximo dos segundos, sobretudo do que se diria «bossa nova» e que foi, na origem, menos parte do fenómeno da obsessão brasileira com a música ligeira como sinal de «brasilidade», do que manifestação culta do interesse das altas classes pela identificação com o «popular», típica de uma sociedade oligárquica e de tradições senhoriais ainda vivas. Sob este aspecto, C. B. não seria tanto um Catulo da Paixão Cearense do século XVIII, quanto um Vinícius de Moraes sem talento na poesia culta.

Obras (além das obras ou colaborações citadas):

A Lebreida, Lisboa, 1778; *Os Viajantes Ditosos*, drama jocoso em música, Lisboa, 1790; *A Saloia Namorada*, ou *O Remédio é Casar*, pequena farsa dramática, Lisboa, 1793 e *A Vingança da Cigana*, drama joco-sério, Lisboa, 1794, que serviram de libreto às óperas do mesmo nome, de Leal Moreira; *A Escola dos Ciosos*, drama jocoso em um só acto, traduzido livremente do italiano, Lisboa, 1795; *Descrição da Grandiosa Quinta dos Senhores de Belas e Notícia do Seu Melhoramento*, Lisboa, 1799 (obrinha áulica em prosa, e a última que do autor se publicou em sua vida). Foram-lhe atribuídas versões portuguesas do *Traité de l'Education des Filles*, de Fénélon, e da *Henriade*, de Voltaire (que se atribuía, no tempo, talvez com fundamento, ao marquês de Belas), e ainda um *Poema Mariano*, que foi primeiro impresso, e em seu nome (sem Barbosa), em 1854, em Vitória (pois que o poema celebrava os milagres da N. S. da Penha, que, dessa região, irradiavam), e que será a fonte de haver quem o suponha «natural da Bahia» (como é dito no rosto da edição, quiçá precisamente para acentuar-se que aquele Domingos

Caldas era outro). *Edições modernas com notícias biográfico-críticas, etc.,
Recapitulação, etc.*, com biografia do autor pelo Cónego J. C. Fernandes
Pinheiro, Rio de Janeiro, 1865; *Viola de Lereno*, com pref. de F. de Assis
Barbosa, 2 vols., Rio de Janeiro, 1944; Luís da Câmara Cascudo, *Caldas
Barbosa-Poesia*, Nossos Clássicos AGIR, Rio de Janeiro, 1958 (antologia
com estudo e bibliografia que são os mais completos até hoje).

Bibliografia:

F. A. de Varnhagen, *Florilégio da Poesia Brasileira*, 3 vols., os dois
primeiros, Lisboa, 1850, 3.º, Madrid, 1853 (2.ª ed., Rio de Janeiro, 1946);
Pereira da Silva, *Varões Ilustres do Brasil durante os Tempos Coloniais*, Inocêncio F. da Silva, *Dicionário Bibliográfico Português*, Tomo 2.º, Lisboa,
1859; J. da Cunha Barbosa (o sobrinho do poeta), «Domingos Caldas Barbosa», *Rev. Trimestral de História e Geografia*, Jornal do Instituto Histórico
e Geográfico Brasileiro, tomo 4.º (2.ª ed., Rio de Janeiro, 1863); Sacramento
Blake, *Dicionário Bibliográfico Brasileiro*, Tomo 2.º, Rio de Janeiro, 1983;
Teófilo Braga, *Filinto Elísio e os Dissidentes da Arcádia*, Porto, 1901, *Bocage,
Sua Vida e Época Literária*, Porto, 1902, *Os Árcades*, Porto, 1918. Estas
são as fontes de tudo o que tem sido repetido ou conjecturado, com maior
ou menor exactidão (e por certo quase sempre sem consulta a elas), depois.
Estudos mais recentes são: Sérgio Buarque de Holandà, *Antologia dos Poetas
Brasileiros da Fase Colonial*, 2 vols., Rio de Janeiro, 1952; *A Literatura no
Brasil* (dir. de Afrânio Coutinho), vol. I, Tomo I, Rio de Janeiro, 1956 (estudo
de Waltensir Dutra); F. de Assis Barbosa, *Achados no Vento*, Rio de Janeiro,
1958 (inclui ligeiramente ampliado, o prefácio supracitado); António Cândido, *Formação da Literatura Brasileira — Momentos Decisivos*, 2 vols.,
1.ª ed., São Paulo, 1959; Jamil Almansur Haddad, verbete em *Pequeno
Dicionário da Literatura Brasileira*, São Paulo, 1969; Heitor Martins,
O Retrato de Lereno, supl. literário *Minas Gerais*, 31-10-1970. As opiniões
de Sílvio Romero e de José Veríssimo, primeiro publicadas, respectivamente,
em 1888 e 1916, podem ser consultadas nas 3.ªˢ edições das histórias respectivas, Rio de Janeiro, 1943 para Sílvio e 1954 para Veríssimo. Omitem-se
outros títulos que podem ser colhidos em Cascudo (ed. cit.) e referências
em manuais de história literária ou em várias antologias contemporâneas,
gerais ou parciais, da poesia brasileira (sendo de notar que *Presença da Literatura Brasileira*, de António Cândido e J. Aderaldo Castello, obra fundamental no seu nível, não insere representação de Caldas Barbosa, e que
José Osório de Oliveira, na sua *História Breve da Literatura Brasileira*, obra
a que até hoje não foi, em Portugal ou no Brasil, prestada a merecida justiça, coloca sócio-culturalmente o caso de CB com relativa exactidão, à luz
da ideologia do movimento modernista).

V

COMUNICAÇÕES, ENSAIOS, CONFERÊNCIAS, ETC., E UM SUBSTANCIAL VERBETE

POSSIBILIDADES UNIVERSAIS DO MUNDO

LUSO-BRASILEIRO

O fenómeno mais importante — dizem os sociólogos, os historiadores e os políticos — da segunda metade do presente século é a acessão da África e da Ásia à independência política. Mesmo para os mais liberais espíritos euro-americanos é um fenómeno que os inquieta, lhes altera as mais profundas (e ocultas) convicções, os faz olhar o futuro com inquietação. Mas, ao contrário das aparências, se há unidade cultural e linguística, ou até político-económica que menos riscos corra, em relação ao futuro, nessa subversão das estruturas, e que menos possa identificar-se com tais pavores do capitalismo euro-americano, é precisamente o luso-brasileiro, cujas posições geográficas, étnicas, e culturais, no tão diverso e tumultuário concerto dos povos lhe permitem estar presente em toda a parte, e receber em si, como suas, as mais diversas culturas. Como garantia de uma sobrevivência política e de uma hegemonia cultural, quando esta deixou de ser apanágio das nações europeias, nenhum está melhor colocado. O «melting pot» dos Estados Unidos e as suas projecções imperialistas nada fizeram para absorver através da emigração ou da colonização económica as boas-graças culturais dos outros povos. O império britânico tende cada vez mais, à medida que a metrópole regressa à ilha de que partiu, a ser um conjunto de baluartes dos mitos novecentistas da supremacia política da raça branca e dos seus métodos de domínio capitalista. A França, que com a Inglaterra partilhou esses mitos, projectou muito menos do que ela uma civilização, e muito mais uma cultura literário-política que, longe de interessar-se pelas idiossincrasias estranhas só é assimilável pelas minorias aristocratizantes que se afrancesam. A Espanha e o mundo que dela se pulverizou não tem unidade política que torne a impor um prestígio que resultou, paradoxalmente, da criação autoritária de uma unidade artificial. De modo que nenhum dos impérios ou ex-impérios ocidentais está em condições de opor-se à unidade política que são milhões de brasileiros com alguns portugueses. Mas não só isso. O Brasil, hoje, é, sobre a miscegenação luso--ameríndia, a que se seguiu logo e durante séculos a integração de uma vasta imigração negra forçada, um país italiano, sirio--libanês, japonês, alemão, e nem sequer se podem esquecer os núcleos eslavos e balcânicos, em que, como no núcleo alemão, predomina o elemento judaico. Portugal, contíguo da Espanha, como o Brasil o é das repúblicas sul-americanas de língua espanhola, está disperso pela África Ocidental e Oriental, pela Índia, a China e a Indonésia. E a comunidade das nações sub-desenvolvidas aproxima o Brasil de todos os estados novos da Ásia e da África. A presença judaica e árabe na Península Ibérica medieval revive, hoje, nos laços que a poderosa colonização levantina estabelece entre o Brasil e a Síria, o Líbano, Israel. Os reinos germânicos da Península Ibérica reaparecem na atracção dos alemães pelo Brasil. A unidade mediterrânica da latinidade consubstancia-se na emigração italiana. A civilização ocidental que os portugueses levaram ao Japão é simbolicamente paga pelos nipo-brasileiros. Os goeses são na África Oriental e na imensa Índia um grupo peculiar e influente. Os macaístas são luso-chineses, como os ingleses em Hong-Kons não souberam fazer que lhes equivalha. E, nos confins da Indonésia, Timor poderá ser a confluência concreta dos interesses desenvolvimentistas que unem essa Indonésia ao Brasil. As relações do Brasil com as repúblicas negras da costa ocidental da África e do Golfo da Guiné não são meramente platónicas. Governam-nas muitos descendentes de escravos brasileiros regressados à pátria. Além dos interesses comuns de independentização económica, há uma natural atracção cultural; e essa comunidade de orientações é a melhor garantia de Angola ser um país integrado num mesmo círculo que, sendo brasileiro, é português também. Se o futuro do mundo pertence à Ásia e à África, pertence também à América do Sul. E nenhum país da Europa está em condições, como Portugal, se deixar de atrelar o seu carro a interesses euro-americanos que lhe são alheios (além de obsoletos), de ser a encruzilhada entre a América do Sul e a Europa, entre estas e o mundo islâmico, o mundo negro e a Ásia. Portugal não poderá ser nada disso — e não será nem isso nem nada —, sem o Brasil. Mas, para tanto, necessita estabelecer as mais cordiais relações com todos os países que, directa ou indirectamente, pertencem a este vasto esquema. E colocar-se, em relação ao Brasil, num plano de presença cultural e inter-migratória que, identificando-os, conduza à abolição dos complexos colonialistas que, em Portugal e no Brasil, subsistem até nas pretensões de mútua independência linguística. Se há cada vez mais um português do Brasil, é porque se tem inventado ficticiamente, nos vocabulários e nas gramáticas, um português de Portugal. A sobrevivência de uma cultura e de uma civilização vale mais que uma reforma ortográfica e que os gramáticos escolásticos, de um lado e de outro do Atlântico, postos ao serviço de estruturas feudais.

....

O PROBLEMA DOS ESTUDOS PORTUGUESES NO BRASIL

PROPOSTAS CONCRETAS
PARA UMA SOLUÇÃO URGENTE

Já em escritos anteriores me ocupei deste problema. Se lhes faço referência, e convido o leitor interessado a procurá-los nas páginas da extinta (julgo que extinta) *Gazeta Musical e de Todas as Artes,* onde foram «Cartas do Brasil», é porque eles fornecem alguns dados e esclarecimentos que me dispensam de repetições. Não me dispensam de insistências: mas insistir é o dever de todo o intelectual que vê em perigo a cultura da sua língua, a literatura da pátria em que nasceu, e a atenção que os imperativos não-transitórios de uma política nacional não só merecem mas exigem. Além disso, é preciso que em Portugal se saiba e se tenha consciência das possibilidade imensas que, no Brasil, estão abertas à cultura portuguesa, precisamente quando quase tudo parecia perdido ou reduzido às iniciativas individuais.

Não quero referir-me a casos tão lamentáveis como o de um recente concurso de cátedra de Literatura Portuguesa, em que foi envolvido o nome digno e prestigioso de um mestre da categoria de Rodrigues Lapa. Se não fui pessoalmente envolvido na questão, porque em tempo devido recusei o expresso convite que recebi para concorrer, contra o candidato único, a essa mesma cátedra, limitando-me a requerer um concurso de «livre-docência», que em contrapartida me foi recusado — não é agora que agitarei uma questão triste, com desagradáveis repercussões, e que considere apenas um episódio (que se envenenou e foi habilmente envenenado, segundo as melhores tradições da universidade europeia) peculiar à vida das camarilhas universitárias, o que é consequência do estado de dormência em que, durante largos anos, viveu a cultura portuguesa no Brasil.

Um dos graves erros de perspectiva dos intelectuais portugueses acerca do Brasil é suporem que, *fora das universidades,* e com

199

todas as limitações que a estas possam assacar-se, a cultura de Portugal tem alguma importância imediata, além do interesse disperso de alguns teimosos por alguns nomes portugueses, ou da amável troca de oferendas — oficiais ou particulares, mas de carácter mais ou menos individual — através do Atlântico. *Não tem* — e não há já tempo para acusações e retaliações. A análise das causas, agora, só importa na medida em que é necessária à escolha e aplicação dos remédios. Não a tem, porque a perdeu sob a pressão de nacionalismos anti-portugueses (que, cegamente e com certo receio, os portugueses do Brasil ignoraram ou silenciaram), a desconfiança dos brasileiros para com todas as culturas que possam assumir aspectos «oficiais», e até as circunstâncias económicas que tornaram impossível de adquirir-se o livro português sempre escassamente importado e distribuído. Por outro lado, para lá das actividades formais e formalistas, as instituições ditas culturais da colónia portuguesa não se interessaram nunca pela cultura viva, e sempre — como naturalmente as universidades brasileiras — importaram personalidades muito catedráticas e muito universitárias, para regerem cursos eventuais. Ora, é sabido que, até muito recentes tempos, essas personalidades portuguesas não eram os melhores arautos de uma cultura viva. O único esforço continuado e sério, no Brasil, para fundar-se o estudo da literatura portuguesa, deveu-se a Fidelino de Figueiredo, e teve como foco a Universidade de São Paulo. Fora disto, que necessariamente não podia fundar um interesse pela cultura actual — da qual, por circunstâncias várias, Fidelino estava afastado —, os intelectuais e os professores brasileiros ficaram inteiramente entregues a si próprios e à convicção de que Portugal só interessa até ao ponto em que é «pré-história» do Brasil. Isto é, para estudar-se, em nível superior, a língua pátria, o Brasil precisa da literatura portuguesa até, digamos, os meados do século XVIII; daí por diante, há o fenómeno Eça de Queiroz e o fenómeno Fernando Pessoa — e é tudo.

ERA. Porque a situação sofreu, nos últimos meses, uma transformação radical que não conhecerá recuos. A Lei de Directrizes e Bases da Educação, que, sob certos aspectos, constituiu uma discussão de âmbito público e nacional, determinou — e isso não foi discutido, nem posto em causa — que o estudo da língua portuguesa é a matéria principal do curso secundário. Já o era, pois figurava em todos os sete anos. Mas a situação transformou-se pela obrigatoriedade do maior número de aulas, que obriga os professores a uma duplicação impossível. O problema era da maior gravidade; e, mesmo os partidários acérrimos da «língua brasileira» começavam a ficar aterrados com a deterioração da linguagem e até das capacidades de expressão, que estava tornando tartamuda uma sociedade que sempre se distinguira pela sua fluência oratória, e pelo refinamento filológico da sua cultura da língua portuguesa. É que a expansão demográfica e a enorme mobilidade vertical de uma sociedade muito fluida (ou fluidificada pela diversificação social) subvertiam todos os padrões da linguagem escrita e falada, quando as camadas de origem lusitana não possuiam cultura suficiente para ajudarem os brasileiros antigos a resistirem, pela educação gradual, à pressão das migrações das mais diversas origens.

No nível universitário, estes óbices faziam-se sentir por forma dolorosa, e os brasileiros nunca esconderam — os responsáveis — as suas preocupações acerca dos factores culturais e linguísticos de integração de uma nacionalidade tão vasta e complexa como o Brasil é. A universidade tinha de concorrer, para a solução do problema, com a formação rápida e específica do maior número possível de professores secundários, abandonando — como todo o mundo civilizado está abandonando — as petulâncias enciclopédicas. A formação de professores de letras não é, no Brasil, uma questão de gosto e de literatice: é uma necessidade nacional. E, portanto, urgia reformar os cursos de Letras, por forma a que todos os licenciados em Letras estivessem nas condições mínimas para reger língua portuguesa, já que o mercado de trabalho para esta disciplina aumentara e por imperativos de ordem nacional.

A reforma fez-se, criando, de um modo geral, três tipos de licenciatura: em português; em português e língua clássica; em português e língua moderna. Eu tive a honra insigne de pertencer à comissão do Ministério Federal da Educação, que elaborou o primeiro esboço da reforma que veio a ser promulgada pelo Conselho Federal da Educação. E o consenso unânime da comissão estipulou que a formação brasileira em vernáculo compreendia indissoluvelmente três matérias: língua portuguesa, literatura portuguesa («estudo da língua, esteticamente considerada, na sua área europeia»), e literatura brasileira («estudo da língua, esteticamente considerada, na sua área americana»). Na reformulação dos cursos, isto significou que a literatura portuguesa passa a ser matéria obrigatória de todos os cursos de Letras, em pelo menos dois anos e isto independentemente do estudo de autores medievais ou clássicos, que seja feito no âmbito do estudo da língua, que, por seu lado, terá de ser feito num mínimo de três anos, e independentemente de cadeiras específicas de filologia e de linguística.

Só por si, este novo quadro de estudos obrigatórios deverá chegar para que em Portugal se pense que o Brasil vai tentar a aventura de estudar mais Portugal do que os próprios portugueses o estudam... Mas o panorama é impressionantemente mais vasto: porque, neste momento, há, no Brasil, *oitenta e duas* Faculdades de Filosofia, Ciências e Letras (a orgânica brasileira das universidades insiste na manutenção de uma faculdade central, em que se agrupam os cursos de ciências puras, ciências sociais, filosofia, história, e os diversos de letras). Estas faculdades nem todas são completas, quanto aos cursos das grandes faculdades nacionais; mas cerca de *setenta* delas terão cursos de letras, em que a literatura portuguesa tem de ser ensinada em pelo menos dois anos. Isto implica uma enorme massa de professores, que não existe em nível universitário, e que terá de ser preenchida por numerosos professores secundários, promovidos pela força das circunstâncias a um estudo que nunca teve especialização difundida. E implica um gigantesco mercado de milhares de alunos que só acidentalmente sabem onde Portugal seja, e só conhecem, de literatura portuguesa, o Camões épico cujas orações foram obrigados a dividir.

Esta tremenda população, este tremendo mercado cultural que se abre, não tem meios de acção. Não há verbas das faculdades que cheguem para organizar as indispensáveis bibliotecas mínimas; nem há, generalizada, uma informação capaz de organizá-las. O problema que se coloca é o seguinte: *está Portugal disposto a perder definitivamente o lugar que lhe cabe na cultura do Brasil, quando se abrem possibilidades únicas de reconquistar o tempo tão tragicamente perdido?* O Brasil é, e será cada vez mais, a primeira nação da América Latina, e uma das primeiras potências do mundo: disso, não haja dúvida, por mais que as crises brasileiras façam crer o contrário. Quer Portugal ser estudado, neste país, como uma pré-história defunta ou como qualquer país estrangeiro que os brasileiros insistem em considerar que ele não é?

Não tem o Estado brasileiro os recursos suficientes para suprir, com urgência, as gigantescas necessidades da expansão dos estudos portugueses, cujo símbolo será o Instituto previsto na Universidade de Brasília. Muito menos os possui o estado português. De resto, sendo as universidades brasileiras autarquias, não é em nível *oficial* que pode ser, agora, resolvido o que o não foi em décadas bem mais modestas nas suas necessidades; e o carácter autárquico e muito progressista da grande massa da universidade brasileira não é favorável aos contactos oficiais. O que, a este respeito, possa ter sido feito não deve iludir Portugal acerca das realidades. Mas estas constituem um desafio a que Portugal deve, acima de todas as circunstancialidades políticas, corresponder — mas corresponder sem ferir as desconfianças brasileiras acerca de interferência no livre desenvolvimento da cultura do Brasil.

Há em Portugal uma entidade que, não sendo propriamente portuguesa, tem *as possibilidades e o dever* de acudir à cultura portuguesa nesta grave e decisiva emergência, com acções imediatas que estão ao seu pleno alcance: é a *Fundação Gulbenkian,* que assim tem uma oportunidade de demonstrar a sua isenção cultural, e a sua dedicação pela cultura do país em que está instalada. Como?

1.º — Organizando, com o apoio do Grémio dos Editores e Livreiros e os organismos do Estado que emitam obras, tantas bibliotecas básicas de autores clássicos e modernos portugueses, quantas as cátedras de Literatura Portuguesa funcionando ou em vias de funcionarem nas faculdades de filosofia do Brasil, e oferecendo-as a estas;

2.º — Subsidiando a fundação, em todas essas faculdades, estabelecida uma lista de prioridades pela sua importância e em função da urgência, de Institutos Portugueses, onde os não haja, e equipando-os com colecções de microfilmes e diapositivos, ilustrativos da arte, da cultura, e da vida portuguesas; bem como discos adequados;

3.º — Subsidiando e instituindo cursos livres de cultura portuguesa, apoiados em material análogo ao supracitado, em todas as instituições culturais ou para-culturais da colónia portuguesa, por forma a elevar o nível cultural de uma colónia, como a portuguesa, tida e havida — não importa se com verdade — como das mais inferiores culturalmente;

4.º — Fornecendo às redes de radiodifusão brasileiras colecções de discos de música portuguesa autêntica, que possam dar uma imagem diversa da difundida pela popularidade de cantores comerciais;

5.º — Promovendo a criação, nas universidades portuguesas, e em colaboração com a Sociedade Portuguesa de Escritores, de cursos especiais, básicos e eficientes — mas de nível superior aos de férias para estrangeiros —, cuja frequência seria destinada aos professores de português ou de literatura portuguesa, brasileiros, que desejassem frequentá-los;

6.º — Pagar as viagens de todos os professores e alunos brasileiros, devidamente seleccionados — e não apenas pelos compadrios, como tem sucedido até agora —, que desejassem frequentar aqueles cursos que durariam no mínimo um semestre;

7.º — Enviando, com um programa previamente estabelecido, intelectuais portugueses, residentes em Portugal ou no estrangeiro, e de reconhecido mérito, ao Brasil, para realizarem cursos de conferências sobre a cultura portuguesa; esses cursos seriam feitos nas universidades, nos institutos, e nas organizações para-culturais supracitadas;

8.º — Subsidiando as viagens, que o Estado e as Faculdades do Brasil não podem pagar por imperativos orgânicos ou pela proibitividade dos câmbios actuais, dos professores portugueses ou estrangeiros de literatura portuguesa, que as faculdades brasileiras estivessem dispostas a contratar;

9.º — Oferecendo as viagens a licenciados portugueses que as cátedras brasileiras estivessem dispostas a contratar como assistentes;

10.º — Criando, no Brasil, para articular esta política — que tem de ser realizada por pessoas de real prestígio, e com conhecimento íntimo das realidades e dos problemas difíceis e delicados que há a resolver — uma comissão que centralize uma acção que não pode nem deve ser dirigida de Lisboa. Esta comissão, para patentear a sua independência, não deve estar ligada directamente ou indirectamente a entidades oficiais portuguesas ou brasileiras, embora mais tarde possa ser criada uma comissão destinada a enfrentar várias questões de ordem técnica, que inevitavelmente surgirão; e dela não devem fazer parte pessoas tidas como «bonzos» universitários ou como oportunistas do «Atlântico», em ambas as margens dele.

Pode ser que um tão vasto programa exceda a capacidade de acção e até as disponibilidades financeiras de quem é hoje o herdeiro de *Mr. Five-per-Cent*. E que só uma parte dele possa ser realizada. De resto, o autor destas linhas, conhecedor e amigo do Brasil, não preconiza uma «invasão» que, não tenhamos dúvida, seria repelida violentamente com consequências imprevisíveis. Preconiza, sim, a realização coordenada e progressiva de um programa assente nas bases indicadas, até porque, no Brasil, nada se faz sem diplomacia. O problema e a oportunidade têm de ser enfrentados com coragem e decisão, com espírito renovador e esclarecido. Se o não for, tudo se perderá. Porque a Fundação Gulbenkian tem o dever, nesta emergência, de ser alguma coisa mais que mera subsidiadora cautelosa do que lhe pedem, ou consagradora da infeliz política de caixeiros-viajantes e de pombos-correios, que, com as honrosas excepções da praxe, tem sido a que, com tão tristes 'consequências, navega ou sobrevoa o Atlântico. De um ponto de vista prático, rentável, talvez o que se propõe não seja visível, não propicie edições monumentais e luxuosas, exposições gloriosas, e outras coisas com que habitualmente as instituições provam a si mesmas a sua rentabilidade, mas talvez que *setenta milhões de brasileiros* que aprendam a descobrir que Portugal não é apenas o que eles imaginam pelas imagens que lhes fornecem os honrados padeiros e os honrados donos do bar da esquina, seja, afinal, o que se chama um investimento.

Araraquara, São Paulo, Brasil, Março de 1963

«OS SERTÕES» E A EPOPEIA NO SÉCULO XIX

A personalidade de Euclides da Cunha, desde que, em Dezembro de 1902, apareceu *Os Sertões,* tem sido uma das mais admiradas e discutidas das letras brasileiras. A bibliografia sobre Euclides é imensa, e ainda continuam *Os Sertões* a ser objecto de preciosos e decisivos estudos como o de Olímpio de Souza Andrade, a mais recente e uma das mais importantes contribuições para a compreensão, em extensão e em profundidade, do que é, sem favor algum, uma das maiores obras literárias da língua portuguesa. Não se pode ter a pretensão de superar, numa conferência, a atenção mais ou menos especializada de que Euclides, e em especial a sua obra-prima, têm sido objecto. O que pode fazer-se, e tentaremos, é comentar alguns aspectos menos relevados ou mais controvertidos desse escritor que tem sido considerado como autor de uma obra única — única por ser ímpar, e única por não ter ele outra — de certo modo superior a ele mesmo.

Quando se diz — e há um pouco de intenção pejorativa nisso — que Euclides apenas escreveu *Os Sertões,* esquece-se que, por obras muito menos ambiciosas e muito menos importantes, há, na literatura universal, muitos autores que ficaram. Na verdade, a literatura deste mundo não é feita apenas dos autores de obra numerosa e vasta. Quantos desses autores se não sobrevivem hoje por um único livro, às vezes o mais diminuto e magro dos que compuseram? De quantos autores hipotéticos, dos quais não sabemos nada, a glória assenta numa única e incerta obrinha? Além de que Euclides não escreveu apenas *Os Sertões.* Alguns dos seus ensaios e artigos são belíssimos, e não desmerecem de algumas páginas da sua epopeia. Mas, em fim de contas, o que se esquece é que Euclides, publicando *Os Sertões* aos trinta e seis anos de idade, teve, e por circunstâncias fortuitas do destino, apenas mais meia dúzia de anos de vida. E nada podemos dizer do que ele viria a fazer na plena maturidade responsável a que chegara. E será que outro grande escritor da sua geração brasileira, Raul Pompéia, cujas obras menores são muito inferiores à sua obra-prima única, não escreveu, em *O Ateneu*, por alguma semelhança de destino, uma das máximas obras que o naturalismo universal desejaria ter escrito?

A este respeito, é muito interessante — mesmo sem minúcias — atentar na geração brasileira a que Euclides da Cunha pertence como escritor. É um grupo curiosíssimo, porque, composto de alguns dos maiores nomes das letras brasileiras, não há entre eles, como pessoas e como artistas, grandes afinidades. Se 1866, ano em que nasceram Euclides e o poeta parnasiano Vicente de Carvalho que Euclides prefaciou, o tomarmos como central da geração, esta conter-se-á entre um Cruz e Souza, nascido em 1861, e Alphonsus de Guimaraens, nascido em 1870, os dois maiores poetas simbolistas que o Brasil produziu, e dos maiores da escola simbolista em qualquer parte. Mas, entre estes dois limites, estão, além de Euclides e Vicente de Carvalho já citados, um Raul Pompeia (1863), um Coelho Neto (1864), um Simões Lopes Neto (1864), um Olavo Bilac (1865), um Adolfo Caminha (1867). Isto é, a par de Euclides, temos o parnasianismo poético, o naturalismo esteticista, o regionalismo, o naturalismo agressivo, o naturalismo mundano e citadino, e o simbolismo poético, sob a égide do positivismo que fizera a República brasileira, pela mesma altura em que se publicavam *O Ateneu,* os primeiros poemas de Bilac, e a *História da Literatura Brasileira,* de Sílvio Romero.

Isto significa que, por volta de 1900, a Literatura Brasileira, com todos os pessimismos de juízo e as limitações de público e de cultura que os historiadores brasileiros têm por costume atribuir-lhe, estava em perfeita sintonia com a literatura do resto do mundo, na qual se entrecruzavam exactamente as mesmas correntes que, no Brasil, estavam lançando obras de tão alto nível. Quando *Os Sertões* se publicam, não podia haver dúvidas quanto à absoluta maioridade artística dos grandes nomes da literatura brasileira. E, se, escassos vinte anos depois, como culminância de uma efervescência estético-naturalista que se vinha processando desde a viragem do século, aqui como em toda a parte, o Modernismo brasileiro vai pôr em causa tudo isso, está em condições de fazê-lo por duas razões, uma necessária, outra suficiente. A suficiente é esta: podia ser posto em causa, e podia ser reformulado, aquilo em cuja existência, por mais que se combatesse, se tinha confiança. E a necessária é esta: a reformulação dos ângulos de visão da realidade brasileira tinha de ser exigida, porque as grandes figuras anteriores, se

208

haviam sido devotadamente brasileiras, o haviam sido em desespero de causa, não acreditando que o Brasil pudesse ser, sendo grande, aquela mesma realidade quotidiana de língua, de usos e costumes, em que todos eles, do alto do seu refinamento estético, desesperadamente não acreditavam. Já curiosamente foi revelado que o pessimismo do republicano Euclides em *Os Sertões,* parece responder, com um ano de diferença, ao «porquemeufanismo» do monarquista Afonso Celso. E que, por circunstâncias políticas imediatas, mas também por circunstâncias sócio-económicas mais profundas, aquele pessimismo correspondia ao momento brasileiro na viragem do século, a prova está no êxito retumbante de crítica — tendo à frente os artigos de José Veríssimo, de Araripe Júnior e de Coelho Neto — e de público, que saudou *Os Sertões.* Esse êxito — 6000 exemplares em menos de dois anos — não pode explicar-se apenas por duas circunstâncias que raramente se reúnem para que uma obra de arte apaixone imediatamente todo o mundo: a actualidade candente do seu assunto (e a Campanha de Canudos abalara a Nação), e o génio com que este assunto seja transformado numa imponente estrutura artística. Porque, do encontro dessas duas circunstâncias (das peculiaridades epocais de uma, e das peculiaridades idiossincrásicas da outra), pode precisamente resultar uma obra extraordinária que, nem por reflectir em alto grau a opinião pública, esta venha a reconhecer e aceitar como aceitou *Os Sertões.*

De resto, desde o início, o êxito e o prestígio da obra assentaram em diversos equívocos que ainda subsistem e até se ampliaram. Ao imprimirem e lançarem o livro, os editores dele não estavam publicando uma grande obra literária, mas uma reportagem cientificamente fundamentada sobre a tragédia de Canudos, escrita por quem testemunhara a última fase dela. A casa editora que lançou *Os Sertões* não publicava «literatura», mas, segundo um testemunho, «obras científicas e sérias». Acontece que isto mesmo é que Euclides pretendia que o livro fosse, independentemente da paixão estilística (e parece-me ser esta a expressão adequada) com que escrevera e corrigira. *Os Sertões,* com as suas partes sucessivas, que começam pelo magistral sobrevoo geofísico do Brasil (imaginado num tempo em que a aviação e o cinema não nos tinham familiarizado com essa técnica, e que é transposição realista do sobrevoo visual de um mapa), não pretendem ser, e efectivamente não são, apenas o relato empolgante de uma crise da nacionalidade brasileira. Para tanto, não era preciso escrever a primeira parte: *A Terra,* em que avulta aquele arrepiante sub-capítulo dos «higrómetros singulares», em que cavalos e homens ficam mortos e estátuas, como símbolos

E.L.B.-14

da seca avassaladora. Nem era preciso escrever a segunda parte: *O Homem*, tal como Euclides a compôs, se, para ele, as causas mais profundas da tragédia — que ele, em termos deterministas, chamava a Terra e o Homem — não importassem, na sua visão, muito mais do que as apaixonantes circunstâncias militares e políticas que, assentes nessa base de geografia humana, constituem as seis partes seguintes. O que poderíamos chamar de 8 Cantos da epopeia de Euclides da Cunha formam uma unidade indissolúvel, e nos últimos seis (prefigurados em tantos passos dos dois primeiros) toda a narrativa adquire ressonância profunda, precisamente porque assenta nos pilares majestosos dos dois primeiros.

Que uma obra tão ambiciosamente científica, pelos padrões do tempo, fosse composta e escrita como uma obra de arte, com requintes e audácias de estilo, faz esquecer como ela se queria um documento fundamentado nos dados da ciência, já que por definição, literatura e estilo eram o contrário de tudo isso. E esquecer que a ciência tinha, e sobretudo no século XIX, com um Humboldt, ou um Claude Bernard, um alto nível de composição artística. De resto, sob este aspecto do relato documentado que se desenvolve, com consciência estética, não podemos esquecer-nos também de que a literatura da nossa língua, com os viajantes e os cronistas dos séculos XVI e XVII, oferecia, desde as épocas clássicas, uma tradição da mais alta categoria.

Se a ciência ultrapassou os pressupostos e as teorias em que Euclides assentou a sua imensa estrutura, e se eles eram, mesmo em tempo de Euclides, um pouco precipitadamente chamados a confirmar uma tese pessoal (que o era também de ideologias da época), eis o que não retira qualquer valor a *Os Sertões,* reduzindo o livro a uma portentosa evocação literária. Puro engano. As obras de Cuvier, de Humboldt, de todos os sábios deste mundo e do outro que foram escritores também, não deixaram de ser, pelo progresso da ciência, clássicos desta e da língua em que foram escritas. E, em contrapartida, será que uma esplêndida tragédia, como os *Espectros* de Ibsen, integrada na mesma ideologia determinista em que se integra Euclides, é menos bela, porque são obsoletas as ideias sobre a hereditariedade, de que a peça é rígida ilustração?

O equívoco acerca do cientismo de Euclides, e da riqueza fulgurante do seu estilo, igualmente fez que devidamente se não notasse que a linguagem de Euclides não é de forma alguma uma linguagem barroquizante, pletórica, excessiva, multiplicando os vocábulos pelo gosto ostentoso de substituí-los à realidade. A linguagem de Euclides pretende ser, e é, de uma grande exactidão, de uma segura precisão, de um cuidadoso rigor. Quando, no calor das evocações, dos quadros, dos movimentos e das figuras, ela parece estorcer-se em petulâncias de esteticismo barroquizante, não o faz nunca porque o pormenor lhe importe mais que o todo, mas porque este todo, multifacetado que é, exige dela uma multiplicação de recursos, para que fique integralmente descrito e perfeitamente gravado, segundo o vê, com a sua cultura e a sua penetração (se esta é de índole artística e amplifica, é uma outra questão), o homem Euclides da Cunha. Mas *Os Sertões* não são apenas, e daí outros equívocos surgiram, uma obra de ciência escrita como obra de arte. Eles são, simultaneamente, um panfleto gigantesco, uma tragédia cósmica, um romance tão naturalista que só a realidade histórica lhe bastava, um livro de história contemporânea, uma epopeia. Quer dizer, sendo tudo isto, *Os Sertões* são, por estranho que pareça, uma das obras mais significativas do século XIX, publicada em 1902, porque nela, como em raras outras da literatura universal, se consubstanciam todas as ambições da cultura e da literatura daquele século. Um crítico inglês contemporâneo, Lord David Cecil, falando de um grande romance do século XIX, *Middlemarch,* de George Eliot, disse, com admiração e ironia, que essa obra era o que em Inglaterra se pudera arranjar de *Guerra e Paz...* Nós poderíamos dizer que o sonho de escrever uma obra total que foi a obsessão de homens tão afins como Zola e como Wagner, o realizou Euclides da Cunha, graças à realidade contraditória e selvática do Brasil. Foi ele quem, na nossa língua, e salvo para a sociedade urbana, *Os Maias* de Eça de Queiroz, realizou o que da *Guerra e Paz* de Tolstoi se pôde arranjar... E não há nisto, ao contrário do que sucedia na comparação de Cecil, a mínima ironia. *Os Sertões* são, na verdade, uma culminação das ambições literário-científicas do século XIX inteiro.

Panfleto gigantesco? Haverá alguma grande obra da literatura universal que o não tenha sido? Para compreendermos a *Divina Comédia* de Dante, ou *Os Lusíadas* de Camões, mesmo a *Eneida* de Vergílio, ou o *Paradise Lost,* de Milton, grandes epopeias, não podemos abstrair esse aspecto de ataque proselítico que mesmo sob a serenidade vergiliana está implícito. Apenas sucede que, em geral, associamos a ideia de panfleto a uma obra curta e directamente agressiva, escrita no calor do momento, e esquecida nas mutações da sociedade; e é-nos difícil conceber ou aceitar que um panfleto tenha as proporções e a estrutura, e sobretudo a escala, de uma vasta e apurada obra de arte. Se grandes destas obras podemos e devemos entendê-las como panfletos, pelo menos em certos aspectos da sua natureza última, porque não poderá sê-lo também *Os Sertões*? A intencionalidade firme de provar certas teses e condenar certos actos políticos, que informa o livro, e é um dos seus motivos condutores, não nos cumpre, como críticos, aceitá-la ou repudiá-la. É um facto irrecusável, sem a consideração do qual se perde parte do sentido e até do impacto que a obra tem o direito, pela sua grandeza e a sua nobreza, de continuar a exercer.

No tempo de Euclides, e à primeira vista, a historiografia portuguesa e brasileira avançava para a ponderosidade da investigação erudita, para a minúcia documental, para o exame monográfico. É a época de Gama Barros, Costa Lobo, Sousa Viterbo, Braamcamp Freire, Alberto Sampaio, Lúcio de Azevedo, em Portugal, e de Oliveira Viana, Oliveira Lima, Nina Rodrigues Alberto Torres, José Veríssimo, Capistrano de Abreu, no Brasil. É que a história, como a etnologia, estavam cindindo-se da visão artística, para, sem abandonarem a intencionalidade interpretativa, mais de perto cingirem a realidade social que fora o Romantismo o primeiro a pôr no primeiro plano das preocupações estético-culturais. Em geral se esquece, na difusão de uma noção popularizada de romantismo imaginoso e piegas, que o Romantismo considerava essencial a análise do real, quer nas almas, quer na sociedade, e lançou as bases do realismo moderno que, ao tornar-se politizado num sentido socializante, daria o naturalismo, e ao despolitizar-se em aristocratizante reacção daria o esteticismo. Mas as coisas não são assim tão simples, já que, por exemplo, na Inglaterra, os esteticistas serão precisamente os apóstolos do socialismo, por entenderem que a sociedade burguesa e liberal não oferecia condições para a beleza nem para a liberdade do artista. Mas de que, nesta mesma linhagem esteticístico-naturalista, a História, e a história contemporânea, podia ser escrita como um gigantesco panfleto, tinha Euclides, na nossa língua, um prestigioso exemplo em Oliveira Martins, seu mestre de socialismo. Que serão a *História da Civilização Ibérica,* a *História de Portugal,* e o *Portugal Contemporâneo,* senão os panfletos gigantescos que a paixão do real, a intencionalidade anti-burguesa do esteticismo, e a vivência romântica da História, não deixariam de escrever? *Os Sertões* são o audacioso passo que seria dado, depois dessas obras. Tomar um episódio, colocá-lo na *realidade* da Terra e do Homem deterministicamente considerados, evocá-lo com o máximo rigor da expressão e o máximo de paixão estético-política, e historiá-lo por forma a transformá-lo naquele libelo que, para o naturalismo, todo a obra devia, de um modo ou de outro, necessariamente ser, foi o que fez Euclides.

Um outro crítico inglês, Stephen Spender, disse algures que, se Homero tivesse vivido no século XIX, não teria escrito outra *Odisseia,* mas a *Madame Bovary* de Flaubert. É isto uma *boutade,* sem dúvida. Mas, se a analisarmos, permitir-nos-á compreender melhor Euclides da Cunha. Os finais do século XVIII e o século XIX criaram e desenvolveram o romance moderno e já o grande romancista Fielding, criador do *Tom Jones,* afirmara que o seu desejo era que o romance fosse «um poema herói-cómico em prosa». No mundo nada heróico, pelo menos à escala cavalheiresca, e nada primitivo, pelo menos à escala das superstições totémicas e de clã, que era o do século XIX, a epopeia em verso, e altissonantemente heróica, não era já possível. Um dos mais celebrados e, para a imaginação universal, mais típicos dos românticos, Byron, escrevera, e em verso, a anti-epopeia, com o seu *Don Juan.* O romance, no século XIX, substitui (e não sem razão descende das novelas de cavalaria e das novelas sentimentais e pastoris da Idade Média e do Renascimento) a epopeia, tal como, salvo no imenso surto epopaico do Renascimento, que culminara em *Os Lusíadas* de Camões, na *Gerusalemme Liberata,* de Tasso, e no *Paradise Lost* de Milton (que são, respectivamente, as epopeias da História, da Imaginação, e da Teologia), a novelistica cavalheiresca e pastoril substituía as velhas *canções de gesta.* Esta evolução transformara o romance, não só num poderoso veículo de ideias — tão caras ao século XIX — como propiciava que, reciprocamente, tudo fosse tratado como ficção, como transfiguração artística. Por outro lado, na medida em que era realidade — a realidade individual, a realidade social, a realidade histórica — o padrão de todas as coisas, a grandiosidade trágica ou feliz dos heróis das epopeias reduzia-se, ou ampliava-se, à minúcia do quotidiano, como na *Madame Bovary,* à inanidade de uma classe, como em *Os Maias,* à degradação inexorável de uma sociedade, como nos *Rougon-Macquart,* de Zola, ou, simbolicamente, na tetralogia operática de Wagner, *O Anel dos Nibelungos* (a aproximação entre os Rougon e os Nibelungos não é minha, mas de Thomas Mann, a última e mais gloriosa metástase do naturalismo esteticista), às vicissitudes de um país inteiro em guerra, como em *Guerra e Paz,* de Tolstoi. Mas podia também a mesma ânsia de realidade criar, na investigação psicológica, os monstros de Dostoievski, e até as aventuras linguísticas de James Joyce.

Na viragem do século XIX, porém, a confiança positivista na ciência, e o entendimento da história como uma tragédia humana (que é, no mundo luso-brasileiro, a visão de Oliveira Martins), criavam, entre a situação a que o naturalismo levara o realismo na criação literária, e as possibilidades de a História e a Vida serem uma realidade que só a imaginação apoiada na análise científica seria capaz de recriar, uma inter-dependência extremamente íntima. Não escapou a Euclides da Cunha — e é parte integrante da sua interpretação de Canudos — que a tragédia a que ele assistira resultava do choque entre o primitivismo da população nordestina, condenada pelas secas, e a civilização artificial que ele julgava imposta por uma república errada e era imposta pelas circunstâncias sócio-políticas da sociedade dirigente do Brasil de então. E, ao seu senso estético, quando construiu *Os Sertões,* não escapou que, se a ficção naturalista podia realmente conquistar as palmas da epopeia, e realizar a fórmula de Fielding (cunhada no dealbar do mundo oitocentista), ao mesmo tempo que respeitava os cânones da ciência esteticamente escrita e da História politicamente usada, só lhe seria possível tal triunfo transformando, numa epopeia moderna em prosa, o carácter de épica primitiva da população de Canudos, e o combate absurdo e no entanto necessário com que uma sociedade inteira — que o naturalismo retratava impiedosamente, e o pessimismo de Machado de Assis analisava até às últimas consequências da derrocada interior — se obstinou em destruí-la. Por isto, *Os Sertões* são, como dissemos, o romance, a História e a epopeia, que o século XIX desejava que as suas obras máximas simultaneamente fossem. Sem as condições primitivas de Canudos, a epopeia seria apenas romance, a História seria apenas sátira política, e o romance teria sido apenas a raiva impotente contra uma sociedade estabelecida, que a ficção romanesca vinha sendo já, ao evoluir para o impressionismo.

De resto, quanto à epopeia, a situação geral do género e em especial no Brasil havia sido posta em claros termos, por Silvio Romero, na sua *História da Literatura,* quando Euclides tinha vinte e poucos anos. Diz Silvio: «O poema épico é hoje uma forma literária condenada. Na evolução das letras e das artes há fenómenos destes: há formas que desaparecem, há outras novas que surgem. Além desta razão geral contra novos poemas épicos, existe outra especial e igualmente peremptória; o Brasil é uma nação de ontem; não tem um passado mítico, ou sequer um passado heróico; é uma nação de formação recente e burguesa; não tem elementos para a epopeia. É por isso que todos os nossos poemas são simplesmente massantes, prosaicos, impossíveis. (...) Desse naufrágio geral salvam-se apenas o *Uruguai* e o *Caramuru.* O que os protege é o seu tempo; apareceram a propósito; nem muito cedo nem muito tarde. Não era mais nos primeiros tempos da conquista, quando ainda não tínhamos uma história; não era também nos tempos recentes, em meio de nossa vida mercantil e prosaica. Era no século XVIII, quando a colónia sentia já a sua força, sem as suas desilusões.»

Este decreto de Sílvio Romero, tão lucidamente escrito, terá constituído um desafio para Euclides da Cunha, ao imaginar e compor o que, numa dedicatória, chamou «poema do heroísmo e da brutalidade», publicado cerca de quinze anos depois da História de Silvio. Que a situação é como este a descreve, parece que tudo, no livro de Euclides, nos mostra que este aceita. Mas igualmente mostra que, aceitando, procura provar como, na chateza «mercantil e prosaica» de então, podiam surgir, no Brasil, as condições excepcionais do poema épico. O passado mítico não existiria, e não seria o positivo Euclides a acreditar nos mitos indianistas do Romantismo, no «Bom Selvagem» virtuoso e nobre, ele que vira o misto de degradação e de heroísmo louco e sanguinário, a que a Natureza pode conduzir o Homem. O passado heróico, também não, o que aliás não é inteiramente verdade, se recordarmos as guerras contra os holandeses e as guerras do Sul. Mas, segundo Sílvio Romero, o que possibilitara que os poemas de Basílio da Gama e de Santa Rita Durão se elevassem acima de uma mediocridade em que inclui *Os Timbiras* de Gonçalves Dias, era o facto de esses poemas terem aparecido quando o Brasil já tinha uma História própria, quando não decaíra ao nível do burguesismo comercialmente anti-heróico do século XIX (e aqui notamos que mesmo Sílvio Romero sacrifica à nostalgia de outros tempos mais dourados e aristocráticos, que foi timbre do Romantismo), e quando, tendo o Brasil uma História própria, esta não era ainda vítima das desilusões que acompanham o choque entre a maioridade responsável e a adolescência impetuosa. Ora, se assim era, Canudos oferecia as condições ideais para a epopeia: era o choque de duas civilizações, e o primitivismo das hostes do António Conselheiro supria, em barbárie e em messianismo actuais, o que lhe faltasse em passado mítico e heróico. Quanto às desilusões, a questão era outra, porque, como todo o século XIX fez, Sílvio Romero confunde genericamente a epopeia primitiva ou canção de gesta heróica com a epopeia culta e erudita. Aquela, sim, fora sempre filha de uma vida tribal perigosamente conduzida entre grupos hostis que se digladiavam. As desilusões que ela espalha são momentâneas, intemporais, anti-históricas, uma vez que sentidas, nas circunstâncias da vida, por populações que, como consciência social, estão fora da História. A epopeia culta e erudita foi sempre o contrário disso. Não é de reelaboração popular (no sentido amplo do termo que inclui as camadas «cultas» capazes de uma reelaboração mesmo da transmissão oral), mas uma criação artística muito consciente, filha sempre das preocupações de um homem ante o futuro, das suas desilusões perante o presente, do seu apelo, por isso, a um passado heróico. Se os poemas homéricos, no alvor da nossa civilização, participam da natureza de ambos os tipos épicos, nenhuma outra epopeia ulterior deixou já de ser crítica, de reflectir uma crise da civilização. Precisamente o que faz a maior grandeza que elas tenham, é a acuidade com que essa crise é transfigurada em gesta heróica pelas desilusões do poeta. Não haverá, e até epocalmente, epopeias mais claramente construídas assim, do que as de Camões e Tasso. Por isso, e ao contrário do que pensava Silvio Romero, a desilusão e a amargura são parte integrante da epopeia moderna; e, por isso, foi possível a Euclides provar com *Os Sertões* como era triste, e no fundo trágica, a epopeia. Triste, não porque não houvesse, no mundo «mercantil e prosaico», lugar para o heroísmo. Mas porque o prosaísmo do mundo moderno, com o positivismo cientista desmascarando as falácias do heroísmo, punha a claro a que ponto a epopeia só era possível — e só tinha sido sempre possível — como resultado contraditório dos crimes e das loucuras, como tragédia cósmica do Homem abandonado ao seu meio, e incompreendido dos outros homens.

Tragédia cósmica dissemos que *Os Sertões* eram. E o são, ao que se vê, neste sentido. O teatro daquele tempo, ou continuava desfazendo-se em dramalhões românticos, que nada significavam para as dores das nacionalidades, ou derivava para um realismo factual e episódico do quotidiano em sociedade. O palco, porém, de Euclides não era um palco e, neste, uma alcova. O seu palco era aquele imenso território que ele começa por descrever-nos: um palco trágico para uma farsa trágica e sinistra. E como poderia, num palco apenas, ser tragédia aquilo que o fora no quadro imenso e terrífico de uma inóspita região das terras brasileiras, envolvendo até ao fundo das almas o que Euclides julgava aquela mesma tremenda inconstitucionalidade que contrariava, como Nação, a autêntica legitimidade de seu amado Brasil? Porque, não nos iludamos, *Os Sertões* pretendem colocar, na forma sugestiva e grandiosa de um magnífico relato, o problema crucial de como uma nacionalidade é legítima, em que bases deve constituir-se, não só para sobreviver, mas para merecer a sobrevivência. É um tom geral que a literatura de nossa língua já havia aprendido e atingido, no ponto mais alto a que subiu, porque *Os Lusíadas* de Camões são precisamente, e às vésperas de um momento crucial da nossa História comum, a colocação desesperada dessa angústia moral. Em que termos e em que condições os homens, como nação, são dignos do seu passado e do seu futuro? O que Camões colocara no plano do vasto mundo, centrou Euclides nos sertões nordestinos. E as limitações que, no seu século, reduziam a escala da epopeia, bem se reflectem nesta colocação geográfica que, em certa hora, o destino do Brasil lhe ofereceu como decisivamente significativa. Mas essa redução naturalística implicava uma contradição terrível: a de, no encerro doloroso de uma zona inóspita, se desenrolar uma tragédia dolorosamente grotesca, que a sujeição ao meio tornava cósmica, muito mais ampla do que o meio e do que os homens. A teatralidade intrínseca de

Os Sertões de Euclides da Cunha resulta, em grande parte, dessa contradição a cujo resolver-se assistimos, sem que ela seja resolvida pelo facto de ser eliminada em montes de cadáveres, ou de a cabeça de António Conselheiro ser exibida a multidões em festa. É uma teatralidade que resulta do absurdo de chocarem-se a História e a negação da História — o que foi sempre a própria essência da Tragédia. Mas que a História seja feita por quem a não merece, e a negação da História lhe resista sem saber a que resiste, uma ignorância mútua, eis o que transforma essa teatralidade trágica no determinismo angustioso e cego da ficção naturalista. Porque o palco para a peça de Euclides era demasiado grande, demasiado típico nas suas peculiaridades, demasiado terra e gente ligada a ela, para que quaisquer figurações pudessem substituir-se ao poder evocador da palavra. E esta tem assim por missão erguer perante nós a cena imensa, com os seus actores de verdade, vivendo e morrendo uma tragédia que resultava de o homem, abandonado a si mesmo e ao seu meio, ser impotente para modificá-lo. Não é das menores grandezas de Euclides que o seu tão agudo instinto da tragédia que é contrapartida do instinto épico, desenvolvendo-se numa concepção determinística da geografia humana e da arte literária, não tenha caído no logro — tão do seu tempo e de um Oliveira Martins — dos «homens representativos», tão caro a Carlyle ou a Emerson. Épicos e trágicos como *Os Sertões* são, não transformou Euclides o António Conselheiro no herói único, cujas decisões autónomas fazem a História, e cuja ausência de capacidades para alterar o curso determinístico da História, faria a tragédia. Conselheiro não é Aquiles, nem Eneias, nem Orestes, no país das secas. Nem é um varão de Plutarco. Nem mesmo um Quixote de Cervantes. António Conselheiro é uma emanação da Terra e do Homem, uma hipóstase das condições de vida de uma sociedade humana; e, se é uma figura da tragédia implícita nas maiores epopeias, é porque não se ergue, ao contrário dos «homens representativos» como o século XIX os adorou, acima das condições de que é um produto e uma vítima. Neste sentido, o carácter do romanesco naturalista de *Os Sertões*, e o modo como a obra realiza o sonho da epopeia realista, mais finamente e profundamente nos aparece. Conselheiro é um *herói-malgré-lui* por contraditório que isto nos pareça. E nada é mais concludente, como visão moderna da epopeia possível, que Euclides terá tido, que todo o final do livro, com a sua crítica à natureza absurda do heroísmo: «Canudos não se rendeu», «aquele terribilíssimo antagonista», «aqueles triunfadores»...

O livro inteiro — tão longo e, para tantos, tão alongado — é escrito, note-se bem, como se fosse um livro breve. As frases são curtas, incisivas, por vezes resumem uma situação inteira que não é descrita. A opulência verbal de Euclides, tão celebrada, é, como dissemos, um gosto do rigor e da exactidão. Se muitas palavras raras tinham para ele um significado mais exacto e mais rigoroso, precisamente porque ilustravam mais o carácter alucinatório da evocação, a culpa não é por certo de Euclides, mas de uma língua, como a nossa, que temos deixado banalizar-se, empobrecer-se, perder o vigor e o brilho, como se alguma vez a grandeza dos homens e das coisas pudesse resistir à banalização da linguagem com que a descrevemos. Que a realidade é algo que vive na nossa imaginação apaixonada, e que depende pois estritamente da linguagem que no-la figura, eis o de que Euclides foi agudamente consciente, à semelhança do seu émulo de geração e de livro único, Raul Pompeia. Ambos souberam, como poucos, que a criação pela palavra é, antes e acima de tudo, uma criação literária, e que não há criação literária sem um domínio adequado e arguto da linguagem. E, no entanto, que abismo entre o impressionismo esteticista de um e o rigorismo descritivo do outro! Onde um se aplica em dar, o mais nuançadamente possível, a vivência individual e o fervor insano com que a realidade pode ser apreendida pelos sentidos e avaliada pelas emoções, o outro olha do alto uma terra e uma humanidade, as vicissitudes de uma guerra cruel e assassina. Ele o diz: «Vimos como quem vinga uma montanha altíssima». E acrescenta: «No alto, a par de uma perspectiva maior, a vertigem...». A vertigem, com efeito. E, sem trocadilho, podemos dizer que *Os Sertões* é um livro vertiginoso: pela secura fulgurante das suas centenas de páginas, pela paixão intensa com que está escrito, pela serenidade contraditória que é a das alturas, onde as loucuras e os crimes das nacionalidades só têm, para julgá-los, o estilo dos Euclides da Cunha...

Àquilo mesmo que Euclides condenava que o Brasil fosse — uma população degradada e mestiça de raças inferiores, em face de uma sociedade ao mesmo tempo bárbara e civilizada (não se considerava ele um misto de tapuio, de celta e de grego?) — no que não andava longe do racismo celtista de outro seu companheiro de geração, o historiador Oliveira Viana — devemos, e deveu o próprio Euclides, a possibilidade de escrever a sua obra-prima. Que outros países do Ocidente, como o Brasil de então, teriam oferecido ao poeta épico um acontecimento como a Campanha de Canudos? Sem dúvida, guerras muitas, massacres alguns, opressões variadas. Mas não a luta entre uma população condenada, pela miséria geofísica, ao messianismo, e uma sociedade dirigente forçada a salvar a unidade de um país que era menos seu do que daquela, e destituída de qualquer sonho superior como nação. Era este o pessimismo de Euclides da Cunha, que não o nosso. Mas alguma vez as grandes epopeias não foram escritas, nos tempos modernos, em desespero de causa? Quem era o Dante e que era a sua Itália? Que ia ser o Império Universal de Camões? Que morria na loucura de Tasso? E não é na para ele abominável Restauração que já vira iminente, que Milton — o republicano e puritano — publicou a sua obra magna? E, em pleno século XIX, eram risonhas as esperanças de Balzac, de Flaubert, de Zola, de Verga, de Eça de Queiroz, de Machado de Assis? Na magnificência miniatural da sua visão, não é *O Ateneu* um livro azedo? Também o é, na sua grandeza amarga, *Os Sertões*. Não é dos menores paradoxos da história literária, que as grandes obras tenham sido escritas quando os seus autores achavam que as suas pátrias não mereciam que eles as escrevessem... Provavelmente, não mereciam mesmo, já que, na verdade, elas são sempre, apesar das nossas presunções e susceptibilidades, inferiores aos grandes homens que produzem. Mas acontece que, não obstante isso, eles as escreveram, e é precisamente o que os distingue da chusma inglória dos que achando que não vale a pena fazer nada, cumprem realmente as suas convicções... e não fazem nada. Os grandes escritores pensam que tudo está perdido, mas têm em si mesmos uma confiança última. E essa confiança última com que escrevem as suas obras-primas para nos chicotearem a golpes de palavras, é afinal aquilo que, se os não salva a eles, nos salva a nós.

Que o Brasil deixe de ser, cada vez mais, o que Euclides imortalmente retratou no seu amor sacrossanto e feroz, é o que todos mais ou menos desejam, de uma maneira ou de outra. E não pode haver, para obras-primas comprometidas com uma nação, como *Os Sertões,* mais alto destino do que esse de, um dia, poder dizer-se que tudo nelas é inteiramente obsoleto, inteiramente ultrapassado, inteiramente injusto. Mais puras obras de arte então se tornam, e melhor podemos estimá-las, já que nada, no nosso destino, depende dos juízos que elas imortalizaram através dos tempos. Não há, porém, nenhuma obra de arte, a que tenha acontecido esse extremo limite. É que, com efeito, ela não seria grande se, pela mutação das nossas condições de vida, deixasse de falar-nos. Seria sem dúvida minimamente humana. Na medida em que comprometidos com *um* Brasil, *Os Sertões* serão obsoletos. Mas, na medida em que comprometidos com, como Euclides disse a concluir o livro, os crimes e as loucuras das nacionalidades, que o mesmo é dizer dos homens, não serão. Sempre haverá disso, infelizmente, de uma maneira ou de outra. E quando o não houvesse, haverá sem dúvida, falada e estudada por milhões, e tornada efectivamente uma das primeiras línguas do mundo, que já é, a língua portuguesa, de que *Os Sertões* são um dos maiores monumentos gloriosos.

É triste pensar-se que uma carnificina atroz como Canudos, e insensata no que espelhava de incompreensão de uma situação psico-social, tenha servido sobretudo — como mais nítido e mais perene resultado — para que tenha sido escrita uma obra-prima. Nem sempre, é certo, as catástrofes da História encontram, e tão oportunamente, o seu cronista e o seu cantor, como foi o caso de Canudos e de Euclides da Cunha. E, se assim acontece, talvez que no facto possamos encontrar o segredo do acerto, que houve e há, entre o acontecimento, o cronista, e o público, apesar de todos os equívocos. É que, se Euclides acreditava no determinismo inexorável das coisas e dos homens, ele acreditava também — e nem outra ideia poderia esperar-se de um homem cuja formação não era a de um literato, mas de um técnico — em que aquele determinismo do meio e das circunstâncias etnico-sociais podia modificar-se pela acção gradual que, transformando a Terra, permitisse que nela, o Homem se transformasse também. Apenas não via, na sua crença utópica (porque era a de um pessimista), que as transformações pudessem fazer-se pela violência, nem que esta culminasse na destruição absurda de que Canudos foi um símbolo. Euclides acreditava, sim, que a acção dos homens pode, pouco a pouco, pacientemente, com a mesma paciência e segurança técnicas com que ele construía pontes, construir os instrumentos de um progresso possível. Se *Os Sertões* também são um libelo, são-no por exprimirem contraditoriamente esta fé na compreensão e no trabalho. Euclides não desejava que o Brasil fosse uma nação ideal, mas sim uma nação que, pouco a pouco, atingisse, integrando-se em si mesma, a realidade de um imenso território que o fascinava e de uma massa humana destituída, que o movia à piedade. Também sob este aspecto *Os Sertões* são uma grande obra de arte, porque as não há sem este sentimento de que a justiça, a compreensão fraterna, a liberdade, são elementos essenciais da dignidade humana, e que esta não pode subsistir, nem prefigurar-se, onde esses valores não sejam primaciais. Por isso, como tantos outros altos espíritos em face de revoluções, quem escrevia aquele livro admirável era um republicano descrente da República. É que nos importa compreender a descrença desses altos espíritos em face da realização prática dos seus ideais. Não é, ou raramente o é, que eles não compreendam que a realidade é sempre mais pobre do que o sonho, os homens sempre menos grandes que nas horas prévias do generoso entusiasmo, e que a política não é a arte dos extremos mas a dos compromissos. Isso, eles o sabem perfeitamente, e em geral melhor do que os prosélitos e os devotos, já que essa mesma ciência lhes é dada por um cepticismo irónico e esclarecido. O que esses homens, como Euclides, não perdoam — e do que nos dão lição — não é que as coisas realizadas sejam menos belas que as sonhadas, mas que não sejam senão mistificadamente realizadas, e se apresentem como sendo aquilo que não chegaram sequer a ser. Um livro como *Os Sertões* não nos ensina implicitamente, pois, a desesperarmos de que ideais se realizem. Ensina-nos, sim, a não confundirmos as limitações insuperáveis de uma momentânea realização, com as complacências, as demissões, as convivências e as covardias que precisamente defraudam qualquer realização. Se a carnificina de *Os Sertões* foi necessária e possível, é o que nos diz Euclides, foi-o porque a República não soubera estruturar-se como uma democracia, em que, segundo as suas condições, todos os brasileiros tivessem o seu lugar. Se *Os Sertões* foram escritos, o foram para condenar que se apresentasse como uma herança dos erros do passado o que era um efeito das omissões do presente. Até nisto o livro de Euclides da Cunha se irmana às mais nobres obras das literaturas, pelo alto intuito de moral política e social que a conduz. Doía a Euclides que o tomassem como autor de um só livro: «custa-me admitir, dizia ele, que tenha chegado com ele a um ponto culminante, ficando todo o resto da existência para descer desta altura». Os azares da vida, não o deixaram provar nem uma coisa, nem outra. Mas igualmente não lhe deram tempo para, sequer em vida, descer da excepcional altura a que se guindara, quando, em fins de 1902, há mais de sessenta anos, foram publicados *Os Sertões*. Este livro, com ser uma das obras fundamentais que sobre o Brasil se escreveram (e poucos escritores podem gabar-se disso, em relação às suas pátrias), é uma das obras máximas da literatura brasileira e da língua portuguesa. Tem isto sido dito muitas vezes, e não será a última. Permitam-me que, uma vez mais, e somando a minha voz a tantas que me precederam, o venha agora repetir aqui.

Araraquara, São Paulo, Agosto de 1963.

PORTUGAL E BRASIL: UMA PROPOSTA *

Diz-se que preconceitos históricos e nacionais todos os povos, desde a mais alta antiguidade, sempre tiveram; e que a tal ponto isso é inerente aos grupos humanos, que mesmo as tribos primitivas, observáveis ainda hoje, manifestam atitudes análogas. Há até quem defenda que, lá onde se descure uma constante ou vigilante educação baseada no orgulho nacional e na implícita convicção de uma superioridade em relação aos outros povos, ou a alguns deles, o patriotismo declina, e a própria nação como tal periga nos seus fundamentos e na sua integridade. Não é isto apenas a velha oposição entre conservadores e progressistas, entre tradicionalistas e cosmopolitas; mas algo que seria de supor muito mais profundo, muito mais radicado na natureza humana, e tão profundamente radicado que, em certos momentos decisivos, ou situações peculiares, os próprios progressistas ou cosmopolitas assumiriam as atitudes e o comportamento dos seus opositores.

O orgulho nacional e a convicção de superioridade alimentam-se de muito variados materiais, todavia. E, conforme as circunstâncias, desde a antiguidade até hoje, a composição desses materiais tem variado bastante. Se, às vezes, parece que não variou, é sem dúvida porque uma das características fundamentais do comportamento que de tais materiais se alimenta consiste precisamente na tendência para interpretar o passado ou o presente dos outros, em termos da visão que se pretende possuir do próprio passado e do presente. Esta interpretação e os termos em que é feita procede geralmente por analogia, o que por certo não é uma forma superior do conhecimento intelectual e racio-

---

* Inacabado.

nal. Este sistema analógico de pensamento, e o paradoxal gosto, em grupos que se pretendem e supõem civilizados e superiores, por verem analogias entre si mesmos e povos primitivos (no tempo ou no espaço) que por certo não seriam, noutro caso, tidos como exemplo de moderna e actual civilização, ambos denunciam como são, na verdade, *resíduos tribais* que subsistem, ainda hoje, nas relações humanas, sociais e políticas.

Entendamo-nos sobre como são resíduos e tribais. O sentimento de uma superioridade e o concomitante orgulho por factores históricos ou consuetudinários que o justificariam não existe, em estritos termos históricos, nas tribos primitivas, para as quais a vida é, simultaneamente, uma sucessão de presentes e um eterno retorno, perfeitamente cíclico. Onde a vida se repete, sempre igual a si mesma, ainda que com variações dependentes das condições naturais, a História como Experiência não é possível. O que existe é um conjunto de fórmulas mágicas, quer dirigidas a favorecer a benevolência das condições naturais tremendamente adversas ou caprichosas, quer destinadas a garantir, ante elas, ou perante grupos que são rivais na mesma economia de subsistência, a sobrevivência do grupo. Os ideais totémicos, com a sua ênfase numa genealogia, e portanto numa concepção estritamente familiar da raça, nitidamente correspondem à necessidade que o grupo tem de manter-se uno (pelos únicos laços que, no seu nível de desenvolvimento social lhe são inteligíveis), para resistir à natureza hostil ou à competição dos vizinhos e rivais. Ainda quando se admita que esta competição não existe em certas condições de perfeito isolamento, o ideal totémico exerce a função de suprir, como forma de consciência colectiva, a ausência desta consciência em termos de «contrato social» (que implicaria uma associação de consciências individuais) na luta pela sobrevivência. O totem é, ao mesmo tempo, a persistência de uma noção da singularidade que o grupo conquistou ao destacar-se da pura natureza como grupo humano, e a única forma de garantia que as condições permitem que o grupo descubra como indispensável à manutenção do carácter grupal de que a sobrevivência depende. O totem de cada grupo é superior ao dos outros sempre, apenas porque, para cada um, nada há que lhe seja superior, e porque a luta pela sobrevivência postula que cada grupo se sinta superior ao seu adversário: quem, em nível tribal, não se sente superior ao adversário já reconheceu a sua derrota antes de pegar em armas. Mais ainda: em nível tribal, o perigo de desagregação social, e de consequente dissolução das estruturas do poder político, não existe apenas ante um adversário concreto. Existe também, e às vezes muito mais, quando a inexistência do adversário não fornece ao grupo razões defensivas para a sua coesão. Deste modo, numa fase mais evoluída dos ideais totémicos, estes geram um adversário hipotético e mítico que lhes justifique a própria sobrevivência.

A Antiguidade (ou sejam as civilizações antigas que pertencem já ao passado histórico considerado como experiência, e mesmo herdado como tal, na medida em que condições sócio-políticas e geo-culturais favorecem sobrevivências delas não só na consciência culta, mas na vida quotidiana) fornece os primeiros exemplos de subtilização do mecanismo totémico. Por certo que é um erro considerar demasiado unitariamente as civilizações antigas. Nenhuma delas, digamos assim, foi exactamente a mesma ao longo da sua existência histórica, nem teve, no seu espaço geográfico, o carácter generalizado que as simplificações lhes atribuem. Em geral, as simplificações da perspectiva histórica dão a cada uma dessas civilizações as características que elas tiveram numa dada época e, até, numa determinada zona apenas. Nada mais típico destas simplificações do que a Grécia, sempre mais ou menos interpretada como a Atenas de Péricles ou a de Sócrates e de Platão. No entanto, os gregos — que não foram nunca capazes de construir um autêntico império universal, ao contrário dos Persas (que o constituiram com características de laicismo e de respeito pelas diversidades regionais, inconcebíveis para os gregos) — contribuiram eles mesmos decisivamente para tais simplificações, precisamente com a noção de «ser-se grego» em face dos «bárbaros» (quem o não fosse), ideologia que Roma herdou e propagou à escala «universal» do seu império. O «ser-se grego» era um misto de preconceito racial, de preconceito religioso, de preconceito linguístico, e, sobretudo, de preconceito quanto a certo, dir-se-ia hoje, *way of life*. Conforme as épocas e os lugares, as proporções recíprocas destes preconceitos variaram muito, sem todavia perderem, a partir do desenvolvimento das civilizações urbanas da Ática e do Peloponeso e das suas expansões na Grande Grécia (que haviam herdado a rede comercial e mediterrânica de épocas anteriores em que o passado da Grécia não era na verdade «grego», como é o caso das talassocracias fócia e cretense), um denominador comum. Este denominador comum, embora nem sempre tivesse a força suficiente para unir todos os gregos ante uma ameaça à sua sobrevivência como «gregos» independentes (os gregos sempre muito curiosamente sofreram do que se chamaria complexo de traição, e havia muitos gregos nos exércitos persas que invadiam a Grécia), era muito mais formado de similitudes regionais, que assente nas abstracções que o pensamento grego ou os seus comentadores ulteriores extrairam delas. A Grécia foi sempre um complexo de cidades-estados, lutando pela hegemonia, desde o momento em que esses pequenos núcleos urbanos atingiram uma complexidade de exigências geo-políticas que as opusesse não já no elementar plano das hostilidades tribais de vizinhança. E a unificação «imperial» de todas essas divergências similares só foi realizada, para os gregos e para a posteridade, pelo império de Alexandre, que teve características muito mais orientalizantes do que «gregas», e corresponde a uma refinada «barbarização» da Grécia clássica. A noção grega de cidade-estado nunca se libertou efectivamente das sujeições da organização tribal apenas transformada em fixação urbana do grupo. Mas esta fixação urbana implicava uma evolução que era a substituição do ideal totémico, consubstanciado tribalmente em monarquias hereditárias ou electivas (a monarquia electiva representa um estádio mais atrasado que o da hereditária, visto que sobrepõe a genealogia colectiva dos eleitores à genealogia simbólica da dinastia), pelo ideal não menos totémico mas mais «civilizado» de as estruturas do poder serem apanágio das oligarquias dominantes. Por um lado, progredia-se em aparente democratização do poder; por outro, regredia-se, na medida em que não era o poder que se democratizava, mas as oligarquias quem pluralizava nas suas mãos um poder não menos monárquico. Roma, mais paradoxalmente ainda do que as cidades gregas, herdou esta situação contraditória. A maior amplitude do paradoxo provém de que, cidade como as gregas, Roma realizou um império universal efectivo, mas nunca conseguiu resolver o problema de transitar da república aristocrática de raiz urbana, para a centralização administrativa do poder, indispensável à organização democrática da unidade imperial. A queda da República Romana e as crises de sucessão dos imperadores (e estes surgem no momento em que o aburguesamento universal das estruturas não mais se compadecia com a predominância do complexo agrário-urbano, estritamente «nacional», que pretendia continuar a dirigir um império que fora a república quem conquistara), crises que são menos dinásticas do que da contradição entre ser-se rei de Roma e senhor do mundo, são altamente significativas de como, sob os esplendores civilizados, persistia um terrível primitivismo das concepções sociais, que não estava em condições de civilizar efectivamente os povos que romanizou. Quando o Império romano sucumbiu ante as invasões dos «bárbaros» — e reconhece-se hoje que o Império, por sua própria existência, se barbarizava à medida que se constituía, ou nunca teria chegado a ser império, e desta tremenda contradição tiveram plena consciência muitos políticos e pensadores da «velha» Roma —, ele apenas se dissolvia em si mesmo, no dissolvente da sua própria natureza. Se o cristianismo acaso contribuiu para a precipitação desse processo, ou hoje nos parece que contribuiu, foi porque ele trazia uma concepção abstracta da dignidade humana, cuja ênfase, colocada na alma individual e não na parte colectiva dessa alma, estava em condições de superar as contradições do Império Romano, e de, do mesmo passo, destruí-lo como entidade política. A tal ponto, porém, o mito totémico da capital romana era então inerente à visão de um Estado Universal, e continuou a sê-lo na subsequente civilização cristã e ocidental (que, em termos europeus, engloba o Próximo Oriente e algo mais do mundo, desde as suas origens), que o catolicismo herdou Roma como centro do seu império mais ou menos sobrenatural, e todos os impérios ocidentais sempre sofreram de anseios de analogia romana. Sempre que isto aconteceu ou acontece, verifica-se uma ironia do destino, a mesma ironia que destruiu Roma e que é a incapacidade primitiva e primitivística de, ao mesmo tempo, viver-se em termos de superação ecuménica do poder oligárquico e de alimentar as ideologias na fonte totémica das origens tribais.

As nações modernas do ocidente europeu, que colonizaram o mundo actual, são filhas dessas contradições. Não é que tenham primeiro nascido da sobreposição de tribos mais ou menos germânicas a diversas áreas do império romano que se desagregava, e que, portanto, sejam filhas de estádios tribais monarquizantes, mais arcaicos que a democracia jurídica de Roma. Os bárbaros estavam mais romanizados do que se tem pensado, e Roma cada vez menos era a Roma que a si mesma, e por conveniências oligárquicas, se imaginava. A Roma que eles «destruiram» não era já, em sentido estrito, uma República (embora a sua destruição também provenha de nunca ter deixado de sê-lo efectivamente, no plano das suas oligarquias rivais); e sem dúvida que eles traziam, ao Império, um rejuvenescimento concreto das peculiaridades «nacionais», que se havia perdido, em Roma e no seu Império, na mistificação sócio-política da democratização aparente da cidadania romana. Do ponto de vista da organização jurídica da universalidade, portanto, essas nações modernas representavam uma regressão aparente a estádios anteriores. Mas a cristianização delas (e pode dizer-se que só na cristianização que as irmanava elas encontraram as unidades nacionais que as distinguiam), diversas como se formavam na base de monarquias que, por exigência da organização política dos territórios, logo transitaram do colectivismo tribal para a fidelidade feudal. Ao contrário do que habitualmente se pensa, no fascínio das estruturas democráticas de Grécia e Roma (muito habilmente exploradas por todas as oligarquias, e tanto mais quanto mais conservantisticamente fechadas sobre si mesmas), o feudalismo representou uma evolução positiva, e não apenas em relação à suposta regressão a que os bárbaros, destruindo o Império romano, teriam condenado a Europa. Nem também, se o julgarmos, ao feudalismo, em termos da mistificação demo-liberal romântica. Onde a centralização oligárquica do poder romano desaparecia, deixando ascender as peculiaridades regionais, a ordem feudal, sucedendo simultaneamente ao primitivismo tribal, que subsistira por toda a parte, e à supremacia das cidades (só possível, então, num império comercialmente centralizado), era um novo aspecto da vida social, e não uma simples regressão a tipos de relação de vassalagem entre chefes tribais que mutuamente se reconhecessem laços de dependência. Precisamente o modo como estes laços se estabelecem é que constitui a novidade. Com efeito, o reconhecimento dá-se no plano de uma ambivalência que não existia antes, quer no plano meramente tribal, quer no plano da romanidade unitária: é a ambivalência, muito mais realista, de o poder político reconhecer-se parte de uma unidade que é a República Cristã presidida pelo Papa, e também parte de um complexo de interesses regionais em que a individualidade representada pelo feudo não é preterida em nome de uma autoridade central. Na verdade, e na complicação minuciosa das suas relações político-sociais, o feudalismo foi mais *livre* que as «democracias» da Grécia ou de Roma. Deixou de sê-lo, quando a evolução política submeteu a República Cristã aos interesses hegemónicos das nações centralizadas (em que passou a haver o que seria legítimo chamar um *feudalismo de Estado*), desprestigiando-a como ecumenismo, e quando as lutas pela supremacia deixaram de ser processos de compensação regional, para serem amplificações sistemáticas do poder da oligarquia centralizada, que delas necessitava tanto mais quanto mais se centralizava, e reciprocamente.

A colonização das Américas deu-se nesta fase histórica, e pelas necessidades dela. À primeira vista, muito diversamente para Portugal, para a Espanha, e para a Inglaterra, os países de que, nas diversas vicissitudes em que também a França e a Holanda se envolveram, acabaram por formar-se, em regime colonial, as nações americanas. A América espanhola, porém, balcanizou-se, e foi mesmo intencionalmente balcanizada pelas potências que sucederam à Espanha na exploração da economia dela. A América portuguesa, com todas as agitações políticas visando a idênticos resultados (e que foram mais numerosas e mais disto significativas do que se supõe conveniente reconhecer e acentuar), resistiu ao processo, e mesmo se expandiu até aos seus ideais limites geográficos. Análoga expansão caracterizou a América inglesa que, no entanto, só aperfeiçoou a sua unidade após uma terrível guerra civil que foi a primeira das guerras modernas em escala de massacre e de devastação. Os Estados Unidos, o Brasil, as repúblicas hispano-americanas, todos conservam, e mesmo alimentam, o que se poderia chamar as cicatrizes da

Independência, embora as circunstâncias bélicas dessa independência possam ser, e sejam, muito diferentes, como diferentes possam ser as razões históricas de reversão a um passado pré--colombiano, ou os motivos actuais que fazem persistir uma hostilidade contra os países de origem. Na verdade, o Brasil não teve de lutar uma dura guerra de libertação, como as colónias inglesas foram forçadas a fazer. E pode dizer-se que só o Peru ou o México de hoje podem pretender-se descendentes de altas civilizações pré-colombianas que os conquistadores e colonizadores destruiram. E se alguma hostilidade tradicional se conserva nos norte-americanos contra a Inglaterra, não será pelas razões que às vezes despontam na América Latina, contra Portugal e a Espanha, culpados, ou tidos por culpados, pelos seus sistemas coloniais, do subdesenvolvimento actual dos países que essa colonização gerou. A questão é muito mais complexa, e a comparação com a África, pode ajudar-nos a compreendê-la.

Um século antes, ou quase, da descoberta do Brasil, já a Europa «moderna», personificada por Portugal, se interessara em actividades expansionistas extra-continentais. A descoberta do Brasil surge precisamente no fim do processo de reconhecimento ou de fixação de feitorias, ao longo de toda a costa ocidental da África. O Brasil é descoberto quase ao mesmo tempo em que a exploração da costa africana se despegara dela para, atravessando o Oceano Índico, chegar a Calecute. Não se crê, hoje, que as primeiras décadas dessa exploração sistemática da costa ocidental da África estivessem já impulsionadas pela miragem das Índias, que, no último quartel do século XV, faz «bruler les étapes», em direcção ao Cabo da Boa Esperança e à entrada meridional do Oceano Índico. As razões económicas é que eram por certo as mesmas, com os centros de distribuição do ouro no coração da África a precederem o Prestes-João da eventual aliança cristã contra o mundo mussulmano. Mas a verdade é que a África, no seu todo, não desempenhou, até aos meados do século XIX, papel equivalente ao que as Américas ou o Oriente haviam desempenhado na constituição dos impérios europeus. Muito provavelmente, teria sido chamada a desempenhá-la por essa mesma época, ainda quando as Américas, no último quartel do século XVIII e no primeiro do XIX, não tivessem ganho a independência. O caso é que, até ao século XIX, as nações europeias não a colonizaram, pelo menos numa escala comparável ao que foi feito nas Américas, e muito menos o fizeram enquanto, com a importância económica do comércio oriental, a costa das Áfricas representava o apoio terrestre à navegação. Pode aventar-se, no caso do Brasil, com a famigerada teoria dos ventos no Atlântico-Sul, que, desviando as rotas para Oeste, ao mesmo tempo teria permitido a descoberta ocasional do Brasil, e teria tornado desinteressante a margem africana do Atlântico ao Sul do Equador. Mas a verdade é que a África tivera fama de aurífera, e dera muito proveito nesse sentido, enquanto o Brasil não justificou as lendas de Eldorado antes dos últimos anos do século XVII. E, por certo, no caso do Brasil, o clima e a terra, encontrados nas primeiras visitas, não eram mais benignos ou mais férteis que os africanos do Atlântico-Sul. A confluência da importância desses ventos celebrados e do corte e comercialização do pau-brasil, se pode explicar alguma coisa da descoberta e da formação inicial do Brasil (para quem não queira aceitar que, em 1500, com o conhecimento geográfico já adquirido então, é muito difícil acreditar em descobertas ocasionais), não explicam duas coisas importantíssimas: o relativo desinteresse pela África, e o facto de, embora seja sabido que as primeiras tentativas sistemáticas de ocupação do Brasil foram incentivadas pela competição no comércio do pau que deu o seu nome ao país, os primeiros estabelecimentos organizados visem logo, e declaradamente, a produção de açúcar, como prolongamento, ampliação e completamento da produção nas ilhas temperadas do Atlântico, como a da Madeira (cujo nome, incidentalmente, tem uma origem madeireira, análoga ao do Brasil). As costas africanas eram baixas, de acesso nem sempre fácil, e de *hinterland* em grande parte (pelo menos pelo modelo incutido pela experiência adquirida até ao Golfo da Guiné) desértico. A diferença entre o deserto e a selva impenetrável, para efeitos de colonização, não será muito grande; e talvez mesmo que uma selva não exactamente equatorial como só a amazónica é ofereça menos dificuldades à penetração que um deserto. Por outro lado, não terá sido um juízo relativo entre as respectivas populações encontradas o que pesou na balança. Apesar das mitologias racistas, que sucessivamente têm feito supor-se ora a superioridade dos índios do Brasil sobre os negros da África, ora a destes (pelo menos o de certas regiões selectas) sobre aqueles, conforme é o elemento ameríndio ou o elemento negro que se quer pôr em nobre relevo na formação do Brasil, é evidente que, para o europeu do século XVI, como para qualquer civilizado de hoje (sem ideias sobre cultura em sentido lato), eles eram pura e simplesmente selvagens. Nem no Brasil, nem na África, os colonizadores encontraram nações, no sentido moderno da palavra. E que, ainda que possa ser desagradável dizê-lo, os Incas ou Astecas o não eram também, eis o que se torna evidente na relativa facilidade com que tais «impérios» desabaram como fumo, ante o ímpeto de meia-dúzia de homens que os atacaram. Não são umas quantas armas de fogo o que basta a explicar um domínio que, com os mesmos meios, e contra povos não muito melhor armados que os Incas ou os Astecas, não foi igualmente

230

fácil à Europa estabelecer no Oriente, nem mesmo no século XIX, quando a superioridade «ocidental» era esmagadora. Qual a razão, pois, de a África não ter sido, até aos meados do século XIX, senão o vasto entreposto dos escravos necessários ao desenvolvimento das Américas? A de, tendo a Europa marchado para Oeste, na ideia fixa de encontrar as lendárias Índias (o que era, no início, a convicção de Colombo), se contentou, em substituição, com a Visão do Paraíso, um paraíso cuja claridade não era empanada, em termos autóctones, pela negritude da África? O facto de as Américas serem efectivamente o *Novo Mundo,* como a Ásia ou a África não eram realmente, ainda quando parcialmente desconhecidas até serem visitadas e percorridas?

Se estas razões algo metafísicas pesaram na balança, nem elas nem a perda das Américas chegam a justificar que a África só tenha sido efectivamente «descoberta» há pouco mais de um século, quando alguma coisa de semelhante, mas a uma escala infinitamente menor, se passou, em matéria de colonização, comparável com o que, nas Américas, se passara antes. O Norte de África, desde Marrocos ao Egipto, fez intensamente e extensamente parte do Mundo Antigo. Deve mesmo acentuar-se que o seu papel foi maior do que esse: o Mundo Antigo foi, muitas vezes, amplamente africano, se bem que não nos termos de negritude que vieram a ser conexos com a África. Em termos de cristandade romana, o norte de África continuou a ser um dos focos da cultura e da civilização. Continuou a sê-lo quando os árabes, ou as populações que eles arabizaram, ocuparam a vanguarda da civilização no Mediterrâneo. Isto, para uma Europa cristã, e apesar de os laços entre as diversas regiões cristãs e mussulmanas nas margens do Mare Nostrum terem sido muitas vezes mais íntimas do que a cristandade gostava de reconhecer, fechou em grande parte a África à penetração europeia. Esta penetração não teve nunca a força suficiente para conquistar essas regiões, e o caso da expansão portuguesa em Marrocos, depois de 1415, não foi nunca, mesmo numa estreita zona, ocupação efectiva, mas uma série de praças fortes dispersas precariamente numa terra hostil. Para que a Europa se fixasse no Norte de África foi necessário que os turcos destruíssem, com o seu império, a multímoda unidade dos estados mussulmanos que vieram a reconstituir-se à medida que esse império foi enfraquecendo, e sucumbiram, já no século XIX, à superioridade militar da Europa. Todavia, as conquistas norte-africanas, no século XIX, foram menos um prolongamento ou renovação da situação existente na Antiguidade que um aspecto do novo colonialismo que repartiu a África nesse século. Durante os séculos de colonização das Américas, a África foi uma reserva de escravos. A manutenção do tipo de relações costeiras com as populações

231

negras era, sem dúvida, do interesse do comércio negreiro, visto que o estabelecimento de colónias de fixação, com a criação dos seus próprios interesses de mão de obra, dificultaria as condições fáceis em que esse comércio era feito, utilizando-se as dissensões entre as tribos negras e o próprio regime esclavagista que era o de muitas tribos entre si. Mas o que se fez no século XVI e XVII com as Américas, se poderia ser impeditivo do desenvolvimento da África em linhas semelhantes, não o podia ser no século XV. A explicação, possivelmente, tem outras raízes: nem «americanas», nem «metafísicas». No século XV, e após a conquista de Ceuta, só Portugal empreendeu a exploração sistemática da costa ocidental africana, sem que as outras coroas europeias se lançassem num movimento semelhante, por muito que possa ser alegado de exemplos não-portugueses. Nessa época, nenhum outro país da Europa estava em condições para tal. Todos estavam envolvidos em extensas guerras civis ou na preparação da sua unificação moderna como nações. E as potências marítimas do Sul da Europa eram mediterrânicas, como Aragão ou as repúblicas italianas. A própria Espanha era múltipla ainda. Mas Portugal, em contrapartida, atingira já, havia dois séculos, a sua unidade nacional, e emergira de uma revolução que não só solidificara em termos modernos essa unidade, como levara ao poder precisamente os grupos interessados na expansão, uma expansão que não tinha condições para desenvolver-se na metrópole e que radicava no comércio marítimo. Se a exploração da costa de África foi feita sem penetração (explorações interiores, quando as houve, destinavam-se a verificar a existência de centros distribuidores e aonde iam ter as rotas comerciais que deles divergiam), tal não aconteceu apenas porque Portugal não tinha população suficiente para ocupações efectivas. Ainda quando a tivesse, essa exploração não teria sido feita diversamente do que o foi. Nunca qualquer império sentiu necessidade de ocupar regiões de que pudesse controlar sem ocupação os mercados, ou regiões que, pela sua medíocre organização social e nível demográfico relativo, não oferecessem vantagens de imediato lucro fiscal e produtivo que suprisse as despesas de guerra e de ocupação militar. Isto foi uma regra geral da Antiguidade, e a situação sócio-económica da Europa não se modificara tanto, que obrigasse a soluções diferentes. Aliás, por própria imposição das estruturas, as políticas económicas ou sociais sempre começam por aplicar a novas condições uma adaptação de velhas normas. Não por hábito. Mas porque um sistema em expansão não tem qualquer necessidade interna de modificar as suas regras de conduta, até ao momento em que o próprio desenvolvimento exige, não uma modificação das regras, mas a do sistema. Mesmo então as estruturas existentes exercem uma função retardadora das transformações. Não apenas por conservantismo, mas porque, sem revolução radical, a vida política não possui outras estruturas em funcionamento burocrático, além das existentes, e tem de servir-se delas. Quando, mais tarde, foi iniciada a colonização do Brasil (e hoje se reconhece que foi a primeira colonização feita no intento de, pela fixação, obter-se uma industrialização, ainda que rudimentar, da produção agrícola), essa colonização visou a ampliar os esquemas que haviam funcionado na costa africana e nas ilhas do Atlântico a uma muito menor escala. E a África, que não havia sido ocupada, continuou na mesma situação, pelo princípio acima estabelecido de *conservação dos modelos*. Quando as outras nações europeias despertaram dos problemas das suas unificações políticas (é o caso da França e da Inglaterra, sendo que a primeira, em face da complexidade germânica, era forçada ao continentalismo), para o imperialismo ultramarino, é evidente que não iriam começar por lançar-se em tentativas de colonização africana ou outra, mas, antes de mais, por substituir-se a Portugal e à Espanha no que não apenas era fonte de riqueza destes países, mas uma economia de mercantilismo transportador, em face de uma Europa que, unificando-se, caminhava para as centralizações monopolistas que já não se compadeciam com o papel de meros financiadores e distribuidores dos produtos alheios. O próprio espírito de competição exigia a repetição dos modelos anteriores, e o caminho das Américas.

Porque razão, pois, a colonização do Brasil se efectivou? Apenas para assegurar-se a posse da terra, com vista a futuras riquezas mineiras prováveis, na alternativa da industrialização agrícola? Portugal não tinha mais gente do que tivera no século XV. E os modelos? Que região rica e populosa era aquele vazio imenso? Haviam-se modificado as estruturas político-económicas de Portugal? A indústria açucareira, com a sua fixação de grupos, era um modelo já existente. A ampliação dela foi trazida por uma mais ampla comercialização no já anteriormente existente mercado europeu do açúcar português. O Brasil foi, assim, colonizado, exactamente pelas mesmas razões pelas quais a África o não tinha sido. E as próprias necessidades internas da «colónia», e a exploração menos dos seus recursos que dos recursos criados nela, umas e outras desencadearam um processo de colonização e povoamento, diverso do que, entretanto, se desenvolvia nas Américas de outras línguas.

A este respeito, tem-se insistido muito, com visões negativas ou positivas, na vasta miscigenação que teria sido praticada e até oficialmente incentivada, e que seria, no Brasil, imensamente diversa da que se verificaria nas mais Américas. E uma das explicações para ela seria mesmo o facto de os portugueses não terem, ao tempo da colonização, orgulho racial, por serem eles mesmos já um povo miscigenado com raças diferentes da branca. De um ponto de vista histórico, a literatura portuguesa dos séculos XVI e XVII não confirma a ausência desse preconceito racial. Muito pelo contrário. O português do século XVI tem uma profunda vaidade histórica da sua raça (não evidentemente em termos de racismo oitocentista, quando as presunções biológicas dos povos são já uma abstracção das suas anteriores vaidades históricas), e que mais não sejam *Os Lusíadas,* poema escrito com a intenção de *nacional* e que o êxito público recebeu como tal, aí estariam para prová-lo. Considera-se, indubitavelmente, superior às outras raças e povos, mesmo os outros da Europa (e parte desse orgulho já lhe cabia como parte do tradicional orgulho ibérico em relação ao restante da Europa). Ante, porém, os povos que se diriam primitivos, gentios, etc., o português do século XVI tinha uma atitude de pretenso humanitarismo que era, no seu imperialismo, uma racionalização do sentimento cristão. Isto é logo patente, no século XV, quando Zurara relata dramaticamente, e com profunda emoção, a chegada dos primeiros escravos africanos a Portugal, cuja distribuição ele descreve presidida pelo Infante D. Henrique. De modo algum se pode interpretar esta típica reacção do cronista, em termos de que ele sentisse, por já ser parte de um povo mestiço, uma condescendência fraternal para com aquela gente, pela qual sente piedade. Simplesmente, os portugueses do século XV e do XVI, imperialistas antes dos outros povos europeus modernos, e antes do maciço colonialismo que se desencadeará no século XVIII, têm uma visão cristã do mundo e das relações inter-raciais, que não está viciada pelo carácter *nacionalista e exclusivista* das religiões protestantes que marcarão a colonização britânica da América. O protestantismo inglês, sob as suas diversas formas, não tinha, e não podia ter por sua mesma origem, um carácter de *missionarismo centrífugo.* Anglicanos ou puritanos, os ingleses não viam a religião como um ecumenismo, mas como uma maneira especificamente britânica, pessoal e intransmissível para fora dos povos de origem inglesa, de adorar a Deus. Nos séculos XVI e XVII, os povos britânicos ou britanizados, desenvolvem, assim, por razões cristãs exactamente opostas às portuguesas, uma mentalidade segregacionista, em que a religião e a origem racial se confundem. O estrito catolicismo português, que se reforça, na segunda metade do século XVI e no século XVII, com uma feroz vigilância da ortodoxia, arrastava paradoxalmente consigo, não uma concepção segregacionista das relações raciais, mas uma concepção *hierárquica.* Esta noção de hierarquia, regulando a categoria humana das raças, não anulava de modo algum o orgulho racial. Muito pelo contrário, fazia que todas as estruturas coloniais assentassem nela. A eventual miscigenação não era, pois, uma prosmicuidade «mulata», já existente na massa do sangue, mas uma visão católica do mundo, nos termos que eram os da época e os da experiência imperial (uma experiência que sempre se reclamou da analogia com Roma, em que essa visão hierárquica dos povos fazia já parte da própria estrutura social do Império). Nas relações inter-raciais, não era pois o português quem se degradava, mas os outros povos quem era honrado com receber-lhe a semente no ventre das mulheres. Até certo ponto, não foi diversa a maneira de proceder dos espanhóis, nos seus vice-reinos das Américas. E, ainda que não haja tradicionalmente, e pelas razões expostas, um análogo gosto (como o que se desenvolveu nacionalisticamente nas Américas portuguesa e espanhola) de insistir em ascendências mestiças, não se pode dizer que, na formação inicial da América inglesa, e mesmo no tempo dos pioneiros e dos «frontier-men» (tipos que não são idênticos na expansão demográfica e geográfica dos Estados Unidos), os *half-breed,* cuja descendência se diluiu, não tenham desempenhado um papel. Mais até: certo indianismo genealógico (análogo ao da mitologia romântica do Brasil) foi de bom tom, nos Estados Unidos ou certas das suas regiões, no século subsequente à independência, quando o ódio aos ingleses fazia parte da criação da consciência nacional, e antes do enorme surto da imigração «estrangeira». Quanto à questão de os portugueses serem já mestiços, ao tempo de colonizarem o Brasil, trata-se de uma hipótese que não resiste a qualquer análise séria. Os ensaístas e historiadores brasileiros que a propuseram apenas tentavam, com ela, transferir para as origens portuguesas o complexo racial que contraditoriamente sofrem contra a miscigenação, do mesmo passo se vingando em seus pais de uma mistura que supõem inferiorizá-los, ou inferiorizar o Brasil. Com efeito, os povos ibéricos em geral não são, nas suas origens, ao que se julga, muito brancos. Os iberos primitivos seriam algo negróides, um pouco semelhantes aos berberes de hoje (que todavia receberam grande influxo negro). Mas os povos que fizeram as primeiras grandes civilizações mediterrânicas seriam de origem análoga, quando não eram semitas. A Península Ibérica conheceu, depois, povoamentos celtas, migrações germânicas, fixações fenícias, gregas, e cartaginesas. Foi seguidamente latinizada durante seis séculos, com uma demora e uma profundidade que nenhuma das outras regiões do Império conheceu, embora essa latinização não tenha sido tão demorada ou profunda no recanto noroeste da Península (como o não foi no nordeste dela, em menor grau). Nessa região, que tinha sido a da cultura dolménica, desenvolvera-se a dos castros, que Roma parcialmente absorveu; e com ela coincidiu o reino suevo, quando se deu a invasão sueva e visigoda, no século V da nossa era. Destruído o reino suevo pelo império visigótico, a Península sucumbiu, no princípio do século VIII à chamada invasão árabe que, hoje, alguns historiadores vêem mais como uma crise interna político-social e religiosa do cristianismo peninsular, que preferiu abrir-se à ocupação mussulmana a render-se à centralização romana. Mas o recanto noroeste da Península é precisamente o que, como acontecera com os romanos, os árabes não ocuparam ou dominaram por pouco tempo, um escasso século. E, nos meados do século IX, e no século seguinte, toda a região até ao Douro estava livre de qualquer ocupação árabe que ia sendo empurrada para a linha do Mondego e do Tejo. Quando Afonso Henriques morre em 1185, o Portugal surgido do Condado Portucalense (ou seja, da parte entre o Minho e o Mondego daquela região noroeste que desde sempre apresentara características próprias e que era a menos «africana» das da Península nos seus contactos ou fixações culturais) avançara para além do sul do Tejo, numa região devastada pelas guerras, e ocupada com colónias de fixação em que populações do norte da Europa foram chamadas a participar. A conquista do resto da faixa ocidental-sul da península durou menos de um século. E, quando as últimas praças-fortes do Algarve caem em poder dos portugueses, nos meados do século XIII, também o avanço castelhano, conquistando Sevilha, eliminara qualquer fronteira árabe com Portugal. O país que, em 1415, parte à conquista de Ceuta, havia quase dois séculos que, ao contrário dos reinos de Castela ou de Aragão, não tinha contactos directos de vizinhança pacífica ou bélica com o mundo árabe. E não se pode dizer, como já atrás foi dito, que tivesse reatado esses contactos na rigidez militar das conquistas norte-africanas, durante o século XV. As crónicas, como os Anais de Arzila, não reflectem qualquer interesse ou respeito pelos mouros enquanto tais. Portanto, quando, nas primeiras décadas do século XVI, tem início a colonização do Brasil, ela não era feita por um povo «arabizado» nos seus costumes, ou um povo que tivesse tido experiência de miscigenação com populações africanas. O mesmo Zurara acima citado é altamente significativo quanto a este ponto, quando menciona que muitos dos escravos que ele viu acabaram casados no Algarve. Mas nem as populações algarvias contribuiram notoriamente para a colonização do Brasil, nem a integração dos escravos do século XV se fazia sem preconceitos de classe. Tudo estava em saber-se em que grau da hierarquia social a integração se dava, e dava-se, evidentemente, nas baixas camadas da população. Os integrados eram-no como cristãos que se haviam tornado. Mas as classes sociais eram, no esquema intra-nacional, o equivalente da hierarquia de raças em que o orgulho nacional assentava. Quando os primeiros cronistas do Brasil, com os jesuítas na frente, verberam a imoralidade reinante — o que tem, em contrapartida, servido para mostrar o carácter promíscuo dos portugueses que colonizavam o Brasil —, eles fazem-no por duas razões: uma a da imoralidade mesma (que eles não denunciavam menos no continente europeu, e que era um dos pontos fundamentais do catolicismo praticante), e outra a do preconceito da hierarquia das classes, pelo qual se indignavam que os colonos tivessem, em sua casa, as mulheres que eram suas amantes e os filhos que nelas faziam. Elas não pertenciam, étnico--socialmente, à mesma classe da cristandade que eles. Quanto aos filhos, reconhecidos como tal, isso era um velho costume peninsular que já na Alta Idade Média escandalizava a Europa católica: e apenas significa a que ponto a Península se romanizara, no sentido do patriarcalismo inerente aos princípios de adopção paterna do Direito Romano. Ainda e sempre era o orgulho da própria semente, onde quer que ela caísse. O que há, no Brasil do século XVI e do século XVII, é uma oposição entre o tradicional moralismo católico anterior à Contra-Reforma, e o puritanismo da Contra-Reforma, oposição que foi dura e feroz, e que se resolveu a favor do primeiro tradicionalismo, até porque as sucessivas camadas migratórias, provenientes das regiões menos urbanizadas de Portugal (e também, acentue-se, as mais livres de contágios mouros), eram, por retardamento social, mais infensas às novas correntes da moral dos costumes. O puritanismo católico não triunfou no Brasil, pela promiscuidade portuguesa ou pelo calor dos trópicos; mas porque as estruturas sociais transferidas ao Brasil eram ampliação de estruturas quatrocentistas, anteriores, socio-economicamente, às reformas da segunda metade do século XVI. No século XVIII, a economia brasileira, com as explorações mineiras, conheceu um enorme surto. E já foi dito que dela nada ficou senão o génio do Aleijadinho. E continuamente se mencionam, já no século XVII, as oposições entre os brasileiros e a administração portuguesa. Os protestos contra as exacções fiscais do poder central não foram, nessa época, uma peculiaridade brasileira, mas apenas o aspecto brasileiro de uma situação geral, e que tinha, pela distância, maiores oportunidades de manifestar-se impunemente no Brasil. Nem os brasileiros que protestavam eram etnicamente diversos dos portugueses que representavam a administração reinol. No século XVII, os colonos não são os emigrantes portugueses, mas os brasileiros-natos que praticamente todos descendem de portugueses. Não era ainda possível no Brasil, e não o foi até depois da Independência, ser-se, por exemplo um sírio, filho de emigrantes sírios, casado com uma italiana, filha de italianos, e todos brasileiros. Nem é a proporção de sangue negro ou índio o que, nessas épocas, faz a brasilidade dos habitantes. O que gradualmente os distingue de Portugal é a constituição de classes sociais locais, com interesses económico-políticos próprios. Os separatistas do século XVIII, todos homens ligados à administração portuguesa, ou com proventos resultantes da exploração mineira, desejam a «liberdade», não por se considerarem de uma raça diferente, ou inferiorizada, mas precisamente porque, em termos do racionalismo liberal que se propagava no mundo, se consideram iguais e igualmente capazes de se auto--administrarem. Quando a independência chegou, o Brasil, como o resto do mundo não-europeu, abriu-se gradualmente à imigração. Mas isso não resultou de um mero liberalismo romântico, embora as Américas se apresentassem a si mesmas como terras da promissão. Resultava, sim, da necessidade urgente que as estruturas agrário-patriarcais e urbano-comerciais tinham de, para sua mesma manutenção político-social, adquirirem as classes artesanais urbanas e de pequeno comércio e pequena indústria, incompatíveis com o papel senhorial que os detentores do poder representavam. Não era, exactamente, que houvesse um tradicional horror ao trabalho manual, que fosse típico da população hispânica colonizadora. Os camponeses e os artesãos de Portugal sempre tinham trabalhado com as suas mãos; e não era diferente no Brasil, para os «poor whites» que a diversificação económica reduzira de nível social. Apenas as classes dirigentes do Brasil colonial, como do Brasil independente do Império, detentoras de um poder que lhes advinha da estrutura agrário-patriarcal, não tinham qualquer razão para modificar o seu estilo de vida, do mesmo modo que a «aristocracia» do Sul dos Estados Unidos a não modificou mesmo depois da Guerra da Secessão que a arruinou, ou que os «brahmins» da New England não trabalharam nunca com as suas mãos. Tanto nos Estados Unidos, como no Brasil do século XIX (como na Inglaterra que fez a Revolução Industrial), as classes dirigentes sempre tiveram uma grande veneração pelas virtudes do trabalho, desde que houvesse os escravos ou os emigrantes cujas mãos trabalhassem. A ideia de que se prefere a ociosidade no Brasil, ou se preferia, resulta de que as estruturas foram e permanecem moldadas segundo os interesses de uma classe dirigente ociosa. E todas, protestantes ou não, o são efectivamente, onde e quando o nível de riqueza as dispensasse de trabalhar. O único trabalho efectivo do «gentleman» vitoriano, que tanto serviu de modelo ao mundo «educado», era receber os seus rendimentos e gastá--los. Diferençava-se do «gentleman» brasileiro apenas em não ter as suas plantações ao pé da porta, mas no ultramar. A gigantesca explosão demográfica do Brasil, nas últimas décadas, foi feita com a imigração, uma imigração que logo foi enquadrada nos esquemas da classe dirigente que a importava. Esta, porém, tinha um caso de consciência consigo mesma e com o Brasil: a transformação mitológica do seu carácter de intermediários coloniais, papel em que haviam eliminado os seus associados portugueses, em patriarcas de uma independência, na qual o povo brasileiro não era chamado a participar. Naturalmente, a imigração tinha todo o interesse em entrar nesse jogo, sem o qual a sua integração sócio-económica não seria possível. Por outro lado, o imigrante, sendo em geral proveniente de camadas desprovidas de consciência nacional nos seus países de origem (pelo menos em nível de cultura), tende a aceitar as ideologias oficiais, não só porque lhe garantem uma integração, mas porque elas representam a sua ascensão na escala social e a recompensa pelos sacrifícios de adaptação, que fizeram ao transferir-se para uma cultura diversa. Ainda quando o imigrante não é das classes baixas, ele do mesmo modo tende, mas noutros termos, a aceitar essas ideologias oficiais. Ele sabe, como o outro imigrante não sabe, que é «estrangeiro», e fizeram-lhe sentir isso muitas vezes. Logo, a ideologia oficial interessa-o tanto mais, como factor de integração, quanto ela seja *negativa* em relação às próprias origens do país. No caso do Brasil, se o Brasil existe pela negação das suas origens, ele será tanto mais brasileiro, logo de entrada, quanto o Brasil seja feito de uma cultura que, não tendo nada de antigo nem de elaborado, seja apenas a da vida quotidiana e a dos interesses imediatos. Quando uma ulterior consciência política surge, ela tenderá a manifestar-se, então, na oposição, às classes dirigentes cujo conservantismo resiste às transformações político-sociais. E, consequentemente, a ver, nessas classes dirigentes, um remanescente do colonialismo português que elas lhe ensinaram a desprezar, precisamente na medida em que esse colonialismo foi sempre mais delas mesmas do que português. Diversamente do que sucedeu na América do Norte, Portugal manteve, para o Brasil, uma forte corrente migratória, apesar da antipatia declarada da população contra os portugueses. Essa corrente, pelo mesmo critério da *persistência dos modelos,* não foi mantida na intenção política de conservar o Brasil tão português quanto possível. Os governos de Portugal nunca se ocuparam com esses aspectos políticos, o que se comprova em nunca terem organizado essa emigração. Apenas a população portuguesa continuou a fluir, como no tempo colonial, para o Brasil, e os governos portugueses continuaram a receber do Brasil, como reforço das suas finanças, rendimentos que apenas não eram fiscais nem controláveis «in loco». A afinidade da língua, o hábito migratório, e mesmo os laços de família, suportaram longamente, apesar da hostilidade reinante, uma emigração portuguesa que, proporcionalmente, não tem paralelo com o que se passou nas outras Américas. Que essa emigração, uma vez fixada, se dedicasse ao comércio, e não às actividades rurais a que haviam escapado, era de certo modo um imperativo da própria organização social brasileira que não integraria, na sua orgânica agrária, quem não tivesse largas capacidades de investimento, que os imigrantes não possuíam. Por outro lado, não se entregando os portugueses a actividades produtivas, mas ao comércio, eles assumiriam naturalmente, por várias razões, o papel de «exploradores» e de «especuladores». Por certo que muitas vezes o terão sido; eram indivíduos que tinham ido fazer fortuna, e que, promovidos a manejadores de dinheiro como nunca o haviam sido nas aldeias de origem, tratariam o dinheiro com rapacidade, e ostentariam desprezíveis virtudes de frugalidade e de trabalho árduo. Essas virtudes, aliadas à segregação imposta por uma terra estranha, bem como o tipo de actividade a que se dedicavam, dar-lhes-iam a categoria de exploradores do povo, ainda quando individualmente o não fossem. E às classes dirigentes, para as quais eles exerciam o desagradável papel de contactar comercialmente as populações de mais baixo ou de médio nível, eles serviam de paravento numa economia que, confinada à exportação de monoculturas, tinha de importar os géneros alimentícios mais elementares. O odioso do sistema era na ingenuidade deles que caía, actuando como exemplo vivo do que a ideologia oficial difundia como inerente ao carácter dos portugueses, exploradores e especuladores, interessados em enriquecer depressa, para voltarem à «terrinha», no gozo de rendimentos menos lícitos porque extorquidos à população. Que, no século XIX, o dinheiro mandado do Brasil entrava pesadamente nas cogitações financeiras de Portugal é um facto estabelecido. E que o «brasileiro», ou seja o português que voltava rico, para instalar-se ostentosamente na sua terra natal ou nas grandes cidades, foi uma figura proverbial dessa época, eis do que não resta dúvida. Mas qual a proporção deles para os que não voltaram, constituíram família, e contribuiram com filhos brasileiros (tanto como os restantes filhos de imigrantes, muito desdenhosos de Portugal) para o crescimento demográfico do Brasil? E, do mesmo passo, deixando de remeter para Portugal os seus rendimentos ou de investi-los lá? Apesar de tudo, menos segregados do que o foram as outras colónias migratórias, por possuirem laços de família no Brasil (que as outras só vieram a possuir muito mais tarde), esses portugueses e os seus descendentes diluiam-se na população brasileira. Uma idêntica diluição só se verificou, para os italianos ou os sírios, em décadas recentes, e sobretudo nas zonas mais cosmopolitas do Brasil, como São Paulo. Aliás, quando a corrente migratória portuguesa diminuiu, pelo menos em relação ao conjunto das mais. Nas últimas décadas, o Brasil multiplicou-se na expansão dessas colónias inicialmente estrangeiras, na expransão urbana das maiores cidades, e na explosão demográfica das populações originariamente brasileiras, isto é, as que não conheceram a miscigenação recente da emigração estrangeira: o baixo proletariado urbano, as massas rurais. No desenvolvimento da riqueza nacional, o rendimento «per capita» declinou terrivelmente, ou foi extremamente restringido em áreas que, não conhecendo a expansão industrial, ficaram não menos submetidas, mas em piores condições de equilíbrio económico, às exacções de uma economia deficitária, porque cada vez mais empenhada na produção de bens secundários, para um sector restrito da população; a grande aristocracia rural, a nova aristocracia da indústria, e a burguesia urbana e comercial. Com a desvalorização do cruzeiro e as dificuldades impostas à exportação de capitais quando não sob a forma de «royalties» internacionais, o Brasil declinou de importância na balança invisível mas sensível das finanças portuguesas; e, reciprocamente, os portugueses do Brasil deixaram de ser aquilo que tradicionalmente haviam fornecido como estereótipo. Mas, se a época chegara para uma aguda consciência política dos problemas nacionais do Brasil (o que corresponde aos últimos vinte anos), ela não era ainda para uma compreensão imparcial do Portugal histórico e do papel que desempenhou, bem ou mal, na formação do Brasil. Não seriam as classes dirigentes quem iria, «ex ponte sua», modificar um esquema ideológico que lhes fora, durante séculos, de suma conveniência. E as novas camadas burguesas, chegadas à cultura pela pressão social que haviam exercido para democratização do ensino, e educadas segundo esse complexo ideológico, nem sempre estavam aptas a distinguir, nele, o que era verdade histórica, o que era anacronismo de juízos, e o que era a distorção intencional. E não o estavam, porque ou eram descendentes de membros da velha aristocracia rural empobrecida nas sucessivas derrocadas económicas das monoculturas, ou eram descendentes de imigrantes para os quais os aspectos portugueses do Brasil, os menos exóticos, eram precisamente os menos facilmente inteligíveis como experiência social. O culto do exotismo e do folclore, num país, sempre disfarçou, em tempos recentes, uma nostalgia ardente do «statu-quo», um tratamento colonial das populações cujo folclore se admira, e uma maneira de ostensivamente se absorver uma «nacionalidade» com a qual, por ascensão de classe, ou por aculturação deficiente, se perdeu o contacto autêntico. Todos os folcloristas, ao acentuarem como urge defender as tradições que se perdem, denunciam esta verdade oculta. Do mesmo passo, a «descoberta» de uma arte nacional, com características bem definidas e autónomas das da cultura de origem, é contrapartida do mesmo fenómeno. Não foi evidentemente por acaso que o modernismo brasileiro, sob muitos aspectos muito mais tradicionalista do que se pretende supor (e a orientação política de alguns dos romancistas do Nordeste é disto confirmação, na medida em que eles foram incompreensivos da modernidade estética e foram modernos sem vanguardismo algum), em grande parte coincidiu com as crises económicas mundiais que afectaram o Brasil no momento em que ele desenvolvia as suas sociedades urbanas. Por um lado, a crítica de arte chamou a atenção para as velhas igrejas barrocas e rococó. Por outro, confessava-se, com amargura, que de tanta riqueza daquela época barroca só restasse o génio do Aleijadinho. Isto era, ao mesmo tempo, valorizar uma arte nacional, e desculpar o carácter secundário dela com a espoliação e a dissipação a que aquelas riquezas haviam sido sujeitas. Ora, no século XVIII, os brasileiros são preeminentes no complexo cultural, e são-no mesmo sem viver na metrópole como alguns fizeram. Se a arte brasileira do tempo foi sacrificada ao Convento de Mafra (e a maior parte da arte brasileira do século XVIII é posterior a ele), não o foi apenas por espoliação, mas porque, sendo a sede da riqueza o Brasil, não menos os brasileiros estavam numa área periférica da cultura a que pertenciam. O Barroco bahiano, que pertence ao século XVII, não é, em nada, inferior ao do Portugal do seu tempo. Apenas nessa época, a fixação colonial existia culturalmente, e a miragem da Europa, que, a partir dos meados do século XVIII, fascina em termos franceses o mundo inteiro e o Brasil também (embora com um intenso italianismo na cultura literária), não se fazia ainda sentir. Os metais preciosos nunca foram causa de enriquecimento arquitectónico e artístico das regiões extractivas, aliás. E a arte do Aleijadinho, em vez de representar o único resultado da riqueza, representa precisamente o retorno da região a uma economia menos unilateral, em que já se construía novamente para o futuro, como na Bahia do século XVII, depois que se haviam evaporado (ou haviam sido submetidas ao controle de outros interesses mais internacionalizados) os frutos da mineração. Se isso não tivesse sucedido, as Minas Gerais teriam desaparecido do mapa, como a maior parte das cidades mineiras dos Estados Unidos, no tempo em que a mineração desordenada acabou ou foi forçadamente acabada.

Posto isto, reconsidere-se em como a situação actual dos países africanos não pode efectivamente comparar-se com a das colónias das Américas, em particular o Brasil, na época colonial e quando acederam à independência política. Nas nações americanas, a uma já grande (relativamente) população de origem colonizante, e que havia desenvolvido, pior ou melhor, peculiares condições de vida e de estrutura social, e que, em muitos desses países, já excedia largamente o substrato étnico e social ameríndio remanescente, acrescentou-se, no século XIX, uma onda de milhões de emigrantes de origem predominantemente europeia. Nas recentíssimas nações africanas, nada de semelhante se passou, nem mesmo na União Sul-Africana que veio a ser, e é, o grande Estado branco da África. Os territórios africanos não foram abertos à colonização, do mesmo modo que as Américas se abriram à emigração; e, mesmo que o tivessem sido, e a emigração internacional tivesse sido atraída em larga escala, ela não teria convergido para territórios que não ofereciam, a quem não tivesse capacidades financeiras, as mesmas oportunidades de ascensão urbana que as populações de origem rural iam procurar nas Américas. A emigração para as Américas fazia-se para países independentes, onde os emigrantes iam procurar uma liberdade económica que não fruiam nos seus países de origem (ainda quando, em muitos casos, não fossem importados para serem «livres», mas para substituirem, na diversificação das lavouras, a escravatura extinta). Uma emigração análoga para a África não estava nos planos das nações europeias, até porque tinham aprendido a lição do colonialismo americano que se tornara independente precisamente com as populações de origem europeia, mesmo nos casos em que populações de origem mais ou menos longinquamente autóctone foram induzidas «nacionalisticamente» a lutar por uma independência que era a das suas oligarquias políticas. Se a lição do colonialismo americano não esteve presente no estilo de colonização aplicado à África no século XIX, e seria talvez atribuir às nações demasiada sabedoria política imaginar que todas a haviam aprendido (até porque algumas delas não tinham tido as oportunidades pedagógicas da Inglaterra e de Portugal), sem dúvida que o sistema funcionou «como se». E, na verdade, isso aconteceu porque o colonialismo era inteiramente outro, completamente diverso do anterior, e organizado por diferentes interesses e diferentes oligarquias (mesmo nos casos em que continuassem a ser, na estrutura social dos seus países, as anteriores adaptadas a novas circunstâncias). O mundo que ocupava a África no século XIX era o que necessitava de matérias primas para a sua expansão industrial, e não necessitava, para tal, de investir em mais que uma estrita economia extractiva, para que a mão de obra negra, predominantemente forçada, oferecia condições preferíveis a quaisquer outras. Se essa mão de obra, ou uma vasta sociedade branca, ascendesse a uma economia de consumo, as vantagens do «cheap labor» perdiam-se, sem que, em contrapartida, se abrissem mercados compensadores para a indústria metropolitana que, para subsistir, precisava de competir, no estrangeiro, e no próprio mercado em muitos casos, com a indústria estrangeira sua concorrente. Esta situação evidentemente que se tornava mais aguda, ou mais simplificada, nos casos, como o de Portugal, em que a indústria era incipiente, desviada da produção básica, por já integrada em esquemas de interesses de indústrias estrangeiras. Assim, as nações africanas que acedem à independência não têm nada de comum com as nações americanas que a conquistaram no século passado. As nações americanas eram de origem europeia, e o que elas praticaram foi uma secessão mais ou menos violenta. Esta secessão, no caso do Brasil, foi mesmo aceite e preparada, como um mal menor, com a manutenção da dinastia portuguesa, embora não se possa dizer que as relações diplomáticas do Império brasileiro com a Monarquia Irmã timbrassem por uma grande afinidade de vistas. A proclamação da República no Brasil teve, a muitos títulos, ainda o significado de extinção dos últimos laços com o país colonizador, que, desde as primeiras horas da independência, os mais radicais viam como uma ameaça à plena independência — a este respeito, a questão dos brasileiros que eram portugueses-natos foi sintomática (e havia tido o seu paralelo na situação dos que, na Revolução Americana, continuaram a considerar-se, até ao último momento, fiéis súbditos de Sua Magestade Britânica, embora aderindo à rebelião). É importante notar, a este respeito, que Portugal não tinha quaisquer meios de impor a sua soberania à colónia rebelde, como não teve por ocasião do levante. E se as preocupações dos políticos foram tão grandes, quanto à secessão total (e não há, verdade se diga, secessões parciais que sejam realmente efectivas), isso deve-se a que eles sabiam perfeitamente a que ponto estavam precipitando os acontecimentos, apesar de o comportamento injusto e incompreensivo dos liberais portugueses de 1820 lhes ter dado todas as razões próximas de que necessitariam. O caso brasileiro era, neste particular, inteiramente diferente do da América do Norte, ou das colónias espanholas. O Brasil fora, até ao regresso de D. João VI a Portugal, a sede da soberania nacional, com um Portugal desprovido de qualquer efectiva existência política. Seria, em qualquer caso, inconcebível que esse território regredisse à situação de colónia, ou não tivesse, em Cortes, uma representação proporcional. A independência brasileira, apesar dos seus aspectos secessionistas, teve muito de restabelecimento de um «statu-quo-ante» soberano. Sem dúvida que a independência viria, mais tarde ou mais cedo, até porque ela estava nos esquemas político-económicos das potências que a favoreceram. Mas os legitimistas portugueses tinham alguma razão, quando acusavam os liberais de a terem provocado. É certo que houve liberais portugueses que a aplaudiram, tal como, no fim do século XVIII, a oposição interna da Inglaterra aclamara a independência dos Estados Unidos. Mas essa atitude não foi a do liberalismo em geral, nem podia sê-lo, se o liberalismo, não tendo indústria, precisava de colónias para manter-se.

As nações africanas têm chegado à independência, porque, da escassa educação europeia e ocidental que lhes foi ministrada, receberam essa fascinante e justa ideia, pela qual lutaram. Mas também por outras duas razões mais. A independência política assemelha-se muito à natural vontade de liberdade, por parte de populações que, durante um século, foram desviadas dos seus hábitos tribais de vida, para servirem, como mão de obra barata, aos interesses das nações europeias. E os dirigentes africanos têm sabido perfeitamente usar esses naturais anseios, pondo-os ao serviço de uma noção ocidental de país e de povo, que essas populações não possuiam, ou nem todas (e tem-se visto que dificuldades ulteriores esses dirigentes têm tido, ao procurarem impor uma noção centralizada de nação «democrática»). A outra razão é que não só pela persistência na luta esses povos ganharam a sua *soi-disant* liberdade, mas também porque, embora com manobras de retardamento destinadas a garantir a máxima posse das riquezas locais (em termos de organização local, e não apenas de pequenas administrações subordinadas às directorias longínquas das grandes companhias, o que só podia funcionar no regime colonial africano ou do sueste asiático), as potências, e precisamente as mais poderosas, compreenderam, nas suas mesmas contabilidades, que uma nação independente é muito mais barata, na economia actual, do que uma colónia efectiva. Repete-se, e pelas mesmas razões, mas à escala de nações e de povos, o que se verificou com a liberalização dos trabalhadores ingleses e com a abolição da escravatura, no século passado. Quando a economia não mais é meramente extractiva (pela própria complexidade resultante de uma extracção organizada em larga escala), uma colónia não é já rentável. Mais rentável é a instalação de burguesias nacionais que, em nome da independência «nacional», eliminem o intermediário colonial. Se alguns países europeus resistem tão ferozmente a tal eliminação (e, para resistir, vão cedendo aos interesses internacionais uma cada vez maior participação colonial), isso acontece sempre que não é a situação económico-política do país o que está em jogo, mas a sobrevivência dos intermediários coloniais como tal. Os interesses belgas, como se viu, sabiam perfeitamente o que faziam, quando concederam ao seu Congo uma tão pronta independência; e podiam fazê-lo, porque, em grande parte, não eram meros intermediários ou associados minoritários, facilmente elimináveis.

Não foi o caso do Brasil. A economia brasileira não dependia directamente de capitais portugueses; e a Inglaterra, favorecendo os anseios de independência da burguesia brasileira (uma burguesia largamente indistinguível da aristocracia terratenente), apenas auxiliava a eliminação de um intermediário que, na verdade, apenas pretendia sobreviver a uma situação que já no século XVIII não era a sua. Com efeito, seria interessante estudar, e não o tem sido, a que ponto os interesses brasileiros e os brasileiros-natos haviam governado o Portugal do século XVIII, como jamais os norte-americanos alguma vez penetraram nos arcanos governativos da Inglaterra, no tempo em que eram colónia. Se a burguesia brasileira era largamente, aquando da independência, de longínqua ou próxima ascendência portuguesa, e se as diversas condições que ......

DA GRANDEZA LITERÁRIA

É típico de povos subdesenvolvidos, ou de nações antigas em crise de actualização de estruturas, um obsessivo anseio de grandeza. Uma convicção arrogante — que ostensivamente não toma conhecimento da grandeza dos outros ou implicitamente a nega — é apanágio das «grandes» culturas, em fase de expansão imperialista, ou de defesa de um imperialismo ameaçado. Estas duas atitudes, cujas bases sócio-históricas são bem diversas, até porque as «grandes» culturas desenvolveram elites medianas bastante numerosas que as outras não possuem em extensão ou profundidade, apresentam por vezes traços muito confundíveis: e um deles é, por certo, no caso dos subdesenvolvidos ou dos velhos povos em fase de subdesenvolvimento (porque este não é, necessariamente, uma fase histórica que se ultrapasse de vez, mas uma fase que pode recorrer sempre que um total anacronismo sócio-económico entre em contradição com as exigências do resto do mundo), a imitação dos preconceitos exclusivistas das grandes culturas imperiais. Daqui resulta, obviamente, que, não tendo as culturas subdesenvolvidas, nem em quantidade, nem em qualidade, os mesmos motivos de orgulho, que as outras possuem, vão perdendo a pouco e pouco qualquer noção da grandeza autêntica, precisamente quando mais ansiosamente a buscam. No caso específico da literatura, que, por muito importante que seja, é apenas um dos aspectos da cultura, o fenómeno reveste-se de curiosíssimas consequências, das quais a mais grave é, sem dúvida, não só a ignorância de alguns padrões universais de cultura, como uma total inversão dos possíveis padrões de grandeza. Assim é que um autor ou uma obra são valorizados, primacialmente porque são «nossos»; antes de nos interrogarmos se, em comparação com outros que o não sejam, eles valem realmente, num plano estético. Um autor ou uma obra podem, para nós ou para estrangeiros interessados em nós, ter o maior interesse, como sintomas específicos de um estádio cultural, mas isso não faz deles valores especificamente estéticos. Depois, a definição de «nosso», com tudo o que implica de cegueira apaixonada, não é por certo um conceito claro. No caso do Brasil, por exemplo, o «nosso» do Nordeste é perfeitamente exótico em São Paulo, tão exótico como na Europa; e, em São Paulo, esse «nosso» não significa uma experiência que se reconhece nossa, mas sim uma experiência que também pertence ao Brasil que, por sua vez, em grande parte, pelo menos na mitologia paulista, pertence a São Paulo. As diversas interpretações dadas à obra de um Guimarães Rosa são muito significativas a este respeito: para uns ele é o grande escritor das mais graves e ambíguas inquietações humanas; para outros, ele é como o James Joyce brasileiro (e isto deveria fazer pensar que Joyce era um irlandês...); e, para outros ainda, é a quintessência estética de todo o regionalismo literário. Esta diversidade não resulta apenas da extraordinária riqueza do autor em causa: resulta, sobretudo, dos tipos de cultura brasileira que o julgam. No primeiro caso, pessoas houve que, por qualidades individuais, oportunidades de nascimento e de educação, e por profundas exigências culturais, puderam, souberam e quiseram elevar-se acima do provincianismo da cultura «nacional» (o que não quer dizer que sejam, necessariamente, pessoas culturalmente «desnacionalizadas» ou mal integradas — muito pelo contrário). No segundo caso, que é, de um modo geral, o dos vanguardistas, ou de muitos outros que se fingem tais, há, ao mesmo tempo, o fascínio subdesenvolvido por tudo o que pareça «vanguarda» (sem a preocupação de compreender e de conhecer em que condições se inscrevem essas vanguardas que os fascinam), e também o justo reagir contra a tendência fortemente academizante de todas as culturas que se querem extremamente «nacionais». Porque, a este respeito, é um tremendo equívoco supor-se que qualquer vanguardismo, como foi o Modernismo brasileiro de 1922, é necessariamente, em certos aspectos, nativista: porque um nativismo, apegando-se a formas tradicionais da vida e da expressão social, não pode deixar de ser o contrário de uma vanguarda (e foi esse um dos dramas do grande homem que foi Mário de Andrade), já que, por certo, o versilibrismo ou as metáforas do futurismo não fazem parte do património do «povo», nem será pelo que reflicta de estruturas agrário-patriarcais que uma cultura se inscreverá na «modernidade». E é a simultânea recusa à modernidade e à universalidade, por estreiteza de horizontes culturais, o que caracteriza os adeptos do regionalismo. Este, como movimento literário, surgiu, na viragem do século passado, como decorrência esteticista do naturalismo (e era, já assim, uma metástase do populismo romântico). Ele significou, simultaneamente também, a chegada à expressão político-social (apesar do carácter em geral a-social e a-político desse regionalismo de então) de uma média burguesia agrária, e uma reacção à visão excessivamente urbana do naturalismo (particularmente em países subdesenvolvidos, esse excesso não correspondia, na verdade, à realidade social). Mas a preocupação de valorizar o regionalismo, hoje, ou de ver, num Guimarães Rosa, o ponto de partida como o ponto de chegada, é uma tentativa talvez não consciente, para retardar-se uma consciencialização da literatura brasileira como fenómeno de interesse universal.

Entendamo-nos acerca do que seja este interesse universal. Que, por diversas circunstâncias, um escritor se projecte internacionalmente não é, evidentemente, condição do seu valor intrínseco. Muitos factores políticos, e às vezes de muito baixa política, podem ter propiciado essa projecção. Reciprocamente, uma curiosidade, cada vez mais ampla, por um país e suas coisas — facto que tanto desvanece os subdesenvolvidos ou os antigos seus análogos — pode não significar um interesse real. São tantos os jogos de oportunismos em tais factos, que o melhor é não acreditar muito neles. Na melhor das intenções, um estrangeiro interessado pode apenas, e sem o saber, estar fazendo parte de um esquema de propaganda de classes dirigentes, ou de grupos de pressão, a quem convenha, no momento, que se «descubra» um país... De certo modo, a meritória História do Brasil, de Robert Southey, foi assim escrita. Interesse universal não é igualmente o gosto de exótico, que uma literatura pode satisfazer. Nenhuma literatura atinge «status» universal, enquanto for por esse lado que lhe peguem. Na verdade, enquanto uma cultura é objecto de curiosidade, pelo que a diferencia, os seus membros não estão sendo considerados como iguais: e essa cultura será estudada e lida, como quem vai ao Jardim Zoológico nem sequer ver os seus antepassados (segundo Darwin). A universalidade atinge-se, dentro e fora, quando os valores específicos de uma cultura, ou as características de um estádio dela, são entendidos e estimados como meras expressões da humanidade. Enquanto um povo, pelas suas camadas cultas ou tidas como tal, passar a vida contemplando o próprio umbigo (como se só ele, e mais ninguém, pudesse ostentar essa modesta marca de como todos entram neste mundo), ele nada fará para libertar-se, intelectualmente e esteticamente, da sua condição. E nem os seus valores, nem os seus juízos de valor, possuem qualquer universalidade.

Não podem, na verdade, possuí-la. Assiste-se, a este respeito, e de uma maneira geral, a duas atitudes extremas, facilmente verificáveis em Portugal ou no Brasil. Um jovem poeta publica um livro. Os seus amigos ou são dos regionalistas, ou dos vanguardistas. No primeiro caso, ele é inserido no panteão nacional, como o 250.º génio com que a pátria contribui para si mesma, a um nível incomparável com qualquer literatura (e, na verdade, incomparável, porque nenhuma literatura deste mundo terá assim, com tão grande facilidade, e em séculos, tanta profusão de génios). No segundo caso, declara-se em tom altissonante: — Fulano, como Mallarmé... — quando se não afirma categoricamente que ele é o Mallarmé em pessoa. Tudo isto, é claro, se passa em família que, como é sabido, é a forma mais subdesenvolvida e elementar da vida social. E, se às vezes passa as fronteiras e é repetido, não é isso um motivo de orgulho, mas de tristeza, pelo que prova da leviandade e da irresponsabilidade, com que os «desenvolvidos» se debruçam para os «subs» em que estão interessados. E o pior é que tais factos, em geral, se dão com poetas que não são Mallarmé, nem génios, nem, a bem dizer, sequer poetas.

Porque é extremamente raro, e quase sempre ocasional, que subdesenvolvidos reconheçam a grandeza quando a encontram em si mesmos ou nos outros. Quanto aos outros, a dificuldade pode ser ladeada, com artes de ouvido. Não é preciso ter lido Mallarmé, nem crítica sobre Mallarmé ou sobre a sua posição na poesia francesa ou na poesia universal, para discretear sobre a grandeza de Mallarmé, mesmo não se sabendo ao certo qual ela seja. De resto, os subdesenvolvidos não estão interessados em saber ao certo coisa nenhuma, porque logo saberiam a coisa mais terrível: que o são, e não só nas belas frases com que o desenvolvimento seja preconizado. Quanto a nós próprios, as dificuldades são insuperáveis sem sofisma. Só os raros que possuem uma cultura universalizante estão em condições de saber a razão pela qual Olavo Bilac e Mallarmé, João de Deus e Baudelaire, a D. Josefa dos Anzois e Cecília Meireles não cabem no mesmo saco. Os outros não estão, mesmo quando, no melhor dos esforços, fazem tudo para isso. Porque onde todos são génios, não há razão alguma para que o sr. Araújo Jorge ou a D. Oliva Guerra o não sejam. E onde se adoram os grandes nomes pelo que eles fascinam de novidades audaciosas, sem que previamente a profusão de génios tenha sido posta no seu lugar, não há razão alguma, também, para que qualquer um não possa ser igualado a Dante ou a Camões.

Ora, a dura verdade é que não há literaturas grandes e literaturas pequenas. E não há, sobretudo, literaturas maiores do que as outras. A condição é muito mais prévia: ser literatura, e não apenas um subproduto regional que desperte a curiosidade dos amadores de coisas exóticas ou ignoradas. Mas nenhuma literatura existe, em termos estéticos, apenas porque muitos senhores e senhoras se entregaram aos deleites domésticos da criação literária. Se, sem dúvida, a dialéctica da criação literária exige, de certo modo, uma quantidade cuja acumulação propicie a mutação para a qualidade, a verdade é que essa transmutação qualitativa não se dá sem o catalisador que é a cultura universal. Os Fernandos Pessoa e os Carlos Drummond de Andrade são muito menos dessa quantidade nacional de cuja acumulação brotam, que do toque de outras culturas que lhes fizeram saber, no momento oportuno, que a grandeza não estava toda entre António Vieira e Rui Barbosa. E, por exemplo, o modernismo brasileiro é tão filho de um saudável desejo de autenticidade existencial, como de vinte anos da revolucionária libertação estética, que varriam os academismos europeus e americanos, e, a par dos quais, os seus corifeus, como homens de cultura, plenamente estavam.

As obras, e não as literaturas, é que são grandes. Mas, para saber-se como o são, é indispensável conhecer-se a literatura a que pertencem. Este conhecimento, em nível valorativo, não é possível onde e quando haja, no fundo, duas escalas de valores para medir tudo: uma, pela qual a literatura «nacional» é grande; e outra, pela qual é «grande» tudo o que traga o selo das «grandes» culturas que dominam a nossa mentalidade. Como pode entender Baudelaire quem passou a vida a ouvir enaltecer as excelências de Correia de Oliveira ou de qualquer chatíssimo árcade? Só por um grande esforço de auto-crítica que nem todos estão em condições de fazer. E como pode reconhecer a grandeza, quem está habituado a aceitar que ela, antes de mais, deve aparecer escrita em francês ou inglês?

Há padrões de análise estética, que permitem conferir de uma grandeza que se adivinhe. A grandeza, por muito relativa que seja, não o é tanto que não possa ser observada em si mesma. Quando aceitássemos, nas coisas da cultura, um total relativismo, seríamos, como «flores sociais», meros hedonistas, e negaríamos a própria existência da arte literária como tal. Dizer-se, de uma literatura qualquer, numa dada fase da sua história, que ela não tem interesse, não é, ao contrário do que possa parecer, arvorar um honesto pragmatismo: é, muito simplesmente, confessar que, no preciso momento em que o dizemos, andamos às aranhas sem atinar com qual seja o interesse da «nossa». E isso resulta exactamente de ter-se tomado como literatura muita coisa que o não é, ou só o é inferiormente, e de considerar as outras literaturas, não como um património universal que também nos pertence, mas como uma dádiva dos deuses, destinada a iluminar uns pobres subdesenvolvidos como nós.

Os povos serão subdesenvolvidos, por muitas circunstâncias extrínsecas que os excedem. Mas, neles, só é subdesenvolvido, entre a gente culta ou que passe por tal, quem se compraz na própria mediocridade. E é isto o que torna tão difícil a grandeza entre tal gente. Ou não a reconhecem; ou a contestam — não vá o público descobrir de repente que os críticos, e não ele, é que são subdesenvolvidos... Ou ainda — o que será pior — reconhecem-na por aquilo mesmo que a diminui: e aclamam um grande escritor pelo que é menos importante na sua obra, como o carácter específico da humanidade e da linguagem de que partiu. Estas só valem e só importam, para sabermos o que e como o escritor criou. Será o valor documental, etnográfico, das novelas e contos caucasianos de Tolstoi o que lhes dá o valor que lhes atribuímos? Ou, antes, o modo como essa humanidade é posta em vida por uma magistral arte de narrar? Será que *Vidas Secas,* de Graciliano Ramos é uma grande obra de categoria universal, por retratar os dramas do Nordeste? Ou porque os transforma numa comovente criação literária? Se, de hoje, amanhã, por uma minuciosa análise etnográfica e linguística, se descobrir que *Grande Sertão: Veredas,* é, na sua quase totalidade, uma «mistificação», será que deixará, por isso, de ser uma espantosa criação? Ou, pelo contrário, resultará muito maior o poder transfigurador do homem que a criou?

A grandeza existe em toda a parte. O que é preciso é não sofrer de complexos de inferioridade, para reconhecê-la. Os complexos, porém, se não se curam no médico, ou não se sublimam na criação e na cultura individual, são como a escala descendente das perversões: começa-se por uma satisfação inocente... e — mas o Kraft-Ebbing descreve isso tudo. Quando se perde o sentido da grandeza (e não há discriminações para ele), acaba-se na coprofilia que o mesmo é que admirar certos sujeitos que andam por aí. Ou andaram, o que ainda é pior, e se chama então necrofilia. É preciso nestas coisas, pois, o máximo cuidado: começa-se por estudar *A Moreninha* ou *As Pupilas do Senhor Reitor,* como se fossem a *Divina Comédia,* e corre-se o grave risco, de, por distracção, como o Lord inglês da anedota, escovar um dia os dentes com as cinzas da falecida esposa. O que, atendendo ao carácter respeitável do jornal em que escrevo, deve ser percebido como um elegante eufemismo de coisas muito piores.

SITUAÇÃO DA LITERATURA PORTUGUESA NO BRASIL

Introdução — O problema de discutir-se a situação actual de uma literatura, dos estudos sobre ela, e das perspectivas futuras dela e desses estudos, complica-se especialmente quando, como é o caso da Literatura Portuguesa, ela importa não apenas a si mesma e a quem, por qualquer razão de preferência cultural, por ela se interesse, mas também a outros países que, separados, ontem ou no futuro, da área de expansão política da língua em que ela foi escrita e que ela foi formando e subtilizando, a possuem, em suas culturas, e queiram-no ou não, como passado escrito da língua que falam e escrevem. A língua inglesa, a espanhola, a francesa, entre as línguas do ocidente europeu, repartem com a portuguesa uma semelhante situação. Mas talvez para nenhuma a dificuldade dos problemas que dessa situação surgem seja tão complexa como para a Literatura Portuguesa.

As razões disto são diversas, e por certo muito poucas delas correspondem às ilusões oficiais da cultura portuguesa. Para tratarmos da questão, é-nos forçoso examinar estas últimas, serenamente, e na esperança de que uma lucidez serena substitua, no espírito dos portugueses que nos ouçam ou nos leiam, a cega obstinação com que, mesmo muitos dos melhores, encaram o que, longe de ser uma discussão académica, é e será cada vez mais uma problemática vital.

Ao contrário do que acontece com as línguas que referimos, a língua portuguesa não tem ainda, no mundo de hoje, um prestígio comparável ao delas. E não pode dizer-se, em boa consciência, que, se, como tudo indica, vier a tê-lo, a literatura portuguesa represente, nessa transformação, algum papel de relevo. É secundário, neste ponto, inquirir sobre se isso é ou não uma injustiça

253

— porque é um facto. A importância que a língua portuguesa está adquirindo no mundo está em directa razão com a do Brasil, como potência e como cultura, e com a curiosidade desperta e difundida acerca dos territórios ultramarinos de Portugal. Se a explosão demográfica do Brasil, por um lado, e uma manutenção da língua portuguesa como língua nacional daqueles territórios, se unirem no futuro para levar o português ao lugar de uma das quatro primeiras línguas do mundo, em sua expansão falada e escrita, a Literatura Portuguesa, caso venha a captar as atenções dos estudiosos, captá-las-á, sempre e mais, pelo seu passado que pelo seu presente. E, necessariamente, mais como um passado arqueológico da língua, do que como uma fonte para investigação das raízes históricas das diversificações da linguística portuguesa, enquanto não estiverem mortas e sepultas as amarguras políticas e as frustrações psicológicas (para não referirmos os oportunismos que com elas jogam) que presidiram, no passado e no presente, à expansão imperial de uma língua que nunca se fez acompanhar da radicação de instrumentos de cultura.

Portugal não teve nunca, por razões óbvias de limitação de poder e de escala europeia, a projecção cultural da França. Não constituiu nunca, e pelas mesmas razões, um dinâmico império, como a Inglaterra; nem o Brasil é, ou será por muitos anos ainda, uns outros Estados Unidos da América. Portugal, segregado, pelo seu destino de ser nação, do complexo hispânico, não participou, nem participa, da glória da cultura espanhola, ao lado da qual é o responsável pela América Latina. Não foi uma Itália, imagem mítica da unidade imperial romana. E não se germanizou o suficiente, no passado longínquo (como à própria Espanha aconteceu mais intensamente em vários momentos da sua História), para colher algum reflexo do prestígio romântico da Alemanha. E, não tendo sido nunca suficientemente invadido, pelo menos para as imaginações euro-americanas racistamente germânicas, por escandinavos e normandos, também por este lado ficou de fora do ciclo de formação comum das nações europeias nórdicas. No século XV e no século XVI, Portugal deu início à expansão ultramarina da Europa, e criou um vasto império, de cuja importância os restos ainda existentes serão testemunho bastante. Mas, ao que parece, fê-lo mais como intermediário que como detentor das bases económicas de uma tal expansão — e será por isso que é fácil, aos outros historiadores europeus, descendentes das civilizações que forneceram os créditos e recolheram os lucros, ignorar aqueles mesmos que criaram

254

uma riqueza que em verdade não gozaram nunca (salvo uns quantos privilegiados), e não tiveram os meios de estabelecer-se em parte alguma com a mesma solidez cultural com que a Espanha ou Inglaterra puderam e souberam fazê-lo. Não os tiveram — ou as suas classes dirigentes foram sempre incapazes de raciocinar à escala universal em que pretendiam viver.

É ocioso repetr que, todavia, Portugal fez o Brasil. Sejam quais forem as medidas positivas que a administração portuguesa, em determinados momentos, pôs em execução, com maior ou menor sabedoria, e contribuiram para dar uma forma e um ser ao Brasil, seja qual for o peso que, em quatro séculos, a imigração portuguesa teve em fornecer a base principal da população brasileira, a triste e dura verdade é que o Brasil, aquém e além das saudações académicas e oficiais, não tem por Portugal o respeito e o amor que, ainda que muito contraditoriamente alimentados de queixas e recriminações, nutrem pela Inglaterra, os Estados Unidos da América do Norte, ou pela Espanha os países americanos de língua castelhana. Ainda quando o Brasil reconheça o interesse, para os seus estudos de língua e de cultura nacionais, de uma ampla presença de estudos de literatura portuguesa nos currículos superiores de Letras, como recentemente reconheceu, não obstante essa presença é muito mais sentida como uma indispensável necessidade curricular, que desejada como o convívio com uma outra área da mesma língua, que não só é a originária mas também de paralela e interpenetrada evolução. E a essa presença curricular não corresponde, na vida intelectual do Brasil, realidade quotidiana alguma. Se a presença da literatura inglesa nos Estados Unidos chega a parecer a um estrangeiro excessiva, nada de semelhante sucede no Brasil — e podemos mesmo afirmar que nada de semelhante ao que sucede em Portugal com a literatura brasileira. A cultura do Brasil em Portugal, todavia, está oficialmente na mesma posição que é a da cultura portuguesa entre os intelectuais e o público brasileiros. Em Portugal, em que pese aos que proclamam de estudos universitários brasileiros, a literatura viva do Brasil existe fora dos círculos oficiais e universitários, exactamente ao contrário do que no Brasil acontece. E isto é extremamente significativo da situação real.

Este estado de coisas agrava-se por causas extrínsecas, onde e quando se desenvolve, como nos Estados Unidos agora, um grande interesse pelo Brasil. Não é de hoje, no Brasil ou fora dele, a existência de um, digamos, «americanismo» que, explorando os sentimentos anti-portugueses de muitos brasileiros, procura segregá-los, e à cultura brasileira, de quaisquer raízes europeias, a coberto de torná-los livres da herança colonial portuguesa. Nem sequer não é de hoje apenas no Brasil, porquanto o fenómeno se tem verificado, em diversas oportunidades, noutros países latino-americanos. Há evidentemente razões políticas e sócio-económicas para isto: um país economicamente subdesenvolvido, que seja segregado do conhecimento das suas raízes, e miticamente identificado com uma unidade das Américas, entrega-se mais prontamente a uma sujeição político-económico a qualquer grande potência continental. E isso acontece por um curioso processo psico-social: segregado facilmente daquela raiz europeia que professa detestar (por supô-la específica do passado que renegou justamente), não possui a suficiente independência política-económica para opor, a qualquer penetração, uma cultura criticamente assente nas tradições, boas ou más, que possui. Assim, do mesmo passo, o «statu-quo» político-social subrepticamente adquire foros de inerente à segurança nacional, e o organismo nacional fica aberto à desnacionalização cultural e económica, precisamente quando parece estavelmente conquistá-la. O interesse pelo Brasil, que se verifique hoje nos grandes países, não é necessariamente condicionado por esta visão política — seria uma grande injustiça, e de um grande e perigoso simplismo, o afirmá-lo. Mas a tendência de um grande país predominantemente de mentalidade euro-americana, ao interessar-se por um país do Equador, em que a chamada raça anglo-saxónica não tenha imposto o seu exclusivismo (como é o caso contrário de nações como a União Sul Africana ou a Austrália), se não é prepará-lo para os seus próprios fins, é para estimá-lo paternalmente, admirando-lhe a paisagem e o pitoresco, e lutando filantropicamente por melhorar a vida de gente tão engraçada e tão simpática. As razões históricas de essa gente ser assim, o conhecimento de quais tradições essa gente herdou e transformou, eis o que é secundário, e, mais do que secundário, perturba inteiramente o facto folclórico e filantrópico, com considerações de exigência cultural, incompatíveis com o gosto pela especialização estrita e não-problemática. Isto é tanto a verdade, que qualquer americano se escandalizaria com um estudo do sistema legal norte-americano, ou da religiosidade norte-americana, que ignorasse inteiramente as suas raízes anglo-saxónicas. Mas por certo serão muito poucos os que pensem necessário conhecer o sistema legal português ou a religiosidade portuguesa, para discutir-se disso mesmo no Brasil. E, nisto, a maioria dos intelectuais brasileiros participa: que um estrangeiro estude isso sem recorrer a Portugal, eis o que os tranquiliza quanto à peculiaridade e originalidade do Brasil, enquanto o estrangeiro, baseando-se nas bibliografias existentes, é levado a crer, por exemplo, que realmente no Brasil as tradições religiosas negras ou índias sobrelevam de longe a importância dos cultos cristãos (ainda quando, como é o caso dos protestantismos, eles não tenham sido instalados no Brasil pelos portugueses, mas por sociedades bíblicas de origem anglo-saxónicas ou germânica, já que é perfeitamente mítica, do ponto de vista da permanência cultural, a presença do protestantismo holandês no Nordeste ou a do protestantismo francês no Rio de Janeiro). Se isto é assim, ou tende a ser assim, com as questões antropológicas e sociais, com maioria de razão o será com as literárias e culturais. De modo que, a manter-se esta situação que as circunstâncias de interesse pelo Brasil só podem agravar, não pode a literatura portuguesa esperar que sequer uma atenção para com ela seja tida, ainda por muito tempo, como indispensável a uma compreensão mais profunda e mais correcta do Brasil.

É evidente que atenção apareceu e existe, e não se pretende negar ou minimizar o que os Estados Unidos ou países da Europa têm feito pela cultura portuguesa, muitas vezes realizando aquilo mesmo que os intelectuais portugueses tinham o dever de fazer e nunca fizeram. Mas, com raríssimas excepções, os estudos da literatura portuguesa no estrangeiro (isto é, fora de Portugal e do Brasil) têm partido ou dependido de estudiosos principalmente interessados na cultura hispânica. Isto não é necessariamente um mal, porque precisamente serve a corrigir as extremas limitações que a ignorância portuguesa tem sofrido nesse campo, como em outros em que raro abundam de um actualizado e bem informado comparativismo. Mas, contribuindo para colocar os estudos de cultura portuguesa como um capítulo da cultura hispânica que tem poderosas tradições internacionais, mais cinde a literatura portuguesa da sua conexão com um Brasil que não é hispânico em nada. E tanto o não é, e a tal ponto a sua individualidade e importância se afirmam, que a literatura brasileira não é considerada um capítulo mais na história das literaturas hispano-americanas que são apenas as de língua espanhola.

A realidade — ou melhor, a existência e o valor em si — da literatura portuguesa não depende evidentemente de tudo isto, mas, muito mais do que os seus cultores e críticos portugueses imaginam, é, e cada vez mais será, extremamente condicionada por estes factores que fomos indicando. E sê-lo-á quanto à criação presente e quanto aos juízos sobre o passado. Quando a literatura de um pequeno país se fecha sobre si mesma, ao mesmo tempo exagerando o seu valor universal (que, por potencial que seja, só existe quando reconhecido universalmente) e aceitando ser só eventualmente reconhecida, corre o risco de não apenas reduzir o passado à escala dos seus pequenos interesses provincianos, como o de desinteressar desse passado mesmo os estudiosos fiéis que tenderam a corrigir os erros de visão estreita, e que, assim fazendo, sabem não poder agradar àqueles mesmos que poderão dar-lhes apoio e estímulo. E, quanto ao presente da criação literária, será muito difícil que obras apareçam, dignas da atenção universal, ainda quando encerram elementos de uma mais universal visão ou estejam seus autores bem informados acerca do que se passa no mundo da cultura. A razão é simples: de tal modo tudo isso estará integrado no pequeno círculo de uma cultura que, como sociedade, perdeu os contactos e a consciência das interrelações, que mesmo o mais universal dos escritores parecerá, e será a muitos títulos, apenas um curioso caso de uma pequena literatura.

A literatura portuguesa no Brasil

A posição da literatura portuguesa no Brasil é ambígua, embora a sua ambiguidade não seja exactamente a que transicionalmente se supõe no Brasil ou descuidadamente se imagina em Portugal. Para os brasileiros, a literatura portuguesa situar-se-á em dois planos diversos: o de ser a expressão literária do passado da língua nacional (e, nesse plano, ela pertence realmente às duas culturas e é comum património de ambas), e o de ser expressão contemporânea da língua, em nível estético, mas numa diferente área cultural (e, neste outro plano, já ela não exerce a mesma função em ambas as culturas). Todavia, neste segundo dos dois planos, a literatura portuguesa confina, funcionalmente, com as demais literaturas estrangeiras, e é, paradoxalmente, mais estrangeira do que elas. Na verdade, ela pode competir em prestígio e difusão com literaturas como a francesa, a norte-americana, etc., porque não pode oferecer, àqueles que buscam nessas literaturas o complemento cultural necessário à construção de uma cultura tida por actual, a magnitude fascinante que elas apresentam. É perfeitamente secundário discutir, mesmo com elementos de mais objectiva crítica, se, na sua relativa pequenez, a literatura portuguesa dos últimos cem anos não possui, alguns escritores tão interessantes ou até superiores a muitos escritores franceses ou norte-americanos que ganharam a celebridade internacional. Tudo se passa, com raríssimas excepções como um Eça de Queiroz ou um Fernando Pessoa, que de resto, mesmo admirando-os, poucos se atrevem a dizer que são maiores que alguns dos seus contemporâneos mais influentes; tudo realmente se passa como se fossem efectivamente, aqueles escritores, secundaríssimos, mais ou menos na mesma medida em que o são para as grandes culturas euro-americanas que os ignoram. Claro que, e até por razões de profissão, um ou outro autor, e o movimento geral da história portuguesa interessam a quantos, no Brasil, se dedicam ao estudo ou ao ensino da literatura portuguesa. Mas esse interesse não ultrapassa o âmbito da área de influência desses estudiosos. Seria curiosíssimo, a este respeito, fazer um levantamento estatístico dos trabalhos publicados por esses estudiosos, pois que nitidamente nos elucidaria sobre a ambiguidade da literatura portuguesa contemporânea no Brasil. Quando não são personalidades especialmente dedicadas aos aspectos filológicos ou linguístico, campo em que o Brasil se destaca por trabalhos de alto valor, mas personalidades dirigidas para ou confinadas nos estudos literários, os estudiosos de literatura portuguesa, no Brasil, ocupam-se de estudar de literatura brasileira. E estes estudos, de um modo geral, não se caracterizam por um comparativismo das duas literaturas vernáculas, mas cuidadosamente as separam em domínios sem continuidade. Os estudiosos brasileiros de literaturas estrangeiras não sentem a mesma necessidade de ocuparem-se de literatura brasileira que muitas vezes não se pejam de ignorar; e os especialmente dedicados à literatura brasileira, quando se não dedicam ao estudo dela como isolada de todas as correntes, ou quase, da cultura euro-americana, sentem a preocupação (evidente nas maciças referências bibliográficas e na vasta cópia de nomes citados) de colocar a literatura brasileira em estreita correlação com essas mesmas correntes, sem que a literatura portuguesa (que, no passado colonial, foi o predominante intermediário, às vezes com demasiado exclusivismo) seja chamado a desempenhar nesse quadro um papel preponderante ou mesmo de modesta importância. Nada há de extraordinário, em princípio, no gosto e no interesse dos estudiosos brasileiros de literatura portuguesa pela literatura brasileira, que é sua nacional, e já que são literaturas da mesma área vernácula; e sem dúvida que é profundamente errado o interesse excessivo e exclusivo por outras literaturas estrangeiras. Mas o facto de verificar-se como que uma segregação dos estudos de literaturas vernáculas não deixa de ser um sintoma quanto ao que se diria a falta de naturalidade e a self-consciousness» de muitos brasileiros, ao tratarem da literatura portuguesa. E, no entanto, por isentos do «commitment» de serem portugueses, e por terem uma preparação filológica que em Portugal falta em escala igual, estão em condições de ser, e vários são, mais competentes nela que a maioria dos portugueses de equivalente educação e cultura.

Da parte de Portugal, tomar ao pé da letra este estado de coisas, actuar no Brasil como se a literatura portuguesa fosse efectivamente estrangeira, será por certo um erro de incalculáveis, ou demasiado previsíveis, consequências, visto que a situação da literatura portuguesa no Brasil, e os correlatos problemas que afloramos, não são os mesmos. Para o Brasil, a literatura portuguesa anterior à independência política (ou, mais exactamente, à Inconfidência Mineira), se é a literatura do país colonizador, não menos é a do passado da língua e da cultura, e não menos é parte do seu património nacional, ao mesmo tempo que o é para Portugal, por estranho que isso possa parecer à estreiteza de visão, a que Portugal é muitas vezes sujeito. Aliás, e paradoxalmente, uma das queixas da cultura brasileira contra a literatura portuguesa de 1500 aos fins do século XVIII reside precisamente na muito notória ausência do Brasil nela — queixa que corresponde a uma das características dessa mesma literatura e é a curiosa e generalizada ausência, nela, não apenas do Brasil, mas de todo o ultramar e das navegações, se vistos de um ponto de vista não-oficial e não-militar, com as possíveis excepções, de resto gloriosas, dos relatos que compõem a *História Trágico-*-Marítima, e da *Peregrinação.* Que estas observações têm enorme fundamento é fácil de verificar pelo que sucede aos autores dos séculos XVI e XVII que se ocuparam do Brasil. Têm os brasileiros a tendência a considerá-los seus compatriotas, mesmo quando se trata de um autor tão conspicuamente dedicado a Portugal como António Vieira, enquanto outros não figuram nas histórias da literatura portuguesa, ou pelo menos não figuram, ainda hoje, em proporção da justa importância que possuem para o Brasil. Vieira, é claro, disfruta sempre um grande lugar na literatura portuguesa, mas por razões inteiramente diversas e às vezes incongruentes: o vácuo da prosa seiscentista seria sempre repartido entre ele e um Francisco Manuel de Melo ou um Bernardes, mesmo que eles valessem a décima parte do que valem; e o facto de ter sido um jesuíta perseguido pela Inquisição faz que as tradições jacobinas portuguesas se esqueçam de que ele foi não só um jesuíta, mas um dos articuladores do jesuitismo que tão ominoso é para os admiradores do Marquês de Pombal. Em contrapartida, o prestígio de Vieira no Brasil, que ele de modo algum teve entre os brasileiros seus contemporâneos, que chegaram a expulsá-lo de lá, é precisamente devido ao mito de que os jesuítas fizeram, à base de índios românticos, um país diferenciado dos «colonos» que os escravizavam. Nem eles fizeram esse país (ou o fizeram aceitando uma escravatura negra preconizada pelo próprio Vieira — cf. a sua «Resposta aos capítulos do Procurador do Maranhão), nem os «colonos» que se opunham a Vieira eram só emigrantes portugueses, mas, na terminologia do tempo, também os habitantes ou naturais da colónia. O caso de Vieira é assim uma pedra de toque, para a observação, em termos de sociologia da cultura, das relações literárias luso-brasileiras, sobretudo se nos lembrarmos de que os sermões dele, mais escolarmente célebres em Portugal, não são os mais conhecidos no Brasil, quando entre estes figuram dos melhores que ele terá proferido.

Quanto à literatura portuguesa posterior à independência política do Brasil (e a Inconfidência Mineira, desejada e preparada por homens que pertenciam ao Esclarecimento internacional dos fins do século XVIII, é necessariamente mais um fenómeno de independência política que do nacionalismo cultural que, em termos de liberalismo romântico, não tinha, para esses homens, sentido algum), com ser um prolongamento daquela anterior, não deixa de estar numa posição inteiramente diversa de qualquer das outras literaturas estrangeiras. Faltam, de resto, e quase totalmente, em Portugal e no Brasil, os estudos sobre o intercâmbio literário luso-brasileiro durante o século XIX e até ao advento do Modernismo vanguardista, durante a fase romântica e naturalista, a que correspondeu no Brasil a criação de uma literatura desejadamente nacional. No Brasil, dir-se-ia que esse intercâmbio apenas se cifrou em desagradáveis ataques portugueses aos supostos deslizes gramaticais dos brasileiros, quando esses ataques partiram, em geral, de figuras sem representação alguma na cultura portuguesa, e quando os melhores escritores e críticos portugueses, desde a primeira hora, aclamaram, como liberais que eram, o advento e a demonstração literária de um Brasil brasileiro, como foi o caso de Garrett ou de Herculano. Que tais estudos, baseados em sérios levantamentos históricos e documentais, faltem no Brasil, compreende-se, já que não são prioritária matéria de investigação cultural; que faltem em Portugal é por certo sintomático de quanto, nos últimos cem anos, a cultura média portuguesa (não os melhores elementos dela) foi aceitando, passo a passo, a sua menoridade e a sua restrita importância, entre um Brasil que crescia e lhe voltava as costas, e um mundo que precisamente para mais silenciosamente cooperar com as classes dirigentes portuguesas na exploração colonial, lhe impunha uma imagem de pequeno país inerme do ocidente europeu.

A literatura portuguesa de vanguarda, a literatura viva dos últimos cinquenta anos, muito pouco deve a esforços de agentes universitários ou oficiais portugueses no Brasil. O pouco que dela os brasileiros conhecem deve-se a eles mesmos ou à obra divulgadora de portugueses que precisamente nunca saborearam as delícias das protecções oficiais, nem as aceitariam. De resto, desenvolvendo-se a literatura brasileira moderna em duas linhas aparentemente opostas (porque estão convergindo nos autores mais recentes), o vanguardismo português, sobretudo voltado para a exigência estética e para a análise irónica e dramática das mitologias nacionais, tinha em comum com o vanguardismo brasileiro que, nas datas oficiais antecipou de meia dúzia de anos, apenas o que era comum a todo o vanguardismo ocidental: a quebra com os esquemas tradicionais e académicos. Mas, sobretudo na primeira fase do vanguardismo brasileiro, afastava-se dele e não podia ser-lhe profundamente interessante, visto que, em Portugal, era preciso demolir o equivalente caduco do que, no Brasil, era juvenilmente necessário, ou seja, o mito de uma aproximação cultural com a vivência quotidiana, com as tradições populares, com a consciência de uma nacionalidade peculiar, com a problemática social de uma grande nação à beira de profundas transformações sócio-económicas e políticas. A aproximação deu-se, logo depois, e da parte de Portugal, em duas fases sucessivas: primeiro, os continuadores do primeiro vanguardismo português sentiram a afinidade recíproca com o Segundo Modernismo brasileiro (aquele que precisamente criticava o excessivo folclorismo do primeiro), e, depois, quando nos anos trinta e quarenta se desenvolveu, em toda a parte, um florescimento do realismo em termos de politização esquerdizante, os ficcionistas portugueses encontraram no romance brasileiro nordestino, mais que em qualquer outro, o exemplo próximo de que precisavam e que as estruturas literárias portuguesas lhes não forneciam. O vanguardismo brasileiro, ao tornar-se mais interiorizado e mais esteticamente exigente (no sentido de os problemas estéticos sobrelevarem os de criação de uma nova fase de literatura nacional), ficava mais próximo da tradição do vanguardismo português. E este foi atacado em Portugal pelos discípulos portugueses do romance nordestino, exactamente pelas mesmas razões que fizeram os homens do Nordeste opor-se ao vanguardismo carioca e paulista.

Posto isto, insinuar, mesmo indirectamente e inocentemente, que os brasileiros precisam de ser iniciados pelos portugueses nos arcanos da literatura portuguesa é ofensivo e ridículo, ainda quando a dificuldade de obter, no Brasil, informações, edições, revistas, etc., seja um severo «handicap». O problema é apenas de meios de informação, de falta de difusão de edições, e, também, um pouco à escala das contrariedades diversas que temos mencionado, quanto à cultura portuguesa no Brasil. Mas, na verdade, aquele «handicap» não será inferior ao que os brasileiros encontrariam, e encontraram pela frente (como aliás todo o estrangeiro), ao utilizarem de boa fé as espécies bibliográficas da crítica portugueça, quase todas elas viciadas por preconceitos políticos ou mesquinhamente pessoais, necessariamente ininteligíveis para quem tenha a felicidade de não viver no interior daquele caos de alusões ou omissões. E, nisto, a literatura portuguesa de hoje não é mais estrangeira no Brasil que em si mesma.

MODERNISMO BRASILEIRO: 1922 E HOJE

Há quarenta anos, toda a gente no mundo ocidental sabia o que era o Modernismo, mesmo quando os Modernistas eram muito diferentes de país para país e de língua para língua, e quando atacavam coisas muito diversas, de acordo com a cultura em que viviam e que tentavam «modernizar». A esse tempo, é claro, o entendimento que mostravam ter deles mesmos era muitas vezes expresso em maneiras extravagantes, destinadas a impressionar e a chocar; e não se pode dizer que foi sempre com clareza que expuseram os seus pontos de vista. Também a compreensão que as outras pessoas — aqueles que eles atacavam ou chocavam — mostraram, nesse tempo, pelo que eles estavam fazendo ou dizendo que estavam fazendo, era muito frequentemente expresso com a mais notável estupidez. Mas todos estes homens sabiam que alguma coisa estava a mudar, tinha de ser mudada, ou que tinham de levantar uma parede de insultos contra o passado mar de insultos. Agora, quarenta anos depois de tudo isto, encontrámo-nos num estranho dilema: parece que nada mudou, e dizem-nos até que não só o Modernismo está morto como nunca existiu. De vez em quando, um crítico com tendências heróicas, como suponho que eu sou, se levanta a defender esses tempos gloriosos. Chamo a vossa atenção para que o Modernismo foi muito mais do que algumas escolas ou um movimento complexo, foi uma mudança de ponto de vista que matou finalmente o romantismo em todas as artes. Se o Romantismo ainda existe podem ter a certeza que sobrevive a si mesmo. Falando em rigor, nisto está o problema. Porque o Romantismo, por ser uma doença muito comum, apareceu nas obras e nos espíritos de muitos dos modernistas. E, baseados nisto, alguns críticos pensam — e muitos deles deliciadamente — que o Modernismo foi apenas uma forma nova que o Romantismo tomou depois que o Naturalismo e o Simbolismo se exauriram, respectivamente em vulgaridade e em etéreas e sumptuosas sombras de sentir. Há até críticos que dizem que estamos ainda vivendo na Era Romântica, excepto nos países onde os princípios iluministas do realismo socialista permite aos escritores e aos leitores verem só a realidade como ela é: como sabem a melhor maneira de a não verem.

Talvez se perguntem neste momento se estou ou não a falar do Modernismo brasileiro. Sim, estou. A razão pela qual comecei com considerações tão gerais e tão abstractas é dupla. Primeiro, pretendi colocar o Modernismo do Brasil no contexto mais amplo da nossa cultura ocidental. Ao fazê-lo queria lembrar que a Literatura Brasileira não é menor ou uma literatura que se deve estudar porque o Brasil é tão fascinante e tão exótico. Todos os países são exóticos se olhamos para eles de fora. Segundo, tentei chamar a atenção para que o Modernismo Brasileiro é uma expressão muito enganadora e perigosa para significar o que aconteceu, tão enganadora que muitos críticos brasileiros e dos melhores, têm sido levados a pensar que o Modernismo no Brasil foi importante não porque era modernista mas porque era brasileiro. Mas o que aconteceu no Brasil aconteceu exactamente ao contrário. Os modernistas, no Brasil, proclamaram que estavam a descobrir o país, não tanto porque o Brasil estava ainda e até certo ponto ainda está por descobrir, mas porque estavam seguindo, à sua maneira, as tendências gerais dos tempos. Estas tendências apelavam para um ataque a todas as convenções, pedia autenticidade, originalidade, expressão pessoal em termos de experiência e não sentimentos, e também liberdade na escolha dos meios e dos fins. Apelavam para uma quebra de todas as tradições e para uma renovação com algo mais fundo e mais verdadeiro para com a vida do que qualquer tradição. É esta a essência do espírito modernista. E devo apontar que só à primeira vista é possível achar que o Romantismo pode ser definido quase nos mesmos termos. A diferença está na qualidade: o Romantismo era tudo isto como maneira de ser; o Modernismo não foi nunca uma maneira de ser mas uma maneira de entender o nosso ser. Portanto, é mais que natural que os Modernistas brasileiros, em 1922, além de terem uma muito bem informada consciência do que ia pelo mundo e de lutarem por todas as artes, escolhessem o Brasil como um profundo mundo do espírito para ser trazido à luz. Não seria natural, nem estaria no espírito modernista começar de outro modo, já que as literaturas e as artes, ao tempo, eram apenas exercícios académicos muito satisfeitos com brilhantismo, perfeição formal, superficial significado. A relação amor-ódio entre nós e o país que na nossa alma identificamos com o país que nos ensinaram a amar não deve nem pode ser revelado em tais níveis nem com tais delicadezas. E a busca pela autenticidade nesse tempo, no Brasil, tinha de passar por vários estágios e muitos tons de expressão. Encontraremos estes estágios e esses tons se compararmos os modernistas uns com os outros, uma vez que eles procuraram ser e foram muito diferentes uns dos outros. Podemos mesmo dizer que podemos encontrar as mesmas diferenças se olharmos para as obras dos maiores de entre eles. Os modernistas no Brasil, tal como no mundo, estavam muitíssimo preocupados em não se tornarem eles mesmos. Aqui está uma das mais importantes diferenças de qualidade de que falei quando disse que elas existiram entre Modernismo e Romantismo. Os românticos estavam preocupados em se tornarem tanto eles mesmos que agora nos parecem todos parecidos. Os modernistas buscando o mundo interior neles mesmos ultrapassaram esta unidade do eu, que era uma convenção como todas as outras que buscavam vencer. Os modernistas brasileiros não buscavam a sua própria personalidade, a personalidade surgiria quando eles tivessem dado expressão ao esquecido Brasil.

A coisa curiosa é que, de certo modo, o Brasil como tema literário ou como uma ideia a que os escritores tentaram estar à altura, mesmo quando não escreveram muito acerca dele, estava longe de esquecido. Desde o Romantismo até agora, os escritores brasileiros sempre tiveram mais ou menos o País na ideia. Quando nós pensamos que às vezes eles esquecem essa obsessão com o Brasil e se tornam menos brasileiros do que cosmopolitas, e que precisam de ser lembrados do país onde nasceram, estamos totalmente enganados, porque eles estavam apenas tentando mostrar ao mundo — ou até a eles mesmos ou aos seus concidadãos — que se pode ser brasileiro e no entanto escrever tão graciosamente e tão superficialmente como os elegantes homens de letras de Paris. Pode dizer-se que, no Brasil, o problema com a literatura sempre foi o medo que os brasileiros têm de que a sua literatura possa não ser suficientemente brasileira, ou que o mundo possa pensar que não têm um carácter nacional muito forte, tão forte que ao ler um livro ou vendo uma peça seja impossível não exclamar — como escrevem brasileiramente os brasileiros... Tão verdade isto é que até hoje os brasileiros olham com suspeição para o homem que escreveu nos últimos anos do séc. XIX e nos primeiros do nosso século alguns dos melhores romances do mundo nesse tempo: Machado de Assis. É ele sempre mais ou menos acusado de não ser suficientemente brasileiro para a glória que merece. Era demasiado grande escritor e demasiado refinado artista para preocupar-se mais com a certeza de ser brasileiro do que com a alma humana e as obras de arte que sobre elas se podem escrever. As pessoas nos seus romances são, de qualquer forma, muito mais brasileiras do que todos os índios nos poemas de Gonçalves Dias ou nos romances de José de Alencar: aqueles índios, como toda a gente sabe, tinham realmente nascido na França e tinham aprendido à pressa algumas palavras em guarani para a ocasião.

Os modernistas foram por vezes acusados — ou acusaram-se uns aos outros — exactamente da mesma coisa: o Brasil deles, apesar da linguagem coloquial e dos temas quotidianos, tinha chegado da Europa e da América do Norte: devia muito ao cubismo de Blaise Cendrars e Apollinaire, ao futurismo italiano, aos longos versos apostróficos de Walt Whitman, e ao amor da arte negra que tão importante fora em dar forma ao Modernismo em países que nada tinham que ver com o elemento negro nas suas culturas. O que aconteceu no Brasil com o Modernismo foi que essas tendências podiam facilmente ser transformadas, não só em literatura moderna como a descrevi, mas também numa coisa que podia ser vendida como uma descoberta do Brasil. O ataque que os modernistas lançaram contra a elegância petrificada de uma linguagem literária padronizada (coisa muito importante na França, onde a educação faz tudo para forçar as pessoas a sentirem-se culpadas se não escrevem como Racine escreveu), era exactamente do que os brasileiros estavam à espera. Não tanto porque estivessem a imitar a maneira de escrever dos portugueses, mas porque os brasileiros escreviam, nesse tempo, uma linguagem morta, não preparada em Portugal para uso colonial da antiga colónia, mas pelos próprios brasileiros, no seu orgulho de escreverem finalmente como todos os clássicos de todos os tempos. O mais proeminente exemplo deste empolamento é Rui Barbosa, um estadista que até hoje é ensinado como escritor quando ele era apenas um Padre António Vieira, o celebrado jesuíta português, que tivesse vindo do túmulo com alguns sermões republicanos debaixo da batina. Por outro lado, a liberdade de sintaxe, o uso de lógica associativa e intuitiva na dicção literária, a busca de diferentes maneiras de repetir coisas velhas, o gosto pela modernidade (um gosto que o Movimento Estético Inglês primeiro teve) que estavam a ser experimentados por todo o mundo nas artes e nas letras, trouxe armas poderosas para a criação de uma linguagem literária brasileira. E como a expressão literária e artística estava sendo ridicularizada pelo modernismo europeu, que tinha de lutar contra a falsa seriedade, era evidente que o uso de graças, de transformação de algumas criações estéticas em coisas cómicas, o humor, a ironia, a demolição de tudo que era considerado sagrado e respeitável iria ser dirigido, no Brasil, não só contra o estabelecido intelectual, mas também contra o abismo que nele existia entre a vida real e a contemporânea que tinha apenas a externa aparência de progresso.

Ao ser moderno, ou tentar sê-lo (porque muitos deles permaneceram simbolistas e outras coisas minimamente disfarçadas como «modernistas»), os modernos brasileiros viram-se numa difícil situação, que eventualmente provocou o desmoronamento do movimento e a quebra do primeiro entusiasmo até no espírito dos primeiros e maiores líders, como Mário de Andrade. Como modernistas buscavam autenticidade e novas formas de expressão. Como brasileiros encontraram autenticidade na sua infância ou nas experiências da juventude, e numa vida do dia a dia que eram, tal como o seu próprio passado, profundamente incrustados em estruturas sociais e padrões extremamente patriarcais, tremendamente conservadores, e recordando dramaticamente tudo o que conservou o Brasil num estado de escravatura semi-colonial e semi-feudal. Quando lutavam contra as falsas vantagens da civilização e da ascensão das classes de industriais urbanos e comerciantes irresponsáveis, suspiravam com uma consciência de culpa pela paz da vida na velha casa grande. Buscando tradições índias e negras na cultura brasileira, e criando o mito — tão comum no Brasil — de um país de gente de cor, tentavam esquecer, e não podiam, que os índios são até agora perseguidos e assassinados e que os negros foram libertados, não porque os donos eram de pele um pouco mais clara do que eles, mas porque a economia do mundo e a dos terratenentes e seus associados financeiros, tinham descoberto que eles não podiam já sustentar um sistema de investimento permanente, como a escravatura exigia.

O modernismo, começado em São Paulo e no Rio, além de sofrer destas contradições internas, provocou uma grande reacção não só dos especuladores da velha ordem, mas das outras regiões do Brasil e de muitos que se pensavam modernistas. O problema era que os grandes modernistas, dilacerados dentro das suas próprias contradições, não podiam declarar que muitos dos seus oponentes não eram de modo algum modernistas clamando meios razoáveis de tratar com problemas de uma literatura nacional, mas esquerdistas ou direitistas igualmente interessados em desviar a corrente principal do movimento modernista para os seus fins. Os esquerdistas clamando por uma literatura social e politicamente orientada, os direitistas tentando coisas mais complexas que normalmente não são explicadas. Os chamados espiritualistas, por exemplo, clamando que era ridículo insistir tanto nos aspectos externos da vida brasileira, como nas culturas primitivas, uma vez que o Brasil tinha de ser encontrado na vida interior do espírito, nas abstracções intelectuais e emocionais que tinham herdado dos simbolistas. Era, no tempo, uma maneira muito hábil, mesmo quando honesta e sincera, de roubar à literatura qualquer contacto imediato com a consciência social. Os regionalistas atacaram o cosmopolitismo do movimento e também, como sempre acontece no Brasil, a liderança do Rio e de São Paulo (para onde vão logo que podem, para se tornarem regionalistas de uma maneira muito «carioca» ou «paulista») para mostrarem que os outros estados não estavam tão atrasados como se pensa, no estar a par das coisas nacionais. No caso especial do Nordeste, um espírito direitista fez tudo quanto podia para conseguir um aspecto novo para o romance regional. Este foi o espírito de Gilberto Freyre, o homem que cantou uma fascinantemente douta elegia, em vários volumes, no desfazer da sociedade paternalística. Ele sabia muito bem que o espírito modernista, tão cerca do da sociedade que ele estimava, podia ser, sem qualquer perigo, uma arma nas mãos dos esquerdistas: era uma arma que não feriria a sociedade que a esquecera, uma vez que os romancistas ao descreverem o declínio da antiga sociedade sob as pressões das novas políticas financeiras, transfeririam a culpa do real fulcro da situação social. Pode dizer-se que esta política tão arguta apenas uma vez saiu pela culatra, e com terrível seriedade, no caso de um dos maiores romancistas da língua e um dos mais complexos espíritos que em português tentaram confrontar a experiência de escrever ficção: Graciliano Ramos. Este grande escritor — tão grande nos seus romances como nas memórias que ofuscaram nele qualquer criação deles — não vinha da mesma linhagem dos outros. Graciliano não acreditava que era preciso escrever mal para criar um estilo brasileiro, nem viu o mundo a branco e preto, povoado de anjos e diabos, lutando uns com os outros em lugares cheios de sons e vistas de folclore pitoresco. Se falou acerca de vida no Nordeste, escreveu realmente sobre o problema de ser um homem, e não exactamente qualquer brasileiro convencional naquele conjunto esquálido. Até agora a crítica, com algumas excelentes excepções, insiste no seu regionalismo, ou fala demasiado no seu chamado pessimismo. Como a crítica é muitas vezes um dos mais subreptícios meios de apoiar o Establishment, é isto muito compreensível. Graciliano Ramos tinha o mesmo tipo de amarga visão da vida humana que tinha Machado de Assis e, ao insistir que eles são pessimistas, salva-se a face e a desconformidade. E manter Graciliano Ramos limitado às paredes do regionalismo é um modo de sugerir que os terríveis problemas que ele levanta são muito importantes, sim senhor, mas ele não escreveu lindas *«Gabriela, Cravo e Canela»* porque o cancro o matou antes e tinha destruído nele todo o sentido de humor (que na realidade possuía, mas muito negro).

Nos anos 40, uns vinte anos depois de o Modernismo ter começado e se ter espalhado por todo o Brasil, era moda dizer que o movimento que tinha mudado inteiramente o curso da literatura brasileira estava morto ou, pior do que isso, sobrevivia a si mesmo. Esta proclamação encontrou expressão nas propostas da chamada geração de 1945. Esta geração, que temos de entender num sentido muito amplo, não podia proceder doutra maneira. Muitos dos dominantes monstros que tinham moldado as transformações ou se tinham adaptado à nova moda estavam ainda vivos. A geração que surgia devia-lhes tudo — efectivamente tanto que podiam ser escritores brasileiros capitalizando apenas na riqueza e variedade do passado recente, sem se incomodarem acerca do que acontecia no mundo literário. Tinham de declarar morto todo esse passado para se convencerem e ao público, que depois de tantas experimentações que tinham levado mais de uma vez a um glorioso falhanço, eles eram finalmente os homens que sabiam escrever. O Establishment rejubilava com isso. O perturbado passado podia ser adorado sem qualquer perigo, e até sorrir dele com compreensão e simpatia por tais loucuras. Ter algumas glórias bem mortas é a maneira mais segura de ver a angústia e a dúvida transformadas em investimento rentável, com teses universitárias e reconhecimento público.

Mas podia o modernismo morrer, como o mundo no bem conhecido poema de T. S. Eliot, não com estrondo mas com um suspiro? Para responder a esta importante pergunta temos que voltar atrás em dois níveis: primeiro, examinando o curso do modernismo brasileiro; segundo, comparando este curso com o que aconteceu em outros países. Seguindo este segundo nível podemos responder também a outra questão sempre presente nos estudos brasileiros de cultura e literatura: a questão de a literatura brasileira ser sempre tardia e demasiado especial em seguir correntes estrangeiras, uma questão que as grandes culturas internacionais, quando se interessam pelo Brasil, estão sempre mais que prontas a passar por cima, mesmo quando tenham uma maneira simpática e compreensiva de a tratar. Falámos acima acerca de o Brasil ter a obsessão de ser Brasil: há que ter cuidado com este lado do problema, que acabo de referir e que é a ansiedade dos brasileiros em chegarem atrasados a qualquer novo prato no banquete da literatura mundial. Esta ansiedade tem naturalmente dois lados e é resolvida evidentemente à maneira do avestruz: ou os historiadores brasileiros da literatura tentam convencer-nos de que no Brasil tudo começou antes da ominosa data marcada para o começo em qualquer outra literatura, ou os escritores brasileiros voltam as costas para a cultura universal e fingem estar muito contentes com o aplauso crítico nos jornais do Rio e de São Paulo, onde muitos colunistas estão mais que dispostos a que os suponham muito influentes críticos e a darem um certificado de génio e de pureza do sangue cultural brasileiro. Nada disto tem que ver com real literatura, é claro, mas temos de entender porque é que tal acontece.

Os grandes escritores brasileiros do modernismo, ou de antes dele, nunca estiveram atrasados — ou nem sempre — em relação ao que se passava no mundo. Se às vezes pareciam ou pensavam que estavam, a razão é que eles se deixam fascinar demasiado pelas complicadas locubrações dos historiadores literários das grandes literaturas do mundo. Há também que pensar que esta interpretação não faz muita justiça aos escritores do passado. A ideia de que o Brasil é um país atrasado — que sempre foi moda no Brasil — nem sempre teve o mesmo sentido, ou pelo menos, não teve, noutros tempos, o mesmo sentido que pode ter hoje. O problema está em que, por um lado, não há no mundo, salvo talvez na Índia ou na China ou em alguns povos perdidos nas ilhas do Pacífico ou nas selvas africanas ou amazónicas, uma cultura completa em si mesma. E é isto absolutamente verdade quando falamos da literatura ocidental, dadas as gloriosas e maravilhosas continuidades que a história literária é tão capaz de construir para fins nacionais e imperiais. Tudo começou num país, ou numa língua, para atingir total realização noutro. E, exactamente como no caso do candente problema sobre o que foi criado primeiro — a galinha ou o ovo — nem sequer estamos certos onde seja o que for começou. Mais ou menos e gostemos ou não, as literaturas no ocidente são inter-dependentes — e não é culpa delas se os nossos estreitos campos de especialização nos impedem de ver conexões que não somos capazes de examinar. O problema está exactamente neste «mais ou menos». Nos últimos dois séculos e evidentemente a custo da pele de outros povos do mundo, alguns países foram capazes de criar a ilusão de que são auto-suficientes, e que as suas culturas e literaturas são a expressão da sua grandeza. Se estamos no número daqueles povos que são chamados para contribuir com a pele para tão grandes e estranhas glórias, somos levados a pensar em nós mesmos, não só como seres privados de pele, mas como de alguém designado para comer as migalhas do grande festim. E como o festim não é nunca promovido no mesmo lugar (mas os historiadores literários e os propagandistas culturais espertamente impedem que saibamos isso), vamos de mesa em mesa com a impressão de que em casa nem sequer temos mesa. Na realidade temos e alguns grandes escritores conseguiram muito bem encontrar a mesa e nela o lugar deles. Apenas no Brasil e no passado (e ainda no recente) a mesa era muito pequenina e tinha todos os lugares reservados para os membros das classes dirigentes. Esses membros das classes dirigentes não eram, de modo algum, povo atrasado. Tinham dinheiro de sobra para estudar na Europa, para viajar largamente, e para receber quaisquer livros ou revistas com o mesmo atraso com que a América do Norte recebia, ou até na França ou a Inglaterra os receberiam, quem vivesse numa aldeia perdida. É verdade que eles viviam simultaneamente em dois mundos: o ocioso da cultura (e nós sabemos que nos últimos dois séculos a cultura era uma coisa muito doméstica e sofisticada) com grandes ideais de liberdade e o mundo dos escravos que tinham a liberdade de ter ao serviço. Quando lamentávamos o atraso do país (e não é muito diferente a relação existente hoje entre empregadores e empregados) era porque viviam mais cerca dos seus escravos do que os grandes senhores da cultura Ocidental. A vantagem dos impérios, como toda a gente sabe, está em eles serem longe, quando a sociedade ainda se não desenvolveu industrialmente tanto que os impérios possam também existir na pátria, com toda a gente muito orgulhosa de ser escravo nela. Para esses homens do passado, o atraso do Brasil não era o mesmo que era para os modernistas ou menos ainda para o homem de hoje. De certo modo era no atraso que eles sentiam na consciência, quando comparavam as grandes cidades do mundo com as suas confortáveis casas no campo, rodeados pelos casebres dos criados. Não seria um paradoxo dizer que ao pensarem-se privados de tais magnificentes continuidades de cultura, como a França, a Alemanha e a Inglaterra faziam por exibir, eles tinham afinal uma consciência muito mais lúcida do que a que aquelas culturas mostravam ter. Os modernistas também não eram pessoas atrasadas. Mas o Brasil em que viviam expandia rapidamente, com as cidades existentes tornando-se de cada vez maiores e outras cidades crescendo por toda a parte. Desde meados do século passado até vinte anos atrás o Brasil recebeu milhões de imigrantes. Foram aceitados e atraídos para o campo porque a transformação da economia brasileira exigia mãos agrícolas mais hábeis, o desenvolvimento das cidades exigia algumas leves indústrias e comércios, e a diversificação da vida permitia novas oportunidades, que os camponeses ou baixas classes médias na Europa ou no próximo Oriente não encontravam nas suas pátrias. Esta imigração trouxe consigo apenas os seus hábitos tradicionais, não culturas nacionais de que estavam segregados pela pobreza. E foram viver para um país que estava a transformar-se e se transformou, sem muitas vezes sequer eles se darem conta. Como a cultura brasileira era a cultura de uma classe ociosa que olhava com superioridade e condescendência para o folclore popular, estes homens e mulheres eram deixados totalmente entregues a si mesmos numa cultura dual que não entendiam e na qual ninguém tentava integrá-los. Os imigrantes são normalmente levados a adquirir, logo que podem, os aspectos mais externos de uma cultura nacional com a qual se põe em contacto, e ao mesmo tempo idealizam de modo conservador o país que deixaram quando não faziam ideia do que o país era realmente. Muitos imigrantes quando regressam ficam pasmados e orgulhosos de descobrir grandes cidades como na América, porque cruzaram o oceano sem antes terem visto uma grande cidade. Estas massas, especialmente em São Paulo, tinham do lado delas o serem numerosas, e a decadência de uma classe ociosa com a qual estavam ansiosos por se identificar. No Rio, a capital nacional, a imigração era o novo substractum sobre o qual os políticos e os respectivos clientes vinham, de todo o Brasil, para fazer as suas piruetas. Quando o modernismo começou, os modernistas nas duas maiores cidades do país, tinham um pé em cada Brasil: o velho, e o novo, um Brasil que era, pela primeira vez, uma vasta classe média. Este Brasil sentiu uma necessidade de ser brasileiro quanto possível, mas não era capaz de enfrentar os padrões das classes ociosas. Estes padrões reclamam ainda hoje que os nossos tataravós tenham nascido no Brasil em proporção impressionante, durante os tempos da colonização que forneceu a base para a população brasileira da velha cepa. É verdade que estes quatrocentões gostam imenso de exibir a avó índia ou, mais raramente, uma avó negra (chamo a atenção que a sociedade paternalista denuncia-se pelo facto de que ninguém lhes dá a conhecer um avô índio ou negro — os avós são todos cuidadosamente branqueados); mas isto apenas explica um orgulho por não ser nascido na Europa e ser tão mitologicamente brasileiro quanto se pode ser sem perder o status. Os modernistas falaram em nome de um Brasil mais vasto e mais comum do que o Brasil da aristocracia. Mas eram membros da aristocracia ou pelo menos da burguesia urbana que a administração centralizada do Segundo Império ajudara e desenvolver nas cidades principais por todo o país. Raras vezes eram filhos de imigrantes. Opondo-se à velha ordem e aos velhos padrões actuaram em duas frentes: roubaram os terratenentes (que em muitos casos eram as novas classes que tinham adquirido, com hipotecas, a terra dos aristocratas) ao seu Brasil ocioso: afinal também eles tinham tido uma «mãe-preta», tinham-lhes sido contadas as mesmas histórias e superstições, tinham sido educados nos mesmos princípios de bondade da alma brasileira. E assim recriaram um Brasil que os imigrantes podiam reconhecer como o seu e colocando ao mesmo tempo a ênfase no povo, no negro e nos índios, e, clamando por um Brasil mais antigo do que o da descoberta da América (no que seguiam as tendências da América espanhola, apenas esquecendo de momento que os Guaranis e outras tribos índias não tinham sido nunca os Incas ou os Astecas) deram aos imigrantes um Brasil que não era de modo algum aquele, o de criação portuguesa, que os imigrantes ansiosamente desprezavam. No entanto, deram com uma mão e tiraram com a outra, porque os índios e os negros da mesma forma lhes eram estranhos e não passavam de algo que lhes dava um sentido de posse, ao possuir o Brasil, alguém colocado ainda mais abaixo na escala social. O caso mais curioso desta mistificação é ao mesmo tempo um dos mais interessantes do movimento modernista, embora um dos mais fugazes dentro de um movimento com tanta coisa fugaz. Falo dos poemas de Raul Bopp, especialmente o famoso *Cobra Norato* que mistura folclore negro e índio com uma visão telúrica do mundo amazónico e também com comentários desagradáveis contra os imigrantes, já que Bopp era um homem do Rio Grande do Sul que aderira ao «movimento antropófago» inventado em São Paulo por Oswald de Andrade, e de origem alemã, além do mais. Poderíamos dizer que é um excelente exemplo do «melting-pot» que o Brasil é. Mas é muito mais certo pensar que é uma talentosa versão do enfatuamento cultural do tempo. E tanto mais quanto Raul Bopp só escreveu poesia nos poucos anos em que esteve sob a influência de Oswald de Andrade, um dos mais influentes nomes do modernismo brasileiro, mas um escritor difícil de aceitar como grande, na base das obras que os seus admiradores querem que consideremos obras primas. Se o são temos de concordar que são obras primas de «antropofagia» de um mestre a devorar o seu génio e as obras que nunca conseguiu escrever. Não há nada mais injusto do que colocá-lo ao lado de um Mário de Andrade, por exemplo, a verdadeira alma e corpo não só do modernismo brasileiro mas de quase tudo que surgiu na moderna cultura do Brasil. As falhas de Mário de Andrade, e falhou muitas vezes como poeta, como romancista, como crítico, são sempre as falhas de um grande escritor, extremamente dedicado a encontrar caminhos não só para ele mesmo mas para todos os outros. Muitas vezes falhou porque não era suficientemente egoísta para mandar os amigos e seguidores ao diabo poupando o tempo para o seu próprio trabalho. E outras vezes falhou porque não escreveu o que deveria escrever, de acordo com os ditames do seu espírito, mas o que achou que deveria escrever para criar uma visão complexa do Brasil.

Com Mário de Andrade e Oswald de Andrade — cuja rivalidade nem sempre bem contida pela liderança, é a culpa de muitos dos becos sem saída do primeiro modernismo — estamos no verdadeiro início do movimento. Não vou descrever os antecedentes da celebrada «Semana da Arte Moderna» em São Paulo, nem vou discutir uma semana em 1922 que foi tão largamente discutida com todos os sobreviventes fazendo por parecer, ou aos seus amigos, os mais importantes em começá-lo. Quero tomar a «semana» apenas como, de certa maneira, uma origem dos tempos, que sem dúvida foi, mas com o suficiente cuidado para não me envolver no significado exagerado de um acontecimento que, ao fim e ao cabo, foi mais um ponto de partida de uma coisa que se estava formando por todo o lado, mas cujos amplos efeitos, na obra dos escritores mais eminentes, foram mais lentos em se mostrar do que se pensa pelo barulho que fizeram. O modernismo brasileiro pode dizer-se que se desenvolveu em duas vagas sucessivas, e é a razão pela qual se ouve falar de Primeiro e Segundo Modernismo. A coisa curiosa acerca deles é que os escritores obedeceram, ao aparecer em público, mais ou menos às suas datas de nascimento sendo 1900-01 a data de viragem. Tem isto que ver com certeza com a segurança social em que estavam crescendo ao tempo e o mais ou menos bom status financeiro que era o deles, como membros da classe ociosa ou da classe que fora criada pela organização administrativa do estado e dos negócios. O grande homem das letras brasileiras actual, o poeta Manuel Bandeira, é também o primeiro modernista que nasceu — 1886. Foi seguido no ano seguinte por Adelino Magalhães e José Américo de Almeida, os homens que respectivamente iniciaram a ficção urbana de maneira expressionista e o romance do Nordeste. Oswald de Andrade nasceu em 1890, Graciliano Ramos dois anos mais tarde. Ronald de Carvalho, um poeta que co-iniciou com Fernando Pessoa e Mário de Sá-Carneiro o Modernismo Português, em 1915, e Mário de Andrade nasceram em 1893, assim como Tristão de Ataíde, o glorioso pseudónimo do crítico Alceu Amoroso Lima que iria tomar a chefia das tendências católicas na literatura. O contador de histórias Anibal Monteiro Machado, uma das grandes influências no modelar da narrativa modernista, tinha nascido em 1894. No ano seguinte nasceram Jorge de Lima e Cassiano Ricardo. Em 1897 nasceu Joaquim Cardozo. No ano seguinte nasceram Ribeiro Couto, Raul Bopp e um homem cuja importância como autor de um livro de contos e um dos chefes da restauração cultural da Arte Brasileira não tem sido tão largamente reconhecido como merece: Rodrigo de Mello Franco de Andrade. Em 1899 nasceu o romancista Amando Fontes. 1900 na viragem do século foi apropriadamente o ano de nascimento de Gilberto Freyre. De 1901 são Alcântara Machado, José Lins do Rego, Cecília Meireles, João Alphonsus, Emílio Moura, Murilo Mendes, Plínio Salgado. Como se vê este grupo já é mesclado: temos nele nomes do Primeiro e nomes do Segundo

Modernismo. É muito curioso notar que a maior parte dos escritores mencionados como nascidos entre 1886, há oitenta anos, e 1900-01, tinham já morrido nos últimos anos dos 40 ou não tinham escrito mais nada importante além do que tinham escrito nos anos 20 ou 30, ou nem sequer tinham escrito depois que o primeiro entusiasmo se desvaneceu. Muitos deles tinham publicado antes de 1922, não exactamente como modernistas, e podemos tomar o ano de 1917 como o ano deste começo. Estavam a experimentar o expressionismo, desenvolviam as tendências íntimas do simbolismo tardio, mas alguns deles eram poetas no mais convencional parnasianismo. Atentemos nos escritores nascidos entre o virar do século e 1912-13, que é também o último ano de viragem, já que nestes anos temos o nascimento do último dos modernistas e do mais velho post-modernista. De facto Jorge Amado, Álvaro Lins, Lúcio Cardoso, Vinicius de Morais, João Clímaco Bezerra, Fran Martins e Ruben Braga nasceram nessa altura, e também um dos poetas mais importantes do post-modernismo: Mauro Mota. Em 1902 nasceram Carlos Drummond de Andrade, um dos maiores poetas da língua e seguramente um dos maiores do mundo vivos, Augusto Meyer e Sérgio Buarque de Holanda. 1905 deu Adalgisa Nery e Erico Veríssimo. Em 1906 nasceu Cyro dos Anjos e Augusto Frederico Schemidt. Marques Rebelo nasceu em 1907, e Octávio de Faria no ano seguinte. Rachel de Queiroz em 1910. Depois dela os já mencionados escritores nascidos em 1912-13.

Como vemos o modernismo no Brasil foi feito por homens e mulheres nascidos ao longo de quase trinta anos, mais ou menos a idade que o mais velho deles tinha em 1922. E pode dizer-se que o Movimento durou nas suas vidas ou nos seus espíritos de criação o mesmo lapso de tempo, se somarmos a produção de todos eles. Mas o desenvolvimento desta produção é claramente diferenciado. Os poetas foram mais ou menos os primeiros a acompanhar os tempos: todos eles aparecem entre 1917 e 1930 para não acrescentarem nada de novo às suas obras entre o ominoso ano de 1945, quando Mário de Andrade morreu e com ele a chama do modernismo, e os últimos anos da década de 50. A ficção tratando aspectos urbanos da vida de modo expressionista surgiu imediatamente após a poesia e é importantíssimo reparar neste ponto, visto que o prestígio do romance nordestino, que veio depois, está ainda obscurecido. Este tipo de ficção começou a aparecer — se olhamos cronologicamente para os escritores — entre 1918, com Adelino Magalhães e os começos dos anos 30 com Erico Veríssimo (embora este seja mais um realista tradicional quando trata os seus personagens, do que um expressionista, ao tratar com a estrutura dos seus romances) e Marques Rebelo. A esse tempo Adelino Magalhães tinha-se já calado mas a corrente continua até agora e tornou-se importantíssima na transformação do acabado romance nordestino. A este desenvolvimento deve a moderna literatura brasileira sobretudo o ser conhecida por todo o mundo. Foi um bem e um mal. Um bem porque se há que ser conhecido e merece ser conhecido tudo é bom em princípio. Mau porque o romance nordestino é, de certo modo, uma coisa que passou desapercebida e ao mesmo tempo tremendamente enganador. Suponho que ninguém notou que o romance nordestino é histórico pois trata de um mundo com mais de trinta a cinquenta anos, à data em que muitos dos livros foram publicados. Isto é mistificador porque os romances, se bem que contemporâneos ao tempo, estão orientados socialmente em termos de lamentarem um passado feudal ameaçado pelo capitalismo; e sobretudo, por causa das incríveis condições de vida no Nordeste: realmente descritas só num par de romances, são uma coisa que pode impedir que compreendamos que o Brasil é mais vasto, mais complexo, e mais difícil de tratar do que qualquer República Dominicana. A data normalmente aceite para o começo do novo romance nordestino é 1928 com *A Bagaceira* de José Américo de Almeida, um dos proeminentes expoentes do conservantismo político, seguido, uns anos após, pelos primeiros romances de Rachel de Queiroz, que se tornou, com o tempo e a morte da sua arte, também um porta-voz (se lhe podemos chamar assim) do conservantismo. Por meados dos anos 40 a idade de ouro do romance nordestino tinha acabado, se já não antes. Rachel não escreveu mais romances. Graciliano Ramos fechou-se no amargo mundo das suas memórias. José Américo tornou-se cada vez mais uma figura política. Amando Fontes que escrevera delicadamente sobre a tragédia das pequenas cidades de província não sobreviveu, como escritor, aos anos 30. Lins do Rego não escreveu nada importante depois de 1943 e o mesmo aconteceu a Jorge Amado cuja última obra digna de nota foi publicada em 1944 (catorze anos depois reapareceu mas não mais como o escritor que tinha sido — podemos dizer que o novo Jorge Amado é um dócil discípulo do velho, mais interessado em entreter do que em levantar problemas sociais). Que podemos propor como explicação para tão curta vida do romance nordestino? Talvez a mesma coisa que Gilberto Freyre sorrindo disse a si mesmo quando se perguntou a mesma pergunta. Os escritores descobriram que estavam a escrever contra coisas que cheios de culpa estimavam, e que a Esquerda era realmente tão contra a vida feudal como do mundo capitalista que o estava destruindo. E mais, nos anos 40 a situação no Brasil era inteiramente diferente da de quinze anos antes. Nos anos 30 só os exploradores da velha ordem tinham sido contra a ditadura de Getúlio Vargas, e os comunistas que o acharam o fascista que ele era ao tempo, e os fascistas que o acharam insuficientemente fascista. Toda a outra gente estava havia anos a pedir uma revolução que acabasse com a farsa política da Primeira República. Mas nos anos 40 com o Ocidente e o Leste lutando contra o nazi-fascismo, Vargas tinha contra ele os antigos exploradores da velha ordem, que o acusavam de ameaçar as instituições democráticas (sobretudo porque lhes eram negadas), os liberais que estavam convencidos que uma idade de ouro da democracia ia chegar após a carnificina mundial, os comunistas que jogavam com a democracia liberal, e os intelectuais que ressentiam a censura de que julgavam ficariam livres, se Vargas fosse deposto. Com este pano de fundo, o romance nordestino tinha que esvair-se como protesto social. Não era diferente, afinal, do que acontecera com o romance de orientação social nos Estados Unidos. E de modo mais geral, com a literatura moderna por toda a parte. Nos anos 40 e 50, os sobreviventes das grandes aventuras modernistas tinham talvez publicado muitas das suas melhores obras. Se esses homens eram então respeitados e admirados (e começaram a ser atacados e minimizados nesses anos), eram no entanto olhados como monstros ante-diluvianos, o que de certo modo eles eram.

No caso do Brasil, podemos ver — levando em conta a média das datas dos primeiros livros publicados por cerca de vinte homens e mulheres nascidos entre 1912 e 1926 — que o ano médio é 1945. Não estavam muito longe da verdade quando se chamavam a geração de 1945, a geração que tomou a chefia quando Mário de Andrade estava a morrer e com ele todo o modernismo que ele ajudara a dar à luz. A poesia durou mais do que o romance nordestino e de certa maneira menos do que o romance urbano. Mas este, que foi coroado por um monumento que pouco tem que ver com a vida urbana em cidades — O Tempo e o Vento, de Erico Veríssimo, uma obra prima que só não se tornou um dos maiores romances deste século pela falta de Veríssimo não ter um espírito filosófico — ligado com regionalismo, e com as tendências psicológicas iniciadas nos anos 30 por Cornélio Pena, Cyro dos Anjos, Octávio de Faria, e Lúcio Cardoso, estes dois últimos tendo também dado ao romance brasileiro moderno uma consciência de ansiedade espiritual e do valor dos problemas na vida humana não apenas em termos de acção (que todos os outros romances tinham dado), ou do dilema humano (de que Graciliano Ramos tinha sido um mestre), mas de salvação neste ou noutro mundo.

Antes de terminar tenho de voltar àquele ponto que não respondi: a situação comparativa do modernismo brasileiro. Começado nos anos 20 será tarde a comparar com os outros? As primeiras obras consideradas modernistas são de 1907-09 sendo este último ano o do Manifesto do Futurismo. O Dadaismo foi lançado em 1916. Dois anos antes Pound tinha publicado a antologia *Des Imagistes*, e *Catholic Anthology* em 1915. O modernismo português, com o escândalo da revista *ORPHEU*, tinha começado no mesmo ano. Os Acmeistas, que eram a contraparte russa do Imagismo, surgiram em 1911 e foram bem depressa atacados pelos Futuristas. O Expressionismo Alemão pode dizer--se que começou em 1912. O Ultraísmo espanhol foi proclamado por Guilherme de Torre em 1920 e atraiu poetas sul-americanos ligados ao modernismo europeu como o chileno Vicente Huidobro e o argentino Jorge Luis Borges. Seríamos levados a pensar que o modernismo brasileiro mesmo se nascido na época entre cerca de 1910 e 1924 (o ano do primeiro manifesto do Surrealismo que fecha a heróica idade do Modernismo), esta época que viu tão diferentes e espalhadas proclamações de uma nova era, é uma das últimas a aparecer. No tempo em que muitos modernistas estavam já a lutar na vanguarda, os futuros modernistas brasileiros estavam ainda a escrever delicados versos cheios de nostalgias simbolistas ou esculpidos versos na tradição parnasiana. Mas há uma diferença que não podemos esquecer. Estes acontecimentos estavam muito espalhados por todo o mundo e muitas vezes nem sequer tinham repercussão para além do escândalo que desejavam. O modernismo brasileiro, mais rapidamente do que nenhum outro, varreu o país. E por volta dos anos 40 tinha triunfado de tal modo que os grandes homens que o começaram podiam dar-se ao luxo de olhar em volta e temer pela responsabilidade que tinham chamado para si ao ter criado uma nova Cultura Brasileira. O Modernismo Brasileiro não estava tão atrasado como se possa pensar: aconteceu no momento certo quando o movimento se espalhava por todo o mundo ainda na sua fase heróica e conquistou uma coisa que não muitos outros conquistaram: um país. E este país, como sabemos muito bem e nem sempre os brasileiros se lembram, é um dos maiores e mais ricos do mundo, mesmo se não muito fácil de nos entendermos com ele. É este o privilégio de grandes países. E uma das coisas mais sérias que o modernismo brasileiro ensinou aos próprios brasileiros e pode ensinar também ao mundo é que o Brasil não é fácil e que ser um brasileiro não é de modo algum dormir num leito de rosas. Na verdade o Brasil é como um leito procustiano: pode nunca estar à nossa medida, mas temos de fazer o possível por nos acomodarmos. Nada como o modernismo brasileiro — uns trinta anos que criaram a única completa literatura na América Latina e deram significado a tudo quanto tinha sido escrito antes — nos poderá ajudar.

Madison, Wis. May, 1st, 1966

O ENTENDIMENTO HISTÓRICO

LUSO-BRASILEIRO: UMA PROPOSTA

Durante os últimos três anos, um grupo de trabalho constituído por historiadores ingleses e norte-americanos (dois ingleses e três norte-americanos) dedicou-se ao estudo dos preconceitos nacionais recíprocos da Inglaterra e dos Estados Unidos, analisando manuais de História, publicados nos dois países para uso das escolas, e que nitidamente perpetuam, em desrespeito da veracidade ou da imparcialidade históricas, aqueles preconceitos. Os manuais não foram escolhidos expressamente, segundo a quantidade de preconceitos que acolhem e propagam: a leitura e estudo de 36 deles, 14 publicados nos Estados Unidos, e os restantes na Inglaterra, mostraram que praticamente todos eles sacrificam a História a um falso propagandismo patrioteiro, extremamente peculiar às ideologias imperialistas do século passado. Este importante trabalho teve o apoio de sociedades históricas dos dois países, e foi financiado por entidades como a Ford Foundation e o Nuffield Trust. Na *Saturday Review,* de 15 de Janeiro deste ano de 1966, o presidente da comissão mista, o historiador Ray Allen Billington, apresentou num excelente artigo algumas das interessantes conclusões a que chegaram homens que puseram os interesses da verdade e da História acima de tudo. O primeiro parágrafo desse artigo é extremamente elucidativo. Ei-lo: «Muitos dos amigos do (presidente) Franklin Delano Roosevelt dizem que ele tendia para uma atitude anti-britânica, perto do termo da Segunda Guerra Mundial, porque, como estudante, tinha lido manuais tendenciosos. Essa experiência juvenil marcara negativamente a sua atitude para com a Inglaterra e os ingleses, porque nunca conseguira apagar completamente a convicção de que Jorge III era um tirano delirante, decidido a esmagar a liberdade nas colónias (...). Os preconceitos patrióticos nascidos de tais distorções são difíceis de morrer».

O segundo parágrafo comenta: «Felizmente, o feroz nacionalismo, que prejudicou os manuais americanos de História há meio século, desapareceu em grande parte, mas ainda subsiste o bastante para alterar os pontos de vista dos futuros homens de Estado e viciar a cooperação internacional que é essencial à paz num mundo baseado no entendimento contratual. É esta conclusão de um grupo de historiadores que acaba de completar o estudo dos manuais de ensino secundário de mais largo uso hoje nos dois países, a Inglaterra e os Estados Unidos».

Salvo algumas e eventuais excepções, não pode dizer-se que os historiadores e estudiosos portugueses tenham tido como principal fito das suas investigações a história colonial do Brasil ou a das relações luso-brasileiras. E, quando acaso a tiveram, por certo nunca se deram a uma pequena pesquisa como aquela que levou à criação da comissão anglo-norte-americana acima mencionada. Em geral, o intelectual português está viciado, não por preconceitos anti-brasileiros que em verdade não existem em Portugal (muito pelo contrário), mas por uma dupla ilusão: a de que a maior parte do mundo, e o Brasil inclusive, participa alegremente e submissamente da vaidade historicista de Portugal, e de que o Brasil, tal como as relações oficiais fazem crer e os visitantes brasileiros ilustres não revelam (em toda a parte, os visitantes ilustres têm por hábito dizer só aquilo que se espera que eles digam), vive na grata adoração da sua herança portuguesa. A ilusão é não só dupla como terrível, porque, ainda quando todos de todas as cores e feitios gritem «Ó da guarda» em ambas as margens do Atlântico e nos arraiais da lusofilia profissional, não corresponde a quase nenhuma verdade, e mantém a cultura portuguesa num «dolce far niente», sem qualquer esforço para tomar consciência de uma situação internacional em que ela colabora no seu próprio suicídio, não diremos assassínio, porque é palavra muito feia e atribuiria intuitos sinistros a muita gente que apenas às vezes é ignorante ou acha que a ignorância é o melhor estado em que se maneja a opinião pública. Em compensação com o que se passa em Portugal, o Brasil, como todos os países novos, ocupa-se largamente da sua história colonial. E a preocupação fundamental dos historiadores consiste em mostrar como, desde a primeira hora, apesar da «ocupação» portuguesa, o Brasil ia afirmando a sua individualidade, contra uma pavorosa exploração colonial. Dir-se-ia que a imigração internacional começara no século XVI (tal é a preocupação de identificar franceses, holandeses ou outros, entre os primeiros habitantes do Brasil) e não no século XIX, e que os Portugueses ao chegarem ao Brasil destruíram um Império Guarani, análogo ao dos Incas ou dos Astecas, cuja cultura teria resistido a tudo como substrato cultural numa escala que nem o México nem o Peru reivindicam para si mesmos. Dir-se-ia mesmo que já havia brasileiros antes de a colonização os criar nos séculos XVI e XVII. É evidente que muitos historiadores brasileiros, do passado e de hoje, são razoáveis na sua visão histórica do Brasil. Mas não se suponha que a imparcialidade historiográfica que levaria a compreender um país do século XVI não em termos de liberalismo oitocentista, mas do mercantilismo que primacialmente o ocupava, encontra lugar nos manuais. Uma lúcida e actualizada compreensão do problema levaria a ver que, na exploração colonial do Brasil, Portugal não estava só: tinha consigo as classes dirigentes do Brasil, que, no século XVIII, ocuparam em Portugal os lugares de destaque na administração e na cultura, como os americanos nunca ocuparam na administração colonial inglesa. O problema brasileiro é muito diverso do norte-americano. Os Estados Unidos nunca renegaram a sua origem anglo-saxónica e sempre procuraram impô-la à imigração que o país recebeu no século XIX. O Brasil, a partir do século XIX, cada vez mais procurou ver-se, à imagem das outras nações latino-americanas, como um país mestiço, afro-ameríndio, quando a imigração portuguesa para o Brasil teve sempre uma escala e um desenvolvimento interno na criação de população, que não teve naqueles países de língua espanhola, onde uma pequena oligarquia castelhanizante dominou e domina largas camadas ameríndias, ainda hoje não assimiladas. Não há, no Brasil, mesmo entre as populações mais destituídas e abandonadas do ponto de vista sócio-económico, grupos étnicos (a não ser algumas diminutas aglomerações índias, perdidas nos confins das selvas, para benefício dos antropólogos) tão separados da cultura dita nacional, como os há na maioria das outras repúblicas latino-americanas. Todavia, é precisamente no caso migratório que a diferença para com os Estados Unidos mais se distingue. Os Estados Unidos eram uma colónia británica, com populações de origem britânica, que conquistaram para si mesmas a independência, e, quase até aos nossos dias, o controle político-económico da vida nacional. Mas a imigração para os Estados Unidos independentes, como em grande parte já antes, *não se fez com ingleses,* mas com outros povos, ou com súbditos infelizes da Inglaterra, como os irlandeses. Quer isto dizer que os Estados Unidos tinham todo o interesse político em manter a marca de origem e torná-la um «american way of life»: neste, por sua vez, gente como os irlandeses poderia encontrar o «status» da sua mesma cultura (visto que a Irlanda é um misto de tradições nacionais politicamente alimentadas contra a Inglaterra e de uma cultura totalmente britanizada por séculos de ocupação muito efectiva), que para eles não era acessível ou não era livre no país de origem. No Brasil, a imigração portuguesa poderia ter tido uma posição análoga, que historicamente não desempenhou, e dificilmente poderia ter desempenhado. O Brasil não conquistou a duras penas a sua independência: ela foi-lhe indirectamente concedida por um país que não se sentia em condições de impor-lhe a soberania, e que, juntamente com as classes conservadoras do Brasil, organizou um império que mantivesse de pé as estruturas coloniais de que todos viviam. A família real portuguesa e os patriarcas da independência do Brasil fizeram a independência, antes que o povo a fizesse: estavam ali ao lado as lições do que poderia acontecer-lhes, se o radicalismo político levasse a melhor, na desordem que se apoderara das antigas colónias espanholas (nas quais, ou em algumas, as classes dirigentes se haviam também convertido precipitadamente a uma independência que primeiro não tinham desejado). Deste modo, as estruturas coloniais permaneceram, mas não tinham as classes dirigentes do Brasil o mínimo interesse em fazê-lo sabido: e a História tenderia a ser escrita de maneira a que todo o odioso do colonialismo fosse uma coisa do passado histórico e não do presente social. Nos Estados Unidos, as estruturas permaneceram também, mas a economia assentava muito mais na diversificação produtiva do que nas monoculturas de exportação em que as classes dirigentes do Brasil apoiavam uma hábil coordenação colonialista de independência política e de subserviência económica. Assim sendo, o país precisava de apresentar-se a si mesmo como uma nação radicada na noite dos tempos, e não no contrato social como os Estados Unidos. E, não havendo noite dos tempos acessível, o modelo mestiço de Latino-América podia funcionar como mito unificador das populações submetidas, a que mesmo imigrantes de países europeus vaidosamente brancos tinham o maior interesse em assimilar-se. Sob este aspecto, há curiosíssimos casos, como o de imigrantes alemães possessos de «brasilidade», ou o do «kibbutz», que, em Israel, e em simpatia com o Brasil, que albergou durante apenas duas décadas judeus foragidos da Europa Central fixados agora na pátria ideal, mantém a língua, mas com uma diferença expressa: não a língua portuguesa, mas a «brasileira»... (embora seja compreensível que, com os judeus, Portugal não possa ter, após as catástrofes do século XVI e seguintes, cheiro de santidade). Os portugueses, por outro lado, nunca no Brasil compreenderam perfeitamente a que ponto estavam num país que pretendia ser-lhes estrangeiro, segundo os interesses económicos das classes possidentes e dirigentes. Não só a identidade da língua, como a fixação em núcleos urbanos de grande população portuguesa imigrante, os levavam a ilusões fáceis que aliás se compensam psicologicamente com a convicção desdenhosa, extremamente ofensiva para brasileiros, de que continuam a ser eles quem no Brasil trabalha. Não se dedicando à radicação agrícola, nem à colonização territorial, a imigração portuguesa para o Brasil, nos anos ulteriores à independência, ocupou e ainda ocupa na economia brasileira uma posição muito fácil de ser vista como antipática — muito semelhante à dos judeus da Europa Central (oh ironia!), com a agravante de serem eles os constantemente presentes representantes da renegada origem. Entre os grandes detentores do poder político e económico e a população em geral, os portugueses dedicados ao comércio de importação, ao comércio de retalho e ao de produtos alimentícios a retalho são naturalmente os «especuladores», e prosseguem, no plano das mercearias, aquilo que nos séculos anteriores teriam feito com o pau-brasil, o açúcar e o ouro... Para a ideologia das classes possidentes e dirigentes, não podia ser melhor: os portugueses continuam a ser a imagem pública do espírito colonial que elas mesmas conservam, e a transferência da insatisfação popular realiza-se ao mesmo tempo na história passada e na sociedade presente. Mais uma vez o paralelo com o anti-semitismo que as classes dirigentes da Alemanha e de outros países da Europa Central alimentavam nas classes médias é extremamente elucidativo. Por outro lado, o «americanismo», que em grande parte possui substrato político-económico que postula o corte dos laços europeus dos países das Américas, não pode deixar de explorar em seu proveito uma antipatia que, seccionando o Brasil das suas raízes portuguesas, o situa numa indecisão cultural em que o próprio desejo de «brasilidade» serve a desnacionalização do país. É muito interessante observar como a cultura brasileira, no problema das suas origens, reagiu a este estado de coisas: colocou-se na contradição de acusar a imoralidade dos colonizadores portugueses, por terem criado precisamente aquele país mestiço que, por outro lado, o Brasil fazia questão de ser, e na de denunciar a cobiça desses colonizadores como responsável por uma instabilidade económica baseada nas monoculturas, de que precisamente as classes dirigentes que se desenvolveram no Brasil fizeram o sustentáculo da sua existência.

Seria uma absurdidade não reconhecer alguns erros gravíssimos da colonização portuguesa do Brasil, entre os quais se destaca a não-criação no país, ao contrário do que aconteceu nos Estados Unidos ou na América espanhola, de universidades. É uma das coisas que, paradoxalmente, o Brasil ainda hoje não perdoa a Portugal, e que, no entanto teria perpetuado nele a cultura portuguesa, como aconteceu e ainda acontece, naqueles países, com a cultura de origem. A muitos títulos, os brasileiros herdaram de Portugal, e pelas mesmas razões, a tendência para usar a História como muro de lamentações e recriminações. Na verdade, para os povos de Portugal e do Brasil, a História ou é uma glorificação palaciana das classes dirigentes, ou é um doloroso repositório de frustrações que o tempo nunca liquidou. Em Portugal, a reacção à historiografia do palácio volta-se contra a própria História. No Brasil, tudo trabalha para que ela se canalize contra a época colonial, com raras abertas que satisfazem as frustrações, como a atenção que o Marquês de Pombal concedeu ao Brasil, ou como a presença de D. João VI no Rio de Janeiro. Repare-se como estas duas situações políticas reflectem, na psicologia da cultura brasileira, exactamente o contrário do que deveriam ser chamadas a significar, uma vez que Pombal não estava interessado, como D. João VI também não, em libertar o Brasil da autoridade portuguesa, mas sim em modernizar-lhe automaticamente as estruturas, adentro do império português. A tendência natural de um país novo, todavia, é para reconhecer como positivo aquilo que o aproximou da independência, e considerar negativo tudo o que possa parecer que perpetua a velha ordem, sobretudo quando a velha ordem precisa de disfarçar-se em nova e livre. Na verdade, porém, a História é História apenas, e não aquilo que constantemente pretendemos que ela seja. As amarguras e as frustrações que acompanham a formação e o desenvolvimento de um povo pertencem à história, como sociologia dela. Mas, com maioria de razão, não podem ser ignoradas. Se ainda hoje em Portugal é difícil falar a frio da batalha de Aljubarrota, que Portugal ganhou há seis séculos quase, como pode esperar-se do Brasil que, em menos de dois séculos de história independente, não teve a fortuna de ganhar a Portugal uma Aljubarrota (como os americanos e algumas repúblicas sul-americanas tiveram em relação respectivamente à Inglaterra e à Espanha), uma serenidade equivalente?... Essas coisas pagam-se.

No entanto, começa a ser tempo de Portugal despertar do seu sonho historicista, em que o Brasil ocupa tão pouco lugar, como de o Brasil libertar-se de propagar ideologias que só tendem a alimentar um «statu quo» cultural ao serviço de certos interesses dominantes a que Portugal é totalmente alheio.

Este ano, em Setembro, reúne-se nos Estados Unidos, primeiro em Cambridge, na Universidade de Harvard, para encerrar-se em New York, na Hispanic Society of America, o VI Colóquio Internacional de Estudos Luso-Brasileiros, que tem um programa extremamente ambicioso: as perspectivas desses estudos nos próximos vinte anos. Que melhor estudo poderia sair dele, para os próximos vinte anos, que o de uma nomeada comissão de historiadores portugueses e brasileiros, ou estrangeiros, encarregada não de limar polidamente as arestas desagradáveis da historiografia, mas de analisar o que haja de preconceito tendencioso nos livros de História, e de lançar as bases de uma historiografia luso-brasileira do Brasil colonial, em que os portugueses não sejam sistematicamente apresentados como exploradores de populações indefesas, cuja cultura superior não souberam organizar? Uma análise serena e imparcial, feita por estudiosos brasileiros insuspeitos de lusofilia (que viciaria nacionalmente os resultados, ao contrário do que em Portugal se pensa), ou estrangeiros insuspeitos de brasiliofilia (que os leva a lisonjearem os preconceitos oficiais da cultura brasileira), seria, por limitada e provisória que fosse, um serviço inestimável prestado à cultura portuguesa e à cultura brasileira, contribuindo para que esta última se libertasse de prejuízos que a paralisam quando se analisa a si mesma.

Não tem o signatário destas linhas e fazedor desta proposta quaisquer ilusões acerca da viabilidade dela. Tem, para não alimentá-las, suficiente experiência das vicissitudes portuguesas, brasileiras e internacionais da cultura portuguesa. Mas que seja feita, não seja considerada, ou seja meramente adiada, eis o que será para os portugueses de Portugal, que assistam ao Colóquio, uma excelente experiência, a que, esperemos, a sua consciência seja sensível. E, se a procura da verdade e da justiça, e o essencial fito da cultura que é esclarecer e não enganar quem estuda, não forem, neste como noutros casos, as triunfadoras — colham os portugueses a lição: os povos não são amados pelo que são ou pelo que fizeram, mas pela arte com que sabem fazer-se amados e indispensáveis. Não é fechado sobre a própria imagem, no espelho das glórias, que um povo evita que essa doce imagem possa ser apresentada como odiosa ao mundo. Não há nada, na verdade, mais antipático do que o narcisismo histórico, sobretudo quando o Narciso, em vez de ser um virginal efebo, foi na História um operoso progenitor. Que o efebo se contemple e se ofereça à contemplação, vá. Mas que um provecto pai de família o faça, eis o que, de facto, só pode acarretar o riso dos filhos. E tanto mais quanto eles achem que o pai não fez por eles tudo o que devia. Neste caso, cumpre ao provecto pai, em lugar de exibir-se ridiculamente, procurar explicar a razão de não ter podido fazer mais do que fez, com as suas virtudes e os seus defeitos. É este precisamente o caso de Portugal no Brasil. Todos os brasileiros inteligentes e de cultura o sabem, mas tiveram de lutar contra os prejuízos radicados neles, como em Franklin Delano Roosevelt, pelos livros tendenciosos. E estes só são compreensíveis quando um império pretende iludir os seus próprios súbditos a seu respeito, ou quando uma nação não tem confiança em si mesma e portanto a não tem também na verdade e na justiça. Não é, segundo cremos, nenhuma destas hipóteses o caso do Brasil. E esperemos que já não seja, ou que comece enfim a não ser, o caso de Portugal. Uma das grandes coisas do catolicismo que Portugal tanto propagou é, precisamente, a possibilidade de uma criatura estar sempre a tempo de arrepender-se honestamente dos seus pecados. O do egotismo histórico não é dos menores, e é daqueles de cujo acordar a amargura é maior. Não há, todavia, pior perigo do que deixar--se um povo conduzir por essa amargura, e comportar-se como um adolescente incompreendido que se isola para roer a fúria de o ignorarem ou de o julgarem inferior ao que ele se julga. Um adolescente tem sempre a vida para ensiná-lo. Um velho povo que assim se comporte não tem a vida ao seu dispor, o suicídio sim. Depois, o extraordinário é que não há velhos povos: os povos têm sempre a idade com que ressuscitam para o futuro. Mas, como dizia o padre ao herói de Guimarães Rosa, cada qual tem a sua hora e a sua vez... No actual presente da História, as «horas» e as «vezes» da cultura portuguesa estão passando, vertiginosamente. Tudo está em saber-se se ela se contenta em imaginar que a humanidade, como dizia Eça troçando do nacionalismo literário, está toda entre o Minho e Vila Real de Santo António, ou que, nesses estreitos limites, a humanidade que haja é tão interessante e tão sedutora, que o mundo inteiro se acocora à beira do formigueiro para ver aquelas formiguinhas a entrar e sair. A tendência do mundo, como é sabido, é para pisar as formigas.

Madison, Wis., US, 25 de Junho de 1966

LITERATURA BRASILEIRA COMPARADA COM AS LITERATURAS DA HISPANO-AMÉRICA

Comparar a Literatura Brasileira com as outras literaturas Latino Americanas, não é tarefa fácil ainda que seja muito interessante e importante fazê-lo, uma vez que há muito quem se sinta inclinado a pensar na América Latina em termos demasiado gerais e compreensivos que não condizem com a verdade das realidades. Mas a ideia de comparar a literatura do Brasil com as literaturas dos países de fala espanhola na América não deve levar-nos a similar engano: demasiado tomar a segunda como sendo um só corpo de escrita.

Ao estudar as literaturas da América devemos, antes de mais, evitar dois dos maiores erros ainda hoje dominantes. Primeiro que tudo, o preconceito em favor de se considerar as literaturas do Novo Mundo como uma coisa não só muito específica mas também como algo que se opõe às tradições europeias. Esta atitude, que pode dizer-se vem ainda da ideia começada na Europa há séculos, de a América ser a Terra Prometida, a Visão do Paraíso, etc., foi alimentada e promovida no século passado e é-o no nosso por demasiados interesses políticos e económicos que, se se opunham aos da Europa, tinham no entanto as suas raízes nas correntes gerais da Civilização ocidental. Em segundo lugar, há que estar em guarda contra a noção ainda prevalecente da literatura como coisa necessariamente muito nacional para que seja considerada realmente literatura. Isto, como toda a gente sabe, chegou até nós, de todas as teorias apresentadas pelos românticos que estavam imensamente interessados em misturar tradições nacionais arranjadas de acordo com o gosto deles, a liberdade política (em termos de favorecer a predominância de uma nova classe sobre as tradicionais) e, com a afirmação de culturas nacionais para domínio social dentro de um país, e para fins imperialistas fora dele. Esta situação cultural, em países onde certas classes lutavam por independência nacional criou como contrapartida uma procura de identidade. Não obstante essa procura foi feita com a mesma orientação do imperialismo contra o qual estavam a lutar. Todas as literaturas são, claramente, nacionais em certo sentido. Mas todos os grandes escritores nacionais são internacionais e universais num lato sentido, ou a Literatura como expressão humana ou como Arte não teria qualquer significado. Um poema ou um romance merecem a nossa atenção não porque são «muito franceses» ou muito ingleses, ou muito mexicanos, ou muito brasileiros — e afinal os padrões em que estas supremas peculiaridades nacionais se medem mudam muito — mas porque, saindo de condições especiais, vão além disso. Por vezes, quando somos cidadãos de um país, ou especialistas de uma literatura nacional, somos levados a esquecer que muitas obras, mesmo bem escritas, podem ter interesse para compreender as origens nacionais, mas não têm real valor como literatura.

Não quer isto dizer que, por outro lado, devamos proclamar grandes obras de arte muitos dos poemas e romances escritos nas Américas, ou seja onde for, só porque pretensiosamente evitam qualquer conexão directa com a realidade nacional. O problema não está em evitar ou não seja o que for: o problema é se a criação literária vem de reais ou supostamente reais experiências, ou se, pelo contrário, é apenas o resultado de influências literárias e da tendência de exibirem a prova de que, nas Américas, um escritor é capaz de conceber e escrever tão refinadamente e tão afastadamente da simplicidade da vida do dia a dia, como o são os escritores na Europa, com uma longa tradição por detrás deles. Claro que só se é capaz de fazer isto se não se vai muito longe, porque senão correr-se-ia o risco, como correram muitos escritores brasileiros e americanos, de apenas imitarem os piores aspectos de um esteticismo fora de moda. Este fenómeno não é, afinal de contas, peculiar dos escritores americanos. Na Europa, todas as chamadas literaturas nacionais passaram pelo mesmo sempre que reagiram a tradições nacionais impostas por imitação dos padrões estrangeiros, não para os transformar nos seus próprios, mas para reagir contra a opressão social que eles sentem. Os esteticistas ingleses, por interessantes que sejam, e são, exemplificam isto mesmo.

Uma das maiores dificuldades acerca da literatura das Américas é que enquanto a ideia de literatura nacional teve origem na Europa com o Romantismo, nos países da América Latina acabou por mesclar-se com a independência nacional em termos diversos daqueles que na Europa presidiram à renascença das literaturas nacionais. Na Europa, muitos povos com tradições históricas estavam sujeitos a outros que pouco tinham em comum com eles; mais, o «povo» no sentido romântico da palavra, estava sujeito a classes dominantes que, de acordo com as ideias novas, já não estavam a par da noção liberal do que um país deveria ser. Nas Américas, a Revolução Americana foi o primeiro exemplo que todos eles tinham na frente. Mas a Revolução Americana não era uma revolução romântica com mitos de identidade nacional: ela era, pelo menos no início, uma rebelião de cidadãos que decidiram impor o direito de se governarem uma vez que a coroa britânica não estava disposta a reconhecer-lhes as queixas. As colónias britânicas eram sociedades inteiramente diferentes das sociedades criadas por Espanha e Portugal na América Latina: eram «comunidades» (mais uma palavra chave para entender os Estados Unidos) compostas, é claro, de vários níveis sociais, mas sobretudo de uma grande alta classe média que já então não tinham que inventar quaisquer mitos de nacionalidade e identidade para se identificarem como o povo americano, já que eles eram realmente o povo. Em termos económicos, essas sociedades assentavam na escravatura negra, contudo em termos de população nem todas tinham a mesma quantidade de índios com que lidar. Era este o caso precisamente na maioria das colónias espanholas onde a classe governante (dividida em dois níveis: latifundiários conservadores, muito perto da coroa Espanhola, e a pequena burguesia liberal, cuja ascenção a administração tinha de permitir pelas suas próprias necessidades, e que cobiçava o poder que eles exerciam pela outra metade), vivia do trabalho e esforço não só dos escravos mas da inteira população que estava mais ou menos reduzida a uma espécie de servilismo. No Brasil era diferente, já que a colonização deste país foi feita por Portugal tão diferentemente da da Espanha quanto os dois modos de colonização estavam, por sua vez, afastados do que se passava com os territórios que vieram a ser os primeiros Estados Unidos da América. A imigração de Portugal para o Brasil, foi, por séculos, uma coisa gigantesca comparada com a imigração da Espanha para as suas colónias americanas, e mais gigantesca ainda se pensarmos nos limitados recursos de Portugal. Calcula-se que Portugal, só nos tempos coloniais, contribuiu para a colonização do Brasil com tantos ou talvez mais imigrantes do que a Espanha mandou para todas as suas colónias juntas, e mais ou menos o mesmo número que vieram da Inglaterra durante o mesmo tempo para colonizar o que é agora os Estados Unidos. Diferentemente do que aconteceu com os Espanhóis nas suas colónias americanas, os imigrantes que foram para o Brasil não tiveram que lidar com fortes e elevadas culturas índias. Há que lembrar que os índios do Brasil não se podiam comparar com os Astecas do México ou os Incas do Perú. O que pode explicar porque o índio era tão importante como mito nacional para o Romantismo Brasileiro e porque a literatura brasileira sempre foi tão decidida a tornar-se inteiramente diferenciada de qualquer tradição portuguesa. O Brasil, em muitas coisas, tem de ser entendido como historicamente a meio caminho entre os Estados Unidos e as colónias Espanholas. Se no passado os Estados Unidos foram (e como tal foram vistos no século passado e ainda são considerados neste nosso século) como que uma Terra Prometida para aqueles que vieram por liberdade e por oportunidades, e se as colónias espanholas foram sempre vistas menos como a Terra Prometida do que como o Eldorado, podemos entender que, com a formação histórica que salientámos, o Brasil era ao mesmo tempo a Terra Prometida e o Eldorado e conservou como mito nacional a qualidade de Paraíso, onde o homem natural podia viver com inocência, como se vê na primeira descrição do Brasil: a carta de Pero Vaz de Caminha ao Rei, informando-o da descoberta.

Sendo a maior parte deles descendentes de europeus, e sendo culpados de destruir sem piedade a população aborígena do seu Paraíso, os portugueses, ao tornarem-se brasileiros, tinham de esconder a culpa fazendo-se passar por descendentes desses Adões e Evas do seu passado — um passado que em termos românticos, era a única Idade Média que se podia arranjar na América. E, ao fazerem-no, procuraram cortar todas as conexões com Portugal com o fim de criar uma mentalidade nacional. Isto era uma necessidade política quando a independência chegou, uma vez que o país tinha conservado tanto do que era a tradição portuguesa: a forma de monarquia e até a Família Real governante. Também explica porque a queda do Império no Brasil e da República que o substituiu foram sentidas como um progresso para a independência nacional. Nas colónias espanholas as classes governantes não eram, falando em termos genéricos e não levando em conta importantes diferenças entre os diversos países como hoje são, tão amplas como eram no Brasil. E tinham sempre mantido mais estreitas relações com a Espanha, paradoxalmente porque a Espanha e os colonizadores tinham sido suficientemente inteligentes para criar bem cedo as Universidades que Portugal nunca criou no Brasil. E também porque a economia das colónias espanholas, baseadas na auto-suficiência dos colonos que apenas contribuíam todos os anos com um excesso do ouro para o tesouro espanhol, não tinha dado às classes dirigentes o mesmo gosto, que os brasileiros sempre tinham saboreado desde o princípio, de serem os mais importantes exportadores do império português — um império que, durante o séc. XVIII eles mesmos governavam não só no Brasil como em

Lisboa — coisa que as colónias espanholas ou as inglesas jamais foram permitidas fazer.

Desde a independência, que os brasileiros têm discutido activamente quando é que a sua literatura começou a ser brasileira. Já no séc. XVIII com os mesmos homens que Portugal julgou e perseguiu por tentarem imitar os Estados Unidos, o problema se apresentara. Mas de maneira muito diferente. Os Árcades ou neo-clássicos não estavam interessados em criar uma literatura nacional, mas em provar, que no Brasil, ou até tratando de temas brasileiros, era possível ser tão civilizado e culto como na Europa ou nos Estados Unidos da América. Não eram nem podiam ser românticos, mas eram homens que tinham uma internacional e universal concepção da literatura, de acordo com as ideias cultas do tempo. Depois da independência, como já salientei, o problema era político (e muito difícil de resolver, uma vez que os brasileiros eram demasiado portugueses para não detestarem de todo o coração os portugueses e demasiado mesclados para se sentirem tão seguros como os Norte-americanos podiam sentir-se) complicado pelo Romantismo como uma escola literária. E agora, para comparar o que aconteceu no Brasil com o que aconteceu nas colónias espanholas, temos de voltar à História.

O Brasil não lutou uma guerra de independência como aquelas colónias fizeram, mesmo quando os historiadores tendem a esquecer que a declaração da Independência não foi pacificamente aceite em todo o país. A razão era dupla: Portugal não era tão poderoso como a Espanha era ainda nesse tempo, e o Brasil, por padrões de classe média, era muito mais uma entidade nacional do que nenhuma das colónias espanholas podia ser. Há que recordar que os sonhos originais dos libertadores da América espanhola não foram conseguidos, e que as grandes potências provocaram o nascimento de alguns países da América Latina balcanizando esses sonhos de federações, que, em muitos casos, não eram tão grandes como já era o Brasil. O Brasil, ainda hoje não é o país extremamente unido que as trombetas oficiais da cultura brasileira proclamam. No entanto as circunstâncias históricas trabalharam para a união de regiões que se desenvolveram muito diferentemente. A língua e as origens comuns, que contribuiram de modo contrário para as tentativas de literaturas nacionais nas ex-colónias espanholas, estão no Brasil entre os factores que contribuiram para uma cultura nacional dentro dos limites políticos que são ao mesmo tempo uma fronteira linguística. E há que lembrar que esta fronteira é similar nisso à que, na Europa, separa Portugal da Espanha.

O Brasil herdou de Portugal e aplicou-o aos outros países latino-americanos, a mesma desconfiança da cultura espanhola que se desenvolveu em Portugal depois da Restauração (1640) e as Guerras da Independência do séc. XVII. Esta tendência em Portugal foi interrompida apenas por simpatia com algumas tendências liberais que apareceram na política espanhola no tempo em que a Espanha não era por certo uma fonte do que os liberais ou os seus cultos antecessores procuravam. Para o Brasil a mesma situação fora criada de várias maneiras pelas distâncias e dificuldades de comunicação com os países limítrofes, exceptuando a região do Rio da Prata. Ao separar-se de Portugal, o Brasil voltou-se para a França para ideias políticas e literárias. A França, muito mais do que os Estados Unidos, era para a América Latina a terra da Liberdade para a pequena classe média urbana que estava a tentar manifestar um descontentamento contra revoluções nacionais de independência que nem eram nacionais nem sequer revoluções. Por toda a parte, como disse um político brasileiro, as classes dirigentes tinham tomado conta das revoluções, antes que o povo tivesse podido mudar fosse o que fosse. Mas as classes dirigentes nos outros países latino-americanos tinham muito orgulho da ancestralidade e cultura espanholas, e para eles, uma cultura nacional deveria, é claro, ser retoricamente nacional mas não fora da tradição espanhola. Isto não aconteceu no Brasil, que estava decidido a ser um país único e a esmagar os separatismos locais. E, sendo um país, o Brasil tinha de afirmar-se em termos nacionais de ancestralidade: eis porque no século passado muitos brasileiros até mudaram os seus velhos nomes portugueses para fingirem de índios. É evidente que nem nesse tempo, nem no tempo da abolição da escravatura, que trouxe consigo a queda do império, alguém sonhou em mudar o nome para o de um negro... No tempo em que a República foi proclamada no Brasil, e os brasileiros começaram a desenvolver uma consciência de serem latino-americanos (uma ideia que era demasiado republicana para ter tido as bênçãos do Império), o Romantismo estava já gasto no Brasil, assim como estava o Naturalismo que contra ele reagira, seguindo modelos muito portugueses (Eça de Queiroz) e franceses (Zola). Desde então, até que o Vanguardismo começou violentamente em 1922, a literatura ia confinar-se a ser, como disse um escritor, «um sorriso da sociedade» — que era um meio muito hábil de a definir como divertimento de uma sociedade muito limitada, que não estava de modo algum interessada em Arte como tal ou em Literatura, como expressão dos problemas nacionais, que essa sociedade fazia exactamente por ilidir e esquecer. Pode parecer estranho que um grande romancista, como Eça de Queiroz, sendo português, pudesse ser tão influente e tão admirado no Brasil como foi e ainda é. Mas Eça era, de certo modo, uma resposta a essa sede por Paris e pela civilização europeia que era tão predominante na sociedade brasileira; e o seu Naturalismo quando atacava a maneira de viver portuguesa do tempo, e quando a retratava satiricamente, não podia senão lisongear a tendência brasileira de ver os portugueses como um povo atrasado e ridículo.

Dissemos que a língua, tão importante no Brasil para conservar e mais ainda unificar características culturais, era, para os povos de língua espanhola da América Latina, um factor agindo contra a nacionalização da cultura em cada país. É claro que muito do sentimento que estes países têm de ser americanos e semelhantes uns aos outros provém muito mais do facto de terem uma língua comum do que por terem uma herança cultural comum ou existirem no mesmo Novo Mundo. E isto não é tão paradoxal, se nos lembrarmos que, em muitos casos, estes países desenvolveram culturas que não são tão imensamente especiais como é a cultura brasileira com toda a sua diversidade tão complexa. Porque, na realidade, estas culturas não têm um largo público em cada país para se sentirem profundamente enraizadas. E o facto de que todos aceitam o termo «Literatura Hispano-Americana» reflecte uma situação muito concreta: muitos escritores nesses países venceram os limites nacionais não porque sejam necessariamente grandes escritores, mas porque o único público a quem se podem dirigir é o público educado em todos os países em conjunto e não apenas a minoria do seu próprio país. Não quero dizer com isto que os povos de fala espanhola na América não têm grandes escritores: tiveram-nos e têm-nos, e devemos mesmo acrescentar que muitos deles não atingiram celebridade universal porque os seus países são demasiado pequenos para eles e são postos na sombra pela importância e pelo prestígio que a Espanha conserva como cultura. Mas permanece o facto de que esses escritores são demasiado frequentemente vistos apenas como outro capítulo na história da cultura espanhola, ou como apêndice da história da literatura espanhola muito semelhantemente ao que somos inclinados a entender da posição dos escritores do Canadá, da Austrália ou da África do Sul em relação à literatura inglesa. Como os Estados Unidos da América são muito grandes e poderosos, ninguém já pensa da literatura deles como subordinada à cultura inglesa: e o mesmo está a acontecer agora com o Brasil, não só porque o Brasil é grande, como porque Portugal se tornou uma potência demasiado pequena, ainda que no mundo das realidade políticas seja muito mais poderoso do que o Brasil efectivamente é. Os escritores dos países de fala espanhola da América escrevem sempre em três níveis: para os seus próprios países, para os países irmãos e para o mundo interessado nas coisas espanholas. No Brasil os escritores cada vez mais escrevem para o seu próprio país

295

e agora também tendo em vista a curiosidade pelo Brasil que o mundo desenvolveu mais tarde do que o interesse nas coisas latino-americanas no sentido lato e demasiado espanhol.

Nenhum ou quase nenhum crítico brasileiro, gostaria de ouvir dizer que a diferença existente entre a literatura brasileira e a literatura dos países de língua espanhola, se deve sobretudo às diferenças entre as literaturas portuguesa e espanhola. E não estou certo que para os eruditos, profundamente aplicados ao estudo da literatura e cultura espanholas, isto possa ser uma afirmação aceitável. Os espanhóis, mesmo quando têm ideias liberais (o que raras vezes têm em matérias que diga respeito ao prestígio da sua cultura), jogaram por demasiado tempo com o sentido da palavra *Espanha*, que desde tempos imemoriais designava toda a Península Ibérica. A unidade de Espanha, sob o poder de Castela, foi conseguida apenas no fim do séc. XV, no tempo da descoberta das Américas, quando Portugal tinha atrás de si quatro séculos de ser uma nação independente e mais de dois séculos de fronteiras nacionais que são as mesmas até agora. Apenas durante sessenta anos, de 1580 a 1640, Castela governou toda a Península Ibérica realizando o velho sonho de obter a unidade Romana e gótica. No séc. XVI os escritores portugueses eram muito bilingues — mas há que lembrar que isso começou exactamente quando Portugal estava nos píncaros do poder e da vaidade nacional com um Império. Durante a segunda metade do séc. XV e da primeira metade do século seguinte, os reis de Portugal, muito mais reis do que os reis de Castela, foram quem sonhou dominar toda a Espanha. O facto de Gil Vicente ter escrito tanto em espanhol e ter sido tão importante para o desenvolvimento do teatro espanhol não faz dele um escritor espanhol, como se poderia deduzir da maneira como ele é incluído nas histórias escritas por espanhóis. A literatura portuguesa não é uma das literaturas de Espanha, a menos que entendamos a palavra Espanha no sentido lato do mundo especial que compreende a Península Ibérica. As literaturas de Portugal e Espanha tinham um desenvolvimento paralelo, eram por vezes interpenetradas, mas não mais do que poderia acontecer no tempo em que o Romantismo não tinha ainda sido inventado para colocar dificuldades no caminho de um claro entendimento do carácter internacional da literatura em si mesma. A literatura brasileira podia, desde o começo do seu desejo de estar separada da portuguesa, ter tal êxito, exactamente porque ela podia ser separada da literatura portuguesa. E exactamente quando os brasileiros discutiam o problema de criarem, para um país novo, uma literatura nacional, o Romantismo estava a dar a Portugal um novo reflorescimento literário com grandes homens como Garrett e Herculano, dos quais o segundo, diga-se de passagem, é ainda largamente lido e admirado no Brasil, como já não é em Portugal.

Comparemos agora o que aconteceu na América Latina em certos momentos para vermos como a literatura brasileira podia ter-se desenvolvido diferenciadamente das outras do mesmo continente.

O primeiro século da literatura brasileira foi preenchido, e não muito, com descrições da terra e dos nativos, sem salientar as guerras contra os índios. Estas descrições não podiam fazê-lo por duas razões: primeiro, seria como fazer desaparecer a visão do paraíso como cobertura, nessa altura, para despojar e oprimir os nativos; e segundo, essas guerras não tinham o brilho, a violência, o espírito épico que eram sem dúvida as características das conquistas espanholas. Os brasileiros fizeram um segundo Las Casas a partir dos escritos e acções do Padre Anchieta no séc. XVI. Mas o jesuíta não era de modo algum um homem para se comparar com o grande Apóstolo dos Índios, ainda que saibamos, ou sejamos levados a acreditar, que o autor da *Apologética Historia de las Indias* e inspirador do Imperador Carlos V na sua política, estava longe de ser um escritor digno de crédito. E o Brasil neste século não produziu um Inca Garcilaso de la Vega talvez porque não havia *Comentários Reales* para serem escritos; nem contribuiu com grandes escritores para a literatura portuguesa como o México fez à da Espanha, no final do século, com Juan Ruiz de Alarcón. Bento Teixeira, por largo tempo chamado o primeiro poeta brasileiro, é um seguidor bastante menor de Camões, e pode ser considerado um bem melhor prosador se é que ele é, realmente, o autor de uma das mais belas histórias de naufrágios, mais tarde coligida na *História Trágico--Marítima*. Muitos críticos brasileiros gostam de imaginar que, no século seguinte, o bahiano Gregório de Matos é, mais do que Bento Teixeira, o primeiro poeta brasileiro. Ele é, não há dúvida, o primeiro poeta de real distinção nascido no Brasil e escrevendo no e do país. A sua veia satírica faz dele um dos poetas mais interessantes da língua ao tempo e traça um retrato da vida na colónia, em termos que tanto criticam os brasileiros como os «reinóis». Mas não há nada nele do que é oficialmente tomado como brasileiro na cultura brasileira. É um racista que despreza tudo o que é «creoulo» por ser creoulo, que ajuíza o país por padrões europeus, achando que faltam todas as coisas boas da civilização — é antes a espécie de homem que satiriza todos os lugares e todos os povos com quem tenha que viver. Era realmente, como os contemporâneos lhe chamavam: «a boca do Inferno». A seu modo ele é tão europeu e refinado como um grande poeta que vivia então no México: Soror Juana Inés de la Cruz. Esta erudita freira atacou o estilo de um dos grandes homens do séc. XVII no Brasil: o Padre António Vieira, que enche esse século também em Portugal. O Padre Vieira estava muito preocupado com o Brasil (porque foi muito mais um político e um visionário toda a sua vida do que um homem realmente religioso, apesar do esplendor dos seus sermões). Para o Brasil é quase um mito intocável, que ele não era para a freira mexicana que se atreveu a criticá-lo. Para Portugal ele é um dos grandes escritores. A sua vida e a sua obra, no entanto, não nos permitem considerar brasileiro um homem interessado no país, não como um país, mas como parte do Império Português, quando Portugal lutava na Europa contra Espanha pela sua independência, e no Brasil contra os Holandeses. E eu poderia até com maldade acentuar que o Padre António Vieira foi um dos promotores do negócio dos escravos... Sim, Vieira, o jesuíta, estava interessado em que os índios fossem «civilizados» para a servitude. E foi por isso que ele lutou por eles contra os senhores da terra que os queriam escravizar. Ele propôs os Negros em troca. Portanto, como se vê, os dois primeiros séculos de literatura no Brasil não se podem comparar com o que aconteceu na América espanhola ao mesmo tempo, mesmo se dizemos francamente que a maior parte dos escritores nas colónias espanholas são demasiado espanhóis ou que eles têm interesse, em lugar de serem bons. Para já, os escritos sobre o Brasil nos dois primeiros séculos da sua História, mesmo se levarmos em conta uma tão deliciosa crónica como a *História do Brasil*, do Padre Vicente de Salvador, e os poemas de Gregório de Matos, não estão muito preocupados com a vida na colónia nem com o orgulho de estarem lá e viverem lá de maneira diferente da dos compatriotas na Europa, como se pode encontrar nas obras dos contemporâneos dos outros países Latino Americanos, como é o caso de Balbuena. Os brasileiros, nesses dois séculos, apesar das rebeliões contra a política fiscal, que têm sido distorcidas para se ajustarem a um padrão de sentimento de independência antes da Independência, estavam demasiado interessados nas relações com a Europa, e demasiado envolvidos no comércio português, para se pensarem mais do que uma parte importante do império português. O sentido de viverem em um Novo Mundo em formação, claro que o tinham. Mas este mundo era orientado para o comércio estrangeiro a um grau que não encontramos na América Espanhola. As colónias espanholas, mais do que o Brasil, foram desenvolvidas de dentro para fora, como uma estufa onde as flores de Espanha podiam crescer com luxuriante tropicalidade. Por outro lado, a literatura portuguesa passara, durante o séc. XVI, por uma fase gloriosa que fora abruptamente interrompida pelo desastre nacional de 1580, quando o rei D. Sebastião foi morto em África com a maior parte da aristocracia que embarcara com ele na grande aventura de reconquistar o ponto de apoio em Marrocos, e quando os reis de Espanha se tornaram reis de Portugal por sessenta anos. Depois disso foi a guerra com Espanha que durou cerca de trinta anos. Estes acontecimentos significam que durante quase um século a literatura portuguesa já não podia mais estar em competição com a espanhola, que estava então em declínio (se é que era declínio) numa chama de glória. O Barroco que morria em Espanha, estava mais do que morrendo em Portugal e no Brasil até meados de 1700, depois disto. Nessa altura, diversos acontecimentos mudaram o curso das coisas para Portugal e para o Brasil, mais profundamente do que aconteceu em Espanha. No decorrer do séc. XVIII, o Brasil, ao mesmo tempo que mantinha uma boa posição no comércio do açúcar, tornou-se também o Eldorado que os reis de Portugal e os brasileiros nunca tinham desesperado de que o país fosse alguma vez. As minas permitiram novas riquezas e precipitaram o aparecimento de classes médias que tentaram reunir-se em volta do rei, numa aliança contra as antigas classes privilegiadas. Quando o marquês de Pombal chegou a primeiro ministro de Portugal, essas classes médias, em Portugal e no Brasil, tinham encontrado o homem de que precisavam. A obra prima da prosa portuguesa no séc. XVIII foi escrita então por um dos mais ricos brasileiros, que a dedicou ao grande primeiro ministro: as *Reflexões sobre a vaidade dos homens,* de Matias Aires. É interessante comparar este trabalho com o admirável e contemporâneo *El Lazarillo de Ciegos Caminantes,* de «Concolorcorvo», não, é claro, como estrutura — não se pode comparar uma colecção de pequenos ensaios semelhantes a poemas em prosa com um livro de viagens satírico — mas como criações moralisticamente orientadas. Ambos os autores disfarçam o seu criticismo da sociedade por detrás de pretenderem ver o homem e as suas faltas «sub espécie aeternitatis» — o brasileiro explicando tudo como consequência da antiga «vanitas vanitatis», e o suposto peruano achando que o homem é sempre o mesmo «picaro» ridículo, no fundo, o que tinha sido uma maneira de acentuar que as coisas deste mundo não devem impedir a nossa salvação. Como visão filosófica Matias Aires é um pessimista. Ele não acredita na bondade da natureza humana (como tão pouco acreditaram os seus mestres La Bruyère e Vauvenargues) mas cuidadosamente faz uma fina distinção em relação aos privilégios — se os homens são igualmente vãos e maus, essa é uma razão mais para que sejam iguais. Categoria social, sangue, glória — isso são presunções. A virtude, a razão, os sentimentos, a ciência, a liberdade de espírito não são. E é por isso que um príncipe deve ser um déspota iluminado — para assim proteger contra as classes privilegiadas, não os homens livres, mas os súbditos que os homens não podem deixar de ser. Podemos aceitar a opinião de que «Concolorcorvo» é, de certa maneira, um resultado da melhor política dos Bourbons de Espanha, especialmente Carlos III, que foi o contemporâneo de Pombal. Mas os Bourbons não estavam a querer transformar a Espanha; de modo algum, estavam sobretudo interessados em aumentar as rendas. A Espanha Barroca, com toda a sua tradição de monarquia absoluta, estava apenas a adaptar às suas necessidades os processos administrativos que tinham feito o governo francês de Luis XIV tão eficiente, pelo menos por algum tempo. É esta talvez a razão pela qual o classicismo Rococó chega tão tarde a Espanha, onde os primeiros poetas rococós eram da mesma idade das últimas gerações rococós em Portugal e Brasil. Sobretudo no Brasil. O movimento começou em Portugal sob a protecção de Pombal, mas foi mais tarde, no Brasil, que apareceram os melhores poetas. Mesmo Gonzaga, o maior poeta em português do período, embora português de nascença, faz parte do grupo brasileiro e mais ainda — ele é um dos conspiradores da «Inconfidência Mineira». As Minas Gerais não tinham pago apenas os luxos de Portugal no séc. XVIII. Criaram a riqueza de um Matias Aires e todo o orgulho de um país novo ansioso por adoptar o modelo exemplificável pelos Estados Unidos. A «Inconfidência Mineira» foi um sonho de poetas esmagado pela coroa portuguesa. Mas demonstra como o liberalismo e a ideia de democracia tinha tido os seus começos em Portugal com o despotismo de Pombal, com poetas que lhe tinham dedicado as suas obras e ou eram os seguidores daqueles que o admiravam. Tinham começado lá, mas tentavam ganhar o país onde as riquezas estavam. Quando o Neo-classicismo se difunde pela América Espanhola, vindo de Espanha, está tão ligado com o liberalismo como na mãe-pátria, mas vai durar mais tempo do que em Portugal e no Brasil, onde, no fim do séc. XVIII, com a reacção contra Pombal, começara a desfazer-se e a mudar para um pré-romantismo que apenas conservou as estruturas e as alusões clássicas. As primeiras duas décadas do séc. XIX são, nos dois países de língua portuguesa, uma espécie de vazio onde o liberalismo se identificava a si mesmo com o Romantismo que, em França, se desenvolveria sob a ficção de uma monarquia liberal e também de sonhos de uma república burguesa, ambas atraentes para a classe média e alta, tanto em Portugal como no Brasil. Em Portugal, estas décadas são obscurecidas primeiro pelo medo de Napoleão, depois pelas terríveis invasões francesas que colocaram os liberais na posição difícil de terem como opressores aqueles que tinham aclamado como libertadores, e depois disso, a ocupação inglesa que lhes seguiu, para evitar a revolução liberal que o governo conservador da Inglaterra do tempo temia tanto quanto o rei português a temia. No Brasil, estas décadas são notáveis pela presença da família real portuguesa e da Corte que tinham fugido das invasões francesas, mas que, ao fazê-lo, colocavam o Brasil no centro do Império português e lhe davam o status de reino. A Espanha também sofreu as invasões francesas, e a deposição dos reis Bourbons por Napoleão foi um ponto de partida decisivo para as colónias sentirem que tinham perdido qualquer obrigação para com a coroa. Se os sonhos dos libertadores foram apenas em parte realizados, foi porque as sociedades creoulas não tinham intenção de perder os seus privilégios em favor de qualquer ideia de o povo assumir o poder, e o federalismo seria, para este fim, demasiado. O Romantismo surgiu alguns anos mais tarde em Espanha do que em Portugal e ao mesmo tempo surgiu no Brasil. Só depois encontramos as mesmas correntes nas ex-colónias espanholas. A Espanha e as coisas espanholas tinham sido extremamente importantes na Europa como fontes de inspiração para os primeiros românticos — mas tinham-no sido exactamente pelas mesmas razões que não deixaram o romantismo começar em Espanha. De facto, os românticos admiraram na Espanha o que impediu que a Espanha não fosse uma nação moderna: o seu tradicionalismo e o seu conservantismo. No Brasil, a sociedade sentiu que era impossível evoluir para ser um país independente governado pelos interesses das classes altas, se a monarquia fosse conservada. Nas colónias espanholas, com a quebra do império e a situação em Espanha, isto era totalmente impossível. Até porque, não nos esqueçamos, as iluminadas reformas do séc. XVIII, abrindo as colónias ao comércio mútuo, tinham acentuado a diferença entre zonas que tinham sido colonizadas por povos diferentes vindos de uma Espanha precariamente unificada. O triunfo do romantismo em Portugal era uma consequência do triunfo da revolução liberal que fez com que o rei português regressasse à Europa, deixando o Brasil às vésperas da independência. É extremamente curioso observar que os liberais portugueses não tinham intenção de perder o Brasil (precisavam do dinheiro brasileiro para pagar as reformas liberais) e desse modo precipitaram a independência brasileira. Os radicais que foram os primeiros românticos em Portugal, aplaudiram essa independência como representando um primeiro passo na libertação do próprio Portugal. No Brasil, onde o rei tinha cuidadosamente deixado o seu próprio herdeiro, que se tornou o primeiro imperador, a independência levou cerca de dez anos a estabelecer-se nos novos termos de desejo de uma cultura nacional. Podemos portanto dizer que o chamado Primeiro Império do Brasil era romântico no modo mas não no pensamento.

A queda do imperador Pedro I coincide quase com o advento do Romantismo: um romantismo que era uma curiosa mistura de conservantismo e radicalismo, mas identificado em si com as tendências imperialistas do governo. Por isso encontramos nele a deificação literária do índio como um mito nacional, o lirismo erótico de uma classe ociosa, e o gosto por um realismo irónico urbano que observa e critica a sociedade do Rio de Janeiro. Tudo isto, claro está, baseado no «statu-quo» de uma sociedade que dependia do comércio dos produtos proporcionados por um tremendo número de escravos negros. Nada havia na tradição portuguesa ou na brasileira para mudar uma corrente «picaresca» em «costumbrismo» e este em «realismo» e «regionalismo», como aconteceu na Espanha e em outros países latino-americanos. Os românticos brasileiros não podiam ver a real estrutura da sua sociedade, nem queriam vê-la. Os povos de fala espanhola tinham que ver: com populações inteiras reduzidas a servir, tinham que mesclar as belezas bucólicas das tradições da renascença e do barroco com as correntes moralistas e realistas, e fazendo-o podiam olhar mesmo a tragédia com um sentimento de orgulho nacional. Quando, no Brasil, José de Alencar escreve os seus romances e transfere o foco do lendário e do histórico (com os índios aparecendo como heróis à maneira de Chateaubriand e Walter Scott, que eram os dois, recordemos, escritores muito conservadores), para o urbano e o regional, ele não está, com toda a sua arte, tentando revelar a realidade brasileira, mas a escondê-la com o sumptuoso manto dos mitos imperialísticos. Ao lado dele, o poeta Gonçalves Dias dá ao indianismo uma dignidade épica que não aparece na hispano-américa desse tempo, e o seu indianismo não descreve os índios como eles são, perseguidos e destruídos sempre e por toda a parte, mas como figuras da história antiga. O romantismo brasileiro podia dar-se a este luxo; os outros não podiam ou teriam de pagar o preço de uma revolução social. As tensões na sociedade brasileira não eram do mesmo tipo (e não o foram por muito tempo). Mas também não eram do tipo que poderia provocar uma portentosa obra nesse tempo, como o *Facundo* de Sarmiento foi, na Argentina. Se, em 1870, José Hernandez pode escrever *Martin Fierro,* e Ricardo Palma pode começar o seu magnificente *Tradiciones Peruanas,* o primeiro com o seu regionalismo poético e o segundo com um talento tão agudo para a caracterização minuciosa dos tipos e dos ambientes, é porque essas obras ainda tinham a intenção de ser tradicionais e como tal ser entendidas: o espírito do Romanceiro espanhol foi adaptado, no primeiro, para uma espécie de visão heróica do «gaúcho» como um tipo nacional, e no segundo, a tradição do «costumbrismo» foi adaptado à História e aos costumes peruanos. Isso exactamente quando a vida no Rio de Janeiro (que não era, como cidade, tão grande como Buenos Aires começava a ser), com o segundo imperador do Brasil, podia oferecer a base para o maior novelista jamais surgido na América Latina, exactamente por causa da sua mediocridade, medida por padrões europeus e norte americanos. Este homem era simultaneamente muito nacional e muito bem integrado nas correntes psicológicas e simbolistas que, em paralelo como o Naturalismo, reagiam na Europa contra o Romantismo sentimental e regional, apesar destas correntes serem elas mesmas uma reacção contra o naturalismo. Mesmo a mediocridade social que o seu realismo irónico tomou como modelo, ofereceu a Machado de Assis todo o material que o seu génio necessitava para ver a humanidade como uma criação bem pobre. Nenhum outro país latino-americano teve nos anos 80 dois contemporâneos como Machado e o romancista naturalista Aluísio Azevedo, não porque a vida de cidade não estivesse desenvolvida, mas porque o Império no Brasil dera à sociedade brasileira uma proximidade com a Europa para além de Portugal que os outros países da América Latina só podiam ter confrontando-se em termos culturais com a Espanha. Aparentemente a república brasileira de 1889 e a guerra hispano-americana de 1898 podiam ter modificado muitas coisas. Modificaram, mas na Espanha e em Portugal. Na América Latina, a abolição da escravatura no Brasil foi só o último golpe num processo muito brasileiro, a arte que as classes dirigentes têm de mudar as coisas para que elas continuam a ser como eram antes. O Império era então um incómodo tão grande para os terratenentes como os escravos eram: a economia então baseada na plantação e exportação do café não tinha mais tarefa para lhes dar. Para outros países, a subida dos Estados Unidos à proeminência, ao lado dos poderes europeus que lhes controlavam a economia, não era uma mudança, mas reforçava a classe privilegiada que tradicionalmente detinha o poder. É talvez esta a razão pela qual a primeira República no Brasil (o período republicano até à ascenção de Getúlio Vargas à ditadura) podia apresentar para alguns um aspecto muito semelhante a uma democracia, enquanto os países irmãos sofriam uma sucessão de ditaduras: algumas para conseguir umas poucas reformas necessárias, a maior parte delas para evitar qualquer reforma que levasse aos reais problemas. A literatura da primeira república no Brasil é uma mistura de parnasianismo e romantismo tardio em poesia, condizente com uma sociedade de pretenciosos burgueses que nada tinham que fazer senão receber as rendas, viajar para a Europa, e lutar guerrinhas por poder político local, dentro do sistema que tinham estabelecido. Ao mesmo tempo, o romance voltou ao regionalismo em termos naturalistas, mas fortemente marcado com o esteticismo em difusão: romances para consumo de senhores ausentes que apenas passavam os fins de semana nas «fazendas», ou para a burguesia urbana que tinha crescido nas capitais de estado com o aumento de poder que a república federal tinha trazido para os Estados. Por sinal há que notar que o federalismo no Brasil era muito mais uma divisão política de poder entre grupos regionais do que o resultado das autênticas origens da nação, como era nos Estados Unidos. Não havia lugar naquele Brasil para poetas como um Martí ou um José Asunción Silva, o primeiro tão preocupado com a liberdade, o segundo tão perdido no seu mundo interior. No Brasil apenas o negro Cruz e Souza é semelhante ao espírito de José Asunción Silva. Mas não anuncia uma revolução literária como Rubén Darío podia fazer, seguindo os passos do frustrado columbiano.

O Brasil não teve na viragem do séc. XIX o Modernismo que varreu como fogo o mundo espanhol no tempo em que a geração de 98 fazia por acordar a Espanha para uma nova consciência que vinha do desastre nacional. De repente foi como se grandes poetas e escritores esperassem ansiosamente uma deixa para entrar na cena do mundo de fala espanhola. E dizendo cena não é apenas uma sugestão — é levar em conta a teatralidade extrema das suas atitudes e da sua dicção poética. O modernismo era uma espécie de simbolismo francês louco e ao mesmo tempo conservando uma magnificência barroca que não estava na tradição francesa. Disse-se muitas vezes que o modernismo tem muito que ver com os trópicos. Seria, digamos, como misturar a grandeza das américas com o refinamento do simbolismo europeu. Tem-se dito que os modernistas deviam também muito ao parnasianismo francês que lhes deu o gosto da forma perfeita. Mas há que reconhecer que homens que tinham por detrás a tradição do Século de Ouro não precisavam que os franceses lhes dessem muitas lições acerca das belezas da forma. Se as tomaram, como tomaram, foi apenas porque queriam ser artistas refinados da mesma forma que os franceses pretendiam ser. A exuberância deles nada tem que ver com os trópicos mesmo quando cantam de viver sob um sol tropical. Seria como imaginar que os brasileiros parnasianos e esteticistas gostavam de pensar e escrever sobre mitos gregos apenas porque a baía do Rio de Janeiro era parecida com o Mar Mediterrâneo, para estes. A razão de toda esta exuberância e estilo colorido — ainda a influência forte na língua literária dos países de fala espanhola da América Latina — é o facto de que as classes ociosas em muitos deles gozavam um surto de prosperidade com o aumento do comércio, com a possessão por estrangeiros dos recursos naturais e da relativa paz social assegurada por ditadores ou presidentes autocráticos. Se através dos seus melhores escritores eram às vezes acerbados críticos das intervenções estrangeiras nos seus países, estavam contudo demasiado comprometidos com as mesmas coisas contra as quais protestavam para protestarem mais do que em verso. Talvez que isto explique a razão de muitos escritores criarem um estilo narrativo que mescla os esplendores do esteticismo, a ironia do naturalismo e uma fuga para os reinos do fantástico: Horácio Quiroga, no Uruguai, foi assim o percursor de diversos estilos que o romance mais tarde assumiria na América Latina. E é curioso como o Uruguai, simultaneamente, produziu talvez o maior escritor de peças de teatro da América Latina, Florencio Sanchez, em quem o realismo toma a sombria tonalidade de Ibsen, e um educador e ensaísta tão mergulhado no idealismo filosófico como Rodó. O único grande nome que o Brasil pode apresentar para competir com eles é Euclides da Cunha, cujo livro acerca do episódio de Canudos, *Os Sertões* é o que podemos chamar o *Facundo* brasileiro.

Quando depois de 1910, a *pax porfiriana* foi deposta, o México mergulhou numa guerra civil que era também revolução social. Todas as oligarquias na América Latina tremeram de medo. E, mesmo se muitos historiadores de literatura respeitáveis não gostam de o reconhecer, o facto é que o México abriu para os povos hispano-falantes da América Latina uma nova época literária, criando pelo menos uma verdadeira funda tensão na cultura, entre as correntes social e nacional, popular e culta, o provincianismo e o internacionalismo, exactamente quando por toda a parte, no mundo ocidental, os padrões tradicionais na arte e na literatura, estavam a ser desafiados. O Brasil teve de esperar mais de dez anos para produzir um livro que possa comparar-se com *Los de Abajo,* de Mariano Azuela. Outros países da América Latina esperaram muito mais. Mas o que aconteceu então foi que a poesia podia continuar a ser docemente erótica ou sentimentalmente nostálgica com uma espécie de fingida simplicidade ou com todas as trombetas da cor que a grande arte de Rubén Darío ensinara a língua espanhola a usar, como se de segunda natureza se tratasse. A poesia podia continuar a ser isso mesmo. Os romances podiam, é claro, dedicar-se, como se dedicaram, com doçura ou violência, à criação de pequenos mundos, alguns deles imensamente lindos. Mesmo assim isto não podia ser feito sem um peso de consciência, pela razão de que ou se aceita o facto de que o mundo muda e escrevemos em acordo com as mudanças que surgem, ou não aceitamos as transformações porque cremos mais em transformar a maneira de escrever. A primeira escolha foi a de César Vallego, por exemplo, a segunda foi a de Vicente Huidobro.

Entretanto, o movimento de vanguarda difundia-se por toda a Europa atacando os que restavam (alguns bem gloriosos) da antiga ordem estética. Foi o tempo dos «ismos» e até hoje os críticos académicos se divertem a rir dos «ismos» por serem tantos e tão efémeros. Até mesmo um e o mesmo artista podia facilmente mudar de um para o outro. A Espanha teve um desses «ismos» radicais, o «ultraísmo» por volta de 1920. Mas a verdade é que Huidobro, escrevendo no princípio mais em francês do que em espanhol tinha ganho, para o Chile, a glória (e sabemos que nunca o silenciou) de iniciar o vanguardismo com o qual um Ramón Gómez de la Serna já vinha jogando na Espanha desde 1910. Não é moda levar a sério o movimento de vanguarda na Espanha e nos países irmãos. Os críticos falam disso como de coisa insólita, mesmo reconhecendo que para a América Latina é muito difícil ignorá-lo. É este o resultado do terrível conservantismo que, em Espanha, sempre impediu que tudo não fosse senão espanhol e muitos de fora se deixam mistificar pela continuidade com a qual os críticos põem de lado muitas coisas por não serem suficientemente «espanholas». Para países novos que se tornaram poderosos, como os Estados Unidos, pode ser muito enganador. Aqui pretende-se que tudo tem de ser «americano» e é muito natural porque o país em que vivemos mudou muito nos últimos cem anos e recebeu muitos imigrantes que terão de tornar-se cidadãos. Mas com a Espanha acontece o contrário. Quando os críticos falam — e já falaram excessivamente — acerca da Espanha e do que a Espanha é, mesmo os mais progressistas, estão marcados pelo conservantismo da sociedade espanhola e tentam propor como eterno o que é apenas uma Espanha congelada como um mamute no gelo do tempo. E os povos de fala espanhola da América não são de modo algum imunes a este erro, uma vez que o passado comum é algo que lhes dá, mesmo apesar das rivalidades entre eles, um terreno ideal no qual resistir às pressões estrangeiras. Portanto não se opõem inteiramente à cultura espanhola como tal, tal como com os brasileiros acontece em relação aos portugueses. Quando o nacionalismo se desenvolve em todos estes países, a «hispanidad» tinha muito que ver com a consciência latino--americana. E tanto assim é que, no Brasil, muitos dos críticos não inclinados a aceitar qualquer tradição ou presença cultural portuguesa são muito lenientes com a cultura espanhola. O nacionalismo brasileiro não é agora necessariamente anti-português, mas tem certa tendência muito próxima disso. Quando os outros países latino-americanos pensam em termos nacionalistas e buscam tradições nacionais (recuando para os impérios índios, como no caso do México) podem fazê-lo do ponto de vista de uma «hispanidad» diversificada. É o que os brasileiros não podem fazer, a menos que aceitem que há vários brasis, o que não está muito longe da verdade, mas uma verdade demasiado perigosa para que a unidade nacional seja reconhecida, excepto em termos de grande retórica para imediatos fins políticos.

Os mexicanos, se é que o podemos dizer, eram etnicamente falando suficientemente mexicanos. Quando a revolução se desenvolveu num desagrado por tudo e todos que lhes fosse estranho, eles podiam pensar que voltavam às suas raízes nacionais. E nas américas esta é a grande diferença. Porque alguns países podem fazê-lo, mas outros não podem porque não vieram do chão e da população indígena, mas de um contrato social assinado por grupos de europeus imigrantes, que apagaram da vida e da História todas as antigas populações para se estabelecerem no lugar delas. Salientámos, a este respeito, as diferenças entre a colonização portuguesa e espanhola. Mas, mesmo na última, as coisas diferiram consideravelmente de um lugar para o outro. E isto pode ajudar-nos a compreender porque é que as tendências esquerdistas e nacionalistas na América Latina têm sido efectivamente tão diversas e porque é que tantas vezes as duas tendências se separaram. De qualquer modo, temos de estar prevenidos contra a inclinação de entender o nacionalismo na América Latina em termos europeus. O nacionalismo na Europa foi reaccionário e mais ainda, uma corrente fascista. Na América Latina, a reacção nunca foi muito nacionalista salvo nos feriados patrióticos e a sua violência tem uma tradição ibérica de governo opressivo por detrás. O nacionalismo foi, portanto, não só um modo de se oporem à demasiada influência estrangeira (e no caso do México temos de lembrar-nos que mesmo um Porfirio Diaz, no fim do seu longo governo, teve as suas apreensões acerca da influência estrangeira), como de se oporem às classes dirigentes que, em toda a América Latina, não foi simpática aos poderes estrangeiros com o fim de melhorarem os seus países, mas para comprarem a sua suposta segurança e manter, o status. No Brasil, esta espécie de nacionalismo surgiu mais tarde, mesmo se reconhecermos que muitas das características estavam por detrás da ascensão de Getúlio Vargas ao poder. O movimento da vanguarda, que começou no Brasil em 1922, foi de certo modo o arauto destes nacionalismos. O que nesse ano começou em São Paulo e depois se espalhou por todo o país, desenvolveu-se desde o começo em duas direcções contraditórias. Os escritores do Modernismo brasileiro (um termo que devemos entender como significando algo cerca do vanguardismo europeu) queria destruir as tendências esteticistas, simbolistas e parnasianas ainda prevalecentes, e fazendo-o seguiam os padrões apresentados na Europa: firmavam-se contra qualquer tradição académica, contra a literatura e a arte como convenção, contra o impessoal, o bonito, o delicado, etc., apesar de muitos deles, especialmente os poetas (e o movimento foi primeiro de poetas), conservarem muitas das características contra as quais lutavam, como é o caso do que é hoje o grande homem das letras brasileiras, o poeta Manuel Bandeira. Por outro lado, queriam que a literatura fosse mais brasileira, mais cerca do quotidiano, livre para usar como uma fonte de inspiração, a inspiração pessoal do poeta não tanto como homem mas como um homem feliz por ser brasileiro. Em termos gerais não era contradição, uma vez que a experiência pessoal, como desculpa para tudo, era um dos dogmas do vanguardismo. Os brasileiros, no entanto, pretendiam sentir o Brasil como uma experiência pessoal, e o risco que corriam e a armadilha em que por vezes caíram era que o Brasil deles era muito mais uma ideia do que uma realidade. As tradições populares, o folclore (às vezes um folclore bem afastado de qualquer experiência comum) etc., foram inseridos na poesia, e os poetas tomavam por Brasil as suas experiências pessoais como filhos de ricos terratenentes, ou altos funcionários públicos, que muitos deles eram. Significa isto que a paixão deles por tudo julgado ser Brasil era demasiado condescendente para ser uma real experiência. E é por isso que, alguns anos mais tarde, um grande escritor e líder do movimento, Mário de Andrade, é tão comovedor quando confessa que falharam. Não falharam realmente, porque a liberdade que propunham e de que fizeram uso permitiu o aparecimento de muitos grandes poetas, e abriu a porta a um grupo de romancistas interessados em descrever as verdadeiras condições da vida no Brasil, grande parte dos quais foram considerados então muito socialmente orientados. O líder deste grupo, mais ou menos identificado com o Nordeste, não era um romancista, no verdadeiro sentido da palavra, apesar de ter escrito alguns livros que devem durar mais como ficção, com a sociologia como enredo, do que como os estudos de sociologia que pretendiam ser e que muita gente neste país ainda pensa que são. Quero dizer, é claro, o sócio-historiador Gilberto Freyre. A data normalmente dada para o começo do moderno romance brasileiro é 1928, quando a *Bagaceira* de José Américo de Almeida foi publicado. Os romances de Rachel de Queiroz, José Lins do Rego, Jorge Amado, Amando Fontes, e Graciliano Ramos vieram em seguida. Dez anos mais tarde a fonte secara deixando para trás alguns bons livros, outros com interesse, e um dos grandes romancistas da língua, Graciliano Ramos. Quando nos falam do romance moderno do Brasil, o que pode significar estes romancistas, temos de estar cientes de que, para a maior parte deles, Modernismo não significa «Vanguardismo» de modo algum.

Eles entram pelas portas abertas pelo modernismo vanguardista, sim — mas em estilo e estrutura são mais contadores de histórias de uma realidade que não entrara na corrente principal da literatura brasileira, do que romancistas modernos no sentido de Faulkner, Joyce, Lawrence, Huxley, Proust, ou Thomas Mann podem ser chamados. Apenas Graciliano está realmente a experimentar com o estilo e a estrutura. Apenas ele concebe os seus romances como obras de arte e como uma expressão de uma visão pessoal do mundo. O que os outros fizeram é muito diferente portanto do que o que fizeram homens como Ventura Garcia Calderón e Ciro Alegria, no Peru, Martin Luis Gusmán, no México, Rómulo Gallegos, na Venezuela, Ricardo Güiraldes e Eduardo Mallea, na Argentina, Miguel Ángel Asturias, na Guatemala, e Jorge Icaza, no Equador, se tomamos como ficção algumas obras que são mais um apaixonado testemunho pessoal do que um autêntico romance, como acontece com Gusmán e Mallea, por exemplo. Para entender isto temos de pensar que os poetas que iniciaram o Modernismo Brasileiro são da mesma geração dos acima mencionados romancistas latino-americanos. Por outro lado, estes romancistas precederam os romancistas do nordeste do Brasil em apenas alguns anos com as suas obras mais significativas. O grande romance latino-americano é um fenómeno que se estende desde meados dos anos 20 até aos anos 40, enquanto no Brasil o romance nordestino está praticamente morto nos anos 40, depois de uma breve vida de pouco mais de quinze anos. Porquê? Porque o romance nordestino era, no começo da recessão económica, um protesto da alta classe média, no Nordeste, contra o triunfo político e económico do Sul. A situação do Nordeste não progrediu, bem o sabemos, mas as altas classes médias, das quais provinham os romancistas, começavam a descobrir, nos meados dos anos 40, como tinham pegado um fogo que lhes podia arder toda a casa. Podemos dizer agora que se torna claro que eles não eram de modo algum (com a excepção de Graciliano) tão sociologicamente dirigidos como pretendiam ser. O protesto que estavam a montar não era em favor dos desprotegidos, tanto quanto era em favor de não serem desapossados pela nova classe de financeiros do Sul, as classes que na Primeira República tinham herdado a velha ordem feudalista. É quase um paradoxo que nos outros países latino-americanos diversas obras, embora mais preocupadas às vezes com política do que com consciência social, tenham sido socialmente mais efectivas do que os romances brasileiros, onde o nativismo nacionalista parecia ser uma cobertura para propaganda política. Por outro lado, o «nativismo» nos outros países latino-americanos não tinha sido fundamentalmente contra a tradição literária que, no Brasil, era considerada demasiado portuguesa. Quando o nativismo brasileiro, sem qualquer tradição de «costumbrismo» por detrás, queria cunhar a língua brasileira, estava apenas tentando elevar os níveis do português regional e coloquial no Brasil à dignidade de uma língua nacional. Se isto era necessário para acercar a literatura mais da vida, era no entanto como misturar, no mesmo cadinho, os ingredientes verdadeiramente populares e coloquiais com todos os erros praticados por milhões de imigrantes estrangeiros que ninguém jamais se dera ao trabalho de educar como brasileiros. Nos outros países latino-americanos o «nativismo» não caiu no mesmo erro: a linguagem literária foi diversificada e enriquecida, mas não ao preço de não ser literária. Nos anos 50 a reacção literária veio contra isto no Brasil, até de muitos que tinham pregado o melting pot, e podemos dizer agora que muitos escritores, especialmente os poetas, se tornaram tão pedantes no seu modernismo como os parnasianos tinham sido antes. Mesmo os grandes e famosos que eram sobreviventes ou continuadores da primeira vaga do vanguardismo tentaram voltar para trás, se não exactamente ao que a literatura tinha sido nos tempos pre-vanguardistas, o que era de certo modo impossível, para rivalizar com os poetas mais jovens em hábeis artifícios e exibição de técnicas. Nos anos 50 era moda proclamar a morte do Modernismo. A estrutura da sociedade brasileira tinha sofrido profundas transformações durante o prolongado governo de Getúlio Vargas. Os movimentos extremistas tinham sido esmagados e tinham perdido a sua influência nos intelectuais, e toda a gente fez por esquecer que a democracia no Brasil não era real, uma vez que menos de 15 % da totalidade da população tinha voto nos anos 40. O que era muito melhor do que na Velha República, quando um Presidente era eleito por 3 % da população. Apenas para dar uma ideia da situação ainda existente (ou existente quando ainda havia eleições...) devo dizer, como aparte, que a grande vitória que elevou Jânio Quadros ao poder em 1960 foi feita pelo voto de 45 % de 19 % da total população, o que na realidade perfaz apenas 9 % de todo o Brasil.

Não quer isto dizer que os outros países eram mais felizes do que o Brasil: não eram. É apenas mostrar como o Brasil, o Brasil da literatura, o Brasil dos poetas e dos romancistas, se pode comparar a uma musiquinha, tocada num instrumento mudo de 70 milhões de almas que podem ser usadas, mas não têm meios próprios de fazerem ouvir a sua opinião acerca do que o Brasil é ou podia ser. Os outros sete milhões fazem-lhes o trabalho de muito boa vontade e esta pode ser uma das razões porque no Brasil ainda não ocorreram revoltas como em outros países da América Latina. Nestes últimos pode ver-se uma instabilidade que advém das lutas políticas entre grupos próximos do poder. Sente-se no Brasil a estabilidade dos maiores grupos, todos perto de um poder que tem sido mantido tão longe de tantos que todos estão interessados em segurar o barco, a menos que seja para mostrar que o barco nem sequer navega.

A literatura não deve ser propaganda política de nenhuma espécie e nenhum escritor é melhor por se supor o porta voz de indizíveis sofrimentos de qualquer grupo social suficientemente grande para ele pensar que seja um profeta romântico. Na América espanhola César Vallego, Nicolas Guillén ou Pablo Neruda não são grandes poetas por causa desta arrogância, nem podem por essa razão ser considerados maiores do que Jorge Luís Borges ou Jorge Carrear Andrade. No Brasil, o maior poeta vivo, e sem dúvida um dos maiores no mundo de hoje, Carlos Drummond de Andrade, pode dizer-se que fez a corte à musa social apenas nos começos dos anos 40. O que importa é que o poeta tenha uma visão do mundo e que ele seja capaz de o apresentar como um artista. E ao fazê-lo não deve alimentar (para si e para outros) nenhuma confusão acerca do seu papel, tomando-se a si mesmo demasiado a sério. Poesia e literatura, em geral, são realmente coisas muito sérias. Mas os poetas são apenas seres humanos: uma coisa extremamente difícil de ser nos países em formação que nunca souberam o gosto do que liberdade nacional seja; países onde ter uma alma sensível é um luxo para os ricos e um peso para os pobres. Claro que não devemos medir a literatura e os seus escritores pelo número dos leitores que têm. Os best-sellers seriam então os melhores. Mas em países onde a cultura é um privilégio de poucos felizes, as coisas são muito diferentes do que acontece em países onde não muitos são os leitores de livros bons, apenas porque se supõe que a cultura não é rentável. Nisto a literatura no Brasil não é diferente das outras na América Latina. Mas há *uma* diferença: no Brasil o escritor não está a escrever para uma irmandade de nações falando a mesma língua; acontece que escreve numa língua que, se é falada por muitos milhões, não é todavia lida por grande número, mesmo se levarmos em conta que os escritores brasileiros são largamente lidos em Portugal e na África de língua portuguesa. Nem é também uma língua falada em tantos países que a diferença entre eles compense o número de leitores que cada um deles não tem. É importante salientar que o interesse na América Latina e o prestígio imenso da civilização espanhola deram-se as mãos no caso da América espanhola. Contra este pano de fundo era possível pensar no Brasil por muito tempo, apenas como um apêndice de um apêndice que Portugal era considerado da Espanha. Agora que o Brasil se tornou interessante, também, arriscamo-nos a esquecer que os brasileiros não têm a mesma espécie de auditório supra-nacional que os outros países latino-americanos oferecem aos seus escritores. O substituto para isto é possibilitado, no Brasil, pela diversidade do país e o pequeno conhecimento do Brasil que a maioria dos brasileiros possui, com o resultado que o Sul pode ler sobre o Norte como coisa exótica, o Norte acerca do Sul como coisa estranha, e o Rio de Janeiro e São Paulo acerca de ambos como se fossem coisas fictícias de países diferentes, embora correlatos.

A maioria dos outros países latino-americanos sofreram terrivelmente, muitos deles muito mais do que o Brasil sofreu. A tradição espanhola é sangrenta e sangue é infelizmente a mais tradicional das bebidas da literatura. Todavia, há que entender como a violência num país pode atear a literatura em outro. O Brasil viveu sempre ao lado de revoluções e esteve sempre à beira da revolução, uma revolução adiada (o que não significa que a história brasileira não tenha registos de matanças). E é por isso que, no tempo de crise iminente, o maior escritor de ficção no Brasil é hoje Guimarães Rosa, um escritor muito difícil que foi comparado a James Joyce, com quem pouco mais tem em comum senão o ser difícil. A maior das suas obras: *Grande Sertão: Veredas,* publicada em 1956, tem sido considerada o ponto de viragem da ficção brasileira. Uma obra grandiosa é, sem dúvida, mas não um ponto de viragem, já que o romance é, parece-me, um genial beco sem saída. A obra ergue-se como o fim de todos os processos que deram forma à literatura brasileira, com uma diferença, como sempre acontece com grandes obras. Temos nela o mito do «cangaceiro», o mito do «sertão», as ambiguidades da vida e do amor humano, o sentido de humor, o gosto do melodramático, a hábil mistura de realismo e fantasia, o pitoresco da língua falada das baixas e pobres classes, tudo isto transformado por uma poderosa técnica de ficção e um arrojado e inteiramente pessoal tratamento de estilo. O romance pode ser interpretado a muitos níveis, desde ser um *Fausto* até um «western». Como romance de cavalaria ou como um romance teológico. Como regional e como universal. O facto é que, pela primeira vez, desde Machado de Assis, estamos perante uma total concepção da vida como tragédia e como uma obra de arte que nos permite sorrir a todas as tragédias da vida. A luta é entre Deus e o Diabo e nós temos apenas a liberdade de lhes deixar a luta a eles. Mas se nós mesmos não lutamos e matamos e morremos, talvez não vivamos, e viver é servir alguém com amor, e ser traído pelas ilusões do próprio amor que recebemos. Tudo isto dito tão chãmente não faz justiça ao romance de Guimarães Rosa e às suas muitas histórias, mas pode ajudar-nos a entender como é impossível para a literatura brasileira posterior imitá-lo, tendo em mente, como sempre, a obsessão de ser brasileiro. Porque, com Guimarães Rosa, muitos dos mitos nacionais atingem o status de grande arte com toda a ironia que tal implica. Não podem continuar a ser mitos para fins normais. E isto aconteceu no momento em que a vida brasileira passava por uma tal crise que o impacto de demasiada realidade tinha feito explodir todos os mitos — até os mitos da realidade.

Sumarizemos e concluamos esta deambulação pela América Latina. Tantos países, duas grandes línguas, uma história trágica como a maior parte destes países sofreu, tudo isto é demais para um homem só, uma hora só e um só auditório. Mas algumas comparações têm de ser tentadas e o nosso tempo é de comparações. Comparar é o único meio de conhecer sem correr o risco de acreditar demasiado nos outros e em nós mesmos. O mundo está infestado por séculos de presunçosos. É mais do que tempo de entendermos que a vida é demasiado breve, e como Ciro tragicamente disse, «el mundo es ancho y ajeno». Façamos nós — e os latino-americanos sabem muito disso — o mais que pudermos para que o mundo possa continuar tão amplo quanto possível, mas tanto o nosso quanto possa ser.

313

INFLUÊNCIAS QUE MOLDARAM

A LITERATURA BRASILEIRA

Se vamos falar de influências que tenham ajudado a moldar a literatura brasileira, penso que devemos começar por perguntar a nós mesmos o que é a Literatura Brasileira. A pergunta não é tão óbvia nem tão sem sentido como pode parecer. De facto, os críticos brasileiros não concordam neste ponto e a sua discussão é imensamente esclarecedora para todos os interessados em entender o Brasil e a Cultura Brasileira. De certo modo o Brasil tem sido o que chamaremos um mito. Com este mito os brasileiros procuram afastar o complexo problema de serem o que são. Como? Substituindo a dificuldade de se aceitarem e de se conhecerem por diferentes suposições sobre o que gostariam de ser. Tudo acerca do Brasil é deste modo tremendamente distorcido pelos brasileiros que se esforçam por enfrentar um país tão grande, tão variado, tão pouco conhecido, e tão inseguro acerca da real natureza da sua civilização, que se podemos pensar de alguma cultura para cujo estudo temos de aplicar o critério da sociologia da cultura, por certo o que os brasileiros gostam de pensar acerca deles mesmos é o mais perfeito exemplo. Deixem-me dar-vos alguns esclarecimentos para sairmos do que vos possa parecer uma trapalhada, para começar.

O Brasil é um país de brancos que gosta de pensar que são pretos ou índios; mas, pensando-o, acusam os Portugueses de terem sido tão desbragados, tão sem freios morais ou raciais que criaram um país de «mestiços». O Brasil é um país americano e sempre achou ser, por destino, líder da América Latina; mas pouco ou nada tem em comum com os países de fala espanhola e herdou a desconfiança da Espanha que caracteriza a civilização portuguesa, por um lado, e por outro, olha mais para a Europa do que para os Estados Unidos para padrões de vida, ainda que os Brasileiros tenham a respeito deste país, variados sentimentos, que vão desde um totalmente irracional amor ou ódio, até uma não menos irracional inveja. O Brasil é um país muito rico e muito orgulhoso de o ser, mas a pobreza nele é ainda um dos mais terríveis problemas que o mundo tem de enfrentar. No Brasil existem todas as idades da História vivendo juntas: povos primitivos, senhores medievais, a burguesia ascendente, a aristocracia refinada, imensas cidades industriais, a instabilidade dos trabalhadores, e paisagens que são ainda do tempo da criação do mundo. O Brasil é um país independente desde há cerca de cento e cinquenta anos e Portugal não é mais o potentado que o regeu durante três séculos. Todavia os Brasileiros pensam que qualquer esforço para conservar algumas raízes na cultura portuguesa é uma conspiração para lhes roubar a independência. Orgulhosamente pensam que a cultura brasileira é totalmente diferente de todas as outras do mundo, e nem sequer gostam que lhes digam que falam português, que muitos deles falam melhor do que os próprios portugueses. Tendo tudo isto em mente podem entender porque é que, no Brasil, se discute tanto o que é a Literatura Brasileira e porque a discussão depende tanto do que um brasileiro quer que ela seja.

Para muitos, a literatura brasileira começou no século XVI com a relação da descoberta do Brasil e os escritos dos primeiros viajantes. Daí em diante, se se nasceu no Brasil ou se falou criticamente de qualquer problema levantado pela colonização ou até da vida na colónia, é para eles sinal evidente de literatura brasileira. Assim, não querem ver a diferença entre escrever acerca de um país, escrever em um país, criticando a maneira de viver, e uma literatura nacional. Porque evidentemente, uma coisa é literatura acerca do Brasil e outra a literatura brasileira. Muitos escritores no século XVII e XVIII são considerados brasileiros, outros são deixados a Portugal porque se esqueceram de ser suficientemente brasileiros de um modo que para eles não fazia qualquer sentido. O problema está em que os críticos brasileiros estão realmente obcecados pelos padrões europeus da história literária o que pressupõe que, desde que se tenha o lugar e o povo, se tem de entender tudo em termos de cultura nacional. Claro que os historiadores europeus gostam imenso de esquecer que os grandes países europeus não são tão velhos em História como se julga. E que pode haver uma literatura sem nunca ter havido um país, no moderno sentido da palavra: pensem na Itália, por exemplo.

Para outros críticos, não se pode falar de literatura Brasileira antes de os escritores, ou alguns deles, pensarem no Brasil como um país independente, mesmo quando as suas ideias políticas foram derrotadas a esse tempo. É este o caso dos chamados árcades do séc. XVIII. Estes homens viram-se envolvidos na Inconfidência Mineira, um movimento inspirado pela Revolução Americana. Em termos de cultura estes homens não estavam de modo algum interessados em serem brasileiros, mas em serem brasileiros cidadãos do mundo. Para eles, cultura num sentido nacional não tinha significado. Estavam integrados no pensar progressivo português do seu tempo, e por isso nas correntes racionalistas da civilização europeia. O Brasil, como tal, é coisa que não aparece na obra deles mais do que em todos os poetas do tempo, misturando descrições realistas com fantasias pastorais. Não estavam interessados no Brasil como uma exótica realidade, mas em mostrar que se podia ser brasileiro e civilizado em termos universais. A literária fascinação pelo Brasil como país exótico só surgiu com o Romantismo. E com ela todos os mitos do Romantismo europeu. Os românticos europeus estavam interessados na Idade Média, que era para eles a maneira de ser mais germânico do que Romano. E o séc. XVIII estava interessado em provar que o homem natural, mais próximo das florestas e das águas e da vida simples primitiva, era muito melhor do que a civilização fizera dele. Claro que isto era ir longe demais. Se o homem natural fosse tão bom, e a civilização tivesse trazido consigo tantos males, a consequência seria não ser necessário ensino cristão para compreender o bem e o mal. Para o Brasil a necessidade de um passado nacional que o europeu satisfazia com uma fascinante Idade Média, e a teoria do «bon sauvage» tinham que ser identificadas. De outra maneira o país não teria raízes, raízes originais, como tinham os países velhos. E como o Brasil, ao tornar-se independente, não fora uma república criada por uma assembleia empossada para redigir, não só uma constituição, como também um estatuto dos direitos, os brasileiros tinham de compensar, em europeus e míticos termos, aquela verdadeira cidadania que não tinham conseguido criar para eles mesmos. Eles eram os súbditos de um Imperador que era o herdeiro do trono português, e o liberalismo do Império não era uma conquista do povo mas uma arma política para os conservar dominados e contentes. Era então o tempo do indianismo. Com ele os brasileiros, seguindo o caminho das tendências anti-cristãs e maçónicas do tempo, encontraram antepassados nacionais que eram bons e simples, antes de terem sido feitos escravos pelos portugueses, e esses antepassados tinham todos os sentimentos nobres dos Cavaleiros da Távola Redonda, sendo ao mesmo tempo gente exótica. Todos os românticos eram membros das classes dominantes, às vezes muito ricos (ou eram os pais deles), educados em «casas grandes» e na Europa. Muitos deles é de supor que jamais viram um índio de verdade na vida deles, já que os índios, então como ainda agora, eram perseguidos sem tréguas e espoliados das suas terras. Mas para os descendentes

317

dos colonizadores, era muito importante pensarem-se índios perseguidos: por este processo podiam esquecer-se de como sempre tinham tratado os índios e podiam pensar-se como cavalheirescos índios, e não portugueses perseguindo-os. Esta ideia perdura ainda em livros brasileiros. Falam de «colonos» no séc. XVII como se não fossem brasileiros-natos, mas imigrantes portugueses, e dos jesuítas, que tentaram impedir as perseguições dos índios, não só como servidores da ordem, mas também da coroa portuguesa, que muitas vezes foi batida pelos «colonos» nesse aspecto. Os Jesuítas aparecem como se fossem a providência (quando os brasileiros se opuseram a eles todo o tempo, tanto quanto lhes foi possível, até atacando-lhes as aldeias para escravizar os índios). Os românticos deveram muito ao romantismo português e deles receberam o primeiro reconhecimento que lhes era negado no Brasil pelos defensores da tradição clássica (que temiam a inclinação reaccionária do Romantismo). Naquele momento, quando o Romantismo se desvanecia dando lugar ao realismo, que, não devemos esquecer, o movimento sempre proclamou ter trazido ao de cima contra o convencionalismo do pastoralismo da tradição do séc. XVIII, o Brasil produziu um dos seus maiores escritores cuja personalidade tem sido até hoje contraditoriamente discutida: Machado de Assis. Machado de Assis criou-se como homem de cultura, de refinada sensibilidade, muito irónico acerca da sociedade brasileira e da vida de um modo geral, e com um agudo sentido de tragédia. Ele foi, em diversas maneiras, não um romântico que perdeu a fé no romantismo, mas o herdeiro do sentimentalismo irónico do séc. XVIII. Não foi ainda estudado quanto ele deverá a um dos fundadores do Romantismo português: Almeida Garrett. Mas desenvolveu um estilo próprio, um dos mais raros na linguagem, entroncando no espírito sardónico de Sterne e mesmo tomando dele o gosto de jogar com a própria estrutura das obras que está a escrever. Foi oponente do movimento naturalista que, nos anos 70, se tornava moda na Europa ocidental e no Brasil, e foi, no Brasil, o resultado da influência portuguesa, através de Eça de Queiroz e da influência francesa de Zola. Machado de Assis não estava a tentar salvar a romântica idealização da vida, que tanto criticava. Era todavia demasiado pessimista para ter qualquer simpatia pelas tonalidades socialistas do naturalismo, e no seu esquema mental não havia lugar para as ideias de progresso que eram, ao tempo, artigo de fé. Ultrapassou com os seus melhores romances o Naturalismo e morreu no momento em que o regionalismo do exótico e do pitoresco, o impressionismo subjectivo, os movimentos parnasianos e simbolistas substituíam, não só o naturalismo, mas a poesia política que teve, inspirada de França (tal como outros movimentos o eram), um largo papel na agitação social que levou à abolição da escravatura. Este acontecimento foi o último acto do império. A revolução republicana seguiu-se--lhe quase logo, e o Brasil entrou numa época de agitação política que foi também uma ansiosa busca para a definição da cultura brasileira. Os ensaístas continuaram a perguntar-se o que era o Brasil e o que o Brasil deveria ser. Naquele tempo, alguns deles, seguindo as ideias prevalecentes do Império, falavam do Brasil como um país de gente branca e até sugeriram uma colonização massiva de espécie germânica para dar ao sangue brasileiro a natural superioridade racial que, na opinião deles, lhe faltava. Outros insistiam em descobrir a importância do sangue negro no *melting pot;* mas eram bem cuidadosos no traçar da linha entre as diversas hipotéticas raças que tinham sido importadas de África aos milhões: para eles era ponto assente que os negros tinham sido por felizes circunstâncias escolhidos de entre as melhores raças africanas. Como os portugueses não eram germânicos (embora a Península Ibérica tivesse sido várias vezes povoada por eles) e os índios também não eram, afinal de contas, civilizações tão ilustres como as dos Astecas ou os Incas do Peru, pelo menos os negros tinham de ser das melhores criações africanas. Se insisto em tudo isto é porque há que ver, tão claramente quanto possível, como a cultura brasileira sempre foi auto-consciente acerca das origens raciais, muito mais do que muitas vezes nos é dito. Ao mesmo tempo, os parnasianos continuaram a pensar a vida em termos de um repousado caso amoroso, e para eles a muito literária Grécia, assim como a do tempo de Péricles nos livros de texto, era a mais brasileira das paisagens.

No virar do século passado, por toda a parte os padrões da cultura ocidental estavam a ser postos em questão. E a agitação atingiu a classe não trabalhadora do Brasil visto que ela estava bem informada sobre o que se passava, especialmente através da França que visitava com frequência. O Brasil era à superfície ainda o mesmo; um misto de vida de cidade de província, de tudo quanto o dinheiro possa comprar e de velhas casas onde as crianças eram educadas patriarcalmente. Disto não participavam muitos milhões de brasileiros, mas como a vida era barata e fácil o país disfrutava as suas riquezas agrícolas pensando que o mundo jamais mudaria; por essa altura a cultura brasileira deu-se conta da agitação mas tomou-a como um luxo extra. O país tinha sido aberto a milhões de imigrantes. Os portugueses continuaram a constante corrente que tinha crescido depois que o Brasil fora perdido como colónia. Mas os italianos, os alemães, os sírios, os japoneses, chegaram em vagas, especialmente a São Paulo, para trabalhar primeiro nos campos e depois criando os pequenos comércios que faltavam num país que tudo importava e se tornava uma civilização urbana. A Primeira Guerra Mundial e a consequente crise económica mostraram que a chamada República Velha, que era um substituto para os terratenentes dominarem o país da mesma maneira que tinham dominado durante o Império, não era de modo algum o sistema adequado para um país que já não era o vasto aglomerado de zonas não inter-conectadas, governado por uma combinação de políticos de São Paulo e Minas Gerais, que se alternavam. Ao mesmo tempo a vida desocupada, em termos de uma combinação de costumes cosmopolitas e fins muito antigos e aristocráticos, nada significava para as classes médias de origem estrangeira que se iam tornando a maior parte da população. Os imigrantes não eram educados e ninguém se preocupava em torná-los brasileiros. Estes tinham absorvido ansiosamente muitas maneiras de se mostrarem bons cidadãos, e tinham criado os seus próprios mitos pelos quais a cultura brasileira tentava criar-se como uma filosofia de classes prósperas. Mas para eles o Brasil era uma espécie de propriedade da classe dirigente ou, tão europeiamente, o que essa classe dirigente intensamente desdenhava, como apropriado aos descendentes dos escravos e dos índios empobrecidos. O Modernismo que no Brasil não tem o mesmo significado que tem para os outros países latino-americanos onde o «modernismo» era a simbólica e cosmopolita reacção contra o Romantismo, tentou responder à agitação cultural, propondo um «modo brasileiro» de enfrentar a vida através da literatura e da arte. O Modernismo brasileiro era muito contraditório, mas sem dúvida deu à literatura brasileira a tão esperada Idade de Ouro. Os primeiros modernistas eram, muitos deles, homens que tinham começado como parnasianos ou simbolistas, e extremamente bem informados acerca do que desde os anos 10 estava a ser experimentado na literatura europeia. Foi em termos de futurismo-cubismo que eles tentaram dar expressão a uma nova visão do país. Esta visão rejeitou o cosmopolitismo em favor da comum experiência da vida brasileira, e infundiu à nova Literatura Brasileira um novo interesse pelo realismo subjectivo, ao mesmo tempo mantendo que o Brasil tinha que voltar às suas origens para conseguir criar uma linguagem nova, tão diferente quanto possível da língua portuguesa que os gramáticos, em Portugal e no Brasil, obcecados com normas, queriam ensinar a toda a gente como uma rígida língua morta que ninguém falava, salvo nos grandes momentos de oratória (como toda a gente faz até agora). A posição mais extrema era então a do movimento «antropófago» pregado por Oswald de Andrade. Para ele e o seu grupo a América tinha que voltar não só a antes da descoberta e da colonização do Brasil, mas a alguns anos atrás, aos anos felizes que tinham precedido a chegada de Colombo ao Novo Mundo. Eu não sei o que Oswald de Andrade teria pensado se soubesse dos Vikings — talvez tivesse pedido ainda mais séculos. É fácil compreender o que tudo isto representava. No momento em que o Brasil já não era o tradicional que recebera do domínio português o mesmo poder para conservar o povo brasileiro num status colonial, a classe dirigente tentou mascarar, com primitivismo, a procura das origens que colocavam as origens culturais fora do alcance de todos os imigrantes que nada tinham tido que ver com qualquer passado índio ou negro. É muito curioso saber que toda esta trapalhada acerca da cultura pré-colombiana punha em relevo os elementos negros na cultura popular, como se os negros não tivessem sido trazidos para a América nos tempos históricos. O caso era que, em termos modernísticos, que ao tempo começavam a dar status à Arte Negra, as culturas negras acrescentavam um bem-vindo primitivismo às ideias que não estavam seguras acerca do novo indianismo. E, acima de tudo, simbolizavam uma raça escravizada que a classe dirigente gostaria de esquecer que não tinha libertado quando a si mesmos se deram a independência. Há que dizer que alguns grupos reagiram contra estas ideias de diferentes maneiras. Os espiritualistas, que eram na sua maior parte católicos ligados ao renovo do catolicismo intelectual na França, acharam que não era através de elementos externos da cultura brasileira, nem mantendo crenças ou maneiras de viver inferiores, que se dava expressão à mentalidade brasileira. Esta expressão viria da consciência dos homens e das mulheres que buscassem os seus sentimentos e os seus pensamentos nas suas almas e não do exótico, o primitivo, ou a vulgaridade do dia a dia. E os homens do Nordeste, que não viviam em grandes cidades e não estavam familiarizados com o internacionalismo da cultura modernística, atacaram o extremismo dos modernistas do Rio e São Paulo, apelando para uma nova visão ao tratar com a vida brasileira. Para eles essa vida era o declínio da civilização do açúcar e do cacau, exactamente quando o café em São Paulo entrava na crise que dura até hoje. O Brasil tinha já então recebido entusiasticamente a queda da Velha República. A revolução tinha sido largamente espalhada e por anos e anos toda a gente tinha pedido alguma revolução, qualquer uma, apenas para mudar coisas que já realmente tinham mudado. Claro que a revolução não foi a que toda a gente esperava. Mas ofereceu à ascendente classe média uma ilusão de poder que agradava, em termos de fascismo, aos portugueses, aos italianos, aos alemães, que se sentiam atraídos pelos governos fascistas na pátria (e eram muito bem manipulados pela propaganda dos ditadores europeus que iam sempre dizendo que finalmente as suas pátrias se tornavam respeitadas grandes

E.L.B. - 21

potências), e em termos nacionalistas para a população da velha cepa brasileira. Os trabalhadores receberam do ditador Vargas os seus primeiros direitos políticos, não porque Vargas fosse um liberal ou um socialista, mas porque era suficientemente inteligente para apelar para as massas contra os velhos dirigentes. O romance nordestino no Brasil, que se desenvolveu nos anos 30, era bastante orientado no sentido social. Para isso convergiram algumas estranhas influências e até algumas delas contraditórias. Os comunistas eram ao tempo um poderoso partido no Brasil e a sua pregação de um realismo socialista (o que era e ainda é uma mistura da realista tradição do Romantismo e do Naturalismo, com experiências de prosa poética com a finalidade de imitarem o estilo repetitivo dos contadores de histórias populares) teve uma enorme importância na formação do romance brasileiro. A isto podemos acrescentar as traduções dos escritores americanos da Depressão e do New Deal: ao tempo, John Steinbeck ou John dos Passos eram considerados tão grandes escritores como Tolstoi ou Balzac. Às vésperas da Segunda Guerra Mundial o movimento Modernista tinha-se exaurido, e o romance de orientação social sofrera o mesmo destino. E tão verdade isto é que muitos dos romancistas ainda vivem mas não escreveram mais depois disso. Quando agora temos os livros novos de Jorge Amado não temos o mesmo romancista mas a obra de um escritor que tentou com sucesso reaparecer como o conformista que nunca foi, escrevendo com humor sobre o mesmo povo que tratara com fúria e piedade. Os tempos mudaram antes e durante a guerra. Vargas alterara a sua política e alinhou com os aliados contra o Nazi-Fascismo. O partido comunista não sobrevivera em boa forma ao esmagamento de Vargas após uma frustrada tentativa de tomar o poder. O mesmo acontecera ao «integralismo» que recebera as primeiras ideias do movimento com o mesmo nome em Portugal e que tinha absorvido as tendências fascistas dos anos 20. E como o Brasil estava na guerra ao lado dos Estados Unidos e da Rússia, os comunistas estavam muito quietos e os fascistas tentavam parecer tão democratas quanto possível. Por este tempo, a segunda onda dos modernistas, aqueles que em vários estados do Brasil tinham empunhado a bandeira do Modernismo, mas em termos pessoais muito diferentes dos anteriores tão polémicos, tornaram-se, de par com os primeiros e arrependidos modernistas, os grandes escritores. É muito difícil falar de influências neles. Os seus interesses culturais eram então muito amplos, e podemos caracterizá-los dizendo que eles capitalizavam nas experiências do Modernista Mundial e também na linguagem literária mais flexível e coloquial que o Modernismo brasileiro tinha formado. Os escritores mais novos — poetas e romancistas — que os continuaram depois dos anos 40 estão em perigo de se tornarem provincianos em termos culturais. Podem encaminhar-se para o que já constitui uma tradição, e podem julgar-se a exprimir o Brasil moderno quando estarão apenas, habilidosamente, a imitar o que os seus predecessores fizeram. Há grandes excepções, como o caso de Guimarães Rosa que, do regionalismo, do romance nordestino, do mito do *cangaceiro* e do *sertão* desenvolveu um estilo extremamente pessoal de tratar com profundeza os grandes problemas da vida humana.

Poderemos dizer, e sem qualquer dúvida, que a Literatura Brasileira, como tal, chegou à idade adulta? E que não se pode já falar de influências que ajudaram à sua formação? De certo modo direi sim. Por outro lado, gostaria de ser capaz de dizer não. Nada é mais perigoso para uma cultura no mundo moderno do que pensá-la como completa e fechada sobre si mesma. Especialmente se o país ainda não encontrou o caminho para a sua real grandeza, e não resolveu os graves problemas regionais que continuam a ameaçar e a perturbar qualquer ideia de uma cultura nacional como tal. E este é muito especialmente o caso do Brasil actualmente. Mas se nós pensamos de uma cultura e de uma literatura como aquilo sobre o que os escritores jovens podem com confiança ponderar o sentido do que eles sentem, sem dúvida que a Literatura Brasileira tem por si mesma uma realidade que se não encontra, equivalente, em nenhuma outra da América Latina. Às vezes uma realidade demasiado forte para a liberdade que qualquer pensador necessita para pôr em questão a autenticidade de dada cultura num dado tempo. Os brasileiros são atreitos a excessiva vaidade nacional, e nada mais prejudica o contínuo desenvolvimento de uma literatura como um cego e agudo entusiasmo pelas realizações do passado. O esforço de criar uma literatura nacional foi sem dúvida coroado no Brasil com muitos triunfos. O perigo é confundir estes triunfos pelo que eles não foram e realizações literárias não são nunca: um modo de viver num mundo literário mais e mais sem relação com os grandes problemas de um grande país.

O Brasil é um país muito estranho, todos vós em qualquer altura deveis ter sentido issso. Tão estranho que o estranho não surge nunca do que pensais ou os brasileiros possam pensar mais estranho. A literatura brasileira é — muito mais do que para outros países — a História dos brasileiros ajustando contas com eles mesmos. Num país tão vasto, com tão diferentes estágios de desenvolvimento, com tantos grupos nacionais descobrindo sozinhos o Brasil que outros assumem ser o seu, com tão terríveis problemas dividindo inteiras porções da população, com tão obstinadas ideias acerca do que o país tem de ser, podem ter a certeza de que a grande descoberta de um profundo Brasil

323

não foi nunca um processo fácil. A História da Literatura Brasileira pode ser escrita como a história da vida de muitos infelizes e amargos homens. Todavia, e este não é um dos menores mistérios do Brasil, a vida para os brasileiros é uma coisa que temos de sofrer com um sorriso e tirando dela o máximo proveito. Os brasileiros amam a vida e sempre a amaram. Mas a sua literatura é terrivelmente obcecada com a morte. A presença da morte não é tão esmagante na tradição portuguesa que primeiro a ajudou a formar-se. Que pode isto significar? A miséria de um país atrasado (que o não era no passado tão atrasado quanto o é agora)? O pecado original da vida, cuja consciência a educação jesuíta terá imposto na tradição literária? Não creio. De diversas maneiras o Brasil recebeu de Portugal um sentido cristão da vida muito profundo em que a caridade de Deus é ainda mais importante do que a fé Nele. Deus, dizem eles, é brasileiro — o que significa que Deus é muito humano e entende muito bem todas as fraquezas humanas. A morte, penso eu, é muito simbólica na literatura brasileira. Pode isto sugerir que uma última influência não terá ainda actuado nos brasileiros. Muitos dos velhos Brasis ainda não morreram na alma brasileira, para dar lugar ao Brasil que se faz todos os dias com fé, esperança e caridade, em partes iguais. Falo de países imaginários que impedem aos olhos da inteligência que vejam a verdadeira natureza de qualquer nova natureza surgindo do milagre extraordinário que é a unidade nacional de um país tão cheio de dúvidas acerca de si mesmo e, apesar disso, tão confiante no seu grande destino.

MACHADO DE ASSIS E O SEU QUINTETO CARIOCA

Este estudo não pretende ser uma proposta de revisão e de correcção de alguns pontos de vista demasiado aceites sobre Machado de Assis, mas uma tentativa de apresentar os cinco grandes romances da sua última fase *como um todo,* e, mesmo mais, *como uma unidade estética,* em termos de moderna técnica de ficção novelística. Nesse «Quinteto», *Dom Casmurro,* publicado há setenta anos, e considerado o mais belo romance de Machado (e por certo uma das obras-primas com que o século XIX encerrou cronologicamente uma universal e gloriosa criação do romance como o género por excelência), ocupa e define o eixo central do conjunto.

É apanágio das culturas que se sentem ou supõem marginais em relação às «grandes» (ou sejam, no Ocidente, aquelas que primeiro se impuseram politicamente à Europa e ao mundo da nossa história moderna) a circunstância de produzirem escritores peculiarmente grandes, mesmo maiores do que a comum medida de grandeza das «grandes» (excluídos os Dantes e os Shakespeares que não servem de medida para coisa nenhuma, nem mesmo nas literaturas a que pertencem), mas que sofrem, na sua grandeza, de uma tripla condição infeliz. Internacionalmente, o prestígio das grandes culturas e a incapacidade delas para verem ou aceitarem algo fora de si mesmas impede que lhes seja reconhecida mais que a categoria de curiosos pequenos génios exóticos, por definição menores que os das reconhecidas culturas. Que haja, no seio das grandes culturas, personalidades que os proclamem, dado que têm amor por essa pequena cultura a que tais escritores grandes pertençam, em nada altera a condição descrita, pois que essas personalidades não terão quase nunca, dentro das grandes culturas em que surjam, qualquer prestígio para fora de um campo que o não tem — ainda que

325

isto possa ser injusto para esses estudiosos e para o que estudam. É esta, na verdade, ainda hoje a situação das literaturas de língua portuguesa no mundo, apesar de a língua portuguesa estar em vésperas de ser uma das numericamente mais importantes, e de a literatura brasileira corresponder sem dúvida, como uma literatura, ao conjunto das diversas literaturas americanas de língua espanhola, cujo estudo é individualmente, nos Estados Unidos da América, posto como que em pé de igualdade com ela, assim como se se pudesse razoavelmente falar de literatura guatemalteca ou uruguaia, sem ser ao nível de, brasileiramente, se falar de literatura do Nordeste, ou literatura de Minas Gerais (ainda que o Brasil tenha sempre possuído um centro de gravidade no Rio de Janeiro, que faltou e falta analogamente àquelas literaturas hispânicas nacionais). Assim, em termos de Latino-América, um Machado de Assis pode erradamente ser considerado no plano de qualquer grande escritor aparecido em Hispano-América, em termos nacionais — o que é um grosseiro erro de perspectiva do mito americano do que seja especialização literária.

Reciprocamente, no plano nacional interno, o grande escritor excepcional é vítima também de erros de perspectiva. Muito raramente, e sempre com secreta humildade (e esta quantas vezes se disfarça de uma intensa arrogância nacionalista e até patrioteira!), é ele posto em pé de igualdade com os grandes nomes de outras culturas, aos quais, por tácita definição, se reconhece uma grandeza que, no fundo, ao nacional se nega. E o facto de, como hoje sucede no Brasil, existir na crítica e na atenção literárias uma obsessiva preocupação com a literatura brasileira enquanto tal, longe de ser apenas um sintoma (que é) de confiança nela, constitui como que um modo de, pela supressão das outras literaturas, tentar suprimir a realidade de um complexo absurdo mas que, lamentavelmente, assim existe e mesmo se perpetua. Nestas condições, um Machado de Assis é considerado o maior escritor brasileiro (e só um Guimarães Rosa poderá rivalizar com ele, em originalidade e em profundidade universais), como se, para tal, necessário fosse não o ver num contexto internacional e comparativista. Quando, na crítica, esse contexto aflora, é realmente para apontar-se (às vezes com superficialidade escolarmente inaceitável) o que ele *deve* às grandes culturas suas contemporâneas, como se algum grande escritor, mesmo os maiores génios da humanidade, não fosse passivo de tais observações e achados, ou como se isso significasse, seguramente, um sinal de particular grandeza. Esquece-se, quer no afã nacionalista, quer no afã de lavar complexos despropositados, que todo o grande escritor está simultaneamente dentro e acima da literatura a que pertence — e não só porque a crítica nacional ou internacional venha a reconhecer-lhe essa categoria: mas porque

326

ele a reconheceu em si mesmo e culturalmente assim se formou, para melhor criar à sua própria medida, antes e independentemente do reconhecimento de que tenha sido objecto.

E isto nos coloca no centro da questão da peculiar grandeza do grande escritor de «pequenas» culturas. Ciente ele mesmo de que o seu meio o condiciona terrivelmente (o que evidentemente é mais sensível lá onde não existam as condições de uma intensa vida intelectual e literária, em simultâneas qualidade, quantidade e confiante prestígio, mas não menos se dá em qualquer outro meio), ele tenderá a exigir de si próprio o que o próprio meio não exigiria em tal escala, e terá ou buscará ter uma cultura e uma lucidez crítica que, equivalentemente, não existe nos seus pares das grandes culturas. Estes, na maioria das vezes, não necessitam mais que deixar-se flutuar na deriva do seu ambiente cultural. Por outro lado, essa exigência far-se-á sentir por forma muito específica onde o escritor se veja aparecido numa cultura «nova», em busca da sua «expressão». Todavia, tal forma específica assume aspectos contraditórios, ou assumiu-os, no caso das nações nascidas sob o signo das revoluções liberais românticas (ou que as ideologias românticas imediatamente adaptariam aos seus fins oligárquicos de aristocratização das burguesias), como foi o caso do Brasil, e não foi o dos Estados Unidos (nascidos do «governo civil» de Locke e do «contrato social» de Rousseau). Todas as fases de revolucionarismo ideológico estético, mesmo nas grandes culturas (onde aliás tiveram a origem), sempre se proclamaram «novas» culturas, por oposição aos hábitos estéticos precedentes — e poucas revoluções estéticas se pretenderam tão radicalmente «novas» como o Romantismo se imaginou (não quer isto dizer que o tenha sido e em toda a gente). Para tal, havia que recorrer a tudo o que fosse anterior, e garantia fosse de raízes não manchadas pela sociedade aristocrática, centralista, absolutista, etc., a que mesmo o mais reaccionário dos Romantismos não deixava de querer disputar a primazia social. Para nações que se libertavam de um passado colonial (ao preço de as suas oligarquias se organizarem na dependência das grandes potências), a adaptação da ideologia romântica forçava a especiais contradições culturais. Com efeito, antes das grandes vagas migratórias que as oligarquias atraíram por necessidade de mão de obra, o passado longínquo estava necessariamente na antiga mãe-pátria; e, no início da independência, coincidentes com os pressupostos românticos, isto era ao mesmo tempo uma imposição e uma impossibilidade. A cultura tinha de procurar-se a si mesma na ambiência local. E esta tinha, na verdade, de ser descoberta, porque as tradições literárias europeias não lhe davam qualquer prioridade particular. O Romantismo, porém, oferecia soluções perigosamente prontas, com o seu culto do pitoresco, do exótico, do ancestral mítico. E, assim, para ser-se *nacional* e fundar uma literatura «nacional», o que convinha era uma pessoa extasiar-se ante a beleza específica da paisagem nacional (incluindo as espécies botânicas), como se todas as paisagens nacionais não fossem igualmente belas para os «ufanismos» de qualquer parte; procurar descrever aqueles costumes que fossem exclusivamente e caracteristicamente nacionais (como se os costumes não fossem, em toda a parte, variações de padrões humanos universais); e descobrir, nos escritores «nacionais», uma vontade de nacionalismo, ainda que historicamente improvável ou esteticamente indesejável (o que deu a suprema contradição, no Brasil, de os românticos admirarem os árcades que, como românticos, deveriam ter detestado). Que a realidade da vida quotidiana pudesse ser uma fonte mais autêntica e mais profunda para a investigação das peculiaridades «nacionais» (ou seja, para a condição brasileira, num dado contexto psico-social, historicamente definido, e não idealizadamente imaginado num passado mítico ou num presente emasculado de dramas transcendentes), eis o que suspeitosamente seria considerado, e tem-no sido: Machado longamente pagou criticamente o preço de ter buscado ser «brasileiro» *por dentro,* quando não mais se lhe pedia senão que o fosse por fora. O preço de que ele teve plenamente consciência, quando escreveu o seu célebre ensaio (e tão contraditoriamente entendido segundo as conveniências polémicas imediatas, por muito virtuosas que tenham sido) sobre «instinto de nacionalidade», ao tempo em que, timidamente, aparecia como romancista, adentro dos esquemas do *realismo romântico.*

Uma das infelicidades de ser-se um grande escritor de uma literatura que se tem por secundária está em que os críticos tendem sempre a aceitar, para ela, os esquemas periodológicos das «grandes», sem se informarem devidamente sobre o que tais esquemas possam realmente significar, e muitas vezes com um só elementar conhecimento indirecto, colhido ao nível do manual. Ou, pior, sem se interrogarem o que os *ismos* que os fascinam e esmagam realmente foram e quando. Tem-se dito que Machado de Assis é um *realista,* sobretudo porque, periodologicamente, os seus romances coincidem com o que se convencionou, sem crítica, chamar o *período realista.* Acontece, porém, que ele é, por certo, um realista, mas não por esta razão. Os «realistas» foram, na verdade, os *naturalistas,* quando se opuseram ao realismo romântico que eles consideravam deformar idealizadamente a realidade social e trair uma concepção científica e polémica do realismo como arte. Que eles se tenham chamado a si mesmos de «realistas», para roubarem a realidade aos realistas românticos, eis o que foi problema polémico deles — infelizmente perene na confusão mental das histórias literárias. Os realistas românticos foram complexamente o que podemos simplificar em duas tendências principais: uma, inerente ao próprio Romantismo, o que demasiado se esquece (o Romantismo queria-se «natural», por oposição ao convencionalismo literário setecentista), e outra de reacção à fantasia e ao historicismo românticos (contra-corrente que o Romantismo internacional teve desde os seus inícios, e que, nos meados do século XIX, assumiu a supremacia, participando da liquidação dos sonhos românticos libertários, inimigos da estabilização burguesa que se desenhava: época vitoriana, Segundo Império francês, Germania «biedermeier», Portugal constitucionalista, governo pessoal do Imperador D. Pedro II). Dentro do «realismo romântico» (que teve as suas horas de intervencionismo político de base humanitarista) foi que se desenvolveu o *realismo estético* de Flaubert, em quem os naturalistas se não esqueceram de vêr um precursor. E ele era-o numa crítica social de raiz estética, que usava do romance como *forma* oponível ao informe e ao medíocre do mundo burguês. Mas não o era, por as suas convicções de artista e o seu pessimismo moral, lhe vedarem uma confiança na ciência ou nas analogias da ciência e da arte (que já Balzac sentira), de que os naturalistas vieram a fazer as bases extra-estéticas do seu credo artístico. Partilhava, porém, com os seus sucessores naturalistas, como com os seus contemporâneos do realismo romântico, a ideia de uma missão ética da arte, porém acima do conformismo com quaisquer padrões de moral normativa ou com mistificações de idealização social. A reacção do realismo estético contra as idealizações do realismo romântico (em que ambientes, cenários, tipos populares, caracterizações irónicas das personagens eram realistas, mas o comportamento destas ou a trama romanesca o não eram, mas adequadas ao conformismo da burguesia triunfante pela já associação com as aristocracias tradicionais) veio a confundir-se com a reacção contra os «excessos» e as simplificações do naturalismo violento. E é por isso mesmo que, nas literaturas ocidentais, nós vemos o psicologismo, o esteticismo, e até um retorno à fantasia dos românticos, aparecerem lado a lado com o naturalismo e logo se oporem a ele. Não é por acaso que a última fase de Machado de Assis é contemporânea de Henry James, Paul Bourget, Villiers de l'Isle Adam, Barbey d'Aurevilly, Huysmans, Checov. Neste contexto, Machado de Assis, tendo iniciado uma carreira de realista romântico, segundo os padrões convencionais (recorde-se que um Brunetière punha Octave Feuillet ao lado de Flaubert, como toda a crítica do tempo pôs a *Fanny* de Ernest Feydeau a par da *Madame Bovary*), dá início à sua última fase, não como um realista romântico que se «psicologiza», mas como um autor inteiramente afinado pelo seu tempo internacional, que se liberta. Não é também por acaso, ou por gosto da ironia, que a libertação se processa com uma obra realista, despojada de idealizações, estruturada sob o signo da fantasia, mas supostamente escrita por um *defunto*. Brás Cubas é o símbolo de uma libertação que se vinha processando gradualmente em alguns contos (está ainda por fazer um estudo sistemático deles, que muitos garantiriam, só por si, um lugar na literatura universal a Machado), e mesmo nas entrelinhas dos romances que ele ia regularmente oferecendo ao seu público, e a cuja regularidade a aparição de *Memórias Póstumas* não escapou. Que esta regularidade tenha desaparecido depois, nos mais quase trinta anos em que escreveu os restantes romances, pode ter várias explicações, mas por certo que uma delas é a que aquele símbolo aponta: o autor saíra do mundo de produzir romances para o seu público (que era o de todos os outros escritores do Brasil do tempo), e ingressara no mundo de escrevê-los à escala da sua liberdade de «ressuscitado» pela arte do romance, no mais alto e original nível do seu tempo universal. Que ele tinha plena consciência disto (ainda que não do que iria suceder-lhe com a estrutura dos que viriam depois) é claramente expresso nas linhas «ao leitor» assinadas por Brás Cubas, em que é dito ficar, pela sua estrutura, o livro privado da simpatia dos «graves» e dos «frívolos» por opostas razões, e no «prólogo» aposto por Machado, quando a série já estava em marcha, e em que ironicamente menciona a pergunta de Capistrano de Abreu: «as *Memórias póstumas de Brás Cubas* são um romance?». Realista, como vemos, ele foi-o, mas não por coincidência de nomenclatura fora de propósito, mas sim como realista estético-psicologístico que criava a sua própria forma romanesca, fora das estruturas convencionais do realismo romântico e do naturalismo que as prolongou.

O próprio psicologismo tão decantado requer, para uma compreensão estético-estrutural da série final, algumas precisões. Porque, na verdade, não é nunca, em nenhum dos cinco romances, um analitismo descritivo de intenções, volições, motivações, etc., feito por um autor omnisciente, como o é na maioria dos contemporâneos universais de Machado, de tendência psicologística. Muito pelo contrário, é quase sempre e magistralmente uma proposta continuamente renovada de entendimento psicológico, uma hipótese constantemente desmentida pelos factos do comportamento das personagens, e constantemente reajustada, sem que nunca se chegue a mais que um retrato angustiosamente *ambíguo*. De livro para livro, a série é a demonstração estética, *de todos os pontos de vista possíveis,* da impossibilidade humana de conhecer-se alguém a si mesmo ou aos outros, e uma análise implacável, e *metodicamente sistemática,* da capacidade humana para substituir a mistificação à realidade. Assim sendo, e sendo a opinião de Machado de Assis essa (que igualmente aterraria os «graves» e conspícuos, e os «frívolos» não mais superficiais do que aqueles), a única forma de superar o impasse que a sua inteligência e a literatura do seu tempo lhe revelavam era exactamente o que ele fez: criar obras de arte inter-relacionadas (o que é também o desmentido ao preconceito realista de que cada romance possa ser uma obra em si mesma, ainda que seja, *per se,* uma obra de arte acabada) que mostrassem, como um jogo de espelhos, a ambiguidade fundamental da consciência humana, *sem* lhe darem a ilusão de que os espelhos se substituiam favoravelmente e comodamente à vida (o que foi a ilusão do esteticismo): à ambiguidade da vida e da consciência não se sobrepunha a solução da arte, mas precisamente o contrário — a arte simbolizaria e representaria uma dupla ambiguidade que é a da vida e a da existência dela mesma como arte. Entre 1880, quando *Brás Cubas* apareceu na *Revista Brasileira,* e 1907, quando perto da morte ele datou o *Memorial de Aires,* poucos romancistas foram tão modernos e tão nossos contemporâneos como esse homem que, cautelosamente, se impôs primeiro ao respeito público do seu país, para depois fazer o que muito bem lhe apetecia na obra que é, escrita em sequência de um livro escrito por um «defunto», o seu testamento espiritual.

Como foi isto feito? Comecemos por observar uma característica imediatamente aparente da técnica romanesca: a perfeita e simétrica alternância da forma da narração:

Brás Cubas	narrado na	1.ª	pessoa
Quincas Borba	»	» 3.ª	»
Dom Casmurro	»	» 1.ª	»
Esaú e Jacob	»	» 3.ª	»
M. de Aires	»	» 1.ª	»

É evidente uma simetria concreta de que *Dom Casmurro* é o eixo central. Mas consideremos agora *quem* narra, e detenhamo-nos na narrativa pessoal que três vezes é explorada. Brás Cubas narra a sua vida do ponto de vista do «defunto», ou seja do homem que tem uma perspectiva total, completa, e omnisciente, mas também, pela sua qualidade de morte, teoreticamente desapegada da vida: a sátira profunda do impossível fundamental — a objectividade só é possível (e mesmo assim... muitas páginas do livro são uma irónica denúncia que até na morte isso seria impossível) nas «memórias póstumas» que só podem ser uma ficção estética. Em *Dom Casmurro,* é Bentinho, o protagonista, quem nos narra memorialisticamente a sua vida. Mas Bentinho é parte altamente interessada na própria história que

331

ele nos narra em conformidade com a sua personalidade, a sua consciência de culpa, a sua curiosidade de saber de si mesmo e de Capitú, o seu desejo de tornar-nos cúmplices da sua auto--justificação. Saímos do irreal irónico de Brás Cubas, para a ironia trágica da realidade de Bentinho: e o preço de termos passado da ficção do irreal julgando a vida, para a ficção do real, é o de perder-se a omnisciência, ou de ficar-se amarrado à omnisciência maligna do narrado. Em *Memorial de Aires,* supostamente fragmento do diário do narrador, não temos nem um morto nem um vivo a narrarem-nos as suas vidas, e ansiosamente buscando, um e outro afinal, a nossa complacência. Temos a complacência mesma: porque o narrador é apenas uma testemunha do que narra e de que não é (ou não se apresenta ser) protagonista. Passámos ao último grau do ângulo pessoal, mas, ao passarmos, perdemos a virtude da participação: Aires é a testemunha que só pode oferecer compreensão e benevolência para com os dramas humanos, na medida em que se conserve encerrado no solipsismo da sua bondade. Que ele ofereceu benevolência e compreensão aos protagonistas, ao lidar com eles, transparece das páginas das suas notas: mas o que nós temos é apenas o registo melancólico de quão pouco isso altera o destino que cada um cria para si mesmo.

Voltamos ao pequenino quadro. *Dom Casmurro* está nele como o eixo também de dois pares romanescos: *Brás Cubas* com *Quincas Borba* que o prolonga, e *Memorial de Aires* com *Esaú e Jacob* que, como é dito na «Advertência» inicial, era o *último* dos cadernos do «memorial» e se diferençava deles por ser uma «narrativa» em que Aires se fazia indirectamente aparecer. Ele é o elo de ligação entre os dois pares, e mais profundamente do que possa parecer. Em 1899, no prólogo da terceira edição de *Quincas Borba,* Machado diz o seguinte: «um amigo e confrade ilustre tem teimado comigo para que dê a este livro o seguimento de outro. — Com as *Memórias póstumas de Brás Cubas,* donde este proveio, fará você uma trilogia, e a Sofia de *Quincas Borba* ocupará exclusivamente a terceira parte —. Algum tempo cuidei que podia ser, mas relendo estas páginas concluo que não. A Sofia está aqui toda. Continuá-la seria repeti-la, e acaso repetir o mesmo seria pecado. Creio que foi assim que me tacharam este e alguns livros que vim compondo pelo tempo fora no silêncio da minha vida». E isto era dito, quando *Dom Casmurro* era publicado e já estaria escrito: nenhuma Sofia se repete, a não ser como outra personagem, tal como nenhum de nós se repete fora da nossa vida mortal — a repetição de Sofia teria de ser diversa. É Capitú. E não porque seja pecado repetir, nos termos em que a crítica superficial ou adversa não entenda a originalidade com que um grande escritor se «repete», mas porque a outra repetição, a de um ser, por *continuação,* é impossível ao criador consciente de que nada se continua, neste mundo, senão noutro contexto, e sob outro avatar, para quem tenha os olhos abertos para a prisão das normanalidades num contexto vital ou estático.

Deste modo, os três primeiros romances constituem uma trilogia, a que um par veio juntar-se. Mas, para lá das simetrias que já observámos, não haverá mais que torne estes dois grupos ainda mais intimamente relacionados? Como se passa de *Dom Casmurro,* contado pelo protagonista, para *Esaú e Jacob,* contado impessoalmente por Aires? E quem realmente conta a história de *Quincas Borba?*

Quincas Borba, cujo herói é directamente Rubião, é contado na 3.ª pessoa, por alguém que é como que o autor, um autor que, nas pequenas artimanhas do seu ofício, no gosto da digressão irónica, no prazer de referir casos ou citar paralelos cultos, que parecem não ter que vêr com a história, se não distingue do Brás Cubas póstumo, de Bentinho, ou de Aires (impessoal ou pessoalmente memorialista). Um autor que se não esconde de ser *comum* a todos os romances, por não acreditar na ficção de ficção, que é o autor pretender-se outra pessoa, quando escreve. Esse autor aparece enquanto tal precisamente no livro seguinte às «memórias póstumas»: é o autor liberto por elas, mas de modo algum regressando à narrativa tradicional realista como estrutura, pois que não assume uma posição invisível, nem, por outro lado, se apresenta como omnisciente. É como se as personagens nasçam e existam na sua obra, à medida que ela é escrita, mas não como se diz que personagens impõem a própria existência a um autor que vai conduzido por elas. Não. As personagens de Machado de Assis, nos últimos romances, nem o conduzem, nem são conduzidas — e pela simples razão de que *a acção dos romances é o acto de eles serem escritos.* Isso é patente mesmo no romance que melhor finge usar da ficção de uma personagem escrevendo, que é o *Memorial de Aires.* Contudo, tal não é patente pela razão demasiado fácil, e já várias vezes proposta, de Aires ser um *alter-ego* do próprio Machado de Assis chegando a contas finais com a vida. Pelo contrário, é-o, porque Machado teve arte de nos iludir com a semelhança entre o velho diplomata, grã-fino e viajado, e o ar académico e conselheiral que ele próprio assumiu numa contraditória identificação com os padrões bem-pensantes e educados socialmente do seu tempo, como se ele realmente fosse, no fundo da sua personalidade de escritor, um daqueles «graves» de quem se ria no citado prefácio dirigido ao leitor por Brás Cubas. Por isso, na simetria do conjunto, ao ter de regressar à narrativa na 3.ª pessoa, ele se serviu de Aires para a narrativa impessoal, do que avisa na citada

Advertência. Assim, vemos que os dois romances iniciais, constituindo pela repetição de personagens e pela trama romanesca um todo, são escritos pelo «Autor» (na ficção de um «defunto», e na ficção dele mesmo), enquanto os dois últimos são escritos por Aires (na ficção de autor, e na ficção de ser ele mesmo). E uma mais profunda simetria nos aparece, de que o eixo é a narrativa de Bentinho enquanto autor e também protagonista (que Aires não é). Esta simetria é ainda mais subtilizada, se notarmos que o «publicador» não se coibe de intervir na narrativa de Aires, em *Esaú e Jacob*.

Tudo isto, no tempo coberto pelos romances, vai desde os primeiros anos do século (o tempo mais antigo em *Brás Cubas*), até 1889 (que é a data fictícia das últimas páginas do *memorial*) e aos primeiros anos da República (em *Esaú e Jacob*). Dentro de cada um dos romances, há um constante vai-e-vem do tempo, com que eles se cobrem e recobrem na cronologia histórica, e com que, cada um por si, avança mais ou menos na relativa distância da data em que foram escritos. O conjunto, porém, cobre o século XIX do Brasil, centrado no Rio de Janeiro, e mais do que nenhum outro esta estrita localização é verídica para *Dom Casmurro*. Com tudo o que fica dito, poderia afirmar-se que os cinco romances são, em termos das livres formas romanescas contemporâneas, *um único romance experimental* — um «quinteto carioca», se recordarmos a brilhante criação de Lawrence Durrell, *The Alexandria Quartet,* em quatro partes publicadas em 1957-60. Mas um quinteto incomparavelmente melhor e mais subtilmente entretecido do que o quarteto de tão grande ressonância mundial. Uma análise minuciosa dos paralelos e contrastes internos entre os cinco romances, adentro do esquema que estabelecemos, e que não cabe aqui, mais amplamente confirmaria a extraordinária criação unitária que profundamente significou.

Como foi isto possível numa literatura que «nascia» (quando Machado começou a sua carreira literária, o Brasil mal tem trinta anos de existência) e que procurava a sua «realidade»? Porque os grandes escritores são, em qualquer parte e em qualquer época, aqueles que escrevem com a história da sua língua e a realidade linguística dela na linguagem que criam, e com toda a literatura universal na cultura que adquirem. Quem procura realidades e quem nasce são as literaturas nas cabeças dos críticos. Os escritores como Machado de Assis *encontram, e escrevem*. E as literaturas, depois, não têm outro remédio, se quiserem sê-lo, senão aceitá-los como eles foram — e à realidade, como eles a viram. Pouco importa saber se o «quinteto carioca» é um fiel retrato do Brasil e do Rio de Janeiro do século XIX, porque, suprema ironia estética, o retrato íntimo deles, na sua universal humanidade, será para sempre o que desenhou, com refinada e desencantada amargura, aquele cidadão urbano, hiper-civilizado na sensibilidade e na cultura, de origem humilde, presidente de academia, mulato, de barba e «pince-nez», e que não precisou de viajar, ao contrário de Aires, nem de ter uma vida tumultuosa, ao contrário dos românticos «oficiais», para conhecer exactamente, e sem ilusões, o mundo por dentro e por fora.

Universidade de Winconsin, Madison, Julho de 1969.

PAPEL DOS ESCRITORES NO BRASIL

Não é fácil para um escritor nascido e criado na Europa, que estudou o Brasil e a cultura brasileira muitos anos, e que se tornou brasileiro, quando no Brasil viveu, falar a uma assistência Norte--Americana, e para mais, uma assistência académica, do «papel dos escritores no Brasil». São muitas as razões. Antes de mais, um europeu, mesmo quando ama e respeita as Américas, não as vê como os americanos talvez gostem de ver. Em segundo lugar, um português que se torna brasileiro e ao mesmo tempo continua parte activa da cultura portuguesa é uma pessoa com lealdades divididas. E se os portugueses e os brasileiros sentem que não é fácil ser um português ou um brasileiro, imaginem o que será ser os dois ao mesmo tempo! Não é realmente fácil, posso garantir-vos, e tal como disse o imperador de outros tempos em circunstâncias bem especiais, não é um «leito de rosas»... E, em terceiro lugar, há ainda mais uma complicação a acrescentar. Tenho a certeza que todos vós estais interessados no Brasil, que muitos de vós amam o Brasil e alguns de vós até o amarão, não de modo paternalista, mas com a convicção de que não há povos melhores do que outros. No entanto, sois americanos, estamos na América e eu, aqui, estou sendo parte de vós, como professor americano. Significa isto que uma terceira lealdade me prende, de certa maneira. Eu declino dizer quem nesta trindade é o Deus Padre, o Deus Filho ou o Espírito Santo — a diferença de opinião poderia dividir-nos.

E vamos à matéria. Como crítico literário sempre mantive dois princípios aparentemente contraditórios: que as obras de arte, qualquer arte, devem ser estudadas e entendidas através da sua própria estrutura, por elas mesmas, e também que nenhum profundo entendimento de qualquer obra de arte pode ser atingido se não possuímos informação e experiência suficientes para vencer as exigências do espaço, do tempo e as diferentes visões da vida que condicionaram a sua criação. A contradição, se é inteiramente impossível para muitos entendimentos, é apenas ilusória para mim. Não muitos países oferecem melhor exemplo para a demonstração do que o Brasil.

Diz-se vulgarmente que o Brasil é um país em formação. De certo modo todos os países estão sempre em formação, a menos que estejam já condenados a desaparecer. Mas mesmo então, se eles podem desaparecer como nações e certos tipos de civilização, não o poderão como *países*. A História é precisamente a relação crítica de como impérios desaparecem mas os países prevalecem, para outros impérios se construírem em cima. É também normalmente dito que as américas são países novos, sobretudo em comparação com os países velhos da Europa e da Ásia. Mas de cada vez mais acredito que isto é uma conspiração Euro-Asiática, como diríeis, para vos fazer sentir jovens e presos a obrigações, como bons filhos, de tomar conta dos pais quando eles forem velhos. As nações da Europa não são assim tão velhas; muitas delas pretendem apenas que o são para parecerem respeitáveis. Algumas delas, como o Reino Unido, Alemanha, Itália, são mais jovens do que a descoberta da América, que tem a mesma idade da Espanha — algumas delas são mais jovens do que os Estados Unidos ou o Brasil. Nunca antes existiram como as nações em que se tornaram e que fingem que sempre foram. O mito das Américas é baseado no mito do Novo Mundo. Mas esse mundo era *novo* apenas para os europeus quando eles o descobriram. E isto explica o interesse nas Américas pelo passado pré-colombiano: é como descobrir que afinal de contas, o novo era tão velho como o velho. Claro que há ainda outro ponto importante. Ao descobrirem o Novo Mundo, os europeus colonizaram-no. E as nações que surgiram no cenário americano eram ex-colónias que se libertaram dos seus senhores. Mas fazendo-o não estavam de modo algum na mesma posição das colónias africanas ou asiáticas do nosso tempo. Estes novos países ganhavam a sua liberdade, se é que realmente a ganharam, em muitos casos, que tinham perdido, sobretudo durante a expansão colonial da Europa, no século passado: tinham sido colónias, mas não tinham sido colonizados. No Novo Mundo a população foi, por séculos, feita de cidadãos da mãe-pátria e dos descendentes deles. Querer liberdade, pedir independência não era exactamente expulsão da dominação estrangeira: era cortar laços que tinham perdido o sentido, apesar de serem o verdadeiro fundamento em que esse sentido de liberdade se criara. Ao ler proclamações de independência (sempre foi um dos meus entretenimentos) desde a primeira conhecida da história humana, encontrei na maioria das vezes uma nota muito curiosa; um dos mais fortes argumentos em favor da independência é o de que o povo quer ser livre de opressão. Pensando duas vezes, isto parece-nos um pouco estranho. É como dizer que se os escravos forem bem alimentados, tratados com benevolência, e como fazendo parte da família, não há motivo para sonharem com liberdade. E a verdade é que escravatura não é menos escravatura quando os escravos são bem alimentados. Por outro lado, quando os Padres Fundadores dos novos países lutaram pela liberdade, a maioria deles nunca aceitou que essa liberdade abrangesse os seus próprios escravos. Sendo como eram homens de sabedoria, como muitos deles sem dúvida eram, isto pede alguma atenção. Curiosamente, o próprio facto de o Novo Mundo ser novo, favoreceu o aparecimento num ou noutro local de um sentimento *novo*. As colónias eram extensões da mãe-pátria, gente viria viver neste lado da terra, tinham de ajustar-se a um novo ambiente de acordo com as suas tradições, mas, apesar de todos os laços, iam moldando uma coisa diferente, tão diferente que, ao regressarem, sentiam-se mal na terra dos seus antepassados, onde até o último dos mendigos os tratava como cidadãos de segunda classe. Isto era evidentemente uma contradição muito humilhante quando eles sabiam que estavam a criar uma coisa que era diferente porque tinha de o ser, e, ao criá-lo, não eram lá, de modo algum, de segunda classe. Dentro deste quadro, o caso brasileiro apresenta muito importantes peculiaridades. O Brasil tinha-se tornado nos sécs. XVII e XVIII mais e mais o centro principal do Império Português. Chegou a tal ponto e tão diferente dos outros países das Américas, que no séc. XVIII os melhores escritores portugueses são muitos deles brasileiros, estão ao serviço do governo em Portugal e havia até brasileiros ministros de estado, em Lisboa. Quando o rei português foi para o Brasil estava fazendo o que tinha já sido considerado, pelo menos duas vezes, nos séculos anteriores e, num desenvolvimento lógico, o Rio de Janeiro tornou-se por algum tempo a capital do Império Português. Como sabem, por essa altura, a África não era, para a Europa ou para as Américas, mais do que uma fonte de mão de obra. Para a classe dirigente no Brasil que sentido faria voltar para uma posição secundária, se o rei regressasse a Lisboa, e quando Lisboa não tinha já nenhum controle do comércio Atlântico, que estava inteiramente nas mãos inglesas? As ideias republicanas varriam as américas, o liberalismo (o radicalismo do tempo) era corrente, as grandes potências nunca permitiriam uma tal porção da costa atlântica tornar-se uma segunda França. A independência tinha de ser conseguida a tempo de evitar uma rebelião popular. E o Príncipe D. Pedro, em devido tempo, a proclamou, seguindo o conselho da real paternidade, e capitalizando nos sentimentos nacionais, furiosos com o comportamento dos liberais em Lisboa, que muito liberalmente queriam que o Brasil voltasse ao seu estatuto colonial. Eu não estou lançando dúvidas sobre o genuíno dos sentimentos nacionais mas apenas chamando a atenção para como as classes dominantes mostram por vezes uma clara tendência para fazer estes sentimentos coincidirem com os seus próprios interesses. Mas o problema tremendo que o país novo confrontava era muito diferente do que acontecia noutros lugares. Portugal não fez nenhuma guerra contra o Brasil, os portugueses estavam por toda a parte no Brasil e continuaram a ir para lá aos milhares, tal como tinham feito no passado; toda a gente educada tinha sido educada quase exclusivamente em Portugal; e até a monarquia continuava na mesma família de antes. A independência, portanto, tinha de ser conseguida politicamente e culturalmente, dando ao povo a ideia de que a mãe--pátria não tinha nada que dar (o que era naturalmente comum aos outros países americanos) e que para ser brasileiro era necessário esquecer que as classes dominantes tinham sido, eram e tinham a intenção de ser as classes dominantes. Todos os males e culpas eram de Portugal (o que, é claro, era em parte verdade, já que ninguém tem uma colónia para alimentar belos sentimentos ecológicos). A tal ponto esta ideia foi alimentada que ainda hoje honestos historiadores falam dos sécs. XVII e XVIII em termos de os índios serem os brasileiros, e os seus escravizadores e destruidores apenas os portugueses. É como partir do princípio, nos Estados Unidos, de que a Inglaterra roubou a terra aos índios, enquanto os americanos, tentavam sem qualquer possibilidade, salvá-los. Os índios, contudo, eram um grande recurso para as classes dominantes. Para o final do séc. XVIII, os índios tinham morrido nem sempre de morte natural, tinham sido esmagados como «nações» e absorvidos no baixo estrato da população rural (feita de cruzamentos e cruzamentos das chamadas três raças), ou empurrados para as mais distantes terras do interior. Estavam maduros para se tornarem a encarnação das virtudes nacionais e do passado tradicional, sem qualquer risco. E, depois de alguns interlúdios épicos do séc. XVIII, fizeram a sua entrada na cena literária com os Românticos; *não como índios contemporâneos* mas como antigos heróis medievais. As velhas crónicas e livros de viagens foram rebuscados para dar a cor local que os próprios índios não eram capazes de dar. Os milhões de negros que tinham sido e ainda eram a base de toda a vida social e económica não tiveram o mínimo papel. E porque haveriam de ter? Toda a gente os podia ver por toda a parte, fazendo tudo — eles eram, de facto, o que foi dito dos caminhos de Espanha no *Don Quijote:* o ilustre cavaleiro anda neles, mas não são nunca descritos. Além disso, os índios eram sem dúvida alguma americanos, e os negros tinham vindo de África e sendo escravos, nunca tinham tido tempo para se tornarem brasileiros, tal como tinha acontecido com os primeiros portugueses que se fixaram. Se insisto em *primeiros* aqui, é porque as classes dirigentes no Brasil por muito tempo sempre insistiram nisso, como muitas famílias ainda o fazem: e é muito curioso salientar como não viam a contradição disto, já que o Novo Mundo, por ser novo, não necessitaria dessa antiguidade. O facto é que, quando o faziam, faziam a separação entre eles mesmos e os recém--vindos. E já para os meados do século passado, o Brasil abria as portas a milhares vindos de todas as partes do globo. Porquê? Os interesses económicos estavam a mudar, a pressão internacional (e a pressão nacional também) começava a fechar a fonte de mão de obra e a reclamar a abolição da escravatura, e abolir a escravatura era, para as novas classes médias (e alguns dos velhos e frustrados liberais), a maneira de corroer o poder da aristocracia fundado na terra. A ironia estava em que esta aristocracia de cada vez mais capitulava no poder dos grandes investidores, dos exportadores, da máquina bancária e dos negócios, e pedia apenas que o processo fosse gradual, para os salvar do desastre. Esta é a razão pela qual pode dizer-se que o último escravo a ser libertado no Brasil foi o Imperador, quando a república foi proclamada. E completamos o círculo: e melhor podemos agora entender porque os padres fundadores tiveram que escolher entre libertarem-se a eles mesmos ou aos seus escravos.

Mas a campanha para a abolição, no Brasil, permite notáveis exemplos de um modo idêntico de evitar os reais problemas, em favor de largas e ressonantes perorações. A escravatura é brandida como o mal que é, mas quando um poeta e um poeta excelente, escreve contra essa escravatura ele simboliza a situação visualizando o drama do escravo num barco negreiro cruzando o Atlântico. Se nós podemos imaginar que o barco é um símbolo para o Brasil, não menos a escravatura era atacada através de um símbolo que não tinha então realidade nenhuma — e os traficantes, não os donos de escravos, são os alvejados. A sociedade nova que emerge com a República estava tremendamente preocupada em não ser uma sociedade totalmente branca. Quando o Império abrira as portas do país aos imigrantes tinha buscado a Alemanha, já que uma boa quantidade de sangue germânico traria, em princípio, um bom peso de superior raça àquela trapalhada. A República acrescentou um toque final quando teve o cuidado de não permitir imigrantes *de* África, entre as sucessivas ondas de muitos países que iam para o Brasil para fornecer ofícios, pequeno comércio, etc., requeridos por uma sociedade

341

que crescia rapidamente e para trabalhadores braçais, necessários em um novo sistema de exploração da terra. Ao mesmo tempo esta preocupação acerca de não ser suficientemente branco e portanto por padrões do hemisfério norte de menos valor, começava a ser equilibrada pela «descoberta» de que o «mulato» era realmente a chave para a natureza brasileira e a fonte da futura grandeza. É imensamente curioso salientar que o romance que iniciou o naturalismo no Brasil tinha por figura principal e no título um mulato, mas... este homem, tal como a celebrada *Escrava Isaura* tinha sido alguns anos antes, era tão educado, tão falho de características raciais negróides que alimentava a esperança de que com tempo, bom cruzamento, e graça pessoal, os mulatos tornar-se-iam inteiramente e sem se distinguirem, brancos. Claro que eles podiam: e o maior escritor brasileiro até hoje, Machado de Assis, extremamente civilizado e auto-educado cuja arte é uma das mais hábeis mesclas de tragédia e humor alguma vez criadas neste mundo, se ergue precisamente como um símbolo dessa perfeita integração.

No entanto, muitos críticos brasileiros recusaram sempre, embora concedendo génio a Machado de Assis, aceitá-lo como um escritor brasileiro, ou, digamos, *o* escritor brasileiro. Porque a nova sociedade estava sobretudo interessada em duas correntes literárias: a simbolista-parnasiana, que inclui poetas que vão desde o mais alto sentimento visionário ou o pretenciosismo esteticista de sonhar com vasos e templos gregos, até aos escritores-prosadores que consideravam sua mais civilizada obrigação uma elegante e superficial atitude da criação literária; e os regionalistas. O regionalismo estava preocupado com anotar os comportamentos e falas do povo das áreas rurais e as suas peculiaridades, ao mesmo tempo enaltecendo-lhes a dignidade e o brasileirismo. Sem dúvida que o povo, aos milhões, era Brasil. Mas olhar para o povo com tal condescendência aristocrática ou tão urbana curiosidade estava de acordo com uma sociedade cujos escritores e cujos leitores viviam principalmente nas cidades. Literatura séria, excepto para uns poucos pobres poetas, não deveria ser tão séria — e Machado de Assis sendo muito sério e descrevendo com impiedosa ironia a mesquinhez da vida e da natureza humana através da sociedade do Rio de Janeiro estava a denunciar como desagradável aquilo que era tão agradável de disfrutar, e não focando o pitoresco da vida rural, também muito agradável de usufruir, especialmente das varandas das casas grandes. Ainda hoje Machado de Assis é realmente um milagre conseguido pela sociedade carioca do segundo reino do Império. Não se pode dizer que o Brasil, com algumas das maiores cidades do mundo, tenha produzido um único escritor da vida citadina que possa, mesmo de longe, aproximar-se da sua grandeza.

Nem produziu nenhuma grande obra para lá de alguma importância, sobre os problemas imensos que milhares de imigrantes correndo para o Brasil e ajustando-se a ele encontravam, ainda que o processo já dure há um século.

Quer isto dizer que o Brasil continua dominado pela enormidade das suas áreas rurais, pela vasta população que vive aí (embora tão esparsa)? Não necessariamente. Nas criações e ideias literárias, fala-se muito do povo, mas os heróis dos romances permanecem, na maioria dos casos, os membros da velha aristocracia rural. É mais provável que o Brasil, ou as classes dirigentes no Brasil, ainda não tenham desistido do velho mito romântico de olhar para a Natureza como fonte de pasmo, e para o povo como uma fonte de proveito da burguesia e da aristocracia. A literatura brasileira dos anos 20 e 30, quando os movimento de Avant-Garde se desenvolvem em grande velocidade, e mudando as correntes literárias no país, é um maravilhoso mostruário destas contradições. Os modernistas afinados pelos seus pares europeus e americanos, acerca dos quais estavam perfeitamente informados, atacaram todas as regras e modas do «establishment» literário: era preciso escrever sobre a sua própria experiência, da maneira como se falava, e, acima de tudo era preciso re-descobrir o Brasil. Esta última parte do programa parece contraditória em termos de modernismo internacional — porque muitos modernistas na Europa ou nos Estados Unidos não estavam grandemente preocupados com descobrir os seus próprios países: já tinham tido mais do que a conta disso. Mas não é. Re-descobrir o Brasil era atirar fora o manto da retórica parnasiana, os véus dos nevoeiros simbolistas, as belezas do regionalismo superficial, e também a velha sombra que com gramáticas e meticulosos dicionários, surgira outra vez: o fantasma português. Quer num plano pessoal quer num plano subjectivo a literatura deveria ser a procura de uma identidade nacional. Isto acontece pela primeira vez precisamente quando a República, ou a chamada Primeira ou República Velha, estava em colapso por não tomar em conta os variadíssimos interesses da classe média emergente, nem as preocupações da velha aristocracia do Nordeste ou do Sul: São Paulo e Minas Gerais, mais as suas famílias, realmente governavam o país. É quase irónico que o movimento de vanguarda tivesse sido lançado em São Paulo — quando São Paulo iria ser esmagado pela revolução que todos desejavam. Mais uma vez tal se devia ao facto — acentuado mais tarde com nobre humildade e amarga tristeza por Mário de Andrade, o líder do movimento — de que os primeiros modernistas estavam tão preocupados com descobrir o Brasil neles mesmos que se esqueceram do povo brasileiro. A reacção veio do Nordeste, quando a revolução de 1930 estava a ponto de mudar o equilíbrio de forças na nação. Uma relação que não estava muito interessada no experimentalismo da Vanguarda, e conduziu à criação da Idade de Ouro do romance moderno brasileiro, numa reacção em favor da análise dos problemas sociais. Apenas os quadros políticos tinham sido inteiramente alterados. Uma ditadura estava no poder que a velha aristocracia, os liberais, e os esquerdistas, todos juntos, consideravam ser contra eles. E é isto o que dá uma cor e um sentimento de protesto social a romances que sobretudo dizem respeito às desgraças da velha aristocracia do Nordeste, na viragem do século. Muitas vezes alguns críticos apontaram, mas não acentuaram suficientemente, como no Brasil, o chamado país do futuro, a literatura está virada para o passado. Poderíamos dizer que o povo procura ainda uma integração mítica, obcecados com possuírem um país que muitos deles realmente não possuem. Todavia é mais justo notar como tal literatura sonha com o tempo em que *alguns* a possuíam. Não há nenhum esforço de reforma social que disfarce esta nostalgia pelos velhos costumes aristocráticos. E isto explica o facto de tão brilhante realização ter tido tão curta vida. Por volta de 1945, quando na onda da vitória aliada na Segunda Guerra Mundial, o regime de Getúlio Vargas foi deposto e a democracia restaurada, já todos aqueles sonhos de reforma através da literatura se tinham desvanecido no ar. Paradoxalmente os velhos usos voltavam sob novo disfarce, e nenhuma reforma foi realmente implementada. E os escritores do protesto social calaram-se — e quando voltaram, e alguns voltaram, foi para oferecer imensamente cómicas e ternas histórias acerca da condição humana em geral. Nenhum caso é mais claro do que o caso de Jorge Amado. A literatura volveu à sobriedade de escrita, às preocupações com a forma, ou às magníficas elaborações de todas as tradições literárias em que doutas experiências, fala popular, erudição, os eternos problemas da vida humana, são tecidos numa enganadora tapeçaria de regionalismo, que deveria matar o regionalismo de uma vez para sempre, mas não matou. Este foi o caso de Guimarães Rosa, um dos mais extraordinários das letras contemporâneas, em qualquer parte.

Nos anos 50, a preocupação política e social atingiu um veículo nunca explorado antes: o teatro. Foram estes os anos do Brasil ser descoberto de novo, re-feito de novo, os anos em que o povo finalmente significou um pouco mais do que o povo para fins de exercícios retóricos. Mas, onde toda a gente está tão cerca do povo e o povo tão longe de toda a gente, poderia isto significar muito? Além disso a literatura, seja qual for, pode desempenhar certas funções na vida política, e muitas obras profundamente imbuídas de intenções políticas estão entre as maiores do mundo. Afinal o Homem é um animal político, como

344

disse Aristóteles. Simplesmente uma coisa é sonhar com o povo, outra coisa é ter talento autêntico e outra ainda é que não pode existir autêntica vida política onde os votantes que elegem um presidente são 9 % da população total (o que aconteceu com a chamada grande vitória que elegeu Jânio Quadros). Todo este esquerdismo festivo, como foi chamado, acabou repentinamente em 1964. Mais do que nunca os escritores escrevem para se oporem às correntes dominantes que parecem suspeitosas de qualquer forma de criação literária. E retornam à sua procura de uma identidade nacional através de símbolos, de representarem acontecimentos históricos distorcidos para fins políticos, etc.

Numa rápida e indirecta maneira, porque não era possível de outro modo, tentei definir qual tem sido o papel dos escritores no Brasil. Firmemente creio que a tragédia e a fascinação de uma literatura tão rica em grandes escritores e grandes obras e dotada de tantas e boas inteligências críticas, tem sido e é ainda, o resultado da própria situação perpetuada na vida social brasileira. A literatura brasileira, e não muitas literaturas mostram isso tão claramente, tem sido um reflexo fiel da história brasileira. Um reflexo, não um retrato. A saudade do passado é um testemunho disso. Mas o papel dos escritores brasileiros, apesar dos seus sentimentos generosos e das suas realizações, jamais irá para além da superfície, enquanto continuarem a insistir em inventar uma alma brasileira como substituto para a realidade brasileira. O problema é: como enfrentar a realidade de uma das maiores nações do mundo — e apesar disso tão desconhecida para os próprios brasileiros que continuam a encantar-se com os retratos das suas próprias maravilhas que enchem as páginas das revistas, e gozando os prazeres exóticos de ler romances acerca de uma parte do país ainda não descrito em ficção, ou deliciando-se na descoberta barroca de maneiras de falar ainda não registadas, ou finalmente, mas não menos importante, interpretando esta realidade em acordo com os seus desejos, como se a vida real devesse ser uma criação literária. E talvez seja. Mas acontece que muitas vezes pensamos que os «script-writers» são muito maus e os grandes escritores raras vezes são eleitos para esse trabalho. E seria que eles se sujeitariam aos requesitos dos produtores? Às vezes, mesmo sem querer, o fazem.

Santa Barbara, Nov. 5, 1970

ALGUMAS PALAVRAS SOBRE O REALISMO,
EM ESPECIAL O PORTUGUÊS E O BRASILEIRO

São-me pedidas algumas palavras introdutórias acerca da questão do Realismo português e brasileiro (a ordem destes adjectivos é meramente cronológica, reportando-se simplesmente à relativa antiguidade de ambas as literaturas), a que o presente número de *Colóquio/Letras* é dedicado. O problema do «realismo» em geral, do «realismo» nas literaturas europeias modernas (desde a Idade Média, por oposição às literaturas «clássicas» de Grécia e Roma), e do «realismo» no século XIX (quando, daquelas literaturas modernas da Europa, se separam as dos novos países das Américas), e com particular referência ao caso português e ao brasileiro, é imensamente vasto e complexo, e continua vivo ao nosso tempo. Por certo que vários dos autores aqui incluídos abordarão diversos dos aspectos. Pela minha parte, dediquei ao problema, há anos, um longo estudo [1] que não teve ainda difusão em português, e que de modo algum pretendia mais que focá-lo o mais amplamente possível e estudá-lo sob diversos ângulos, sem intenções exaustivas. Na medida do acessível, para ele remeto os leitores interessados, limitando-me aqui a algumas observações introdutórias que me parecem mais pertinentes.

Antes de mais, há que considerar — para evitar confusões — que o termo *realista* tem sido usado pela crítica, sobretudo de há um século a esta parte, com excessiva generosidade, e aplicado a autores de todos os tempos e lugares, ou obras suas, o que não

---

[1] Jorge de Sena, *Realism and Naturalism in Western Literatures, with some special references to Portugal and Brazil,* Tulane Studies in Romance Languages and Literatures, 1971.

facilita as coisas. O mesmo tem sucedido com outros termos, como *romântico, simbolista, barroco,* etc. Na verdade, na esmagadora maioria dos casos, o que a crítica tem feito é projectar sobre os autores do passado determinadas características acentuadas ou postas em relevo por movimentos ou escolas do século XIX, ou por ela mesma descobertas em determinados períodos anteriores das literaturas modernas ou mesmo «clássicas» (e o mesmo se passou, paralelamente, na crítica de arte). Isto, quer queiramos quer não, força-nos tecnicamente a um duplo ponto de vista. Um é *fenomenológico* ou *tipológico,* em que o uso e aplicação desses termos para diversas épocas, lugares e personalidades é rigorosamente definido, reconhecendo-se que algumas características de certa atitude estética sempre ocorreram, em maior ou menor grau, em vários lugares, tempos e indivíduos, mas libertando-as, quanto possível, das conotações e analogias «impressionistas» que comandaram a projecção terminológica acima referida ([2]). O outro é *histórico-literário,* e consiste em atermo-nos às conotações históricas do conceito, não só de um ângulo comparativista (já que nada, em literatura alguma, se desenvolveu separadamente do que sucedia em outras), como, no presente caso, no âmbito português e brasileiro.

Tipologicamente, o realismo deve ser entendido, no plano estético da imaginação, como oposto a um onirismo que negue a realidade (o que apenas significa pólos extremos, já que o sonho pode ser usado por «realistas», e muito «onirista» se apoia apenas numa radical transfiguração da realidade). Por isso, uma vez eu disse que *um «realista» é um ser humano que usa a sua imaginação para imaginar a realidade.* Excelente exemplo disto, que assim definimos naquele estudo em inglês antes referido, é o famoso livro de Auerbach, *Mimesis,* em que a visão e uso da realidade são analisados em autores de várias épocas e literaturas, desde Homero a Virginia Woolf. Porque, ainda que Auerbach não seja criticamente tão «dialéctico» quanto o autor destas linhas, e decididamente não seja um «materialista» como o é, a seu modo, o presente autor, do livro dele resulta evidente que a consideração da realidade na criação poética (no mais amplo sentido da expressão, ou seja a criação literária no mais elevado sentido) implica necessariamente, no plano da *imaginação,* a capacidade de seleccionar e organizar a «realidade» (ainda quando, filosoficamente, se possa discutir o que ela seja, e como a conhe-

---

([2]) Foi o que tentámos fazer no nosso «Ensaio de Uma Tipologia Literária», em 1960, publicado em Portugal no volume *Dialécticas da Literatura,* Lisboa, 1973. (reed. ampl. com o título de *Dialéctricas Teóricas da Literatura,* Lisboa, 1977)

cemos). O que não se processa sem uma dialéctica entre a realidade exterior (ou interior também), tal como é apercebida, e aquela capacidade de transpô-la imaginativamente, na criação literária, para a composição verbal. Sob este aspecto, poderia dizer-se que não apenas sempre teve de haver «realistas» como, mais ainda, mesmo o escritor que, oniricamente, mais tenha voltado as costas à «realidade», para entregar-se a um sonho de imagens e palavras, ou reflecte uma imagem distorcida da «realidade» ou, negando-a, nega algo cuja existência implicitamente reconhece. De um ponto de vista psico-sociológico, que é perfeitamente válido nos estudos críticos, ambos os tipos opostos interessam à análise de como uma «realidade» ou uma «anti-realidade» foi concebida e do que essa concepção pode significar. Não esqueçamos nunca que tal «anti-realidade», muitas vezes, longe de ser um deliberado escapismo, pode ser, pelo contrário, uma ferocíssima crítica da realidade social.

Segundo a projecção histórico-literária, largamente impressionista, que referimos, o «realismo» tem sido detectado em todas as épocas e lugares, em várias grandes personalidades, etc., como seria inevitável que aconteceria depois que, teórica e praticamente, e principalmente no domínio da ficção, o «realismo» passou a ser uma «doutrina» proclamando a primazia do *real* sobre o fantástico, o idealizado, ou o meramente subjectivo (no sentido de concentração na própria pessoa do autor enquanto tal). E tem mesmo sido dito que algumas literaturas são mais «realistas» do que outras — o que nunca ficou claramente demonstrado para nenhuma. Assim se diz e repete que a literatura portuguesa, por exemplo, é mais lírica e «subjectiva» do que a espanhola, na qual o realismo teria estado sempre presente. Isto é sem dúvida um mito romântico, depois retomado pelos positivistas, e que terá curiosamente raízes na imagem maneirista e barroca (muito popular na Espanha de então) do português como pinga-amor e sonhador incorrigível. E também no medievalismo, quando os romanistas, na segunda metade do século XIX, se dedicaram aos cancioneiros medievais galaico-portugueses, esquecendo o tremendo peso de «realismo» neles representado pela violência das cantigas de escárnio e mal-dizer, e mesmo por numerosas referências nas mais líricas cantigas de amigo. Aspectos realistas dominam poderosamente o nosso século XVI: Gil Vicente, Fernão Mendes Pinto, o próprio Camões, os cronistas, e tantos outros autores — para não insistirmos no realismo de um Fernão Lopes, no século XV, que sobrepassa o dos seus contemporâneos Froissart ou López de Ayala. Não tivemos, nos fins do século XVI e primeira metade do século XVII, um romance ou novela *picaresca* como a Espanha teve (precedida pelo esplêndido *Lazarillo* nos meados daquele século XVI). Mas essa época tem de ser vista pelo que não podia deixar de ter sido: uma *corte na aldeia* (quando o Império ibérico estava centrado em Madrid) com os grandes escritores que teve e os que resta descobrir. O nosso século XVIII (em cuja segunda metade os Brasileiros desempenham um tão importante papel, e em que sem dúvida uma brasilidade desponta, e não apenas literatura escrita por brasileiros, ou literatura *sobre* o Brasil), com todo o seu neo-classicismo que ainda pesará nos primeiros românticos (tanto em Portugal como no Brasil), é — e até por obedecer a certos modelos da tradição clássica greco-latina-renascentista — muito realista mesmo nas suas idealizações bucólicas: o exemplo do irónico Gonzaga, jogando com essas idealizações, é admirável. Adiante trataremos mais especificamente do Romantismo e do que veio depois — mas registemos, desde já, que pouquíssimas literaturas possuem «realistas» da magnitude de Eça de Queiroz ou de Machado de Assis, ou um poeta tão audaciosamente realista como Cesário Verde. E o que se pode desmentir da falta de realismo na literatura portuguesa vale também para a brasileira, na qual os aspectos realistas tiveram sempre enorme importância.

Por toda a parte, quando o Romantismo começa a desenvolver-se (e lá mesmo onde, como na Alemanha, a fantasia e o sonho representam nele uma tão extremada tendência), há, conjuntamente, uma grande preocupação «realista», que consistia em opor às idealizações formalistas pelos modelos clássicos a realidade popular ou a dos sentimentos e emoções individuais. Essa «realidade popular», que tanto tinha que ver com o culto do historicismo e das tradições ditas nacionais, era, no entanto, mais do que se julga, e se bem que adaptada à nova sociedade burguesa, uma metamorfose de velhas tradições mais antigas do que os antigos clássicos, e que a Renascença havia restaurado: a contraposição entre a idealização das personagens «nobres» e o cómico ou gracioso fornecido pela «vulgaridade» das personagens «populares». Já na Índia antiga os príncipes na literatura falavam em sânscrito clássico, e o povinho em dialectos diversos, tal como — com toda a verdade psicológica que possuam — as personagens nobres de Shakespeare tendem a falar em magnificente verso e as populares ou socialmente inferiores em coloquial prosa. Note-se esta dicotomia, extremamente importante para compreender-se o que, paralelamente, se passou em Portugal e no Brasil, que se separaram em 1822, quando o Romantismo andava no ar. Por outro lado, quer o historicismo quer a observação da realidade circunstante que era a da «nação» pediam aos românticos *cor local* ou certo nível de veracidade histórica na criação de ambientes. Se um grande poeta romântico como o brasileiro Gonçalves Dias põe os seus índios a falar como clássicos portugueses que cantassem árias de ópera italiana (um dos grandes modelos estruturais para muita poesia e muito romance romântico), não se esquece, cuidadosamente, de encher os poemas de nomes de elementos locais ou gentios, tal como, citando os cronistas, já haviam feito os árcades brasileiros nos seus poemas indianistas. Mas o realismo dos românticos, em toda a parte (e com excepção de algumas audácias obscenas como a *Lucinde* de Friedrich Schlegel), e apesar de todas as ardências eróticas, é extremamente comedido e reticente — e não pode comparar-se com a liberdade de costumes, ou com a intensidade vital, de quando, no século XVIII, o romance faz a sua grande aparição como género literário: basta citar o inglês Fielding ou o francês Choderlos de Laclos. Somente, ao contrário do que veio a suceder, o romance (e basta lembrar que grandes romances, como o *Quijote,* já haviam aparecido ao dealbar o século XVII, e abrindo o caminho ao romance moderno) não tinha, segundo os tratadistas classicizantes, *status* verdadeiramente literário, que foi o Romantismo que lhe deu.

Se, em Portugal, é costume datar-se o Romantismo com a publicação em 1825, do *Camões* de Garrett (esse mesmo Garrett que foi quem, para Portugal e o Brasil, libertou a prosa da língua, dando-lhe um refinamento de aparentemente coloquial elegância, em contraste com as tradições da oratória clássica e barroca), o facto é que as lutas civis só permitiram que, nos anos 30, o Romantismo, ligado a conotações políticas liberais (e o Romantismo ocidental teve de tudo, desde o princípio, incluindo reaccionários, revolucionários, ou indiferentes políticos), realmente surgisse. Quanto ao Brasil, pode dizer-se que o movimento não aparece antes da queda do imperador D. Pedro I (ou rei Pedro IV de Portugal). E, curiosamente, foi em 1834 que Herculano publicou *A Voz do Profeta,* e que Gonçalves de Magalhães proclamou o Romantismo brasileiro. Mas, quando assim o movimento se desenvolvia em Portugal e no Brasil, já em França (que era a principal fonte de informação para ambos os países, ainda que os primeiros grandes românticos portugueses e brasileiros conhecessem outras línguas), como aliás noutros países (a Rússia, por ex., onde a ideia de uma missão pedagógica e crítica da literatura se radica muito cedo), se desenhava uma tendência populista e humanitarista, dirigida para um reformismo social (a própria George Sand, tão supostamente romântica, é pioneira neste sentido) que se tingia de «realismo», e que veio sob as mais diversas máscaras a avassalar as literaturas ocidentais: é o que convém chamar, e é chamado hoje, *realismo romântico.* O povo, urbano ou rural, deixa de ser apenas cómico ou gracioso, para ser *pitoresco* ou digno de atenção socialmente reformista (o que não exclui um manto de idealização ou de escamoteação ante o des-

351

creverem-se as suas terríveis misérias). Mas as figuras «superiores», ainda quando pudessem ser tremendamente satirizadas (e é o que fizeram um Gogol ou um Thackeray), não perdem muito da sua idealização tradicional. Pelo contrário, é como se ganhassem aquilo que não haviam tido no século XVIII: certa respeitabilidade burguesa, que os faz delicados e bem-pensantes. Este realismo romântico (que, progressivamente, se tornara em vários lugares menos «romântico») vinha ao encontro daquela dicotomia originária que apontámos no Romantismo em geral, e peculiarmente servia os casos português e brasileiro.

Num e noutro lado do Atlântico de língua portuguesa, nos anos 40 e 50 (e ainda muito depois), uma velha aristocracia aburguesada e uma grande burguesia aristocratizada associavam-se na exploração e conquista da «realidade», seguidas por uma clientela de média burguesia urbana, cujo tipo de trabalho (se o tinham) e de propriedade rural não diferia, a não ser em escala, do daqueles grupos dirigentes. E, naqueles tempos do século XIX, nem Portugal nem o Brasil haviam desenvolvido uma industrialização moderna. Assim, se por um lado essa gente estava interessada em idealizações do passado e do presente (que os fazia verem-se sob um ângulo favorável, comparando-se à fidalgaria de outros séculos), sob as quais se escondiam as «realidades» das suas posses e dos seus conformismos, estava igualmente interessada em que a realidade fosse apresentada e apreendida, mas de uma forma em que os lados desagradáveis dela não aparecessem. Não é apenas um moralismo hipócrita que o Naturalismo desafiará depois (e que longamente resistirá nos países anglo-saxónicos, na Espanha, ou na Alemanha), mas um desejo de apropriação mitológica da realidade antiga ou quotidiana, cujas bases económicas são escamoteadas. Por isso, o realismo romântico de Balzac, implacável a este respeito, não teve penetração.

Todavia, é extremamente interessante acentuar que é no Brasil, muito mais do que em Portugal, que um realismo romântico de carácter *urbano* se desenvolve. Parecerá uma gigantesca contradição: aquele imenso país, em grande parte inexplorado ou não ocupado internamente, inteiramente baseado na produção agrícola de vastíssimos latifúndios que funcionavam apoiados numa numerosa mão-de-obra escrava, tem um romance urbano, romanticamente realista, como Portugal não possui: Joaquim Manuel de Macedo, parte da obra de José de Alencar, Manuel António de Almeida, o Machado de Assis da primeira fase, etc., competem e ganham, em visão urbana, com um Camilo ou um Júlio Diniz. Como assim? Porque as altas e médias classes ociosas, em que predominava um público feminino, se centravam na capital imperial, com todo o seu prestígio, ou em cidades que a imitavam, ou em fazendas do interior, onde as pessoas sonhavam com aquele Rio de Janeiro. Os escravos quase não aparecem, ou fazem parte da paisagem ou da mobília, porque aquela sociedade queria ver-se, o mais roseamente possível, como de facto muita dela era: rica, ociosa, elegante e educada, apenas permitindo aqui e ali um toque de vida boémia para dar o picante, e aqui e ali uma aparição do povo vulgar (e é este o caso do notável *Memórias de Um Sargento de Milícias,* de M. A. de Almeida, que todavia colocou o seu admirável romance não na contemporaneidade, mas nos tempos de D. João VI no Brasil, décadas antes). Isto não é dizer-se que aqueles escritores não tinham consciência social, ou eram simples serventuários das classes dirigentes. De modo algum. Isso é evidente em muitas das linhas ou entrelinhas deles, ou na ironia com que abordam certos aspectos da vida quotidiana — mas viviam numa sociedade que, ainda que limitadamente democrática, era muito centralizada na capital para onde todos mais tarde ou mais cedo convergiam, e dependiam (mesmo se economicamente independentes) de um determinado público por não haver outro. Portugal, que perdera a sua grande fonte de receita em 1822, e ainda não se tornara, pelo novo modelo europeu, empresário do que lhe restava dum imenso Império (o que só realmente começa nos fins do século XIX), não possuía a escala «imperial» do Brasil; e a divisão entre uma capital administrativa, Lisboa, e uma capital económica, o Porto, que comandava o *hinterland* do Norte, se fez o Romantismo (e o realismo romântico) oscilar entre um pólo e o outro, não permitia, como o menor nível de riqueza, uma semelhante centralidade urbana e um análogo ponto de vista. Mas, em muitos aspectos das suas obras, tanto Camilo como Machado de Assis haviam superado já (um e outro servidos pelas suas visões pessimistas da vida, que são tão temperamentais como um resultado psico-social de quem se sente muito acima do seu público e dos seus críticos) o optimismo desse peculiar realismo romântico. E compreende-se que ambos tivessem reagido como reagiram, quando o Realismo, com um grande R, foi proclamado e exemplificado por Eça de Queiroz.

Não era, em verdade, o Realismo por excelência, ainda que, sob vários aspectos, o tenha sido. Era, sim, o Naturalismo, variante específica do novo *realismo estético,* desencadeado, desde os meados do século, por Flaubert e outros contemporâneos seus, como os irmãos Goncourt. Como tal, o Naturalismo tomava para si o Realismo inteiro, negando a sua prática a quem não professasse as novas ideias. Mas, entre o que pode chamar-se o «realismo esteticista» de Flaubert e dos Goncourt e o realismo romântico (que, com a sua descrição fiel da realidade, evitando o desagradável, o «baixo» e o «impróprio», e com a sua idealização das personagens e das suas motivações, prosseguiria em várias

353

E.L.B. - 23

literaturas, vindo a declinar no chamado romance *rose* para meninas, enquanto houve meninas que tal lessem), já em França houvera um fugaz «realismo», que assim se proclamara, na viragem dos anos 40 para os 50: foi o de Champfleury e Duranty e outros, e que se pretendia decididamente anti-romântico e adverso à idealização. Apenas a esse movimento um Flaubert trouxera, paralelamente com o que Baudelaire ao mesmo tempo fazia com a poesia (e, por isso, Baudelaire foi tido por «realista», ao mesmo tempo que nele era posto em relevo o «satânico», o «mórbido», o «decadente» — o que tudo teve consequências futuras na literatura ocidental —, e não tanto aquilo que era novo nele, o faria mestre da nova poesia, e o Petrarca dos últimos cem anos), uma exigência de estilo e de estrutura, bem como uma aparente isenção do artista em relação às suas personagens, que uma e outra repercutiriam no Naturalismo e no mais que se seguiu. O Naturalismo, se se reclamou sobretudo de Flaubert, reclamou-se igualmente de crítica social (como os realismo anteriores já haviam feito e praticado), e sobretudo duma técnica científica e experimentalista em relação à observação da realidade e sua interpretação (mas não experimentalista no sentido de estruturação da narrativa, o que só chegou com a Vanguarda, no século XX). Na combinação destes pressupostos ideológicos, um Eça e um Zola diferem profundamente, e não cabe aqui a discussão das diferenças. Ambos foram — e por certo que, como escritor, Eça é muitíssimo superior a Zola — tidos por grandes mestres na Espanha e na América do Sul (um tema ainda por estudar em profundidade e extensão, no que a Eça se refere). Na Espanha, um dos grandes iniciadores dum realismo novo, Clarín, refere expressamente Eça como um dos modelos a seguir. A reacção contra os extremos do Naturalismo (que nada são em relação ao que tem sido escrito em muita literatura contemporânea) não se fez esperar, e dirigia-se contra duas diversas características dele: antes de mais, um realismo tão integral quanto possível, que não recuasse perante nada ou quase nada, e que os antecessores imediatos não tinham atingido; e, por outro lado, os pressupostos ideológicos, quer politicamente revolucionários, quer filosoficamente materialistas (no sentido de reduzir as motivações das personagens aos impulsos fisiológicos mais elementares). A decência, a estabilidade política e a «alma humana» eram todas igualmente ameaçadas — e em nome delas aquela reacção veio, usando mais umas acusações que outras, conforme os casos e os lugares. E não foram só um Camilo em Portugal ou um Tolstoi na Rússia, realistas que haviam sido e se consideravam, quem se indignou. Na Espanha, por exemplo, Emilia Pardo Bazán, romancista ilustre e propagandista do Naturalismo, rejeitava os excessos que atacassem a tradicionalidade «cristã» das

Espanhas — e são os «excessos» o que, em todos os países em que uma sólida burguesia controlava o poder (aliada a aristocracias tradicionais, por muito que as desdenhasse ou criticasse na decadência delas), impede até muito tarde uma difusão do Naturalismo. Este só penetrará em tais países com a crise do *fin de siècle,* misturado ao Simbolismo vindo da França e ao Esteticismo amoral vindo da Inglaterra. No Brasil, como mencionámos, Machado de Assis reagiu; e o seu ataque a *O Primo Basílio,* em 1878, desencadeou sobre ele uma tempestade que o levou a abandonar a crítica literária que fora o primeiro a exercer em alto nível no seu país. Este abandono coincidirá com a sua última fase de romancista, tal como esta coincide com o realismo psicologista que, reagindo por seu lado contra o Naturalismo, aparece um pouco por toda a parte: não sem razão Machado e Henry James são contemporâneos. Um naturalismo estrito (e este no Brasil é lançado em 1881, com *O Mulato* de Aluísio de Azevedo, em quem as presenças de Eça e de Zola se cruzam) durou pouco, mesmo nos grandes mestres que o lançaram ou praticaram. Mas o Naturalismo foi decisivo na libertação do realismo em geral. No fim do século, como acima dissemos, naturalismo, simbolismo, esteticismo, e uma ressurgência do regionalismo literário que havia sido parte do realismo romântico, tudo se combina variamente por toda a parte. O psicologismo era, com certa razão (ainda que às vezes como uma capa de ressurgências idealistas e idealizantes), a reafirmação da complexidade da personalidade humana (que, é óbvio, nos seus melhores momentos, os grandes naturalistas não haviam ignorado), em suas motivações, quando um naturalismo estrito a reduzia aos impulsos mais imediatos ou a uma demasiado directa dependência das circunstâncias sociais. Portugal, curiosamente, se teve um dos maiores realistas-naturalistas da literatura universal em Eça de Queiroz (pode dizer-se que um romance como *Os Maias* só tem rival em *I Malavoglia* do italiano Giovanni Verga, e em *Buddenbrooks* de Thomas Mann), e nele um triunfo do realismo urbano, não teve um dos maiores do realismo psicológico, como o Brasil veio a lograr na última fase de Machado de Assis, a qual se desenvolve exactamente ao lado do desenvolvimento do Naturalismo brasileiro. Este Machado último (que muitos dos seus contos anunciavam, sem que de tal aviso ninguém se desse conta) foi, estranhamente, a derradeira e refinada floração, amargamente irónica e desabusadamente pessimista, sem deixar de ser devastadoramente crítica, daquela cultura urbana do Rio de Janeiro, a qual, todavia respeitando imenso o velho Machado (a vida deste foi uma série de progressivos triunfos sociais que culminaram na presidência da Academia Brasileira de Letras), não sabia que fazer de tão subtil escritor urbano, preocupado ao mesmo tempo com a experimentação técnica, com demonstrar a impossibilidade da objectividade do «realismo», e em patentear, em pungentes tragicomédias novelísticas, como personagens medíocres podiam ser extremamente complexas. Com efeito, Machado, sem abandonar nunca as aparências tradicionais do realismo, fez, nos seus últimos romances, que são a sua maior glória, uma crítica sistemática das pretensões do realismo à objectividade e à omnisciência, variando de todos os modos possíveis os pontos de vista narrativos.

Seja como for, o realismo do século XIX, tal como se desenha nos meados dele (e, para Portugal, é sumamente interessante apontar que o introdutor dum estilo baudelairiano foi o mesmo Eça que veio a ser corifeu de um Naturalismo muito seu), ficou connosco até hoje, em todas as literaturas ocidentais, através das mais variadas metamorfoses. Quando James Joyce, no seu monumental *Ulysses,* constrói a parte final inteiramente sobre o *stream-of-consciousness* de uma personagem ouvindo-se interiormente a si mesma até adormecer, isso é, por um lado, a quintessência de um analitismo psicológico, mas é também, por outro, o realismo levado às últimas consequências: o fotografar (a palavra é calculada, se nos lembrarmos de que Zola usou da fotografia a fim de se documentar extensamente para os seus romances) do próprio fluxo da mente humana abandonada a si mesma. Esta Vanguarda novelística levou muito tempo a penetrar em Portugal ou no Brasil. A que estalou em Portugal em 1915, e no Brasil em 1922, é sobretudo poética (no sentido de escrita em forma de poemas), e tinha outras preocupações que são, em Portugal e no Brasil, aparentemente opostas: em Portugal, sobretudo uma interiorização poética, contra o vago dos nacionalismos literários dominantes; e no Brasil, com raízes não menos cosmopolitas, uma redescoberta do país e da vivência quotidiana, contra o cosmopolitismo superficial das gerações anteriores, ou contra o regionalismo pitoresco apenas. No entanto, manda a justiça que se diga que algumas obras «futuristas» de Almada Negreiros antecipam James Joyce. Todavia, os prolongamentos realistas-naturalistas duraram longamente nos dois países; e, no Brasil, nos anos 30 e depois, reafirmam-se no romance nordestino e bahiano (a que o grande Graciliano Ramos foi quem deu uma funda dimensão psicologista), enquanto em Portugal, pela mesma época, é um psicologismo o que se anuncia, na ficção de Rodrigues Miguéis ou de José Régio. O neo-realismo português, nos seus primeiros passos, deveu muito àquele romance brasileiro, por buscar nele uma directa crítica sócio-política que, na generalidade, continha muito menos do que então se pensava. Todavia, nem Portugal nem o Brasil voltaram a produzir romancistas «urbanos» da categoria de Eça ou Machado, o que se deverá ao facto, apa-

356

rentemente contraditório, de, ainda mais no Brasil que em Portugal, as grandes metrópoles terem conhecido um crescimento gigantesco, do mesmo passo que o foco de «classes» como as descritas por aqueles dois escritores se perdia e diluía. Pode dizer-se que, em excelente nível e grande escala, o mais «urbano» de todos os escritores nos dois países foi Erico Veríssimo, todavia baseando a sua obra magna *(O Tempo e o Vento)* no interior do seu mundo gaúcho, e não no Rio ou em São Paulo.

Hoje, em ambas as literaturas, como sucede em todo o mundo ocidental, e no oriental também, que se ocidentaliza, todos os caminhos se fundem, se superam, ou persistem, desde o mais extremo experimentalismo até ao mais banal realismo, pelos moldes oitocentistas. Mas, se é de ambas que se trata aqui, neste rápido conspecto da questão do «realismo» foi o Brasil quem apontou, por forma incomparável, uma culminação que é uma transfiguração também, elevando o realismo regionalista ao mais profundo simbolismo tipológico, e colocando a recriação da realidade no próprio plano das estruturas da linguagem, na obra genial de Guimarães Rosa. Diríamos que, no presente crepúsculo dos deuses (se pensarmos no que foi a centúria que durou desde os meados do século XIX aos meados do nosso), essa obra consubstancia tudo o que a velha tradição portuguesa e a nova tradição brasileira foram e têm sido: o sabermos que a «realidade» *se faz,* como sempre soubemos todos desde os cancioneiros medievais. Curiosamente, se uma atitude foi sempre comum aos grandes escritores de Portugal e do Brasil (muitos dos quais foram tão supremos artistas da arte de escrever), ela é, diversamente do que sucede ou sucedeu noutros lugares, o terem sempre lutado, cada qual a seu modo, contra uma avassaladora tradição de pura retórica no pior sentido do termo, e contra o ser-se meramente «artista», para atingirem a «realidade». Aquilo contra que lutaram (mesmo os mais reaccionários ou conservadores) representava de facto, em dois países sempre frustrados nas suas liberalizações, a *alienação per se.* E assim se lhes tornava interiormente evidente que a «realidade» não é algo de que a gente se apropria (como tão profundamente entendeu um Camões, e ao contrário do que a burguesia do século XIX ilusoriamente pensou) mas algo que a gente transforma; e, sem transformá-la pela imaginação, não temos contacto criador com ela.

A terminar, cumpre insistir que a batalha iniciada pelos realistas e naturalistas do século XIX está muito longe de ter sido ganha, e que ela envolve a própria liberdade da literatura enquanto tal, ainda quando se possa considerar *passé* o «realismo» deles. É que não pode haver limites postos à selecção do real circundante ou da vida humana. Tudo pode e deve ser dito, se o escritor decide dizê-lo ou sugeri-lo. Os moralistas, é claro, devem ter todo o direito de protestar — mas nenhum poder para suprimir. O mal existe, e tem uma extraordinária força de atracção, por certo superior ao do bem, cujas roupas veste tantas vezes. Mas o maior dos males é pretender ignorá-lo ou chamar pudicamente mal ao que o não é. O mal deve ser olhado de frente, não para fazer-se um pacto com ele, como fez o Dr. Fausto, mas para reduzi-lo àquilo mesmo que é: uma força que vive de esconder-se em nós ou de ser escondida na vida. E isso, duma maneira ou doutra, foi sempre, e será, o papel do «realismo».

Santa Barbara, Califórnia, Março de 1976

SOBRE A APROXIMAÇÃO LUSO-BRASILEIRA:

O PROBLEMA DA LÍNGUA*

Portugal e Brasil são povos irmãos, ou o segundo é o jovem filho do primeiro, ou etc., etc. Isto faz parte da retórica superficial em ambas as margens do Atlântico. E falam a mesma língua, a gloriosa língua de Camões (embora a maior parte do mundo não saiba quem é Camões, e muito menos que língua ele falou ou o Brasil hoje fala). Também essa glória é comum, naquela retórica dos banquetes e dos tratados. A verdade, porém, é muito outra. Na generalidade, e apenas com as honrosas e raras excepções dos que possuem cultura filológica e linguística (existente aliás no Brasil, entre professores de letras e intelectuais, numa proporção superior à de Portugal), os brasileiros vivem na obsessão de que a língua que falam é outra, de que não conseguem entender os portugueses quando falam, e de que esses mesmos portugueses constantemente ridicularizam o modo brasileiro de falar. É isto o que no estrangeiro ainda mais do que no Brasil, a maioria dos professores brasileiros, tal como os seus colegas estrangeiros dedicados folcloricamente ao estudo do Brasil, repete constantemente, e sem perderem a oportunidade de, pela imitação caricata e forçada, ridicularizarem a chamada pronúncia portuguesa. Tudo isto, evidentemente, tem de parte a parte causas sócio-culturais, e muitas delas perpetuadas nas falhas ou distorsões da educação recebida. Em Portugal, a condescendência irónica para com o brasileiro como um «colonial» primário, e a absoluta ignorância do Brasil, que é generalizada para além de algum convívio (e, em geral, com a literatura, sem o apoio da informação cultural que faria que ela fosse entendida melhor). No Brasil, o cultivo educacional da «diferenciação», obsessiva-

---

(*) Inacabado

359

mente prosseguido, pelo qual, desde a escola primária, todo o brasileiro aprende que os portugueses começaram a ocupar o Brasil depois de 1500 (muitos livros de história, no Brasil, não deixam de insistir no carácter duvidoso da descoberta, preferindo a prioridade de Pinzón, o companheiro de Colombo, um ou dois anos antes, não por preocupação da verdade histórica, visto que a viagem de Pinzón ao norte do actual Brasil é algo mitológico, mas por ele ter a vantagem de *não ser* português), para explorarem os brasileiros, tendo sido postos na rua do Atlântico em 1822. Voluntariamente se esquece ou não sublinha que, durante três séculos de intensa emigração, a população brasileira se fez de portugueses e seus descendentes; e dá-se desproporcionada atenção à presença eventual dos franceses no Rio de Janeiro ou no Maranhão, como à dos holandeses no Nordeste (que os próprios «brasileiros» expulsaram como os invasores que eram). O mito da língua «brasileira» não sobreviveu oficialmente, no Brasil, ao bom-senso filológico e linguístico; e, na verdade, não há praticamente divergência alguma que não seja explicada e justificada por épocas ou áreas do português de Portugal. O que, infelizmente, não parece que seja suficientemente sabido dos professores portugueses que, em Portugal, emendam os «erros» de sintaxe dos seus estudantes brasileiros (quando não há, até hoje, em nenhuma gramática da língua, um estudo sério e sistemático da sintaxe dela). E, por certo, é ignorado do brasileiro «médio», no querer, em que se educou, não só de que a divergência é condição *sine qua non* da sua «realidade» como brasileiro, como na ideia de que, em Portugal, há na generalidade um preconceito anti-brasileiro que em verdade não existe. Ou só existe ao nível dos semi-analfabetos de todas as classes sociais, entre as quais se incluem os professores ou revisores tipográficos que emendam sintaxe dos brasileiros, como também os Castilhos, os Pinheiros Chagas e os Cândidos de Figueiredo de má-morte.

Aqui tocamos um dos pormenores mais curiosos da questão. É raro o crítico ou professor brasileiro que, num momento ou outro, não invoca as objecções desses sujeitos, desses malevolentes portugueses, para provar as razões patriótico-linguísticas que ao Brasil assistam: esquecendo que esses autores representavam, no seu tempo, apenas a *meia-tijela* da cultura portuguesa, e que, se as colunas jornalísticas do Figueiredo sobre o bem-escrever apareciam dando sentença nos jornais do Brasil, e, se no Brasil eram publicadas, não era porque o Figueiredo mandasse no Brasil, mas porque os brasileiros que o publicavam assim desejavam que fosse. O chamado «ensino» não era, e não foi, uma conspiração portuguesa, mas sim, pura e simplesmente, uma pedantaria brasileira que ainda hoje se reflecte no estilo empolado e «luso» da retórica patriótica, política, ou de sobremesa de banquetes no Brasil. De tal folia os brasileiros não podem culpar-se senão a si--mesmos e às persistências barrocas da sociedade brasileira. Assim, uma série de estudos sistemáticos que aos brasileiros poderia ser oferecida pelos estudiosos portugueses é a da imagem do Brasil e dos brasileiros que, através dos documentos e dos autores, Portugal teve, e a das críticas às «divergências» linguísticas, quase sempre partidas, em Portugal, de elementos académicos, medíocres, ou ignorantes. O problema é inteiramente outro, entre Portugal e o Brasil, como seria o mesmo em Portugal, se na pátria comandada de Lisboa as pessoas soubessem como o povo fala. O brasileiro não entende o português? E o português do Continente entende o da Madeira? Que brasileiro do povo nordestino não fica linguisticamente perdido em S. Paulo? Etc. Etc. Mas as divergências de ritmo e de pronúncia, como as vocabulares ou semânticas, *não são* diferenciações linguísticas — e, nos domínios da língua portuguesa, nem sequer definem *áreas dialectais,* com a excepção de reduzidos e escassos núcleos, ou do crioulo cabo--verdiano. Tudo o mais são faltas da ignorância ou da malevolência — que os estudos competentes e desapaixonados têm o dever de suprimir. As pátrias não são mais ou menos independentes por terem línguas mais ou menos «diferentes». Se isso fosse a regra, todo o Brasil devia imediatamente falar só inglês, e não, evidentemente, o da Inglaterra...

SOBRE O MODERNISMO EM PORTUGAL E NO BRASIL:

ALGUNS PROBLEMAS E CLARIFICAÇÕES

Considera-se habitualmente, em Portugal, que o modernismo (ou seja a eclosão pública de atitudes de Vanguarda na criação literária, no mesmo sentido que o termo tem em França ou no mundo anglo-saxónico, e não no que tem para Espanha e Hispano--América) teve início com a publicação da revista *ORPHEU* em 1915, acontecimento que foi um escândalo reiterado em 1917 pela publicação de *Portugal Futurista*. No Brasil, a Semana de Arte Moderna, em 1922, desempenha o mesmo papel daquelas duas publicações. Mas, enquanto para o Brasil os críticos brasileiros ou estrangeiros interessados no Modernismo têm largamente escrito sobre a Semana (e os cinquenta anos dela produziram recentemente uma enorme massa de publicações) e os antecedentes desse evento, já para Portugal, se bem que toda a crítica portuguesa responsável aceite que os rumos da literatura se alteraram decisivamente a partir de 1915, não se fez ainda uma sistemática pesquisa dos «antecedentes» de *ORPHEU*, por modo a mostrar a que ponto e como uma atmosfera se prepara em contacto directo ou indirecto com as agitações artísticas e literárias que, desde os primeiros anos do século (e sem dúvida desde 1909 com o escândalo das manifestações futuristas), se desenvolviam na Europa. Tanto em Portugal como no Brasil, a maioria desses antecedentes diz respeito mais aos artistas plásticos do que aos escritores, e à repercussão que a obra desses artistas ia tendo. Não é para admirar que assim tenha sido, e para um estudo geral é indispensável que os críticos literários não ignorem as artes: com efeito, independentemente de todas as agitações literárias, os movimentos e grupos artísticos vinham desde as últimas décadas do século XIX, e sobretudo centrados em Paris, desafiando mais ostensivamente que as letras todos os cânones formais que datavam do Renascimento. Atraídos para Paris, e por mera força dos estudos que iam fazer, os artistas estariam mais directamente envolvidos no que se passava de novo, e não estavam tanto como os escritores limitados pelos condicionamentos locais das suas culturas nacionais, no que respeitasse à expressão escrita.

Mas tais estudos de «antecedentes» não devem fazer-nos esquecer um par de questões fundamentais. O facto de dizer-se que o escritor fulano foi a Paris em 1912, ou que o escritor cicrano leu isto ou aquilo em 1915, etc., por certo que importa para um enquadramento do fenómeno cultural. Mas para a história e a crítica literárias enquanto tais, e no que ao modernismo importa, o que mais interessa é saber-se quando foi e como foi que esses escritores, a mais do que haviam visto ou lido, começaram, *em obras suas*, a ser *diferentes*. Esta diferença deve ser determinada em função de um duplo padrão: nacional e internacional. Pelo primeiro critério, observar-se em que medida o escritor se tornou diferente do que, em linhas gerais, o seu lugar e o seu tempo pediam a um escritor. Pelo segundo critério, avaliar a que ponto essa diferença irmana o escritor àquilo que, internacionalmente, se apresentava como «moderno» ou a Vanguarda aceitava como tal. A este último respeito, há que ter presente que, sendo princípio fundamental do modernismo uma busca pessoal de novas formas de expressão, muitas vezes os escritores se irmanaram mais nesse fito do que em imitar deliberadamente modelos vanguardistas. Um dos perigos que a crítica corre, em contrapartida deste facto, é tomar demasiadamente a sério tentativas superficiais que não punham profundamente em causa a tradição.

Esta uma das questões fundamentais que, a nosso ver, tem sustentado numerosos equívocos na crítica brasileira do Modernismo, em que parece detectar-se uma obsessão com ampliar-se o conceito de «moderno», de maneira a satisfazer receios inconscientes de que possa ser dito que o Brasil chegou mais tarde do que outros países ao Modernismo. Quando um qualquer país ou qualquer cultura não deu início primeiro do que quaisquer outros a um determinado movimento artístico ou literário, e quando, por outro lado, aquilo que realizou é realmente superior e significativo e suporta perfeitamente uma comparação com as realizações dos outros, é inteiramente absurda essa obsessão e indigna de uma crítica que não sirva apenas preconceitos de puro «ufanismo» nacional.

Outra das questões fundamentais — que críticos de origem anglo-saxónica com o seu tradicional horror de «escolas», de «períodos», e de «ismos», como os críticos espanhóis e hispano-americanos geralmente empenhados em minimizar quanto foi Vanguarda, tendem a esquecer — consiste em ter presente que, no caso de Portugal e do Brasil, a Vanguarda realmente existiu, desafiou decisivamente o «establishment» literário-artístico, e de uma maneira ou de outra triunfou. Mas, tendo-se isto presente, tenha-se também em mente (ou não se entendeu o Modernismo) que, se todos os movimentos e atitudes de Vanguarda fizeram necessariamente parte do Modernismo a que deram forma, nem todo o Modernismo foi Vanguarda. Por exemplo: podemos dizer, e não só porque sejam poetas deste século, que Juan Ramón Jiménez, Paul Valéry, ou Rainer Maria Rilke, foram poetas modernos. Mas que haverá de Vanguarda em qualquer deles? Pouco ou nada. E no entanto esses escritores, e outros como eles, são dos maiores do século XX, e sem dúvida que revolucionaram pessoalmente as heranças e tradições recebidas. Não foi diverso o que sucedeu com alguns escritores em Portugal e no Brasil. Assim, cumpre reconhecer que o Modernismo (nos termos que definimos) se desenvolveu entre dois pólos ou tendências principais: os escritores que adaptaram aos seus próprios fins os movimentos literários das últimas décadas do século XIX, de cujas ideias básicas se não separam, e os escritores que cortaram, total ou parcialmente, com o passado para se lançarem na experimentação vanguardista. Esta distinção é muito importante, e permite melhor ajuizar da complexidade de atitudes que a libertação modernista permitiu. Dentro de um tal quadro, cabem perfeitamente variações e retrocessos ou emergências de tendências anteriores que se verifiquem individualmente na evolução de vários escritores. Para Portugal e para o Brasil, à semelhança do que sucede noutros países da Europa, é possível chamar àquela tendência extrema que prolonga e transfigura o que vem do século XIX *post-simbolismo,* opostamente à Vanguarda propriamente dita. Nesta tendência se inscrevem por exemplo poetas como Mário de Sá-Carneiro e Cecília Meireles que transmutam radicalmente a herança simbolista sob o influxo da agitação de Vanguarda, sem todavia aderirem aos métodos desta. Já Almada-Negreiros em Portugal, ou Oswald de Andrade no Brasil são vanguardistas, enquanto se pode dizer que um Fernando Pessoa e um Manuel Bandeira, vanguardistas, conservaram nas suas obras certas linhas de post-simbolismo.

Um outro ponto decisivo, para o caso luso-brasileiro, é a questão do verso-livre que durante muito tempo foi para a crítica pedra de toque do Vanguardismo, pelo que representava de corte com a tradição estabelecida. Há que ter presente que, nos países latinos em geral, e em Portugal e no Brasil em particular, o versilibrismo de um Walt Whitman, com o seu longo versículo, não tivera repercussão alguma, ainda que por certo fossem conhecidas as experiências de abolição de fronteiras entre o poema em prosa e o poema metrificado, praticadas pelas simbolistas franceses ou alguns deles, da mesma forma que o foram — e largamente usadas pelo simbolismo em Portugal sobretudo e também no Brasil — as experiências de desarticulação métrica do verso tradicional. O que foi escandalosamente verso livre em Portugal e no Brasil foi, porém, não tanto o verso metricamente desarticulado, agrupado sem regra visível de regularidade da sua extensão, mas, muito particularmente, um verso com estruturas e níveis da linguagem *prosaica* (pelo menos na aparência, já que os equilíbrios rítmicos interiores escapavam ao leitor surpreendido, como ainda hoje escapam ao crítico desprevenido). E isto foi o que desenvolveram Fernando Pessoa sob o nome de Álvaro de Campos e de Alberto Caeiro e um Bandeira, um Mário de Andrade, um Carlos Drummond de Andrade, um Murilo Mendes.

Também na prosa o Vanguardismo trouxe uma revolução paralela, em direcção a níveis coloquiais da linguagem, e mais além disso, a um calculado primitivismo dela, experimentalmente buscado. No fim do século XIX, e nos primeiros anos do actual, a prosa portuguesa ou brasileira ficara limitada pela tradição de impressionismo visual desenvolvida dentro da descritividade realista e naturalista, pelo regionalismo pitoresco que do naturalismo evoluíra (e o facto de, em Portugal, um Aquilino Ribeiro, ou no Brasil um Monteiro Lobato apresentarem os camponeses numa reacção realística contra o pitoresco nada altera ao facto de que ambos continuam fiéis às estruturas estéticas e estilísticas da tradição), ou era marcada pelas elegâncias e requebros simbolistas e esteticistas que iam até à superficialidade amável e jornalística. Assim cumpre entender qualificadamente a asserção tão repetida de que o Modernismo brasileiro, na sua linhagem mais vanguardista, buscou e realizou uma libertação da tirania da linguagem literária tal como era praticada em Portugal. Essa tirania era, em grande parte, menos proveniente de Portugal do que uma das bases essenciais do próprio «establishment» literário brasileiro. E estava na continuidade ideológica que vinha desde os árcades brasileiros do século XVIII, quando estes queriam provar a si mesmos e aos outros (como provaram, aliás) que, agindo como brasileiros, e promovendo temas brasileiros, podiam escrever tão bem como os portugueses. Tratava-se — como fizeram no Brasil o Romantismo e os críticos e autores da segunda metade do século XIX — de nacionalizar a tradição dos clássicos da língua, e mostrar que uma diversificação brasileira da linguagem culta era possível e sobretudo indispensável à dignidade da cultura. É esta a orientação assumida por José de Alencar, Machado de Assis, João Ribeiro, etc. — e Rui Barbosa, com a sua criação de uma prosa moldada nos clássicos, ou os poetas parnasianos como Alberto de Oliveira ou Olavo Bilac, com o seu refinado domínio das estruturas rítmicas e sintácticas tradicionais, foram brasileiros e não poderiam ter sido outra coisa.

Ao tempo, em Portugal, aonde o simbolismo dominara mais ostensivamente a poesia que no Brasil aonde a linhagem parnasiana predominara publicamente (apesar da grande difusão que o simbolismo teve), a rigidez tradicional estava mais quebrada pelos poetas do saudosismo com Teixeira de Pascoaes e os seus seguidores, e só a prosa estava mais presa dentro das linhagens que descrevemos. A revolta do Modernismo brasileiro contra a tirania da linguagem literária oficial deve ainda ser entendida e é essencial que o seja, em termos sócio-políticos. Aquele «establishment» era a expressão literária e culta de uma alta burguesia rica e aristocratizada que constituíra a sociedade do Segundo Império e se prolongara nas estruturas conservadoras da Primeira República, a qual vivia das suas rendas agrárias, num requinte urbano e internacional, ignorando ostensivamente as realidades ambientes não só da imensa população do Brasil, mas mesmo a quotidiana experiência dos seus contactos com ela. Essas realidades só podiam ser objecto de gracioso regionalismo em que se registasse a maneira pitoresca e peculiar da fala popular, sem que o escritor ele mesmo usasse, a não ser como registador dos níveis coloquiais ou familiares da linguagem. Em Portugal, em contrapartida, um pequeno-burguesismo aliado às pequenas aristocracias rurais tradicionais triunfara politicamente na República de 1910 contra uma sociedade equivalente àquela brasileira, e arrasta consigo uma mediocrização populista contra a qual, como contra o saudosismo sentimental e simbolista, os Vanguardistas de 1915 pretendem reagir, em nome de uma exigência estética da criação literária.

Errado seria supor que o Modernismo brasileiro, no seu afã de busca do Brasil real, representa uma reacção politicamente orientada em sentido estrito (o que de facto sucedeu, neste capítulo, foi, primeiro, antes de atitudes políticas virem a ser assumidas por escritores esquerdizantes, uma aproximação com a emergência internacional do fascismo). Nem a esmagadora maioria dos modernistas provinha socialmente de famílias não-tradicionais. O que essa esmagadora maioria representa é a reacção dos estratos secundários da oligarquia contra os mitos culturais desta, em favor de um Brasil mediano, familiar, afim das tradições domésticas e populares, que, para esses estratos, eram, sob a face do quotidiano, a realidade que eles representavam, mantida em xeque pela oligarquia entre o povo e as altas camadas dirigentes — o que teve paradoxal expressão política na Revolução de 1930. Nada mais iluminante do que por par a par a antropofagia pregada por Oswald de Andrade, e o exame de consciência que quase no fim da sua vida Mário de Andrade fez ao analisar o que, em sua opinião, o Modernismo não tinha feito. De um lado, temos, na melhor tradição da iconoclastia vanguardista europeia, a proclamação de um radicalismo cultural que iria até às raízes pré-colombinas das Américas: a justa negação da falsa cultura praticada artificialmente pelas oligarquias, mas também a substituição dela por novos mitos culturais (já que o Brasil era e é historicamente o que se fez desde 1500), que produziram obras tão peculiares e artificiais como *Macunaíma* ou *Cobra Norato*. O que lança, sublinhe-se, uma luz nova sobre a raiva e a fúria que Oswald de Andrade se sentiu impelido a usar em *Serafim Ponte-Grande,* expressão da contradição fundamental do radicalismo meramente cultural que ele pregara. Do outro lado, temos um epitáfio muito pessoal (e no fim das contas altamente injusto) do Modernismo dos anos 20, quando Mário de Andrade sente que, apesar do prodigioso surto cultural desencadeado pelo Modernismo, este jogara na «literatura» e não na análise social das condições existentes. Parece contraditório que assim Mário tenha visto, quando tantos romancistas desenvolviam obras de protesto social. Mas a verdade é que a maior parte destas obras (com excepção do Graciliano Ramos) não criava novas formas na ficção, e na verdade criticava a derrocada das velhas estruturas senhoriais em face das novas estruturas capitalistas, muito mais do que trazia o povo enquanto tal ao primeiro plano de uma vida sócio-política que o excluíra e excluía inteiramente.

Ainda quanto ao problema da libertação da linguagem literária, num sentido coloquial e primitivista, e nas relações ou comparações entre Portugal e o Brasil usualmente os críticos de literatura brasileira esquecem ou ignoram que o «establishment» português recusara ou atacara o Vanguardismo violentamente (e que os republicanos de 1910 viam com enorme suspeição o aristocratismo intelectual dos homens de 1915), que o lançamento do Modernismo em Portugal pretendeu ser uma iniciativa luso-brasileira (em que post-simbolismo e vanguardismo aparecem significativamente confundidos em *ORPHEU,* ou lado a lado), e que as obras em prosa de Almada-Negreiros eram desde 1915--1917 um corte total com a tradição literata luso-brasileira. Por outro lado, foram os homens de *ORPHEU* quem, nas páginas da revista, deram publicidade à poesia do simbolista Ângelo de Lima (1872-1921) cuja linguagem poética inventa palavras e desarticula a sintaxe tradicional. Assim, quando Ângelo de Lima, Almada-Negreiros, Álvaro de Campos, e as audácias de Sá-Carneiro (obras em prosa e verso do qual haviam sido publicadas em 1914-15) já existiam, a revolta do Modernismo brasileiro fazia-se na verdade contra a mitologia daquelas oligarquias que, na frase famosa de Afrânio Peixoto, representante delas, definiam a literatura como «o sorriso da sociedade», mas não contra o Portugal de Vanguarda que se afirmara nas páginas de *ORPHEU.*

Ainda estão por estudar em extensão e em profundidade as relações das vanguardas de Portugal e do Brasil, não só em 1915-22, mas até aos anos 40, quando durante os anos 30 e 40 os modernistas brasileiros colaboravam nas revistas modernistas portuguesas e eram nelas criticados com especial relevo. Não se trata ou não deverá tratar-se de meramente atribuir influências ou precedências, ou discutir ridiculamente quem primeiro fez seja o que for, mas de ter presente que duas literaturas na mesma língua, cujos contactos mútuos e íntimos vinham desde as origens do Brasil, necessariamente não se ignoraram durante essas décadas. Um isolacionismo narcisista, como tanto tem sido praticado nos últimos anos pela crítica brasileira, por certo que não é senão efeito de um absurdo sentimento de independência cultural, que as realizações da cultura brasileira tornam totalmente obsoleto.

Tanto o modernismo português como o brasileiro buscaram, paralelamente, uma interiorização da experiência contra a superficialidade da criação literária, e uma renovação radical da expressão. Independentemente do individualismo que caracterizou as experimentações modernistas de Vanguarda, aquela interiorização, pelas condições locais, assumiu em Portugal um carácter existencial, e um carácter nacional no Brasil («nacional», no sentido de trazer a realidade quotidiana e a experiêndia de vida do escritor, enquanto brasileiro, à literatura). Mas as peculiaridades «exóticas» (a que, ainda pelo modelo europeu, os brasileiros têm sido sensíveis a respeito do próprio país, e que tanto atraem alguns críticos estrangeiros) do modernismo brasileiro não podem fazer esquecer que aquele «nacional», nos melhores escritores, não deixa de ser uma específica análise existencial de certos aspectos do homem brasileiro, ou da condição humana no Brasil, e aspira a uma expressão de valor universal, como sucede com toda a grande arte.

SOBRE A SITUAÇÃO DO ENSINO DE LITERATURA
BRASILEIRA NOS ESTADOS UNIDOS — inquérito

1) — Perguntar-se pela situação do ensino de Literatura Brasileira nas universidades americanas postula que se pergunte pelo ensino da língua portuguesa nela e pelo interesse, curiosidade, ou conhecimento do Brasil, que acaso haja fora dos restritíssimos limites dos que sabem português. A verdade é que dos cerca de 2000 colégios universitários e universidades que existem nos *States* só uns *dez por cento* ensinam português. Destes, só um pequeníssimo número inclui estudos de literatura, já que a esmagadora maioria daquele pequeno número ensina a língua (e às vezes um curso de introdução geral à cultura brasileira) apenas para uso de sociólogos, antropólogos, etc., ou funcionários do governo federal ou de organizações industriais, etc., que possam, por qualquer razão, estar interessados no Brasil. As universidades que oferecem cursos regulares de literatura brasileira, e graus de bacharelato (BA), licenciatura (MA) e doutoramento (Ph. D.) são pouquíssimas: não mais de uma dúzia, e em muitas delas o Português aparece como um grau não separado de, ou subordinado ao Espanhol. Por outro lado, há que ter presente que tem sido dificílimo convencer as entidades oficiais da vantagem ou interesse de que, pelo menos em certas áreas do país, a língua portuguesa seja oferecida optativamente no ensino secundário, como sucede com o francês, o espanhol, o alemão, por exemplo. O que permitiria que os estudantes interessados entrassem logo num nível de estudos que possibilitasse o aprendizado da literatura, sem a necessária perda de tempo com o indispensável aprender da língua. A razão de tudo isto é simples: o povo americano, e mesmo personalidades altamente responsáveis dele, ignoram totalmente, e persistem em ignorar, que a língua portuguesa é uma das quatro ou cinco com maior número de falantes no mundo actual, e que o Brasil, que a usa, é em

371

área e população metade da América do Sul, além de ser ou estar em vias de ser uma grande potência. Para essa gente toda, o Brasil, se não fala sobretudo línguas índias por ser índio e andar de tanga e com penas na cabeça (influência maléfica das reportagens que só mostram selvas e Amazónias), como lhe competia, fala sem dúvida espanhol, como seria sua obrigação (para facilitar as coisas), uma vez que é apenas *mais uma* das repúblicas da América Latina, que todas, por definição, é o que falam... Isto não é piada nem exagero: um professor secundário perguntou uma vez a duas filhas minhas, sabendo que elas haviam crescido no Brasil, se elas não se tinham *vestido pela primeira vez* para embarcar para os States... É esta ignorância básica da importância e da natureza do Brasil (que não é, com o devido respeito por esses países, mais uma Guatemala ou Nicarágua), o que, antes de mais, tem de ser combatido por todos os meios do próprio Brasil. Os poucos que aqui estão, como eu, e os poucos americanos que conhecem e amam de verdade o Brasil, não podem fazer mais do que fazem contra a indiferença, o sentimento de superioridade em relação aos outros povos especialmente os latinos, ou os cálculos dos que querem que o Brasil pareça ser *só* a pátria do Carnaval e do samba.

Posto isto, o corte das verbas que sustentavam e permitiam organizar e desenvolver programas do ensino do Português, com a amplidão necessária a ensinar-se literatura brasileira com um mínimo de seriedade e profundidade, e serviam a atrair para eles os estudantes, foi um tremendo desastre. Não só pelo facto em si de o Governo Federal cortar essas verbas, mas porque essa acção coincidiu com a tendência geral (e catastrófica) das administrações das universidades americanas para suprimir a obrigatoriedade, para qualquer licenciatura ou doutoramento, do aprendizado de línguas estrangeiras (excepto nos casos específicos de ser-se estudante de uma determinada literatura, é claro). Como estrangeiro residente nos Estados Unidos, não me cabe discutir de público a política do país, ou quais as razões políticas que levaram o governo a suprimir quase por completo a protecção das línguas tidas por «desprotegidas» mas de interesse para os Estados Unidos (como, com outras, era o caso do Português), ou as razões não menos políticas que terão levado as administrações universitárias a diminuir drasticamente o ensino de línguas estrangeiras. Actualmente, a pequena verba federal existente para aquelas línguas «desprotegidas» é apenas atribuída para manter precariamente uma escassa meia dúzia de centros de ensino do Português, que não podem expandir-se; e novos centros, os mesmos programas promissores que se desenvolveram *sem* aquelas verbas, não serão considerados para efeitos de subsídio. Isto é tanto mais trágico, quanto o número de estudantes de Português, ainda que a uma escala modesta a comparar com o francês ou o espanhol, vinha em extraordinário aumento (enquanto aquelas línguas haviam deixado de crescer), não tendo essa tendência sido arrastada na queda geral provocada pelas abolições do requisito de línguas estrangeiras. Note-se que, não sendo a língua portuguesa ensinada em mais de talvez uma dezena de liceus e colégios secundários nos Estados Unidos inteiros, os cursos intensivos de língua são absolutamente indispensáveis para que literatura possa ser lida e explicada. Por outro lado, há que ter em conta que, mesmo no tempo em que a educação universitária era aqui barata ou gratuita nas universidades estaduais e municipais (que deixou de ser), o estudante norte-americano não estudava — e não estuda — senão aquilo para que ofereçam pagá-lo com bolsas de estudo ou cargos de auxiliar de ensino. Não havendo verba para uma coisa ou outra (e era, em grande parte, o que a verba federal permitia), os estudantes mudam-se, e vão estudar suahili ou chinês, se lhes pagarem para tal. Com raras excepções de cursos profissionais, as carreiras na América, tenha-se presente, *não são vocacionais,* mas aquela que se agarrou à passagem num momento de sorte. Quem são, ou têm sido, na sua maioria, os estudantes de literatura brasileira? Em geral, pessoas cujos pais viveram com eles no Brasil, ou voluntários dos «peace corps», ou jovens que trabalharam no Brasil como missionários, os quais desejam, se lhes for dada oportunidade, capitalizar os conhecimentos de língua e da cultura brasileira, que já possuem. Outros estudantes são de literatura espanhola ou hispano-americana, e apenas desejam acrescentar algum Brasil à sua preparação. Os casos de específico e autónomo interesse pelo Brasil, que aparecem, são todavia raros.

Outro aspecto da questão deve ser abordado. Na generalidade, os estudos de Português na América estão incluídos ou em Departamentos de Espanhol e Português ou em Departamentos de Línguas Modernas. Neste último caso, são apenas «tolerados» pelas línguas mais «importantes» que levam a parte do leão (o orçamento departamental). Estando juntos só com o Espanhol — o que não é mau em princípio, visto que é melhor viver em casa do inimigo que na rua à chuva —, dificilmente podem competir com a gigantesca indústria de ensino do espanhol e das literaturas hispano-americanas em cujo interesse está que a brasileira seja só uma delas, e não *o equivalente a elas todas juntas,* como eu disse há anos, em vários lugares, numa conferência que produziu escândalo. O reduzir-se o Brasil a mais uma das repúblicas da América Latina, para que o próprio Brasil contribui quando não acentua as suas diferenças, inevitavelmente favorece os interesses daquela indústria. Nesta há felizmente amigos da língua portuguesa e da literatura brasileira, e por isso é melhor contar com eles do que com a sua indiferença ou hostilidade. Sabedora de que o desenvolvimento do Português é um competidor (ainda que sempre as Nicaráguas sejam numericamente mais), essa indústria esfregou as mãos de contente na sua desgraça da queda geral das línguas estrangeiras, porque assim podia aproveitar a ocasião para suprimir ou atrasar a competição. Muito poucos foram os lugares aonde isto não sucedeu ou está sucedendo. A este respeito, há que acentuar que a esmagadora maioria dos professores americanos de Português o são também de Espanhol, razão pela qual, com a excepção de uns quantos em que existe um decidido amor por aquele, tendem a acomodar-se a uma situação em que, pessoalmente, não ganham nem perdem — e o Português regressa à sombra de onde havia brilhantemente saído.

Qual o remédio, aliás urgente, para esta situação absurda e injusta (e perigosa, porque convém ao Brasil que exista quem conheça, estime e difunda a cultura brasileira)? Creio que não é intromissão política sugerir que deve o Brasil, por todos os meios a seu alcance, lembrar aos Estados Unidos que as boas relações diplomáticas e económicas devem ir de par com uma adequada protecção dos estudos de Português na América: verbas para subsidiar todos os programas sérios nas Universidades, que permitam dar bolsas a estudantes e contratar professores para expansão do número de cursos oferecidos; e verbas para incentivar a introdução do Português, em escala apreciável, no ensino secundário. Isto do lado do governo federal americano, tal como o governo brasileiro lhe poderá lembrar com a devida insistência. Do lado brasileiro, uma entidade como o prestigioso Instituto Nacional do Livro poderia desenvolver um vasto programa de fornecimento de livros às bibliotecas universitárias e departamentais, ajudando estas bibliotecas a enriquecer e actualizar as colecções igualmente ameaçadas pelas gerais restrições financeiras de que as Humanidades estão sofrendo aqui. Outra solução seria, através dos serviços culturais do Ministério das Relações Exteriores, a criação de uma rede de *leitorados* nos Estados Unidos, junto das universidades cujos programas oferecessem garantias para a eficiência de um Leitor de Literatura Brasileira.

Para tudo isto, há que ter presente que as universidades na América não dependem do governo federal para nada senão para alguns subsídios, pelo que a pressão e as ofertas, conforme os casos, terão de ser feitas a dois níveis: o do governo federal, e o das próprias universidades. Se isto se não fizer, dentro em pouco os estudos luso-brasileiros serão reduzidos a um mínimo vegetativo que não permitirá grandes esperanças e que poderá ser irreversível.

2) — Como se depreenderá da resposta anterior, esta pergunta só colhe para aquele raros lugares em que a literatura brasileira é efectivamente estudada (e não apenas eventualmente usada para o ensino da língua), e para os pouquíssimos lugares em que doutoramentos podem ser feitos em Português. Não se deve dar a errónea impressão de que há um vasto interesse e uma viva curiosidade, quando importa acentuar que o Português, que arrancava de um «limbo» de décadas, em que só a devoção individual de alguns professores americanos o mantinha vivo, está sendo forçado a regressar a ele. Na minha experiência pessoal de director ou co-director de teses doutorais, tenho-as dirigido sobre Machado de Assis, Lima Barreto, Graciliano Ramos, Oswald de Andrade, Carlos Drummond de Andrade, por exemplo, e algumas delas são sem dúvida excelentes contributos para as bibliografias sobre esses autores. Quanto aos autores «antigos» (suponho que o termo está aqui usado para não apenas os autores coloniais mas também os anteriores a Machado de Assis) é muito difícil introduzi-los, a não ser com artes especiais de convicção, como me tem sucedido, com êxito, com os árcades setecentistas. Há uma razão geral: com raras excepções, o jovem americano pensa que o que não seja literatura do século XX não é «relevante» para ele, ou é coisa que exige preparação cultural que ele não tem paciência para adquirir ou ninguém lhe oferece (lembre-se que pouquíssimos são os cursos curricularmente exigidos para uma formatura dos *States,* e que o estudante é livre, com consequências péssimas para a sua preparação geral, de escolher o que julga que mais lhe agrada).

3) — O que se entende por «contemporâneos»? Os autores actuais, os autores dos últimos trinta anos? Ou os autores desde 1922, que, em cinquenta anos, criaram a literatura mais poderosa e rica de toda a América Latina (ainda que a maior parte da América do Norte o não saiba)? De qualquer modo, tenho para mim que não cabe às universidades um papel de agentes literários dos autores actuais, ainda quando seja das universidades que parte para o público um qualquer interesse pela literatura brasileira como literatura. Às universidades compete primacialmente estarem atentas e difundirem a literatura contemporânea tanto como a que o não seja. Aonde e quando se procure difundir autores, sem insistir numa história literária e cultural desde os velhos cronistas até Guimarães Rosa, não me parece que se sirva um verdadeiro prestígio do Brasil, na sua competição, que o é aqui, com Hispano-América. Mas uma das maneiras de difundir a literatura brasileira de mérito, antiga ou moderna, e ladeando o problema do aprendizado da língua portuguesa exposto acima, é oferecer cursos de Literatura Brasileira

em Tradução, assim atraindo estudantes alheios ao estudo do Português. É o que todos temos feito nos Estados Unidos, mais ou menos. Mas não se tenham ilusões a este respeito, no actual estado de coisas; um curso desses é um êxito se atrai vinte estudantes, enquanto qualquer curso superficial sobre «cozinha chinesa» pode atrair quatrocentos. Para oferecer cursos em tradução, necessário é que a literatura esteja largamente e competentemente traduzida e publicada em edições acessíveis. Bastante está traduzido que, infelizmente, com todo o prestígio de escritores como Jorge Amado, jamais atingiram de facto o grande público. Seria da maior importância que uma entidade como o Instituto Nacional do Livro centralizasse o pagamento de subsídios a tradutores, por meio de bolsas, e a editores, por meio de participação na despesa das edições, a fim de romper-se a barreira de uma comercialização que efectivamente ainda não existe. Outra coisa a fazer era a criação de um boletim bibliográfico que centralizasse todas as informações sobre o que se publica no Brasil e que tivesse a mais larga difusão nos Estados Unidos. E, mais importante do que tudo, uma reforma da mentalidade dos escritores e dos editores do Brasil, que não se dirigem realmente a quem reside no estrangeiro, sempre confinados ou a meras relações pessoais, ou meros contactos ocasionais. Por exemplo: responder a cartas, criando alguns hábitos de epistolografia...

4) — Creio que estes temas acima tratados são já suficientes, se derem ao Brasil uma ideia clara de que o conhecimento e o estudo dele atravessam uma grande crise nos Estados Unidos, da qual não poderão sair eficazmente sem esforço e sem pressão do próprio Brasil. Em nenhuma parte do mundo, como na América do Norte, é verdade o ditado: «Quem não chora não mama». E nós, os que aqui estamos, corremos o risco de ter gasto já toda a eficácia das lágrimas e gritos. A menos que nos contentemos que a língua portuguesa e as suas literaturas sejam, injustamente, e contra a sua importância e a do Brasil, apenas consideradas uma eventual curiosidade, ou uma magra realidade conservada na sombra, precisamente no país de cujas decisões ou indecisões tanto depende no mundo em que vivemos.

Universidade da Califórnia em Santa Barbara, Abril de 1974

BRASIL COLONIAL

1. *Introdução* — Por este título se deve entender o que os historiadores e estudiosos da literatura brasileira chamam período ou fase «colonial», isto é, as manifestações e monumentos literários desde a descoberta, em 1500, até à independência política em 1822. Uma tal fase de uma cultura «colonial» que se torna, após tal independência, a do «passado» do país, oferece dificuldades que os historiadores e estudiosos na maior parte dos casos não enfrentam, ou até criam e complicam. Inevitavelmente, para um país que é descoberto e colonizado progressivamente por uma nação europeia, mas em que não existia uma «cultura» em sentido civilizado e muito menos literário, nem um Estado ou estados organizados mas tribos primitivas e silvícolas, a cultura que se desenvolverá tenderá a ter raízes europeias. Um tal país, que se foi formando por exploração continuada e por aquisições territoriais e administrativas (uma e outra não necessariamente preparadas, em todos os momentos, pela mãe-pátria, já que os interesses dos «colonos» impulsionarão progressivamente iniciativas próprias), não é uma administração colonial imposta pela mãe--pátria, e através de uma minoria administrativa e financeira, a uma nação ou nações já existentes (ou segmentos delas), como sucedeu, com as potências europeias, em muitos dos seus estabelecimentos africanos ou asiáticos, onde, por muita influência que tenham exercido e muitas marcas da sua presença que venham a deixar, a sua retirada, se pode ter complexas repercussões, não significa que nasce um país novo, uma vez que este, culturalmente e populacionalmente, nunca deixara de existir sob o domínio colonial, de uma maneira ou de outra. Curiosamente, o sentimento nacional brasileiro (através de uma educação ministrada pelas classes oligárquicas do Brasil, herdeiras do passado colonial que era o delas mesmas) tem a ilusão — até por analogia com a

377

questão internacional da «descolonização» desde a Revolução Norte-Americana — de que os Portugueses chegaram em 1500 e subjugaram o Brasil, acabando por ser expulsos em 1822. Ora, seja qual for a opinião que se tenha ou possa ter sobre a administração do Brasil colonial, o facto subsiste de o Brasil não existir enquanto tal, antes da descoberta e da colonização (nem sequer como os impérios dos Astecas e dos Incas existiam, em partes da América conquistadas pelos Espanhóis), e de ter sido a época colonial o que criou o país que se separou de Portugal em 1822. Esta criação, que teve bases económicas muito definidas (períodos de exportação do «pau-brasil» que dará o nome às Terras de Santa Cruz; da produção e exportação do açúcar; e da extracção mineira de pedras e metais preciosos), sem as quais não se cria um país de imigração, baseou-se numa vastíssima (em absoluto, e em comparação com os impérios espanhol, holandês ou inglês, ao longo de 1500-1822) fixação de populações de origem portuguesa, já que os estrangeiros só em casos especiais tinham entrada no Brasil, e só realmente vieram a ser admitidos nele, em larga escala, há pouco mais de um século. Estas populações, que dizimaram os índios que se recusavam a ser escravizados, e muito cedo introduziram (para as suas explorações de raiz agrícola ou para-industrial) a escravatura negra a uma escala que não tem paralelo nas regiões da América do Sul controladas pela Espanha, desde as primeiras fixações que praticaram uma miscigenação de base patriarcal e paternalista, usando o grupo ameríndio e o grupo negro para esse fim ou esse meio, e que estava não só nos hábitos peninsulares das classes senhoriais, mas reflectia costumes imperiais que, à descoberta do Brasil, tinham já cerca de um século de existência. Supor-se que outras raças europeias não praticaram a licença sexual inter-racial aonde quer que tenham posto o pé, se é verdade lá onde se criaram rígidas estruturas de preservação da «raça», não menos é um erro, mesmo para épocas mais recentes. E erro é também a explicação algo perversa de Gilberto Freyre, quando declara que a facilidade miscigenadora dos Portugueses provinha de já serem um povo altamente miscigenado (o que é, ainda que ao contrário, uma explicação de raiz racista). A base patriarcal e paternalista permitia considerar os dependentes como material acessível e indefeso para todas as violências ou amenidades sexuais; mas permitia igualmente fazer ascender à classe dominante, branca, aqueles filhos que fossem reconhecidos como tais, segundo a velha tradição romana. Que isto não foi praticado com a largueza do mito amável, prova-o mesmo uma superficial observação da população brasileira: se podem encontrar-se alguns traços ameríndios ou negróides em elementos da classe dominante branca, esses traços são infinitamente mais acentuados na imensa massa rural da população, ou nos elementos negros da população urbana, que todavia apresentam também características da miscigenação branca. Se se fizeram muitos filhos, a maioria deles voltou ao grupo racial de origem da sua mãe. O patriarcalismo e o paternalismo têm, como não poderia deixar de ser, numerosas características de «machismo»: se existe um mito brasileiro das excelências eróticas da «mulata», e se muita gente gosta de referir que teve uma avó índia, de modo algum é encontrável um avô negro, até porque teria sido inaceitável socialmente que um negro se aproximasse de uma branca. Patriarcalismo, paternalismo, e imperialismo colonial (que se desenvolvera contiguamente com o hábito do contacto com povos estranhos, ao contrário do que sucedeu com as outras nações europeias, que não só estabeleceram fixações administrativas mais reduzidas, como as fizeram, a maioria delas, ao tempo em que já longamente se lhes radicara culturalmente a falta de hábito de contacto com povos exóticos) criaram uma população branca ou algo miscigenada, proporcionalmente mais vasta que a de outros países de origem colonial, e cujos interesses — exercidos acima de uma imensa população servil ou marginalizada — só se afastariam dos da Coroa portuguesa, na medida em que esta não reconhecesse a importância preponderante que, em relação à metrópole, o Brasil ia assumindo, ou quando esses interesses, tomando progressivamente a forma abstracta de um sentimento localista nacional, se sentissem decisivamente ameaçados pelo centralismo de um poder que se ia configurando como distante e «alheio». Culturalmente, essas camadas dirigentes ou possidentes dependiam directamente da mãe-pátria, não só pela exclusividade que ela mantinha da educação superior (ao contrário do que sucede na América espanhola e inglesa) e das possibilidades editoriais (e de acesso directo ao público, lá onde, apesar de tudo, a vida cultural se concentrava e ele era, nas classes educadas, proporcionalmente mais numeroso), mas também porque, na própria estrutura do império português de que o Brasil era parte preponderante, as carreiras se faziam a partir da mãe-pátria ou nela (diversamente do que é o caso dos «crioulos» da América espanhola, ou dos naturais das colónias inglesas da América do Norte). Assim, o que aos naturais do Brasil ou aos radicados nele mais importa, longamente, é afirmar a riqueza e a importância da «colónia» (para lutarem contra a fixação psicológica tradicional dos «fumos da Índia»), e com elas a importância e preponderância deles mesmos, em Lisboa, adentro das estruturas imperiais. Por certo que um sentimento nativista se iria desenvolvendo (e já referimos acima como ele sócio-economicamente se basearia), mas é muito difícil discernir categoricamente, sem distorções pseudo-patrióticas ou a-crítica aceitação de preconceitos, as manifestações dele, numa cultura que, por peculiar, não menos estava, nas suas formas literárias, estritamente ligada à metrópole. Expressões de orgulho localista não são necessariamente independentistas, da mesma forma que o não serão agitações locais contra a administração, que sempre se verificaram nas províncias dos países europeus. Por outro lado, é errado aplicar às colónias de origem europeia, pelo menos até que as ideias europeias do Esclarecimento sobre a autonomia política das populações se difundem sobretudo na segunda metade do século XVIII, critérios de nacionalismo separatista que, desenvolvendo-se daquelas ideias, vieram a justificar os movimentos independentistas do século XIX, por influência já romântica (não só na América Latina, como também em países da Europa). O fenómeno era inteiramente novo na História, e não havia precedentes, na memória cultural dos povos, de uma tal criação de países coloniais. Evidentemente que o fenómeno novo poderia criar, como criou, consciências nacionais (ou o que seja que isto significa), mas não as criaria tão cedo, e só a repercussão de graves acontecimentos europeus foi o que propiciou às classes dominantes e à sua clientela marginal a cristalização «nacional» delas. Note-se, a este respeito, que, se a independência do Brasil foi sem dúvida recebida com entusiasmo e correspondia aos desejos de grande parte da população com categoria social para tê-los, ela teve a sua imediata origem, no receio, aliás justificado, de que o regresso de D. João VI a Portugal e a atitude «colonialista» dos liberais de 1820 reduzisse novamente a colónia o que havia sido parte do Reino Unido e mesmo capital portuguesa; e também, o que é altamente significativo, no desejo não só de impedir a propagação das agitações republicanas que varriam a América espanhola, como de não permitir que o que era considerado o radicalismo político dos liberais portugueses viesse a ser imposto ao Brasil. É a famosa frase de um político brasileiro em 1930: — Meus senhores, façamos a revolução, antes que o povo a faça. Assim sendo, compreende-se perfeitamente que as classes dominantes do Brasil, uma vez proclamada a independência, necessitassem de promover, e de capitalizar em proveito próprio, o anti-portuguesismo regionalista das populações, especialmente daquelas camadas de clientela marginalizada que podiam ser convencidas de que as suas possibilidades de ascensão social haviam sido coarctadas pelos «reinóis» (e não também por aquelas mesmas classes dominantes), transformando-o num ingrediente instintivo da cultura nacional tal como era criada. Note-se que, comparativamente, os Estados Unidos, após a independência, depressa regressaram ao britanismo anglo-saxão e protestante, como pilar da preponderância do grupo originário; e que, salvo no México, aonde as populações haviam mantido um orgulho nativista que as classes hispânicas farão seu, não há semelhante antagonismo contra a Espanha na América espanhola. Por outro lado, quando, depois da independência, se reata a corrente migratória portuguesa (que será enorme na segunda metade do século XIX e nas primeiras décadas do século XX, até que as crises financeiras do Brasil a desviassem para outras direcções), a natureza dessa corrente modifica-se, por força da própria evolução sócio-económica do Brasil, e das condições portuguesas. Se, durante três séculos, sem dúvida que o Brasil recebera gente lusitana de todas as condições sociais, o tom, na verdade, era o de uma imigração aristocrática, sobretudo da pequena nobreza, e burguesa (em que os cristãos-novos terão tido proporção relevante, levando consigo uma hostilidade não-declarada contra as estruturas tradicionais da mãe-pátria). A corrente ideia brasileira de que o Brasil se fez com «degredados» equacionados com criminosos marginais, não se coaduna com o que se sabe dessa imigração, nem com o rigor do direito penal do tempo, que só não matava por crimes menores, ou exilava só quem tinha categoria social suficiente para não ser liquidado. Mas, no século XIX, a natureza desse tom altera-se. E quem marcha para o Brasil é o pequeno proprietário rural que vende as suas terras para partir em busca de uma melhor situação no comércio. A diversificação urbana da sociedade brasileira solicitava toda uma pequena classe média de comerciantes e lojistas, para a qual a vasta população rural e marginalizada não tinha capitais nem inclinação (dependente que era dos favores e da prestação de serviços às classes dominantes quando não era escrava), e a que os membros das classes dominantes ou a sua clientela imediata não poderiam dedicar-se, sem perda do «status» senhorial herdado da sociedade colonial. Porque iam para enriquecer, porque trabalhavam muito mais do que a moralidade social de um país senhorial e aristocrático achava razoável (até porque essa moralidade incluía, em boa hora, o gosto de saborear a vida e os seus prazeres), e porque estavam necessariamente em ganancioso contacto directo com as populações, era muito fácil criar uma imagem miserável e nefasta desses portugueses, cujos filhos, nados e criados sob essa pressão, seriam os primeiros a condená-la agressivamente, para acentuarem a sua brasilidade. Não foi diversa, mais tarde, a situação dos Italianos ou dos Sírios, com a diferença de que estes podiam ser anti-portugueses desde o início. Que, após um século de observações nacionalistas sobre a língua portuguesa no Brasil, os modernistas de 1922 tenham sentido a necessidade de a revolta contra a «sintaxe lusíada» ser um dos principais ingredientes da sua redescoberta do país, quando as classes dominantes (de que eles eram sem dúvida membros mais ou menos eminentes) não

381

se sentiam menos brasileiras pela mais estrita aderência às regras ditas portuguesas, é duplamente interessante. Primeiro, e com as reservas de um uso moderado de peculiaridades linguísticas, aquelas classes dominantes mantinham-se fiéis à tradição dos tempos coloniais, e sobretudo do século XVIII, segundo as quais o brasileiro deveria mostrar-se tanto ou mais que o português proficiente na língua comum — a estrutura patriarcal transformava-se, sem perder o carácter senhorial, numa estrutura financeiro-burguesa, e a «fidelidade» linquística perdia o seu sentido de «status» social; segundo, os contactos culturais com Portugal (e não só com a literatura portuguesa clássica) dissolviam-se, porque maior número de brasileiros ou de filhos de portugueses (e de outros imigrantes) chegavam progressivamente à educação que deixava, cada vez mais, de depender da Europa (isto é, Portugal, como ainda dependeu por cerca de meio século após a independência), e porque a presença portuguesa não era de alto nível cultural ou se não fazia sentir como tal. De todo este quadro, resultam circunstâncias que dificultam, em história literária brasileira, a observação do período colonial.

Outras há a considerar, que não têm directamente que ver com Portugal. Fosse qual fosse a relação existente entre as duas culturas (e o caso norte-americano é sintomático, pois que chega a ser chocante a predominância da literatura inglesa sobre a norte-americana na educação literária dos Americanos), existiria o problema do nacionalismo literário, que, sem remissão, arrasta a confusão de história literária e de história cultural (e até de documentação meramente histórica com aquelas), ao tratar-se de um período colonial. Esta confusão é especialmente ocorrente nos países latino-americanos, em que os orgulhos culturais servem de compensação às frustrações das realidades políticas, ou de capa às manipulações das classes dirigentes ao perpetuarem, com o auxílio das potências estrangeiras, as estruturas coloniais (ou de falso enriquecimento das burguesias). Assim, mencionam-se como literatura, ou na literatura, obras ou escritos que não foram concebidos como criação ou especulação literária, e que muitos não tiveram nem poderiam ter tido, por serem documentos de arquivo, qualquer influência directa ou indirecta na formação de uma cultura brasileira durante a época colonial a que se referem. É o caso típico de literaturas brasileiras começarem com a carta de Pero Vaz de Caminha ao rei D. Manuel, porque é o mais famoso dos documentos pertinentes à descoberta (e justamente famoso, dado que o autor tinha dotes de estilo, e escreve com elegância e humor), da mesma forma que antologias das literaturas hispano-americanas começam com as cartas de Cristóvão Colombo aos Reis Católicos sobre a descoberta da América. Ou de mencionarem as obras de viajantes estrangeiros no século XVI, que escreveram sobre o Brasil que visitaram. Tais obras podem ter, e sem dúvida têm, grande valor histórico, antropológico, etnográfico, etc., ou cultural, quando se referem já a características da sociedade que despontava. Interessam à história da cultura ou à história *tout court* — mas não são literatura, a menos que se tome como literatura brasileira colonial tudo quanto se escreveu, em qualquer língua, sobre o Brasil, até 1822, o que é absurdo. Outro aspecto é o do afanoso desenterrar-se quanto se tenha composto, como exercício ou devaneio literário, durante o período, para recolhê-lo mesmo em antologias de literatura brasileira. Para a história da cultura no Brasil, e para observar-se o que no Brasil se fazia (a propósito de tudo ou de nada, como sucede em toda a parte, desde que o mundo é mundo), tudo isso é importante. Mas é necessariamente literatura? E deixamos de lado o grave problema crítico de o interesse em historiar-se a literatura no Brasil ter como resultado o serem elevados a obras de valor, ou referidos a par das que o tiveram, escritos de uma mediocridade insanável, apenas porque foram escritos por brasileiros-natos, ou porque se referem a algum aspecto da vida brasileira colonial: com o resultado de os maiores valores estéticos serem necessariamente prejudicados pela vizinhança continuada de obras cujo interesse é meramente histórico, documental, ou apenas lisonjeia o nativismo que persiste em considerar a literatura brasileira como repositório de descrições do Brasil.

Esta ordem de problemas — de que é já tempo que a literatura brasileira se liberte, porque já ninguém duvida de que seja, nos seus maiores escritores, uma *literatura* de alta categoria — complica-se com o do anti-portuguesismo antes referido, até pelo simples facto de que, especializando-se brasileiros e estrangeiros em literatura brasileira, tenderão a ver a época colonial (que produziu alguns escritores notáveis, e textos do maior interesse) numa perspectiva inteiramente falsa, porque lhes falta o único enquadramento que permitiria efectivamente o escrutínio da formação de uma originalidade brasileira: a literatura portuguesa, na qual, pela própria estrutura da política cultural lusitana, ela estava integrada. Mais do que nenhum período de qualquer literatura, as actividades literárias dos países americanos só podem ser correctamente avaliadas, na época colonial, pela comparação com o que as metrópoles faziam, uma vez que a maior parte das produções não são senão criações isoladas de um imenso contexto de géneros e formas, de que elas recebem, senão o seu assunto, por certo que a sua natureza formal e estilística. Assim, os relatos descritivos da terra e dos gentios no século XVI são apenas uma pequena parte da imensa massa de escritos de toda a ordem que esse século (na continuidade do anterior) produziu em Portugal, por ostentação imperial, por desejo das aristocracias em celebrarem-se e serem celebradas, ou para corresponder-se à curiosidade do público europeu quanto às novas terras descobertas, quando não apenas por exigência de documentação oficial. O que eles possam ter de original por o Brasil ser *diferente* não resultará só de falarem nele — mas de essa diferença se fazer sentir no próprio modo de o Brasil ser literariamente considerado, se o estava sendo.

Os países latino-americanos aceitaram, através das suas classes dirigentes, o romantismo europeu (como depois o positivismo que teve no Brasil enorme sucesso até quase aos nossos dias, o que mostra a que ponto as estruturas do despotismo esclarecido se haviam perpetuado na sociedade brasileira), não apenas na literatura (aonde todavia o neo-classiscismo quase veio a encontrar-se com o realismo romântico que ainda hoje subsiste sob tantos aspectos), mas na própria consideração de criar-se uma consciência nacional. É a obsessão com o antepassado mítico, com a identidade entre um povo e um território, com a antiguidade de uma sensibilidade nacional. Isto foi, como se sabe, uma criação europeia principalmente germânica (sendo que a Alemanha era um aglomerado de populações sem unidade linguística, e sem unidade nacional ou sequer territorial). Mas, se as novas oligarquias das restaurações semi-liberais ou os grupos liberais em luta pelo poder tinham na Europa uma Idade Média para opor mitologicamente à tradição da cultura clássica (ou a própria reacção política podia usá-la, romanticamente, para opô-la a um classicismo que tivera compromissos com ideais republicanos), que sentido tinha isso para os países latino-americanos, a mais do patriotismo que naturalmente se desenvolvesse de sentimentos locais e nativistas? Precisamente o de fabricar, pelo modelo europeu, um passado mitológico que, separando da Europa a própria consciência culta, estabelecesse «raízes» aonde elas eram, paradoxalmente, sobretudo no caso do Brasil, uma realidade inescapável: a de uma região imensa, dotada de unidade política (tanto que pôde triunfar de separatismos semelhantes aos que esfacelaram a América espanhola) e de uma unidade linguística que estava cercada de populações de fala (pelo menos oficialmente) espanhola. Pelo padrão romântico-positivista, era necessário ter *origens* literárias, que sempre se datam dos limites da nossa ignorância em todos os países europeus: e as origens teriam de ser as produções da época colonial, organizadas cronologicamente numa continuidade que não tinham tido senão dentro do mais vasto círculo da literatura de que eram parte (e descontando-se as obras que, não tendo tido difusão pública ou privada, não podem ser integradas senão como documentos de um momento que, por significativo que nelas seja, não faz parte da evolução colectiva da cultura brasileira como elemento influenciador dela). É este aliás o erro comum de toda a historiografia literária que o século XIX nos legou, por toda a parte, com o colocar nas épocas, com enorme relevo, aquilo que nós estimamos mas elas ignoraram voluntária ou involuntariamente — erro de perspectiva, que só conduz à falsificação da própria cultura cujo desenvolvimento se quer compreender.

Outra curiosa questão da historiografia literária do período colonial brasileiro (quer do lado português, quer do lado do Brasil) é o de saber-se quem é brasileiro e quem não. Em princípio, só é brasileiro quem nasceu no Brasil. Mas um Matias Aires, por certo o maior prosador da língua no século XVIII, paulista de nascimento (e aliás de descoberta relativamente recente, ainda que publicado em sua mesma vida e com êxito, para ter já chegado em glória ao repetitivismo dos historiadores literários), não foi devidamente integrado, por esse critério, na literatura brasileira, talvez porque, moralista abstracto, e vivendo em Portugal, não se tenha referido nunca à paisagem do Brasil. Em compensação, Tomás António Gonzaga, nascido em Portugal, e árcade português de quatro costados, que viveu escassos anos da sua vida no Brasil, porque se envolveu na Inconfidência Mineira e escreveu um pequeno punhado de poemas (dois ou três) que especificamente se referem ao Brasil, é brasileiro. Não o é o juiz que o julgou, embora tenha amado o Brasil e se tenha referido a ele (e haja decidido ficar no Brasil onde morreu): Cruz e Silva. O comediógrafo António José da Silva, brasileiro de nascimento, cuja carreira se fez integralmente em Portugal, e que não trata de Brasil nas suas óperas para fantoches, entra na literatura brasileira, sobretudo porque a Inquisição portuguesa o queimou (com a mesma estupidez com que queimou numerosos portugueses-natos por judaizantes como ele). O caso mais conspícuo, por envolver uma figura de primeira grandeza, é o Padre António Vieira que figura sempre nas histórias literárias do Brasil. Por certo que ele estudou na Bahia aonde começou a pregar, que foi missionário no Maranhão, que escreveu vários sermões que importam à história do Brasil, que redigiu documentos de Estado referentes ao Brasil, e que, velho, à Bahia voltou, aonde morreu. Mas na verdade, ele ocupou-se dos índios do Maranhão com a mesma sem-cerimónia com que propôs a introdução da escravatura negra naquela região, ou a divisão do Brasil entre Portugal e a Holanda, e quando na velhice o «acusaram» as «más-línguas» de ter nascido no Brasil, apressou-se a publicar um desmentido — nascera em Lisboa, ora essa. Se o tempo de residência no Brasil é critério, Vieira viveu, nele, por três vezes, 56 % da sua vida. Por outro lado, 48 % dos seus sermões publicados foram pregados ou escritos no Brasil (sem que muitos deles se refiram especificamente a condições brasileiras, como por exemplo os da última fase, bahiana, da sua vida, escritos para serem remetidos para Lisboa, na maior parte). Vieira é um grande escritor português, dedicado servidor do império (e até do Quinto Império que era na verdade a província predilecta do seu espírito), cuja vida e cuja obra foram parcialmente envolvidas na história do Brasil — mas a importância que lhe é concedida resulta do lugar eminente que ele desde sempre ocupou na literatura portuguesa. Todavia, sem ter-se em conta uma história crítica da oratória sacra do século XVII, que está por fazer sistematicamente em Portugal e no Brasil, já se tem falado de discípulos seus na Bahia, como «escola» literária, sem verificar-se se o foram, e que relação essas escassas personalidades terão com as diversas correntes dessa oratória, em geral representadas por diversas ordens religiosas que se digladiavam através da competição no púlpito. Já nos referimos ao caso de Gonzaga. Mas curiosíssimos são os casos dos seus contemporâneos Santa Rita Durão e Basílio da Gama. Aquele saiu do Brasil para Portugal, com nove anos de idade, e não voltou mais, nos cinquenta e três mais que ainda viveu; este, que partiu para Portugal definitivamente aos vinte e sete anos, não voltou até à morte com cinquenta e quatro anos. Estes factos — que, independentemente do envolvimento pessoal de ambos com aspectos típicos da vida portuguesa do tempo, seriam muito curiosos para investigar-se como uma «brasilidade» de interesses literários se mantinha e desenvolvia em Lisboa, adentro do quadro neo-clássico, e do despotismo esclarecido ou da reacção do tempo de D. Maria I — não são em geral postos em evidência. Tudo isto mostra que a história colonial da literatura brasileira, apesar da benemérita massa de investigações eruditas, ou da inteligente crítica aplicada a ela, continua a ser dominada por contradições e incoerências que resultam de um politicismo apaixonado ou de uma subserviência menos crítica aos mitos do nacionalismo romântico.

E isto nos traz a uma última questão que ainda hoje prejudica largamente a apreciação da literatura brasileira em geral, tanto por brasileiros, como por estrangeiros de outras línguas. Uma vez que a crítica brasileira do século XIX, no seu afã de construir, pelo modelo europeu, uma história literária do Brail, tendeu a confundir história cultural e história literária (como ainda hoje sucede), inevitável seria que, nessa base, procurasse definir — até para regular a futura expansão das actividades literárias — critérios de «brasilidade». Obviamente, era muito difícil extraí-los das descontinuidades cronológicas e estilísticas da literatura colonial e dos seus relativamente escassos monumentos — daí que, ainda com um critério europeu da tradição literária, fosse a paisagem do Brasil supostamente luxuriante e exótica (na descrição da qual aparecem constantemente os tópicos europeus da literatura bucólica ou exótica) ou o homem índio idealizado (como representante mitológico de um «passado» que, se era o das populações marginalizadas da vida social, não era o dos descendentes dos portugueses colonizadores), ou a descrição pitoresca ou dramática de costumes, quer das áreas urbanas, quer das regiões rurais, o que tivesse prevalecido como critério. Um dos resultados mais evidentes e desastrosos deste critério foi a desconfiança de grande parte da crítica em relação ao primeiro grande escritor de estatura universal, que o Brasil produziu: Machado de Assis. Este escritor refinadamente urbano e carioca seria «brasileiro»? Já ele previra tal resultado, muito antes de vir a afirmar-se na sua plena estatura, quando em 1873, no ensaio «Literatura Brasileira — Instinto de Nacionalidade», criticava agudamente os critérios regionalistas de apreciação literária da «brasilidade». E não é para admirar que o primeiro grande crítico a reconhecer a sua grandeza — José Veríssimo — tenha sido também o primeiro a protestar contra a confusão de história cultural e de história estética, e a basear a sua história da literatura brasileira em estritos critérios literários, exemplo que ainda está muito longe de ser seguido no Brasil ou fora dele.

Convém notar que a cultura portuguesa tem tido, neste estado de coisas, uma culpa enorme. A tradição quinhentista de celebrar as glórias do Oriente ofuscou o Brasil do século XVI, que não podia competir em grandezas militares com a Índia, e que só começa a emergir, na consciência culta dos Portugueses, nos fins do século (nem podia competir em riquezas de ouros e tesouros, que, ao contrário do que sucedera na América espanhola, só se dignaram aparecer nos últimos anos do século XVII). Por outro lado, sendo que o Brasil quinhentista e seiscentista era, cada vez mais, um potentado económico, baseado na produção de açúcar para o mundo, que havia de heróico nisto, para uma cultura oficialmente dominada pelos mitos imperialístico-militares? Melhor se compreende a insistência dos autores ligados ao Brasil de então, em celebrarem as «grandezas» do país, visto que elas não se enquadravam como glórias na mitologia nacional. Esta, em 1580-1640, passara por uma fase de humilhação: precisamente em resultado de um desastre militar, a independência portuguesa sucumbira. Ainda que não convenha exagerar essa «humilhação», uma vez que as classes dirigentes portuguesas se adaptaram frutuosamente ao mito do Reino Unido, há que ter presente que foram esses anos o que permitiu à colónia o expandir-se e consolidar-se em desrespeito do meridiano de Tordesilhas (não eram todos súbditos do mesmo monarca?...), e o que, pelos ataques dos inimigos da Espanha, a que o Brasil ficou sujeito (e é a ocupação holandesa de parte do Brasil de então), e que o eram também da religião oficial por protestantes, produziram uma resistência brasileira contra o invasor, que era ao mesmo tempo uma luta pela integridade do império português e em defesa dos interesses das classes dominantes locais (como a expedição brasileira, para libertação de Angola ocupada pelos Holandeses, e que era fonte de escravos, o comprova). Todavia, quando o Brasil assumia tamanha importância, que, em desespero de causa, se chegou a pensar em que, nas dificuldades da Restauração, o rei D. João IV se estabelecesse nele (o que chegou a ser pensado em tempo do Marquês de Pombal, e veio a efectivar-se com o Príncipe Regente D. João, depois D. João VI), a estrutura senhorial portuguesa, se bem que cada vez mais envolvesse os seus interesses no Brasil, continuou fiel à sua visão cultural centralista e orientada para as glórias quinhentistas (e, por neo-classicismo, é ainda o que farão os árcades, preocupados de jurarem tanto pelos clássicos de quinhentos como pela tradição greco-latina). Todavia, no séc. XVIII, é evidente que a situação se modificara: e não é por acaso que tantos escritores e personalidades importantes do século sejam, em Portugal, brasileiros-natos ou homens ligados ao Brasil (o que está ainda por estudar, dada a repugnância tradicional portuguesa por reconhecer qualquer descentralização cultural, e a repugnância brasileira em atentar no papel de brasileiros «fora» do Brasil e especialmente em Portugal). Mas, quando o Romantismo despontava, o Brasil separou-se de Portugal. Embora tudo indicasse que tal sucederia mais tarde ou mais cedo, foi isto um choque de que a cultura portuguesa, ainda que o não confesse, se não recuperou até hoje. A dualidade cultural que se desenhava no século XVIII, e que prometia fazer essa cultura sair de si mesma, quebrava-se; e, ao mesmo tempo, o Romantismo (que, nos seus aspectos liberais, sentia um enorme complexo da culpa que os tradicionalistas assacavam: a perda do Brasil), com os seus mitos de historicismo medievalesco, só podia contribuir para eliminar o Brasil das preocupações culturais. Isto sem prejuízo de um intenso intercâmbio literário, dado que o Brasil era o prolongamento do mercado editorial português, e que os Brasileiros continuavam a vir a Portugal fazer a sua educação universitária; e de, após os anos da independência, se haver reatado a corrente migratória para o Brasil, com os seus «brasileiros» de torna-viagem, alvo ideal para os preconceitos de estratificação social lusitana, que eles quebravam com a sua riqueza. A repercussão dos românticos portugueses no Brasil, a importância de um Eça de Queiroz (ou mesmo de um Fialho de Almeida ou de um António Nobre) foram imensas (ainda que hoje a crítica brasileira tenda a esquecê-las). E os escritores brasileiros publicavam-se em Portugal (como continuam a sê-lo a uma escala que não tem equivalente português no Brasil), e eram largamente lidos e estimados. Sente-se todavia, e os Brasileiros seriam a isso particularmente sensíveis, muito paternalismo irónico no interesse pela literatura brasileira (interesse que era e é acompanhado por um desconhecimento da história local do Brasil ou das suas características, dado que a tradição historicista não lhes dava relevo algum, pelo complexo de razões que temos apontado). E nem a importância que o Brasil tivera na vida portuguesa e continuava a ter fez com que, na historiografia literária, as obras que a ele dissessem respeito fossem tratadas em pé de igualdade com as referentes às descobertas e conquistas noutros lugares do mundo. Na verdade, o Brasil era, a este respeito, tratado com a mesma centralizada desatenção que foi longamente aplicada a Angola ou Moçambique (ou Cabo Verde) até aos dias mais recentes. Assim, a cultura portuguesa não só estava desarmada para corrigir os exageros ou isolacionismos eruditos dos historiadores e críticos da literatura brasileira, como na verdade abdicava, por fundo ressentimento, de interessar-se a sério pelo desenvolvimento histórico da cultura brasileira.

Quando, no século XIX, as preocupações racistas começam a tomar vulto na Europa, em obras de falsa antropologia, o Brasil sofreu delas um impacto que constitui um dos episódios mais interessantes da cultura brasileira, pode dizer-se que ainda até hoje. Desde o século XVI que a lenda negra da opressão ibérica se desenvolvera na Europa, por acção político-religiosa dos protestantes ingleses, holandeses, alemães, etc., que assim justificavam os seus ataques aos impérios português e espanhol (que teriam vindo com ou sem protestantismo). Esta opressão foi terrível, mas a intolerância, salvo em raros momentos e lugares, foi apanágio de toda a Europa quinhentista e seiscentista. Pouco se têm estudado as obras de viajantes daquelas culturas que, visitando Portugal ou a Espanha (desde então até hoje), criticam estes países — estudado, observando a que ponto os preconceitos e desprezos a-críticos deformavam tudo. Quando os ideais de progresso se difundem no Século das Luzes, os ideólogos teriam todo o interesse em servirem-se daquela lenda negra, para denunciarem o «atraso» a que a opressão conduzira aqueles países. Este atraso é por certo um facto pavoroso, que ainda hoje se faz sentir, e de que modo, sobretudo em Portugal. Mas ele foi tanto um resultado da opressão, como de uma estrutura social tradicional que criara precisamente as estruturas imperiais ibéricas. Os esclarecidos ou depois os liberais de Portugal e do Brasil, tomando para si aqueles ideais de progresso e liberdade (das camadas burguesas em face da nobreza e da Igreja tradicionais), necessariamente que tenderiam a considerar com desprezo um passado que conduzirá Portugal à situação de dependência das outras potências europeias (e, ao mesmo tempo, tenderiam a refugiar-se na noção de decadência, por oposição às eras de altas virtudes heróicas a que não podiam escapar pela tradição persistente da cultura oficial imperialístico-militar). No Brasil, quando as estruturas não se modificavam na independência (já vimos que as classes dominantes precipitaram a independência para isso mesmo), aquele ponto de vista favorecia admiravelmente a racionalização de que todos os males se deviam ao passado, e não ao reaccionarismo do presente. O Romantismo internacional, por outro lado, no seu interesse exótico pela Espanha, acentuará o carácter árabe que a Espanha só conservou sobretudo na Andaluzia. Arabismo, séculos de escravatura negra, etc. — tudo isto escureceria as populações nas mentes racistas da Europa, ao considerarem, do alto dos mitos germânicos e anglo-saxónicos, a gente ibérica. Mas, se a Espanha havia sido longamente a mais poderosa potência europeia, Portugal criara um império *fora* da Europa — e as mentalidades centro-europeias podiam facilmente eliminá-lo das suas estreitas perspectivas: como fizeram. Assim, em contacto com obras oitocentistas de história, ou daquela antropologia ridícula que referimos, o brasileiro culto via-se, por aquilo em que descendia étnica e culturalmente dos Portugueses, como descendente de um povo racialmente inferior pelas misturas étnicas, e sem «status» abertamente reconhecido no panorama europeu (tal como o imperialismo das culturas francesa, inglesa e alemã o desenhavam). Se a esta desgraça de origem se acrescentava o facto evidente de essa raça inferior se haver misturado com índios primitivos e com — pior do que tudo — negros, para criar muita da população brasileira, que dignidade racial poderia o Brasil impor pelos padrões europeus (ou norte-americanos)? Havia, pois, uma maldição étnica irremediável que importava compensar (note-se que um dos primeiros decretos da República no Brasil, depois de 1889, foi a proibição de imigração africana, e que já no reinado de D. Pedro I se manifestara a preocupação de importar gente alemã). Apareceram reacções, aliás contraditórias, contra este ponto de vista: a grandeza do Brasil teria sido fruto precisamente de os Brasileiros se haverem criado um país *apesar* do estigma de origem, e mesmo o mulato seria símbolo (literário, é claro, já que na realidade um racismo paternalista e insidioso persistia) dessa raça nova que se fizera na oposição ao que era simbolizado pelas classes dirigentes brancas e de origem portuguesa. Mais tarde, o complexo racial-cultural subtiliza-se, e assume naturalmente formas de «ufanismo» (do título de uma obra célebre de Afonso Celso, *Porque me ufano do meu país,* 1900), com um orgulho nacionalista desmedido, e uma hiper-sensibilidade a toda a crítica dos complexos ideológicos brasileiros. Mas continua perfeitamente patente em historiadores e críticos da literatura brasileira, quando se desculpam e a desculpam de ela ter nascido de uma literatura «menor» (o prestígio internacional da cultura espanhola nunca permitiu este problema nos mesmos termos, para os países da América espanhola), ou nos poucos críticos que, no Brasil, se ocupam de literatura portuguesa, e que, com raras excepções, se sentem constrangidos ante ela e receosos de serem suspeitos de lusofilia.

Em resumo, e tendo-se presente toda a rede de questões que abordámos, o problema da literatura brasileira em geral, e da do período colonial em particular, é o de distinguir-se entre literatura (no sentido genérico de fontes primárias) *sobre* o Brasil, literatura *no* Brasil, literatura escrita por «brasileiros» (quando o Brasil ainda não existia como nação) e literatura *brasileira* (que não é, no caso, uma literatura de um país ocupado por uma potência estrangeira, mas a do país que se formava dessa ocupação mesma). Esta última, por muito que autores e obras viessem tendendo para ela (conduzidos por um ambiente social e geopolítico que era diverso da metrópole, ou por uma intenção de se afirmarem brasileiros, ou por desejo de imporem o Brasil como assunto), não surgiu automaticamente com a independência, embora esta última criasse a necessidade sócio-política e as condições específicas, para exigir-se uma literatura nacional. Assim, não é de todo errado que, como cremos ser plano do presente dicionário, sejam incluídos neste (que não é de literatura brasileira) os autores e obras do período colonial do Brasil, desde que o nascimento e formação deles seja anterior à independência. Não se trata de roubar ao Brasil o que é considerado seu, mas de reintegrar o período colonial brasileiro no quadro em que se desenvolveu, e do mesmo passo dar-lhe a dignidade que infelizmente não tem tido nos estudos portugueses de literatura. Se os Brasileiros e os estudiosos estrangeiros de literatura brasileira não podem estudá-lo isoladamente (ou em relação directa com outras culturas europeias, como já tem sido feito, ignorando-se o intermediário que Portugal foi), sem perda de perspectiva, também os Portugueses de Portugal e os estudiosos de literatura portuguesa não podem esquecê-lo, sob pena de perderem o contacto com o que foi grande parte do próprio passado da cultura portuguesa, com todos os erros, deficiências, e lacunas, de que o presente expia as culpas.

2. *Períodos da literatura do Brasil colonial* — Em princípio, as divisões histórico-estilísticas do Brasil colonial seguem as da metrópole portuguesa, com as limitações inevitáveis de um país em lenta ocupação ao longo do século XVI, em que as condições para a criação de textos literários menos pragmáticos não existiam ainda, e de que os autores procuravam sobretudo dar infor-

391

mações descritivas. Quando o período barroco se firma nos princípios do século XVII, durará até aos meados do século XVIII. O neo-classicismo, que se data em Portugal da fundação da *Arcádia Lusitana* em 1756, é no Brasil datado da publicação das obras de Cláudio Manuel da Costa em 1768, em Coimbra. Estes doze anos de diferença poderiam significar retardamento provinciano de uma área periférica, tanto mais que um Santa Rita Durão e um Basílio da Gama escreverão em Lisboa, e que o chamado grupo mineiro, em torno de Cláudio Manuel da Costa, só se terá cristalizado com a chegada de Alvarenga Peixoto em 1776, e de Gonzaga em 1782 (e de resto um Silva Alvarenga regressa ao Brasil, em 1777). As obras de Cláudio, que a crítica tem entendido como de transição do Barroco para o neo-classicismo, e ainda que conscientes da reforma arcádia, poderiam ser entendidas à luz da reacção contra o Barroco hispanizado, que se desenhava em Portugal desde os fins do século XVII, e que tem sido muito mal estudada — e, de resto, as afectações barrocas estão muito presentes em todos os árcades. O gosto neo-clássico persistirá longamente, tanto em Portugal como no Brasil, e será muito sensível nos primeiros românticos que, num e noutro dos países, continuaram fiéis, mesmo quando sob nova atitude, a esse gosto e ao sentimentalismo que é menos «pré-romântico», ao contrário do que é habitualmente dito, que uma das facetas do Século das Luzes que o pôs em moda. No Brasil, todavia, o próprio impulso para tomar como fontes próximas da literatura nacional os árcades, contribuiria necessariamente para perpetuar pelo menos as exterioridades formais (menos o bucolismo e as alusões mitológicas) que, por sua vez, continuavam os exercícios retóricos da educação barroca em que o Brasil se desenvolvera durante o século XVII. O triunfo formalista do parnasianismo no fim do século XIX poderia ainda explicar-se por esta continuidade do neo-classicismo, que penetrara bem para além da independência em 1822. Pode perguntar-se qual a razão de, apesar da demora de tradições e gostos do neo-classicismo, que se fizeram sentir tanto em Portugal como no Brasil, ter sido, no entanto, neste que, sob diversos avatares, a persistência deles penetrou sucessivos movimentos reformadores da expressão literária, muito mais do que em Portugal, aonde tais movimentos, como o naturalismo, o simbolismo, ou o modernismo, no último quartel do século XIX e primeiras décadas do século presente, por certo que se desencadearam primeiro, independentemente do conhecimento que os literatos mais jovens do Brasil tivessem do que ia pelo mundo. Não se pode aceitar a tradição explicativa, nascida na Europa, nos fins do século XVIII e um dos dogmas do Romantismo, segundo a qual, à medida que se caminha para o «trópico» (com maioria de razão, uma vez que os povos do

Sul da Europa já seriam mais influenciados pela luminosidade mediterrânica...), as literaturas tenderiam para as exterioridades retóricas, e para a exuberância das naturezas quentes e ardentes... Esta explicação sempre teve, por assimilação europeia, muita influência directa ou indirecta no Brasil. Se, evidentemente, as condições geofísicas terão influência no estilo de vida, e este por sua vez a terá na selectividade aplicada à expressão estética, nunca se provou cientificamente uma «explicação» que foi forjada para definir dogmaticamente uma superioridade dos povos «nórdicos» sobre os «meridionais» (e que inverteu, no século XIX, a manifesta superioridade meridional da tradição greco-latina ao longo de séculos...). Mais razoável é supor causas mais sócio-políticas. Antes de mais, o reflexo da Contra-Reforma ibérica, cuja educação limitava a literatura de criação à superficialidade de um ornamento social, da qual só poderia escapar-se pelo didactismo moral ou pela oratória piedosa. Por outro lado, a criação, no Brasil, de uma vasta classe aristocrático-burguesa, terratenente e conservadora, que não foi tão abalada pelas transformações políticas que ela própria antecipou, como o foi o seu equivalente português que não tinha, de qualquer modo, uma gigantesca base directa de trabalho escravo à sua ordem. Se o liberalismo triunfou formalmente no Brasil, não foi acompanhado por uma guerra civil de que tivesse saído vitorioso, como sucedeu em Portugal; e, quando, em 1889, no encalço da abolição da escravatura, a república foi proclamada no Brasil, ela correspondia, não tanto aos anseios radicais de segmentos da população activa e representativa politicamente, como, pelo federalismo, à descentralização do poder, em favor dos grupos regionais senhoriais (entre os quais os dos Estados mais ricos e maiores teriam necessariamente a hegemonia). Essa vasta classe senhorial e conservadora, que dará igualmente conservadores e liberais, manterá longamente uma eminência dos estudos jurídicos sobre os de letras, em face dos científicos, assim perpetuando estruturas de retórica forense, e apontando para o que seria muito mais uma luta de grupos dentro da estrutura, do que uma investigação das próprias raízes dela. No Brasil, a cultura literária, ainda que proporcionalmente mais difundida do que em Portugal, era, e continuou a ser, mais do que em Portugal, apanágio de uma pequena minoria em face da população analfabeta e numerosíssima. Errado seria não reconhecer que, também em Portugal, é evidente, de mais de um século a esta parte, o retorno dos movimentos estéticos a persistências anteriores. Nem em um nem no outro dos países se deram as reformas básicas de estrutura que propiciariam a morte das «tradições» formais (como também não, por exemplo, na Espanha). Mas, se se poderia dizer que o que se perpetua em Portugal são as frustrações políticas do reinado de D. Maria II, o que no Brasil se perpetuou foram as frustrações (ou satisfações) dos fins da era colonial. E isto não tem que ver com o «trópico», e sim com a sociedade que, pelo modelo da expansão imperialista europeia, nele se estabeleceu. Se bem que, nos tempos que correm, cumpre acentuar, seja injusto e anacrónico entender a colonização do Brasil (como a da América espanhola) em termos idênticos aos do colonialismo europeu do século XIX, quando este se aplicou à África e à Ásia (erro que o mundo, e por influência dele o Brasil também, tende o cometer), para a exploração de matérias-primas industriais (fenómeno de que o Brasil independente tem sido tão vítima como outras regiões do globo, precisamente porque às classes dominantes interessa a associação com o capital internacional para a manutenção do «statu quo» colonial, ainda que sob formas aparentemente industrializadas). Como não seria de esperar à primeira vista, a observação sociológica da literatura colonial brasileira diz-nos muito menos a respeito disto tudo do que a literatura brasileira propriamente dita, ainda que nela, como nos documentos históricos, se possam tracejar as chamadas «raízes do Brasil». Só no drama de apreender-se uma realidade «nacional» enquanto tal (ou de iludir-se a confrontação com ela) em termos humanos, é que estas coisas despontam. Além disto, há que ter presente que, se o gigantismo do Brasil ainda hoje torna extremamente difícil ao próprio brasileiro culto não projectar a sua deformação regionalista sobre o entendimento do todo (o Brasil tem uma área algo superior à dos Estados Unidos sem o Alasca), o sentimento desse gigantismo que progressivamente se ia desdobrando (e que está longe de ter cessado de desdobrar-se, do ponto de vista de uma ocupação efectiva do território) é sensível desde muito cedo na literatura colonial, e continua naturalmente a dominar a cultura brasileira (não tanto, curiosamente, como orgulho de magnitude, que é ingrediente da retórica patriótica, mas como ainda pasmo de descoberta que não cessa). No entanto, é extremamente importante sublinhar que as próprias condições da colonização brasileira, apesar da espantosa aventura das «bandeiras» e «entradas» que exploravam o território, limitaram longamente a comunicação literária, como actividade, aos núcleos costeiros, desde Pernambuco a São Paulo, aonde as incipientes instituições culturais tendiam a desenvolver-se nos aglomeramentos urbanos criados pelo comércio com a Europa e sobretudo na capital política (sem entrarmos em pormenores sobre a organização administrativa do Brasil colonial, a Bahia, desde os meados do século XVI até aos meados do século XVIII, quando a capital é transferida para o Rio de Janeiro, não só porque o território crescera em direcção ao sul, mas porque se definira o poderoso eixo económico Rio-Minas Gerais). Se o século XVI é dominado por Pernambuco, aonde se haviam estabelecido as primeiras populações economicamente vitoriosas (com o parentesco da actividade dos jesuítas em São Paulo), o século XVII até aos meados do seguinte é predominantemente bahiano, como a segunda metade do século XVIII é mineiro--carioca. Com o declínio de Minas Gerais em termos de economia mineradora, e a transferência da família real portuguesa para o Brasil nos primeiros anos do século XIX, começa, sem prejuízo de actividades que prosseguiam noutros locais do país ou neles se desenvolviam, o predomínio absoluto do Rio de Janeiro, que se manterá quase até aos nossos dias (independentemente de os escritores serem oriundos de outras regiões, em que todavia às vezes surgiram grupos importantes na evolução da literatura brasileira). Assim, quando acaso os historiadores da literatura no Brasil falaram, ou ainda falam, de «escola bahiana» ou «escola mineira», estão simplesmente a transferir um vocabulário literário para o que era efeito de um condicionalismo sócio-político. A «escola bahiana» é apenas os poetas que surgiram na Bahia, em momentos do século XVII, porque ela era a capital e que seguem os modelos luso-espanhóis do Barroco. A «escola mineira», em geral confusamente agrupada (porque uma coisa é considerar a predominância de gente de Minas entre os árcades, e muito outra fixá-la em Minas Gerais, quando alguns deles viviam em Lisboa), é apenas consequência da importância que Minas Gerais assumira socialmente no contexto do império português. É interessante apontar que, para o analista da história literária em termos de materialismo histórico, poucas histórias literárias (em período colonial ou não) serão tão fascinantes como a brasileira. Na verdade, raro se encontrará uma literatura que tão candidamente e tão directamente dependa, como ela, dos factos sócio-económicos, ou que, tão claramente — com lúcida consciência ou sem ela —, seja expressão progressista ou reaccionária dessa mesma dependência. Significa isto que a literatura brasileira herdou do seu passado colonial uma falta de refinamento e de sofisticação, ainda não superada? De maneira nenhuma. Poucas, se alguma, literaturas «novas» atingiram um tão alto nível — e muito cedo — nos seus melhores escritores, como ela, apesar de um «exotismo» com que o escritor brasileiro sabe muito bem que melhor atrai a curiosidade internacional. O que se passou e ainda passa é muito diverso (e revela-se igualmente nos que exploram o pitoresco exótico e nos que a ele se recusam): a longa persistência de monoculturas ou de mono-explorações criou classes estáveis e abastadas em directo contacto com as suas próprias fontes de riqueza, sem que estas se desenvolvessem em complexas superstruturas. Assim, ao exprimirem-se por si mesmas ou através da sua clientela (e com todas as contradições de classe, que esta clientela viesse a manifestar por conta própria), estavam em condições de, ao mesmo tempo, serem refinadas e manterem uma simples identidade com a «terra», tal como ela se configurava nos seus interesses sócio-políticos. Deste ponto de vista, até os mitos sociais são transparentes, e o uso que a literatura fez deles. Ainda em conexão com essa sofisticação que não faltou, e a terminar estas partes introdutórias (antes de passarmos às descritivas), convém registar que, em alguns historiadores e críticos da literatura brasileira colonial, se manifesta, por influência de um critério genético-evolucionista que o século XIX pôs em moda na historiografia literária, a visão de uma incipiência canhestra que progressivamente se libertaria do ónus colonial, para ser finalmente «literatura». Isto é confundir a incipiência das instituições locais de cultura, por força de um inicial estabelecimento populacional, com o «nascimento» de uma literatura nacional, tal como a historiografia oitocentista europeia inventara, ao investigar os pródromos linguísticos delas. O Brasil, no século XVI, recebia uma língua que atingia o seu pleno desenvolvimento, e que tinha culturalmente e oficialmente criado um tremendo orgulho imperial de si mesma («desenvolvimento» aqui não deve entender-se no sentido evolucionista, mas no sentido de uma complexa diversificação). Quem era educado e do Brasil escrevia estava dentro dela, sem incipiência alguma, e dentro dos modelos que a diversificação dos assuntos lhe fornecia. O que naturalmente sucede é o Brasil ser periférico, como já explicámos, em relação a alguns dos mitos nacionais portugueses do século XVI, e as actividades literárias serem esporádicas até que uma densidade populacional ou uma importância político-económica comecem a impôr-se àqueles mitos. Não é por ser um provinciano brasileiro que, no século XVII, Gregório de Matos imita por demais os modelos barrocos ibéricos: em Portugal, eles não eram menos ou diversamente imitados. E as notícias quinhentistas sobre o Brasil não são escritas em pior prosa do que o nível médio da prosa portuguesa do tempo, quando as pessoas, salvo uns raros de alta especialização intelectual, se eram educadas, tinham todas recebido mais ou menos o mesmo nível de expressão escrita, e os mesmos rudimentos de educação clássica. A incipiência, se a houve, foi menos dos homens que das condições árduas que, nos primeiros tempos, eles tiveram de enfrentar. Paradoxalmente, o erro, que ainda hoje o Brasil não perdoa, de não se haverem estabelecido na colónia instituições universitárias (esquece-se ou ignora-se no Brasil que até hoje o centralismo, e a tendência monopolista, ambos reagem hostilmente a tais criações no próprio Portugal, pelo que a omissão não era especificamente dirigida contra o Brasil), permitiu, quando no século XVII e no XVIII os filhos ricos ou remediados do Brasil acorrem a Portugal, eles serem educados sem peias coloniais que poderiam de outro modo existir, e livrarem-se, pelo contacto directo com a metrópole, do provincianismo que inevitavelmente tenderia a anquilosar, na distância e nos interesses locais, a universidade colonial, se ela tivesse existido. Talvez que os perigos de uma integração cultural, que no Brasil se quer às vezes ver retrospectivamente nesse estado de coisas, tenham sido largamente compensados (contra os próprios interesses imperialistas dos grupos dirigentes metropolitanos) pelas vantagens de uma quebra do isolamento que, por exemplo, fez a cultura norte-americana (não só por anglo-saxonismo) ser muitíssimo mais provinviana do que mesmo os pessimistas possam considerar que a brasileira seja, por ónus colonial. Tão portugueses pela cultura como eram os árcades fixados em Minas Gerais não menos acabaram sonhando com a Inconfidência.

3. *Século XVI* — Usualmente, ao começar a descrição cronológica da literatura brasileira, o historiador menciona o que se tem chamado, com a inevitável retórica luso-brasileira, a certidão de nascimento do Brasil, ou seja a carta de Pero Vaz de Caminha, escrivão da armada de Pedro Álvares Cabral. Já mesmo se tem dito (e a noção moderna de criação ou aparição de um «objecto» para a descrição literária pode servir de base, e já serviu, para idêntica confusão por razões diversas) que a literatura no Brasil, senão a literatura brasileira, nasce com ela. Por certo que ela é, com outros documentos contemporâneos, já que não é o único, a descrição do segmento da costa brasileira que os descobridores contactaram, e das populações que aí viram. E que é um precioso documento, escrito com desenvoltura e encanto, por um homem que tinha obrigação de saber escrever. É da maior importância, sem dúvida, não só porque nos dá essas informações, como porque nos revela a reacção dos Portugueses ante aquela terra e aquele gente de certo modo diversa da que eles estavam habituados a encontrar em quase um século de contactos africanos (há que ter em mente que, no pensamento de Caminha, os povos do Oriente ou da costa oriental da África não podiam ainda estar presentes, uma vez que a esquadra partira para a Índia, em missão de soberania, pouco depois do regresso de Vasco da Gama, e era a primeira depois da dele). É a revelação de uma terra amena, povoada por gente que não é negra, e que, inteiramente nua e sem vergonha, parece anterior ao pecado original: a «visão do paraíso», que tanta significação virá a ter na cultura europeia, com a noção do «bom selvagem» e do «estado natural» anterior à civilização. É muito curioso, e uma comparação sistemática, em termos de crítica estrutural contemporânea, ainda não foi feita, notar as semelhanças e diferenças entre as reacções de Cristóvão Colombo e as de Caminha,

a escassos anos de diferença. Esta ideia paradisíaca de uma terra aonde tudo se daria agricolamente dominará largamente a propaganda de quantos, interessados no Brasil, ou em desviar para actividades agrárias mais ou menos tradicionais os ímpetos militaristas voltados para o Oriente, escreverão sobre o país — e ainda persistirá no «ufanismo» que mencionámos, depois de ter sido largamente usada pelo Romantismo. Mas, se a carta nos revela essa visão no seu início, ela não teve directa parte na formação de uma cultura brasileira, porque, documento de Estado, nos arquivos ficou até ser exumada no século XIX. E, como literatura, ainda que não criada como tal, faz parte integrante da enorme massa de relatos e crónicas portuguesas das descobertas e conquistas. A descoberta do Brasil, ou mais exactamente, do que viria a ser um Brasil imenso que Caminha não podia conceber (nem ele sabia que era um continente o que tinha na sua frente), não é o «Brasil», da mesma forma que os Índios não eram os «brasileiros» (e a curiosidade antropológica pelo índio, que possui raízes euro-norte-americanas de interesse pelos «primitivos», tem recentemente desvirtuado o razoável equilíbrio do elemento índio na formação da cultura brasileira, que não foi e muito menos é hoje tão preponderante como essa curiosidade pode fazer crer), em oposição aos «colonos» portugueses. Considerar-se o índio como o primeiro representante da brasilidade, qual o Romantismo brasileiro quis vê-lo no encalço do uso que um Santa Rita Durão e um Basílio da Gama dele fizeram com matéria épica no século XVIII (em que todavia eles são como os heróis troianos reduzidos pelo conquistador grego), é um mito que foi buscar o seu material menos ao contacto directo com o índio que se refugiava cada vez mais no interior do país, do que às crónicas e relatos do século XVI, quando estes começaram a ser romanticamente divulgados. Para o século XVI, o índio havia sido (e ainda o seria depois) uma preocupação muito diversa: uma imensa população silvícola que se recusava a ser escravizada e combatia contra a penetração nas suas terras, ou que os missionários sonhavam transformar numa vasta «república christiana» de aldeamentos, ainda que não escravos, servis. É destes aspectos, como da descrição da terra e das suas possibilidade económicas, que as obras quinhentistas se ocupam, do mesmo passo historiando o desenvolvimento dos estabelecimentos civilizados, o que continuará a verificar-se em épocas posteriores. Como já apontámos, o Brasil não foi uma conquista, como foram as invasões espanholas do México ou do Peru, as quais, encontrando estados organizados, teriam de ocupar-lhes, através do território, os pontos estratégicos: foi uma descoberta e uma colonização prosseguidas simultaneamente, e usando em proveito próprio da hostilidade existente entre as várias tribos índias, umas mais dóceis do que outras, ou mais ingénuas no contacto com os europeus. Estes, porém, e os seus imediatos descendentes (de estirpe europeia ou miscigenada de sangue índio ou mais tarde negro), ainda quando sempre reconhecessem aos índios um carácter de prioridade autóctone (que aliás o número deles, mesmo diminuindo, não permitia esquecer), são quem toma para si o ser-se «brasileiro», no que terá tido influência a oposição ao «reinol» (o oriundo do Reino, ou que dele vinha para os governar e etc.), quando uma população autóctone de origem europeia se desenvolve. Nesta oposição se tem querido ver uma origem do sentimento nacional, e por certo que, em qualquer território de colónia de fixação, algo desse sentimento está a germinar, quando se começa a considerar como menos natural à ordem das coisas a interferência do governo central da mãe-pátria. Mas há que distinguir entre o que sucede numa colónia organizada, e o que aconteça lá onde é uma organização de qualquer tipo o que desencadeia reacções: a hostilidade dos primeiros estabelecimentos à introdução do governo geral ou à acção dos jesuítas no século XVI, da mesma forma que as agitações em Minas Gerais, nos princípios do século XVIII, quando o governo central impõe alguma ordem na corrida ao ouro, não são manifestações de sentimento nacional mas reacções da licença sem freio à organização de uma ordem civilizada, tal como esta era concebida naqueles tempos (e isto por muito que simpatizemos sobretudo com a licença), ou agitações locais do tipo que a Europa conhecia contra o fisco, desde que o mundo era mundo. Já pode ser diverso, mesmo em termos de fisco, que se fale rebeladamente em nome do Brasil, tomando-o como entidade abstracta (conquanto concretamente limitado ao que o Brasil fosse, territorialmente, para quem assim usasse a palavra): é o que fez às vezes o Padre António Vieira, totalmente insuspeito de sentimentos nativistas, quando, no seu pragmatismo oportunista, quer mencionar a realidade que o Brasil já era (mas não são diversas as amargas queixas de quem ia buscar fortuna às partes do Oriente, ou historiava honestamente a vida social da comunidade europeia da Índia, em face da corrupção que dominava o poder administrativo). Para o «brasileiro» que surgia, o índio era principalmente o pré-Brasil (e é muito curioso notar que, na Antropofagia literária proclamada pelo vanguardismo de Oswald de Andrade, seja precisamente o apelo a essa anterioridade o que aparece); e ele, «brasileiro», o habitante da «colónia» (e que não tinha, tecnicamente, «status» secundário na metrópole, aonde era cidadão de pleno direito, se tal o fosse — não sendo escravo — na sua terra de origem). Como a carta de Pero Vaz de Caminha, o *Diário de Navegação* de Pero Lopes de Sousa (1501/2? — 1542/3?), irmão do famoso Martim Afonso de Sousa, a quem acompanhou na expedição marítima de exploração e soberania de 1530-32, é um relato descritivo da costa percorrida e das gentes observadas, ainda que se enriqueça com a menção de acontecimentos ou figuras das três primeiras décadas brasílicas. Como o escrito de Caminha, é sobretudo um documento histórico e antropológico, que pertence aos textos de informação, que não foram escritos para divulgação pública, e se integra na lista de obras desse tipo, referentes às descobertas e conquistas portuguesas, e com características de roteiro de navegação. Diversos de documentos como estes de Caminha e Pero Lopes, são os relatos de estrangeiros que, na Europa, referiram os seus contactos directos ou indirectos com o Brasil quinhentista, e que os compuseram e publicaram para informação pública sobre uma região que atraía comercialmente as cobiças europeias que não queriam aceitar os monopólios ibéricos. Tais obras — escritas por estrangeiros e em línguas estrangeiras publicadas —· fazem parte da bibliografia *sobre* o Brasil, do mesmo modo que aqueles documentos, mas não podem de modo algum ser considerados «literatura brasileira» colonial (ainda que, quando ressuscitados no século XIX, ou já no nosso tempo, se tenham tornado ingrediente da cultura brasileira, em tradução portuguesa). Se assim não fora, o ensaio de Montaigne sobre os canibais, que usa notícias sobre os índios do Brasil para as suas reflexões irónicas sobre a intolerância da civilização cristã, e que é literatura francesa da mais alta qualidade (ao contrário da maioria daqueles relatos cujo valor literário é muito reduzido ou inexistente nas suas mesmas línguas), seria glorioso espécime de literatura brasileira colonial... até porque transcende totalmente os limites da «literatura de informação». Mesmo quando se aceite que textos *sobre* o Brasil, escritos em português, fazem parte dos pródromos de uma literatura «brasileira», por certo que é levar demasiado longe a confusão histórico-cultural a consideração paralela de textos de outras línguas. No entanto, e também porque em geral o leitor português, mesmo culto, ignora a existência deles, mencionemos alguns desses escritos de maior interesse histórico-cultural. As primeiras referências impressas ao recém-descoberto Brasil não apareceram em Portugal, mas na Itália, aonde a vigilância e a curiosidade eram muito grandes em relação às descobertas portuguesas: são o *Mundus Novus* (1504), texto latino atribuído a Américo Vespúcio, descrevendo a sua viagem de 1501-02, e que deve ter sido uma mistificação editorial (em línguas e colectâneas diversas, terá sido editada mais umas cinquenta vezes na Europa, até 1550, sem que tenha sido publicada em Portugal ou na Espanha), e a *Copia de una littera etc.*, de Milão, 1505, que divulga em adaptação italiana a carta do rei D. Manuel aos Reis Católicos, informando-os oficialmente da descoberta do Brasil por

Cabral (não é apenas o texto da carta, mas expansão dele, usando por exemplo, como outra fonte, a chamada «narrativa do Piloto Anónimo» que, ao lado da famosa carta de Caminha, é um dos documentos da descoberta, e teria também chegado à Itália, aonde de facto subsistem cópias dela). Nos meados do século, a curiosidade francesa (que animava expedições ao Brasil e mesmo tentou a fixação da «França Antárctica» no que veio a ser o Rio de Janeiro) está representada por *La Déduction du Somptueux Ordre etc.*, Ruão, 1551, publicação que descreve a «joyeuse entrée» de Henrique II e de Catarina de Médicis naquela cidade, e a festa brasileira que lhes foi oferecida com a participação de indígenas que do Brasil haviam sido trazidos (alguns dos quais inspiraram a Montaigne o seu ensaio acima referido); por *Les Singularités de la France Antarctique etc.*, de André Thevet, Paris, 1557, importante descrição de um viajante; etc. De 1557 é o livro célebre de Hans Staden, *Warhaftige Historia etc.*, com duas edições em Marburgo (seguidas de outras duas, sem data, de Frankfurt). Dos fins do século (La Rochelle, 1578) é a obra de Jean de Léry, *Histoire d'un Voyage fait en la Terre du Brésil etc.*, uma das mais interessantes do período. Estas publicações, e muitas outras, mostram que, enquanto as notícias públicas em Portugal eram escassas (pela atenção devotada às grandezas da Índia, mas também, por certo, pela política de sigilo, que não queria chamar a atenção para a vastidão brasílica que se ia descobrindo), a Europa, ou certas das suas forças económico-políticas, procurava saber dele, ou criar um interesse por ele, que apoiasse os desafios à soberania portuguesa. No entanto, é de notar que é em 1551 que em Portugal aparecem as primeiras notícias directas impressas, e que são também as mais antigas referências à Companhia de Jesus nas Américas: cópias de cartas jesuíticas a Nóbrega entre as quais aparece a *Información de las partes del Brasil,* do Padre Anchieta. Outros desses documentos em 1555 são publicados em Coimbra (João Álvares, impressor). Esta actividade informativa dos jesuítas acerca das suas missões ultramarinas (em 1556, outra colecção é publicada em Barcelona, que também importa ao Brasil), se coincide com a maior parte das publicações estrangeiras acima referidas, parece indicar que, por um lado, a política de sigilo era vencida pelos intuitos propagandísticos da Companhia (que, como se declara nos volumes, publica os textos em tradução castelhana, visando pois a uma difusão internacional), e que, por outro lado, os jesuítas eram, além dos navegadores e gente semelhante que escreviam diários de viagem ou relatos de descoberta, o primeiro grupo verdadeiramente letrado que se fixava no Brasil, aonde haviam chegado em 1549, com o primeiro governador-geral, Tomé de Sousa.

É esta a razão de alguns autores brasileiros datarem a literatura brasileira (ou a literatura *sobre* o Brasil, escrita *no* Brasil) daquele ano, no que se reflecte a influência não só do papel que os jesuítas desempenharam no Brasil, como também da propaganda de si mesmos que, desde 1551, souberam fazer, ofuscando a acção de outras ordens religiosas que menos cuidaram destes fins terrenos. Chegados em 1549 (e estabelecendo-se primacialmente na cidade de Salvador da Bahía, fundada pelo primeiro governador, e em São Paulo) e expulsos do Brasil em 1759, por decreto do Marquês de Pombal, os jesuítas, durante dois séculos, tiveram o controle dos aldeamentos índios, que eles organizavam para a catequese e o trabalho, ou de grande parte da educação secundária nos seus colégios. Assim, a educação no Brasil teria entrado em colapso aquando da expulsão, segundo alguns autores, o que de modo algum é confirmado pela qualidade intelectual da segunda metade do século XVIII e as primeiras décadas do XIX. Há algumas contradições patentes na consideração crítica do problema. O critério jesuítico de enquadramento das populações, em áreas coloniais, desenvolvia-se em dois planos: um era a orientação espiritual e cultural das classes dirigentes, que eram quem tinha acesso aos seus colégios (este plano coincidia com a orientação seguida na Europa); outro era a organização da população indígena, fazendo-a força de trabalho, integrada, segundo as condições locais, e pela catequese, num sistema colonial (e isto não era educação nem acesso a ela, mas a criação, por segmentos, de uma vasta população rural servilmente fixada, e que, se por um lado era defendida da perseguição esclavagista desordenada, não era, por outro, elevada senão acima do seu primitivismo silvícola e do seu estilo «bárbaro» de vida). Tão anacrónico é condenar os jesuítas por não terem tido uma concepção democrática da educação (que ainda hoje está muito longe de ter triunfado em toda a parte), como louvá-los pelo que na verdade não fizeram. Se «educar» o Brasil era controlar conservantisticamente as classes dirigentes, e oferecer-lhes uma população arregimentada que era a pacificação do país segundo os interesses colonialistas daquelas classes (entendidos melhor do que a ganância imediata do esclavagismo), por certo que os jesuítas o «educaram», ou contribuiram em grande parte para a estrutura senhorial que se perpetuou no Brasil. Mas por certo que não, noutro qualquer sentido contrário aos grandes interesses senhoriais. Estes pontos são muito importantes, dada a importância, em sentido «nacional», que ainda hoje muitos críticos insistem em conceder à actividade literária dos jesuítas, especialmente os missionários quinhentistas, que, por um lado, largamente se ocuparam das condições do Brasil do seu próprio ponto de vista (é notório, por exemplo, ainda que não suficientemente aclarado, o antagonismo que se desenvolveu entre eles e os «colonos» já estabelecidos que eles encontravam, e não só porque contrariavam a caça ao índio, mas porque procuravam impor rígidos padrões de moral social), e, por outro, compuseram textos de carácter pragmático-literário, destinados à catequese ou à devoção piedosa. Porque estes últimos não são «literatura de informação», sobre a qual sempre cai a legítima suspeita de não ser «literatura», os críticos brasileiros tendem a considerá-los como primeiras letras brasílicas: é o caso dos poemas e autos atribuídos ao Padre José de Anchieta (1534-97) que, para mais, natural que era das Canárias (pelo que tem a vantagem, para o anti-portuguesismo, de não ser português de origem, ainda que se tenha educado em Portugal), morreu no Brasil, a que deu 44 anos da sua vida. Acresce que Anchieta publicou (Coimbra, 1595), uma *Arte de Gramática da língua mais usada na costa do Brasil* (o interesse pelo conhecimento das línguas indígenas foi sempre essencial na catequese jesuítica em qualquer lugar do mundo) e terá escrito poesia em língua indígena (para uso dos catecúmenos da Companhia). Além de que ainda hoje é duvidosa a atribuição de muitas composições a ele mesmo ou a outros companheiros seus, o que é secundário para a importância que elas pudessem culturalmente haver tido, Anchieta, devotado aos interesses mistos da Companhia e do império português, é sem dúvida um curioso caso de absorção cultural por parte deste último. O facto de haver-se interessado pelas línguas indígenas, dentro de uma catequese racional que era a da Companhia, não tem significação especial, senão como indicação da prática, e na medida em que as mitologias românticas continuem a ver o «índio» e as suas línguas como base da nacionalidade brasileira (tal como, no século XIX, famílias abandonaram os seus nomes portugueses, trocando-os por fantasiosos apelidos indígenas, e numerosas povoações, de nomes portugueses, foram rebaptizadas com nomes semelhantes). Posto isto, sem dúvida que a obra de Anchieta (em português, castelhano, latim, e língua indígena), seja ou não seja inteiramente dele, oferece encantadores momentos (que não desmerecem da tradição peninsular da redondilha maior, quando este metro é usado). A par de Anchieta, e na literatura de informação, devem mencionar-se os Padres Manuel da Nóbrega (1517-70), que morreu no Brasil e era português, e Fernão Cardim (1540?-1625) que nasceu e morreu em Portugal. Mais tardio, mas ainda na mesma linha de informação e história, cumpre mencionar outro jesuíta, o Padre Simão de Vasconcelos (1596-1671), que nasceu em Portugal e morreu no Brasil. Como para outros textos, muita da obra destes homens só veio a ser divulgada no século XIX. A primeira obra laica publicada em Portugal sobre o Brasil (e inteiramente a ele dedicada, ainda que as suas dimensões não vão muito além de um folheto) é a de Pero de Magalhães Gandavo, *História da Província Santa Cruz que vulgarmente chamamos Brasil,* Lisboa, 1576, que é breve história da descoberta e da colonização, seguida de descrições de plantas, animais, etc., e dos costumes dos índios (sem que falte o louvor à actividade dos jesuítas). O autor havia estado no Brasil, e já havia publicado dois anos antes um tratado de ortografia portuguesa, seguido de um diálogo em louvor da língua, em que Camões é referido. O poeta, para pagar-lhe a atenção, e quiçá para compensar a desatenção que tivera para com o Brasil na sua epopeia, deu um soneto e um poema em *terza rima,* em louvor do autor e da *História,* não tendo feito outros encómios senão para o tratado científico de Garcia de Orta, como é sabido. Gandavo escreveu também um «tratado da terra do Brasil», que só veio a ser revelado do manuscrito no século XIX. Paralela da obra deste autor, de que só se sabe que terá nascido em Braga (de origem flamenga, como o seu nome indica), é a de Gabriel Soares de Sousa (1540?- -1591), só impressa (e de autoria identificada) no século XIX também. A intenção deste lisboeta ou ribatejano que se estabeleceu na Bahia aonde foi grande senhor de engenho (e onde morreu), e que viajou a Madrid, então a capital da Monarquia Dual, para apresentar um longo memorial das grandezas do Brasil em 1583, que é o seu «tratado descritivo», em apoio das suas intenções de prospecção mineira, não era pública como a de Gandavo, ainda que inevitavelmente tendesse para a mesma matéria, ao minuciosamente descrever, mas sem pretensões literárias, a situação e perspectivas do Brasil (que para o autor é sobretudo a Bahia). Gabriel Soares, cujo tratado teve circulação anónima e manuscrita, recolheu nele a lenda de Diogo Álvares Correia, o Caramuru, de que Santa Rita Durão, no século XVIII, faria assunto da sua epopeia. Nenhum dos autores que até agora mencionámos nasceu no Brasil, e só alguns deles nele se fixaram e morreram. Já não é o caso de um outro, com quem se encerra a literatura de informação quinhentista, já no século XVII: Fr. Vicente do Salvador (1564-1636/39). Bahiano, doutor pela Universidade de Coimbra, este Vicente Rodrigues Palha regressou clérigo à terra natal, aonde exerceu cargos eclesiásticos seculares, até que, em 1599, ingressou na ordem franciscana, ao serviço da qual percorreu diversas regiões do Brasil de então. A sua «História do Brasil», terminada em 1627 (e só publicada em 1889), é tão descrição como depoimento pessoal, relato de coisas ouvidas, etc., e oferece a vantagem de um ponto de vista religioso, que não é o dos jesuítas, além de ser um primeiro esforço de historiografia geral. Se ter nascido e morrido no Brasil, ter vivido nele e dele escrito, são condições de brasilidade literária, este autor é o primeiro, cronologicamente, a satisfazê-las, e com atraente estilo e personalidade. O mesmo se não pode dizer de Bento Teixeira (também referido confusamente como Bento Teixeira Pinto), autor do poema *Prosopopeia,* e suposto autor (que não foi) de um dos mais belos relatos da «História Trágico-Marítima», *Naufrágio que passou Jorge de Albuquerque Coelho, etc.,* primeiro publicado em Lisboa, 1601, sem nome de autor, e tendo apenso aquele poema panegírico de Bento Teixeira, celebrando a mesma ilustre individualidade pernambucana. Gomes de Brito, ao republicar aquele «naufrágio», foi quem o atribuiu a «Bento Teixeira Pinto». O autor da *Prosopopeia* era um cristão-novo, nascido no Porto por 1560, e que criança foi trazido para a Bahia, aonde estudou e foi professor particular. Por 1593, matou a esposa por adultério, e refugiou-se em Pernambuco, aonde foi preso no ano seguinte como judaizante e mandado para Portugal. Penitenciado em auto-de-fé em 1599, terá morrido em 1600. Longamente tido como o primeiro poeta brasileiro, Bento Teixeira é apenas um português fixado no Brasil, que celebra panegiricamente (porque o breve poema é menos uma epopeia pelo modelo camoniano, que um panegírico épico, como se multiplicavam na Europa), uma notável figura da história luso-brasileira. As oitavas e o estilo são porém muito medíocres, e a obra não tem mais do que interesse histórico-literário pelo assunto e pelo mistério (e as complicações e confusões eruditas) que rodeia o autor. Este, diga-se de passagem, não poderia ter sido o autor do «naufrágio» que se dera quando ele tinha quatro anos de idade, e os reais autores desse escrito são de resto referidos em passos da primeira edição suprimidos por Gomes de Brito. Por ter sido a primeira obra especificamente de criação literária, ligada ao Brasil, que se publicou, há quem date dela o começo do Barroco no Brasil, ou o começo de uma literatura propriamente dita, que assim coincidiria com o início do século XVII. Nada distingue Bento Teixeira dos poetas dos fins do século XVI, por muito ou pouco que sigam o modelo camoniano; e quase nada o irmana estilisticamente aos barrocos seiscentistas, cujo estilo, na literatura portuguesa (como aliás na espanhola que é o principal influxo da época, não só pelo bilinguismo que vinha em aumento desde os meados do século XV, mas pela integração portuguesa, dentro do esquema da Monarquia Dual, no círculo cultural castelhano) só triunfa c. 1610-20, quando Bento Teixeira já tinha morrido. Trata-se apenas de estabelecer uma continuidade que não existe, entre Bento Teixeira e as personalidades literárias dos meados do século na Bahia. Barroca já, e não tanto descrição do Brasil, mas, a partir do esquema da descrição, uma celebração dos recursos da terra e do país em que se pode ver nativismo (ou uma afirmação da importância) é a

405

obra atribuída a Ambrósio Fernandes Brandão, *Diálogos das Grandezas do Brasil,* em que dois interlocutores discutem, um do ponto de vista da colónia, e outro do ponto de vista europeu. Escritos em 1618, encontrados na Holanda (para onde os holandeses haviam levado cópia de tão importante documento) no século XIX e só publicados em 1930, serão obra de um cristão-novo português, radicado em Pernambuco em 1583, e portador daquele nome, e não de Bento Teixeira, a quem a obra chegou a ser atribuída pelo bibliógrafo Barbosa Machado que dela teve notícia. É curiosíssimo documento do entusiasmo que os cristãos-novos terão posto em estabelecer-se no Brasil (aonde, em Pernambuco, sob o domínio holandês, muitos regressaram ao judaísmo dos antepassados), se a identificação é correcta.

4. *Século XVII e primeira metade do século XVIII* — A primeira metade do século XVII é dominada no Brasil pelos ataques dos Holandeses que chegam a conquistar a Bahia (1624-25), e ocuparam demoradamente Pernambuco até à sua expulsão final em 1654. Foi um golpe terrível para a prosperidade da colónia, ou porque as principais fontes de riqueza e os principais estabelecimentos passavam para outras mãos, ou porque as comunicações eram cortadas com as estruturas comerciais em que essa prosperidade assentava. As guerras holandesas ou pernambucanas inspiram algumas obras memorialísticas ou panegíricas como o *Valeroso Lucideno* e *Triunfo da Liberdade,* miscelânea em prosa e verso, de Fr. Manuel Calado (1584-1654), que nasceu e morreu em Portugal, tendo no Brasil vivido trinta anos (a obra saiu em duas partes, Lisboa, 1648 e 1668), ou o *Castrioto Lusitano* (1679) de Fr. Rafael de Jesus, ambas as obras celebrando um dos heróis brasílicos dessas campanhas, João Fernandes Vieira, sobretudo como paladino do catolicismo contra os hereges, e ambas de muito reduzido interesse literário. A conquista da Bahia pelos holandeses e a sua libertação foram descritas numa carta jesuítica ao geral da Companhia, em 1626, por um jovem religioso que na cidade se educara: António Vieira. É a entrada em cena desta tremenda figura literária cuja personalidade enche a literatura portuguesa do século XVII (muito mais do que o seu prestígio literário nos faz, em errada perspectiva, supor que ele encheu a vida pública do seu tempo), e que, como já introdutoriamente apontámos, assumiu no Brasil proporções mitológicas a que, todavia, muitos críticos se não renderam. Nascido em Lisboa, em 1608, tinha seis anos de idade quando a família se transferiu para a Bahia. Educado pelos jesuítas, estreou-se como pregador em 1633, ordenou-se sacerdote no ano seguinte, e foi professor de teologia, no colégio em que se formara, desde 1638. Em 1641, foi mandado à metrópole, com outras personalidades, na delegação que trazia a fidelidade do Brasil à Restau-

ração. Não há indícios (nem parece possível) de que ele tenha sido missionário, durante esse período juvenil, a menos que se contem como tal pregações feitas pelos engenhos do Recôncavo bahiano. Da vintena de sermões que ele conservou desse período, cerca de meia dúzia são dos mais presentes em antologias dos últimos quarenta anos. Característico da personalidade de Vieira é que ele tivesse deixado nos seus papéis (e só foi publicado no século XVIII) o sermão que, em Janeiro de 1641, ele pregou celebrando o «invictíssimo monarca Filipe IV, o Grande», quando a notícia da Restauração ainda não chegara à Bahía. Característico do espírito do tempo e da audácia mundana dos jesuítas é que ele tenha sido parte da delegação a Lisboa (muito mal recebida, por o governador nomeado pelos Filipes ter família notoriamente hostil à Restauração), depois dessa *gaffe* que ainda o afligia meio século depois, ao organizar a publicação da sua obra oratória. Em Lisboa, conseguiu conquistar a simpatia de D. João IV, e em 1642 estreou-se como pregador na Capela Real. É o começo da sua carreira de orador famoso, agente político, etc. — e o Brasil desaparecera das suas cogitações. Dos onze anos que esse período lisboeta durou, dois e meio foram gastos em diversas missões diplomáticas em França, Holanda e Itália (muitas das cartas suas que nos restam dizem respeito a estas missões). Em 1652, o fogoso e visionário intriguista cansara toda a gente e o próprio rei. Lutando até ao último instante para ficar, arranjam-lhe que se embarque para o Brasil: não para a Bahia da sua juventude, mas para o Maranhão como missionário. O Maranhão não era a cidade em que ele crescera, e sim um território novo, com cerca de quarenta anos de existência luso--brasileira. Com algumas excursões missionárias, pelo Maranhão e o Pará, a sua actividade cifra-se na luta pelos interesses jesuítas contra os colonos e as outras ordens religiosas, e em pregações em que isso transparece. Em 1661, os maranhenses prenderam-no e embarcaram-no à força para Lisboa, aonde ele já estivera em 1654-55 para obter do rei a regulamentação do trato dos Índios. A massa quase total dos seus papéis referentes a este problema brasileiro e outras questões paralelas reporta-se a estes oito anos e suas repercussões pessoais ou políticas. A Inquisição, usando os escritos proféticos que ele entretanto produzira, prendeu-o. Oito anos foi retido ou se conservou em Portugal, até que saiu relativamente triunfante para Roma, em 1669, em busca de uma garantia papal que o pusesse ao abrigo dos seus inimigos que haviam conseguido a sua proibição como pregador. Em Roma, num semi-exílio semi-diplomático (são deste período outras muitas das suas cartas existentes), ficou seis anos, pregando eventualmente e mesmo obtendo o favor da rainha Cristina da Suécia, romana exilada como ele (mas não aceitou ficar de vez como pregador dela, pois que o seu fito era regressar a Lisboa triunfante). Ao fim de seis anos de Lisboa, aonde tudo fez para conquistar as graças do Regente D. Pedro, sem as obter, decidiu-se a regressar enfim à sua Bahia juvenil. Já em 1679 havia aparecido o 1.º tomo dos seus *Sermões* (aí dá uma lista dos sermões cuja impressão solta consentira, e refere os tomos de sermões que lhe haviam publicado em Espanha, em 1662-78, rejeitando a paternidade da maior parte deles). Na Bahia viveu os últimos dezasseis anos da sua velhice, até morrer, em 1697, numa espécie de aposentadoria honrosa, pregando muito raramente, compondo discursos e orações que envia para Portugal em desesperadas tentativas de lisonjear a Casa Real, preparando os tomos seguintes dos sermões que quis publicados, escrevendo um ou outro parecer, e dirigindo honorificamente as missões jesuítas. Muitos dos sermões que escreveu ou pregou nos seus anos de Brasil podiam ter sido pregados em qualquer parte, pois não contêm qualquer referência específica; outros, pregados em Lisboa, estão ligados à questão maranhense. Das suas cartas e mais papéis, como dos escritos proféticos, só relativamente pequena porção ao Brasil se refere — e sempre do ponto de vista imperial, que ele não abandona. De modo que, independentemente do prestígio do escritor que representa como ninguém a oratória barroca em Portugal (estão por estudar outros tipos dessa oratória, que não o seu pessoal), o «Vieira Brasileiro» é uma perspectiva distorcida pelas direitas brasileiras, pela ênfase colocada nos escassos anos verdadeiramente activos que ele dedicou ao Brasil, ainda que por certo se possa imaginar o que possa ter sido o seu prestígio local, no capítulo restrito da oratória sacra e semelhantes artes, durante o seu último período na Bahia. A figura de Vieira é pessoalmente fascinante, com as suas contradições e oportunismos, e o seu egotismo desvairado. É o que dá valor a muitas das suas cartas, apesar do tom de baixa intriga que às vezes é patente nelas. Os seus escritos proféticos pertencem a um dos capítulos mais ridículos da história das ideias seiscentistas (capítulo que não foi, de modo algum, só português, mas comum a toda a cultura ocidental), e dificilmente sobrevivem como literatura que grande parte dos seus papéis políticos também não são. O pregador, de que usualmente se esquece que possuímos duas centenas de sermões de valor muito desigual, é, nos seus melhores momentos, magnificente, dentro do esquematismo lógico e conceptual da sua mecânica de artifícios retóricos, em que a habilidade e a intenção pesam muito mais que a profundeza de pensamento ou a emoção religiosa, e em que textos sagrados ou nomes são chamados a significar, em jogos de palavras, tudo quanto o pregador deseja que, para os efeitos, signifiquem. Ligados a Vieira, sobretudo porque foram pregadores seiscentistas e eram ambos brasileiros-natos, costumam aparecer os Padres António de Sá (1620-78), que nasceu e morreu no Rio de Janeiro, mas estudou na Bahia e entrou para a Companhia de Jesus em 1639 (tendo vivido longamente em Roma ao serviço da sua ordem), e Eusébio de Matos (1629-92), que nasceu e morreu na Bahia. Nem um nem outro são semelhantes a Vieira, e não só pela diferença de categoria; e, se o primeiro foi estimado por Vieira, o segundo tinha escassos doze anos quando este deixou a Bahia, e, tendo entrado para a Companhia em 1644, passara-se para os carmelitas em 1680, antes do regresso do famoso pregador. O Pe. Sá (cujos *Sermões Vários* foram publicados em Lisboa, 1750), com as suas antíteses intermináveis, não possui a ossatura «lógica» de Vieira. O Pe. Matos, em contrapartida, transmite uma vivência religiosa que Vieira não lhe podia haver ensinado. Este autor, que foi também poeta sacro, ainda hoje criticamente se não sabe a que ponto poesia sua tem servido, pela confusão dos manuscritos, para dar uma faceta religiosa à obra de seu irmão Gregório de Matos.

É conhecido que, quando António da Fonseca Soares, o futuro Fr. António das Chagas, chegou à Bahia, em 1654, lá encontrou já poetas barrocos em exercício (competições panegíricas ou religiosas, passatempos amorosos e ataques satíricos faziam parte integrante da actividade dos grupos educados da época barroca em qualquer parte, desde que uma base social permitisse que eles surgissem). E já se tem referido que a presença na Bahia, em 1655-58, de um exilado tão eminente como D. Francisco Manuel de Melo pode ter tido influência em animá-los. Um desses poetas seria Bernardo Vieira Ravasco (1617-97), irmão do Pe. Vieira, e o primeiro secretário de Estado da colónia, o qual é também mencionado, por escritos do fim da vida, como o primeiro publicista «brasileiro». Mas a poesia barroca no Brasil só verdadeiramente se manifesta com Gregório de Matos Guerra (1633-96) e Manuel Botelho de Oliveira (1636-1711), ambos naturais da Bahia. Este último é o primeiro brasileiro-nato a ter a sua poesia publicada em volume: *Música do Parnaso,* Lisboa, 1705. Aquele, que foi largamente conhecido no seu tempo e depois, circulou em manuscritos até ser publicado só no século XIX (e ainda aguarda a edição minimamente crítica que a importância que lhe é atribuída exigiria).

Gregório de Matos, filho de um fidalgo português ricamente estabelecido na Bahia, e de uma senhora de «boas famílias» da terra (as suas prosápias nobiliárquicas e de limpeza de sangue manifestam-se ostensivamente na sua poesia), estudou localmente com os jesuítas, e em 1652 foi estudar leis em Coimbra, aonde teve logo fama de repentista e satírico. Depois de formado foi à terra natal por escassos meses, e logo voltou a Portugal onde por quase vinte anos (1662-81) prosseguiu uma carreira jurídica. Desgostoso de não se ver tão promovido quanto desejaria, ou porque os seus interesses pessoais prementemente o chamavam, estabelece-se na Bahia em 1681, aonde pouco lhe duram os cargos de vigário-geral do arcebispado e a posição de cónego da Sé, que recebera à chegada, pelos escândalos notórios que cometia, e onde, já cinquentão, se casa. Da escassa dezena de anos que passou então na cidade do Salvador devem datar a maior parte dos seus poemas satíricos mais divulgados, e em que a sua maior fama assenta: por causa deles, teve de exilar-se em Angola, sem levar a família, e de onde regressou ao Brasil (ao Recife, e não à Bahía aonde a família continuou) para morrer em 1696. Poucos autores coloniais têm sido tratados pela crítica brasileira com tão pouca objectividade como este poeta que é indiscutivelmente o primeiro de alto mérito que no Brasil nasceu, por muito que se lhe assaquem as mais que imitações que fez de autores barrocos espanhóis (como era hábito dos seus contemporâneos, na cultura portuguesa). A sua poesia, tratada separadamente de toda a massa da produção portuguesa seiscentista (que é infelizmente, do lado português, tão mal conhecida como do lado brasileiro), perde perspectiva, e não é apenas a colação com eventuais textos espanhóis, considerados fora do contexto luso--brasileiro, o que pode corrigi-la. A sua sátira, em que se tem visto nativismo, anti-portuguesismo, patriotismo brasileiro, etc., e mesmo dotes de moralista, transborda de racismo (negros, mulatos e miscigenados de índio são alvos delas, em termos de violento desprezo, a que muito caracteristicamente na tradição senhorial que tanto duraria no Brasil, só escapam as qualidades eróticas das mulatas), de presunção aristocrática de cristão-velho, de uma agrura satírica que se dirige contra tudo e todos e vê a Bahia como uma mesquinharia insanável (já José Veríssimo apontava a que ponto esta atitude seria resultado de uma visão europeia que não se adaptava às condições locais). O seu anti-portuguesismo, quando ataca o reinol ou a administração, é eventual, e reflecte menos nativismo do que as frustrações de um europeu que não vê o Brasil tão europeu como ele desejaria, e que, por outro lado, manifesta a muito típica irritação dos interesses locais contra uma administração central. Nada disto, que é diverso do que habitualmente se interpreta, diminui o valor dos seus achados mais brilhantes (e que não recuam ante a mais grosseira pornografia no que ele é irmão de tanto poeta ainda manuscrito em Portugal e na Espanha do tempo), nem mesmo o que, com a reserva dos preconceitos dele (com que só classes ou personalidades, por liberais que sejam, presas à tradição senhorial do Brasil se podem identificar sem crítica), por certo se pode tomar, até certo ponto, como um muito peculiar nativismo, por parte de um homem que sem dúvida mereceu o ápodo de «Boca do Inferno», que os seus contemporâneos lhe deram. Alguma crítica, para quem ser-se grande satírico não é suficiente dignidade poética, tem procurado dar relevo à sua poesia de amor e à religiosa, em que ele não se eleva acima da linha geral da produção do tempo, com toda a elegância formal que é a sua nos melhores momentos. Gregório de Matos não necessita, para ser estimado como notável poeta, que foi, de cegueiras críticas, nem daquela ternura sistemática com que no Brasil é relevado quanto pareça «brasileiro» (note-se, por exemplo, que o uso que o poeta faz de termos gentílicos não é desejo de apropriação linguística, mas uso regulado pela agressividade satírica). Manuel Botelho de Oliveira, «fidalgo del rei», formado em Coimbra aonde foi contemporâneo de Gregório, e que regressado ao Brasil exerceu altos cargos e foi riquíssimo (emprestava dinheiro ao próprio Estado), é, ainda mais que ele, um representante refinado do seiscentismo barroco, já que o cultismo é a base essencial da sua poesia que, profana ou religiosa, é um puro exercício literário. O Brasil não aparece de todo em todo, directa ou indirectamente na sua obra, com a excepção do breve poemeto descritivo *Ilha da Maré,* em que se enumeram as frutas e outras verduras brasileiras, e a que ele deveu, por isso, a sua fama literária (na linha das evocações descritivas que tão longo prestígio tiveram no «ufanismo»). Poeta em português, caste-lhano, italiano e latim, está interessado em cultivar a sua ver-satilidade e os seus dotes de versejador, na melhor tradição do pluri-lingualismo do Barroco europeu. Por certo que a sua monó-tona qualidade o destaca na poesia portuguesa do século XVII, a que totalmente pertenceria, se não fosse brasileiro de origem e não tivesse escrito o supracitado poemeto (e não fosse o pri-meiro brasileiro-nato a ter poesia em volume). Gregório e Manuel Botelho foram produtos luso-brasileiros da riqueza bahiana do século XVII. Será preciso esperar-se até aos meados e fins do século seguinte para que a poesia volte a florescer em alto nível (tanto quanto se sabe) e a produzir não só notáveis poetas, mas dos melhores da poesia de língua portuguesa no século XVIII.

A viragem económica que iria trazer o declínio da Bahia e a ascensão de Minas Gerais foi anunciada no ano em que Botelho de Oliveira morria, por uma obra que menos importa à litera-tura do que à história da cultura: *Cultura e Opulência do Brasil em suas Drogas e Minas,* Lisboa, 1711, assinada por André João Antonil, criptónimo do jesuíta italiano Giovannantonio Andreoni (1650-1716?), que jovem se embarcou para o Brasil, aonde con-viveu com Vieira e chegou a provincial, tendo falecido em Salva-dor. A obra, que celebrava com esplêndida cópia de pormenores técnicos as riquezas do Brasil (o que a torna inestimável documento), foi logo suprimida pelo governo português que não queria tais propagandas públicas das minas recém-descobertas (que entretanto provocavam uma desastrosa corrida ao ouro). Mas até aos meados do século as actividades literárias continuarão predominantemente bahianas. À região pertencerão dois nomes seguintes, ambos da mesma geração de Antonil: Nuno Marques Pereira e Sebastião da Rocha Pita. O primeiro (1652 — c. 1731), que terá morrido em Lisboa, e que não é certo que não seja um português de Portugal atraído pela aventura mineira, foi autor do *Compendio Narrativo do Peregrino da América,* de que uma primeira parte saiu em Lisboa, 1728 (a segunda, só na edição carioca de 1939). Dependeria de o autor ser português ou não, que a obra pudesse ser considerada o primeiro sinal de ficção brasileira. No esquema da «peregrinatio», e inçada de alegorias e artifícios estilísticos do pior gosto barroco, a obra, que contém algumas pitorescas observações sobre a vida em Pernambuco e na Bahia, é sobretudo um sensaboroso pastelão que mesmo a crítica mais apaixonada tem hesitado em aceitar como início de alguma coisa. Mais curiosas e directas são as «Cartas de Vilhena», de Luís dos Santos Vilhena (de quem nada se sabe), recentissimamente reveladas, sobre a vida na capital bahiana no século XVIII. O segundo nome acima referido é, com todos os seus defeitos de prosa empolada, notável. Poeta barroco, Rocha Pita (1660--1738), que nasceu e morreu na Bahia, estudou com os jesuítas, se formou em direito em Coimbra, e foi rico fazendeiro na terra natal, sobrevive pela sua *História da América Portuguesa,* Lisboa, 1730. Sob o barroquismo excessivo e grandíloquo do seu estilo, havia uma vasta documentação histórica que a erudição ulterior pôde reconhecer, e uma visão de conjunto da evolução de mais de dois séculos de Brasil. As suas hiperbólicas proclamações das excelências do país (em que, mais de um século antes, já Ambrósio Fernandes Brandão, ou quem por ele, se destacara) são, ainda que nada separatistas, manifestação de acrisolado nativismo.

Rocha Pita havia sido membro de uma efémera academia letrada que, sob a égide de um governador ilustrado, existiu na Bahia em 1724-25, a Academia dos Esquecidos, e a sua obra não deixa de ser efeito dos intentos científicos dessa instituição que, por muito presa que estivesse à maneira barroca desses intercâmbios académicos, não menos reflecte o novo espírito que presidira, em 1720, à criação em Lisboa da Academia Real de História, cujos membros, como o meritório António Caetano de Sousa, pouco se diferençam de Rocha Pita em barroquismos louvaminheiros e despropósitos estilísticos. A esta e semelhantes academias tem a erudição dedicado a sua atenção, como repositórios de actividades poéticas, que foram, durante décadas privadas de outras relevantes manifestações. Todas efémeras, cumpre mencioná-las: a dos Felizes (1736-40) que é uma das primeiras indicações de vida literária no Rio de Janeiro, a dos Selectos (1752), organizada no Rio apenas para celebrar o general Gomes Freire de Andrade, na sua partida para o Rio Grande do Sul a combater os índios insubmissos das missões jesuíticas (e este espírito da ocasião ainda sobrevive na celebração do «herói», por anti-jesuitismo, feita por Basílio da Gama, no seu *Uruguai,* anos depois), a dos Renascidos (Bahia, 1759), à qual pertenceu Fr. António de Santa Maria Jaboatão (1695-1763/65), pernambucano e cronista da sua ordem franciscana em *Novo Orbe Seráfico Brasílico* (1.ª Parte, Lisboa, 1765), e da qual foi sócio correspondente o homem que simbolizaria uma nova época, Cláudio Manuel da Costa. Um outro frade franciscano, Fr. Manuel de Santa Maria Itaparica (1704-1770?), natural da ilha do seu último nome em religião, e portanto bahiano, representa com o seu poema *Eustáquidos* (Lisboa, 1769) a tremenda continuidade de longos poemas mais ou menos épicos, de índole devota, que foram a praga de mais de dois séculos de poesia fradesca na língua portuguesa. A sua oitava rima muito presa à tradição camoniana torna-se mais viva na sua *Descrição da Ilha de Itaparica* (só integrada à cultura brasileira no século XIX), em que ele retoma, com maior desenvoltura, o que Botelho de Oliveira havia feito para uma outra ilha descrita.

À geração de Fr. Manuel pertencem dois escritores, dos mais importantes do século XVIII na língua, e cujas vidas, se bem que nascidos no Brasil, são inteiramente portuguesas: Matias Aires Ramos da Silva de Eça (1705-63), nascido em São Paulo, e António José da Silva, o Judeu (1705-39), nascido no Rio de Janeiro. Uma irmã de Matias Aires, Teresa Margarida da Silva e Orta (1711?-1793), como ele transferida na juventude para a Europa, viveu a sua vida também em Portugal, aonde (Lisboa, 1752), publicou um romance didáctico, pelo modelo de Fénelon, *Máximas de Virtude e Formosura, etc.,* que em edição ulterior passou a chamar-se *Aventuras de Diófanes,* e que tem sido tido como primeiro romance brasileiro, na falta de a obra de N. M. Pereira o poder ser. Embora importe à história das ideias, pelo que nele transparece de pietismo e de ideologias setecentistas, o romance não vale como efabulação (que ainda obedece aos esquemas pastoris e principescos da novela de aventuras sentimentais do século XVII europeu), nem como realismo, nem como estilo. Já a obra do irmão é muito outra coisa: as *Reflexões sobre a Vaidade dos Homens* (Lisboa, 1752) são uma das mais belas, senão a mais bela obra de prosa do século XVIII português. Porque se trata de um moralista abstracto, discreteando da vida humana em geral, e porque a sua vida se passou toda em

413

Portugal ainda que com uma imensa fortuna brasílica, não tem a literatura brasileira reclamado este autor que, por outro lado, a rotina do historicismo literário português ainda não colocou decididamente no alto lugar que é o seu. Já apontámos como o contrário sucedeu a António José da Silva, cujo teatro nada reflecte de Brasil, pela circunstância trágica do auto-de-fé que o vitimou. Nada mais delicado do que, em autores deste tipo, querer detectar características nacionais (coisa tão indefinível sem preconceitos do que elas sejam), para mais quando elas ainda não se haviam definido em termos de uma cultura autónoma. Mas talvez não seja impossível — menos estilística ou estruturalmente, que ideologicamente — supor que o pessimismo e a decidida oposição aos privilégios de casta por parte de Matias Aires, como a observação satírica por parte de António José da Silva pudessem radicar em certo despaisamento sócio-cultural de homens oriundos da burguesia abastada do Brasil (sem prejuízo da qualidade de «marrano» de António José lhe dar igualmente uma distância crítica de marginal). A carreira teatral de António José durou escassos cinco anos mais ou menos (1733-38), com as suas «óperas» burlescas para fantoches, satirizando a mania da ópera italiana e os costumes do tempo, e situa-se ainda no período em que as Luzes vagamente se desenhavam. Já a obra de Matias Aires, partidário do despotismo esclarecido, anuncia, na flexibilidade da prosa e nas ideias, a rebelião contra a tradição político-cultural da época barroca. As suas reflexões, concebidas como uma sequência de poemas em prosa (porque a sua prosa é por certo muito mais poética do que muitas metrificações dos árcades que lhe sucederam), se associam o tom dos grandes moralistas do classicismo francês a algum conceptismo menos barroco que tradicional na meditação ibérica, acrescentam-lhe um empirismo e um relativismo filosóficos, coados de sentimentalidade melancólica, pela qual ele é, menos que um precursor dos românticos, um digno representante da melhor sensibilidade setecentista (como tão raramente ela se exprimiu em português).

5. *Segunda metade do século XVIII e primeiro quartel do século XIX* — Os historiadores da cultura e da literatura brasileiras, se datam um novo período literário da publicação das *Obras* (1768) de Cláudio Manuel da Costa, distinguem necessariamente um outro período cultural a partir da chegada do Príncipe Regente D. João e da Corte portuguesa ao Rio de Janeiro em 1808. Com efeito, se até esta data o Brasil era «colónia», deixa para todos os efeitos de sê-lo, quando chega o governo e este autoriza ou impulsiona desenvolvimentos culturais que até então não houvera. Mas o neo-classicismo introduzido pelos árcades prosseguirá ininterrupto, e ainda durará muito além da

independência, e mesmo da proclamação do Romantismo em 1836. Umas das confusões periodológicas que o Brasil partilha com Portugal é a noção de que os escritores dos fins do século XVIII e princípios do século XIX tendem a ser «pré-românticos». Que não se trata de tal (a menos que se recue até ao Renascimento, com as polémicas italianas sobre o «romântico» medievalista e o «clássico», e porque em tudo se pode encontrar o que precedeu algo no tempo), é provado pelo facto de que esse sentimentalismo imbuído de neo-classicismo, que se desenvolve na segunda metade do século XVIII na Europa, foi precisamente o que atrasou em muitas literaturas da Europa e das Américas o Romantismo, prejudicou a plena realização romântica de muitas tentativas deste movimento, e longamente persistiu em hostilidade ao seu triunfo. Usualmente se esquece, no confronto dos factos, que o «pré» é o que, mais tarde, se transforma em «anti». A preocupação luso-brasileira com o «pré-romantismo» terá também as suas raízes no complexo de o Romantismo nos dois países ser «tardio», em relação aos outros países celebrados: o que é menos verdade do que se julga, já que o movimento, salvo na Inglaterra e na Alemanha, foi igualmente tardio, em relação a estes dois países, em toda a parte (precisamente pela persistência neo-clássica). Além de que se ignora a circunstância de que os que consideramos primeiros românticos naqueles dois países, praticamente nenhum se viu como tal, nem como tal foi considerado, em geral, pelos que, para nós, constituem já uma segunda geração romântica, e se viam, eles sim, como os «românticos» (qual sucedeu notoriamente em Inglaterra).

Para se tratar dos poetas considerados brasileiros da segunda metade do século XVIII, em que a naturalidade mineira predomina, convém separá-los em grupos diversos: os que em Minas Gerais se reuniram em torno de Cláudio Manuel da Costa e se envolveram na Inconfidência Mineira com ele; os que, naturais de Minas, fizeram a sua vida em Portugal e não se envolveram em nenhuma inconfidência; os que, mineiros, tiveram uma vida brasileira diversa; e os que, por excepção, não eram de Minas. No tempo, estes homens escalonam-se desde Santa Rita Durão, nascido em 1722, a um Francisco de Melo Franco, nascido em 1757. Convém esta dupla arrumação, dada a tendência algo simplificadora de alguma crítica, quando se refere à «escola mineira» e como que os vê todos no mesmo lugar, aonde realmente não estavam (tal simplificação, em lugar de reiterar a brasilidade deles, esfuma-a pela eliminação da variedade de circunstâncias em que a maior parte deles a manifestaram), e quanto os agrupa sem atenção às diversas gerações a que pertencem (o que não permite diferenciar, senão por atribuição à individualidade peculiar de cada um, aquilo que neles é do tempo que vão vivendo).

Se Cláudio Manuel da Costa publicou as suas «obras» em Coimbra, 1768, tendo nascido em 1729, Santa Rita Durão, de 1722, só publicou o seu *Caramuru* em 1781, quando o *Uruguai* de Basílio da Gama (nascido em 1741) estava publicado desde 1769. No entanto, e já tem sido apontado que o poema de Durão é uma resposta tradicionalista ao de Basílio (e também o desejo de mais amplamente, no esquema da epopeia narrativa e não do panegírico, como havia sido o de Basílio, dedicar ao Brasil uma criação épica), Durão é de todos estes homens aquele em que menos transparecem as ideias e fórmulas de neo-classicismo, nos termos em que os outros as praticaram, na literatura ou na vida. Poderia porém até certo ponto, considerar-se que tal «arcaísmo», como tem sido chamado, não deixa de sugerir que Durão representa também certo retorno consciente à influência dos clássicos portugueses (nomeadamente Camões, ainda que despojado de todo o maravilhoso pagão), com que, nos fins do século, os poetas luso-brasileiros abandonam o mais estrito classicismo dos fundadores da Arcádia, os quais mais seguiam, ao lado daquela influência, o intento de uma imitação greco-latina. A este respeito, importa registar, lado a lado, uma cronologia dos poetas portugueses (e dos considerados brasileiros) da segunda metade do século XVIII. Fundadores da Arcádia Lusitana, como Cruz e Silva (1731-99), são da idade de Cláudio, ou mais da de Durão, como Correia Garção (1724-72). Filinto Elíseo (1734-1819), que já representa outra tendência, está entre Cláudio e Basílio, sendo que da idade deste é Nicolau Tolentino (1740-1811). José Anastácio da Cunha (1744-87) é da idade de Gonzaga e de Alvarenga Peixoto, nascidos no mesmo ano que ele. A Marquesa de Alorna (1750-1839) é da idade de Silva Alvarenga (nascido em 1749). José Agostinho de Macedo (1761-1831) e Bocage (1765-1805) são da idade de personalidades que terão no Brasil o maior prestígio como Sousa Caldas (1762-1814), símbolo do prolongamento do neo-classicismo pela época romântica adentro. Este paralelo cronológico, se pode indicar que um Santa Rita Durão e um Cláudio Manuel da Costa são, tendo em mente caracteres estilísticos, mais arcaizantes do que os seus pares cronológicos «portugueses» (ao lado dos quais todavia se educaram), os quais (distinguindo-se as proclamações teóricas das realidades práticas) possuem aliás muito mais resquícios barrocos do que é habitualmente reconhecido, indica igualmente a que ponto todos os mais estão afinados por uma mesma sequência temporal portuguesa que, na proporção cronológica, terá sempre influenciado os mais velhos. A consideração dos «brasileiros» isoladamente dos portugueses, praticada pela crítica de literatura brasileira, ou o descaso com que, cada vez mais, a crítica portuguesa trata aqueles «brasileiros», não abrasileira os primeiros, e não contribui para a compreensão de um período português em que a maioria deles representou tão decisivo papel. Porque o paradoxo que a crítica tem de enfrentar é este: precisamente na época em que a «brasilidade» se afirma em tipos e graus diversos é que o que viriam a ser duas literaturas separadas estiveram como nunca juntas. Paradoxo esse que é perfeitamente representado pelas epopeias de Santa Rita Durão e de Basílio da Gama, escritas por homens vivendo na Europa.

Fr. José de Santa Rita Durão saiu do Brasil com nove anos de idade, e nunca mais voltou até morrer em Lisboa aos sessenta e dois: e os estudos infantis fizera-os já no Rio de Janeiro, com os jesuítas, e não nas Minas Gerais aonde nascera. Isto é muito importante, para acentuar-se que quase não haverá memórias concretas de vida brasileira na sua personalidade, tão restrita que foi a sua experiência dela; serve a acentuar também quanto a integração na vida portuguesa do tempo não erradicava já, e mesmo exacerbava, a vivência puramente intelectual e sentimental de uma origem que, no fim da vida, Durão insiste em celebrar. É diverso o caso, sob este aspecto, de Basílio, o qual se estabeleceu em Portugal definitivamente em 1768 (após alguns anos de Roma), quando tinha quase trinta anos, e logo no ano seguinte publica o seu poema. Ambos os poemas, porém, quer o que trata panegiricamente de um episódio recente (insertando-lhe descrições da vida dos índios), quer o que, partindo da lenda do «homem de fogo» (se é efectivamente este o significado do termo «caramuru», que poderá ser também «dragão do mar»), insere, no esquema do sonho profético, a história do Brasil, são inteiramente literários, baseados nas informações de cronistas e historiadores (o que ambos os autores não deixam de nos confirmar nas suas doutas notas, mais directas as de Basílio que as de Durão), e o realismo deles é o das fontes e não o da experiência vivida. Mesmo as paisagens, ou as descrições que já temos encontrado na tradição literária que se formava, enfermam dos tópicos e lugares comuns europeiamente milenários (como podiam assim escapar-se deles, tanto mais que o classicismo os considerava património comum da humanidade culta?) — o que continuará a verificar-se, por muito tempo, no Romantismo brasileiro. Santa Rita Durão estudou em Lisboa e em Coimbra, ingressou nos Eremitas de Santo Agostinho, foi professor de teologia em Braga e em Coimbra, e, para agradar ao bispo de Leiria, que era o futuro Cardeal da Cunha, pregou, em 1759, um incendiário sermão contra os jesuítas, e mesmo escreveu para o Cunha panfletos anti-jesuíticos. Porque este não o recompensou, cortou com ele, e receoso de perseguição, fugiu de Portugal para Espanha, chegando após várias vicissitudes a Roma, aonde se retratou perante o papa, num escrito que informa sobre as perseguições aos jesuítas. Em Roma ficou muitos anos (alguns dos quais coincidiram com os poucos que Basílio da Gama lá passou então a curtir a amargura de suspeito de jesuitismo, e, como este mesmo informa, congeminando o *Uruguai* para repor a verdade dos factos...), e a «viradeira» fê-lo voltar e deu-lhe a cátedra de teologia na universidade (que já de Roma havia solicitado à administração pombalina). Por 1780 compunha o seu poema, ajudado por José Agostinho de Macedo, segundo as recordações deste que lho copiava ou escrevia a ditado. O poema saiu em 1781, em Lisboa, aonde, retirado da cátedra, Durão morreu em 1784. José Basílio da Gama veio menino para o Rio de Janeiro, aonde estudou com os jesuítas e se preparava para ingressar na Companhia, quando o colégio foi fechado em 1759. Abandonando a carreira eclesiástica, terá partido para Roma (via Lisboa, por certo, embora as notícias não sejam claras), onde os jesuítas o protegeram e mesmo patrocinaram a sua entrada na Arcádia Romana. Parece que em 1765 estava em Portugal, e sem dúvida que por 1768 no Rio outra vez, onde embarca para Lisboa, sendo preso por suspeito de afecto aos jesuítas. Um epitalâmio dirigido à filha de Pombal, louvado na poesia, salva-o da deportação e decide o seu destino: será fiel à administração ao serviço da qual publica (Lisboa, 1769) o seu poema, e será feito fidalgo, oficial da secretaria do grande ministro. Quando este cai, Basílio comporta-se com uma dignidade (que é fidelidade de índole patriarcal, transformada em aderência ao pombalismo) que contrasta com o oportunismo da sua adesão inicial, e mesmo defendeu o deposto ministro num enérgico soneto. Mas não lhe tiraram o emprego. Recebe o hábito de Santiago (depois mudado em de Cristo), é eleito membro da Academia das Ciências, e morre solteiro, em Lisboa, em 1795, tendo tomado parte sempre muito activa na vida literária portuguesa. A crítica não tem sido tão paciente e benévola com Durão, quanto o tem sido com Basílio da Gama. Independentemente de outras considerações, o poema de Durão, em oitavas, tem sido automaticamente tido por camoniano, e por isso menos independente da tradição literária portuguesa do que o de Basílio, em verso branco. Tem-se esquecido que o verso branco em poema épico estava tanto na tradição portuguesa do quinhentismo como a oitava, desde que Jerónimo Corte-Real, cuja obra os árcades muito estimaram, largamente o usou. O problema crítico de Durão não está tanto em ser «camoniano» (o maravilhoso pagão é inteiramente expulso da estrutura que, sob este aspecto, é estritamente católica e religiosa), quanto em participar, com a enorme massa europeia de produtores de epopeias nos séculos XVII e XVIII (salvo ilustres excepções), na teimosia literária de fazer reviver um género defunto que, mesmo na ressurreição que conheceu no Renascimento e no Maneirismo, só em geniais circunstâncias dera obras de alto mérito. Além de que Durão não é um grande poeta, e não domina desenvoltamente a linguagem poética, sem prejuízo de o poema possuir notáveis passos. A oitava, em que por unidades sucessivas o discurso tendia a confinar-se, inevitavelmente força, paradoxalmente, uma limitação descritiva que, por sua vez, concita uma série de fórmulas expressivas a repetirem-se. Só muito grandes poetas se libertaram disto, e mesmo assim não pode dizer-se que, desde Ariosto, muitas fórmulas sintácticas não sejam comuns a eles e aos medíocres (nem Camões escapou, diga-se de passagem). O exemplo do sucesso de Camões, por outro lado, era o do maior clássico da língua, e a imitação directa ou indirecta estava até ao Romantismo, na vera ideia de criação poética — também em Basílio da Gama as imitações clássicas pululam. O que também milita contra Durão é o facto de ele permanecer fiel aderente à tradição religiosa e mesmo devota que demasiado se supõe que não existiu no setecentismo, geralmente equacionado com um livre-pensamento que foi apenas uma das correntes dele. Sob este aspecto de ideologias setecentistas, já foi posto em relevo como Santa Rita Durão se contradiz, ao mesmo tempo tendendo a encarar os índios como padrões de simplicidade natural e condenando o facto de viverem alheios à revelação cristã — contradição que aliás existiu, desde a descoberta, no contacto com os índios. Mas Durão não se limita a considerar que os heróis da formação do Brasil, simbolizados em Diogo Álvares, apenas abriram o caminho à grande obra da evangelização. A suprema ironia da sua posição ideológica e pessoal está em que, celebrando tal obra, celebrava os jesuítas que por sua vez a simbolizavam, alinhando assim com os elementos mais conservadores da «viradeira» do reinado de D. Maria I. Neste sentido, já a melhor crítica apontou que o *Caramuru* — ainda que tido como par do *Uruguai* em apresentar o indianismo e um nativismo brasílico — é inteiramente a antítese deste último, e mesmo dirigido contra ele e todas as Luzes do tempo. Se bem que Basílio da Gama, como veremos, tendo sido um partidário do despotismo esclarecido, não foi de modo algum um pré-liberal, como o foram, de uma maneira ou de outra, outros poetas naturais de Portugal ou do Brasil, no seu tempo. Basílio, ao compor o seu *Uruguai* visara expressamente o participar activamente na campanha anti-jesuítica do pombalismo, narrando um dos episódios cruciais que desencadearia essa campanha e que dizia respeito ao Brasil (pelo qual tanto se interessou a administração pombalina). Mas não fizera entrar no poema a forma-

419

ção e história da «pátria», como mandavam as regras da poesia épica segundo outra tradição tanto de Camões como de Vergílio. Durão tinha em mente responder aos *Lusíadas,* também sob este aspecto, qual ele mesmo afirma — «os sucessos do Brasil não mereciam menos um poema que os da Índia. Incitou-me a escrever este o amor da pátria» —, na continuidade daquela linha, que detectámos, de os naturais do Brasil sentirem, desde os primeiros anos em que o foram, quanto tinham de, culturalmente, desviar para o Brasil parte da atenção que a cultura oficial portuguesa teimava (e ainda teima) em concentrar no Oriente. Deste passo citado, comenta José Veríssimo: «Patriotismo, porém, que não era ainda o brasileirismo estreme, senão um sentimento misto, comum a todos esses poetas, de lealdade à nação portuguesa e de amor à terra natal, sentimento que se dividia entre a nação, que era Portugal, e a pátria, que era o Brasil». É discutível, para alguns desses poetas, se aquela lealdade não fraquejava já, como terá sucedido com Cláudio, Alvarenga Peixoto, e o português Gonzaga, e também um Silva Alvarenga. Mas por certo que é o caso de Durão e de Basílio da Gama (como também o de Caldas Barbosa). Basílio, no fim da vida, usava um semelhante expediente retórico para solicitar o hábito de Santiago: longe do Brasil, «sua pátria», vive em Lisboa, na «pátria comum» (em que vemos o adjectivo qualificar a palavra que designava classicamente o lugar onde se nasce). Muito curiosamente Minas Gerais não desempenha qualquer papel no poema de Durão que, todavia, terá sido, de todos os brasileiros que ao tempo se publicaram em volume, o único a expressamente declarar a sua naturalidade mineira na portada do seu poema. Tanto Durão como Basílio representam as contradições e inseguranças do período pombalino que tamanha alteração trazia às estruturas tradicionais, e cada um a seu modo sobreviveu a ele. Diverso é o caso de outro poeta que, como eles, viveu a maior parte da sua vida em Portugal, onde morreu: Domingos Caldas Barbosa (1738/40-1800), carioca (se não nasceu no mar à chegada ao Rio de Janeiro) e filho de português e de uma escrava negra. Após ter servido no exército no Brasil, passa a Portugal cerca dos trinta anos de idade, aonde se torna famoso como cantor de viola, e comensal de casas nobres. Graus eclesiásticos e participações em actividades cultas da poesia do tempo, e mesmo a presidência de uma Nova Arcádia, mostram que a sua aceitação social foi superior à de mero adorno populista dos salões. Mas foi o êxito das suas modinhas e outros cantos o que o popularizou para o seu tempo e o futuro, apesar da inferior qualidade e do mau gosto quase infantil de muitas dessas letras para cantar. Os neo-clássicos e outra gente sisuda da época não podiam aceitar com bons olhos, por poesia, tudo isso; mas muitas das composições possuem uma graça sentimental que corresponde à ideia popular do que sejam certos aspectos da sensibilidade brasileira (o que o próprio Caldas refere mais do que uma vez), e são, na secura prosaica ou pretensiosamente didáctica e culta da poesia luso-brasileira dos fins do século XVIII, um oásis de simplicidade graciosa e espontânea, em que já se têm visto sinais românticos (e que serão reflexo simplificado do uso hábil que as «bergeries» setecentistas fizeram das tradições populares). Caldas Barbosa, no geral da sua obra, absteve-se de manifestações ideológicas. Já um outro mineiro, cuja vida se passou quase toda em Portugal, como as daquele, de Durão ou de Basílio, representa como nenhum deles a transformação das ideias do despotismo ilustrado em ideias que seriam liberais: Francisco de Melo Franco (1757-1822/23). Filho de um fazendeiro português, cuja família ulterior veio a ter enorme presença na vida pública de Minas e do Brasil, foi em 1771 para Portugal, matriculando-se depois em medicina, em Coimbra, na universidade que Pombal acabara de reformar. Preso de 1777 a 1781 pela Inquisição que o levou de penitenciado no mesmo auto-de-fé, em que Sousa Caldas foi incluído, acabou por formar-se em 1785, ano em que compôs o seu poema herói-cómico, *O Reino da Estupidez,* quiçá com a colaboração de outro brasileiro que seria o «Patriarca da Independência», José Bonifácio de Andrada e Silva. O poema, que atacava o reaccionarismo da universidade e da sociedade do tempo, circulou em cópias (e foi publicado em Paris, 1818). Em verso branco, usando de personificações alegóricas, a obra manifesta as ideias avançadas do autor, e possui aquele desembaraço narrativo que os neo-clássicos sobretudo encontraram para as suas obras menores. Melo Franco, que fez carreira de médico ilustre em Lisboa, onde chegou a médico do Paço, regressou ao Brasil em 1817 na comitiva de Leopoldina de Áustria, que casava com o futuro D. Pedro I (IV de Portugal). Mas morreu poucos anos depois. É de notar que este esclarecido autor de obras de educação e medicina, só teve muito mais tarde atribuída a autoria do poema que o recorda.

Quanto aos escritores fixados no Brasil, Cláudio Manuel da Costa, senão é o maior (que Gonzaga é), aparece primeiro, pela idade e pelo fulcro, que terá sido, para os outros. Nascido em Minas em 1729, filho de um fazendeiro e minerador português lá estabelecido, terá estudado no Rio de Janeiro com os jesuítas até 1748, seguindo para Coimbra onde se formou em direito canónico. Voltou à terra natal em 1753, aonde exerceu altos cargos públicos ou jurídicos, dedicando-se à poesia que já praticara na juventude coimbrã. As suas «obras» de 1768 não reúnem toda a sua produção até à data, mas por certo o melhor e menos circunstancial dela, e muito menos quanto escreveu até à

421

morte em 1789, quando, preso por «inconfidente» (o que significava ser-se réu por alta traição), se suicidou na prisão. O seu poema épico, *Vila Rica,* que datará de 1773 (e só foi publicado em 1839), tem o grande interesse de descrever a formação e desenvolvimento de Minas Gerais (o que lhe não dá, só por si, maior qualidade literária, mas indica uma maior consciência «local» do que a manifestada por Durão, Basílio ou Melo Franco, e que é patente em composições suas ulteriores a 1768). Como lírico, Cláudio sabe-se, nos termos em que se apresenta e julga nas «obras» de 1768, um autor de transição, que é, mas não tanto quanto a crítica o tem tomado ao pé da letra. Se algumas formas e artifícios de estilo persistem da época barroca nele, e se o retorno consciente à lição dos clássicos quinhentistas o irmana a Durão, não menos a fluência sentimental dos seus poemas (em que a paisagem, note-se, é extremamente convencional) o define como poeta da segunda metade do século XVIII (nos momentos em que o neo-classicismo imitativo não espartilha esses homens), e cumpre reconhecer que um dos mais interessantes da língua nesse tempo. Tomás António Gonzaga ergue-se, porém, no panorama luso-brasileiro da época, com uma categoria que ninguém mais tem como ele, até Bocage lhe suceder. Nascido no Porto, em 1744, filho e neto de magistrados naturais do Rio de Janerio (pela linhagem paterna, que pela materna ele pertencia a ingleses do Porto), mas de carreira luso-brasileira, acompanhou a família ao Brasil, em 1751, sendo posto nos estudos dos jesuítas na Bahia, até ao fechamento do colégio em 1759. Partindo para Portugal em 1761, formou-se em direito em Coimbra, e prossegue uma carreira jurídica no país, até que, em 1782, foi colocado como ouvidor em Vila Rica (actual Ouro Preto), aonde travou amizade com Cláudio e encontrara um primo, Alvarenga Peixoto, seu companheiro de Coimbra. Factos preponderantes da sua breve vida em Minas (de onde não se dispunha a sair, já que, nomeado em 1786 para o cargo de desembargador na Bahia, o que era uma promoção, foi protelando a sua partida) são a briga com o governador Cunha Meneses, depois conde de Lumiares, fulcro da sátira *Cartas Chilenas,* e que governou Minas Gerais de 1783 a 1788, e a sua paixão por uma menina muito mais nova do que ele, Joaquina Doroteia de Seixas, a celebrada «Marília», de quem ficou noivo em 1787. Preso em 1789 como implicado na Inconfidência, saiu degredado do Brasil para Moçambique, em 1792. A lenda longamente romantizou o seu exílio, mas a verdade é que, enquanto a sua obra crescia de êxito e fama ele não morria louco: casou rico com a filha de um negreiro, entrou em negócios e em políticas locais, e morreu em 1810, deixando descendência que ainda hoje existe na Ilha de Moçambique e arredores (aonde a sua vida se desenvolvera e ele veio a morrer, e não em Lourenço Marques como se tem dito erradamente). Uma Primeira Parte da *Marília de Dirceu* saiu em Lisboa, 1792, quando ele estava preso, e uma Segunda, Lisboa, 1799, quando ele estava no exílio. Em 1800, uma edição conjunta acrescentava uma terceira parte que se veio a provar falsa. Novos poemas apareceram em 1811, e em 1812 uma edição apresentou uma outra terceira parte que é hoje tida por autêntica (e que só veio a ser reeditada na modelar edição crítica, de Rodrigues Lapa, em 1937). O caso de Gonzaga é curiosamente diverso do de Durão ou de Basílio. Pela sua família (tipicamente luso-brasileira à maneira do tempo, com interesses nas duas margens do Atlântico, de uma para a outra das quais se moviam), o Brasil era uma realidade doméstica, no qual ele viveu dez anos juvenis, separados por vinte anos de carreira portuguesa, de outros dez anos maduros (três dos quais passados na prisão). Os quase vinte anos moçambicanos pouco ou nada importam para a obra que o imortalizou, ainda que possam iluminar a faceta «prática» do carácter de um homem que, como raros poetas ocidentais do século XVIII, soube celebrar as virtudes e sonhos do bem-estar burguês. Mesmo o amaneiramento de muitos dos poemas (que tem sido apontado como característico «rococó» do seu estilo) é compensado por uma leve ironia, um modo lúcido, que coloca a ficção bucólica num enquadramento da elegância educada com que se amenizavam as realidades da vida. Aquela ironia, não o esqueçamos, é, quase desde as origens clássicas, parte da tradição pastoril, como «ficção» e máscara; mas não é em Gonzaga o escapismo idealista que muitas vezes foi na tradição ocidental, e sim como que uma convenção que o poeta assume, sem cortar o contacto com a realidade (ainda quando esta raro apareça directamente na sua obra lírica). Em certos momentos, porém, e são disso exemplo poemas claramente datáveis do tempo da prisão, Gonzaga, sem abdicar da sua elegância e do seu refinamento formal, eleva-se a uma contida pungência que lhe dita versos memoráveis. O Brasil, enquanto tal, não está presente senão num escasso punhado de poemas, em que, todavia, o poeta (como sucede num dos mais antologizados), ao descrever sucintamente as actividades económicas para contrapô-las à visão da felicidade com a sua amada entre a poesia e as obrigações do jurista, as ordena, com agudo conhecimento de causa, pela ordem de importância que elas tinham no Brasil do seu tempo, de um ponto de vista mineiro. Inácio José de Alvarenga Peixoto, primo de Gonzaga, nasceu no Rio e não em Minas Gerais, por 1744, e deve ter ido muito jovem para Portugal, onde se formou em direito, em Coimbra, em 1767, e iniciou uma carreira de juiz, que prosseguiu em Minas Gerais, depois de regressado ao Brasil por 1776. Por grandes negócios de terras e de mineração, abandonou a carreira jurídica, e era essa a sua situação, quando foi preso em 1789, como Cláudio e Gonzaga, por envolvido na Inconfidência, da qual na devassa surgiu como um dos participantes mais activos, se os chegou a haver. Foi como Gonzaga levado para o Rio, e deportado para Angola, em 1792, onde no mesmo ano morreu de febres palustres. Estas últimas circunstâncias dramáticas fizeram com que a escassíssima produção de Alvarenga Peixoto, que escapara ao descaso, e toda ela circunstancialmente encomiástica, tivesse sido enaltecida pela crítica brasileira oitocentista (que só a reuniu em 1865, em volume), com o poeta equiparado aos seus pares «mineiros», o que era manifestamente um exagero que os espíritos mais prudentes criticaram. Peixoto, à luz dessas produções, era apenas um versejador, em quem no entanto é possível destacar um homem das Luzes e mesmo a preocupação de fazer do índio um símbolo do Brasil (como acontece na sua «Ode à rainha D. Maria I», em que o índio é porta-voz dos anseios ilustrados da parte brasileira do império português, lutando pelo reconhecimento da sua importância). A revelação recente de apenas cinco sonetos inéditos (edição Rodrigues Lapa, Rio de Janeiro, 1960) deu início a uma revalorização que, no fundo, retoma os preconceitos de fazer, a todo o custo, de Alvarenga Peixoto um poeta importante. Se essas composições são sem dúvida mais pessoais e líricas do que as circunstancialidades anteriormente conhecidas, de modo algum se justifica, por elas, ter-se chegado ao ponto de, por tópicos barrocos, evocar a proximidade com os poetas metafísicos ingleses, característico exemplo de comparativismo precipitado e leviano (independentemente da qualidade dos poemas comparados) que é típico do impressionismo crítico luso-brasileiro, quando evoca todo o grande nome da literatura universal para celebrar a obra dos amigos ou da glória do bairro. Mais poeta do que parecia ser pela obra que se não perdera, Alvarenga Peixoto continua a ser uma figura menor de um momento em que outros foram suficientemente maiores para não ser necessária a promoção dele.

A autoria das *Cartas Chilenas,* sátira inacabada, oscilou entre Cláudio, Alvarenga Peixoto, e Gonzaga, a quem são actualmente atribuídas (pertencendo a Cláudio a introdução), tendo outros nomes sido propostos (até Cruz e Silva, residente no Rio, o foi). Escritas por certo em 1788-89, e reflectindo a pendência entre Gonzaga e o governador de Minas (ou pelo menos a atmosfera de descontentamento, por parte das classes dominantes, com a política demagogicamente populista que ele praticava contra elas, além de prepotências e proteccionismos que eram o pão de cada dia das administrações coloniais ou outras), e com os sucessos locais transpostos para o Chile, mas referidos muito directamente, com os criptónimos satíricos bem evidentes, a sátira é muito viva como poesia do género (e a sua mesma vivacidade tem militado contra uma autoria de Cláudio, cuja obra ulterior a 1770 não possui tal) e constitui, extra-literariamente, precioso documento. Já se tem querido ver uma relação directa entre ela e a repressão da Inconfidência, que a seguiu de perto, e em que, do lado acusador, aparecem individualidades visadas num texto atribuível a personalidades da parte acusada. Mas nem a minuciosa devassa as menciona ou apende, nem cópias manuscritas comprovam mesmo difusão mínima que os possíveis autores, se conspiravam ou se se sentiam vigiados, teriam o maior interesse em não promover. As «Cartas» foram primeiro publicadas, e parcialmente, em 1845, e nelas não transparece nativismo político, mas tão só indignação ilustrada contra o mau governo enquanto tal. Assim, a correlação que se tem querido ver nelas com a Inconfidência e o sentir nacionalista que correlatamente lhes foi atribuído, que ambos não são de considerar, indicariam, por isso mesmo, uma inocência que os «inconfidentes» clamaram ser a sua, e o que certa crítica, como Teófilo Braga por exemplo, apenas viu como maquinação monstruosa de que eles foram vítimas. Por certo que — e promovidos pelo patriotismo brasileiro a mártires da Independência, que de qualquer maneira efectivamente foram — a repressão político-idológica (que Pombal não deixara de exercer, que se reabriu, em termos mais tradicionais, na «Viradeira», e que não deixou de existir em Portugal até à revolução liberal) reagiu com excessiva violência, e manejada sem dúvida pelos antagonismos locais contra homens esclarecidos, castigando conciliábulos que sem dúvida existiram (o heroísmo de uns raros, como o Tiradentes, assumindo responsabilidades que não teria, e a fraqueza de outros, negando-as para si e assacando-as aos outros companheiros, serão disso bastante prova), mas não iriam além de uma tentativa sonhadora e incipiente em que o exemplo «ilustrado» da Revolução Americana de 1776 e a repercussão das agitações que desencadeavam a Revolução Francesa teriam papel decisivo, transformando a Ilustração em independentismo político de raiz liberal (ainda que não radical). Aquela violência dirigia-se tanto por tradição repressiva das ideias avançadas contra estas, como se dirigia contra um separatismo que ela mesma prova que o governo central temia. Era o pânico das oligarquias ocidentais contra o que seria o liberalismo, e que dominará os governos até aos anos 20 e 30 do século seguinte, receosos de qualquer forma de republicanismo (ainda em 1822, as oligarquias brasileiras se refugiarão atrás do mito monárquico) que se associava com a visão da nova ordem burguesa. Não é para aqui a discussão da Inconfidência Mineira, mas havia que referi-la, já que ela tem pesado substancialmente no nacionalismo literário com que os poetas «inconfidentes» têm sido estudados e admirados, tanto ou mais pelo real valor deles do que por o haverem sido. O facto da Inconfidência com as suas implicações republicano-liberais transforma o ambiente brasileiro na vintena de anos seguintes, até à chegada da Corte ao Rio de Janeiro (quando certa liberalização oportunista é aplicada ao Brasil, enquanto Portugal ficava à guarda das ocupações britânicas, depois de devastado pelas invasões francesas). Do que são exemplo a vida e obra do último «mineiro» que nos importa: Manuel Inácio da Silva Alvarenga (1749-1814), autor que tem sido justamente considerado como estabelecendo uma ponte intelectual entre os autores coloniais e aqueles que participam no movimento da Independência. Mulato nascido em Minas, foi para o Rio e daí, por 1771, para Portugal, onde se formou em direito em 1776, regressando ao Brasil no ano seguinte. Em Portugal, Basílio da Gama tê-lo-á aproximado dos círculos oficiais pombalinos, e Alvarenga foi um dos poetas que enaltece o Marquês e a sua obra. *O Desertor,* seu poema herói-cómico publicado em 1774, antecipa *O Reino da Estupidez* (como ele em decassílabos brancos) na crítica à universidade tacanha e na celebração das virtudes da educação ilustrada. E contém interessantes referências ao Brasil, e até certa espontaneidade nas evocações da natureza, que o poeta abandonará na rígida elegância da sua obra ulterior. Estabelecido em Vila Rica, o poeta aí foi professor e advogado até 1782 (isto significa que lá conviveu ainda com Cláudio e Alvarenga Peixoto, mas não com Gonzaga), quando assume cargo de professor de Retórica no Rio de Janeiro. É curiosíssimo notar que a liquidação, por repressão política, do grupo fixado em Minas, em 1789, coincide com uma clara transferência de importância para a nova capital, e a que Silva Alvarenga devia já a sua mudança. Em 1786, foi ele principal animador da Sociedade Literária que se fundou no Rio de Janeiro, e cujos estatutos escreveu. Esta agremiação, que era revivescência de uma sociedade científica que lá se fundara em 1771, extinguiu-se em 1790, para ser reanimada em 1794. Tais ressurgências e esmorecimentos coincidiam com a chegada (e a partida) dos vice-reis ao Rio, de cujo favor ou interesses pelas Luzes dependia que uma agremiação funcionasse. Repare-se que, em 1794, a sociedade é mandada fechar, os seus sócios e simpatizantes objecto de uma devassa contra ideias subversivas, e vários deles, como o próprio Silva Alvarenga, são presos sem julgamento até que, em 1797, um «perdão» da rainha Maria I os liberta; mas em 1790, quando estava em marcha o processo dos «inconfidentes» presos no ano anterior, o que suspendera as actividades havia sido a saída do vice-rei sob cuja égide a Sociedade Literária se fundara. Ou estes avançados se escondiam melhor em 1789-90, ou se radicalizam filosófica e politicamente depois desse período, ou a repressão se tornou mais implacável. O facto de terem passado dois anos sobre o termo do processo dos «inconfidentes» (1792) parece indicar uma confluência de tudo isto. Na devassa da Sociedade Literária, actuou mais uma vez o ilustre Cruz e Silva, que, parece, se ia tornando especialista reconhecido em investigar grupos subsersivos de poetas e literatos, de cuja mentalidade esclarecida e anti-clerical ele mesmo havia sido um dos iniciadores portugueses. Alvarenga, depois de liberto, publica os seus rondós e madrigais (*Glaura,* 1799) que lhe dão lugar destacado, ainda que limitado, entre os líricos do fim do século. E, tendo assistido aos primeiros anos da Corte no Rio de Janeiro, ainda colaborou em *O Patriota* (1813-14), primeira revista autorizada no Rio, e cuja breve vida se extinguiu no mesmo ano que a dele.

Vimos em Coimbra um outro estudante ter sido passeado em auto-de-fé, com Francisco de Melo Franco: António Pereira de Sousa Caldas (1762-1814), nascido no Rio de Janeiro, de pais portugueses. Este «Caldas de prata» (como lhe chamou Caldas Barbosa, classificando-se a si mesmo de «Caldas de cobre») teve um prestígio imenso como poeta, símbolo que foi das solenidades pomposas e pseudo-filosóficas do neo-classicismo, que por atavismo e afinidade os românticos em Portugal e no Brasil admiraram por muito tempo. Com uma breve visita ao Rio de Janeiro, por 1801 (quando o governo de Lisboa mandou que o vice-rei o fizesse vigiar de perto por «temível»), Sousa Caldas, mandado para Portugal aos oito anos de idade, só voltou ao Brasil em 1808. Entretanto, após várias vicissitudes (prisão pelo Santo Ofício, viagens europeias), formara-se em direito em Coimbra, em 1789, e tomou ordens em Roma, em 1790, transferindo para o púlpito e a religião o que antes dera à poesia secular. Por 1810-12 terá composto as «cartas», que ficaram inéditas, e que são ensaios polémicos em favor da liberdade de expressão, num tom que já foi aproximado do do *Correio Brasiliense* (1808-22), e que mostra que ele continuava, com a sua religiosidade, o mesmo liberal convicto e rousseauísta que, em 1784, celebrara em ode o «homem selvagem», num avanço sobre as Luzes, ainda ligadas à tradição do despotismo esclarecido, em que outros se haviam formado. Mas o prestígio ulterior de Sousa Caldas, tido como grande poeta por mais de um século, mostra várias coisas: a persistência estrutural do neo-classicismo, o compromisso patriótico do gosto romântico e positivista no Brasil (tendo de admirar barrocos e árcades, porque eram a literatura «nacional» cuja continuidade mítico-literária deles se construía), e o darem-se as mãos catolicismo e liberalismo, para a colossal mistificação oligárquica do século XIX, nas monarquias ou repúblicas latinas.

Com Silva Alvarenga e Sousa Caldas, temos os últimos nomes de relevo, que ainda viveram o tempo da Corte no Rio, mas não chegaram a ver a Independência do Brasil. As personalidades da geração de Sousa Caldas serão precisamente, com outras mais jovens, as que a farão ou aderirão prontamente a ela. Em 1808, a corte portuguesa chegara ao Rio de Janeiro. Tal chegada foi motivo no Brasil de grandes alaridos e festas, muito compreensivelmente, já que, na imaginação das classes dominantes e médias, correspondia à eliminação do «status» secundário em relação a um governo lisboeta que lhes mandava capitães e governadores, e, na tradição do mecenatismo patriarcal ibérico, punha ao alcance da mão, sem necessidade de viagens transatlânticas de papeladas e pessoas, a própria fonte das benesses e mercês. Aqueles alaridos tinham também dois outros pólos interessados: a famosa abertura dos portos (exigida pela Inglaterra, ao permitir a travessia do governo até ao Brasil), se colocava o Brasil na dependência económica e marítima da Grã-Bretanha, abria novos horizontes de enriquecimento colonialista às classes dirigentes; e a própria corte e governo, ao introduzirem reformas administrativas, educacionais, etc., com a fundação de algumas escolas, permissão de imprensa censurada, etc., tinham o maior interesse (juntamente com os grupos conservadores locais) em apresentar como extraordinário e beneficente progresso, magnanimamente concedido (esta «magninimidade» estará na raiz do que oporá, em Portugal e no Brasil, o paternalismo da casa de Bragança e dos seus directos apoios sócio-políticos, e o radicalismo constitucionalista das oligarquias futuras), e de agradecer em catadupas de luminárias e louvaminhas, o que era um hesitante equilíbrio entre criar-se o indispensável a uma administração central que se via cortada das suas bases europeias, e o não permitir a expansão de ideias «subversivas» (separatistas ou não). Se todo este complexo de circunstâncias precipitou e propiciou a independência do Brasil; se a tradicional gratidão brasileira por elas permitiu ver, com certa justiça que tem faltado em Portugal, a acção do governo de D. João VI — não menos uma insistência nessas maravilhas lembra ainda a atmosfera de propaganda que esse governo (e os interesses brasileiros correlatos, imbuídos de adoração atenta, veneradora e obrigada) soube habilmente criar à sua volta. Saborosa ironia foi que o regresso do Pai da Pátria a Portugal, para não perder republicanamente o trono de seus maiores, tenha sido uma das causas próximas da independência, por ricochete de abandonar os filhos bem-amados, do mesmo passo que estes (por seus grupos conservadores) não só suspeitavam, como apontámos, do colonialismo dos liberais portugueses, como temiam que ao Brasil se propagasse o regime de tão pavorosos pedreiros-livres. Precioso documento de toda esta complexidade que se desdobra de 1808 a 1822 é aquele *Correio Brasiliense* que com essas duas datas coincide, que é publicado na Grã-Bretanha por Hipólito José da Costa Pereira Furtado de Mendonça (1774-1823), e que foi o primeiro periódico «brasileiro», aliás redigido inteiramente por esse homem que é conhecido pelos seus três primeiros nomes. Nascido na Colónia do Sacramento (o actual Uruguai que era parte do território brasileiro, do qual só se separou definitivamente em 1828), formou-se em Coimbra em 1798, sendo enviado em missão oficial de estudo aos Estados Unidos (1798-1800) e à Inglaterra e à França (1801), e foi preso em 1802 como maçon pela Inquisição. Em 1805, escapando-se para a Inglaterra, aí ficou o resto da vida, protegido pela maçonaria britânica (e em Londres publicou a história do seu processo inquisitorial, *Narrativa da Perseguição,* etc., em 1811, um dos últimos libelos contra aquela instituição). O *Correio Brasiliense* é um repositório crítico da vida luso-brasileira daqueles anos cruciais, como não podia ser feito em Portugal ou no Brasil, do ponto de vista de um homem que é partidário da equiparação política do Brasil a Portugal num esquema dual, que critica sensatamente a diferença entre as necessidades de desenvolvimento do Brasil e os clamores que saudavam as reformas introduzidas pelo governo estabelecido no Rio de Janeiro, e que só adere à ideia da independência, quando os acontecimentos se precipitaram em consequência da revolução liberal portuguesa de 1820 (o que foi a posição de outras eminentes figuras como José Bonifácio). Ensaísta e jornalista de mérito, a sua prosa está longe de apenas ter importância histótica, e ele considerou a missão dela cumprida, quando a independência se verificou (tendo morrido pouco depois).

Dessa independência, que o *Correio Brasiliense* ajudou a preparar, foi um dos principais artífices José Bonifácio de Andrada e Silva (1763-1838), grande figura de intelectual e de político, que nos importa pelas suas poesias, publicadas sob o pseudónimo arcádico de Américo Elísio, em Paris, 1825 (e a que edições modernas incorporaram outras composições). Natural de Santos, filho de boas famílias paulistas, partiu para Portugal em 1783, formando-se em Coimbra cinco anos depois. Dedicado sobretudo à «filosofia natural», ou sejam as ciências químicas e naturais, viajou demoradamente pela Europa (1790-1800), em missão da Academia das Ciências, de que era sócio, em contacto com instituições científicas. Até 1819, foi alto funcionário administrativo pedagógico e judicial em Portugal, e voltou então ao Brasil. A crise política de 1820-22 chamou-o a uma actividade em que revelou a melhor medida do seu génio. Que um Patriarca da Independência, como tem sido chamado, tenha publicado versos não é coisa comum; e daí que os seus tenham merecido, relativamente, uma atenção que não tem sido igualmente dada a outros poetas seus contemporâneos. Mais: tem-se querido ver nele um precursor poético do Romantismo, e de facto, ao publicar poesia em 1825, ele manifesta-se conhecedor de Walter Scott e de Byron, que todavia não permearam o seu estilo. Este continua preso às fórmulas neo-clássicas e também ao sentimentalismo cujo significado setecentista já apontámos, mas possui às vezes certo vigor e um sentimento da natureza muito sensuais, que têm sido tidos por românticos ou pré-românticos, e correspondem, na verdade, àquele sentimentalismo setecentista, por uma parte, e, por outra, a uma sensualidade «rococó» que o Romantismo tenderia a repudiar por licenciosa ou quase. É, em parte, o que sucede também com o português Garrett que, jovem, e também exilado em Paris, publicava, igualmente em 1825, o seu *Camões* que representou uma eclosão do Romantismo, como as poesias do já idoso e ilustre José Bonifácio não representaram. Mas, de qualquer modo, e independentemente de quanto a literatura do Brasil novo continuasse ainda presa ao que de Portugal vinha, é por certo entre 1825 e 1836 que os dois caminhos se separam. Nesses anos, o Romantismo de língua portuguesa é quase só o próprio Garrett. De 1836 em diante, proclamado o Romantismo brasileiro, e criadas em Portugal as condições de liberalismo triunfante com que o movimento se identificara, são «novas» literaturas as que querem surgir: e o Brasil culto vai entrar na busca ou invenção do que em literatura possa ser o Brasil ou o ser-se brasileiro determine. Ninguém melhor do que José Bonifácio pode, pois, ser o termo deste conspecto: com trinta e seis anos de eminente vida europeia e portuguesa, tem cinquenta e seis anos de idade quando ao Brasil regressa em 1819, para, em escassos e fulgurantes anos, as circunstâncias o transformarem no primeiro brasileiro por antonomásia. Outros como ele representam esta transição: Francisco Vilela Barbosa (1769-1846), que publicara poemas em 1794 e veio a ser um dos grandes do Império brasileiro; José Elói Otoni (1764-1851), que em Portugal vivera em estreito contacto com a Marqueza de Alorna, e cujas primícias poéticas são de 1801-15; Domingos Borges de Barros (1779-1855), cujas poesias são também publicadas em 1825 em volume, e que veio a ser também outro dos grandes aristocratas imperiais; e várias outras personalidades menores. Entre estas, interessante é o caso de Lúcio José de Alvarenga (1768-1831). Mineiro, formado em direito em Coimbra, alto funcionário português que chegou a governador de Macau, de regresso ao Brasil publica (1826) uma breve novela, *Statira e Zoroastres,* no modelo fantasista das sátiras moralizantes e «orientais» de Voltaire, que a erudição desenterrou como primeira tentativa de ficção no Brasil independente. Todas estas personalidades, mais ou menos importantes na vida cultural do novo país, prolongam estilistica-mente e culturalmente o século XVIII, e vieram a propiciar que, estabelecido o Romantismo, este bem depressa seja dominado pelo realismo romântico, com o seu misto de idealização e de realidade observada, que será uma das características do Romantismo no Brasil.

6. *Conclusão* — Durante três séculos, mais ou menos, o Brasil entra nas imaginações europeias, transforma-se, pouco a pouco, numa realidade que os colonos começam a conquistar e os conquista a eles, assume, dentro da literatura-mãe, uma importância directa, por personalidades e obras, que nenhuma outra literatura colonial americana teve no tronco comum, e passa de objecto ou presença ao que hoje é moda chamar-se «espaço literário», em que uma literatura «nacional» emerge (e vai ser criada na dialéctica entre uma consciência nacional e a transformação de todo um passado regional em passado nacional). Ao longo desses séculos, portugueses, filhos de portugueses, brasileiros de gerações, alguns mestiços, serão os autores sobre os quais uma «tradição» será criada pela vontade de independência e pelo nacionalismo romântico. Se repararmos na vida desses homens, tanto quanto deles se sabe, verificaremos que quase todos pertencem à aristocracia ou à alta burguesia (recordemos que, numa sociedade colonial, como na sociedade europeia até aos princípios do século XVIII, o pequeno comerciante era de mais elevado «status» social urbano, e proporcionalmente muito mais rico do que veio a ser depois); que quase todos possuem os meios de fortuna, por si mesmos ou pela família (note-se que, naqueles tempos, só em raros casos a educação dentro de uma ordem religiosa não era custeada por depósitos em dinheiro feitos pelas famílias), para se educarem na Europa, ou nela andarem em digressão que os cultivava; e que, portanto, são representantes sociais de uma minoria que, numa colónia de base esclavagista (e a abolição da escravatura só se deu em 1889), era ainda mais minoria e mais socialmente elevada do que os seus equivalentes europeus. Por certo que a expressão literária (excepto em raros casos de personalidades eclesiásticas que, todavia, por o serem, se integravam na ordem social estabelecida) esteve milenariamente, na Europa, nas mãos destes grupos, e de certo modo não deixou de estar, com todas as contradições de lutas de classe, até tempos muito recentes (e não por toda a parte). Mas há uma diferença fundamental que torna peculiarmente «americano» aquele Brasil que se formava. Aonde na Europa, uma dialéctica se estabelecia entre a secular ordem aristocrático--feudal, baseada na hierarquia, na noção de serviço, no mecenatismo, etc., e as classes burguesas comerciais ou industriais, para as quais o interesse económico era o critério social, essa

dialéctica, no Brasil, mais e mais se processaria adentro dos próprios grupos terratenentes e comerciais (e não entre eles e as classes mais baixas, cujas manifestações de mínima rebeldia aqueles grupos esmagavam sem piedade), levando-os a identificar o seu aristocratismo terratenente, contraditoriamente, com os seus interesses económicos, e a projectar esse mesmo aristocratismo sobre a administração colonial que representava essa ordem europeia. Se isto se passou semelhantemente na América espanhola, tenha-se presente que esta, baseada em explorações mineiras ou em rapina de impérios existentes ao tempo da conquista, não se formou nunca uma minoria possidente como a do Brasil terranente (mais minoria que o equivalente europeu, mas menos minoria do que, na América espanhola, sucedia com classes administrativas e exploradoras de uma enorme massa de Índios nem absorvidos nem destruídos). Daí que o interesse nacional do Brasil possa, tão facilmente, ser confundido com os interesses de grupos dirigentes ou economicamente predominantes (do que poderia inferir-se que, desde muito cedo no período colonial, existe ou se desenvolve no Brasil uma mentalidade capitalista e terratenente, para a qual o equívoco transitório do despotismo esclarecido ou de uma democracia restrita aparece como o sistema ideal). Isto por outro lado explicaria como o interesse pelo índio (reflectindo a ideia paradisíaca a princípio) se tornou um símbolo «nacional» no século XVIII e no Romantismo: o índio era o que escapara à escravização, e fora ou destruído ou reduzido a uma massa rural marginal, mas não era a própria força de trabalho daquele capitalismo. Assim, este podia rever-se nele como mito de um «povo» originário, sem ter de debater-se ideologicamente com a contradição europeia de o «povo» ser a própria força de trabalho proletária: esta, sem sequer constituir uma classe ou uma margem social, eram os escravos negros, os quais, milhões que eram, não aparecem efectivamente na literatura (e já o Padre António Vieira, num dos seus primeiros sermões, lhes dizia da felicidade, que era a deles, de nada terem senão a possibilidade de salvarem a alma). Capitalista e aristocrática, patriarcal e comerciante, senhorial e urbana, oligárquica e populista, portuguesa pela cultura e brasileira por uma realidade que era menos paisagem do que riqueza efectiva, a sociedade colonial estava pronta, em 1822, para fazer a independência sem permitir o despedaçamento do país (e não tanto porque não houvesse separatismos locais no território brasileiro, que os houve, mas porque estes não podiam opor-se em pé de igualdade a grupos dirigentes que imporiam uma unidade que, se havia sido a da imensa colónia, era também a dos seus próprios interesses colonialistas nessas regiões), e para lançar-se na criação de todo um complexo ideológico que daria às massas brasileiras uma identidade (que elas teriam por si mesmas), enquanto para si mesma guardava a liberdade (que elas não eram chamadas a ter). Claro que, nisto, o novo país alinhava pelo que ia ser longamente a metáfora do liberalismo na Europa, e não há que duvidar-se da boa-fé dos liberais ou de muitos deles. Mas essa metáfora (cujos pródromos se vão afirmando ao longo da época colonial) vai processar-se diversamente na Europa (no caso, Portugal) e no Brasil. Se, em Portugal, a literatura não é menos oligárquica ou expressão de oligarquias no poder ou a caminho dele por substituição adentro da mesma estrutura, os literatos não são, eles mesmos, tanto os próprios membros da oligarquia, como são indirectos representantes ou dependentes dela (uma superstrutura). No Brasil colonial e das primeiras décadas da independência (com reflexos culturais até hoje), as estruturas sócio-económicas e a superestrutura largamente coincidem, e isto porque uma herança colonial foi menos a imposta administrativamente, do que era, paradoxalmente, a criação mesma de um grande país por aqueles que o faziam seu. Assim se compreende que, quando o Brasil se abre, nos meados do século XIX, a uma gigantesca imigração aliás predominantemente europeia, esses grupos étnico-culturais, ao criarem em grande parte, lado a lado com populações mais ou menos urbanas (marginalmente flutuantes entre as altas classes e as massas índias ou negras ou mestiças), a classe média que não havia, esta tão prontamente adira (o que é um dos milagres sociais do Brasil) não só a um estilo de vida mas a um modo de pensar (muito diversamente do que sucede no mitológico «melting-pot» norte-americano, aonde os grupos se integram socialmente na ordem anglo-saxónica, mas conservam minoritariamente as suas identidades), ainda que, até às primeiras décadas do século XX, raríssimo seja, na literatura, um nome que denuncie uma origem não-luso-brasileira, e os filhos de portugueses pululem. Desde a carta de Pero Vaz de Caminha, que não é literatura do Brasil, até José Bonifácio e os seus contemporâneos, que são o Brasil independente no plano político, nem tudo é literatura. Mas tudo foi chamado a ser fundamentação histórica da cultura brasileira que, nos fins do século XIX, podia já produzir, no Rio de Janeiro, um dos mais refinados e civilizados escritores ocidentais do seu tempo (Machado de Assis), como é costume e justiça dizer-se. Todavia, o dizer-se isto ainda implica uma ideia obsoleta de evolução cultural, e a visão de um grande escritor emergindo de um contexto selvagem e primitivo. E a verdade é que, desde o início, por força das mesmas estruturas sociais oligárquicas que se criavam, o selvagem e o primitivo eram, para a gente educada que escrevia, como aqueles batuques que D. Francisco Manuel de Melo, no século XVII, ouvia percutir num seu soneto, ao tempo em que estava exilado na Bahia. No seu Rio de Janeiro imperial, Machado de Assis já os não ouvia, nem se sentia exilado senão da humanidade que lhe parecia muito inferior a si mesma. Quando isto sucede, não é a maioridade de uma literatura o que se define (indirectamente, já ela assim se definira muitas vezes, e dentro do quadro cultural lusitano): o que se define é a necessidade do homem em superar os próprios mitos da sociedade em que vive, e a crítica à ideologia, pela qual o que importa não é saber-se como se deve ser brasileiro, mas o que significa ser-se, de um modo ou de outro, um ser pensante no Brasil (como em qualquer outro lugar do mundo).

Bibliografia:

Os reportórios bibliográficos tradicionais, como Inocêncio Francisco da Silva, *Dicionário Bibliográfico Português,* 22 vols., Lisboa, 1858-1923, e Sacramento Blake, *Dicionário Bibliográfico Brasileiro,* 7 vols., Rio, 1883--1902, continuam a ser, para muitos autores e obras do período colonial, o principal ponto de referência. Fundamental para este período é a obra de Rubens Borba de Moraes, *Bibliographia brasiliana: a bibliographycal essay on rare books about Brazil published from 1504 to 1900, and works of Brazilian authors published abroad before the independence of Brazil in 1822,* Amsterdam, 1958; do mesmo autor, *Bibliografia Brasileira do Período Colonial,* São Paulo, 1969. Informação bibliográfica sobre os autores encontra-se, acessivelmente, em Otto Maria Carpeaux, *Pequena Bibliografia Crítica da Literatura Brasileira* (várias ed. desde 1949). Úteis dicionários são Raimundo de Menezes, *Dicionário Literário Brasileiro Ilustrado,* 5 vols., São Paulo, 1969, e José Paulo Paes e Massaud Moisés (organizadores), *Pequeno Dicionário da Literatura Brasileira,* São Paulo, 1967, como também J. do Prado Coelho (dir.), *Dicionário de Literatura, etc.,* 2.ª ed., 2 vols., Porto, 1967-71. A primeira história da literatura brasileira, largamente desactualizada e precipitada ou superficial nos seus juízos, e com uma visão culturalista, foi, após tentativas de carácter panegírico ou tradicional, a de Sílvio Romero, *História da Literatura Brasileira,* 2 vols., Rio, 1888 (a partir da 3.ª ed., 1943, ampliada com outros artigos do autor). Clássica continua a ser a de José Veríssimo, 1.ª ed., Rio, 1916, com sucessivas edições. Por muito tempo foi usada a de Ronald de Carvalho, *Pequena História da Literatura Brasileira,* Rio, 1910, já desactualizada e sem escolaridade ao tempo da publicação. Mais breve, e adoptando já os pontos de vista da revolução cultural modernista, é a de José Osório de Oliveira, *História Breve da Literatura Brasileira,* Lisboa, 1939 (2.ª ed., São Paulo, 1956). *A História da Literatura Brasileira,* de Nelson Werneck Sodré, São Paulo, 1938 (sucessivas edições), não corresponde ao seu subtítulo: «Seus Fundamentos Económicos». Manuais de história literária mais correntes (e equilibrados) são os de António Soares Amora, *H.L.B.,* São Paulo, 1954 (sucessivas ed.) e Alfredo Bosi, *H. Con-*

cisa da L. B., São Paulo, 1970. Importantes para o período são as partes relevantes de realizações colectivas: *A Literatura no Brasil* dir. Afrânio Coutinho, Rio, 1955-59, 2.ª ed., 6 vols., Rio, 1970-71, e o 1.º vol., *Era Colonial*, de J. Aderaldo Castello (da «Literatura Brasileira» da col. «Roteiro das Grandes Literaturas», da Ed. Cultrix), São Paulo, 1962. A mais recente história literária (com vastíssima e actualizada informação bibliográfica) é a de Luciana Stegagno Picchio, *La Letteratura Brasiliana*, Florença-Milão, 1972. Obra fundamental (e com larga informação bibliográfica) continua a ser a de António Cândido, *Formação da Literatura Brasileira — momentos decisivos*, São Paulo, 1959 (outras ed.). Não só para a história do Brasil colonial, como para alguns dos autores do período (nomeadamente os de literatura histórica e de informação), a obra básica continua a ser a monumental *História Geral do Brasil*, Rio, 1854-57, de Francisco Adolfo de Varnhagen (6.ª ed., São Paulo, 1956), bem como os estudos históricos de Capistrano de Abreu, *Capítulos de História Colonial* e as séries de *Ensaios e Estudos*. Para uma teoria da história do Brasil, a partir dos historiadores, e com um ponto de vista decididamente anti-português, é relevante J. Honório Rodrigues, *Teoria da História do Brasil*, 2 vols., 3.ª ed., São Paulo, 1969. Importantes obras histórico-culturais são as de Sérgio Buarque de Holanda: *Raízes do Brasil* (1936), 5.ª ed., Rio, 1969, *Visão do Paraíso — os motivos edénicos no descobrimento e colonização do Brasil*, Rio, 1959, e o Tomo I, *A Época Colonial*, 2 vols., São Paulo, 1960, da obra colectiva de sua direcção, *História Geral da Civilização Brasileira*. Obra clássica sobre a formação económica do Brasil é, com este mesmo título, a de Celso Furtado (1959). Sobre a era mineira é-o também a obra histórica de Charles R. Boxer, *The Golden Age of Brazil — Growing pains of a colonial society*, Berkeley, 1962 (trad. Bras., *A Idade de Ouro do Brasil*, São Paulo, 1964). Obra famosa (em que as estruturas senhoriais do Nordeste açucareiro aparecem como padrão geral de explicação da sociedade colonial brasileira) é a de Gilberto Freyre, *Casa Grande e Senzala* (1933). Como «explicação» do Brasil, de um ponto de vista racista-pessimista, o leitor português não deve ignorar o *Retrato do Brasil* (1929, de Paulo Prado, a que de certo modo Freyre e Sérgio Buarque responderam. Desde o século XIX até aos nossos dias, há toda uma fascinante literatura de ideias, que não é para aqui catalogar, sobre o tema do «Brasil» e da natureza dos brasileiros, que teve sempre enorme influência ideológica nos historiadores e críticos literários, quando estes mesmos não foram os directos participantes nela. A literatura brasileira vista enquanto tal, num esforço de ressurreição de autores esquecidos ou até inéditos, foi obra das antologias que se seguem à independência: o *Parnaso Brasileiro* (1829-32) de Januário da Cunha Barbosa, o *Florilégio da Poesia Brasileira* (1850-53) de Varnhagen, e muitas outras. Interessantes antologias, em nível escolar-popular, são hoje o 1.º volume (dir. A. Soares Amora), *Era Luso-Brasileira*, 1959, do *Panorama da Poesia Brasileira* (Civilização Brasileira, Rio), e o 1.º vol., *Das Origens ao Romantismo*, da *Presença da Literatura Brasileira*, de António Cândido e J. Aderaldo Castello. Muito úteis são alguns dos voluminhos dedicados a autores do período colonial na Col. «Nossos

Clássicos» da AGIR, Rio de Janeiro. Outras informações bibliográficas encontrará o leitor em muitas destas obras aqui citadas; e abstemo-nos de indicá-las para os autores e obras individuais, que são da responsabilidade dos respectivos verbetes. Wilson Martins — *Brasil Colonial* e José Guilherme Merquior — *Breve História da Literatura Brasileira* (I — *De Anchieta a Euclides*), Rio de Janeiro, 1977. Wilson Martins — *História da Inteligência Brasileira*, 7 vols. (em curso de publicação), São Paulo, 1977, obra fundamental que supera todos os estudos culturais anteriores, e cujo 1.º vol. se ocupa da época colonial em parte (1550-1794), enquanto os trinta anos seguintes que precederam a independência estão incluídos no 2.º vol. (1794--1855).

436

NOTAS BIBLIOGRÁFICAS

Nota breve a três antologias

Este texto foi escrito para ser lido no programa «Meia hora brasileira», na Emissora Nacional, penso que no dia 29/5/44. Transmitido sem o último parágrafo, protestou Jorge de Sena em vão. Apareceu depois publicado, com o mesmo corte, em *Rádio Nacional* n.º 360, Ano VII, de 18/6/44. publicação de que creio o Autor jamais se deu conta e que me foi descoberta por Pedro da Silveira, a quem fiquei a dever mais este favor de amizade. A verdade é que eu escrevera, sem ter obtido resposta, para a Emissora Nacional, perguntando se haveria algum registo desta palestra e se me seria possvel ter acesso ao *ms* para verificar o que se passara, que de resto, a existir, seria legalmente meu, ainda que eu não estivesse a reclamá-lo. Não é, todavia, a única vez que não obtenho resposta daquele Organismo, cujos serviços, ao que depreendo, estão demasiado ocupados para responderem a perguntas que devem classificar de lana caprina. Conservámos o título da publicação.

I — *Sobre Cecília Meireles, Carlos Dummond de Andrade, etc.*

«Mar Absoluto» — Publicado em *Mundo Literário*, n.º 9, de 6/7/1946.

Em louvor de Cecília Meireles — Escrito para a sessão de homenagem a Cecília Meireles, realizada no Jardim Escola João de Deus, em Lisboa, no dia 7 de Dezembro de 1951, quando esta Escritora visitou Portugal. Por ausência de Jorge de Sena esta saudação foi lida pelo poeta Alberto de Lacerda. Foi publicado no *Primeiro de Janeiro*, em 12/12/1951.

Cecília Meireles ou os puros espíritos — Publicado no *Diário de Notícias*, em 26/11/1964. Posteriormente foi publicado no *Estado de S. Paulo*, em 20/2/1965.

437

Algumas palavras (A few words) — escrito para uma sessão de leitura de poemas e de projecção de *slides,* realizada pela notável actriz brasileira e filha do grande Poeta, Maria Fernanda, no dia 16 de Fevereiro de de 1978, na Universidade da Califórnia, em Santa Barbara. Originalmente em inglês, foi traduzido para esta publicação por Isabel Maria de Sena. Está datado de 14/2/1978.

Carlos Drummond de Andrade — Nota biográfica e *Uma Arte poética* — publicados em *Mundo Literário,* n.º 3, de 25/5/1946.

A Rosa do Povo, Carlos Drummond de Andrade — publicado em *Mundo Literário,* n.º 4, de 1/6/1946.

Com Erico Veríssimo — uma entrevista — Publicada no *Boletim Bibliográfico LBL,* n.º 1, Jan./Fev., 1961 — Está datado de Jan. 1961.

Memória de Ribeiro Couto — datado de 29/6/1963 não cremos que tenha chegado a ser publicado. Os episódios aqui narrados conta-os J. de S. no prefácio à 2.ª edição de *Poesia-I,* datado de Julho de 1977. A conferência de Ribeiro Couto foi no dia 10/6/44 (então «Dia da Raça») e intitulava-se: «O Emigrante Português e a continuidade Histórica da tradição brasileira».

II — «*Cartas*» *e crónicas*

Cultura Lusitana — Divagação 1.ª — publicado em *Brasil Cultural.* Ano I, n.º 1 — Porto, Dezembro de 1947.

Cultura Lusitana — Divagação 2.ª — publicado em *Brasil Cultural.* Ano II, n.º 2 e 3 — Porto, Março de 1948. Está datado de Lx. 19/1/48.

Brasil — 1960 — Publicado no *Boletim Bibliográfico LBL,* n.º 1, Jan./Fev. de 1961 — Está datado de Janeiro, 1961.

1.ª Carta do Brasil — Publicada em *Gazeta Musical e de todas as Artes* n.º 119, de Fev. de 1961. Está datada de Janeiro, 1961.

2.ª Carta do Brasil — Publicada em *Gazeta Musical e de todas as Artes* n.º 121, de Abril de 1961 — Está datada de Março, 1961.

3.ª Carta do Brasil — Publicada em *Gazeta Musical e de todas as Artes* n.º 124, de Julho de 1961.

4.ª Carta do Brasil — Publicada em *Gazeta Musical e de todas as Artes* n.º 125, de Agosto de 1961. Está datada de 26/6/1961.

Crónica do Brasil — Publicado em *Boletim Bibliográfico de LBL,* n.º 4, de Julho/Agosto, de 1961. Está datada de 22/8/1961.

Carta do Brasil — Balanço — 1961 — Publicada no *Boletim Bibliográfico de LBL,* n.º 6, de Nov./Dez., de 1961 — Está datada de 31/12/1961.

5.ª Carta do Brasil — Foi enviada a Maria Amélia de Azevedo Pinto para publicação no *Ocidente,* com a carta pessoal que aqui transcrevemos, em forma de *PS* e com a data de 24/1/1963. Cremos que apesar da urgência manifestada ficou inédita, se é que chegou a ser enviada.

P.S. Extremamente preocupado com o curso dos acontecimentos, e ciente das espantosas possibilidades que se abrem enfim no Brasil à cultura portuguesa, reatei as «Cartas do Brasil» que, em tempos, com regularidade publiquei na defunta *Gazeta Musical,* até que percebi que esta estava menos interessada na gravidade dos problemas nacionais que na politiquice do Chiado. Mas onde reatar a publicação dessas missivas?

A minha carta é muito audaciosa, e fere de frente inúmeros e bem radicados preconceitos. É, porém, a estrita expressão de uma dura verdade que tem de ser dita quanto antes, pois que as oportunidades passam. Sei perfeitamente ao que me arrisco publicando-a: a uma tempestade de gritos, sobretudo aqui, e por parte dos brasileiros. Mas as minhas responsabilidades são muitas, e nunca soube fugir a elas. Sou, acima de tudo, português, interessado na projecção de Portugal. E é notório que o meu convívio e a ciência em que estarei dos escanos da política brasileira me dão alguma autoridade — e duvido que a nossa embaixada tenha atentado, alguma vez, nestes problemas que eu abordo. Tenho também responsabilidades na criação daquelas perspectivas, de que não posso alhear-me: como assessor do Ministério federal de Educação, sou um dos pais da reforma universitária, e honro-me de ter obtido um triunfo — graças ao espírito esclarecido dos meus companheiros brasileiros — que as nossas representações diplomáticas nunca terão procurado obter, se é que, agora, se deram conta do que aconteceu... Sei que não. O momento é único para que uma entidade não-oficial aja. E aja, nos têrmos do desafio que ponho à Gulbenkian. Não deve haver ilusões em Portugal acerca de que nenhum outro caminho é possível; se as há, as aparentes tergiversações bizantinas em que os brasileiros são habilíssimos, devem ter iludido quem as observou. Não é segredo para ninguém que o Brasil só protege diplomaticamente o govêrno português, na medida em que não quer, nesse ponto, complicar as suas relações com o State Department; mas, ainda que as simpatias fôssem para esse lado, nenhuma entidade se arriscaria publicamente a ter auxílios oficiais portugueses. Esta é a verdade nua e crua. Ora, é preciso que o desafio à Gulbenkian seja lançado, e nesses têrmos. Terá, minha Senhora, possibilidades de arriscar-se à publicação do que eu escrevi? Teme consequências? Se pensei no «Ocidente», em cujas notas e comentários o meu artigo pode sair, é por pensar que a censura não verá, assim na «carta», horrores que não estão ocultos nela. Deixo o caso nas suas mãos, com inteira liberdade para decidir. Se recear a publicação, peço-lhe o favor de entregar o original ao dr. José Blanc de Portugal, a quem darei instruções a esse respeito. Mas pode, se assim fizer, dar-lhe logo o meu recado de que tente ele uma outra publicação. Escuso de dizer-lhe que esta carta é reservada. E creia na grata estima do sempre ao seu dispôr.

Jorge de Sena

Tennessee Williams em Araraquara — Publicado em *O Imparcial* — Araraquara, Brasil, em 15/10/1961.

III — *Sobre Manuel Bandeira*

Manuel Bandeira, por A. C. Monteiro. Publicado em *Litoral*, n.º 1, de Junho de 1944. A propósito deste livro diria J. de Sena a José Blanc de Portugal numa carta de 2/3/desse mesmo ano; «Há nela (sua carta) aquela «paz aflicta» que eu gostaria que o Casais Monteiro tivesse sabido encontrar na «poesia do Manuel Bandeira» — e não soube. Se este é um dos maiores poetas da nossa língua — é por isso mesmo».

Da Poesia Maior e Menor (a propósito de Manuel Bandeira) — Conferênrência proferida no Centro Nacional de Cultura, em Lisboa, a 25 de Abril de 1956, no âmbito de um ciclo sobre a Poesia Brasileira Moderna. Mais tarde, apareceu revista e impressa em *Cidade Nova* (Fev. de 1957, número publicado efectivamente em Junho deste ano). A bibliografia apensa à recente edição Aguilar da *Obra Completa* de Manuel Bandeira não o cita, certamente por lapso — Nota de J. de S., in *O Poeta é um Fingidor*, Ática, 1961, onde foi incluída. É de referir que, num filme--documentário sobre Manuel Bandeira, este segurava nas mãos este volume, não por certo por acaso...

Londres e dois grandes poetas — Publicado no *Diário Popular*, de 24/10/1957. Em Setembro deste ano conhecera Jorge de Sena pessoalmente Manuel Bandeira, em Londres. Em cartas várias faz referência a esse facto e à convivência que então teve com esse Poeta que tanto admirava. Ver nota seguinte.

Manuel Bandeira que eu conheci — Foi escrito especialmente para uma publicação que deveria ser organizada pelo Prof. Dr. Joaquim-Francisco Coelho, Professor na Harvard University, que infelizmente não chegou a ser feita. Está datado de Setembro de 1977 e portanto inédito. Os poemas foram incluídos em *Visão Perpétua* mas mantivemo-los aqui por fazerem parte integrante do escrito. Deste encontro com Manuel Bandeira falou J. de S. numa conferência, «Inglaterra revisitada» (in «*Inglaterra revisitada*, 1986), em 15/1/58, em que leu parte da crónica aqui referida, que na publicação em volume está transcrita completa. A crónica fora publicada no *Jornal do Brasil*, de 9/10/57 e depois incluída em *Poesia e Prosa — Plantas do Brasil*, vol. II, Rio de Janeiro, 1959.

IV — *Prefácios, resenhas, verbetes e outros*

Uma antologia de poesia brasileira moderna, ou da Técnica... — Publicado no *Comércio do Porto*, em 13/7/1954 e em *Artes e Letras*, n.º 63, Ano VI, Rio de Janeiro, Setembro de 1954.

Trovas de muito amor para um amado senhor — Hilda Hilst — prefácio. Anhambi, 1960.

Prefácio a um livro não publicado — Carlos Aldrovandi — Está datado de Junho de 1965. Carlos Aldrovandi era o director da Fac. de Fil. Ciências e Letras, de Araraquara. A sua atitude firme e corajosa evitou que, após o golpe de estado, aquela Faculdade tivesse sido invadida e provavelmente desmantelada. Com a morte de C. A. o livro, embora em provas, não chegou a sair. Esta publicação a faço em memória de quem foi, numa hora dificílima, a prova de que ainda há coragem e dignidade.

Pequeno Dicionário de Literatura Moderna — resenha — Publicada na *Luso-Brasilian Review*, Vol. V, n.º 2 — Wis. Univ. Winter 1968. O «comentário» da obra de Fr. António de Portalegre, nesta crítica mencionado, jamais passou de apontamentos, tanto quanto pude verificar.

Sousândrade: Vida e Obra, por Frederick G. Williams, Edições Sioge, 1976. Prefácio — Está datado de Agosto, 1975.

M. C. de Almeida e Albuquerque, — *Grande Dicionário de Literatura Portuguesa e de Teoria Literária* — 1.º Vol. Foi enviado a João José Cochofel em 26/4/1970.

Manuel Inácio da Silva Alvarenga, — *Grande Dicionário da Literatura Portuguesa e de Teoria Literária* — 1.º Vol. Foi enviado a J.-J. Cochofel em 27/11/1969.

Domingos Caldas Barbosa, — *Grande Dicionário da Literatura Portuguesa e de Teoria Literária* 1.º Vol. — Remetido a J.-J. Cochofel, em 20/2/1971.

V — *Comunicações, ensaios, conferências, entrevistas, etc. e um substancial verbete*

Possibilidades Universais do Mundo Luso-Brasileiro — sem data e inédito. Provavelmente inacabado de 1963/4. Poderá ter sido uma abandonada primeira tentativa de *Portugal e Brasil: uma proposta* que, por sua vez, viria a ser *O entendimento histórico.* Ver adiante.

O problema dos estudos portugueses no Brasil — Datado de Março de 1963, tem escrito à margem: «Para alterar» — inédito. Cremos que, apesar da actuação gigantesca que a Fundação Calouste Gulbenkian de então para cá tem assumido, alguns destes problemas estão ainda por resolver, ainda que continuem a ser prementes.

Os «Sertões» e a epopeia do séc. XIX — Conferência realizada no âmbito da *Semana Euclidiana,* em S. José do Rio Pardo, S. P., Brasil. Lida na sessão de encerramento, em 14/8/1963, foi depois publicada no *Estado de S. Paulo*, em 31/8/1963. Está datada de Agosto, 1963.

Portugal e Brasil: uma proposta — inacabado e datável de 1964/5. Poderá ter sido uma primeira versão abandonada de *O entendimento histórico...* v. adiante.

Da Grandeza Literária — Publicado no *Estado de S. Paulo*, em 3/4/1965 e posteriormente no *Diário de Notícias*, em 1/3/1969.

Situação da Literatura Portuguesa no Brasil — «Este artigo é constituído por alguns excertos da comunicação apresentada por Jorge de Sena ao VI Colóquio Internacional de Estudos Luso-Brasileiros, reunido em Harvard, em Setembro de 1966» — nota do Autor em *Tempo e o Modo*, número especial sobre o Brasil, de Setembro 1967 (comemorando a a publicação do seu 50.º número). Aquela comunicação, *Situação da Lit. Port.* está publicada integralmente em *Estudos de Lit. Port.-III*.

Modernismo brasileiro — 1922 e hoje — Comunicação escrita para a Convenção Anual da MLA (Modern Language Association), em New York, Dez. de 1966. Está datada de 1/5/1966 e escrita originalmente em inglês cuja tradução publicamos.

O entendimento histórico Luso-Brasileiro: uma proposta — Publicado no *Diário de Notícias*, em 14/7/1966. Está datado de 25/6/1966.

Literatura Brasileira comparada com as Literaturas da Hispano-América. Conferência realizada na Pennsylvania State University, em 15/11/1966. Originalmente em inglês, damos a tradução.

Influências que moldaram a Literatura Brasileira — Comunicação escrita para a anual Convenção do Middle West da MLA (Modern Language Association) — realizada em S. Louis, Missouri — 1969. Originalmente em inglês, damos a tradução.

Machado de Assis e o seu Quinteto Carioca — Comunicação escrita para a Convenção anual da MLA, realizada em Denver, Dez. de 1969. Está datada de Julho, 1969. Traduzida para inglês, por Isabel Maria de Sena, foi publicado em *Latin American Literary Review*, número especial sobre o Brasil, vol. XIV Jan.-June, 1986 — Univ. of Pittsburgh.

Papel dos escritores no Brasil — Comunicação escrita para a Convenção anual da PCCLAS (Pacific Coast Council for Latin American Studies) realizada em Santa Barbara, Califórnia, em Novembro de 1970. Datada de 5/11/1970, foi originalmente escrita em inglês, de que damos a tradução.

Algumas palavras sobre realismo e naturalismo, em especial o Português e o Brasileiro. — Em 1970 J. de Sena leu na Tulane University uma conferência que com o título *Realism and Naturalism in Western Literatures with some especial references to Portugal and Brasil* foi por essa Universidade publicado em 1971, in *Tulane Studies in Romance Languages and Literatures*. Traduzida e revista esta conferência foi depois publicada in *Colóquio/Letras* n.º 31, de Maio de 1976. É esta a versão que transcrevemos. Está datada de Março de 1976.

Sobre a aproximação Luso-Brasileira: problema da língua — inédito e de data aproximada Fev./Maio de 1971 — inacabado.

Sobre o Modernismo em Portugal e no Brasil: alguns problemas e clarificacações — Comunicação escrita para a Convenção anual da MLA — Dezembro de 1973.

Sobre a situação do ensino de Literatura Brasileira nos Estados Unidos — Entrevista do *Jornal do Brasil* — está datada de Abril, 1974.

Brasil Colonial — Escrito para o *Grande Dicionário de Literatura Portuguesa e de Teoria Literária* 2.º Vol. enviado a J.-J. Cochofel, que o dirigia, em 3/1/1974 com a indicação de que «aproveitei as férias natalinas para o escrever».

ÍNDICE ONOMÁSTICO

Abreu, João Capristano de — 212, 330, 435

Adam, Villiers de l'Isle — 329

Afonso Henriques — 236

Aires (Ramos da Silva de Eça), Matias — 299, 300, 413, 414

Alarcón, Juan Ruiz de — 297

Albuquerque, Manuel Caetano de Almeida e — 177-9, 441

Alcoforado, Mariana — 161

Aldrovandi, Carlos — 163-68, 441

Alegria, Ciro — 309

Aleijadinho (António Francisco Lisboa) o — 237, 242

Alencar, José (Martiniano) de — 89, 126, 143, 268, 302, 352, 366

Alexandre Magno — 226

Almada-Negreiros (José Sobral de) — 9, 113, 127, 128, 131, 356, 365, 368

Almeida, José Américo de — 276, 278, 308

Almeida Lorena e Lencastre, Leonor, 4.ª marquesa de Alorna — 416, 430

Almeida, Manuel António — 352, 353

Alphonsus, João — 276

Alvarenga, Lúcio José de — 430

Alvarenga, Manuel Inácio da Silva — 181-4, 392, 416, 420, 426, 427, 428

Alvarenga, Oneyda — 158, 171

Álvares, Diogo — 419

Álvares, João, impressor — 401

Alves, António de Castro — 62

Amado, James — 91

Amado, Jorge — 58, 63, 64, 69, 87, 88, 91, 92, 126, 277, 308, 322, 344, 376

Amora, António Soares — 170, 434

Anchieta, P.e José — 297, 401, 403

Anderson, Maxwell — 101

Anderson, Robert — 101

Andrade, Carlos Drummond de — 9, 11, 20, 23, 31, 37, 39, 41-44, 58, 118, 126, 136, 140, 141, 150, 158, 251, 277, 311, 375, 437, 438

Andrade, Gen. Gomes Freire de — 185, 413

Andrade, Joaquim Pedro de Melo Franco — 148

Andrade, Jorge — 91, 171

Andrade, Jorge Carrear — 311

Andrade, Mário de (Moraes) — 42, 58, 101, 111, 113, 129, 134, 158, 269, 275, 276, 277, 279, 308, 366, 367, 368

Andrade, Olímpio de Sousa — 207

Andrade, Oswald de — 134, 275, 276, 320, 321, 365, 367, 368, 375, 399

Andrade, Rodrigo de Mello Franco de — 171, 276

Andreoni, Giovannantonio, criflónimo, V. Antonil, André João.

Anjos, Cyro Versiani dos — 64, 88, 277, 279

Antonil, André João — 411, 412

António Conselheiro — 215, 217

Apollinaire, Guillaume (Kostrowitzki, Wilhelm Appollinaris de) — 41, 112, 268

Aranha, (Pedro Wenceslau de) Brito — 179

Araripe Junior, José — 209

Ariosto — 419

Aristóteles — 345

Assis, (António Maria) Machado de — 34, 62, 89, 214, 219, 267, 270, 303, 312, 318, 325-35, 342, 350, 352, 353, 355, 356, 366, 375, 387, 433, 434

Asturias, Miguel Ángel — 309

Ataíde, Tristão de, pseud., — v. Lima, Alceu Amoroso — 276

Auerbach, Barthold — 348

Aurevilly, Jules Barbey d' — 329

Azambuja, Darcy — 171

Azeredo, Carlos Magalhães de — 172

Azevedo, Aluísio de — 303, 355

Azevedo, Fernando — 171

Azevedo, Lúcio de — 212

Azuela, Mariano — 305

Balbuena, Bernardo de — 298

Balzac, Honoré de — 219, 322, 329

Bandeira (Filho), Manuel (Carneiro de Sousa) — 9, 19, 23, 25, 31, 42, 52, 58, 107-10, 111-20, 121-23, 125--53, 158, 163, 276, 308, 365, 366, 440

Barbosa, Domingos Caldas (Lereno Salinuntino) — 182, 184, 185-92, 420, 421, 427, 441

Barbosa, Francisco de Assis — 190, 192

Barbosa, Francisco Vilela — 430

Barbosa, Januário da Cunha; sobrinho de Caldas Barbosa — 192, 435

Barbosa (de Oliveira), Rui — 251, 268, 366

Barreto (Afonso Henriques de), Lima — 375

Barros, Domingos Borges — 430

Barros, Henrique de Gama — 212

Baudelaire, Charles — 132, 250, 251, 354

Bazán, Emília Pardo — 354

Bernard, Claude — 210

Bernardes, Manuel — 260

Bernini, Giovani Lourenzo — 150

Bezerra, João Clímaco — 171, 277

Bilac, Olavo (Brás Martins dos Guimarães) — 89, 208, 250, 366

Billington, Ray Allen — 281

Bittencourt, Liberato — 179

Blake, Augusto Sacramento — 177, 179, 192, 434

Bocage, Manuel Maria de Barbosa du — 183, 187, 190, 416

Bonfim, Manuel — 171

Bonfim, Paulo — 92

Bopp, Raul — 158, 275, 276

Borges, Jorge Luis — 280, 311

Bosi, Alfredo — 434

Botto, António (Tomás) — 161

Bourget, Paul — 329

Bouterwek, Friedrich — 171

Boxer, Charles R. — 435

Braga, Rubem — 68, 277

Braga, (Joaquim) Teófilo (Fernandes) — 192, 425

Brandão, Ambrósio Fernandes — 406, 412

Brandão, Raul (Germano) — 84, 121

Brito, Bernardo Gomes de — 405

Broca, José Brito — 89, 171

Bruyêre, Jean de La — 299

Byrd — 184

Byron, (George Gordon) Lord. — 213, 430

446

Cabral, Pedro Álvares — 73, 96, 97, 397, 401

Caeiro, Alberto — heter. — v. Pessoa, Fernando

Calado, Fr. Manuel — 406

Caldas, P.e António Pereira de Sousa — 416, 421, 427, 428

Calderón, Ventura Garcia — 309

Caminha, Adolfo (Ferreira) — 208

Caminha, Pero Vaz de — 292, 382, 397, 398, 399, 400, 401, 404, 433

Camões, Luis Vaz de — 27, 82, 83, 98, 112, 114, 116, 135, 138, 145, 152, 161, 172, 202, 211, 213, 216, 219, 250, 297, 349, 357, 359, 416, 419, 420

Campos, Álvaro de — hetr. — v. Pessoa, Fernando

Campos, Augusto de — 174

Campos, Haroldo de — 174

Cardim, Fernão — 403

Cardoso, Lúcio — 93, 277, 279

Cardoso, Vicente Licínio — 171

Cardozo, Joaquim — 276

Carlos III, de Bourbon, rei de Espanha — 300

Carlos V, imperador — 297

Carlyle, Thomas — 217

Carpeaux, Otto Maria — 170, 434

Carvalho, António Silva — 12

Carvalho, Ronald de — 127, 170, 171, 276, 434

Carvalho, Vicente (Augusto) de — 208

Carvalho e Melo, Sebastião José de, conde de Oeiras, Marq. de Pombal — 181, 186, 260, 286, 299, 300, 388, 402, 418, 421, 426

Cascudo, Luis da Câmara — 171, 188, 192

Castelo, J. Aderaldo — 184, 192, 435

Castelo Branco, Camilo — 352, 353

Castilho, José Feliciano de — 360

Castro, Augusto de — 11

Castro (e Almeida), Eugénio de — 115, 132, 133

Castro, Fidel — 93

Catarina de Médicis, rainha de França — 401

Cearense, Catulo da Paixão — 191

Cecil (Edward Christian) David, Lord — 211

Celso (de Assis Figueiredo), Afonso — 209, 390

Cendrars, Blaise — 268

Cervantes de Saavedra, Miguel de — 217

Chagas, Fr. António das, nome religioso de António Soares da Fonseca — 409

Chagas, Manuel (Joaquim) Pinheiro — 360

Champfleury, Jules Husson — 354

Chateaubriand, François René, visc. de — 302

Checov, Anton — 329

Cícero — 143

Ciro — 313

Clarín, pseud. de Leopoldo Alas y Urena — 354

Costeau, Jean — 122

Coelho, Jacinto do Prado — 434

Coelho, Joaquim-Francisco — 12

Cochofel (Aires de Campos), João José (de Mello) — 441, 443

Coelho, Joaquim Francisco — 12, 440

Coelho, Jorge de Albuquerque — 405

Colombo, Cristóvão — 231, 320, 360, 382, 397

Condé, José (Ferreira) — 64

Coição (Braga), Gustavo — 92, 171

Corrêa, Roberto Alvim — 64

Correia, Diogo Álvares, o Caramuro — 404

Correia, Raimundo (da Mota Azevedo) — 136, 141

Corte-Real, Jerónimo — 418

Costa, Augusto Pereira da — 179

Costa, Cláudio Manuel da — 182, 392, 413, 414, 415, 416, 420, 421, 422, 424, 425, 426

Costa (Pereira Furtado de Mendonça), Hipólito José da — 429
Costa, João Cruz — 171
Costa, Maria Della — 101
Coutinho, Afrânio — 170, 192, 435
Coutinho, Galeão — 171
Couto, Rui Ribeiro — 9, 19, 42, 49--53, 58, 93, 111, 158, 276, 438
Crespo, (António Cândido) Gonçalves — 132
Cristina, rainha da Suécia — 407
Cruz, Juana Inés de la, Soror — 297
Cruz e Silva, António (Diniz) — 183, 385, 416, 424, 427
Cunha, Euclides (Rodrigues Pimenta) da — 89, 207-21, 305
Cunha, Fausto — 174
Cunha, Cardeal, bispo de Leiria, D. João Cosme da — 417
Cunha, José Anastácio da — 183, 416
Cuvier, Georges, barão de — 210

Dantas, Macedo — 64
Dante (Durante) Alighieri — 112, 116, 137, 138, 152, 219, 250
Darwin, Charles — 249
Darío, Rubén — 133
Denis, Ferdinand — 171
Deus (Ramos), João de — 132, 161, 250
Dias, António Gonçalves — 62, 215, 268, 302, 350
Dias, Milton — 64
Diaz, Porfírio — 307
Dickinson, Emily — 24
Dinis, Rei de Portugal — 117
Diniz, Almachio — 131
Diniz, Júlio, pseud. de Joaquim Guilherme Gomes Coelho — 83, 352
Dostoievski, Fyodor — 213
Duranty, Guillaume — 354
Durão, Santa Rita (Fr. José de) — 182, 190, 215, 386, 392, 398, 404, 415, 416, 417, 418, 419, 420, 421, 422, 423
Durrell, Lawrence — 334

Dutra, Waltensir — 192

Eliot, Thomas Stearns — 128, 133, 134, 271
Eliot, George, pseud. de Mary Anne Evans — 211
Elísio, Américo — v. Silva, José Bonifácio de Andrada e
Elísio, Filinto, pseud. de P.ª Francisco Manuel do Nascimento — 183, 187, 416
Eluaid, Paul (Eugène Grindel) — 41
Emerson, Ralph Waldo — 217
Espanca (Lage), Florbela (d'Alma da Conceição) — 161
Ésquilo — 112

Facó, Américo — 158
Faria, Octávio — 64, 91, 92, 277, 279
Faulkner, William — 309
Fénélon, François de Salignac de la Mothe — 191, 413
Fernando, o Católico — 382, 400
Ferro, António (Joaquim Tavares) — 128, 129
Feuillet, Octave — 329
Feydeau, Ernest — 329
Fialho de Almeida, José Valentim — 388
Figueiredo, Antero de — 84
Figueiredo, Cândido — 360
Figueiredo, Fidelino (de Sousa) — 84, 200
Filipe II, de Castela, I de Portugal —
Filipe IV, de Castela, II de Portugal — 407
Fielding, Henry — 213, 214, 351
Flaubert, Gustave — 212, 219, 329, 353, 354
Fonseca, José Paulo Moreira da — 64
Fontes, Amando — 91, 93, 276, 278, 308
Franco, Afonso Arinos de Melo — 171, 184
Franco, Francisco de Melo — 181, 415, 421, 422, 427

Freire, Anselmo Braamcamp — 212
Freyre, Gilberto (de Melo) — 58, 74, 80, 116, 148, 270, 276, 278, 308, 378, 435
Frieiro, Eduardo — 37
Froissart, Jean — 349
Furtado, Celso (Monteiro) — 77, 435

Gallegos, Rómulo — 309
Gama, José Basílio da — 181, 182, 185, 186, 190, 215, 386, 392, 398, 416, 417, 418, 419, 420, 421, 423, 426
Gama, Vasco da — 397
Gandavo, Pero de Magalhães de — 404
Garção, (Pedro António) Correia — 178, 416
Garrett, (João Baptista da Silva Leitão de) Almeida, visc. de Alm. Garrett — 187, 261, 296, 318, 351, 430
George, Stefan — 31
Gesualdo de Venosa — 184
Gibson, W. — 101
Gide, André — 64
Goebells — 128
Goethe, Johann Wolfgang von — 59, 112
Gogol, Nicolai — 352
Gomes, Alfredo Dias — 64
Gómez de la Serna, Ramón — 306
Goncourt, Edmond e Jules, irmãos — 353
Góngora y Argote, Luís — 112
Gonzaga, Tomás António — 182, 183, 190, 300, 350, 385, 386, 392, 416, 420, 421, 422, 423, 424, 426
Grieco, Agripino — 171
Guarnieri, Gianfrancesco — 64, 91
Guerra, Oliva — 250
Guillén, Nicolas — 311
Guimaraens, Alphonsus de (Afonso Henriques da Costa Guimarães) — 30, 208
Guimarães, Eduardo — 158

Güiraldes, Ricardo — 309
Guisado, Alfredo (Pedro); ou Pedro de Meneses — 133
Gusmán, Martin Luis — 309

Haddad, Jamil Almansur — 192
Helman, Lillian — 101
Henrique II, de França — 401
Henrique, Infante de Aviz — 77, 234
Herculano (de Carvalho e Araújo), Alexandre — 83, 261, 296, 351
Hernandez, José — 302
Hilst, Hilda — 92, 161-2, 441
Holanda, Sérgio Buarque de — 64, 171, 190, 192, 277, 435
Hölderlin, Johnn Christian Friedrich — 112
Homero — 112, 212, 348
Horácio (Horacius Flacus, Quintus) — 112
Huidobro, Vicente — 280, 305, 306
Humboldt, Alexandre Friedrich Heinrich, barão de — 210
Huxley, Aldous — 309
Huysmans, Joris-Karl — 329

Ibsen, Henrik — 305
Icaza, Jorge — 309
Inge, William — 101
Isabel, a Católica — 382, 400
Isabel I, de Inglaterra — 122
Isabel II, de Inglaterra — 143
Ivo, Lêdo — 158

Jaboatão, Fr. António de Santa Maria — 413
Itaparica, Fr. Manuel de Santa Maria — 413
James, Henry — 329, 355
Jannini, P. A. — 172
Jardim, Luis — 171
Jesus, Carolina de — 87
Jesus, Fr. Rafael de — 406
Jiménez, Juan Ramón — 365
Joana a Louca, de Espanha — 109
João III, de Portugal —

João IV, de Portugal — 388, 407
João VI, de Portugal, ou Regente — 182, 244, 286, 353, 388, 414, 428
Jorge III, de Inglaterra — 281
Jorge, J. G. Araújo — 250
José I, de Portugal — 186
Joyce, James — 213, 309, 312, 356
Julião, Francisco — 91, 93
Junqueiro, (Abílio Manuel) Guerra — 121, 132

Keats, John — 112
Kopke, Carlos Burlamaqui — 158
Kubitschek, Juscelino, presidente do Brasil — 87, 92

Labbé, Louise — 24
Lacerda, (Carlos) Alberto (Portugal Correia de) — 121, 123, 141, 437
Lacerda, Carlos — 92
Laclos, Choderlos de — 351
Laforgue, Jules — 30, 119, 133
Lapa, Manuel Rodrigues — 199, 423, 424
Las Casa, Fr. Bartolomeu de — 297
Lautréamont, Isidore Ducasse, conde de — 30
Lawrence, David Herbert — 309
Leal, (António Duarte) Gomes — 132
Leça, Armando (Lopes) — 145
Lello, livreiro e editor — 51
Leopoldina de Áustria, mulher de Pedro I (IV de Portugal) — 421
Léry, Jean de — 401
Lima, Alceu Amoroso — 126
Lima, Ângelo de — 133, 368
Lima, Jorge (Mateus) de — 9, 58, 111, 119, 158, 276
Lima, Luis Costa — 176
Lima, Manuel de Oliveira — 184, 212
Lins, Álvaro — 58, 277
Lins, Osman — 91
Lisboa, António Francisco — v. o «Aleijadinho»
Lispector, Clarisse, pseud. de Clarice Gurgel Valente — 64, 89, 91, 93

Lobato, (José Bento) Monteiro — 366
Lobo, (António de Sousa da Silva da) Costa — 212
Locke, John — 327
Lopes, Fernão — 349
Lopes, Gen. Francisco Craveiro, presidente de Portugal — 145
Lopes, Moacyr C. — 91, 93
Lopes, Óscar (Luso de Freitas) — 84, 170
López de Ayala, Pedro — 349
Lorca, Federico Garcia — 112
Luis XIV, rei de França — 300

Macedo, Joaquim Manuel de — 352
Macedo, José Agostinho de — 187, 416, 418
Machado, (António Castilho de) Alcântara — 276
Machado, Aníbal (Monteiro) — 64, 276
Machado, Diogo Barbosa — 406
Machado, Gilka — 171
Magaldi, Sábato — 171
Magalhães, Adelino — 276, 277
Magalhães (Domingos José) Gonçalves de — 351
Maiakovsky, Vladimir — 41
Mallarmé, Stephane — 20, 30, 250
Mallea, Eduardo — 309
Mann, Thomas — 213, 309, 355
Manuel I, de Portugal — 382, 400, 419
Maria I, de Portugal — 181, 186, 386, 424, 426
Maria II, de Portugal —
Maria Stuart, rainha da Escócia — 123
Martí, José — 304
Martins, Heitor — 192
Martins, (Joaquim Pedro de) Oliveira — 212, 213, 217
Martins, Fran — 171, 277
Martins, Wilson — 172, 436
Matos, P.e Eusébio de — 409

Matos (Guerra), Gregório de — 186, 297, 298, 396, 408, 411

Medauer, Jorge — 64

Meireles, Cecília — 9, 19-21, 23-25, 27-32, 33-35, 58, 111, 135, 139, 145, 158, 250, 276, 365, 437

(Meireles), Maria Fernanda — 33, 102, 139, 438

Mello e Sousa, António Cândido de — 63, 64, 170, 184, 189, 192, 435

Melo, António Joaquim de — 177, 178, 179

Melo, D. Francisco Manuel de — 76, 260, 409, 433

Mendes, Murilo (Monteiro) — 9, 35, 41, 141, 145, 158, 276, 366

Mendonça, (Hipólito José da Costa Pereira) Furtado de—v. Costa (Pereira Furtado de) Hipólito José

Meneses, Luís da Cunha, governador de Minas, conde de Lumiares — 422

Menezes, Raimundo de — 434

Metastasio, Piedro (Buonaventura Trapassi) — 183

Meyer (Junior), Augusto — 277

Miguéis, José Rodrigues — 356

Milano, Dante — 158

Miller, Arthur — 101

Milton, John — 138, 211, 213, 219

Mistral, Gabriela — 35

Moacyr, Raquel — 146

Moisés, Massaud — 169

Montaigne, Michel — 400, 401

Montalvor, Luis de, pseud. de Luis Filipe de Saldanha da Gama da Silva Ramos — 127

Monteiro, Adolfo (Victor) Casais — 107-10, 127, 128, 135, 136, 146, 440

MonterMonteverdi, Cláudio — 184

Moraes, Rubens Borba (Alves) de — 434

Moraes, (Marcus) Vinicius (Cruz) de — 41, 158, 191, 277

Moreira, António Leal — 191

Moser, Gerald —

Mota, Artur — 179

Mota, Mauro — 277

Mota, Santos — 172

Moura, Emílio (Guimarães) — 158, 276

Mozart, Wolfgang Amadeus — 42

Murici (José Cândido de) Andrade — 171

Napoleão Bonaparte, imperador — 300, 301

Nasser — 74

Nemésio (Mendes Pinheiro da Silva), Vitorino — 107, 135

Neruda, Pablo — 41, 311

Nery, Adalgisa — 158, 171, 277

Neto, (Henrique Maximiliano) Coelho — 208, 209

Neto, João Cabral de Melo — 158

Neto, (João) Simões Lopes — 208

Nobre, António (Pereira) — 28, 107, 109, 116, 116, 117, 118, 119, 132, 133, 135, 145, 388

Nóbrega, P.e Manuel da — 401, 403

Novais, Guiomar — 103

O'Neill, Eugene — 101, 102

Odets, Clifford — 101

Oliveira, Alberto de — 131, 366

Oliveira, António Correia de — 251

Oliveira, José Osório de (Castro e) — 9, 14, 15, 134, 171, 172, 192, 434

Oliveira, Manuel Botelho de — 409, 411, 413

Orlando di Lasso — 184

Orta, Garcia de — 404

Orta, Teresa Margarida de Silva e — 413

Ortega Y Gasset, José — 27, 59

Otoni, José Elói — 430

Pacheco, João — 170

Paes, José Paulo — 92, 169, 170, 434

Palha, Fr. Vicente Rodrigues — 404

Palma, Ricardo — 302

Pascoaes, Joaquim (Pereira) Teixeira de (Vasconcelos) — 20, 112, 114, 162, 367
Passos, John dos — 322
Patrício, António — 133
Pedro I, imperador do Brasil (IV de Portugal) — 178, 302, 339, 351, 390, 421
Pedro II, imperador do Brasil — 144, 329
Pedro, Regente — 408
Peixoto, Afrânio — 172, 368
Peixoto, Inácio José de Alvarenga — 182, 190, 392, 416, 420, 422, 423, 424, 426
«Pelé», Edison do Nascimento — 87
Pena, Cornélio — 93, 279
Pena, (Luis Carlos) Martins — 187
Peralva, Osvaldo — 64
Pereira, Nuno Marques — 412, 413
Péricles — 319
Pessanha, Camilo (de Almeida) — 27, 28, 133
Pessoa, Fernando (António Nogueira) — 9, 24, 31, 32, 83, 112, 113, 118, 126, 127, 128, 129, 130, 131, 133, 134, 136, 148, 200, 251, 258, 276, 365, 366, 368
Petrarca, Francesco — 354
Picasso, Pablo — 140
Pimentel, João Sarmento — 12
Pinheiro, Joaquim Caetano Fernandes, cónego — 192
Pinto, Bento Teixeira — v. Teixeira, Bento
Pinto, Fernão Mendes — 349
Pinto, Maria Amélia de Azevedo — 438
Pinzón, Martín Alonzo — 360
Pita, Sebastião da Rocha — 412
Platão — 139
Plutarco de Atenas — 217
Pompeia, Raul (d'Ávila) — 208, 218
Portalegre, Fr. António — 172, 441
Portugal, José (Bernardino) Blanc de — 439, 440

Pound, Ezra — 280
Prado, Décio de Almeida — 171
Prado, Eduardo Paulo da Silveira — 73, 435
Prestes João — 229
Proust, Marcel — 126, 309

Quadros, Jânio — 64, 87, 92, 345
Queiroz, Carlos — 136
Queiroz, Dinah Silveira de — 91, 93
Queiroz, (José Maria de) Eça de — 73, 92, 132, 200, 211, 219, 258, 294, 318, 350, 353, 354, 355, 356, 388
Queiroz, Rachel de — 15, 277, 278, 308
Quental, Antero (Tarquino) de — 20, 132
Quiroga, Horácio — 305

Racine, (Britannicus), Jean — 268
Ramos, Artur — 171
Ramos, Graciliano — 23, 58, 88, 126, 252, 270, 276, 278, 279, 308, 309, 356, 368, 375
Ramos, Péricles Eugénio da Silva — 158, 170, 172
Ramsés II — 74
Ravasco, Bernardo Vieira, irmão do P.e Ant. Vieira — 409
Rebelo, Marques, pseud. de Eddy Dias da Cruz — 277
Régio, José (Maria dos Reis Pereira) — 128, 162, 356
Regnier, Matusin — 119
Rego (Cavalcanti), José Lins do — 58, 88, 93, 276, 278, 308
Reis, Jaime Batalha — 121
Rey, Marcos — 64
Ribeiro, Aquilino (Gomes) — 135, 366
Ribeiro, Bernardim — 112, 117
Ribeiro, João — 366
Ricardo, Cassiano (Leite) — 158, 276
Rilke, Rainer Maria — 24, 31, 32, 39, 112, 365

Rimbaud, Jean Arthur — 30, 43, 112
Rivera, Bueno de — 158
Rodó, José Enrique — 305
Rodrigues, Amália — 98
Rodrigues, J. Honório — 435
Rodrigues, Nelson — 64, 171
Rodrigues, Raimundo Nina — 212
Romero, Sílvio — 170, 179, 184, 188, 189, 192, 208, 214, 215, 216, 434
Ronsard, Pierre — 112
Roosevelt, Franklin Delano, pres. dos Est. Unidos — 281, 287
Rosa, João Guimarães — 63, 64, 69, 80, 88, 89, 93, 248, 249, 288, 312, 323, 344, 357
Rousseau, Jean Jacques — 327

Sá, P.e António de — 409
Sá-Carneiro, Mário de — 113, 118, 127, 128, 131, 133, 276, 365, 368
Sabino, Fernando — 68, 148
Safo de Lesbos — 24
Salazar, António Oliveira — 128, 137, 144
Sales, Herberto — 91, 93
Salgado, Plínio — 276
Salvador, P.e Vicente de — 298, 404
Samain, Alberto Victor — 119
Sampaio, Alberto — 212
Sanchez, Florencio — 305
Sand, George, pseud. de Amandine Lucie Aurore Dupin — 351
Sandburg, Carl — 42
Santos, António Ribeiro dos — 188, 189, 190
Saraiva, António José — 84, 170
Sarmiento, Domingo Faustino — 302
Saroyan, William — 101
Schemidt, Augusto Frederico — 92, 158, 277
Schiller, Johann Christian Friedrich — 123
Schlegel, Friedrich — 351
Schlichtherst — 171
Scott, Walter, Sir — 302, 430
Sebastião, rei de Portugal — 298

Seixas, Joaquina Doroteia de — 422
Semedo, (Belchior Manuel) Curvo — 187
Sena, Isabel Maria Lopes de — 438, 442
Sena, Jorge (Cândido) de — 10, 11, 12, 51, 52, 347, 437, 438, 440, 442
Serpa (Esteves de Oliveira), Alberto de — 14, 15
Shakespeare, William — 112, 138, 350
Shelley, Percy Bysshe — 27
Sherwood, Robert — 101
Silva, o Judeu, António José da — 385, 413, 414
Silva, Domingos Carvalho da — 158, 159
Silva, Inocêncio Francisco da — 179, 192, 434
Silva, Joaquim Norberto de Sousa e — 184
Silva, José Asunción — 304
Silva, José Bonifácio de Andrada e, (pseud.: Américo Elísio) — 421, 429, 430, 433
Silva, Pereira da — 192
Silveira, (Álvaro F.) Sousa da — 77
Silveira, Pedro (Laureano de Mendonça) da — 12, 437
Simões, João Gaspar — 128
Sitwell, (Dame) Edith, — 24, 121-3, 142
Soares, António da Fonseca — v. Chagas, Fr. António das
Sócrates — 225
Sodré, Nelson Werneck — 172, 434
Sousa, Gabriel Soares de — 404
Sousa, José Galante de — 179
Sousa, António Caetano de — 412
Sousa, Vasconcelos e, Marquês de Castelo Melhor — 186
Sousa, Vasconcelos e, conde de Figueiró, filho do conde de Pombeiro — 186
Sousa, Vasconcelos e, conde de Calheta — 186

Sousa, José Vasconcelos e, conde de Pombeiro e marquês de Belas — 185, 186
Sousa, Martim Afonso de — 399
Sousa, Pero Lopes de — 399, 400
Sousa, Tomé de — 401
Sousândrade, pseud. Joaquim de Sousa Andrade — 173-6
Southey, Robert — 249
Sousa-Pinto, António — 47
Souza, João da Cruz e — 208, 304
Spender, Stephen — 141, 142, 212
Staden, Hans — 401
Stegagno Picchio, Luciana — 435
Steinbeck, John — 322
Sterne, Laurence — 318
Suassuna, (José Sequeira) Ariano — 64, 171

Tasso, Torquato — 213, 216, 219
Tauney (Alfredo D'Escragnolle de Paula), visc. de — 93
Teixeira, Bento — 297, 405, 406
Teixaria, Maria de Lourdes — 64
Teles, Lygia Fagundes — 88
Teresa, Santa — 150
Thackeray, William M. — 352
Thevet, André — 401
Thomas, Dylan — 122
Timberg, Natália — 102
Tito, pres. da Yugoslávia — 52
Tolentino (de Almeida) Nicolau — 183, 416
Tolstoi, Leon (Nicolaievitch), conde de — 211, 213, 252, 322, 354
Torga, Miguel, pseud. de Adolfo Correia Rocha — 11
Torre, Guilherme de — 280
Torres, Alberto Pinheiro — 212
Ungaretti, Giuseppe — 128

Valéry, Paul — 64, 365
Vallego, César — 305, 311
Vargas, Getúlio — 278, 279, 303, 307, 322, 344
Varnhagen, Francisco Adolfo de, visc. de Porto Seguro — 184, 185, 192, 435

Vasconcelos, P.ª Simão de — 403
Vauvenargues, Luc de Clopiers, marq. de — 299
Verde, (José Joaquim) Cesário — 61, 132, 350
Verga, Giovanni — 219, 355
Vergara, Telmo — 171
Veríssimo, Erico (Lopes) — 45-47, 58, 64, 88, 89, 91, 92, 277, 279, 357, 438
Veríssimo (de Matos), José — 170, 184, 189, 192, 209, 212, 387, 410, 420, 434
Verlaine, Paul — 30, 119
Vergílio, Públio — 211, 420
Vespúcio, Américo — 400
Viana (Francisco José), Oliveira — 212, 218
Vicente, Gil — 76, 296, 349
Vidigal, Geraldo (de Camargo) — 158
Vieira, P.e António, S. J. — 74, 82, 251, 260, 261, 268, 298, 385, 399, 406, 407, 408, 409, 411, 432
Vieira, João Fernandes — 406
Vieira, José Geraldo — 91, 92
Vilhena, Luís dos Santos — 412
Viterbo, (Francisco Marques de) Sousa — 212
Voltaire, François-Marie Arouet — 191, 430

Wagner, Richard — 211, 213
Whitman, Walt — 42, 268, 365
Wilder, Thornton — 101
Willaert, Adrian — 184
Williams, Frederick G. — 173-6, 441
Williams, Tennessee, pseud. de Thomas Lanier — 101-3, 440
Wolf, Ferdinand — 171
Woolf, Virginia — 348
Wordsworth, William — 112

Yeats, William Butler — 24, 122

Zola, Émile — 211, 213, 219, 294, 318, 354, 355, 356
Zurara, Gomes Eanes — 234

454

ÍNDICE GERAL

Em forma de prefácio — Jorge de Sena/Mécia de Sena 9

Nota breve a três antologias 13

I

Sobre Cecília Meireles, Carlos Drummond de Andrade, etc.

«Mar Absoluto» 19
Em louvor de Cecília Meireles 23
Cecília Meireles ou os puros espíritos 27
Algumas palavras 33
Carlos Drummond de Andrade 37
Uma arte poética — a propósito de Procura da Poesia 39
A «Rosa do Povo» — *por Carlos Drummond de Andrade* 41
Com Erico Veríssimo — *entrevista* 45
Memória de Ribeiro Couto 49

II

«Cartas» e Crónicas

Cultura Lusitana — *Divagação primeira* 57
Cultura Lusitana — *Divagação segunda* 61
Brasil — *1960* 63
Primeira Carta do Brasil 67
Segunda Carta do Brasil 71
Terceira Carta do Brasil 75
Quarta Carta do Brasil 81

455

Crónica do Brasil 87
Carta do Brasil — *Balanço de 1961* 91
Quinta Carta do Brasil 95
Tennessee Williams em Araraquara 101

III

Sobre Manuel Bandeira

«Manuel Bandeira» por A. Casais Monteiro................................ 107
Da Poesia Maior e Menor *a propósito de Manuel Bandeira* 111
Londres e dois grandes poetas 121
O Manuel Bandeira que eu conheci e que admiro 125

IV

Prefácios, resenhas, verbetes e outros

Uma antologia de poesia moderna, ou da técnica associativa da cele-
  bridade 157
Trovas de muito amor para um amado senhor — Hilda Hilst 161
Prefácio a um livro não publicado — Carlos Androvandi 163
Pequeno Dicionário de Literatura Brasileira 169
Sousândrade: Vida e Obra... 173
Manuel Caetano de Almeida e Albuquerque 177
Manuel Inácio da Silva Alvarenga 181
Domingos Caldas Barbosa... 185

V

Comunicações, ensaios, conferências, etc. e um substancial verbete

Possibilidades Universais do Mundo Luso-Brasileiro 195
O problema dos estudos Portugueses no Brasil 199
Os «Sertões» e a epopeia no séc. XIX 207
Portugal e Brasil: uma proposta 223
Da Grandeza literária 247
Situação da Literatura Portuguesa no Brasil 253
Modernismo brasileiro — 1922 e hoje................................. 265
O entendimento histórico Luso-Brasileiro: uma proposta 281
Literatura Brasileira comparada com as Literaturas da Hispano-América 289
Influências que moldaram a Literatura Brasileira..................... 315
Machado de Assis e o seu Quinteto Carioca 325
Papel dos escritores no Brasil 337
Algumas palavras sobre realismo em especial o Português e o Brasileiro 347

456

Sobre a aproximação Luso-Brasileira: problema da língua 359
Sobre o Modernismo em Portugal e no Brasil: alguns problemas e clarificações.. 363
Sobre a situação do ensino de Literatura Brasileira nos Estados Unidos
— *inquérito* 371
Brasil Colonial 377

Notas bibliográficas 437

Indice Onomástico 445

BIBLIOGRAFIA DE JORGE DE SENA
OBRAS EM VOLUME

POESIA:

Perseguição — Lisboa, 1942.
Coroa da Terra — Porto, 1946.
Pedra Filosofal — Lisboa, 1950.
As Evidências — Lisboa, 1955.
Fidelidade — Lisboa, 1958.
Post-Scriptum-I (in Poesia-I).
Poesia-I (Perseguição. Coroa da Terra, Pedra Filosofal, As Evidências, e o volume inédito *Post-Scriptum)* — Lisboa, 1961, 2.ª ed., 1977; 3.ª ed., 1988.
Metamorfoses, seguidas de *Quatro Sonetos e Afrodite Anadiómena*, Lisboa, 1963.
Arte de Música — Lisboa, 1968.
Peregrinatio and Loca Infecta — Lisboa, 1969.
90 e mais Quatro Poemas de Constantino Cavafy (tradução, prefácio, comentários e notas) — Porto, 1970; 2.ª ed. Lisboa, 1986.
Poesia de Vinte e Seis Séculos: I — De Arquiloco a Calderón: II — De Bashó a Nietzsche (tradução, prefácio e notas) — Porto, 1972.
Exorcismos — Lisboa, 1972.
Trinta Anos de Poesia (antologia) — Porto, 1972; 2.ª ed., Lisboa, 1984.
Poesia-II (Fidelidades, Metamorfoses, Arte de Música) — Lisboa, 1978.
Poesia-III (Peregrinatio ad loca infecta, Exorcismos, Camões Dirige-se aos Seus Contemporpneos, Conheço o Sal... e Outros Poemas, Sobre Esta Praia) — Lisboa, 1978.
Poesia do Século XX, de Thomas Hardy a C. V. Cattaneo (prefácio, tradução e notas) — Porto, 1978.
Quarenta Anos de Servidão — Lisboa, 1979; 2.ª ed., revista, 1982.
80 Poemas de Emily Dickinson (tradução e apresentação) — Lisboa, 1979.
Sequências — Lisboa, 1980.
Visão Perpétua — Lisboa, 1982.

Post-Scriptum-II (2 vols.) — Lisboa, 1985.
Dedicácias — a publicar.

TEATRO:

O Indesejado (António, Rei) tragédia em quatro actos, em versos — Porto, 1951; 2.ª ed., Porto, 1974, ed. não autorizada dita 2.ª, Porto, 1982; 3.ª ed., com um apêndice de trechos excluídos, Lisboa, 1986.
Amparo de Mãe e Mais Cinco Peças em Um Acto — Lisboa, 1974.

FICÇÃO:

Andanças do Demónio, contos — Lisboa, 1960.
Novas Andanças do Demónio, contos — Lisboa, 1966.
Os Grãos-Capitães, contos — Lisboa, 1976; 2.ª ed., 1979; 3.ª ed., 1982; 4.ª ed., 1985.
Sinais de Fogo, romance — Lisboa, 1979; 2.ª ed., Lisboa, 1980; 3.ª ed., 1985.
O Físico Prodigioso, novela — nisboa, 1977; 2.ª ed., Lisboa, 1981; 3.ª ed., Lisboa, 1983; 4.ª ed., 1986.
Antigas e Novas Andanças do Demónio (ed. conjunta e revista), Lisboa, 1978; 2.ª ed., Lisboa, 1981; ed. «book clube», Lisboa, 1982; 3.ª ed., Lisboa, 1983; 4.ª ed. 1985.
Génesis, contos — Lisboa, 1983; 2.ª ed. 1986.

OBRAS CRITICAS DE HISTÓRIA GERAL,
CULTURAL OU LITERÁRIA:

Fernando Pessoa — Páginas de Doutrina Estética (selecção, prefácio e notas) — Lisboa, 1946-1947 (esgotado); 2.ª ed. não autorizada, 1964.
Líricas Portuguesas, 3.ª série da Portugália Editora — selecção, prefácio e notas — Lisboa, 1985; 2.ª ed. revista e aumentada, 2 vols.: 1.º vol., Lisboa, 1975; 2.º vol., Lisboa, 1983; 1.º vol., 3.ª ed., Lisboa, 1984.
Da Poesia Portuguesa — Lisboa, 1959.
Nove capítulos originais constituindo um panorama geral da cultura britânica e a história da literatura moderna (1900-1960), e prefácio e notas, na *História da Literatura Inglesa,* de A. C. Ward — Lisboa, 1959-1960.
O Poeta é Um Fingidor — Lisboa, 1961.
O Reino da Estupidez-I — Lisboa, 1961; 2.ª ed., 1979; 3.ª ed., 1984.
A Literatura Inglesa, história geral — São Paulo, 1963.
Teixeira de Pascoais — Poesia (selecção, prefácio e notas) — Rio de Janeiro, 1965, 2.ª ed., 1970, 3.ª ed. rev. e aum. Porto, 1982.
Uma Canção de Camões (análise estrutural de uma tripla canção camoniana precedida de um estudo geral sobre a canção petrarquista e sobre as

canções e as odes de Camões, envolvendo a questão das apócrifas) — Lisboa, 1966; 2.ª ed., 1984.

Estudos de História e de Cultura, 1.ª série (1.º vol., 624 páginas; 2.º vol., a sair, com os índices e a adenda e corrigenda) — «Ocidente», Lisboa.

Os Sonetos de Camões e o Soneto Quinhentista Peninsular (as questões de autoria, nas edições da obra lírica até às de Álvares da Cunha e de Faria e Sousa, revistas à luz de um critério estrutural à forma externa e da evolução do soneto quinhentista ibérico, com apêndice sobre as redondilhas em 1595-1598, e sobre as emendas introduzidas pela edição de 1898 — Lisboa, 1969; 2.ª ed., Lisboa, 1981.

A Estrutura de «Os Lusíadas» e Outros Estudos Camoneanos e de Poesia Peninsular do Século XVI — Lisboa, 1970; 2.ª ed., Lisboa, 1980.

«Os Lusíadas» comentados por M. de Faria e Sousa, 2 vols. (introdução crítica) — Lisboa, 1973.

Dialécticas da Literatura — Lisboa, 1973; 2.ª ed., ampliada, 1977, como *Dialécticas Teóricas da Literatura.*

Francisco de la Torre e D. João de Almeida — Paris, 1974.

Maquiavel e Outros Estudos — Porto, 1974.

Poemas Ingleses, de Fernando Pessoa (edição, tradução, prefácio, notas e variantes) — Lisboa, 1974; 2.ª ed., 1983.

Sobre Régio, Casais a «presença» e Outros Afins — Porto, 1977.

O Reino dy Estupidez-II — Lisboa, 1978.

Dialécticas Aplicadas da Literatura — L-sboa, 1978.

Trinta Anos de Camões (2 vols.) — Lisboa, 1980.

Fernando Pessoa À C.ª Heter4nima (2 vols.) — Lisboa, 1982; 2.ª ed. (1 vol.), 1984.

Estudos sobre o Vocabulário de «Os Lusíadas» — Lisboa, 1982.

Estudos da Literatura Portuguesa-I — Lisboa, 1982.

Inglaterra Revisitada (duas palestras e seis cartas de Londres), Lisboa, 1986.

Sobre o Romance (ingleses, norte-americanos e outros) — Lisboa, 1986.

Estudos de Literatura Portuguesa-II — Lisboa, 1988.

Estudos de Literatura Portuguesa-III — Lisboa, 1988.

Estudos de Cultura e Literatura Brasileira — Lisboa, 1988.

Teatro em Portugal — no prelo.

«Amor», e outros verbetes — a publicar.

O Dogma da Trindade Poética (Rimbaud e outros ensaios) — a publicar.

CORRESPONDENCIA:

Jorge de Sena/Guilherme de Castilho — Lisboa, 1981.

Mécia de Sena/Jorge de Sena — Isto Tudo Que Nos Rodeia (cartas de amor) — Lisboa, 1982.

Jorge de Sena/José Régio — Lisboa, 1986.

Jorge de Sena/Vergílio Ferreira — Lisboa, 1987.

Cartas a Taborda de Vasconcelos, in — *Correspondência Arquivada* — Porto, 1987.
Eduardo Lourenço/Jorge de Sena — no prelo.
Jorge de Sena/Raul Leal — no prelo.

EM PREPARAÇÃO:

Jorge de Sena/Rui Knopfli.
José Rodrigues Miguéis/Jorge de Sena.
António Ramos Rosa/Jorge de Sena.
Jorge de Sena/Vasco Miranda.
José Blanc de Portugal/Jorge de Sena.
António Gedeão/Jorge de Sena.
Jorge de Sena/Ruy Cinatti.
Jorge de Sena/José Saramago.
João Sarmento Pimentel/Jorge de Sena.

TRADUÇÕES PREFACIADAS:

A Abadia do Pesadelo, de T. L. Peacock.
As Revelações da Morte, de Chestov.
O Fim de Jalna, de Mazo de la Roche.
Fiesta, de Hemingway.
Um Rapaz de Geórgia, de Erskine Caldwell.
O Ente Querido, de Evelyn Waugh.
Oriente-Expresso, de Graham Greene.
O Velho e o Mar, de Hemingway.
Condição Humana, de Malraux.
Palmeiras Bravas, de Faulkner.

PREFÁCIOS CRITICOS A:

Poema do Mar, de António Navarro.
Poesias Escolhidas, de Adolfo Casais Monteiro.
Teclado Universal e Outros Poemas, de Fernando Lemos.
Memórias do Capitão, de Sarmento Pimentel.
Confissões, de Jean-Jacques Rousseau.
Poesias Completas, de António Gedeão.
Poesia (1957-1968), de Hélder Macedo.
Manifestos do Surrealismo, de André Breton.
Cantos de Maldoror, de Lautréamont.
A Terra de Meu Pai, de Alexandre Pinheiro Torres.
Camões — Some Poems, trad. de Jonathan Griffin.
Qvybyrycas, de Frei Ioannes Garabatus.

OBRA TRADUZIDA

POESIA:

Esorcismi (Antologia) — port./it., Introdução e Tradução de Carlo Vittorio Cattaneo, Ed. Accademia, Milão, 1975.

Sobre esta praia... — port./ingl., Tradução de Jonathan Griffin, Mudborn Press, Santa Barbara, 1979.

Su Questa Spiaggia (Antologia) — port./it., Introdução de Luciana Stegagno Picchio, Tradução de Ruggero Jacobbi e Carlo Vittorio Cattaneo, Fogli di Portucale, Roma, 1984.

The Poetry of Jorge de Sena (Antologia) — port./ingl., Organização de Frederick G. Williams, Mudborn Press, Santa Barbara, 1980, 2.ª ed., no prelo.

In Crete qith the Minotaur and Other Poems (antologia) — port./ingl., Tradução e Prefácio de George Monteiro, Ed. Gávea-Brown, Providence, 1980.

Metamorfosi — port./it., Tradução e Prefácio de Carlo Vittorio Cattaneo, Ed. Empiria, Milão, 1987.

Methamorfosis — (inglês) — no prelo.

Arte e Música — (inglês) — no prelo.

Antologia — (Sueco) org. trad. pref. de Marianne Sandels — no prelo.

FICÇÃO:

Genesis — port./chinês, Tradução de Wu Zhiliang, Ed. Instituto Cultural de Macau, 1986.

O Físico Prodigioso:

> *The Wondrous Physician*. Tradução de Mary Fitton, J. M. Dent & Sons Ltd., Londres, 1986.
>
> *Le Physicien Prodigieux*. Tradução de Michelle Giudicelli, Posfácio de Luciana Stegagno-Picchio, Ed. A. M. Metaillé, Paris, 1985.
>
> *Il Medico Prodigioso,* Tradução e Prefácio de Luciana Stegagno-Picchio, Ed. Feltrinelli, Milão, 1987.
>
> *El Fisico Prodigioso* (Castelhano), Tradução de Sara Cibe Cabido e A. R. Reixa, Ed. Xerais de Galicia, 1987.
>
> Macau — (chinês) — no prelo.
>
> Frankfurt — Suhrkamp-Verlag (alemão) — no prelo.
>
> Frankfurt — tradução de Curt Meyer-Clason.

Sinais de Fogo:

> *Signes de Feu,* Tradução e Prefácio de Michelle Giudicelli, Ed. Albin Michel, 1986.
>
> *Senyals de Foc,* Tradução de Xavier Moral, Prefácio de Basilio Lousada, Ediciones Proa, 1986.
>
> *Signales de Fuego,* (Castelhano), tradução de Miguel Viqueira, Ed. Alfaguara, Madrid — no prelo.

História do Peixe-pato
> *Storia del peixe-pato,* italiano, tradução de Carlo Vittorio Cattaneo, Roma, 1987.

Os Grão-Capitães
> *La Gran Canaria e Altri Raconti.* Tradução de Vincenzo Barca. Prefácio de Luciana Stegagno Picchio. Ed. Riunti, Roma, 1988.

Antigas e Novas Andanças
> *Super Flumina... and other stories,* inglês. Organização e introdução de Daphne Patai — no prelo.

ENSAIO:

Inglaterra Revisitada
> *England Revisited* — inglês, tradução de Christopher Auretta, Fund. Calouste Gulbenkian, Lisboa, 1987.

ESTUDOS SOBRE JORGE DE SENA, EM VOLUME:

Studies on Jorge de Sena (Actas) — port./ingl., francês e espanhol, org. Frederick G. Williams e Harvey L. Sharrer, Bandanna Books.
Santa Bárbara, 1982.
Estudos sobre Jorge de Sena, comp., org. e introd. de Eugénio Lisboa, Imprensa Nacional-Casa da Moeda, Lisboa, 1984.
Quaderni Porthogesi n.º 13/14, comp., introd. e org. de Luciana Stegagno-Picchio, port., francês, ital. — Pisa, 1985.
O Essencial sobre Jorge de Sena, Jorge Fazenda Lourenço, Imprensa Nacional-Casa da Moeda, Lisboa, 1987.

Composto, paginado e impresso
por Tipografia Guerra, Viseu
para EDIÇÕES 70
em Setembro de 1988

Depósito legal n.º 22 136